网络文学
名作典藏丛书

JIANG YE

猫腻◎作品

精修典藏版

伍

凛冬之湖

作家出版社

《网络文学名作典藏》丛书

总策划

何　弘　张亚丽

主编

肖惊鸿

统筹

袁艺方

主编的话

　　《网络文学名作典藏》丛书聚焦网络文学，遴选名家名作，工于精修校订，集于精品丛书，力图成为记载中国网络文学成长的历史见证，和致敬中国网络文学发展的一座里程碑。

　　网络文学名作的实体出版极为重要。这是扩大网络文学影响力、推动网络文学经典化的重要途径，也是展现网络文学成果、引领大众阅读和传播以及拉动文化产业发展的有力手段。

　　在中国作协的支持下，网络文学中心领导和作家出版社领导担纲总策划，落实主编责任制，确定经过时间验证和社会公认的名家名作，组织精修团队，在作家本人参与下，与责编共同负责精修工作。

　　回顾网络文学发展历程，这样的一套丛书是前所未有的。精修，意味着与作家的高度共识，意味着对作品的深度把握，完成去粗取精、去伪存真的过程，以实体出版的"固化"形式，朝着网络文学经典化、精品化的目标迈进。精修团队本着为作家负责、为读者负责的态度，重视作品的文学性、思想性，尊重读者的阅读体验，为新时代网络文学高质量发展贡献出集体智慧。

　　愿更多的读者阅读它、检验它。愿中国网络文学真正成为新时代文学的一座高峰。

肖惊鸿

2021 年 5 月 18 日

《将夜》精修成员

总负责人

肖惊鸿　袁艺方

修订

菜　籽　清　白　茹八一　当代贝克特　王　烨

校订

田偲堂　李伟元　程天翔　王　颖

1

宁缺一直在思考三件事情。

第一件事情是，为什么苦行僧道石能够在长安城里准确地找到自己，这件事情背后有没有人在做手脚。第二件事情是，如果剑阁对书院的挑衅以及朝小树佩剑被夺一事背后有神殿裁决司的影子，那么朝小树不在剑阁会在哪里？第三件事情是怎样回复西陵神殿带走桑桑的请求。

后面两件事情都与西陵神殿有关，想着程立雪对裁决司的态度，他觉得还是应该去南门观一趟，至少可以打听些事情。

天谕大神官现在便停留在南门观中，要与这等身份的大人物进行谈判，首先当然必须统一己方的意见，如此才能并指为拳。

"女孩子总得有些人生理想。你看看道痴，她的理想就很简单，就是想在漫漫修行道上走到最后；你再看看人家司徒依兰，就是想成为大唐历史上最了不起的女将军；就连唐小棠那个小屁孩，都想成为世间最强大的女人。"

宁缺站在桑桑身后碎碎念着，桑桑蹲在井边，专心致志腌着小黄鱼，根本不爱搭理他，也不想和他讨论这件事情。

"有理想才有追求，有追求生活才充实，没有理想的女人，最终会变成无神的鱼眼珠子，会变成无法翻身的一条咸鱼。"宁缺看着她瘦小的背影，叹息说道，"我自然是舍不得你离开的，但既然你有能力，就这么天天耗在柴米油盐中，未免也太过可惜。我很害怕将来等你老了，会后悔现在的选择。"

桑桑把腌鱼在竹筐里摆放好，就着微凉的井水洗干净手，转身看着他说道："我仔细想过这件事情，还是不想去西陵。"

宁缺问道："为什么？"

桑桑很认真地说道："还是那个老问题，我走之后谁给你做菜煮饭打洗脚水？"

宁缺说道："这确实是比较麻烦的问题，再找几个丫鬟倒是简单，问题是离了你，我睡觉总睡不舒服。"

片刻后他摇了摇头，感慨说道："但总不可能因为没人做菜煮饭打洗脚水，以及睡不好觉，就让西陵神殿从此以后没了光明大神官，这件事情是要上史书的，我一定会被后人挖坟曝尸。"

当天夜里，主仆二人就这件事情进行了一场极为深入的谈话，一直谈到深夜才得出了初步的结论，疲倦地睡去。第二天清晨，宁缺和桑桑梳洗完毕，用完早饭，正准备去南门观拜见天谕大神官，忽然听着铺外远处隐隐传来礼乐声。

中正平和的礼乐声从远处逐渐靠近临四十七巷，声音所及之处，先是一番嘈杂议论呼喊，然后是绝对的平静。

宁缺有些惊讶，推开老笔斋的铺门向巷口望去，只见那处鲜花瓣漫天挥洒，乐声轻扬，一道神辇在庄严肃穆仪仗拱卫下正缓缓而来。

天谕神座来了。

数百名大唐羽林军和神殿护卫在神辇四周，神情肃然，炯炯有神的目光在漫天花瓣间警惕地注视着四周。长安城里没有什么魔宗余孽，也没有什么狂徒，天谕神座所过之处，引来无数民众围观。有那等虔诚信教的妇人老者在道旁跪拜不止，站着的民众也恭敬低头鞠躬，不敢直视神辇上幔纱后的老者。

神辇进入临四十七巷，然后在老笔斋前停下，惹得街巷里拥挤的民众一片议论，好不羡慕那间铺子的主人。他们感慨着天谕神座的到来，却不知道另外一位西陵大神官去年曾经在铺子里做过很长一段时间长工。

羽林军在巷口调置警戒线，把人群请到了外面，神殿护卫警惕地占据了老笔斋铺口的几个要冲之地，幔纱掀起，天谕大神官缓缓走下神辇。

宁缺和桑桑站在老笔斋门口相迎，态度恭敬。

走进老笔斋的，只有天谕大神官和程立雪二人。宁缺恭敬请大神官坐下后，便想叫桑桑去泡茶，忽又想着程立雪说过这是对西陵和道门的大不敬，便自己动手。

四杯清茶，安静地搁在桌上，热雾缓生骤散。

天谕大神官看上去是位极寻常的老者，脸上深刻的皱纹如山如川，只有那身华美的神袍表明了他尊贵的身份。宁缺见过很多大人物，但和像天谕大神官这般尊贵的大人物谈判，却是头一遭，不免有些紧张，不知该如何开口。

桑桑也有些紧张，虽然宁缺昨夜解释了一遍光明大神官的继承法则，但她还是想不明白，老师既然是叛出西陵神殿的，为什么神殿还非要把自己接回去。

天谕大神官平静地看着主仆二人，忽然微微一笑。随着笑容绽放，他眼角如山如川的皱纹越发深刻，微陷的沧桑眼眸骤然平静，静而不知深几许，便如一座顽石所堆砌而成的枯山里的一口老井。

面对着天谕大神官的目光，宁缺忽然觉得自己身上的衣裳消失无踪，产生了一种赤裸的感觉，本能里觉得被对方看穿。不是身体被看穿，而是他刻意铺陈在心灵上的那些掩饰被看穿，甚至是命运的去向被看穿，无所遁形。

宁缺骤生警惕，说道："书院宁缺，拜见神座大人。"

天谕大神官说道："免了。"

宁缺便在大神官对面的椅了上坐了下来。

老笔斋里一片安静，宁缺明白，自己现在是主人，应该自己先开口，只是这件事情他不知道该如何开口。茶杯口中渗出的热雾渐散，一片青青的茶叶从杯底飘了上来。宁缺咽喉有些干涩，声音微紧说道："能不能让我们再想想。"

站在天谕大神官身后的程立雪蹙了蹙眉，不悦地说道："还要再想？十三先生你不要总拖延时间好不好。"

天谕大神官抬起右手，没有让程立雪继续说下去，说道："西陵有些事情，所以我不得不回。回去之前，此事总要有个结果。"

宁缺根本没有留意到大神官言语里所说的西陵有事，只是在想别的事情，干笑说道："神座大人要走了？有没有买什么土特产？"

程立雪脸上的神情很难看。天谕大神官却笑了起来，摇了摇头。笑容在苍老的面容上渐渐敛去，那些深深的皱纹渐渐舒展，天谕大神官静静看着宁缺的眼睛，说道："你知道她对神殿的重要性。"

桑桑低头看着裙摆外的鞋尖，悄悄向宁缺身后挪了两步，似乎指望他能遮住自己，然而终究是遮不住的。

天谕大神官怜爱地看着桑桑，说道："因为她是光明的传人。"

宁缺犹豫说道："桑桑年龄还很小，就到西陵去当大神官，与神座大人您平起平坐，这听上去总觉得有些不合适。"

程立雪看了天谕大神官一眼，轻声解释说道："神座继承是一个漫长的过程。桑桑师妹回西陵后要先学习教典，然后赴世间道门清修，体悟人间百态悲欢，然后才能继承神座。前面这些准备工作被称为置座训政。"

接着他继续解释道："正因为桑桑师妹登上光明神座还需要很长的时间，所以神殿才会着急，能尽早进入训政期那是最好不过。"

宁缺忽然问道："有假期吗？"

程立雪微微一怔，心想神殿又不是普通学院，哪里会有这等安排？

然而没有等他开口，天谕大神官微笑说道："有。"

宁缺看着天谕大神官，继续问道："多长？"

天谕大神官说道："只要保证她在西陵桃山的时间超过一半。"

宁缺又问道："假期能不能出西陵？"

"能。"

"我能不能去西陵看她？"

"能。"

"她如果当上光明大神官，真的能结婚吗？"

天谕大神官似笑非笑看着他，说道："能。"

程立雪吃惊地看了神座一眼。

宁缺和天谕大神官的问答到此戛然而止。他说道："那我没有问题了。"

老笔斋里的气氛刚刚放松一些，不料宁缺接着补充了一句："不过我没有问题不代表她没有问题，接下来你们需要说服她。"

程立雪大怒，沉声训斥道："你居然敢对神座如此无礼！"

宁缺说道："我不是在调戏神殿，而是前面如果有任意一条，神座大人说不能，那么我就不会允许桑桑去西陵。我现在允许她去西陵，也不代表我支持她去西陵，只代表我支持她做的任何决定。"

天谕大神官根本没有理会宁缺和程立雪的对话，只是静静看着桑桑。桑桑低着头，轻声说道："我现在不想去。"

天谕大神官静静望向宁缺。

宁缺说道："昨天夜里我和她商量了很长时间。她现在毕竟才十五岁，还是个小孩子，我确实不放心她离开自己身边，成年以后再去怎么样？"

天谕大神官微笑说道："明年？"

宁缺摇了摇头，说道："三年后。"

天谕大神官说道："依唐律，女子十六成人。"

"唐律是说十六嫁人，不代表成人。"宁缺说道，"根据我的看法，只有到十八岁才有足够的人生阅历和智慧来安排自己的人生，所以我坚持三年之后再去西陵。"

"三年啊。"天谕大神官轻轻叹息一声，看着宁缺身后的桑桑。

随着这一眼，他脸上的皱纹越发深刻，仿佛天降一场暴雨，把干涸的黄土山川冲洗得更加险峻，眼眸也越发深静，安静藏于石山深处的老井变得更深了几丈。

桑桑紧张地等待着答案，宁缺比她更紧张。

天谕大神官微笑看着桑桑说道："三年后，西陵见。"

很突然地说完这句话后，天谕大神官站起身来，走出了老笔斋。大神官登上神辇，在礼乐缭绕下离开，留下老笔斋里的主仆二人面面相觑。

就这么简单？宁缺不明白天谕大神官最后那句话为什么说得如此

笃定。

三年后，西陵见。

大神官确定三年后桑桑一定会去西陵吗？

　　程立雪随着神座离开了老笔斋。

　　他登上神辇，掀起幔纱，走到神座身后跪下，低声说道："弟子不明白，难道真这样回西陵？桑桑师妹那里，连句承诺都没有。"

　　"言语上的承诺，从来都没有任何力量。"

　　天谕大神官从袖中取出一方洁白的丝巾轻轻擦拭了一下眼角，随着如雪的丝巾落处，眼角的皱纹像花般时开时散。

　　程立雪低着头困惑说道："但我们既然来了，为什么要如此匆忙地离开？"

　　天谕大神官看着手中的丝巾，沉默片刻后说道："因为裁决司即将发生的那件事情，比我想象的更加严重。"

　　程立雪抬起头来，不解说道："但您前几日说过，裁决司这件大事对神殿而言不见得是坏事，天谕只是奉天之谕，提前阻止等若逆天行事。"

　　天谕大神官说道："回西陵不是为了阻止此事，而是要保证这件事情发生之后，能够按照既有的轨道发展下去。"

　　程立雪的目光落在神座手里那方丝巾上，他的身体骤然一僵，因为他看到洁白如雪的丝巾上竟有几抹血渍！他这才发现，神座大人的眼角在淌血！

　　"我在三年后的桃山上，看到了光明。所以三年后，她会回到西陵。"

　　天谕大神官平静地继续擦拭眼角淌出的鲜血。

　　程立雪有些神思惘然，怔怔问道："您还看到了些什么？"

　　"你这个痴儿，光明是与我们最亲近的伙伴，我只看了她一眼，便险些瞎了，哪里还能看到别的什么？"天谕大神官微笑说道。

　　然后他将手中的白丝巾折叠，继续拭着眼睛里的血。白色的丝巾渐渐被眼中淌出的血滴染红。眼角深刻的皱纹也被血染红，像是一朵艳丽的桃花，更像是一片被鲜血浸透的干涸荒野大地。

西陵使团离开长安城之前，宁缺去了一次南门观，从程立雪处得知，剑阁那边出手的幕后果然有裁决司的阴影。他越发开始担心朝小树的安危，正在想着要不要离开长安去南晋寻人的时候，忽然收到了一封来自大河国的书信。

他本以为是山山寄过来的，有些不可言之于人的喜悦。

然后他发现是朝小树寄过来的，失望之余复喜悦，喜悦之余便是愤怒。

"活得好好的，也不说提前写几封信给大家，我看他真是在外面耍高兴了，高兴得连自己的亲爹都忘了！真是个白痴！"

穿着明黄袍子的中年男人，愤怒地挥舞着袖子痛骂着。

"估计朝二哥在哪个小山村里遇着个磨豆腐的俏寡妇，腿一下就软了，哪里还舍得回来，还真是只有白痴才做得出来的事情。"

宁缺看着手中那封书信，刻薄嘲讽道。

大唐皇宫深处的幽殿里，不时响起白痴的骂声。皇后娘娘等人看着皇帝陛下和宁缺恼怒的神情，忍不住笑了起来。

2

说白痴，道白痴，长安城里有两个人最喜欢骂人白痴，一位是大唐皇帝陛下，还有一人自然便是宁缺。

只不过皇帝陛下骂人白痴时向来不分场合情景，骂得光明正大豪气干云，宁缺却习惯于和桑桑闲聊时带着刻薄口吻轻声点评他人为白痴，从里到外透着股小家子气。所以今天能在皇宫里与陛下一起肆无忌惮骂朝小树为白痴，他很兴奋也很激动，唾沫星子四处飞溅。

白痴二字在幽静的宫殿里如雨纷飞，惹得皇后娘娘和一应太监宫女讶异又好笑，紧紧掩着嘴，不让自己发出笑声。只是这等场面毕竟有些尴尬，皇后对身旁的女官使了个眼色，带着宫女太监们悄悄离开宫殿。

不知道过了多长时间，宫殿里的君臣二人总算发泄完了对朝小树的怨气，气喘吁吁停了下来，白痴二字的尾音渐扬渐静。

皇帝从榻旁拿起一块方巾擦了擦脸上的汗水，望向宁缺，眼眸里露出满意的神情。身为一代明君，有时候不免被明君二字束缚着不得快意，今日能够找到一人与自己同骂，令他很是安慰喜悦。

"你家那个小侍女究竟是怎么回事？天谕神座离开长安之前也未与朕把这件事情交代清楚，你们究竟如何商议的？"

皇帝轻敲案几，示意宁缺自己饮茶。宁缺端起茶碗，却没有马上饮，回答道："现在暂定的是三年之后再说，如果到时桑桑想去西陵，便去。"

皇帝问道："与朕讲讲你那小侍女的故事，怎么忽然成了曾静府上的小姐？怎么忽然又成了光明大神官？"

宁缺喝了口茶，润了润嗓子，仔仔细细把自己当年在道旁尸堆里捡到桑桑，以及随后这些年的遭遇讲了一遍。

皇帝沉默稍许，感慨说道："如此身世真是离奇难言，她与你的情分亦是世间少见，你要珍惜才是。"

宁缺点了点头。

皇帝看着他问道："今日她为何没有随你入宫来见朕？"

宁缺说道："她去公主府玩耍去了，殿下一直与她感情不错，而且小王子隔些天没看见她，便有些想。"

皇帝听着他的解释，眉头微微蹙起，隐有忧色。宁缺明白陛下的忧虑从何而来，沉默片刻后说道："陛下，这些事情虽说是天下事，但终究是家事。"

皇帝沉默片刻后问道："夫子可有什么说法？"

宁缺摇了摇头。皇帝叹息说道："说来也是，以老师那性情，哪里会在意这等烦心事。"

殿内一片安静。不知道过了多长时间，皇帝看着宁缺的眼睛，忽然问道："朕想知道，你和夏侯大将军之间究竟有什么仇怨？"

宁缺未加思索，摇头说道："去荒原之前并无仇怨。"

"也就是说去荒原之后便有了。"皇帝看着他说道，"所以你才会在土阳城里杀死一名军方谋士。"

宁缺知道陛下指的是谷溪之死，思忖片刻后说道："臣不知陛下所指何事，擅杀军方谋士，乃是唐律里的死罪。"

皇帝捋须而笑，嘲弄说道："便是在朕面前也不肯露出任何把柄，书院这些年大概也就出了你这么一个谨小慎微的家伙。"

宁缺苦笑应道："有些事情不可应。"

皇帝说道："那你给朕一个理由。"

宁缺说道："在荒原上，夏侯大将军的属下伪装成马贼想要杀我，大将军本人则是在呼兰海北等着杀我。"

这两件事情，早已经由暗侍卫和天枢处两条渠道让朝廷知晓，只不过除了训斥一番之外，朝廷没有对夏侯采取任何措施。

皇帝将丝巾搁到案上，说道："你应该很清楚，大先生当初那般处理是朕的意思，你也应该明白朕的意思。"

"我没有任何怨怼之心，我只是困惑不解于为什么帝国军方的那些大人物始终不肯放过我，我不明白军方对我的敌意从何而来。"宁缺说道，"夏侯大将军想要在荒原上杀死我，我可以理解为天书明字卷的诱惑冲昏了他的头脑，那许世老将军呢？老将军身为帝国重臣，却试图对我家小侍女下手，现在似乎又对我有诸多不满。我也曾经是名大唐军人，所以我想不明白，老将军为何对我如此警惕。"

这番话说得很明确。

无论是照顾皇后娘娘的情绪，还是出于帝国稳定的考虑，再加上西陵神殿窥视在外，只要夏侯愿意解甲归老，而且书院已经同意，那么皇帝陛下肯定不会对夏侯大将军做出严苛的处罚。宁缺表面上能够接受这种决定，但他要让皇帝陛下知道自己不能接受来自大唐军方隐隐的压迫，他需要一个说法。

皇帝沉默片刻后，说道："许世老将军这一世战场不败，但在小师叔面前却永远抬不起头，对书院有敌意乃是自然之事。至于为何如此警惕你，朕着实不知，或许这件事情需要去问他本人。"

宁缺心想虽说自己现在是书院二层楼的学生，但要去当面质问大唐军方第一人，依然是件很找抽的行为。

皇帝没有让他在这种情绪中停留太长时间，自榻旁长身而起，剑眉渐挑，看着他轻声说道："那东西你带来了吧？"

宁缺抬手摸了摸怀里的硬物，说道："带了。"

"那便好，朕带你去个地方。"皇帝轻拂衣袖，向着殿外走去。

时值春暮，正是长安城最迷人的时候，行走在皇宫之中，四处可见随风招展的烂漫春花，青叶渐茂，静湖无波，偶有亭榭，独立一方。

皇帝陛下没有带任何随从，也没有侍卫同行，只是带着宁缺一个人，离开宫殿，向御花园深处走去。一路上遇着的太监宫女敬畏沉默退避道侧，然后看着渐远的二人身影，脸上流露出惊讶疑惑的神情。

御花园深处有一幢二层小木楼，朱漆涂彩，很是精致，但与远处的巍峨宫殿相比，还是显出了些寒酸气息。

皇帝带着宁缺来到小木楼前，说道："就是这里。"

小楼外青树繁杂，野花盛开，明显很长时间都没有修剪，宁缺看着脚下石砖间生出的青草，心想大概很少有人会来这里。接着他抬头向四周望去，视线与皇城墙一触而回，确认这座小木楼不仅是在御花园的正中央，而且也是在整座皇城的正中央。

皇帝推开小木楼的门，走了进去。宁缺也随之走了进去。

走进小木楼后，皇帝陛下没有拾级登楼而上，而是向楼下走去。一条幽暗的通道，伸向木楼地底深处。

宁缺看着幽暗的通道，忍不住挑了挑眉头，心想果然不愧是大唐帝国最要害的地方，完全没有任何新意。

通道坚硬的石壁里锲着夜明珠之类的物事，散发着幽幽的光芒，并不令人感到恐惧，反而会让人产生一种心安的感觉。宁缺跟在皇帝陛下身后向楼下走去，看着身旁的这些夜明珠，心想便是随意一颗珠子大概都能把松鹤楼买下来，又想着上面那座寒酸的二层小木楼，越发觉得当年修建此间的那人很是闷骚。

正想着这些有的没的，忽然间他的眼瞳微缩，警惕地向石壁上方望去，只见数颗晶莹渗光的明珠最前方，出现了数道深刻的线条。

那些线条里蕴藏着极为中正平和却又冷漠强悍到了极点的气息，似乎只要散发出来，便可以把通道里的一切碾压成齑粉。宁缺清晰地感应到了这道气息，震惊地倒吸了一口冷气。他是修符之人，当然能看懂这些线条都是符文——这些符文很强大，但似乎都有些残缺，如今石壁上的这些线条只是原始符线的片段。

他看着石壁上的线条，推算着存在的时间，默默震撼想着千年前刻下这些符线的前贤究竟达到了什么样的境界，竟能把符力保持这么长的时间，像师父那样的神符师能不能做到？

皇帝注意到了他的神情，抬头向上方的石壁望去，沉默片刻后感慨说道："当年父皇第一次带我来这里，我也如你一般震撼难言，我只能隐约感觉到这些符文的强大，却也不愿意经常来这里。"

"这些符文的激发条件是什么？"

宁缺不愧是颜瑟大师的传人，提出了最关键的一个问题。即便千年前刻符之人是位神符师，他又如何做到身死之后，自己制出的神符依然保持力量？要知道并不是每任大唐国师都是符师，如今的李青山便不是。

皇帝说道："没有条件，任何擅入通道的人，都会被这些符文所击杀。"

宁缺不解问道："任何人？"

皇帝点点头，平静重复道："任何人。"

宁缺忍不住笑了起来，说道："那陛下和我不是人？"

皇帝也笑了起来，片刻后笑意渐敛，平静说道："朕乃大唐天子，手持国玺，身具皇气，所以这些符文不得伤朕。"

宁缺说道："那我呢？"

皇帝说道："你如今是这些符文的主人。"

3

听到皇帝陛下这句话，宁缺脸上的神情变得有些复杂，下意识里抬起手来，隔着黑色的院服摸了摸怀里那个微硬的东西。

小楼地底的幽暗通道并不长，没有行走多长时间，便来到了最深处，那是一处空旷的地底大殿。对于今天会看到什么，宁缺有足够的思想准备，却没有想到这座大殿里竟是什么都没有。殿内的地面向四处蔓延，直至消失在幽暗之中，仿佛无边无垠，除了灰尘之外，什么都没有。

没有他想象中的无数奇珍异宝，没有盔甲神兵，没有铁人异兽，也看不到阵法的痕迹，地面干净空旷得令人心悸。

这片由花岗岩铺砌而成的地面没有任何缝隙，也不知道修建皇宫时，那些工匠究竟使用了什么工艺。宁缺抬头望向殿顶那些密若繁星的夜明珠，还有那些带着人工痕迹的石墙，追思着大唐前人的智慧和行动力，不禁有些目眩神迷。

皇帝带着宁缺踩着干净的石地面向殿内走去，二人的脚步偶尔带起几缕千年的灰尘。走到宽阔石地面中央，皇帝停下了脚步。

宁缺注意到没有任何缝隙的地面中央出现了个小洞。黑色小洞边缘光滑，与地面完美相融，只有常人手掌般深。

皇帝说道："你知道该怎么做。"

宁缺看着地面上那个小洞，忽然问道："这就是阵眼？"

皇帝说道："不，你怀里的才是阵眼。"

宁缺震惊无语。

他一直以为阵眼应该是个眼，以为自己怀里那个物事只是开启阵眼的钥匙，此时才知道原来阵眼竟一直在自己身上，不免有些后怕。

沉默片刻后，他从怀里取出一个物事，搁在脚边，缓缓解开裹在上面的布。

布是桑桑用来纳鞋底用的粗布，很结实。桑桑裹了很多层，所以宁缺花了很长时间，才把上面的布全部解开。一根杆状的物事，平静地躺在粗布上。这根杆的材料有些奇特，似乎是金属，又似乎是石头，隐隐散发着寒冷的味道，表面却是温润如玉，上面镌刻着繁复的花纹。

数十年间，这根杆状的物事一直由颜瑟大师保存。在与光明大神官决战之前，颜瑟大师把这个东西交给了桑桑，让她转交给宁缺，所以现在在他的手中。

皇帝沉默地看着地面上那根杵状的物事，不知道是不是想起了颜瑟大师，脸上流露出淡淡的哀伤追忆情思。

宁缺伸手握住那根杵，感受着掌间传来的微凉温润触感，有些紧张，把左手也放了上去，深深吸了一口气，强行镇定心神，让双手变得稳定不再颤抖，然后把杵竖了起来，缓缓插入洞口之中。

手中握着的杵一寸一寸陷入地面，宁缺没有感觉到什么阻力，却能感觉到地面传回一股顺滑的感觉。咔的一声轻响，杵触碰到了洞底，仿佛被某种机簧锁死，还有小半截露在地面上，上面刻着的繁复花纹，让这小半截杵看上去像是雕出来的一朵花。

宁缺不知道接下来要发生什么，下意识里向后退去，想要离得远些。皇帝的脸上却没有任何警惕神情，只是静静看着地面上那半截杵。宁缺停下了脚步，站在了皇帝陛下的身旁。

片刻后，露在地面上那半截杵忽然亮了起来，更准确地说，应该是杵上那些含义难明的繁复花纹亮了起来，如同一朵沐浴着阳光的花。繁复花纹越来越亮，光亮传至杵的下半截，竟连那处花岗岩的地面都照耀得纤毫毕现，能够看到石质里的线条。

杵上线条里的光线渐趋凝结，似乎要变成发光的某种液体，渐渐流动起来，顺着线条来回流淌，分外美丽。

杵旁的花岗岩地面上忽然无声无息出现了一条裂缝。那道裂缝蔓延得无比迅速，眨眼间便自宁缺的脚底穿过，吓了他一跳。然后他才注意到，这些裂缝并不是真的裂缝，而是地面规则下陷所形成的槽道。先前干净空旷的地面上，出现了无数道石槽。

石槽出现得越来越多，越来越密集，如同一只无形的刻刀在平整光滑的石地面上画了无数道直线，把地面切割成了无数个部分。杵上的光液顺着繁复线条流了下来，流进旁边的石槽里，然后像溪水般顺着石槽向远方流去。只是世间绝对没有哪条小溪能像这些石槽里的光液般流淌得如此迅速，转瞬间便漫延到了地面的边缘。

也不知道那根杵里究竟蕴藏了多少光明，不停向地面流淌，源源不绝似乎取之不竭。片刻后，所有石槽都亮了起来。

宁缺看着眼前这幕神奇的画面，脸上露出紧张凝重的神情，眼睛却是越来越明亮，目光随着石槽里光液的流动不停移动。

地面边缘的石槽最深，里面所容纳的光液数量最多，四道极长的直线，把殿内中央的地面包围起来，仿佛是一座城。中间有道石槽很深很宽，明亮夺目，似乎是一道长街。

"这是朱雀大道？"宁缺看着那道石槽自言自语说道。

皇帝陛下看着他的神情，微微一笑。

忽然间，石槽里那些平静的光液剧烈地翻滚起来，仿佛地面下方是一片烈火，光液被烹煮得快要沸腾。

宁缺的神情变得越发凝重。

很细微的声音在地底殿内响起，仿佛是无数朵花正在盛放，仿佛是无数棵青树正在呼吸，仿佛是无数个人正在欢呼。

事实上，只是石槽里的光液蒸发成了气体。那些蒸发而成的气体在殿内的空中弥漫，像云一般轻轻摇荡，然后未能摆脱地面石槽的引力，缓缓敛成泛光的线条或者是面。

这些散发着美丽纯净光线的线与面在地面上方构筑成了无数个立体，那是无数幢发光的建筑，看上去是那般地虚无缥缈，却又是那般地真实。

宁缺看着身前那座光线凝成的皇宫，看着远处将要抵到腰畔高度的雁鸣山，看着右前方那座不足膝高的万雁塔，看着远处那道光泽浓郁厚实的城墙，震撼得久久说不出话来。

这是一座微缩的长安城。但这座长安城是真实的，是活着的。

皇帝向外面走去。宁缺跟在他的身后，双脚踩在那座光线凝成的南门观上时，身体有些僵硬，踩过西城那些民房时，更是小心翼翼到了极点，总觉得自己变成了一个巨人，随意一脚便会造成极大的伤害。好在那些光汽凝成的线与面似乎与真实的世界并不相通，和他的身体接触时没有发生任何变化。

行走在这片光线凝成的微缩长安城中，宁缺的感觉很复杂，很震撼。他看到了很多自己熟悉的建筑与风景，他甚至在密集的建筑中找到了临四十七巷，找到了老笔斋，此时的老笔斋只是一个盒子。

跟在皇帝陛下身后，终于走出了这座微缩的长安城，不知为何，宁缺觉得放松了很多，抚着胸口喘息了两声。

皇帝看着身前这座长安城，说道："整座长安城就是一座大阵。"

宁缺听颜瑟大师说过这件事情。

"世间第一大阵，惊神阵。"

皇帝指着远处地面上那根杵，以及杵畔的皇宫，说道："我们现在所站立的小楼深处便是这座大阵的阵枢。"

然后他指向那根最宽最深最亮的石槽，说道："朱雀大街便是阵根，长安城的四面城墙也是阵根，城洞便是生回之门。

"这座大阵里面蕴藏着无数道神符，朱雀绘像是其中威力最大的一道，当初卫光明敛没气息藏身长安城中，避的便是它。如果当时他敢在城内尽展境界，这座大阵瞬间便能扑杀他。"

宁缺沉默专心听着。

皇帝又指向城南雁鸣山下那片光湖说道："长安城这座大阵建造不易，维护也不易。去年朝廷之所以要耗巨资修浚雁鸣湖，其实与民生无关，是对这座大阵的维护修复，而这些事情一向由天枢处负责。

"惊神大阵已有千年历史却一次都未曾启动，然而我大唐的每一代帝王，不惜耗费国力也要保证这座大阵的完好，你可知道这是为什么？"

皇帝望向宁缺问道。

宁缺说道："因为这是我大唐最后的庇护所。"

"庇护所三字用得好。"皇帝平静说道，"有这座大阵在，长安城便无忧。长安城无忧，我大唐即便国力衰败分崩离析，也终将浴火重生。"

宁缺说道："师父曾经对我说过，如果真到了要启动惊神大阵之时，说明我大唐便到了最危险的时刻。"

"所以这座大阵一直没有启动过。"皇帝说道，"但只要它继续存在于天地间，无论动或不动，长安便是安全的，大唐便是安全的。"

宁缺登山成功，进入书院二层楼后受邀入宫，当时皇帝陛下便说今后要带他去看个东西，今天他终于看到了。

颜瑟大师曾经带着他登上城楼，俯视长安城，说要把这座大阵交到他的手里，如今师父已逝，终于轮到他来承担这个责任。

他看着身前这座长安城，思绪万千。

4

师父颜瑟曾经说过，长安城是一座大阵，也是一道大符，而符便是一篇文章。宁缺看着身前这座长安城，目光落在那道笔直石槽南向某处，落在那块相对殷红的光团上，默默想着这大概便是印在文章旁的印鉴。

那抹相对殷红的光团便是朱雀绘像，随着宁缺的目光触及，光团边缘微微变形，似乎感应到了一些什么。就是这么一瞬间，宁缺隐约明白了该如何启动长安城这座大阵，启动的方法是那样地简单，于是他是那样地警惕不安。

离开那座寒酸的二层小木楼，宁缺随皇帝再次穿过御花园，穿过那些太监宫女敬畏困惑的目光，来到了御书房。御书房里一片安静。宁缺握着被布裹住的阵眼杵，指间传来沉甸甸的感觉，沉默很长时间后说道："我有些担心自己拿不住。"

皇帝看着他说道："颜瑟大师就你这么一个徒弟，夫子都同意你代表书院入世，那么你不拿着谁来拿？"

宁缺说道："难道我将来真的要当国师？当年二师兄和师父说好了，我只是随师父修符，并不算作南门观的人。"

"谁说我大唐国师一定要南门观的道人才能当？不错，为了给西陵神殿留些颜面，数百年来一直如此处理，但习惯不代表死规矩。何况你终究是颜瑟大师的徒弟，西陵神殿也无法在你的身份上挑出问题。"皇帝说道，"听你的语气你似乎不想当这国师？"

宁缺说道："西陵神殿要接桑桑回去继任光明大神官，我便觉得这事有些不靠谱，如今自己居然也要当大唐国师，我觉得这件事情更不靠谱。如今想来，我宁肯留在老笔斋里卖字。"

"青山那家伙当国师当得挺高兴，看他惫懒模样，一时半会儿也舍不得死，你要不要接任国师一职，终究是将来的事情，如今不需要着急。"皇帝话锋一转，说道，"说到卖字，宁缺你倒是有好些天没有字帖流出，来来来，趁着今日进宫，赶紧多写几幅。"

宁缺看了皇帝陛下一眼，想着如今每趟进宫，都要被迫留下好些书帖，这要让桑桑知道，该不知会心疼成怎样。然而大唐天子亲自择笔磨墨伺候在旁，面对着这种待遇，世间任何书家想必都无法死硬着不肯动笔。他在心中无奈叹息一声，向案畔走去。便在这时，御书房门传来叩门声，皇后娘娘端着食盘，缓缓走了进来。

宁缺微微躬身行礼，侧身让到一旁。

"你先吃些东西。"皇后娘娘微笑牵着皇帝的手走到茶几旁，将一碗酸奶子递到他手中，然后走到宁缺身边，轻卷衣袖拈起墨块，说道，"我来磨墨。"

宁缺心想自己不是李太白那等豪迈潇洒之人，娘娘你虽然丰腴，却也不是杨玉环那等风流人物，这算什么事？连连推辞不敢。皇后温婉一笑，看着他打趣说道："陛下替你磨墨，你就敢，本宫替你磨墨，你却道不敢，莫非在你眼中，本宫比陛下要可怕得多？"

正在喝酸奶子的皇帝大笑起来，指着宁缺说道："平日里朕写帖的时候，都是她在旁磨墨，今日也让你享受一下这番待遇。"

宁缺微涩一笑，不便再多做推辞，站到案畔平静等待，想着先前皇后说的那句话，心里的感觉有些异样。

在他看来这位皇后娘娘着实要比陛下可怕得多。在昊天神辉笼罩的世界里，一代魔宗圣女，居然能够成为世间第一强国大唐的皇后，无论怎么看，这件事情都透着诡异和恐怖。

更何况这位皇后娘娘还是夏侯的亲妹妹。

宁缺看着皇后娘娘的侧影，沉默不语。

皇帝陛下要赏鉴宁缺的新作，所以留在御书房里。

皇后娘娘与宁缺离开了御书房，来到了御花园中。

走到一株海棠树下，皇后娘娘停下脚步，挥手示意宫女散开，然后回头望向宁缺。

皇后娘娘眉眼秀丽，妩媚而有度，温婉而不怯，站在海棠树下，容颜竟是把海棠花色都比了下去。宁缺心想不愧是魔宗圣女，娘娘生得果然美丽。

皇后静静看着他，忽然开口说道："陛下都与你说了？"

宁缺沉默片刻后回答道："不知娘娘所指何事。"

皇后平静说道："夏侯大将军的事情。"

宁缺点了点头。

皇后说道："如今你应该知道了本宫的身份。"

宁缺摇了摇头，脸上的神情有些困惑。

皇后嫣然一笑道："真是个不老实的孩子，本宫实在想不明白，夫子为什么会收你做学生。"

宁缺笑着说道："很多人都有这个疑问。"

皇后脸上的笑容渐渐敛去，看着他平静而骄傲地说道："夏侯是我的兄长，我曾经是魔宗的圣女。本宫很好奇，你与夏侯之间究竟有什么问题，他虽然性情暴戾，尤其在战场上以杀人为乐，但绝对不是你和陛下都很喜欢说的白痴，他应该很清楚杀死夫子的学生对他没有任何好处。"

宁缺说道："在荒原之上，林零想要杀我。"

他知道身前这位皇后娘娘肯定知道林零是谁，也一定知道那场马贼袭击的血案，自己不用解释太多。

皇后说道："本宫还是不认为马贼一事与夏侯有关。"

宁缺说道："我同意娘娘的看法，我也认为林零是瞒着夏侯将军做的这件事情，但夏侯将军事后表示了默认，并且在呼兰海北再次试图杀我。"

皇后说道："林零不会做有损夏侯利益的事情，那么除非他知道你和夏侯之间只有一个人能活下去，他才会试图杀死你。"

宁缺沉默片刻后摇了摇头，说道："以往我只是渭城一个普通军卒，连夏侯将军的面都未曾见过，除了这两件事情，不可能有任何仇怨。"

皇后静静看着他的眼睛，问道："真的没有任何仇怨？"

宁缺说道："确实如此。"

皇后忽然对着他微蹲行礼。

宁缺震惊莫名，连忙侧身避开，说道："娘娘这是做何？"

"前面那桩桩事由，已经由大先生处理完毕，若除此之外，真无解不开的仇怨，请十三先生给本宫一分颜面，由他平静归老如何？"

皇后娘娘在花树之前，敛神静气，保持着半蹲行礼的姿势。

行走在游人如织的朱雀大街上，宁缺神情看似平静，心里却是波澜渐起。

如今北面荒原上的战事已经进入胶着状态，大唐军方对胜败显得极不在意，西陵神殿内部似乎出了些问题，有了暂时休兵来年再战的意图。

这便等于说，秋天的时候，夏侯便要回来了。

宁缺早就知道夏侯出自荒人部落，此时自然明白，为什么帝国东北边军在此次战争中会显得这般温柔。

夏侯对待别的敌人却不见得依然这般温柔。

如今的宁缺不惧夏侯，因为他身后的靠山是书院这座大山，但他不知道夏侯回来后自己该如何做。

陛下在宫里暗点，皇后娘娘在花树前亲自求情，并不是说害怕他这个洞玄境的修行者能掀起多大的风雨，只是不想让这件事情把书院牵涉进来，不想让夏侯解甲归老的事情再生波折。

书院首重唐律，夫子严禁学生干涉朝政，大师兄已允夏侯归老，看来看去，宁缺的复仇记都写到了最后，除了最后的那个方法。

5

站在暮春的长安街头，宁缺想着秋后的事情，心情时而热血时而黯淡，全然没有注意到一片雨云正自北方飘来。

"请问可是十三先生？"

宁缺回头望去，看见一名男子向自己恭谨行礼，男子穿着件普通的民服，却无法掩饰住身上那道军人特有的肃立气息。

从去年春天开始，他就已经是长安城里的名人，但真正见过他面貌，能在长安街头把他认出来的人不多。宁缺有些警惕，尤其是因为对方的身份。

那名男子下一句便坦承了自己的身份。

"许世将军有请。"

大唐帝国以铁甲雄霸天下，以武力横扫六合，自然格外重视崇敬军人，尤以四位大将军地位最为尊崇。

镇国大将军许世，厮杀征战数十年战功赫赫，替帝国开辟出无数疆土，即便是最近十几年来名声极盛的夏侯也无法望其项背，无论从战功资历还是声望来说，他都是帝国军方第一人。

宁缺知道这位帝国军方势力最强大的老将军对自己没有什么好印象，具体原因他并不清楚，但他清楚迟早会和对方见一面。只不过他没有想到是今天，没有想到自己刚刚离开皇宫，便被大唐军方盯住了行踪。

许世将军没有选择在军部，而是选择在朱雀大道旁不远的将军府里与宁缺相见，似乎表明这是一次私下的谈话。跟随那名男子走入气魄逼人的将军府，宁缺微微皱眉，被府里那些杨树冷石所散发出来的肃杀气息所激。

走入将军府深处，在一片静台处，他看见坐在案畔的老将军。

老将军没有穿朝服，没有穿官服，没有穿盔甲，而是穿着一件很普通的布衣，没有种白菜，没有磨刀，而是在捧着饭碗吃饭。

桌案上的饭菜很简单，两碗糙米饭，一钵五花肉，三根水煮的青菜。

那名领宁缺进府的男子悄然离开。

宁缺站在台外，沉默片刻后拾级而上，走到老将军身前微微鞠躬行礼。

老将军说道："坐。"

宁缺掀起院服前襟，依言坐下，望向对面。

老将军说道："没想到你这么快便来了，容我先把饭吃完再说，十三先生莫要怨我失了待客之道。"

宁缺低头致意道："将军此言，令晚辈惶恐。"

老将军不再多说什么，继续专心致志地吃饭。

老将军头发花白，微黑的脸颊上满是皱纹，身形有些佝偻，穿着那些普通布衣，看上去就像长安城里随处可见的闲散老头儿。然而当他拿起筷子夹肉块时，就像拿着一把长枪直刺敌将的胸膛，霸道之气十足。

将军虽然老了，但不是老将军。

将军就是将军。

尤其是在面对敌人的时候。

五花肉汁拌着糙米饭，闻着有些香，吃起来的味道想必只是一般，将军吃得却是极为香甜，花白的胡须不时抖动。那三根水煮的青菜，更是被他嚼得扑哧扑哧脆响，就像是传说中冥界那些魔头正在啃人骨。

大概是军旅生涯养成的习惯，将军吃饭的速度很快，如风卷残云一般把案上的饭菜一扫而光，然后他端起茶杯漱了漱口。

宁缺说道："进食太快，又急饮茶，对身体不好。"

将军静静看着他说道："在我面前不用装什么。"

宁缺沉默，于是不再装晚辈，装温和，装体贴。

将军说道："修行者应该出世，不应该入世。"

宁缺没有想到这场谈话竟是完全没有任何铺垫也没有任何前文便直接进入了最关键的阶段，不免有些措手不及。

他本来以为这会是一场漫长的谈话，本以为这场谈话就像是熬鸡汤般需要考较彼此的火候，却没有想到竟是猛火快炒，稍不留神，锅里的青菜便会变得焦煳一片，再也无法入喉。

"为什么不应该入世？"

宁缺沉默片刻后问道。

将军看着他的眼睛，神情淡然说道："因为对修行者而言世人太弱有若蝼蚁，修行者入世，容易妄自尊大起来。"

宁缺抬起头，回视将军平静而充满压迫感的目光，说道："将军替我大唐征战四方，也在尘世里打滚了数十年时间。"

"在修行者身份之前，我首先是军人。"将军漠然说道，"这便是最大的区别。"

宁缺说道："我也是军人。"

将军缓缓摇了摇头，说道："你曾经是军人，甚至是名相当优秀的军人，但遗憾的是，你是军人的时候并不是修行者。"

"这有什么区别？"宁缺问道。

将军微微眯眼，看着他声音微沉说道："你若在渭城时便能修行，我一定会好好培养你，让你成为一名了不起的武道修行者，如此你便能真正看明白战场是怎么回事，于是便不会发生以后的那些故事。"

宁缺沉默片刻后说道："不明白将军所指何意。"

"我看过你所有的档案。"将军的声音没有任何多余的情绪，只是一味冷漠平静，"你确实是个不错的军人，但你没有经历过真正的战斗，有修行者的战斗。"

宁缺再次沉默。他很小的时候便在渭城从军，但大唐势盛，即便是草原上的金帐王廷骑兵也不敢稍有挑衅，真正的战事确实没有怎么经历过，数年边塞军旅生涯，他确实没有见识过修行者在战场上的表现。

将军说道："世人都以为修行者很强大，但他们却不知道，在真正的战场上，面对着滔滔铁骑之时，修行者同样弱小不堪。"

宁缺想着二师兄这等强者，无法同意这等说法。

将军似乎知道他心里在想些什么事情，冷冷说道："即便是知命境的强者，面对着漫天的弩箭和数千重骑的冲锋，依然只有死路一条，这在战争史上已经被无数次证明，你可知道原因是什么？"

宁缺摇了摇头。

将军说道："因为修行者的身体太脆弱。除非能够跨过那道门槛破了五境晋入无距境界，可以无视漫天箭雨，或者晋入天启境界，领悟昊天赐予的无上神威无视任何冲击，不然单独的修行者，永远不可能是军队的对手。"

"如将军或夏侯大将军这等武道巅峰强者呢？"宁缺问道。

许世将军说道："武道修行者以念力召天地元气淬炼肉身力量，战斗时以念力凝天地元气于体表，然而只要是人，识海便有边缘，念力终有枯竭之时。一个人一百个人杀不死，我用一万个人去杀，总能把他杀死。要知道，如果武道巅峰强者便能无敌，帝国何必还养那么多铁骑？"

宁缺右手扶上案桌，看着将军深陷的眼眸说道："一名修行者能够换一万名普通士卒，难道说这样还不叫强大？"

将军面无表情地看着他说道："一万个普通人里面也出不了一名修行者，似这等万人敌的大修行者整个世间也找不出来几个，以一万普通士卒，换这样一个修行者的死亡，在战争中是很划算的事情。"

宁缺第三次沉默。

他转身望向园中那些直挺挺的杨树，看着那些随意堆着的石头，不得不承认这位帝国军方第一人的看法正确而且犀利，根本无法驳倒。

他很清楚许世将军与自己这番谈话的目的是什么，所以他不甘心就这般被说服，他微微皱眉，说道："但将军您还有夏侯将军，也都是修行者。"

谈话进行到此时，又绕回到了最初。

"武道修行艰难而且笨拙，非数十年之苦功根本见不到任何成效。绝大多数人练至有些蛮力有些肌肉便半途而废，变成剑师念师的侍从，所以对修行宗派而言，武道修行近乎鸡肋一般。"

将军说道："只有在军旅之中，武道修行者才有机会通过血战而成长起来，想要修行到巅峰，不知道要杀多少人，受多少次伤。"

宁缺问道："这与将军要说的事情有什么关系？"

"我想说的就是，武道修行者都在军中，就如最开始我告诉你那般，无论在世人眼中，还是他们自己看来，他们首先是严守纪律的军人，随后才是所谓修行者。他们冬不服裘、雨不张盖，私欲较少。"

"我明白了。"

宁缺看着盘中水煮青菜剩下的残汁，说道："但我不明白将军与我说这些话，究竟是要告诉我什么。"

将军面无表情看着他说道："我要告诉你的事情是，你很弱小，就算你境界提升得再快，但在我眼中，在我大唐军方眼前，依然很弱小。

我一声令下，重甲玄骑便可以直接冲死你，你只有十三支箭，像对柳亦青那样的刀，你又能挥出多少记？所以你不要妄自尊大，你要懂得敬畏唐律。"

宁缺抬起头来，看着将军苍老的脸颊，说道："我一向奉公守法。"

将军冷漠说道："我说过，我查过你所有的档案与资料，既然是所有，自然不限于渭城的记载。梳碧湖畔的马贼在你刀下死了多少，我都有数，岷山里有三家猎户被你放火烧死，我也清楚。

"我说过，在我面前不要装。"

将军声音微寒说道："杀马贼砍柴之事倒也罢了，因为唐律不庇境外之民，但岷山里那些事情你如何交代？其中一家猎户里还有个新生的婴儿，也死在那场火灾之中，你又如何交代？

"无论你在夫子和陛下面前如何遮掩，无论你现在在世人眼中是什么形象，无论你来长安后如何假意轻佻可笑，都改变不了那个事实，你就是一个寡廉鲜耻冷酷无情贪婪好杀的无耻小人。"

宁缺再次低头沉默不语。

他没有想到大唐军方一旦全力调查某人竟能查到那么久远的过去，此时他觉得自己的衣服忽然间消失无踪，仿佛浑身赤裸一般。

这种感觉并不是羞愧或内疚而是警惕不安，因为他从来没有认为自己是个好人，他也没有想过要做一个好人。

为了能够活下去，为了能够让桑桑活下去，他什么事情都能做得出来，杀人放火只是等闲。将军所揭穿的当年恶行，只是过往那些血腥岁月里极不起眼的一个片段，像他这样的人怎么可能是个好人。

许世看着他，厌恶地说道："宁缺，你构不成一撇一捺。"

台间一片死寂。

宁缺忽然抬起头来，看着案桌对面的许世，微笑问道："将军，请教世间真有像白雪一般干净无罪的人吗？"

将军看着他微嘲说道："想用他人的肮脏来安慰自己的不洁？"

宁缺摇了摇头，说道："将军先前说武道修行者的不易，说大唐军人的苦楚，在我看来其实有些无趣。因为你没有经历过我的人生，你不清楚我曾经受过哪些苦，自然也无法理解我当年的选择。"

他看着将军微笑说道："在莽莽深山野林里，你被一个猎户捉住。不知道因为什么，可能只是因为十几天前你从他的套索里偷了一只兔子，或者因为那猎户本来就是一个该死的兔子，又可能因为那个猎户是以前那个该死的老猎户的亲戚，总之他要杀死你，你会怎么做？"

将军微微皱眉。

不待将军开口，宁缺继续微笑说道："不要忘记，那时候你不到十岁，因为营养不良而疲惫虚弱。你身边还带着一个五六岁的小丫头，而且你还受了伤，身边没有武器，只有藏在裆里的火引，然后你刚好被关在柴房里。

"我不知道将军你会怎么做。

"但我肯定会点燃柴房里的茅草和干柴。

"我不在乎那个猎户会不会死，也不在乎房间里还有个婴儿，就算他屋子里还有个一百多岁全身瘫痪的老头子，我一样会点燃那把火。"

宁缺脸上的笑容很温和，眼眸里的神情很平静。

许世的眼睛眯了起来。

他一生征战，见过血流漂杵千尸塞河，不知见过多少惨不忍睹的恐怖画面，然而此时宁缺脸上温和的笑容，平静的神情，在他眼里，却似乎比过往那些画面更加令人惊心动魄。

转瞬间，他对宁缺的评价更高了几分，对此人的危险程度更加警惕，先前偶尔闪过的同情怜悯消失无踪。

宁缺继续说道："当然，猎户一家被烧死的故事与我无关，我也是听来的，我只是好奇，在那样的情况下，将军您如何选择？我还想继续请教先前那个问题，世间真有洁白如莲花般的人吗？将军您在战场上有没有杀过俘？杀俘是否违反唐律？将军您的属下纵骑过塞时，有没有杀过草原上的蛮人妇孺？如果有，可算违反唐律？"

然后他看着将军苍老的容颜，问道："将军身为帝国军方重臣，理应站在我大唐立场上，然而当敌国强者入境之后，您非但不加以警惕，反而把我的行踪透露给对方，我想请教，如此做法就算不违唐律，可违背您的良心？"

连声请教，仿佛一记一记重拳，不停砸向老将军的心头。然而许世何许人也，怎会被宁缺几句话便撼动心神，他微怒而笑说道："既然你要代书院入世，便要接受世间强者的挑战，为何不愿让那些人知道你的下落？莫非你怕，你没有信心，怕给大唐和夫子丢脸？"

不待宁缺说话，将军笑容骤敛，看着他冷漠说道："即便你幼年时冷酷行事情有可原，那自渭城来长安之后呢？"

来长安之后？宁缺的眉梢缓缓挑起。

园内忽有风起，微寒，天光暗淡，似乎要下雨了。

"天启十四年，御史张贻琦死时，你在哪里？"

"城东那名老铁匠死时，你在哪里？"

"茶师颜肃卿死时，你又在哪里？"

将军看着他，神情漠然问道。

宁缺脸上神情不变，身体却变得僵硬了起来。如果说他先前对将军的质问只不过是些隔靴搔痒的小把戏，那么将军这时候连续问出的三句你在哪里，则是真正锋利的寒刀，可以斩风劈雨断人头颅。

他终于明白为什么许世会对自己如此警惕甚至暗中调查打压，确认从林零到如今这位大唐军方第一人，已经有很多人注意到了那些命案，甚至已经嗅到了那些命案背后的味道。

今日将军府内，将军与自己的这番谈话，便是将军。

"御史张贻琦死时，你在红袖招，陈子贤死时，你在东城，颜肃卿死时，没有人知道你在哪里，但那天是书院的考试，但不知为何你却没有赴考，事后还请了两天病假。"将军盯着他的眼睛，言语间蕴藏着无穷无尽的威压，缓声说道，"不要以为自己真的很强大，不要以为自己真能瞒过世间所有的人，不要以为自己成为夫子的亲传弟子便可以把过往一笔勾销。我说过我知道你的所有事情，那么便是所有事情，一件事情都不会少。"

一件都不会少，一件都不能少。

这便是大唐军方第一人的气魄。

宁缺今天第三次听到将军说出类似这样的话，他不知第几次陷入了沉默。

台间也是一片沉默，园里的杨树被雨前的风吹得微微颤抖，本应该生活在更北方的树叶呼哨作响，似乎随时会垂落到地面。

不知道过了多长时间。

将军说道："夫子曾经说过，唐律第一，这不只是书院，也是我整个大唐帝国的最高信条。以往的事情我自会调查下去，以后如果再让我知道你违反唐律，干涉朝政甚至图谋不轨，我会以唐律治你的罪。"

宁缺忽然伸手把面前那些残着菜汁的碗盘叠了起来。

然后他站起身，看着将军说道："唐律首重证据，如果将军能够拿到这些命案的证据，我会在长安府中等着将军。"

说完这句话，他向将军行了一礼，然后离开。

走出将军府，没多远便是熟悉的朱雀大道，宁缺信步走在平整青石铺成的大道上，神情平静，心情也很平静。

最终还是被人猜到自己与那些命案的联系，这让他很紧张，却并没有被将军府里这番谈话震慑住心神。即便许世可以代表整个大唐军方横扫世间，但在没有证据的情况下，他根本无法指控宁缺，更没有办法对他造成任何伤害。

因为他现在不是渭城的小军卒，也不是初到长安城的外乡人，他现在是书院二层楼学生，与陛下亲厚的大书家。

现在想要动他，首先必须说服陛下，最重要的是需要说服夫子。

皇帝陛下的态度宁缺无法猜测，但他很清楚，夫子绝对不会在乎自己的学生杀了多少人，因为夫子不理世间之事。

不过先前将军府里的谈话，有些部分确实对他造成了一些情绪上的冲击。

许世说得很对。

从逃离长安城，过千里饥地，入险恶岷山，在那些颠沛流离的岁月里，从某种角度说，宁缺就是一个无恶不作之人。

之所以无恶不作，那是因为他所处的人间有万般罪恶。为了在万恶的人间活下去，他必须无恶不作。

后来到了渭城，再到长安，他来到了清平喜乐的人间，发现世上还是好人多，于是他开始尝试做个普遍意义上的好人。

没有人不愿意做好人。

宁缺也想做一个好人。

所以从渭城开始，他就一直在学习怎样做一个好人，一路学习到了长安城。这种学习可以说成是某种伪装，甚至更像是第二种人格的形成。那种人格很不稳定，时而尖酸刻薄，时而憨喜唠叨，故作无耻之态以讨喜，有些小清新，有些小可爱。

但他骨子里最真实的性情，其实还一直停留在四岁时，在通议大夫府柴房内手握滴血柴刀的那一瞬间。

如果面临着外部的压力，如果再次面对死亡，那份狠戾冷酷的性情，会毫不犹豫地从他身体最深处迸发出来。

登山入二层楼的那一夜如此，在荒原上遇马贼时如此，在大明湖畔箭射隆庆皇子时也如此。

时时如此，时时不如此。如此才是宁缺。

不知不觉间，他走到了朱雀绘像之前。就在这时，筹谋已久的暮春之雨终于落了下来。

6

雨自天降，街上的行人纷纷走避，那些外郡来的游客也依依不舍地离开，只剩下宁缺一个人站在朱雀绘像前沉默不语。

他撑开了大黑伞，雨点洒落在紧绷的伞面上，发出沉闷的声音。他看着伞前逐渐被雨打湿的朱雀绘像，想起了很多事情。

往事不用提，今天在宫里皇后娘娘半蹲行礼，将军府里许世一着将军，都让他觉得很是麻烦，尤其是许世的态度，让他很不舒服。

这种不舒服不是愤怒，而是类似失落的感觉。因为他也曾经是名大唐军人，如同渭城里的同袍们一样，把这位大唐军方第一人视作偶像，喝酒闲聊时提起镇国大将军的名字便会肃然起敬。

他记得某种关于精神层次需要的说法，他喜欢在渭城与战友们逐马草原出生入死，他喜欢在长安城里被民众尊重议论甚至敬畏，喜欢书院后山的师兄师姐，这些都是很美好的精神需要。

所以他想做个好人，想被许世这样的军方重臣欣赏，而不是警惕甚至意欲除之而后快，然而可惜的是世事岂能尽如人意。

春雨越下越大缠绵得一塌糊涂，恰如宁缺此时的心情。

庄严清丽的朱雀绘像被雨水淋得湿漉漉的，那双不怒而威的眸子，仿佛被赋予了某种生命，骤然间生动起来。

普通人根本无法感知到朱雀绘像的变化，但宁缺清晰地感觉到了。他看着朱雀绘像的眸子，感受着地面石线里渐趋凝结的气息，很清楚发生了什么事情。

以现在宁缺的修为境界，自然完全不可能抵挡朱雀绘像的气息，但是他站在春雨中，神情却异常平静安宁。

不是因为他手里握着大黑伞。

而是因为他怀里有根杵。

宁缺左手伸进怀中，握着那根被布包裹着的阵眼杵，看着伞前威势渐起的朱雀绘像，说道："现在不是当年，你以为现在我还会被你吓得屁滚尿流或者变成冬天里的鹌鹑？我现在是你的主人，你还能拿我怎么样？"

朱雀神符的主人是不能自封的，而是颜瑟大师传承给他，然后由大唐天子亲口确认，并且由那根杵最终确定。

雨水间的朱雀绘像，感应到了黑伞下传来的熟悉却又多年不见的气息。

宁缺的识海里响起一声清亮的啸鸣，鸣声尖锐高亢，夹杂着几分疑惑、几分不甘、几分悲伤和些许淡然。

雨水不停地冲洗，朱雀绘像里那道来自远古的肃杀气息渐渐淡去，直至最后归于沉寂，变成一面普通的石画。

宁缺知道这代表朱雀绘像承认了自己的身份。

先前识海中那声啸鸣里的悲伤，是朱雀对师父颜瑟的追忆。

宁缺站在雨中，右手握着大黑伞的伞柄，左手握着惊神大阵的阵眼杵，感受着两种截然不同的触感，想明白了一些事情。

朱雀在春雨里认主，代表着长安城这座大阵，从此以后便成了他的责任，也代表着维护大唐的安宁，从此成为他肩上的责任。他喜欢这片土地，喜欢这个国度，喜欢平静喜乐的生活，喜欢生活在此间的人们，所以他愿意承担这种责任。

他愿意用除了生命之外的任何事情，来维护大唐的安宁，但这并不代表他便要因此失去自己的人生。

左手握着阵眼杵，是握着大唐的将来。

右手握着黑伞，是握着自己的人生。

两手都要握，两手都要握紧。

如果两者发生冲突纠结，像此时的春雨一般缠绵，那么他需要做的事情，就像是当初登旧书楼般用刀砍开面前的春雨，像松鹤楼露台上夫子那一闷棍般，砸碎所有的纠结与不满。

松鹤楼露台那个夜里，他与夫子曾经有过一番对话。那时候的宁缺，以为自己谈话的对象是名长安城的普通富翁，如今想着这些话出自老师之口，这番话自然便有了崭新的意义。

不走歪门邪道，难道就不能杀人？不走歪门邪道，难道就不能杀夏侯？

宁缺笑了笑，把大黑伞收好系回背后，就这样一头撞进了如帘的春雨中。

他去了红袖招，与简大家见面，讲了讲在宫里与皇后娘娘的对话，离开之前，绕到澡房外看了一眼，当初他便是在这里杀死了御史张贻琦。

然后他去了南城湖畔的小院，自青翠的竹林下走过，发现那名茶师颜肃卿被自己杀死后，小院早已换了主人。

他去了东城那间铁匠工坊，走到后院门口，想象着当时苍老的陈子贤倒在自己刀下的画面，沉默不语。

"以前我籍籍无名，杀死了你们，如今我的身份地位不一样，若是为了今后一世安稳与繁华，便不再继续下去，那你们岂不是死得太亏？"

雨渐渐小了，宁缺准备回老笔斋，却在临四十七巷巷口停下了脚步，转而走到春熙路，进了一家茶楼。

许世已经猜到他与那几桩命案之间的联系，甚至有可能把这几桩命案与当年的将军府灭门案联系起来，就算暂时还没有联系到这件事情，也一定会开始着手保护某些人，某些他要杀的人。

除了夏侯将军，小黑子留下的油纸名单上还有人活着，宁缺如果想要杀死对方，便必须和朝廷抢时间。

坐在茶楼二楼畔，看着栏外淅淅沥沥的雨点，他仔细思考了一下步骤，确认不会惹出太麻烦的问题，便开始着手准备。他向掌柜要了笔纸，稍一思忖后开始疾笔书写，草草而就一封书信，然后封好，准备让车马行把信送到书院。

便在这时，他忽然看到了一个熟悉的身影。

那人也看见了他，惊喜说道："宁缺，你怎么在这里？"

宁缺嘲笑说道："褚由贤，你今天又没去书院，当心让你家老爷子知道，直接断了你的银钱。"

如今宁缺的身份地位早已与当初大不相同，但褚由贤本就是个豪奢开朗的性子，又有唐人不惧权贵的惯常思维，乐呵呵地凑了过来，说道："断了银钱怕甚，你随便给我写幅书帖便成。再说若要去红袖招，以你现在的名声，难道还要本公子再请你？当然是你请我才是。"

褚由贤忽然眼睛一亮，说道："择日不如撞日，反正看你在茶楼上也闲来无事，又没带着那小侍女，不如我们去红袖招？"

宁缺摇头说道："我今日有事情要做。"

忽然间他想着一事，把桌上那封书信递了过去，拜托道："有封信要送进书院后山，能不能麻烦你走一趟。"

褚由贤苦着脸说道："你不是不知道，我最厌憎去书院。"

宁缺说道："一张书帖。"

"中堂？"褚由贤大喜道。

宁缺笑骂道："你想得倒挺美。"

褚由贤接过书信，眼珠忽然转了转。

宁缺哪里不知道他在想什么，说道："可别想着把这信纸偷了去卖钱，不然那幅书帖不写，我还要去你家闹事。"

"书法赏鉴罢了，哪里能说偷，即便偷了，又哪里舍得卖钱？当然是要拿回家给我那位附庸风雅的老爹高兴高兴。"被宁缺揭穿想法，褚由贤也不羞恼，笑嘻嘻说道。

宁缺正色说道："这封书信很要紧，可不能误了我的事。"

褚由贤说道："那我这便去。对了，过些时日丙舍同窗有次聚会，由头我倒是忘了，司徒依兰让我问你一声去不去。"

"若有时间便去。"宁缺也不把话说死。

褚由贤转身便向茶楼外走去，忽然想到件事，说道："你到底要去做什么？"

宁缺笑着说道："我要去杀人，你要不要跟着去看热闹？"

褚由贤觉得好生无趣，挥挥手便噌噌噌下了楼梯。

宁缺把桌上残茶饮尽，探头出栏，看着褚由贤上了马车，仔细算了算时间，却不急着离开，而是又要了一壶新茶。他在茶楼上慢慢饮着，春雨在楼外淅淅落着。

长安城上空雨云密布，看不见日头，只有逐渐暗淡的天光，表明暮时将至。宁缺掏了块碎银子，搁在桌上，离开了茶楼。伴着身后茶博士惊喜的恭送声，他向西城门走去。

先前他并没有与褚由贤说笑。

他真是去杀人的。

7

暮色不见，微雨又至。

一位面容清癯的中年官员撑着雨伞行走在雨街之上，从官服颜色看官阶不低，但他的身旁却没有什么随从下属，只有一名面色冷峻的将军沉默跟随。西城门处的军卒和下级官员，敛声静气站在檐下，目光随着街中两名官员的脚步而移动，没有人上前，也没有人露出诧异的神情。

中年官员是城门郎黄兴，负责整座长安城以及皇城的诸门启闭事宜，而跟着他的那位将军姓于名水主，是城门军的裨将。

黄兴以勤勉廉洁著称，自接任城门郎一职以来，每日晨间和暮时必然会选择一处城门进行巡查，除了于水主之外不带其他任何下属官员，轻车简从，风雨无阻，如此多年来没有哪一日不如此。

长安诸城门处的人们早已经习惯了眼前这幕画面，只有当这二位大人结束完巡查之后，他们才能离开，这已经形成了一种不成文的规定。

按照过往这些年来的规矩，今天城门郎黄兴大人巡查的是西城门。

巡查西城门完毕，黄兴确认没有发现任何问题，点了点头。裨将于水主回头望向檐下那些面露紧张之色的军卒和官员，神情冷峻地挥了挥手，众人知道今天终于结束了，面露轻松之色散去，各自回家。

站在西城门司衙外的雨街上，黄兴微倾雨伞，抬头看着自天而降的雨丝，觉得自己的双腿有些酸痛，微涩说道："终究还是老了。"

于水主说道："大人还能再为朝廷效力三十年。"

黄兴问道："这些年天天陪着我四处巡视城门，每日都要踩着夜色归府，弟妹早有不满，着实辛苦你了。"

于水主沉默片刻后回答道："我这条命都是大人给的，莫说陪着大人踏遍长安城九座城门，即便是把命送掉也是理所当然。"

如今这二位长安城著名的清廉官员当年曾经是军营里的同袍，他们的命运因为当年的一件惨事而改变，也紧紧联系到了一起。

当年如果不是黄兴狠下决心最先带着于水主投靠了亲王殿下李沛言，说不定早就已经随那位将军死去。即便不死，大概也会被朝廷冷落闲放散置，没有亲王殿下的大力回护，哪里还有如今巡视长安城门的辛苦与荣耀。

可惜终究还是受了当年那件事情的影响。二人虽说勤勉清廉用心替朝廷做事，官位军职也已经到了头，再难晋升，不过至少荣华富贵已有。

黄兴看着微雨里的长安城，沉默很长时间后，忽然感慨说道："当年我们随将军回长安，似乎就是入的西城门。"

于水主神情微凛。

他们二人每天清晨黄昏巡视城门时，谈的都是府中闲事、朝中趣事，也曾经回忆过曾经的军旅生涯，然而却从来没有提到过那位将军。因为二人不想记起当年那件惨事，不想回忆起自己在那件事情里所扮演的角色，也许是因为内疚惭愧，也许是因为恐惧。

于水主不明白大人为什么今天会忽然发此感慨，低声说道："按朝廷规矩，应该是由东城门入城，后来这件事情也被拿出来作了罪证。"

黄兴叹息一声，没有再说话。

暮色里的雨越下越大，行人早已各自归家，城门司的下属官员大概已经回到了温暖的府中。守夜的军卒躲在城门洞或值房里，湿漉漉的街上空旷安静，只有雨声伴着二人沉默回忆着当年。

两辆马车在雨街两头沉默等待着，那是二人府上派来的马车。府中的管事早已习惯了大人们的规律，没有来催他们。

便在这时，雨街上忽然响起了脚步声，脚步声很轻柔，很稳定，如果仔细去听，似乎能够听到靴底踩破水洼所发出的细微声响。

那是一个穿着黑衣，背着黑伞的年轻人。

很奇怪的是，年轻人没有打伞，任由雨水落在自己的身上，他的衣服早已湿透，雨水顺着额头垂下的几缕发丝滑落。黄兴看着向自己二人走来的黑衣年轻人，眉头缓缓挑起。他只是觉得这名浑身湿透的黑衣年轻人有些奇怪，并没有察觉到任何危险的气息，他也不认为会有任何事情发生。

因为这里是治安良好的长安城，这里是戒备森严的西城门，无论是那些胆大妄为的娘子军，还是那些强大的修行者，面对着大唐帝国的威严与强大的军事力量，都会变得卑微而且平静。

确实没有任何事情发生。

那名年轻人走过二人身前时，注意到了黄兴身上穿的官服以及于水主身上穿的轻甲，行了个礼，然后便走出了长街。

黄兴注意到，那名穿着黑衣的年轻人行礼的时候脸上的神情并不是敬畏，而是带着很复杂的情绪，笑着说道："我们看这淋雨的年轻人奇怪，想来他看我们这两个站在雨里沉默的官员，也会觉得奇怪。"

于水主说道："有理，那便回吧。"

黄兴忽然感觉手里似乎多了样东西，低头望去，只见掌中有一张纸条。

他没有去看纸条上写着什么，而是转身向身后望去，只见那处春雨淅沥，街上早已没了那名黑衣年轻人的身影。

于水主也注意到了这件事情，眉头骤然挑起，声音微沉说道："能悄无声息把纸塞进大人手中，这人很了不起。"

黄兴沉默片刻，把手心里那张纸条打开。

纸条微黄，似乎很普通，似乎又极不普通，上面的字迹大概是用朱砂混着某种材料写成，殷红得像是血一般。

微黄纸条上端画着一些线条，那些线条组合在一起看上去像是一个字，但无论是黄兴还是于水主都认不出这是什么字。

他们认识纸条下方的那些文字，因为那些都是正常的文字。

"我自将军府里来，要取你们的命。"

二人神情剧变，神情有如此时夜色将临的雨天，黯淡阴沉到了极点，黄兴捏着纸条的手指微微颤抖起来。

微黄纸条上的将军府三字勾起了他们深埋在心底最深处的那些回忆，那些带着血色的回忆本来早已模糊，今天黄兴看雨中长安城偶发感慨，让他们想起了一些，紧接着这张纸条让那些回忆全部回来了。

二人很清楚，纸条上的将军，指的不是镇国大将军许世，也不是镇军大将军夏侯，而是当年的宣威将军林光远。

黄兴叹息说道："先前忽然感慨，果然应兆着些什么。"

于水主神情凝重说道："我去亲王府。"

黄兴点点头。

二人就在雨街中间分开，撑着雨伞向街道那头自家府中的马车走去，官靴踩着街中的积水，啪啪作响。

开始的时候，声音的节奏还很平缓稳定，然后雨街上的脚步声越来越快，越来越急。这证明了他们此时真实的心情，并不像表面那般轻松。

于水主撑着伞疾步行走，脸上的神情越来越冷峻，越来越肃厉，心头的恐惧被愤怒所替代。他只想快些报与亲王殿下知晓，当年那件事情果然还有漏网之鱼。

脚步声忽然微乱。他的左脚踏入一片水洼，发出的啪声变得绵长沉闷很多。

因为他这只脚再也无法抬起来。

他的脚掉在了那片水洼里。

雨街地面上仿佛有一根无形的锋利细线，割破了他腿上的裤子，割破他的皮肉，割破他的骨头，所以他的脚掉了下来。

不是一根无形的锋利细线，而是无数根无形的锋利细线。

于水主的膝盖从中断开，然后整条大腿断开，然后他身上的轻甲被割裂成无数块。他的身体被割裂成无数块鲜肉。

就像熟透的果子般，纷纷从空中坠下，砸在了雨水里，发出啪啪的响声。

黄兴撑着油纸伞在雨中向着街口处的马车疾走。他手中的油纸伞很旧，他的脸色很苍白。

他不想死。

虽然他的油纸伞很旧，整座长安城都以为他很清廉，但事实上这些年他贪了很多银子，他想活着享受那些银子带来的一切。

虽然每日巡视城门很辛苦，但事实上他很享受巡视时下属们的畏怯目光，百姓们赞叹敬仰的神情，他想活着继续享受这一切。

他认为自己是长安城的一道风景，想要长久。

便在这时，他听到了身后传来的啪啪声。沉重的肉块落在水洼里所发出的啪啪响声，和官靴踏进水洼里所发出的啪啪响声不同，在落雨声中显得十分清晰。

黄兴没有回头，不敢回头。他握着油纸伞的手颤抖起来，看着不远处的马车和车畔恭谨躬身相迎的管事，苍白的脸上流露出绝望的神情。他紧紧握在手中的那张微黄纸条，已经被雨水和汗水打湿。

忽然，一蓬艳丽的火苗，从他的手中喷了出来。

又一蓬火苗，从他官袍里喷吐出来。

另一蓬火苗，从他已显老态的脸颊皱纹里喷吐出来。

无数蓬火苗，从他身体最深处喷吐出来，瞬间熔化了他的头发眉毛眼睫皮肤脂肪肌肉骨骼，燃烧了一切。

雨夜的长街，昏暗湿漉，雨伞下的人在燃烧。

片刻后，油纸伞从空中飘落，落在积雨的街道上。伞下的黄兴，已经无声无息化为灰烬。

雨伞在水洼里缓慢滚动，伞柄微焦。

不远处某条巷内，宁缺静静站在雨中。不知道是情绪波动太过剧烈，还是这场春雨有些寒冷的缘故，他的脸色有些苍白，眉眼间的神情有些疲惫。

8

雨巷里，宁缺看了眼湿透了的黑色院服，撑开大黑伞。

杀死那两人并不是太困难的事情，但要抢在朝廷尤其是军方明悟之前无声无息杀死对方，却有一定难度。

在油纸伞下化为灰烬的黄兴，死于他的一记火符。

于水主，则是死在井字符之下。

井字符是颜瑟大师最强大的神符。去荒原之前，颜瑟大师便把这道符意传给了宁缺，只是因为符意艰深神妙，宁缺直至前些时日从崖洞里破关而出，才真正掌握了这道符的符意。

以浩然气为引，宁缺成功施出的井字符更像是一种模拟，与师父颜瑟施展出的井字符神奇威力相比当然远远不及，不过要在这场春雨中无声无息把一个人切成肉块，却是很简单。

在夜色中，宁缺撑伞离开西城门。他先去到皇城，找到侍卫副统领徐崇山交接了一些事情，然后回到了临四十七巷。

桑桑看着浑身湿漉的他，小脸上流露出担忧疑惑的神情。宁缺低声解释了几句，便去后院冲了个冷水澡，然后开始吃饭。

烛火微摇，宁缺坐在前铺桌边，看着桑桑前年留下来的丧乱帖，久久沉默不语，想起了死在铺子对面的小黑子。

那也是一个春天，也是在一场春雨之中。

小黑子死前留下了一张油纸名单，上面是当年曾经参与过那两件惨案的人，如今黄兴死了，于水主也死了，名单上的人便全死光了。

不过还有两个该死的人没有死，卓尔没有把那两个名字写到油纸名单上，因为他和宁缺都知道那两个人是谁，不需要记住，也不会忘记。

大唐亲王李沛言以及镇军大将军夏侯。

桑桑走到他身后，说道："会不会有麻烦？"

宁缺说道："就算……那位老将军能猜到，他也不能把我如何。"

桑桑有些不解，问道："为什么这么着急？"

以往杀御史张贻琦或陈子贤时，宁缺总要调查很长时间，然后确认朝廷没有注意到这件事情时，才于无声处响一道惊雷。

城门郎黄兴和于水主是当年将军府灭门惨案里的重要角色，宁缺已经调查了很长时间，但他选择今天出手，还是让人感觉有些冒进。

"朝廷里有些人已经猜到是我做的。"宁缺把桌上那张丧乱帖递给桑桑，示意她收好，说道，"如果我今天不抢着动手，以后可能就很难有机会动手了。"

桑桑接过书帖，问道："明天如果还要去将军府，我陪你去。"

宁缺摇了摇头，说道："不用，我已经传信到书院，到时候有人陪我。"

第二日清晨，酸辣面片汤的摊子都还没有摆出来，便已经有几名大唐军部的官员来到了老笔斋外，叩响了铺门。

宁缺早已准备好，推门而出，看着昨日在朱雀大街上见过的那名官员，说道："将军又要请我过去谈话？"

那名官员的神情比昨日要显得冷漠很多，简洁说道："请。"

昨日刚在将军府里被许世将了一军，紧接着出府之后便去杀了两人，这等于在大唐军方的脸上狠狠抽了一记耳光。今天会被许世将军再次召见宁缺绝对不感到意外，只不过他没有想到今天谈话的地点不是将军府，而是大唐军部。

数辆马车离开临四十七巷，顺着朱雀大道向北直驶，过了建神坊，有一大片极清静疏旷的林子，马车往林子里拐了进去。宁缺掀起窗帘向外望去，隐约可见密林后方有一大片平坦的草甸，看上去就像是塞外的风光，不禁略感惊诧。大唐以武立国，南征北战，军部管辖着四大边军各郡厢军还有羽林军，乃是帝国权威最重的部堂，在异国人的心中更是世间最可怕的地方。

这是宁缺第一次来到军部。

他没有想到朱雀大道旁竟然还有这么一片草甸青林，看似简单朴素，但在地价日贵的长安城里，实际上却是豪奢到了极点。他也没有想到大唐军部竟是毫无森严气象，无高墙箭楼静衙，只是隐在青林草甸间的数十幢独立的楼阁。

乌檐黑瓦的楼阁或高或矮，看似无序却错落有致地坐落在草林之中，各楼之间有直石铺成的马车道相连，看上去静雅幽静而不失大气。数辆马车在草甸密林间的石道上飞驰，速度奇快，石道上的官吏们闻声而避，纷纷投去疑惑的异样目光。

马车在青林深处最高的那幢木楼前停了下来。宁缺走下马车抬头望去，只见这幢木楼有三层，顶楼有阁，同样的乌檐黑瓦，只是檐梁的风格与草林间军部其余建筑不同，檐线微弯如刀，红梁直若铁枪，一股强悍的气息从楼里渗出。

三楼阁间，那位身着朝服的老人正扶栏远眺，神情漠然，不知在想些什么。

昨日的谈话在将军府，老人穿的是寻常家居便服，那场谈话便是私下的谈话。今日在大唐军部，老人穿着朝服，这场谈话便不再是私下的谈话，而是一场非常严肃甚至危险的问话。

宁缺走进木楼，在那些忙碌着整理卷宗和各边军情的军官吏员间走过，拾级而上登楼，随着环境渐静，便来到了顶楼阁中。

昨日落了一场雨，暮春的浮华粉腻意被一扫而空，阁间的空气异常清新，有风微寒穿入阁中，拂在脸上骤感清爽。随着微寒的春风，许世将军微寒的声音响起。

"你可知道军部为何有阁无墙？"

宁缺缓步向栏畔走去，走到老人身后，摇头说道："不知。"

许世转过身来，看着他说道："因为我大唐军人的使命是御敌于国境之外，若让敌人打进长安城里，包围了军部，那大家通通拿刀子割喉咙自杀算了，还打什么？既然如此，军部为何还要围墙？至于这楼阁，则是要告诉所有的大唐军人，要有登楼阁怀天下的气度和眼光。"

宁缺说道："原来有此深意。"

许世看着他的眼睛，寒声说道："我大唐不惧外敌，只惧内乱，最坚强的堡垒，必然都是从内部先崩溃的。"

宁缺说道："将军此言亦有深意。"

"没有什么深意，我说的话意思很浅显。"

许世冷漠说道："昨日与你那番谈话便是要告诫你，大唐需要稳定，不能生出内乱，你应该要以大局为重，要懂得尊重律法……宁缺，你是书院二层楼的学生，想来不会连我这些话的意思都听不懂。"

宁缺说道："将军昨日的教诲令我深受震撼，昨夜回老笔斋后，便让侍女拿出唐律秉烛夜读，果然大有进益。"

许世见他依然如昨日那般怠懒相对，内心深处的怒意渐渐蕴积，苍老脸颊上的神情却是越来越平静，淡淡问了一句话。

"昨天暮时，黄兴与于水主死时，你在哪里？"

宁缺微微皱眉，似乎在回忆，片刻后回答道："我在逛街。"

许世问道："昨天暮时，天降大雨，你逛的什么街？"

宁缺说道："我喜欢淋雨。"

许世问道："昨日在西城门，是符师动的手。"

宁缺说道："真是胆大妄为。"

许世看着他，面无表情说道："世间符师数量并不是太多，尤其是长安城里的符师，天枢处都有记载。"

宁缺看着他，微笑说道："那得让天枢处赶紧查查。符师数量虽然少，但我想也不止一个两个，查起来或许比较麻烦。"

许世说道："你也是位符师。"

宁缺回答道："我会的东西确实不少。"

"据报昨夜命案发生时，有个背着黑伞的黑衣年轻人，出现在西城门。"许世静静看着他身上那件黑色的书院院服。

宁缺说道："我身后还背着一把大黑伞，说起来倒像是我当时去了西城门，可惜喜欢穿黑衣的年轻人也很多。"

许世说道："但穿黑衣背黑伞的年轻符师，世上除了你还有谁？"

宁缺看着他问道："将军是怀疑我杀死了那两位官员？"

许世没有任何客气，说道："不错，因为你说不清楚你当时在哪里。"

宁缺忽然开口问道："将军这是在审案？"

许世冷冷说道："莫非本将军没有这个资格？"

宁缺摇了摇头，说道："如果我现在还是渭城一名小小军卒，将军自然有资格审我。只是书院初试之后，我已经由军籍转为民籍，即便我有嫌疑，也只能由长安府来审，将军还确实没有这个资格。"

许世面无表情看着他，说道："奉陛下旨意，宫中与军部兼辖着天枢处，你如今是天枢处的客卿，我如何审不得你？"

宁缺从腰带里取出天枢处客卿的腰牌，轻轻搁在阁畔栏上，说道："我昨夜去侍卫处问过，陛下前天已经同意了我退出天枢处的申请，只是这块腰牌暂时还保留在身上。如今我不要这块腰牌，将军便审不得我。"

许世没有想到宁缺竟然提前做出这等手脚，眉头深皱然后渐渐舒展开，带着嘲弄讽刺的神情说道："你果然不敢让我问你。"

9

德高望重威深的大唐军方领袖苍老的脸上忽然露出嘲弄讽刺这等略显轻佻的神情，并没有让宁缺觉得对方身上多了些普通人的世俗气息，反而他感觉到了一股沉重的压力，缓声应道："不是不敢，而是不愿。"

"将军先前言及军部有阁无墙之深意，深得我心，我大唐雄霸天下，任外界风雨如何，都不会崩坍，只是担心祸起于城墙之内。将军如果坚持要审我，在外人眼中，只怕是帝国军方试图压制书院。"他说道，"我知道将军并无此意，但切不可给大唐的敌人传出这种错误讯息，所以我不愿让将军审，将军也不能审我。"

"宁缺啊宁缺。"许世面上的神情尽皆敛去，看着他冷漠说道，"如果你不是这般百般抵赖，而是有所担当，或许我还能赞你是条汉子。"

宁缺应道："若能做个敷粉的词臣，倒也不差。"

许世说道："你决意要挑战我大唐军方？真是个妄自尊大的狂徒，你以为你真有这种资格？"

"虽然我不明白将军您这句话是什么意思。"宁缺微顿，说道，"我是夫子亲传弟子，代书院入世，继小师叔之后行走天下，我实在不知，自己没有怎样的资格。"

许世盯着他的眼睛看了很长时间，然后负着双手走到栏畔，居高临下望向草林外的长安城，说道："你也曾经是位军人，所以你应该很清楚我大唐军人职责之所在，所以不要以为我真不敢杀你。"

随着这句话出口，一道极强大漠然的气息从将军微微佝偻的身躯间散发出来，把他的人与周遭的天地完全隔绝。

楼阁间流转的清新林风骤然间无声无息，栏外青色林梢停止了摇摆，先前那些被风拂落的赘叶，也在草间停止了滚动。从宁缺的视线望过去，阁楼栏外的所有事物，在这一瞬间变得静止不动，就像是被画框限住的一幅风景画。

他自己也已经成为这幅风景画里的一部分。

只有栏畔那位老人，与这幅风景画完全隔离，他仍是自由的。楼阁间的天地气息已经被栏畔的老人完全控制，静止不动，失去了所有的活力，只要他愿意，他便能碾杀此间的一切。

面对着那个看似萧索佝偻、实则强大恐怖到了极点的老人背影，宁缺沉默无语，心想不愧是大唐军方第一人。这等修为境界，竟是隐隐然已经超出了武道巅峰的范畴。

宁缺很清楚，自己绝对没有任何办法能够对抗如此强大的境界，只要许世微一动念，周遭凝固般的天地元气便会把自己瞬间碾压成粉末。

冰冷的汗水渐渐湿透衣背，打湿了身后那把大黑伞，他脸上的神情却依然平静。

风景画中，只有栏畔的老人是自由的。好在老人似乎还想听他说些什么，所以宁缺的嘴也是自由的。

"我昨天进了皇城。"宁缺看着栏畔老人的背影说道，"陛下带我去了小楼。"

他知道许世身为大唐军方领袖，绝对知道皇宫里的那幢小楼意味着什么，果不其然，老人身上那件朝服衣袂摆动了一丝。

他继续说道："昨日去将军府前，我先去了一趟朱雀大道……"

没有等他把话说完，许世问道："朱雀……认主了？"

宁缺说道："是，所以将军您应该清楚，如今是我在负责这座长安城的安危。如果您真是替大唐考虑，要履行一位大唐军人的职责，那么您现在需要做的事情是保护我的安全，而不是试图杀死我。"

许世负着双手，站在栏畔看着远方，沉默了很长时间，忽然带着几丝遗憾和愤怒喃喃说道："没想到最终还是落在了你的手里。"

宁缺沉默不语。

许世转过身来，看着他面无表情说道："我之所以调查你，正是因为我不同意陛下把阵眼杵交到你的手中。实话与你说，我与颜瑟乃是多年故交，但我觉得他看错了你，同样夫子也看错了你。"

宁缺真没有想到这位大唐军方领袖居然与师父有深厚的交情，他越发不能理解最近发生的这些事情，微微挑眉说道："为什么？"

"因为你持身不正，因为你寡情冷血，因为我很清楚，如果我大唐真到了生死存亡的关头，你绝对不会与这座雄城同生共死。"

许世看着他一字一句说道。

宁缺再次沉默，不得不承认许世对自己的看法是正确的。昨日在朱雀绘像之前，他曾经豪情万丈，默默立誓想守护长安城和大唐，然而在内心真实誓言之中，他依然把自己的生命摆在最上面的位置。

沉默很长时间后，他抬起头来，看着许世很认真地说道："我可以向您保证，至少我会尽自己的全力。"

许世说道："你让我如何相信你？"

宁缺问道："我为什么不能让您相信？"

许世说道："因为你不值得信任。"

宁缺反问道："什么样的人才值得信任？"

许世说道："像你师父颜瑟那样，看似嬉笑人间，实际上却懂得什么叫作正义，什么叫作敬畏。"

宁缺摇了摇头，说道："我师父已经死了，而且虽然您与他相交数十年，但我并不认为您足够了解他。师父他从来不是一个维护正义的人，他也不知何为敬畏，他只是明白什么叫作责任，而这我也明白。"

许世说道："你的手上染了太多血，你没资格握住那根杆。"

宁缺说道："昨天在将军府中您问我天启十四年御史张贻琦死时我在哪里，城东那名老铁匠死时我在哪里，茶师颜肃卿死时我在哪里，今天在这楼阁中，您问我昨夜黄、于二人死时我又在哪里。"

许世冷冷回望着他。

宁缺平静问道："您问了我很多句我在哪里，我也想问问……当年夏侯在燕境屠村，数百无辜者化为焦尸时，您在哪里？当年夏侯坑埋三万降卒时，您在哪里？当年宣威将军府血流成河时，您……又在哪里？"

听着这连续几个问题，许世瞬间似乎变得苍老了几分。

楼阁里的气息略有疏松，楼外的风景再次活了过来。

宁缺向前走了两步，来到许世的身前，继续说道："我的手上确实有很多血，将军您的手上或许真没有什么血，但不代表你的手就比我的手干净。

"如您所言，我当然不是什么好人，我从来不关心世上有什么丑陋血腥不公平，只要那些事情与我无关。或许我确实没有资格握住那根杆，但这个世界上也没有多少人有资格质疑我握杆的资格。

"至少将军您不行。

"当初夏侯能够置身事外，那些屠村的将军校尉毫不惩罚，朝廷的说法是没有涉案的证据，依据唐律无法问案。事实上你我都清楚，那只是因为夏侯对大唐有功，东北边军对帝国有用。"

宁缺说道："既然朝廷坚持唐律第一，那么将军如果要审我与那些命案之间的关系，请先找到证据，不然以后请不要来烦我。"

许世沉默了很长时间，看着他冷漠问道："那你能不能告诉我，你做这些事情，是为了正义，还是为了复仇？"

"我并不是正义的使者。"宁缺说道，"我与夏侯将军之间也无私怨，只是因为他在荒原里得罪了我。"

许世说道："这种说辞谁能相信？"

宁缺说道："我不需要让别人相信，只要夫子和陛下没有意见便好。"

许世说道："你以为陛下会一直宠信着你？"

宁缺摇了摇头，说道："这与宠信无关，只不过我想陛下就算知道了这件事情，大概也会认为我这些事情做得很对。"

他忽然觉得自己今天说的话已经足够多了，所以他转身向楼梯走去。然而就在这个时候，许世忽然叹息了一声。

"你很冷静，我可以想见，日后你可能成为一个非常优秀的人，甚至比轲浩然更加优秀，那么你也有可能比他更加危险。"

宁缺听着身后的声音，停下脚步，想到皇帝陛下在宫里说过许世此生纵横沙场不败，却在小师叔手下吃过很大的亏，难道自己真的要替师长承担后果？

他转过身，看着栏畔的许世，终于烦了。

"我敬您是镇国大将军，所以我才言辞恳切，态度诚恳与您说了这么多话。如果您真要撕破脸，不要唐律这块遮羞布，那先前何必说这么多废话。"

"唐律不是遮羞布，是大唐的根本。如果你保持着这种看法，那么我更不能让这件事情再这样继续下去。"许世看着他平静说道，"不违反唐律，我还有很多手段让你消失无踪。"

宁缺说道："我很期待。"

然后他摇了摇头，说道："不要再像前面几次那样引些佛道中人来挑战我，您应该清楚，那样用处不大。"

许世说道："你真以为柳亦青输给你后，就再也没有人敢挑战你？"

宁缺说道："至少像您这么厉害的大人物，想必是不会来挑战我的，因为您丢不起那人。"

便在这时，他身后响起一道声音。

"我丢得起这人。"

宁缺转头望去，只见楼梯口处，不知何时出现了一个微胖男子，那男子微笑说道："我叫王景略。"

宁缺望向栏畔的许世，摇头说道："有些俗了。"

10

宁缺很满意自己先前在阁中的表现，一番言语直接让许世感慨伤怀，无心亦无力再继续审问，然而他没有想到，言语之后等待自己的果然是这样一个局面。

看着王景略从怀中取出由天枢处核发的挑战公证书，他心想这真是毫无新意，果然又是要打一场，真的很俗套。而且如果说一开始许世便准备用军中强者直接把自己打落尘埃，那么以他的威望地位，何必还要与自己说那么多话？

难道许世还真指望用言语让自己感动涕零，深感悔悟从而向军部投案自首，承认那些人是自己杀的？这种想法也很俗套。

不过不管这件事情俗或不俗，王景略已经站在了身前，神情很温和，眼神很坚定，想打一架的意思很明显。

宁缺没有见过王景略，但他听说过王景略，任何敢自称知命以下第一人的家伙都值得警惕，而且他从师父颜瑟处，听说过一个故事。

"我学会井字符了。"宁缺看着王景略很高兴地说道，不像是炫耀，而像是报喜。

王景略喜不起来，神色愁苦说道："我被陛下踢到大将军麾下，据说也是颜瑟大师的意思。我对大师感激不尽，你何必拿大师来羞辱我。"

宁缺说道："我说的是真话，哪里是想羞辱你。话说既然大家怎么说都有些缘分，何必非要打？"

王景略举着手中那张纸，叹息说道："这是我大唐军方十年来从天枢处办的第一份挑战许可文书，你说不打，可能吗？"

宁缺望向许世，嘲讽说道："推动外人来挑战我倒也罢了，如今居然让军中强者出手，莫非老将军您忘了我们都是唐人？"

许世望着栏外的风景，沉默不语。

自从崖洞破关之后，宁缺的修行境界神速般提升到洞玄上境，不然哪里可能施出那般强大的一刀，然而洞玄上境依然在知命之下。面对着号称知命以下无敌的王景略，他没有信心能够战胜对方。

"我不接受挑战。"宁缺说道，"虽然书院入世似乎就有接受挑战的义务，但你是我大唐军人，事情传出去后，我丢脸，你也丢脸。"

王景略说道："我说过，我丢得起这人，自然也丢得起这脸。"

"论不要脸，你哪里是我的对手。"宁缺看着他说道，然后走到楼阁栏畔，望向对面的草甸青林，喊道："那件事情你到底办完没有？"

话音落处，一个比王景略要胖很多的青年男子从林子深处走了出来，他连连搓手，双脚挪得比大家闺秀还要慢，很明显不想进楼。

宁缺冲着他喊道："你再不来，我就要被人打死了！"

那年轻胖子怒极，抬头对着楼上喊道："你就不怕我被人打死？"

宁缺看了一眼不远处栏畔的许世，说道："某些人自矜身份，哪里好意思对你这样一个死胖子下死手。"

噔噔噔噔脚步声响起，陈皮皮气喘吁吁爬上楼来，走进阁中，先向着栏畔的许世恭谨行了一礼，然后望向王景略说道："你得先和我打一场。"

王景略看着身前的陈皮皮，想着新年那日在长安府里接的那一指，脸上的神情越发愁苦，无奈说道："怎么又是你？"

宁缺解释说道："整个书院二层楼，我只能使唤他一个。"

王景略苦笑说道："知命以下无敌，终究是知命以下……我不是十二先生的对手，不过在此之前还是先向十三先生请教一番。"

陈皮皮摇了摇头，从怀里掏出厚厚一沓纸，把圆乎乎的手指伸到唇边舔了舔，拿出最上面那张递到王景略的眼前。

"天枢处的挑战许可书。这份许可书核发签章的时间比你那份早，我这里有六十二份天枢处核发的许可书，每份都比你那份早。所以你就算要和宁缺打，也得先和我打完这六十二场再说。"

王景略怔住了，接过那沓文书翻看了一遍。即便他天不怕地不怕，那日在长安府里被陈皮皮一指击倒依然不怕，但此时终于怕了。

失败并不可怕，如果连续六十二场失败呢？

陈皮皮这时候并没有用书院不器意使出天下溪神指，但王景略觉得自己已经中了六十二记天下溪神指，很有呕血的冲动。

宁缺望向栏畔的老人，说道："我以为将军您不会用挑战决斗这般俗的方法，但为了万全之计，我还是提前做了一些准备。依据唐律编外卷第四章之相关规定，任何想要与我决斗的军中强者，首先都必须过我十二师兄这关。如果您不想王景略天天吐血，最终变成人渣而死，那么最好不要尝试。"

王景略的脸色愈发难看。

陈皮皮走到许世身前，再次恭谨一礼，说道："二师兄托我给您带句话，书院严禁干涉朝事，那么朝廷最好也不要干涉书院的事。"

自从陈皮皮出现之后，许世一直沉默。

身为大唐军方第一人，他自然不会在乎陈皮皮，但他要对书院后山中的某些人保持一定程度的尊敬，比如那位很二的师兄。

"帮我带句话给二先生。"许世说道，"如果书院里的人已经干涉了朝事，又该如何？"

陈皮皮稍一沉默，然后说道："二师兄猜到您会有此问题，他说就算如此，也应该交由书院来处理。当然，如果您能找到书院后山中人干涉朝事的证据，那么他会禀明夫子，再与朝廷商议。"

走下楼阁，走在草甸青林散楼的军部小楼间，陈皮皮忽然说道："许世将军是个好人。"

宁缺看着马车石道前方的一棵大树，说道："伪善之人。"

陈皮皮摇头说道："不是。"

宁缺说道："貌似大义凛然，实际上不知和了多少稀泥，不是伪善是什么？"

陈皮皮说道："夫子曾经说过，如果本心向善，只是为大势而在局部稍作退让，那么只能说其人锋锐有失，却不能妄言其伪。"

宁缺踢走路上被马车轮碾出来的一块碎石，说道："就算是世间最善最正义的大好人，如果对我不好，那就是坏人。"

陈皮皮思忖片刻后说道："似乎也有道理。"

宁缺忽然抽了抽鼻子，疑惑望向他问道："你为什么流了这么多汗？"陈皮皮后背上的衣服早已被汗水打湿。

他解释说道："胖子怕热。"

宁缺摇了摇头，不接受这个解释。

陈皮皮羞恼说道："你身上的汗水都干成盐花了，还好意思说我。"

宁缺像大师兄般慢条斯理说道："我只不过是个洞玄境，而且是当事人，所以怕上一怕也正常。师兄你是知命境的大修行者，这就丢人了。"

陈皮皮忽然停下脚步，看着他很认真地说道："你知道许世是个什么样的人吗？"

宁缺摇了摇头。陈皮皮说道："他是世间最强大的人物之一。先前在楼阁中，如果他愿意，像你我这样的角色，他一抬手便可以杀一条街。"

宁缺心想，自己怎么没觉出来？

"最可怕的是他镇国大将军的身份，他手中握有大唐军权，麾下强者无数，铁骑数万，可以横扫万里。"陈皮皮说道，"你要我和这样的大人物打擂台，我凭什么不怕？"

宁缺嘲讽说道："那我为什么不怕？"

"因为你是个白痴。"陈皮皮毫不客气地训斥道，"和整个大唐军方对上……就算是柳白也会恐惧得茶饭不思，你居然不当回事，不是白痴是什么？"

宁缺问道："那小师叔当年呢？"

陈皮皮说道："小师叔当年对上的是整个天下，但你凭什么和小师叔比？"

宁缺说道："我自然不如小师叔，但我要比他无赖一些。"

陈皮皮纠正道："是无耻一些。"

宁缺懒得纠正他，忽然想到昨日将军府里的谈话，神情凝重问道："修行者真的不是军队的对手？"

陈皮皮说道:"大致差不多是这个道理。"

宁缺摇头说道:"可我有些不相信。"

陈皮皮指着高空上那些小黑点般的大雁,说道:"如果此时有数万道利箭像大雁般向你飞了过来,你怎么办?用书院不器意改变风势?还是用浩然正气硬抗?你怎么抗都是死路一条。"

宁缺说道:"我这等修为自然是不行的,你呢?"

陈皮皮感慨说道:"如果我一个人能战胜大唐铁骑,那我干脆改名叫夫子好了。"

宁缺说道:"当初看你被二师兄吓进山林里挥袖而去十余丈,身法轻曼潇洒,想来军中箭雨应该伤不到你。"

陈皮皮得意地说道:"潇洒自然是潇洒的。"然后他脸色一苦,"但你不能一直潇洒下去。潇洒不能当饭吃,你总要停下来休息冥想培念,那时候你还怎么潇洒?"

宁缺沉默不语。陈皮皮问道:"你在想什么?"

宁缺说道:"我在想你和二师兄有没有触犯过唐律。"

陈皮皮有些紧张,问道:"你想这个做甚?"

宁缺说道:"如果你和二师兄违反过唐律,我就报官让许世来对付你们。"

陈皮皮说道:"我倒罢了,二师兄可不见得会害怕。"

宁缺说道:"许世说就算是二师兄这样的人物,都能被他用玄甲重骑堆死。"

陈皮皮感慨说道:"没想到镇国大将军也喜欢吹牛。"

11

宁缺问道:"这是个什么说法?"

陈皮皮说道:"就算玄甲重骑天下无敌,二师兄有脚,难道不会跑吗?"

宁缺说道:"你先前才说过不可能跑掉。"

"我是我，二师兄是二师兄。"陈皮皮说道，"他比我跑得快，甚至我想你那头大黑马都不见得追得上他。"

宁缺忽然想到一个问题，说道："问题在于，如果被军队包围，以二师兄的性格，他可能临阵逃跑吗？"

陈皮皮想了想，说道："确实不会。"

宁缺遗憾地说道："看来果然没有万人敌啊。"

陈皮皮摇了摇头，说道："我想就算二师兄被万人包围，也不逃跑，但他拼着命杀死两千人，剩下的自然也就溃散了。"

宁缺说道："有道理。"

接着他感慨说道："这等场面，想着便浑身发热，只可惜没机会看到。"

一路闲谈，二人走出了草甸青林，来到了朱雀大道旁，便要分离。宁缺抱拳躬身行礼，诚挚说道："多谢师兄。"

陈皮皮看着他，叹息了一声。

宁缺沉默不语。

陈皮皮忽然问道："为什么要这样？"

宁缺知道他问的为什么里的什么是什么。

为什么自己要杀人，为什么自己要和大唐军方对抗，为什么自己似乎隐隐对尚未归来的那位大将军保有着敌意。

他低下头看着脚前的一株青草，沉默不语。在许世将军面前，他什么都不会承认，在世人眼前，他绝对要说自己干净得像朵小白花，但他不想隐瞒陈皮皮。

所以他抬起头来，看着陈皮皮的眼睛，平静说道："夏侯杀了我全家。"

听到这个答案，陈皮皮神情微震，脸颊上荡起涟漪，沉默很长时间后，伸出圆乎乎的手拍了拍他的肩膀表示安慰。

"那确实有生气的理由。夏侯不是普通人，你没办法暗杀他，因为以你现在的修为境界，就算想出花儿来，也暗杀不了他。"陈皮皮看着宁缺忧虑说道，"而且他毕竟是唐国大将，又是西陵客卿，身份地位影响完全不同。就算老师不管这件事情，大师兄肯定不会同意，二师兄也不会帮你，我又不是夏侯的对手。"

宁缺听懂了他的这句话，感动得一塌糊涂。

陈皮皮最后问道："夏侯秋末回长安，你准备怎么办？"

宁缺摇了摇头，说道："不知道。"

被雨水冲洗了一日一夜的大唐宫殿在湛蓝天空下，显得格外巍峨壮丽。

许世看着这座宫殿，已经看了数十年时间，熟稔异常，仍未厌倦。就如同他如今的身躯，虽已苍老，肺部旧疾未去，但依然如年轻时初入军营时那般挺拔，依然充满了热情和眷恋。

皇帝放下药碗，眉头皱了起来，似乎有些嫌苦，挥手示意太监退下，望着身旁的老将军，说道："虽说朕和你都咳嗽，但病却不同，这药可不能赐你。说起来让你在南边养着，你非要回来做甚？"

许世很感激陛下对自己的信任甚至是无微不至的关怀，但这并不代表他同意陛下的所有举措，说道："南沼山族去年春便已呈上降表，彼处已然太平，留一部于森林外压制月轮便是，我还留在那里做什么？虽说那处的湿润对肺疾确实有好处，但我实在是不习惯那种黏糊的空气。"

皇帝说道："也罢，想回长安便随你，有你看着军部，朕也少操些心。"

许世说道："只是这件事情，不得不请陛下多操一些心。"

皇帝沉默。

许世说道："请陛下修书书院，让夫子治宁缺之罪。"

皇帝转身看着他，问道："可有证据？"

许世说道："没有。"

皇帝又问道："朕当年要治夏侯的罪，你们是怎么说的？"

许世说道："我没有说话。"

皇帝说道："但朕那弟弟说了话，宰相说了话，大理寺卿说了话，便是皇后也说了话。他们都说，唐律里写得清清楚楚，无证据不为罪。"

他看着大唐最忠耿的老将军，自嘲说道："当时朕思忖数夜后，没有表示反对，你也没有表示反对，难道现在却要来反对？”

许世沉默了很长时间，然后说道："即便无证据不为罪，我依然坚持认为，把惊神阵交给宁缺，是件极错误的事。"

"你与颜瑟是多年故交。"皇帝微微蹙眉说道，"为什么你对他的传人如此不信任？"

许世没有做更多的解释，只是耿直说道："长安城交给他，我不放心。"

皇帝沉吟片刻，说道："宁缺办事，朕还是放心的。"

自从两年前春风亭一夜后，长安城的黑道便被鱼龙帮只手掌控，这家原属西城大佬的赌坊里的书房成了鱼龙帮的库房。

桑桑正对着桌上的纸张发怔。那些纸张看着都有些新，上面的字迹端正，谈不上出色，更不能与老笔斋里的书帖相提并论，然而这些纸张的实际价值，其实也相当不菲。

这些纸张都是房契和地契。

齐四爷看着她脸上的神情，做了个手势让那些赌坊管事离开，然后认真说道："雁鸣山下房价地价确实比长安城里别的地方便宜，但一次性要购入这么多，总会被有些贪心的家伙抬价。"

然后他摇头说道："虽说帮里兄弟可以压压价，长安府那边也找人说了，但总不能做得太过分。扔蛇放鼠这种事情，如果让人捅到朝廷里，朝二哥回来后我不好交代，所以这大概便是最终的价钱了。"

原来桌上这些房契地契是雁鸣湖畔的民宅契据。

雁鸣湖新近才由朝廷工部疏浚完成，多年积的湖泥还堆在沙石山附近，隔得近些便臭味扑鼻，据说一直要到明年夏天才能稍微好些。因此，雁鸣山下雁鸣湖虽说风景优美，但在讲究生活质量的长安人看来，依然不是宜居的好场所。因此这里的地价房价在长安城里最为便宜，如今湖畔的宅院绝大部分都是破落的老宅，偶有新宅也是些贪便宜的普通百姓所修。

听着齐四爷的话，桑桑点了点头，说道："少爷已经预算着会被人抬价。"

这些日子里，齐四爷受宁缺拜托，一直在暗中收购雁鸣湖畔的房契地契。作为长安城第一大帮派的首领，自然有无数下属帮他做这件事情，只是到了此时，他依然不明白宁缺为什么要购入这些房产。

"雁鸣湖畔偶尔逛逛便好，住在那里可不适宜。"他皱着眉头说道，"即便要住，也不至于要把湖畔所有的院子全都买下来，价钱再低，合起来还是笔极大的数目。"

桑桑说道："我也不清楚少爷为什么要把湖畔所有房子都买下来，大概是他贪图安静，不想被人打扰。"

齐四爷连连摇头，心想如果真图安静，长安城里不知道有多少清幽美地可以修建新宅，何至于要闹出这么大的动静。而且这明显是赔本的买卖。

"不用看了。"宁缺走进房间，看着桌上那些房契地契，说道，"如果意向书上面的价钱不会再变动，那么我们手头的银子足够。"

齐四爷冷笑说道："我们开的价钱已经算是极为厚道，而且已经签了意向书，如果湖畔那些屋主要临时提价，真当我们鱼龙帮的兄弟是一群善男信女？"

宁缺很喜欢齐四爷这种表态，说道："银票大概晚些时间便送过来，到时候与屋主签文书的事情，还要麻烦你办一下。"

齐四爷有些意外，说道："写谁的名字？"

宁缺说道："先写朝二哥的名字。"

江湖儿女，家产妻子托付于兄弟并不少见，齐四爷毫不犹豫说道："好。"

宁缺说道："这件事情能不能保密？"

齐四爷说道："看需要瞒多长时间。"

宁缺算了算时间，说道："最迟今年冬天。"

齐四爷说道："没有问题。"

离开西城银钩赌坊，宁缺和桑桑没有直接回老笔斋，而是来到了雁鸣山。二人看着山下那片湖泊，看着湖对岸那些寥落的院落。

之所以将写的书帖卖光了来换这些院落，是因为如今的老笔斋太热闹。宁缺虽然很喜欢临四十七巷的热闹气息，但在天谕神座那次到访之后，清楚没有办法再继续在那里住下去。把湖畔的院落全部买下来图的是清静，还有些更重要的原因，只不过那些原因没有必要让别人知道。

桑桑看着对岸的房屋，问道："以后我们就住这里？"

宁缺点点头，说道："入冬后，这片湖会冻得比较结实。"

12

长安城暮春近暑，气温已经渐高，北方荒原上却正是最好的时节，清风徐来，拂着没膝的青草，仿佛一片绿色的海洋。在左帐王廷北面约五十里地，靠近岷山的绿色海洋里，却有很多杂色。

焦黑的地面，被斩断的草根，深没入土地的断箭，还有那些阵法遗留下的痕迹，表明这里刚刚结束了一场战争。

这场战争随着春天一同降临荒原，随着春意渐深而结束。中原联军势盛，在王庭骑兵的引导帮助下，与南迁的荒人部族展开了连场大战，连绵近百日的残酷战争，让双方都死了很多人，但荒人最终还是强行守住了最后一道防线，保住了最重要也是最肥沃的几片草场。

西陵神殿颁下诏令，诸国的粮草辎重源源不断地运至燕国，又有修行强者助阵，最后却没能达到把荒人赶回寒域的战略目标，是因为荒人战士的强大，也是因为大唐铁骑和西陵护教骑兵没有出动。

这片战后的草原上飘浮着余烬的味道，微焦微臭，不远处岷山依势下缓的斜斜草甸上堆着数百堆石头，石堆上挂着各式各样的布条，随着春风缓缓舞动，这些石堆就是草原骑兵们的坟墓。

草原上很少能够看到荒人战士的尸首，因为无论战况如何激烈，荒人都会不惜一切代价，把死亡的同伴带回部落。

连续近百日的战争，中原联军没有俘虏一名荒人。

骑着战马在草原上打扫战场的唐军骑兵，看着远处的石堆，想着荒人在战场上的表现，警惕之余也生出些许敬佩之意。

不做俘虏，不丢下一名同伴，这也是大唐军队的铁律。大唐军人们终于明白，为什么千年之前荒人被称为天生的战士，为什么先祖们会耗费那么多的气力，才能把这些荒人赶出荒原。

同样都是最优秀的战士，唐军对荒人部族产生敬佩不足为奇，然后他们想寻找机会与强大的荒人们正面战上一场。很遗憾的是，在这场血腥残酷的战争中，大唐东北边军负责押送辎重，镇压叛变，维持军纪，打扫战场，就是没有机会登上正面战场。

因为这是大唐皇帝陛下的意思，也是夏侯大将军的命令。

夏侯看着脚下肥沃的草原，看着被自己靴子踩进泥土里的草根，缓缓移动了一下靴底。随着吱吱的轻响，有近乎油水般的物事从皮靴畔挤了出来，除了黑色沃泥的腐质之外，如今还有很多腐败的残血。

开战至今，他麾下的铁骑还没有与荒人部族的战士正面相遇过，甚至没有见过一名荒人，但他不像下属们那般好奇并且兴奋地想要与对方战上一场——因为他本身就是一名荒人。

看着草原上残留着的乌黑色的血迹，夏侯想象着数日之前最后那场大战，想象着那些很久不见的族人倒在羽箭或飞剑之下的画面，冷漠如铁的脸颊面无表情，只是眉眼微微抽搐了一丝。

大唐帝国的铁骑没有登上正面战场，这是陛下的旨意，也是他的想法。陛下知道他的来历，依然让他亲自指挥这场战争，便是同意他的想法。

对于陛下的信任，夏侯很感激。

远处传来一声清亮的尖哨声，他面无表情抬头望去，只见草甸下方数百丈外，有名草原少女骑着骏马，赶着数百只羊正在放牧。

战争刚刚结束不久，草原上的人便重新开始了放牧，从这一点来看，生活永远是平静而简单的，战争只是中间的插曲。

看着那名面色红润眼眸清亮的草原少女，夏侯想起很多年前自己逃离山门，在河北郡与妹妹重新相遇的画面。

然后他确认，自己对皇帝陛下的感激，与过往这些年里的信任宽容无关，他只是感激陛下对自己的妹妹很好。

轲先生单剑灭魔宗山门，夏侯南下大唐，从军数十载，最终成为帝国首屈一指的大将军，再然后他成为西陵神殿身份尊贵的客卿。却没有谁知道，他是魔宗余孽，荒人子弟。

夏侯大将军看似暴戾强大不可一世，实际上人世间知晓他真实身份的那几位大人物一直试图用他过往的身份要挟他，控制他。真实的身份就像是无数道蛛丝，把他这个穿着盔甲的大虫子捆在了网中央，怎样挣扎也挣扎不开，只能逐渐沉默然后渐渐窒息。

大唐皇帝陛下知道他的来历，西陵神殿掌教知道他的来历，这两个知道便像是两堵坚不可摧的石墙，在过去这些年里缓缓靠拢，夹得石墙里的他难以呼吸，无论向哪边靠去似乎都是一个死字。

他想过靠向两边的石墙，忠于大唐同时替西陵效命，过去这些年里他确实也是这样做的，只不过两个忠于终究无法和谐相处。所以最终他只能忠于自己，以暴戾冷酷来维系自己的强大，抵着石墙不要靠拢。

很遗憾的是，人力终究有穷尽之时，他现在依旧很强大，但他会老，会病，会弱，而那两堵石墙却永远不会变得疏松脆弱，而且他杀过很多人，那些人很想杀他。

于是夏侯想让自己变得永远强大，他去了呼兰海北畔，想要夺取那卷天书，最终却在那个书生面前断了所有希望。

真正绝望的时候，忽然又生出新的希望，山穷水尽的前方，忽然一片柳暗花明。那名书生让夏侯断了永远强大、永远不可一世的想法，却发现了平安归去，就此不问世事的可能。

"夏天快来了，一切都要结束了。"

夏侯看着春风里的草原，想着马上就要到来的盛夏，冷酷如铁的面容上，渐渐浮出罕见的温柔神情。

他的妹妹是大唐皇后，他的妹妹叫夏天。

温柔的春风拂上大将军温柔的脸，风中传来极浓郁的血腥味道，然后响起一片嚓嚓的除草之声。

就在夏侯身后不远处的草甸上，一百多名草原骑兵和燕军双膝跪在地面，在雪亮的刀光下，头颅与身体分开，鲜血涌入草海。

这些草原骑兵和燕军因为叛乱和违纪而被捕,没有经由审判,只是因为夏侯将军一句话,便被尽数杀之。

在战场上,大唐东北边军负责维护军纪,镇压叛乱,但今日的处决未经审判,这已经严重违反了神殿的规矩和唐律。

但唐律管不了将在外。

所以杀人如草,夏侯面不改色。

一名军官骑着战马从军营方向疾驰而至。夏侯接过军官递过来的书信。

虽然常年驻守土阳城,此时更是远在荒原,但他毕竟是帝国镇军大将军,在长安城里在朝廷里有很多眼线。他与镇国大将军许世没有太多私下的交情,但彼此尊重,所以军部有些事情,往往会通过那些眼线,直接传到军营里。

这封书信上讲述的是最近长安城里发生的事情。

夏侯知道了许世与宁缺的那两场谈话,也知道了城门郎黄兴和于水主在雨街上的死亡,所以他看着这封信沉默了很长时间。

去年土阳城中,他与书院已经达成了协议,所以本来不怎么愿意理会书院入世之事,不会像许世那般警惕不安。然而黄兴和于水主的死亡,却让他开始警惕起来。

黄兴和于水主是亲王殿下的人,也是他的人。

而且都是参与了当年那件事的人。

夏侯不明白宁缺为什么要针对自己。

先在荒原上杀了林零,又在土阳城里杀了谷溪,如今又杀了黄兴和于水主,所有与自己亲近的人,都一个一个死在了此人的刀下。朝廷和书院已经同意自己归老,看来此人有些不同的意见。

"难道真的有漏网之鱼?"

夏侯微微蹙眉,沉思片刻后摇了摇头。他很清楚林光远的儿子已经死了,因为当年那个白白净净的小男孩儿的尸体,是他亲自检验的。

然后他想起长安城里的某个说法,书院宁缺和公主殿下李渔关系亲密。

难道是为了那张龙椅？

夏侯的神情愈发冷漠。他本已决定归老，但如果有人试图伤害他的妹妹，伤害他的外甥，想要抢夺属于自己外甥的皇位，那么他会不惜一切代价去杀死对方。

处决依然在持续。违纪士兵的头颅被斩落草原，嚓嚓之声连绵不绝。血腥味中，夏侯想着长安之事，杀意渐起。

就在这个时候，湛蓝无云的草原空中，忽然出现了一个人影。那个人从空中跳了下来，呼啸破风，带着无比霸道的杀意，直冲夏侯。

夏侯抬头。

空中除了那个人影，还有炽烈的阳光。所以他眯了眯眼。

对这幕画面，他已经很熟悉。在呼兰海北畔，他便见过。这些天，他也见过好几次。

所以他没有慌乱，神情依旧平静而冷漠。一道极凛冽的气息从他身体间喷薄而出，皮靴深深踩进松软的草原沃泥间，下一刻，这些松软的泥土瞬间变得坚硬无比。以靴底为中心，草原间出现无数道如蛛网般的痕迹。

夏侯站在裂如蛛网的草原中央。凭借着脚下传来的巨大反震力，向空中飞去。

战衣振振，疾如飞鸟，恍若天神。

魔宗天下行走唐从空中跳了下来。

魔宗前代强者夏侯向空中飞去。

两个人在草原上空相遇。一朝相遇，便是晴天霹雳。

晴朗的天空里，骤然响起一道闷雷。

一股强烈的冲击波从空中开始向四面八方传去，远方正在低首吃草的羊群被惊得假死，仆于地面。那名牧羊的草原少女被惊得跌落骏马，正在执行军法的唐军士兵捂耳痛苦跪倒。

狂风劲吹，草海偃伏，断草纷纷。

13

两个人影在空中相遇，就像是荒原西方最深处传说中悬空的小山一般撞击在一起，恐怖的撞击声向四周波荡开来。

那把锋利的血色巨刀在空中激起无数道啸鸣，湛蓝的天空仿佛都要被劈开，然而大部分刀势，却被一双铁拳封住。偶有刀芒破开夏侯铁拳落在他的身上，夏侯战袍之内便会泛起淡黄色的光泽，让锋利的巨刀无法噬入体内。

血色巨刀是魔宗山门至强的武器，虽然无法破入夏侯身体，本身的重量和挟带的冲击力，让它变成恐怖的铁锤，重重地击打在夏侯身体上。而夏侯的铁拳本身就是铁锤，也毫不留情地轰向唐的胸腹。

转瞬之间，这两位魔宗强者，在空中出手无数次。

交手无数次。

撞击无数次。

捶击无数次。

两座悬空的山峰不停相撞然后分离，然后再次相撞，如闷雷般的撞击声，就在草原上空不远的天空里不停响起。

一道一道连绵响起的雷声近在咫尺，让那些躺在草海里、浑身僵硬的羊群本能地感到了死亡的恐怖。它们惊恐地撑起发软的四脚，向着四面逃散。那名从马背上跌落的草原少女趴在草丛里看着天上那两个如天神般的人影，早已震惊恐惧得变成了傻子，哪里还顾得上自家羊群的离散。

正在执行军法的唐军士兵捂着双耳，脸色苍白跪在草地上。三名侥幸还没有被砍掉头颅的违纪军卒，因为双手被缚无法捂耳，眼角鼻中渐渐流出乌血，片刻后竟被空中两名强者的撞击声活活震死。

草甸上马鸣嘶嘶，一片慌乱。

一记最沉重的闷雷在草原上空响起，猛烈的狂风从空中波及大地，吹得长草断裂乱飞，空中两道人影终于分开，疾退数十丈，落到了草原上。草原地表上响起两道几乎不分先后的闷响。

夏侯与唐身上的霸道气息随着双脚落地而向地外泄散一分，靴底的草原地面骤然塌陷，变成了两个土坑，坑中春草俱化为断屑，就如同新修未封的坟。

"敌袭！"

"有刺客！"

纵然面临的是魔宗山门天下行走这样的绝世强者，训练有素的大唐边军仍在稍一混乱之后以强悍的意志清醒过来，开始组织防线。

马蹄声声，盔甲撞击之声不绝于耳。草甸下方的军营里，数百披着重甲的大唐精锐玄骑用难以想象的速度完成了集结，化作两个锋阵疾驶出营，挟着草屑风尘突袭而至，封住了这片草甸。

紧接着，又有车轮辘辘之声响起，十余座重型弩箭被推出了军营，对准了草甸上方那个男人，又有阵师在强悍近侍的保护下，开始布置临时的阵法。

大唐骑兵神情凝重，看着草甸上那个男人。

敌人只是一个人，唐军已经做好了万全的准备，但他们依然察觉到了前所未有的危险，草甸上下的气氛变得异常紧张。

唐站在草甸里，站在那些微微塌陷的坑里，站在数百名天下最精锐唐骑之前，站在无数弩箭之前，神情依旧平静，依旧沉默，似乎什么都没有看到。

他的眼中只有不远处的夏侯。

唐还是穿着那件普通的皮袄，只是和以往相比，他身上那件皮袄要显得更加破旧，甚至很多地方已经烂了。他的神情平静，但脸色有些憔悴。

协助元老会率领部族与中原联军厮杀多日，最近这些天又连续狙击夏侯，与唐军交手数次，他便是个铁人，也感觉到了疲惫。尤其是先前与夏侯这一战，时间虽然短暂，但他却受了很重的伤，胸腹间的皮袄出现了无数破洞，隐见血色。

他手中握着的那把血色巨刀也有些黯淡。

大唐军队，毫无疑问是世间最强大的军队。过往这些年里，他们在夏侯大将军的指挥下东征燕国北攻荒原，战无不胜攻无不克，骄傲自信到了极点。

然而在这个人面前，他们无法骄傲。

唐军不会畏惧修行者，因为他们认为再强大的修行者，在玄甲重骑和弩箭之下，都和普通人没有什么区别。但他们从来没有见过像唐这般强大的修行者。

大唐骑兵统领盯着远处那个穿皮袄的男子，寒声说道："如果今天还不能把这个怪物杀死，那么我们还有什么脸自称唐骑？"

草甸下方数百名大唐骑兵，听着这句话，面色骤然沉肃，抽出鞘中的朴刀，沉声集体喝道："诺！"数百把朴刀从鞘中同时抽出，那些噌噌的声音合在了一起，变成一种极富庄严甚至是悲壮感的曲调。

中原联军与荒人部族的战争结束后的这些天里，草甸上的那个穿皮袄的男子，在唐军周边出现了七次。

唐骑围捕了他七次，然而却没有一次成功，反而被这个男子杀了很多人，甚至让此人成功突进了三次，突到了夏侯大将军的身前。如果不是大将军威猛举世无敌，只怕真会让此人狙杀得手。

普通人不如修行者，普通的骑兵也不如修行者，唐军将士们可以接受这一点，但他们无法接受自己这些人连拦下对方都做不到。他们无法接受作为下属，竟然需要靠大将军来维护军营的安全。

对骄傲的唐骑们来说，这是最大的羞辱。

苍凉呼啸的军笛在草甸四周响起，近八百骑大唐重甲玄骑开始缓缓布置阵形，军营处的弩箭阵师也向前推了数十丈。一场世间至强骑兵对世间最强修行者的冲锋，即将展开。

"叛出山门之后，你果然变成了一个怯懦的小人，永远只知道躲在军营里，永远只知道让自己的手下送死。"唐看着夏侯说道。

夏侯伸拳至唇边，咳嗽两声，伸手阻止了草甸四周下属们的动作，然后他抬起头来，看着唐说道："我的部队并没有参与到对部落的战争中，你很清楚这是因为什么。所以我不明白，为什么从去年开始，你一直试图要杀我，甚至冒着死亡的危险也要杀我。"

唐摘下毡帽扔到脚下，然后缓步走出塌陷的草海地面，走到夏侯身前十余丈外，说道："因为山门里有很多人在等着你回去。"

夏侯微微皱眉。那双如铁丝雕镂出的眉毛，一旦皱起，显得那般冷硬。

魔宗山门里早已经没有活着的人，只有满地白骨干尸死人，那么等着他回去的人便不是人，而是那些不甘的幽魂。

"山门被轲先生所破之前，我和你的老师便已经离开，这件事情和我没有任何关系，你不能以此指责我。"

"但你南下之后，终究还是成了西陵神殿的客卿。"唐说道，"叛徒就是叛徒，明宗历代祖师都在山门里等着你回去谢罪，慕容师姐，也在蒸屉里等着你。"

夏侯听着慕容二字，皱如铁栅的眉毛渐渐变得黯淡起来。他沉默了很长时间后说道："想杀我没有这般容易。"

唐说道："如果我把你的真实身份放出去，天下谁能容你？"

夏侯说道："西陵和陛下还有书院能够容我便足够，因为这代表天能容我，只要天能容我，天下之人不敢不容我。"

唐说道："大唐皇帝能容你，是因为你有军功，他或许早就想除了你，只是不想与西陵正面冲突，又没有什么证据，所以才会驱你为虎长驻疆外。而书院之所以不杀你，是因为书院里的人们早就忘了怎么杀人。"

"也许你说得有道理。"夏侯面无表情看着他说道，"但你不是昊天道门，也不是大唐天子，更不是书院。所以你杀不了我，而现在整个世间，只有你想杀我。"

唐说道："为何我杀不了你？"

夏侯看着他手中握着的那把血色巨刀，看着深锲进草原地表的可怕刀锋，说道："因为圣刀在你手中已经黯淡了。"

唐说道："你的甲也已经破了。"

夏侯身上穿着的战袍是清晨新换的一件，此时早已经在唐的刀锋之下碎成丝缕，露出里面那件泛着金属光泽的盔甲。他是大唐帝国镇军大将军，身上的盔甲由书院黄鹤教授亲自设计，也是由书院监督制造，上面刻着繁复的符线，可以为他提供看似无穷无尽的保护。

然而看似无穷无尽，终究不是真的无穷无尽。

去年在呼兰海北，唐手中的血色巨刀已经在这身盔甲上留下了深刻的痕迹。近日连续作战，这件盔甲越发黯淡很多，尤其是胸腹附近，甚至出现了几道裂口，昭示着崩裂的结局。

这件盔甲，已经支撑不了太长时间。

"你一直在受伤。"夏侯看着唐胸腹处的拳印和血渍，说道，"而且你受的伤很重。如果你处于完好时期，大概需要四千重甲玄骑才能困死你，但现在的你随时可能死在铁蹄之中。你要杀我，便要准备着随时被我杀死。"

"除非你能打断我的腿，你的骑兵才能困住我。"唐说道，"但你知道我这一双腿是不容易打断的。连续三次，你都想尝试做这件事情，但你没有成功，你永远无法成功。"

稍一停顿后，他说道："而且你也在不停地受伤。"

夏侯说道："我的伤比你的轻。"

唐说道："但你比我老。"

夏侯说道："都是明宗子弟，难道你还相信年老体衰这种废话？"

唐说道："年老不见得体衰，但气魄必然不如当年，比如你现在就比当年怕死。当然，从你烹死慕容之后，你就已经在怕死。"

夏侯沉默不语。

"越老越容易怕死，越怯懦越容易怕死，而越怕死的人，越容易死。"唐看着他说道，"只要你不回长安城，我便会一直跟着你，一直和你这么耗下去，我要亲眼看着你死在我的面前。"

夏侯不再说什么，转身向草甸下方走去。只听得苍笛骤起，草甸四周蹄声如雷，数百骑沉重的重甲玄骑像铁流一般，向静立草甸上的唐拥去。

夏侯向着草甸远处的军营走去，没有回头。

听着身后草甸上响起的呼啸火焰破空声，他也没有回头，听着如雷般的撞击声，他还是没有回头。连续三次狙杀与反狙杀，唐始终没有出腿，他也始终没有找到机会伤到对方的腿，那么唐便绝对不会让自己陷落在万骑冲锋的旋涡里。

从当年背叛魔宗开始，夏侯便知道这一天迟早会到来。只不过他没有想到，魔宗负责诛灭叛徒的不是二十三年蝉，而是二十三年蝉的徒弟。他承认唐说得对，他现在确实比当年更怕死，但他并不担心自己会死在唐的手中或者是腿下。

因为唐虽然是世间最强大的人之一，但他同样如此。

如果来的是二十三年蝉，他除了逃回长安，别无他法。

夏侯如此想道。

雁鸣山下的雁鸣湖畔，数十幢旧宅新屋尽数换了主人。新东家没有对湖畔宅院做太多改造，没有全部推倒重建，但依然花了极大一笔银钱，对湖岸做了翻修整理。数百名工人和十余辆大车汇集在湖畔开始清运湖泥，从学士府请来的花匠开始指挥船夫在初清的湖水里种荷花。

刚刚搬走的旧宅主人们听说了这里正在发生的事情，携老扶幼回到雁鸣湖来看热闹。看着湖泥被一车车拖走，看着湖里正在种荷花的小船，想着明年可能的美丽风景，不禁好生羡慕。

羡慕便是羡慕，或许还有些后悔，却没有什么嫉妒，更没有恨，长安人这方面的品质向来值得赞许。既然那位新东家是花了钱的，那么对方再花钱整修翻新育景，都是对方应得的享受。

雁鸣湖翻修工程由齐四爷的鱼龙帮一手组织，宁缺只是要求对方对宅院结构暂时不动，并且多种些荷花。具体的施工他不懂，也不想参与，所以他现在还是住在临四十七巷的老笔斋里。

"小黑子以前专门提醒过我，夏侯很怕水。"宁缺坐在井沿，看着静而无波，幽深黑沉的井水，说道，"我不明白一个武道巅峰的强者为什么会怕水，也许是夏侯故意说出来骗人的，所以我不会试图淹死他，我决定打死他后再把他种荷花。"

14

书院后山，打铁房后的清溪，大水车下，宁缺和四师兄、六师兄三人蹲在溪畔发呆。

不知道过了多长时间，六师兄把手中那个黑乎乎的铁东西举到阳光中，宁缺和四师兄的目光随着他的动作上移。

那是一个类似小酒壶的铁制物品，上面刻着很多道纹线，看不出有什么深意。六师兄用粗壮的手指摸着小铁壶的刻纹，说道："足够均匀。"

对于像六师兄这等铸造大匠来说，肉眼无法看清楚的毫厘差距，却无法逃出手指的触摸。当他手指判断那线条是均匀的，那么必然是均匀的。

"这些刻纹把铁壶的面积切割成了六十四块，无法做到完全相同，但也已经足够接近，尤其是刻纹深度和曲面承力，可以保证爆裂之时的均匀态。"四师兄从身旁捡起一根树枝，指着小铁壶说道："小师弟的想法听上去极有道理，但昨夜用火药试过，却没有任何效果。不知道是不是应该把刻线再加深几分，或许这样才能保证能够崩开。"

六师兄摇头说道："如果刻线再深，铁壶材料的内应力便会被破坏，结构疏散，一旦崩开，也不过是个爆竹。"

宁缺犹豫片刻，问道："要不然用真的来试试？"

六师兄望向四师兄，四师兄点了点头。

小铁壶最上方有个螺旋口，这也是六师兄精心刻磨而成的完美艺术。宁缺把铁壶塞旋开，说道："就算没用，以后也可以当酒壶卖。"

六师兄憨厚地笑了笑。

宁缺取出一张微黄的火符塞进铁壶里，然后把壶塞用力旋紧。

"怎么试？"六师兄有些紧张地问道。

四师兄指着身前的清溪，说道："扔进去。"

宁缺有些紧张，听着这话，便把小铁壶扔进了溪中。

"等会儿。"六师兄跑回打铁房，扛了两块极大的精铁板，在溪畔竖起，挡在三人身前。四师兄不悦地说道："就算成功，又能有多大的威力，何至于这般紧张？"

六师兄认真地说道："当初小师弟研发符箭的时候……"

四师兄想起镜湖里被射塌一半的亭子，面色微变，往精铁板后站了站。

宁缺见大家都准备好了，便闭上了眼睛。念力从识海里缓缓渗出，穿过身前的铁板，透过清澈的溪水，进入溪底的小铁壶，然后落在了那张符纸之上。

随着念力进入小铁壶的，还有一段精纯的浩然气。

溪底小铁壶里的火符骤然狂暴地燃烧起来，却被局限在一个极小的空间里。片刻后，一道震耳欲聋的爆炸声，在小溪里响起！

轰！

伴着凄厉的啸鸣，无数铁片激射而出！

嘟嘟嘟嘟嘟！

声音渐渐平息。

不知道过了多久，精铁板后的三位书院师兄弟小心翼翼地探出头来。他们身上的院服已经被溪水完全打湿。看着深深锲进铁板里的小铁壶碎片，想着先前如果没有这层保护措施，这些铁碎片只怕会像箭一样射穿自己身体，想到这里，三个人的脸色变得异常苍白，心中涌起一股后怕。

平日里最镇定的四师兄，看着溪里漂着的死鱼，看着溪中垮了一半的水车，声音都颤抖了起来："小师弟，你……这弄的是什么东西？"

15

溪岸没有被炸塌，溪水里的鱼被炸死了不少，翻着白肚皮，漂浮在浑浊的水面上。六师兄愣愣地看着溪水，忽然说道："这个比元十三箭好，只要是符师都能用。只是制造工艺要稍微讲究些，工部那边的匠坊做起来有难度，再有就是符师大多体弱，在战场上很难靠近城墙。"

"这些会爆炸的小铁壶用来攻城略地，当无往而不利。如果真如你所说，符师数量多些，都像小师弟这般身体强大，我大唐军队必然横扫天下，无所顾忌。"四师兄喃喃说道，他脸上的苍白渐渐褪去，往日平静的眼眸里还残余着震惊的余波，还有一些别的极复杂的情绪。

"颜瑟大师果然眼光独到，我一直以为小师弟你在符道上的资质虽然优秀，却是不如书痴。联想起去年的符箓，我这才明白，颜瑟大师最看重的，原来是小师弟你脑中这些完全不受成规限制的奇思妙想。"

他忽然对着宁缺深深施了一礼。

宁缺吓了一跳，赶紧避开。

四师兄直起身体，看着他的眼睛很认真地说道："世人眼中的符师虽然强大，但在战斗中却往往束手束脚。今日小师弟你的奇思妙想让符师从此有了进攻型的武器，我代表世间所有符师向你表示感谢。

"这件事情暂时不要外传，一定要保密。"四师兄碎碎说道，"我要先去请示老师，太危险了，太危险了……"

溪畔死鱼无数，水车残破。宁缺走到铁板前，试图抠出深深锲进铁板里的小铁壶碎片，然而他发现以自己的力量竟也无法抠出来，不由诧异地说道："这不科学……"

按照他的设计和推算，火符在小铁壶里燃烧，因为铁壶里的空气太少，就算最后能够成功爆炸，也应该远远不如试验结果这般强大。

忽然间他想到，先前激发符纸的同时，他向小铁壶里送进去了一段浩然气。浩然气本质上就是绝对精纯的天地元气，当符师制出的符并不怎么强大时，如果给符纸提供充分的精纯天地元气，便能大幅度提升符的威力。

这是当初接受烂柯寺观海僧人挑战时，他在雁鸣湖畔静坐半日所想到的法子。

先前他往小铁壶里度入一段浩然气，便等于向小铁壶里灌进了液氧，液氧帮助火符猛烈燃烧，从而让爆炸的威力变得大了很多。

除了自己之外，别的符师也能够这样做吗？宁缺站在溪畔皱眉苦思，心想如果真要在战场上使用这种手段，那需要符师对天地元气的控制足够强大，换句话说，这种手段对符师的境界要求很高。

世间符师本来就极少，能够进入洞玄上境的符师更是少之又少，如此看来，想凭借小铁壶改变世间战争的格局，依然还是痴心妄想。

不过至少可以改变一下战斗的格局。

小溪畔的巨响，惊动了书院后山里的人们，但最先赶到溪畔的不是人，而是那只骄傲的大白鹅。

大白鹅看着浑浊的溪水，水面漂浮着的死鱼，或许是心疼自己养的宠物被害死，它直起脖颈，冲着对岸的三人嘎嘎叫了起来，显得格外愤怒。

四师兄和六师兄直接走到宁缺身后，保持沉默。

宁缺幽怨地想道，这便是死师弟不死师兄的意思？

他可不想和这家伙在溪畔大战一场，这家伙看着便知道战斗力极强，而且就算打赢了又有什么光彩，赶紧安慰道："节哀，节哀……明天我就去买两筐鱼倒进溪里陪你玩。木鱼，你可不要生气，这都是为了科学进步而必须做出的牺牲。"

二师兄养的大白鹅叫木鱼，书院后山的师兄弟们都不知道为什么二师兄要给大白鹅取这么一个名字，明明书院里就没有人修佛。据七师姐私下分析，大概是二师兄习惯性用头顶那根棒槌管教大白鹅，就像敲木鱼，所以大白鹅才会叫木鱼。

七师姐可以随便议论猜测，其余的师兄弟们却不敢去向二师兄求证。要知道那只骄傲的大白鹅，从来没有流露出佛宗圣兽任人敲头而不反抗逆来顺受的气质，就比如此时，无论宁缺怎样安慰，它都准备跳过小溪与他战上一场。

好在这个时候二师兄来了，大白鹅幽怨地摇着屁股离开。

大师兄也来了，他在溪畔看了半天，神情茫然，看着宁缺缓声问道："老师在午睡，被吵醒，让我过来问下是怎么回事。"

二师兄恭敬地说道："老师和师兄游历之时，后山里经常如此这般，都是小师弟入门之后的事情。"

宁缺心想这句话听上去怎么像是在告状？

四师兄点头说道："今日试验的便是小师弟所设计的小铁壶。"

宁缺把小铁壶的事情，向二位师兄做了一番讲解。六师兄从打铁房里取出两个小铁壶，递到两位师兄手中。

大师兄看着手中雕花的小铁壶，赞赏说道："以空间压迫火势，又以火势反冲空间，把爆竹的道理用在符战之中，小师弟的设计果然奇妙有趣。只是……任何事物燃烧都需要空气，便是火符也不例外，汪洋深处用不得火符便是这个道理，却不知道小师弟这道火符为何燃得如此猛烈。"

大师兄或者什么都很慢，但思维很快。

宁缺私下向大师兄讲述了一番自己的用法，与浩然气相关的那些事由。大师兄沉思片刻后，得出与他相同的结论。

能够使用小铁壶的修行者想必都能弄出比小铁壶威力更大的手段，那些小铁壶，看来看去，还是最适合现在境界的宁缺自己。

不过大师兄并没有认为宁缺这是在做无用功，是徒有其表的奇技淫巧，他似乎猜到了宁缺制造小铁壶的用意。

大师兄没有点明，只是叹息了一声，然后便离开了小溪。

宁缺站在溪畔沉思片刻，然后也离开。

草甸间，二师兄的小书童在喂狼喂马喂鹅喂老黄牛，书院后山这些家伙的饮食起居，都是由小家伙在负责。以往宁缺喂大黑马吃的黄精之类的珍贵食物都是从六师兄那里拿的，如今才知道，原来那些都是十一师兄在后山里尝百草品百花时顺带挖的。

每每想到这点，他便很是羡慕嫉妒这些家伙的伙食待遇。

和小书童说了几句话，打听了一下二师兄下午的安排，确认二师兄下午不会出现在湖心亭，宁缺陪着满脸幽怨神情的大黑马玩了阵，在草甸上纵情奔驰撒野片刻后，便悄悄去了湖心亭。

七师姐坐在湖心亭里低头绣花，湖光透过绣架映到她的脸上，显得格外清美。宁缺坐到她身旁，笑嘻嘻说道："师姐，二师兄又不在亭子里，何必还要端着模样，装淑雅文静？"

七师姐抬起头来狠狠瞪了他一眼，说道："我什么时候装过？"

宁缺打趣道："先前溪边那么大声响，你就没听见？"

七师姐说道："你以为我像读书人一样，想聋就可以聋？"

"那你怎么没去瞧热闹？"

"我就不爱瞧热闹。"

"瞧瞧，这就是装了。"

"你再说一遍？"

"我是说以往后山里每次有热闹的时候，师姐总是最早到的那人，真真是热心肠、善良的好师姐。"

七师姐嘲讽地说道："也不知道你又弄出了什么稀奇古怪的玩意儿，我可懒得去看，守着我这亭子要紧。"

宁缺说道："说起来我最近真淘了件有趣的玩意儿。"

七师姐绣花早就绣得眼睛有些花，装淑静装得早就有些烦，听着这话顿时眼睛一亮，问道："什么玩意儿？从冥市淘的？"

宁缺摇摇头，从怀中取出雁鸣湖畔的宅院图纸，搁到她身前的绣架上，说道："我前些天买了一大片宅子。"

七师姐看着图纸上的湖线，说道："临湖而居，确实不错。"

宁缺说道："这湖是惊神阵的左支气眼。"

七师姐微微一怔，抬头看着他，没有说话。

宁缺指着图纸上的雁鸣湖，说道："我想借惊神阵的左支气眼，在湖边这些宅院里布一道阵法，但师姐你知道，师弟我在这方面比较愚钝。"

"当初让你去插几面阵旗，你都能插歪，所以你不是愚钝，是白痴。"七师姐纠正道。

宁缺问道："师姐有没有兴趣？"

七师姐越来越明亮的目光早就被图纸吸引住，看都没有看他一眼，说道："布阵当然比绣花有意思得多。"

宁缺有些紧张地搓了搓手，说道："一百天能不能搞定？"

七师姐说道："你要布什么样的阵？杀人还是防人？"

宁缺说道："有没有一种阵法能把我的念力传到湖畔的每个角落。"

七师姐挥了挥手，说道："那简单，十天就行。"

16

宁缺没有在书院后山看到陈皮皮和唐小棠，不禁有些好奇。离开后山途经旧书楼时，他上楼查阅书籍，在东窗畔看到了三师姐余帘的身影，上前行礼，不料她也不知道唐小棠去了哪里。

难道陈皮皮真的在和唐小棠谈恋爱？他笑着想道，然后脸上的神情变得有些凝重。

"有些事情只属于每个人自己，担心没有意义。"余帘搁下手中的秀笔，抬头看着他说道，"就比如你的事情永远只能是你的事情，只能由你自己处理。"

此时天时已入暮春最深处，东窗避着炽烈的阳光，窗外青树滤过来的风微温未燥，远处湿地畔的林子里，却已经隐隐响起蝉鸣。宁缺明白了师姐这句话的意思，看着她那张清稚的脸颊、成熟恬静的眼神，忽然间觉得自己好像忘了一件很重要的事情，那件事情和师姐有关。

夏天的风终于从海面上传播到了大陆深处，西陵神国在大唐西南方，离海更近，这里的夏天来得也要更早一些。

饱足的雨水和温热的空气让桃山上的植物兴奋地生长着，美丽如白玉的山崖间不知长出了多少绿色的植物，满山满野的绿意拱绕着断壁截面上的无数座道殿，让此间的庄严多了些清美。

第三道断崖偏僻的角落里有一间石屋。和周遭的繁茂相比，石屋四周显得格外单调甚至有些凋敝的感觉，罕有人迹。

石屋并不是完全封闭，临着崖坪的一面凿出了数十个气眼，光线从那些气眼里透进来，虽然不像窗子，但至少能够带来一些光明。

气孔下方有张书桌。叶红鱼坐在书桌旁，静静看着桌上那张纸，神情显得很专注认真，似乎所有的心神都被那张纸所吸引，眼中别无余物。

那是一张信纸，来自南晋剑阁，纸上有一柄由拙劣手法和线条构成的剑。

她坐在石屋看纸中剑已经看了些天，没有出门，饮食都由裁决司的仆役送来。她不知道石屋外的山崖已然桃红柳绿，不知道季节从春到夏的变化，更不在意神殿里人们对自己态度的变化。

入夏后某夜，有人来到了石屋外。石屋的门被人缓缓推开，露出陈八尺那张看似恭谨的脸。

陈八尺看着书桌旁穿着青色道袍的少女，贪婪欣赏着道袍下的曼妙身躯，片刻后才低下头去，说道："统领大人等着您的回话。"

听到这句话，叶红鱼没有什么反应，依旧平静坐在桌旁翻阅面前的书，那张画着剑的信纸已经被她夹进了书中。

看着她的冷漠反应，陈八尺并不意外，微嘲一笑后继续说道："统领大人昨天在掌教座前跪了整整一夜。"

叶红鱼翻书的细长手指微微一僵，落在书上的目光变得越发淡漠。

"统领大人对您的心意很诚，便是掌教也体悟感知到了这一点，统领大人让我传话给您，希望您也能体悟到这一点。"

陈八尺不再多说什么，在他看来，既然连掌教大人都对此事表达了默允，你不过是一个被废的道痴，哪里还有资格推搪。

叶红鱼没有推搪，也没有像上次一样说需要些时间考虑。她没有转身去看陈八尺，没有用愤怒和冰冷的眼光凝成一道剑。

她只是沉默。

她沉默地看着桌上那本书，然后继续向后翻，一直翻到夹着那张信纸的地方，看着纸上那柄歪歪扭扭的剑，淡然说道："原来有了你，时间还是来不及。"

陈八尺没有听清楚她在说些什么。

叶红鱼取出那张信纸，哧的一声撕开。她没有把这张信纸撕成碎片，而是用灵巧的手指顺着那些歪扭粗细不匀的墨线，仔细地把信纸上的那柄剑撕了下来。

片刻后，一柄很小很薄很歪的纸剑，出现在她细细的指间。

"你看这是什么？"叶红鱼用两根手指拈着纸剑，对着陈八尺问道。

陈八尺皱了皱眉，看着那张纸片，看不明白。

叶红鱼说道："连这都看不明白，难怪你永远都是个瞎子。"说完这句话，她右手向前一递，把手指间拈着的纸剑，刺向陈八尺的眉心。

陈八尺曾经是神殿骑兵统领，拥有洞玄上境的修为，当年就算叶红鱼全盛时期也只是稍弱于她。如今叶红鱼的修行境界跌堕至洞玄下境，甚至可能要跌入不惑，早已不是当初的道痴，他哪里会畏惧？

看着那道向自己眉心刺来的纸剑，陈八尺惊而微怒，脸上旋即浮现出讥诮的笑意。在他眼中，那把约一指长短的纸剑可笑到了极点，他心想果然是宁肯死也不肯低头吗？那就等着被羞辱吧。

然而下一刻，他脸上的讥诮笑意骤然凝结成寒霜。

因为他清晰地感觉到，一股浩荡无垠的气息从那把薄薄的纸剑上喷薄而出，瞬间笼罩住了自己的身体。

那是浩荡的剑意。

陈八尺仿佛看到了无尽的黄浊之水扑面而来，仿佛看到南晋与大河国交界处那条滔滔大河离开了地面，拍向自己的双眼。

他惊恐万分，道心骤然湿冷一片。他此时才明白，这柄纸剑并不可笑，可笑的是自己。

他的眼瞳骤然紧缩，想要自救。然而那张薄纸片上的剑意，已经降临到他的眉眼之间。

哧，哧。

非常轻微的两声轻哧。

陈八尺的眼睛上出现了两条极细的血线。

两条血线划过他的黑瞳，还有他的眼白。瞬间后，两条血线向着上下掀起，溢出鲜血和眼珠里的汁液。痛楚和黑暗占据了陈八尺的意识。

"啊！……这是什么剑！"

他捂着眼睛倒到了地面上，痛苦地不停翻滚，发出类似濒死野兽般的绝望痛号。

叶红鱼站起身来，解开青色道袍的斜襟，把手指间的纸剑贴着亵衣收好。

初夏的那个深夜，前任神殿骑兵统领陈八尺遇袭而盲，神殿曾经的骄傲、后来被遗忘被忽视被羞辱被损害的道痴叶红鱼飘然而去，借着夜色遮掩离开桃山，然后再也没有人知道她去了哪里。

数日后，出使唐国长安城的神殿使团回到了西陵。

按照正常时间推算，西陵使团回程的时间应该提前数日，只是不知道因为什么，使团中途绕行了一趟南晋，耽搁了些时间。车队缓慢行驶在西陵神殿陡而不险的沿山石道上，使团里的神殿执事官员们，都注意到了神殿今日的气氛有些异样。那辆黑色绣金的华贵马车所过之处，神殿中人纷纷退避，然后恭谨跪在道旁行礼，只是他们的神情除了敬畏还多了些别的东西。

天谕司司座程立雪掀起窗帘，看着道畔青树下跪迎神座的人们，看着人们脸上惴惴不安的神情，眉头忍不住皱了起来。

"难道真的发生事情了？"他自言自语说道，然后转身望向车中正闭目养神的天谕神座，恭敬请示道，"我去看看。"

天谕大神官沉默不语。

使团的车队行至山崖道殿之间，离天谕神殿还有一道山崖的距离，程立雪走出马车，看着前方正在集结的神殿骑兵，脸色变得有些阴沉。

程立雪走到那群神殿骑兵之前，神殿骑兵纷纷行礼，只是因为身上已经穿戴好了盔甲，所以没有人下马。他看着双眼缠着绷带的陈八尺，注意到这位前任骑兵统领的脸色阴沉到了极点，不由皱眉问道："发生了什么事？"

陈八尺咬着牙说道："叶红鱼叛出裁决司，叛出神殿，属下奉罗统领之命，集结骑兵准备于世间通缉扑杀。"

叶红鱼叛出神殿？

程立雪微微皱眉，如雪般的须发变得愈发寒冷。自从天谕神座推算出裁决司会发生大事之后，他一直很担心，使团专程前往南晋剑阁，便为的此事。然而他没有料到，事情终究还是发生了。

他看着陈八尺沉声说道："我记得你的骑兵统领一职，早在去年荒原上已被剥夺，什么时候复起的？"

"就在前日。"

"罗克敌是神卫统领，什么时候能够插手裁决司的事情了？"程立雪面无表情地看着陈八尺说道，"你一个裁决司下属，居然敢对大司座叶红鱼无礼，岂不是以下犯上？"

在神殿之内，陈八尺身为裁决司官员根本不害怕天谕司的司座大人，更何况他被叶红鱼用纸剑刺瞎双眼，一心想着复仇，想着如何把叶红鱼抓回西陵，然后大刑凌虐羞辱，哪里会理会程立雪的态度。

他寒声说道："这也是裁决神座的意思。"

程立雪默然无语，如果这真是裁决大神官的意旨，那么他也无法反对。

便在这时，那辆华贵的马车缓缓驶了过来，一道苍老的声音从车厢里传出。

"裁决司不代表神殿。"

17

天谕神座在马车中，那些骄傲的神殿骑兵再也无法安坐马背之上。在神座之前，根本没有什么着甲不行礼的说法，他们赶紧下马跪倒在马车之前。

陈八尺的神情变得极为难看，在侍从的帮助下缓缓跪倒。

"叶红鱼离开裁决司，不代表她就背叛了神殿。因为离开，并不是背叛。"

车中响起一声叹息。

程立雪感觉到了天谕神座失落而伤感的心情，于是他的情绪也变得愤怒而伤感起来，如雪絮般的头发飘舞得越发快速，面无表情看着跪在马车前的陈八尺，寒声说道："自去领受责罚。"

陈八尺霍然抬头，望向程立雪，如果不是眼睛上缠着绷带，应该能够看到他眼中的怨毒神情。去年在荒原王庭上，便是程立雪让他领受了痛苦的棘杖之刑，此时他双眼已瞎，明明是叶红鱼叛离神殿，凭什么自己却要领受责罚？

初夏的山风在崖间殿畔吹拂，吹起那辆马车的车帘，露出一只苍老的手，那只手落在窗棂上，正在缓慢地敲击。那是天谕神座的手。

场间的骑兵和神殿执事们纷纷低下头去，不敢向那只手看上一眼。

陈八尺看不到，所以，他依然看着那边，神情怨毒。

苍老的手缓缓轻敲着车窗，一道淡淡的气息笼罩场间。马车旁的人们听着轻轻敲击的声音，心中涌起诡异而恐惧的感觉。有人看到了陈八尺的脸，惊恐得险些跌落在地。

陈八尺什么都没有感觉到，什么都没有看到，所以他依旧神情怨毒，甚至试图辩解反驳。然而他张开嘴，却说不出话来。

他伸手摸了摸嘴，发现手指间触着一片微湿微黏的东西。然后他觉得嘴巴里很甜。

他这才醒悟过来发生了什么，脸上的怨毒神情顿时化作无比的惊恐和绝望。

他的舌头没了。他的嘴里只有血与肉的碎糜。

看着陈八尺的嘴里不停向外淌着脓血，众人惊恐万分，有人忍不住发出了惊呼。几名神殿骑兵下意识里想要上前，却忽然醒悟过来，这肯定是马车里神座大人的惩罚，颤抖着停下了脚步。

车中再次响起天谕大神官的声音。

"不该说话。

"不会说话。

"却要代替别人传话。

"那以后就不要说话了。"

那辆华贵的马车处理完神殿骑兵的事务，继续向着桃山最上方那四座宏伟的神殿驶去，没有丝毫耽搁。

幽暗的马车里，天谕大神官静静看着桃山里的初夏风景，沉默很长时间后忽然开口说道："裁决司的事情，本座不想管也不应该管，然而如今看来，却是不得不管，那么只好管上一管。"

程立雪沉默无语，看着神座苍老而疲惫的容颜，对墨玉神座上那位大人物忽然生出了极为强烈的反感。

使团的马车已经各自散去，只剩下天谕神座的黑金马车缓缓驶上神殿最高处，来到那座黑色庄严的神殿之外。

那辆马车在巨大宏伟的神殿前，显得格外渺小而孤单，然而看着这辆马车的人，无论是哪座神殿的执事，都流露出了震惊和敬畏的神情。

敬畏的是马车里的神座。

震惊的是天谕神座居然出现在裁决神殿之前。

要知道无数年来，西陵神殿地位最为尊贵的三位大神官绝对不会进入别的神殿，因为对彼此的尊重和自身的骄傲。人们跪在神殿石阶前，跪在石柱旁，跪在道路旁，惴惴不安地看着那辆马车，不知道今天究竟发生了什么事情。

他们看着苍老的天谕大神官缓缓走出马车，缓缓走上石阶，缓缓走进黑色的裁决神殿，心中不知响起了多少道惊呼。

天谕大神官很老，很瘦削。但当他走进裁决神殿时，却显得很高大，似乎要触到裁决神殿高高的顶。

他走过平整的石制地面，裁决司所有的人都双膝跪地相迎。无论天谕大神官的到来，对裁决司意味着什么，甚至可能是羞辱或者挑衅，除了裁决大神官之外，没有人有资格表达自己的情绪。

天谕大神官走进裁决神殿，站在空旷单调肃杀的大殿前方，看着极远处那道珠帘，便停下了脚步，没有继续向前。

他是来找人说话的，所以他要走进裁决神殿。但如果他再继续往神殿里面走，那么珠帘后那个脾气暴躁的家伙，肯定认为他是来找人打架的。

西陵大神官也是人，是人，就一定会有情绪。

天谕大神官看着极远处珠帘后神座上那个人影，说道："我去了一趟南晋，带回了某人的骨灰。"

神殿深处的珠帘无风而动，隐约露出那方墨玉神座。裁决大神官以手撑额，眼帘微垂看着下方，没有说话。

天谕大神官摇了摇头，说道："你不该做这些事情。"

裁决大神官依旧没有抬头，冷漠说道："那又如何？昊天之下，神座之上，难道本座行事还需要向柳白低头？"

天谕大神官沉默很长时间后说道："光明师兄离开之前，你不用低头，但在他离开之后，你就只能坐在神座上，你的头本来就是低着的。"

光明大神官从幽阁逃离，引发西陵神殿一场极大的震动。有很少一些人知道，这位被称作数百年来最强光明神座的老人，在逃离之时，推倒了裁决大神官以本命神力构筑的樊笼。

但几乎没有人知道，那位老人推倒了樊笼，给裁决大神官带来了极大的伤害，过去了这么长时间，裁决大神官依然无法离开墨玉神座。

天谕大神官自然知道，所以他才会这样说。

裁决大神官坐在仿佛由千万人鲜血凝结而成的墨玉神座上，以手撑额，似乎在思考，但他往年暴戾而强大的头，确实是低着的。

他缓缓抬起头来，幽深的眼眸里满是冷漠暴戾的情绪，望向珠帘之外极远处站着的天谕大神官，说道："本座的头随时可以抬起来。"

空旷而肃杀的黑色道殿里，狂风骤起。

西陵神殿的人们不知道裁决神殿里发生了什么事情，不知道天谕大神官极为罕见地走进裁决神殿，与裁决大神官见面之后说了些什么，做了些什么，也不知道这场历史性的会面意味着什么。

他们只是听到了风声，狂暴的风声，比宋国东海畔的飓风还要恐怖的风声，仿佛是无数个巨人在咆哮着战斗。

暴风从神殿里席卷而出，吹得石阶上的碎砾击打着石柱，啪啪作响，人们惊恐畏怯地跪在地面上，却根本无法稳住身形。

不知道过了多长时间，风声停了，风也停了。天谕大神官从裁决神殿里走了出来，身形依然是那般地稳定，神情依然是那般地平静，只是眼角的皱纹似乎又深了几分。

人们敬畏不安地看着天谕神座走下石阶，发现他并没有走进马车，而是向着桃山最高处，最圣洁的白色道殿走去，心中越发生出无限震惊猜想。

人们不知道天谕神座为什么先去见裁决神座，然后又要去面见掌教大人。同样他们也无法亲眼看到那座圣洁白殿里发生了什么，只是听到了无数道雷声从那座白色神殿里响起，响彻整座桃山，然后雷声渐敛，天谕神座离开。

西陵神殿神卫统领罗克敌是一个很高大的中年男子，当他穿上盔甲后，整个人就像一座能移动的金属堡垒。然而当他跪在那道光幕前，跪在那个巨大人影前时，则卑微得像是一个侏儒，像是一个瘦弱的仆人。

因为他本来就是西陵神殿掌教大人最忠诚的仆人。

他是西陵神殿这座桃山的守山犬。

"神殿需要力量，比以往任何时刻都更需要力量。既然那条红鱼走了，你就要负责把她捉拿回来，如果她不再有力量，那么为了神殿的尊严，我允许你杀死她，然后你再去寻找一些别的力量回来。"

掌教大人站在万丈光芒中平静地说道。

罗克敌叩首而拜，如金山倾倒。

天谕大神官回到了自己的神座之上，他苍老的手掌轻轻抚摩着向阳花藤编织而成的神座，看着跪在神殿地面上数百名天谕司的执事和官员，脸上的皱纹深得仿佛桃山崖壁间的裂痕。

程立雪挥了挥手，示意前来拜见神座的人们散去，然后他走到神座旁边，低声感慨说道："终究还是发生了。"

天谕大神官说道："这并不是我推算中的那件大事。"

程立雪震惊无语，心想道痴叛离桃山，如果这都不是大事，那么神座推算中裁决司将要发生的大事究竟是什么？

"那件真正的大事还没有发生。"天谕大神官疲惫地说道，"世间的一切命运都由昊天注定，佛宗说的命轮转动，其实也是这个意思。该发生的事情，终究注定要发生，只不过会晚些时间。"

或许是因为疲惫，或许是因为与裁决大神官和掌教大人连续见面，天谕大神官眼角的皱纹越来越深，深得有些可怕。程立雪看着老人眼角的皱纹，心中涌出很多担忧的情绪，却不敢直接询问，试探着问道："不知道叶红鱼现在在哪里。"

天谕大神官微笑着说道："这种事情不需要推算……那个痴儿既然罕见避退离开西陵，自然是去了长安。"

程立雪神情微异，不明白为什么神座如此确定。

"昊天神辉普照世间，除了长安城，还有哪里能够让她栖身？"

天谕大神官叹息了一声，然后微笑着说道："好在长安是座不错的城市，可以看到学习到一些有趣的事情。"

18

西陵入夏，长安城也紧接着进入了夏天。初夏的长安城还算不得酷暑难当，然而天上的太阳已然炽烈得令人开始厌烦，午后的青石板开始发烫。

雁鸣湖畔的整修工程还在继续，为了赶在盛夏到来之前结束湖畔改造的工程，施工队伍在银钱和鱼龙帮的双重压力下，大大加快了速度。

从早到晚，敲打磨砌的声音，不停回荡在湖畔的宅院里，好在原先的旧居民早已经搬走，不然天气渐热，还要被噪声折磨，指不定会闹出怎样的冲突。

随着时间流逝，工程进入收尾阶段，宁缺拿着七师姐细心绘制的阵法图，开始深入到了施工之中。湖畔宅院的翻新渐趋成形，而七师姐的阵法，也渐渐成形，然后隐藏在了那些飞檐粉壁花草之间。

这段日子宁缺确实太忙，要进书院后山学习，要盯着湖畔的翻新工程，而且他还要经常进宫。进皇宫的目标，那当然是要进那幢木制小楼。肩上扛着整座长安城的安危，而且又牵涉到他的计划，所以他必须尽快对那座惊神大阵熟悉起来。

皇帝陛下大为欣赏他的态度，允许他随时进宫，当他疲惫走出小楼时，皇帝却不会放他离开，而是会把他抓进御书房。连续入宫十余次，他与皇宫的羽林军首领熟了，和侍卫们更熟了，和公公与宫女们熟了，甚至和每日在御书房里磨墨的皇后娘娘都变得有些熟了，但他对长安城这座大阵却依然不是太熟。

不过这不代表他没有从中获得某些好处。

雁鸣湖畔宅院的购买文书以及地契房契上写的是朝小树的名字，但这么大的动静，终究不可能瞒过太多人。李渔是最先知道这件事情的人，于是她送了宁缺一份绝对配得上大唐帝国公主殿下身份的礼物。如今雁鸣湖畔新移栽过来的无数棵古树，都是从她自己的封地里挖出来的，这真真是极大的手笔，而且有钱都买不到。

皇帝陛下和皇后娘娘也知道了他正在修新家的事情，皇后娘娘从宫中内库里挑了好些古董赏赐，而陛下则是赏了宁缺很多墨宝。

这是宁缺唯一不满意的事。

时间渐逝，长安城由初夏而入盛夏，书院里蝉鸣愈噪，城中暑气渐作，雁鸣湖畔的翻新工程正式完工。曾经分门别院的十余幢宅院被打通，被湖气熏软的旧墙壁粉刷一新，那条穿行于宅院间的窄巷，被改造成花园里的石头小径，花草怒放蓬勃，很是清幽美丽。

临四十七巷的商户们鼓起勇气，推出假古董店的吴老板和吴婶二人领头，请宁缺主仆二人吃了顿告别宴，二人便算是结束了在临四十七巷的岁月。

当天夜里，宁缺和桑桑便搬到了雁鸣湖畔的宅子里。

在齐四爷的强烈要求下，宁缺保留了老笔斋，反正朝小树当初已经免了他好多年的租金，只不过老笔斋再也不会卖书帖。想来明年春雨落下时，那间叫老笔斋的铺子，槛内不会再有不得志的少年书家，槛外也不会再有撑着伞的中年人。

伴着蝉鸣和不知名的昆虫鸣叫，宁缺和桑桑漫步在雁鸣湖畔的石径上，身后那些美丽的宅院便是他们的新家。湖畔无数棵古树让石径和宅院变得无比清幽，湖风穿行其间，温度似乎都低了不少，与长安诸坊巷里的闷热相比，完全是不同的世界。

桑桑想着前两年盛夏时，宁缺躺在后门外竹椅上，不停拿井水浸湿身体，与街坊们聊天的画面，不免觉得恍如隔世。

"我从来没有想过，我们能住这么大的房子。"

当年在岷山里住山洞，住树屋，在渭城里住小院，他们曾经无数次地想象过以后有钱了会住怎样的大宅子——如今漫步在湖畔属于自己的大宅里，他们才知道，原来当年的想象是那样地寒酸。

"很好不是吗？"宁缺问道。

桑桑点了点头，说道："比很好还要好。"

雁鸣湖属于官府公有山林之地，不允许出售，不可能变成宁缺的私产，不过他买光了湖畔的宅院，朝廷看在他的身份上，自然也不会与他较真。湖南岸的雁鸣山并不出名，游客极少，所以雁鸣湖事实上已经等于他家宅的私湖，风景怡人的湖面上，只有一艘布篷船在荡荡悠悠。

把如此好风景都封起来，变成只能自己赏看的私家园林，断了长安城百姓亲近的机会，当然会显得有些不厚道，甚至在道德上有些问题。不过宁缺主仆二人本来就是暴发户，从来都不是厚道人，也不怎么在意道德问题。

湖水中央那十余亩莲田，都是宁缺花钱雇人种的荷花，过了这些日子，被湖泥滋养着，莲叶早已茂密，花亦盛开。

桑桑摇动船桨，小船缓缓驶入莲田，放眼望去，除了青色的荷叶与粉色的荷花，便再看不到任何别的事物，仿佛进入了一片幽静的迷宫，进入了与酷暑天地截然不同的曼妙世界。

小船在莲田里随意游走。

宁缺解开身旁的包裹，取出小铁罐，仔细摸着上面深刻着的直线条纹，发现自己确实没有六师兄那等本事。

他很随意地把小铁罐扔进湖里。

这些天里，六师兄一共做了三十几个小铁罐，如今还在书院后山里接着做，只要有时间，便能源源不断地供应。小铁壶里塞了足够重量的碎铁屑，试验时威力又增加了些，而且扔进湖水里，可以保证不浮起来。

相对比较麻烦的事情，是小铁罐里的火符。宁缺虽然念力比普通修行者要雄厚充沛太多，但连续三十几张符意最饱满的符纸，依然让他觉得有些辛苦。

桑桑摇着桨，他倚在船首，不时把小铁罐扔进湖水，不理会惊着荷叶上的鱼。

小船随意游走，他随意扔着，此情此景看似惬意自然，实际上他把小铁壶扔入湖中的位置都牢牢记在了脑中。

舟行莲间，青叶田田。

湖水乍破，扑通扑通，清脆好听。

就像不时有青蛙，从船上跳入湖中。

船至南岸，二人登岸入林，一路拔草觅道而行，终于走上了雁鸣山的峰顶，峰并不高，却可以俯瞰湖面。宁缺望向湖北岸的院落，看着那些在花树檐壁间若隐若现的线条，在心中默默与七师姐留下的阵法比较，确认没有什么偏差。

"如果昊天能赐给我足够的时间，让我把这片湖山与惊神阵相连相通，那么我相信我能够在这里杀死我想杀死的任何人。"

就在他说完这句话后，似乎昊天都无法再容忍他的自大和嚣张，天穹里密布的雨云深处骤然闪过一道亮光，然后传来隆隆的雷声。暴雨毫无预兆地落了下来，瞬间化作无数水帘，笼罩了整座长安城，雁鸣湖与雁鸣山在雨中沉默无言。

就在电闪雷鸣的一刹那，桑桑以最快的速度撑开了大黑伞。宁缺抬头看着黑伞，说道："雷雨天打伞容易被劈死。"

桑桑说道："小时候你就说过，但我们没有被劈死。"

宁缺叹息说道："果然是个很神奇的世界，那就闭上眼睛感受一下吧。"

暴雨如注。雷电交加。

桑桑站在崖畔，面对撼动不安的湖水，紧闭眼睛，紧握大黑伞的伞柄。

不知道过了多久，宁缺神情凝重地问道："感觉怎么样？"

桑桑睁开眼睛，眼眸里的明亮要胜过雨云里的闪电。

"我能感觉到一切。"

桑桑是个小侍女。

桑桑不是普通的小侍女。

她记忆力惊人，这一点可以由渭城的军民们集体做证，她从开始识数起，便能轻而易举记住见过的所有数字。她很聪慧，这一点可以由频然走出老笔斋数次的陈皮皮做证，陈皮皮可是被昊天道门及长安书院共同认证的天才。

桑桑之所以经常显得有些笨拙甚至是愚钝木讷，并不是她的脑子真的不好使，用宁缺的话来说，她只不过是有些懒，懒得去想很多事情。宁缺比这个世界上的任何人都知道桑桑身上的特殊之处，比如她的聪慧，她那与众不同的能力，只不过过去的十几年间，他根本没有去思考更没有去触碰桑桑身上的这些与众不同的地方。

这是他本能里的选择。

因为他想不明白，自己在河北郡荒田道畔尸堆里捡了一个小女婴，而小女婴身上却似乎藏着某些秘密，他隐隐有些恐惧。

直到光明大神官逃离西陵，来到长安城，收了桑桑为徒，桑桑成了西陵神殿下一任光明大神官的不二人选，宁缺才明白，原来这就是命运烙印在桑桑身上的痕迹，这就是当年那个小女婴的机缘。

命运和秘密已经出现在眼前，那么便不再恐惧，只能承认并且接受。这半年里，宁缺不再躲避，而是开始培养训练或者说发掘桑桑在修行方面的潜质。

今日雁鸣湖畔雷雨磅礴。

桑桑站在峰顶崖畔，握着大黑伞，说自己感觉到了一切。

"你这时候试？"桑桑把大黑伞递给他。

宁缺接过大黑伞，手掌与伞柄间尽是雨水。念力缓缓释出识海，经由手掌度入大黑伞的伞柄，再悄无声息覆上大黑伞满是油污的伞面，穿过磅礴的暴雨，向着崖下的雁鸣湖弥漫而去。

宁缺也感觉到了很多。

他感觉到了这面被暴雨击打的跳跃不安如沸水般的湖，他感觉到了莲田里啪啪作响不安如鼓面的荷叶，他感觉到了荷叶下惊恐万分的青蛙，他感觉到了湖水深处那些像石头般的小铁罐。

宁缺抬头望天，黑伞后倾，暴雨顿时打湿了他的身体。天空中乌云翻滚挤压，黑云之后还是黑云，无数雨水从层层黑云中倾泻而下，看上去就像无数条苍老的黑蛇在疯狂地撕咬。忽然间，一道极粗极直的闪电毫无征兆，在长安城上空自西北方横穿整个天空，瞬间撕裂了卷动不安的雨云。雷声稍后即至，在雁鸣湖上空炸响。

轰！

不知道是雷电的威力还是发生了别的事情，雁鸣湖水骤然波动起来，水花四处溅散，莲枝剧烈摇晃，似乎随时会折断。宁缺低头望向湖面那处涌动如喷泉的水面，看着那处渐向湖岸散去的浪花与残枝碎花，忽然说道："可以。"

桑桑擦了擦脸上的雨水，没有说话。

那道恐怖的闪电过后，天穹似乎正式开始发怒，一道一道闪电接踵而至，把原本被黑云压至漆黑一片的长安城照耀得不时苍白。沉闷的雷声丝毫没有停歇之意，连绵炸响，不给城中的人们丝毫喘息之机。

狂暴雷声之中，宁缺撑着黑伞，望着雁鸣湖北岸，说着些什么。只不过因为雷声太响，暴雨太狂，只有他自己能够听见。

他指着北岸的院落，说道："从院中开始。"

他指向摇撼不安的湖面，说道："在湖里继续。"

然后他望向桑桑，又望向脚下的雁鸣山峰，说道："在这里结束。"

桑桑从他手中接过大黑伞，说道："不能让他上山。"

宁缺沉默片刻后说道："我尽量争取。如果在湖里依然没有办法杀死他、不让他上山，那么我下山。"

桑桑说道："你下山了我怎么办？"

宁缺说道："你在山上看着我。"

桑桑说道："我可以帮你。"

"你一定可以帮我，但那是在我下山之前。而且我相信，那天肯定会有很多人来看，比如二师兄，所以你是安全的。"宁缺说完这句话，抬步向山下走去。

盛夏的暴雨，来得粗暴突兀，去得也是干净利落，没有丝毫依依不舍。当宁缺和桑桑走到山脚湖畔时，雨便停了。

在湖水上无力残破漂浮的荷叶上，隐约可以看到些铁渣的痕迹。

19

土阳城地处大唐东北边陲，依岷山，近荒原，纵使是盛夏也极为凉爽，入夏后雨水渐沛，却极少能够听到雷声。

雨水渐多不代表这里能够像南方一样奢侈地挖湖种荷，土阳城里只有将军府有荷塘，只有很少的人能够见过残荷，自然这座边城里不会有太多人会像诗人文士般对着残荷大发感慨。

然而当土阳城里的人们看见城外草甸间那支大唐骑兵残军时，他们不得不震惊感慨，甚至是震惊到无语。

很多年来，大唐军队基本上就没有吃过什么亏，夏侯大将军统率的东北边军更是从来没有打过败仗，为什么城外那支骑兵却是残军？

其实这只是一个并不美妙的误会。土阳城外草甸上的大唐骑兵并没有在荒原上打败仗，只不过千里跋涉，盔甲染灰，马倦人乏，最关键的是所有人的脸上都写满了麻木的神情，队伍里弥漫着衰败的气氛，所以才会被误认为是残军。

能让大唐军人们麻木的原因，是不远处山林间那个荒人男子。

那名男子身上的皮袍早已破碎不堪，血水混着灰尘涂抹在不知从哪里偷的衣裳上，看上去异常疲惫，甚至随时可能倒下。

就是这样一个身受重伤的男人，跟着大唐骑兵，从荒原深处一直来到了土阳城外，始终都没有倒下。

大唐骑兵们看着远处那个男人，神情很麻木，眼中甚至有些敬畏的情绪。过去这些日子，那个男人始终跟着大唐骑兵，时刻准备着冲营刺杀夏侯大将军。他尝试了十七次，失败了十七次，却一直坚持。

大唐骑兵不是不想杀死那个男人，只不过那个男人用他的强大和毅力证明了他很难被杀死，尤其是在唐国军人不想付出玉石俱焚的代价时。

狙杀与反狙杀，偷袭与包围，在这漫长的旅程中不断地发生，然后沉默地结束。那个男人无法杀死夏侯大将军。夏侯和他麾下的无敌骑兵，也无法杀死那个男人。

次数太多，所有的大唐骑兵，哪怕是那些最骄傲的将军，面对着那个已如乞丐般的强大男人，都有些麻木了。

马蹄声起，警戒骑兵分开一条道路。夏侯驰马而至，看着远处草甸上的唐，脸上没有任何情绪。

在过去这段日子里，大唐骑兵想尽了一切办法想要诱杀这名魔宗强者，有几次险些成功，却最终还是被对方逃了出去，而唐也有几次机会成功地靠近了夏侯，逼夏侯与他展开了激烈的战斗。

夏侯不是一个人在战斗，他有无数骑兵作为护卫，所以在这连绵的战斗中，终究还是唐要落在绝对的下风。如今的唐已经受了重伤，根本没有魔宗强者的风范，更像是一个可怜的乞丐，但唐没有死，唐还是坚持要杀他。

而夏侯也受了不轻的伤，他身上那件书院打造的盔甲，在唐手中那把妖异的血色巨刀侵伐之下，终于在前日正式毁坏。

"我的身后便是土阳城。"夏侯看着远处草甸上的唐，漠然说道，"你没有机会了。"

唐说道："我说过你已经老了。"

夏侯说道："我也说过，年老体衰这种话，对你我都没有意义。"

唐说道："问题在于你的心老了，从你决定告老的那一刻开始，你就真的老了。老就是弱，如果土阳城再远百里，你一定会死在我的手中。"

夏侯沉默，发现对方说的话是对的。

"但我拥有土阳城，我拥有无数效忠于我的铁骑。"夏侯说道，"而你只有一个人。"

唐说道："如果当年你能够懂得战斗终究是一个人的事情，或许你不会犯下这么多错误，不会像现在这般苍老。"

盛夏，草长，鹰飞。

唐身上有无数道伤口，鲜血还在淌落，落在草上，便开始燃烧。

夏侯以拳堵唇，开始咳嗽，有血从指间溢出，如岩壁上一只受伤的鹰。

鹰一般都叫老鹰。

只是鹰可以老，人却不能老。

千年以前，荒人是大陆北方大草原的主人，所以直到今天，这片大草原依然被叫作荒原。草原上有雄鹰，所以荒人擅养鹰，哪怕被唐国战胜，被迫北迁至极北寒域，荒人依然没有放弃养鹰。

夏侯是荒人，唐也是荒人，所以他们对养鹰都不陌生。

看着远处山林畔草甸上衣着破烂肮脏如乞丐的唐，夏侯忽然想起自己小时候熬鹰的经历，想起那只年岁并不大、稚嫩的小鹰在铁架上摇摇欲坠，却始终不肯低下倔强高昂头颅的画面。

从荒原深处南归，一路千里相杀，他始终都很自信，认为自己是在像熬鹰一般煎熬唐，利用对方的愤怒与仇恨，让对方闭不上眼睛，把所有的精神都消耗在日复一日的枯燥战斗之中。

夏侯本来以为自己快要成功了，他亲眼看着唐体内的真气渐枯，精神渐疲，坚若金石的身躯变得普通，开始受伤，开始流血。他以为唐的鲜血会在漫长的旅途中流干，最后像当年那只幼鹰般倒下。

然而他没有想到，唐没有倒下，反而是自己感到了前所未有的疲惫、虚弱，甚至是身躯最深处的一抹倦意。

难道说，自己才是被熬的那只鹰？

夏侯不停地咳嗽，血水不停从堵在唇边的拳边溢出，但他脸上的神情依然冷漠平静，深陷的眼眸幽冷如寒冰。

老并不可怕。

无论在草原还是在热海畔的岩壁上，只有老鹰才是真正的鹰。

他放下拳头，取出手巾擦拭掉唇角的血渍，面无表情看着远处的唐说道："你的毅力让我有些吃惊，但终究只是吃惊而已。你毕竟不是你的那位老师，在越过那道门槛之前，你永远无法威胁到我。"

唐低头看着脚下那些被自己血水点燃的长草。

连续的战斗让他身受重伤，那些看似不起眼的唐军骑兵在强悍的军事纪律和战术组织下给他带来了很多麻烦，随着体内真气渐渐枯竭，看似坚不可摧的身躯，也终于在那些刀箭之下流血。

魔宗已然凋敝，他这个魔宗天下行走更像是个孤家寡人。不说与西陵神殿无数道士相比，就连与叛徒夏侯相比，也显得那般势单力薄。

从某种意义上来说，如今世间的魔宗，就是他。

他就是魔宗。

他是魔宗最后的精神和骄傲，所以他不能倒下。

所以哪怕身受重伤，看不到任何希望，他依然沉默地与夏侯以及数千名大唐骑兵战斗到了此时此刻，战斗到了土阳城下。

唐抬起头来，看着无数骑兵拱卫中的夏侯，说道："看看你似乎强大实际上却像朽木般的身躯，问问你看似强大实际上像泥块般的心，如果我真的威胁不到你，你又怎么会这时候转过身来与我说这些话？"

夏侯沉默了很长时间，然后说道："你不可能跟着我回长安，中原是昊天神辉笼罩的人间，天都不能容你，你又能如何？"

作为魔宗最后也是最强大的余孽，唐可以在荒原上自在生活，可以与叶苏隔峰对峙相望。但他很清楚，如果自己真的去了中原，那么必然会面临西陵神殿强者们无休止的追杀，终究是死路一条。

"我确实不能进中原。"

唐看着不远处的土阳城，说道："我便连那座城都不敢进，但我已经伤到了你，我让你变得虚弱紧张，那么我知道你注定会死去。"

夏侯说道："何必说这些没有意义的话。"

"没有意义的事情我不会做，没有意义的话我也不会说。世间绝对不止我一个人想要杀死你，当你离开军营回到长安城后，或者当你归老之后，那些蒸屉里的冤魂、枉死路上的小鬼，都会来到你的背后索要你的性命。那些冤魂会感激我追杀了你一路，我也会感激那些冤魂把你追杀到死。"

唐最后向着夏侯点头致意，说道："祝你归老愉快，死得精彩。"

说完这句话，他转身离开草甸，消失在山林之中。

夏侯沉默地看着人迹已无的草甸，看着被夏风轻轻拂动的山林，没有再说什么，轻提马缰，向土阳城里驶去。

荒原上吹来的风拂动山林，拂动深草，拂动土阳城头的军旗，拂动着他头盔边缘露出的发，那些花白的头发。

自古名将如美人，不许人间见白头，然而他的头已然白了。

雁鸣湖畔新葺的宅院，迎来了第一批客人：公主殿下李渔和她的继子，还有司徒依兰。

对司徒依兰的到来，宁缺非常欢迎，他对身世可怜的小蛮王子也没有什么意见，但对于大唐公主殿下的到访，不免觉得有些麻烦。

他与李渔之间的关系不错，但他很清楚她一定会给自己带来麻烦。

果不其然，当安静的书房里只剩下他和李渔时，麻烦便来了。

书房雕花窗外是数株古树，林荫遮蔽着夏日，清风怡人，便是树林里那些蝉鸣也并不令人觉得厌烦。李渔端着碗凉茶，看着窗外隐隐可见的湖景，微笑说道："蝉噪林愈静，这片宅院果然不错，难怪你这种吝啬鬼也肯花这么多银子。"

宁缺叹了口气，心想果然便是要从这里开始说话？

他走到李渔身侧，说道："多谢殿下送来的这些大树。"

雁鸣湖畔宅院里的古树全部来自李渔的皇室封地，这些树木的价格不菲，光是运送出山再入长安城的费用便是个极可怕的数字，最关键的是，有好些珍稀古树，即便是有钱都无法买到。

宁缺现在确实是个极有身份地位的人，但李渔乃是堂堂大唐公主殿下，哪里需要小意思讨好他，这等重礼自然是要求回报的。

"终究是些山野之物，也不值多少钱。"李渔走到书房陈列架旁，看着架上那些摆设古董，神情微微变化，轻笑说道，"这方笔洗小时候我便向父皇讨过，他却说送给了她，所以不好要回来，没有想到如今却能在你的书房里看见。"

宁缺看着那方石制若墨玉的笔洗，说道："你若喜欢，便拿去。"

李渔微嘲地说道："她给你的东西，我凭什么要。"

长安城里敢直呼皇后娘娘为她的，便只有李渔姐弟二人。很明显，李渔并不在意让宁缺看到自己对皇后的真实态度。

宁缺没有接话。

李渔看着他微笑说道："听说你最近时常进宫，想必与她很熟了？"

宁缺说道："确实比以往熟了不少。"

李渔问道："你觉得她是一个怎样的人？"

宁缺很直接地回答道："我不知道。"

李渔静思片刻后，自嘲一笑说道："我与她作对了这么些年，却一直都还看不清楚她究竟在想些什么，何况是你。"

宁缺摇头说道："何必想那么多。"

李渔饮了口杯中的凉茶，秀眉微蹙，然而展颜一笑，说道："很好喝，这是桑桑做的桑葚茶？听她说过好几次，却还是第一次喝到。"

听着殿下说起家长里短，宁缺顿时觉得放松了不少，准备好生讲解一下桑葚茶的做法，并且重点说明这是自己的发明。

然而他没有料到，李渔的下一句话来得极快。

"我的想法很简单，你知道。"李渔平静而坚持地看着宁缺的眼睛。

宁缺没有躲避她的目光，说道："我也告诉过你我的想法。"

李渔说道："我知道你现在和帝国军方之间有些问题。"

宁缺说道："我承认，但问题总是能解决的，而且我不需要在乎他们。"

"我不认为在你杀死黄兴和于水主后和夏侯还能言谈甚欢，还能让军方那些德高望重的老将军认为你善良无害。"李渔说道，"这些问题是无法解决的，或许你真的不需要在乎他们，但如果你想要继续做些什么，就不得不在乎。"

宁缺说道："殿下说的这些事情我自然不会承认，至于我和夏侯将军之间的这点小摩擦，相信不会持续太长时间。"

"所有人都知道夏侯是皇后娘娘的人。"李渔说道，"皇后娘娘如今不停笼络你，自然也是不想夏侯与书院之间的争执继续扩大，但你甘心吗？"

宁缺心想我还知道皇后娘娘是夏侯的亲妹妹。大师兄早已经做过交代，他当然不会当着李渔的面挑明这个大秘密。

李渔说道："如果你和夏侯之间的仇怨只是荒原上的那些冲突，既然大先生已经定了基调，我希望你还是甘心为好。"

宁缺微微皱眉，有些不解为什么她会选择和皇后一个立场。

李渔低声说道："军中只有一些年轻的将领愿意效忠于我，华山岳领的是河北郡厢兵，军功积攒太过艰难，以他如今的资历根本没有办法去东北边军接替夏侯的位置。不过夏侯既然肯解甲归田，对于我来说总是件好事，所以我不希望有别的事情干扰这个过程。"

这个解释很赤裸，所以很诚恳，便是宁缺也不由微微一怔。

片刻后他叹息说道："这种事情真没劲。"

李渔微嘲地说道："不愧是夫子的学生，居然连大唐帝国的皇位都觉得没劲。"

宁缺说道："我以前就对你说过，不要太过看重我这个书院入世之人的态度。我上面有老师有师兄师姐，宫里有皇帝陛下，观里有国师，寺里有黄杨，军里有许世那些老将军，那把龙椅是传给你弟弟，还是传给皇后娘娘生的那位皇子，终究是这些人的意见。"

李渔静静看着他，忽然开口说道："但你想过没有，无论是父皇还是夫子，还是军中的那些老将军，他们总有离开的那一天？

"书院为什么一定要你入世？父皇为什么对你如此器重？许世为什么对你如此警惕？其实都是基于相同的一个原因。

"没有人能够抵抗昊天的命轮，时间的流逝。大唐终究将失去他们，有些人担心你变成没有猎人压制的恶鹰，祸害他们逝去之后的世界。而夫子和父皇则是沉默不语，护着你煎熬你打磨你，想让你从一只雏鹰变成一只雄鹰，守护没有他们的那个大唐。"

20

离开渭城，来到长安，进入书院，拼命登楼，终于进了后山。却还来不及学些什么事情，宁缺便要带着前院的学生们远赴燕北边塞，如今想来，这必然是皇帝陛下和书院商议后的结果。

来到荒原，却又接着天枢处的消息，荒原深处魔宗山门开启，天书现世，宁缺只好北上，经历了那么多的考验甚至可以说是折磨，最终继承了小师叔的衣钵，怎么看都是夫子的意志体现。

皇帝陛下和颜瑟大师还毫不犹豫把长安城这座大阵交到了他的手中，这些事情，都证明了朝廷和书院对自己的信任和期待。

宁缺很清楚，所以听着李渔说出的这番话，他并不觉得意外，只是从来没有去仔细思考过。因为淡漠无情如他，依然觉得那些逝去是悲伤的事。

"我不认为那是短时间内会发生的事。"宁缺说道。

李渔声音微涩地说道："或许我说的这些并不好听，偶尔思及将来，我也会茫然紧张难过。但人们会老便会离开，父皇正值壮年，但实际上身体远没有看上去的好，我远嫁金帐之前曾经向太医院打听过，父皇当年曾经受过一场重伤，伤势延绵至今，药石根本无能为力，所以才会经常咳嗽。"

宁缺想着在御书房里与陛下相处时的场景，想起那些快意莫名的白痴骂声，还有那些偶尔响起的咳声，沉默不语。

"许世虽说是武道巅峰强者，但他已经很老了，而且全世界都知道他肺部有老疾，就算再如何调养，也无法治愈。

"夫子是我大唐最沉稳强大的一座大山，似乎将永远青翠下去，可他老人家已经活了一百多岁，难道他能够永远活下去？"

李渔看着宁缺平静地说道："生老病死，大河滔滔，势不可逆。夫子和父皇在思考将来的事情，你我有什么资格不去思考？"

宁缺接过她手中那杯残冷的桑葚茶，走回书桌畔搁下，双手扶着桌沿，沉默思考片刻后，说道："至少还有很多年。"

李渔眉头微蹙。

宁缺说道："夫子和陛下至少还能活个十几二十年，到那时候我会比现在强大很多，或者大师兄二师兄能够坐上夫子离开后的位置。我想那时候的大唐会像现在一样强大，所以我不认为现在需要思考什么。"

李渔说道："以前我便对你说过，我对你的请求很简单，当大唐皇位的继承真的需要书院出面的时候，请你站在我的身旁。"

宁缺没有转身。他抬头望着窗外的幽幽古树，看着树林远处的雁鸣湖，想着这片湖在凛冬时节的模样，想着夏侯，想着夏侯与皇后之间不可分割的血缘关系，说道："如果真有那天，我不会站在皇后那边。"

李渔有些满意他这个答案，却依然遗憾于他不肯直接表明态度。看着他的背影，清丽的眉眼间浮现淡淡悯然神情，轻声叹息地说道："如果早知道事情会这样发展，当初我就不应该放过你。"

宁缺转过身来，说道："那时候的你我本来就不是一个世界的人，而且我不是一个愿意被人抓住的人，所以不用遗憾。"

宁缺和司徒依兰沿着雁鸣湖散步，在微凉湖风中随意说着话，只是要注意时不时伸手拂开扑面而来的恼人柳枝。

司徒依兰没能参加荒原上那场春季战争，所以情绪有些失落，而这份失落落在宁缺眼里，却觉得有些荒唐。

"都不知道你到底在想什么，打仗有什么意思？"

"天天在书院里看书，在府里学女红，你不觉得无聊？"

"我是男人，又不是姑娘家，如果我是你，我肯定不会觉得无聊。"

"在碧水营的时候，你可不是这么说的。"

二人行走在青石道上，就像去年在边塞那片碧蓝海畔白石滩上一般，平静而没有丝毫杂质的气氛，围绕着这对年轻的男女。

"离她远些。"

宁缺忽然开口说道。

司徒依兰抬头看了他一眼，知道他口中的她指的是公主殿下，不解说道："我不明白你的意思，你想说什么？"

湖堤上不断有柳枝垂下拂过脸颊，宁缺有些烦，伸手摘下一枝，说道："当年你年纪小，可以跟着她驰马长街骄傲得意，但如果你真要立志成为大唐的女将军，就要明白，那和娘子军是两回事。"

司徒依兰静静思考很长时间后，抬起头来看着他说道："我要做的是大唐的女将军，而不是哪个人的女将军。"

宁缺见她明白自己的意思，赞赏地点了点头，把手中用柳枝编成的那个蚂蚱递了过去，说道："奖励你的。"

司徒依兰接过可爱的柳枝蚂蚱，很是高兴，说道："你动作可真够快的。"

宁缺又摘下一根柳枝，说道："当年桑桑还小，经常饿得哭，我就会找些树叶编些小玩意儿哄她高兴，做得多了自然快。"

司徒依兰看着他脸上的神情，打趣说道："对着湖照照，你就能发现自己这时候的得意劲儿该有多可恶。"

宁缺得意地说道："本来就擅长，凭什么不得意？"

司徒依兰眨了眨眼睛，问道："是因为手巧得意，还是哄了桑桑得意？"

宁缺说道："都得意，不过后者更得意。"

司徒依兰轻轻咳了两声，笑着问道："那些日子，长安城里一直在传你和书痴的事情，好些人都曾经看到你与那位书痴姑娘把臂同游，怎么没过几天你却和自家的小侍女好上了？桑桑忽然变成了大学士府的小姐，本来就很令人吃惊，这番变化就更令人吃惊了。"

宁缺愣了愣，问道："不行吗？"

司徒依兰把柳枝蚂蚱举到眼前，那模样调皮无比，说道："哪里有什么不行的？只不过很多人都说你玩弄了书痴的感情，对你很是不齿。"

宁缺挥舞着手臂，恼羞成怒地说道："哪里玩弄了？哪里玩弄了！我已经成现在这样了，你们还想我怎样？再说我什么时候和她把臂同游过？"

他把手臂伸到湖风里，愤愤不平抗议道："同游倒是同游过，但臂在哪里把的？我连她手都没有摸一下！"

雁鸣湖畔新宅落成，在桑桑的强烈要求下宁缺没有请管事仆人丫鬟，也没有浪费银钱办什么开伙仪式。但既然李渔带着依兰来了趟，宁缺心想似乎表面功夫还是得做一下，于是便回书院后山，邀请师兄师姐们来做客。

果然不出他的意料，书院后山的师兄师姐们对这种事情根本没有兴趣，他稍感放松之余，不免又觉得有些没颜面。

未曾想到，第二天陈皮皮却带着唐小棠来了。

宁缺划着桨，摇着船儿，看着躺在船首唉声叹气不停催促的那个死胖子，便觉得气不打一处来，心想平日里游湖都是桑桑划船，本大爷享受，结果你来之后，便得是我服侍你，这是什么道理？

想是这般想的，这话却是说不出口，因为书院最讲究……准确来说是二师兄最讲究兄友弟恭。陈皮皮既然是师兄，那么理所当然可以指派宁缺做事，宁缺即便对此再有意见，也没胆子去找二师兄说道理。

"我说你能不能快一些！你今天没吃饭啊？"

陈皮皮看着前方快要隐入莲田的小船，看着船上唐小棠的身影，便急得快要跳脚，对着宁缺一通怒斥。

宁缺把桨扔下，大怒说道："中午的饭都被你一人吃了，我到哪里吃去！"

21

四人两舟，泛于湖上，怎么看都是很美好的事情。然而遗憾的是，唐小棠和桑桑坐在一艘船上，陈皮皮便只能和宁缺拿相同的船票。

小船在莲田里时隐时现，唐小棠和桑桑举着些小东西在开心地说着什么。陈皮皮看着前方，心想自己好不容易把小棠从三师姐的魔掌之下拯救出来，却没有办法与她亲近，实在是太过遗憾。

"她们在说什么？"陈皮皮问道。

宁缺说道："前几天给桑桑用柳枝编了些小玩意儿，好多年没有做，她还是很喜欢，这时候见着朋友，当然要拿出来夸耀一下。"

陈皮皮微微一怔，回头望向桨旁的他，说道："真没看出来，你居然是个挺会讨女孩子欢心的家伙。"

宁缺微嘲地说道："你以为谁都像你这般禽兽不如？说起来都这么多天了，你难道还没有搞定那个小姑娘？"

陈皮皮有些羞愧地低下头，紧张地搓着手，说道："你不要瞎说。"

宁缺摇头无奈地说道："单看你的大胖脸，怎么也瞧不出来你居然脸皮这般薄。"

陈皮皮有些底气不足地辩驳道："那是小姑娘脸皮薄。"

小船前后驶入莲田深处，前些天的雷雨闪电铁壶留下的痕迹早已消失不见，青枝圆叶蓬然遮天，清幽无比。

桑桑和唐小棠的船不知划向了何处。

宁缺放下木桨，走入篷内，递了壶酒给陈皮皮，低声说道："你到底想清楚没有？"

陈皮皮接过酒壶，小心翼翼地抿了口，然后被辣得蹙起了眉尖，沉默很长时间后说道："这种事情怎么想得清楚？"

"但你应该清楚自己的身份。"

宁缺平静地说道："虽然你始终不肯明说，我依然不知道你到底是掌教大人的儿子还是观主的儿子，但总而言之，你是昊天道门的骄傲和将来。老师虽说养了你这么多年，你最终还是要回去的。"

陈皮皮看着船外的百亩莲田，惘然说道："大概如此吧。"

宁缺说道："唐小棠是魔宗的人。"

陈皮皮低声说道："那你说这事怎么办？"

"自己的事情自己做自己想。"宁缺说道，"我只是提醒你，如果你确定要回到道门，无论西陵神殿还是知守观，都不可能允许你娶唐小棠当老婆。"

陈皮皮抬起头来，看着他问道："你为什么选了桑桑，没有选书痴？"

"这和你现在面临的情况是两种痛苦。"宁缺毫不客气地说道，"无论我怎么选，顶多就是被人嘲笑不屑轻蔑，或者会伤着姑娘家，但你如果选得不对，或者做选择时的决心不够强大，你将面对的决然不只是这些，而唐小棠会更惨。"

陈皮皮眉尖再次蹙了起来，惯常散漫憨喜的圆脸上，罕见地流露出凝重的神情，凝重最后又尽数转为无尽忧愁。

"要下雨了。"

他皱着眉头，像喝毒药般把壶中的烈酒一饮而尽，有些口齿不清地说道："我带着她先回书院。"

宁缺探头出船篷，只见莲田之上是湛湛青空，万里无云，哪里有要下雨的模样。

陈皮皮轻抚胸口，幽幽说道："这里在下雨……都怪你，难得出来玩一趟，偏要提起这些让人心里发霉的事情。"

万里晴空无雨，一向乐天知命的胖青年陈皮皮的心里却落下了一场寒冷的雨，渐要将心中每个角落都渥出霉点来。

宁缺很同情自己这位师兄，送他与唐小棠离开后，坐在书房窗畔，想着他在船间那句形容，也不禁觉得好生悲伤。

便在这时，有风自雁鸣湖南岸袭来，吹得湖中莲叶簌簌乱响，又乱了湖堤长柳，绕着古树粗干，灌入书房里。桑桑坐在椅中，手里捧着杯凉茶，被窗外袭来的湖风吹得眯起了眼睛，说道："看样子似乎真的要下雨了。"

小侍女语声落处，雨声骤起。

淅淅沥沥的雨点从空中落下，缓慢而坚定地梳洗着宅院树林间的暑意，没有过多长时间，庭院尽湿。

　　“没有想到真的下雨了。”

　　宁缺从她手中拿过那杯残茶，喝了下去，滋润了一下因为担忧朋友而显得有些干燥的咽喉。然后他看着空空的茶杯，问道：“唐小棠怎么说的？”

　　桑桑抱着瘦瘦的双腿，把下巴搁在膝头上，认真地回忆着先前在莲田深处船间的对话，说道：“棠棠说她比较迷糊。”

　　宁缺微怔，问道：“就这样？”

　　桑桑说道：“她说这件事情总要先问过她哥哥的意见。”

　　宁缺想着那位穿着皮袄，像岩石般恐怖的魔宗强者，忽然觉得窗外袭来的湖风有些寒冷，对陈皮皮顿时生出更多同情。

　　庭院里的雨落得越来越大，暑意被迅速地冲走，地面草坪上的雨水也越积越多，汇成细细的数条小溪，向着雁鸣湖里淌去。庭院间一片沉默，没有语声，只有雨声。

　　便在这时，宅院前门处忽然传来一阵极响亮的叩门声。

　　“我让你说下雨，说下雨，这下好，果然真的就下雨了。”

　　“是不是没拿伞？

　　“这是昊天留客，你们俩晚上就在这儿睡吧，但别指望我借伞给你。

　　“我和桑桑打小就定了死规矩，人能借，命能借，就只有两样东西不能借。

　　“银子不能借，伞不能借！”

　　前院处的叩门声越来越响，越来越急，明显那厮被大雨淋得不善，要借叩门声表达自己强烈不满的意味。

　　宁缺却懒得管，依然学着大师兄的模样，慢条斯理向那处踱去，嘴里还不停唠叨着打趣对方的话：“你要说为什么不能借伞，嘿，这又是一个很长的故事了，就不知道你有没有兴趣听，话说你刚才就不该走……噢，我的天，怎么是你！”

　　推开院门，宁缺嘴里的声音戛然而止，看着门外，张着嘴，手还扶着沉重的院门，僵硬无比，看上去就像被雷劈了。

因为宅院门外不是陈皮皮和唐小棠，而是一个穿着青色道袍的少女道士。

少女道士被这场大雨淋得浑身湿漉，宽大的青色道袍湿答答搭在身上，凌乱湿黏的发丝搭在额头，看上去极为狼狈。她手中拿着把拂尘，尘尾搭在左手臂弯间，也正在往下滴着水。

无论怎么看，被淋成落汤鸡都是很狼狈的画面，所以少女的眼眸里不再如当初那般冷漠骄傲，而是带着几分恚怒和羞恼。但实际上，她没有一丝狼狈，眉眼还是那般美丽不可方物，无论雨水在微白的脸颊上如何纵横，无论她的眼神如何不善恚恼，还是那样美。

因为她是这个世界公认的最美的那三名少女之一。

推开院门，在骤雨之间，看见了一个浑身湿漉的美丽少女，她的脸颊苍白，发丝微乱，怯弱而惹人怜惜，宁缺顿时想起聊斋里的很多美丽故事。

然后他的第一反应就是关门。

然而就在他以前所未有的速度，拼尽抱桑桑的力气，想要把两扇沉重院门关闭时，却发现院门比先前变得沉重了无数倍。因为雨中的少女道士伸出一只手掌，搁在了门缝里。

宁缺不敢思考如果自己把她的手夹流血后，自己会在她的道剑下流多少血，但他依然没有停止关门的动作。

就在两扇沉重的院门快要夹住少女道士的手掌时，那只带着雨水的细小手掌上忽然泛出一道淡淡的光芒，有风在院门处骤起，从空中洒向庭院的骤雨顿时为之一滞。

淡然而强大的气息从那只手掌上喷薄而出，瞬间蒸发掉掌面上的雨水和一片极小的青叶，然后震碎了所触到的一切。

院门处响起一道沉闷的巨响。

远处长安城坊市里在街檐下避雨的民众，好奇地向着声音起处的雁鸣湖望去，心想好响的一声雷，不知道打死人没有。

没有死人，只是毁了两扇门。

宁缺看着院门上出现的那道大豁口，欲哭无泪。

院门迸裂溅出的木屑撒得他满身都是，便是脸上也有很多木屑，在雨水冲刷下一时不得干净，反而显得他极为可怜。

看着那些新鲜的闻香木茬儿在雨水中渐由白色变成灰色，想着当初买这两扇院门时花的银钱，他脸上的神情变得极为痛苦。

他抬起头来，看着雨中那个浑身湿漉的少女道士，心痛得浑身颤抖，愤怒地大声喊道："叶红鱼，你赔我门！"

22

雨中的少女道士，自然便是叶红鱼。

那夜用一张薄纸裁开陈八尺双眼之后，她便一袭青衣飘然下了桃山，借夜色出西陵，一路风尘来到长安城，又遇着一场骤雨，越发疲惫憔悴。此时听着宁缺的问话，她不由微怒道："不赔你又能如何？"

看着她眉眼间的冷漠怒意，宁缺哪里还真敢把她如何，要知道身前这个美丽的少女道士，是他在修行世界里最忌惮恐惧的对象。

他掸掉满头满脸的木屑，愁苦说道："不赔就不赔，这么严肃做什么？"

叶红鱼毫不客气伸手把他从院门处拨开，然后径直向着庭院里闯去，说道："给我找个房间，我要住下来。"

宁缺看着向深深庭院里走去的少女道士，怔了半晌才终于醒过神来，赶紧追了上去，跟在她的身后苦着脸问道："你怎么来长安了？你为什么要来长安？你怎么知道我住在这里？你要找房子住下？你打算住多长时间？"

在雨廊间，叶红鱼忽然停下脚步，说道："有些问题，我需要时间想一想。"

宁缺问道："什么事情？你要想多长时间？"

叶红鱼伸手把额间正在滴水的头发拨开，说道："应该不会太短。"

宁缺看着身前的美丽少女，紧张地说道："您是西陵道痴，世间不知多少人想拍您马屁，要想事儿满天下哪里不能想。天谕院，烂柯寺，知守观估计您也知道路，为什么一定要来长安城？还一定要在我家里想？"

叶红鱼说道："因为满天下只有长安城是神殿无法进入的地方。"

宁缺倒吸一口冷气，看着她颤声问道："你……也叛了？"

叶红鱼微微蹙眉，说道："为什么要用也字？"

宁缺说道："去年光明大神官也在长安城里住了小半年。"

叶红鱼沉默不语，没有接他的话，转身继续向雨廊尽头走去，步伐稳定平静，在廊间留下一路水渍。

宁缺快步跟在她的身后，恼火地嚷道："就算不是叛，那你肯定也是在神殿里得罪了什么大人物，那我凭什么要为了你去得罪神殿里那些连你得罪了都不得不离家出走避祸的大人物？"

叶红鱼继续在庭院间的九曲回廊里行走，看着廊外的雨中林景，平静地说道："在荒原上我说过我要杀死你。"

宁缺说道："我承认你有杀死我的理由，但这不代表我欠你什么。"

叶红鱼说道："雪崖上你射隆庆的一箭，就此抵销，你觉得如何？"

宁缺加快脚步，走到她身旁，看着她微微发白、有些憔悴的侧脸，有些不能确定地重复道："就是说你以后不再试图杀死我？"

叶红鱼说道："是的，你可以庆祝。"

宁缺也是个自恋的人，但在道痴的身旁，他不得不把所有的自恋情思全部收起来，因为他知道她是个多么可怕的人。此时听说她不再试图杀死自己，他虽然高兴，却又有些男子自尊受打击的羞辱感，忽然间眉梢微挑，试探着问道："你受了伤？"

叶红鱼没有瞒他，直接说道："荒原上的伤还没有好。"

在魔宗山门里与莲生大师那番看似沉默实际上凶险到了极点的战斗画面时常会在宁缺的脑海里泛起，他很清楚道痴在那场战斗中起到了多么重要的作用，也知道她的伤有多重，只是没有想到竟绵延至今。

"难怪感觉你的修为境界似乎弱了不少，刚才推开院门，看着你浑身湿漉，就像是雨中的流浪小狗狗，很是可怜，我就奇怪我为什么会觉得你可怜。"

宁缺看着少女苍白的脸颊，想着在魔宗山门里并肩战斗的过往，有所感慨，片刻后却迫使自己冷静下来，低声说道："不过既然你现在已经弱成这样了，筹码是不是有些不够，我收留你有什么好处？"

九曲雨廊已然走到了尽头，再往前去便是花厅与书房。

叶红鱼停下脚步，转身看着宁缺，平静说道："如果你觉得我提出的条件不够，那么我们再打一场？"

宁缺沉默地看着她那双秋水剪成的眼眸，看了很长时间，想要从她的眼眸深处看到一丝不确定，然而却始终无所得。

如果他此时能看到道痴眼中一丝不确定，他便会毫不顾忌、毫不犹豫、毫不怜悯地出手攻击，就像当初在大明湖畔射隆庆那一箭般。

因为他是个冷血无情之人，因为他很清楚，道痴是修行世界里很罕见的像自己一样冷血无情的人，如果真有机会，谁都不愿意放过谁。

很遗憾的是，宁缺在少女眼中看到了疲惫，看到了憔悴，甚至看到了失落和惘然，就是没有看到她对自己的不确定。

所以宁缺连连摇头，笑着说道："你开什么玩笑。"

叶红鱼看着他的眼睛，神情严肃地说道："你知道我不是在开玩笑。"

宁缺确认叶红鱼在魔宗山门强行堕境之后修为大受损伤，而自己在崖洞闭关悟道之后，境界已然抵达洞玄上境，单从修为境界来说，自己已经在叶红鱼之上，然而他依然不确定自己能够战胜对方。

他不知道陈八尺那个洞玄上境统领的悲惨遭遇，他只是像岷山里那些野兽一般，感觉到了危险。

于是他继续笑着摇头，然后像一位很热情的主人般，斜伸手臂，带着叶红鱼走出雨廊，来到了正厅。

桑桑站在门槛里，看着他带着一个浑身湿透的少女道士走了进来，脸上写满了好奇，问道："要去烧洗澡水吗？"

"不慌，我先给你介绍一下客人。"

宁缺咳了两声，让自己的神情变得平静一些，指着叶红鱼说道："你别看着这位姑娘家形容狼狈，但实际上是很了不起的人，也就是我经常对你提及的那位杀人不眨眼，很强大的道痴姑娘。"

叶红鱼说道："你回长安城之后还经常提起我？"

宁缺老实回答道："想杀你，自然会经常讨论你。"

叶红鱼点了点头，说道："有道理。"

宁缺看着桑桑小脸上的神情有些警惕不安，笑着说道："她确实很可怕，但只需要我怕，你不用怕，因为她算是你师姐。"

然后他走到桑桑身边，揽着她的肩头，对叶红鱼说道："我家桑桑。"

叶红鱼觉得这个身材瘦小的侍女与想象中桑桑的形象有些搭不上，但却没有露出意外的神情，敛神静气，轻抖拂尘见礼道："见过桑桑师妹。"

此时她身上依然湿漉，雨水顺着鬓角和拂尘在滴，湿透的道袍紧贴在凸凹有致的身躯上，由内而外透着股妖媚诱人的味道。但她的神情却是那般宁静从容，道貌庄严。

桑桑有些慌乱，半蹲微福还礼。然后她站起身来，看着叶红鱼的美丽容颜与湿衣下的诱人曲线，忍不住轻轻叹息了一声，满是羡慕与向往。

宁缺此时比先前冷静了很多，也终于注意到道痴的青色道袍紧贴着身子，眼神不由变得明亮了很多，满是羡慕。

叶红鱼看着他们面无表情地问道："好看吗？"

主仆二人连连点头，称赞道："真的很好看。"

听着这回答，看着这二人理所当然的神情，叶红鱼再也无法保持冰川天女般的冷漠神情，深深吸了一口气，说道："我先去洗个澡，然后让你们看个够。"

夜色之中，窗外传来淅淅沥沥的雨声。

宁缺睁着眼睛，看着床上雕花的顶栏，根本没有入睡的意思，说道："如果她真要在这里住下去，会很麻烦。"

桑桑睡在床的那头，听着这话掀开薄巾，靠着床头，很认真地说道："是啊，看样子还真需要请丫鬟了。"

宁缺自然不会允许桑桑去服侍别人，说道："丫鬟是定然要请的，不过这算不得什么麻烦，我说的麻烦比较麻烦。"

能够让道痴如此狼狈的大人物，神殿里也没有几位。

是裁决大神官，还是那位掌教大人？

宁缺很明白，这件事情如果处理不好，那真的会是个大麻烦。

桑桑担心地说道："那这个麻烦怎么解决？"

"叶红鱼解决不了的麻烦，我自然也没有能力解决，不过幸运的是，我认识很多有能力解决西陵神殿麻烦的人。"宁缺说道，"我明天就把这麻烦交上去。"

一夜无话，二人却都没有睡好。

尤其是宁缺，想着叶红鱼这样一个危险人物，就睡在数十丈之外的客房里，便觉得紧张不安，到了凌晨的时候，才迷迷糊糊地睡着。

醒来时，夏雨早歇，天光已经大亮，他草草梳洗一番，带着桑桑悄悄离开雁鸣湖，坐着马车去了书院。

23

雨停天晴，阳光清漫，有读书声从书舍里传出，有辩论声从另一间书舍里传出，书院前院笼罩在安宁的学习气氛之中。

便在这时，丙舍里传出一道苍老的声音："最基础最原始的便是最关键的，如果你们连直线都无法理解，那么怎么理解更艰深的立体构图？直线是什么？直线就是一条笔直的无限线条，我画给你们看……"

过了一会儿，穿着蓝布大褂的书院女教授举着一根粉笔头，从丙舍门口走了出来，神情严肃，似乎正在空中画着一根直线。直线是没有尽头的，女教授手中的粉笔也在不停地画。她的脚步缓慢而平静执着，不一会儿便离了丙舍，向着书院后方的教习休息室走去。

宁缺看着这幕画面，顿时傻了眼，拍了拍桑桑的肩头，带着她跟在那位女教授身后向休息室走去，竟是忘了自己来书院的正事。

当年礼科副教授曹知风为了去长安城看隆庆皇子，当时用的借口是天地元气有变化不宜上课，当时宁缺就觉得书院的教习们实在是荒唐到了极点，今天这位拿着粉笔头不停前行的女教授，更是令他瞠目结舌。

这样偷懒也行？

走到清幽的书房外，女教授忽然停下脚步，放下一直伸在空中的手，把粉笔头很细心地用纸包好，然后塞进袖子里。

她看着宁缺说道："来了？"

宁缺赶紧行礼，说道："见过教授。"

女教授整理了一下身上那件蓝布大褂，似乎很随意地说道："亦青眼睛已经瞎了，就放回去吧。"

宁缺知道女教授与南晋剑阁之间有些关系，听着这话，微微一怔。

朝小树既然活着，柳亦青双眼已盲，便已付出了足够的代价。在这种情况下，就算书院再如何嚣张，也没有道理继续囚禁此人，如果真的要把柳白的亲弟弟软禁到老，还真当那位剑圣大人没脾气吗？

女教授看着他问道："有问题？"

"没问题。"宁缺恭敬地说道，"我稍后便进后山请示老师。"

女教授说道："夫子要我问你的意见，所以你有没有问题？"

宁缺愣了愣，说道："我……没问题。"

女教授笑了笑，脸上的皱纹像花儿一样，说道："妥？"

宁缺认真说道："妥妥的。"

随石径而上过云门阵，进入书院后山，绕镜湖眺瀑布，走到四面透风的草庐外，宁缺躬身说道："叶红鱼来了长安。"

回应他的是一片沉默，以及山谷里向草庐里吹去的风。

庐内有人，只是没有人愿意理他。

夫子坐在庐内，任四面来风而身形不动，须发微飘，神情陶醉，仿似神仙中人，身前搁着的却不是古琴，而是狼藉的餐桌。

大师兄和二师兄规规矩矩坐在夫子身旁。

道痴离开西陵神殿来到长安城的消息，根本无法让草庐内的三个人有丝毫吃惊的神情，更何况是震惊。宁缺苦恼想着，看这做派倒确实能够解决麻烦，只是你们觉得这只是件小事，对我来说却是很头痛的大事。

他咳了两声，再次大声说道："咳咳……她现在就住在我家里。"

二师兄冷冷看了他一眼，不悦地说道："没看见老师正在做要紧事情？"

宁缺心想对着满桌残羹剩菜，能有什么要紧事情，不外乎就是夫子又要吹嘘一下自己的厨艺，你和大师兄要在旁边拍马屁而已。

夫子对着庐外挥了挥手，说道："草莓冰沙刚好将融未融，最是好吃的时候，你运气不错，也进来吃一碗吧。"

宁缺哪有心情吃什么草莓冰沙，无奈带着桑桑进了草庐。二师兄看了他一眼。他在心里叹息了一声，走到案旁，把案上的残羹剩菜移到旁边，然后半跪着，开始把大瓷钵里的草莓冰沙分盘。

第一盘当然是献给伟大的老师，第二盘当然是献给伟大的大师兄，第三盘当然是献给伟大的二师兄，大瓷钵里的冰沙便没剩下多少。宁缺盛进盘中，正准备自己端到一旁去吃，不料却听到夫子说道："给那丫头吃。"

宁缺怔了怔，苦着脸把盘中的冰沙递给身旁的桑桑。

桑桑有些不好意思地笑了笑，然后拿起竹制的调羹，挖了一勺冰沙送进唇里，细细品尝片刻，微黑的小脸上露出幸福的笑容。

宁缺好奇地问道："真的这么好吃？"

桑桑一手端着盘子，一手拿着调羹，认真地点了点头。

宁缺压低声音说道："喂我一口。"

桑桑看了眼夫子，低着头说道："这是给我的。"

宁缺大感恼怒，冷笑说道："好吃你就多吃点。"

看着桑桑吃得开心，夫子很高兴，摆手说道："好吃也得少吃点，丫头，你身子里的寒气还没有完全消解，这些凉物吃多了不好。"

桑桑轻轻嗯了一声，小心翼翼把冰沙里的草莓碎块挑出来吃了。

夫子这时候似乎才想起来宁缺的存在，问道："你刚才说什么？"

宁缺恭敬地说道："道痴来了长安城，现在正在我家里，不知道西陵神殿发生了什么事情，竟逼得她离了桃山。"

二师兄神情漠然地说道："光明神座都能离开西陵，叶红鱼这小姑娘被逼着离开西陵，也谈不上难以想象。"

宁缺说道："但西陵肯定会知道她来了长安，到时候要人怎么办？"

二师兄微微蹙眉，不悦地说道："西陵曾经要过你家桑桑，你给了没有？"

宁缺说道："那可不一样，叶红鱼又不是我家的人。"

便在这时，大师兄温和地笑着说道："既然道痴……也来了长安……或者……干脆让她像小棠一样，拜入……门下？"

夫子呵呵笑道："那个小姑娘听说不错，你问问她愿不愿意跟着我学些东西。"

宁缺怔住了，完全没有想到老师竟然如此轻描淡写地提出这样一个想法。他想着陈皮皮的故事，想着当初隆庆皇子按照约定前来赴二层楼考试，不由暗自揣测，莫非老师这辈子最大的爱好，就是要把昊天道门所有的天才弟子全部变成自己的学生？这是个什么爱好？

宁缺当然不希望叶红鱼进书院，不过既然是老师的意思，他这个做学生的根本没有资格提出任何意见。忽然间他想到先前夫子说到桑桑身体里的寒气，骤然一凛，才想起来自己这些年一直治不好桑桑的旧疾，竟是忘了书院后山里有这样一位神仙。

"老师，桑桑身体里的旧疾能治好吗？"

夫子看着正在专心致志挑草莓吃的桑桑，叹息说道："这丫头身上的寒气乃是先天带来，又被极寒雨水浇淋袭体而致，这些年受了不少的苦，世间再好的名医，也拿这病没有任何办法。"

宁缺心想这两年桑桑犯病的次数已经少了很多，难道不是在自我治愈？不禁有些惊慌，说道："老师，您可不能看着不管啊！"

夫子说道："这事儿我没必要管。"

宁缺哪里想到老师竟然薄情如己，顿时大怒，说道："您要是不管，我就……我就……我就退学！"

盛怒之下，理智长存，对于令全世界都高山仰止的老师，宁缺想来想去，除了退学，自己找不到任何办法逼迫对方。

夫子听着这话更是大怒，痛骂道："愚蠢的家伙，以后不要说是我的学生！昊天神辉乃是世间至明至暖的事物，这丫头既然随卫光明学了神术，哪里还用担心体内的寒气？哪里还需要我出手！"

宁缺心情骤然放松，又有些羞恼，说道："那您直说不就结了？还非得说这么多废话来调戏我，调戏人会死人的！"

夫子气得胡须乱飘，说道："居然还敢反驳！我活了几十个你的岁数，就算不论辈分，尊老这种事情难道也不懂……"

二师兄是严肃守礼之人，看着这对师徒毫不讲究地用言语互殴，表情早就变得极为难看。只不过明显可以看出老师很享受这种争吵，所以他只好紧闭着嘴，然后用杀人的目光冷冷盯着宁缺。

大师兄也看不下去了，无奈地摇了摇头，插话转了话题，看着宁缺说道："小师弟，听说你在长安城里买了一大片宅子。"

"是的。"宁缺回答道。

大师兄没有再说什么，低头食草莓，抿冰沙。

雁鸣湖畔宅院花厅里，叶红鱼拿着木梳，面无表情梳着头发，原先身上那件青衣道袍还在晾晒，她现在身上穿着件很寻常的唐女夏服，乌黑秀丽的长发倾泻在右肩，较以往要显得柔弱可亲很多。

宁缺看着她说道："如果你拒绝，我能理解。"

叶红鱼停止了梳头的动作，看着他微嘲地说道："我能理解你为什么希望我拒绝，如果我进了书院二层楼，哪里还有你得意的可能？"

宁缺说道："随便你怎么想。"

叶红鱼说道："能够成为夫子的学生，是每个修行者最大的梦想，是最大的诱惑，对于我，也不例外。"

宁缺感觉很遗憾，在心里叹了口气。

叶红鱼静静看着手中的木梳，说道："但是很遗憾，我只能拒绝。"

宁缺开心地笑了起来，说道："我也很遗憾……能知道为什么吗？"

24

宁缺笑得很开心，叶红鱼却觉得他的笑容很可恶，神情冷淡地问道："你还能笑得更开心些吗？"

宁缺说道："如果你愿意看。"

叶红鱼不再理他，说道："先前便说过，能成为夫子的学生，是件很值得骄傲的事情，然而数十年内，西陵神国与唐国必然有一战。我身为神殿中人，如果拜在夫子门下，当战事起时，我将如何自处？"

宁缺没有想到她说出的竟是这样一个理由，皱眉说道："隆庆当年也曾经试图入书院学习。"

"我不是隆庆这等废物，我很清楚自己对于神殿的重要性，更清楚在那场战争之中，我将要扮演的角色。"叶红鱼面无表情地说道，"我也不是陈皮皮那个白痴，根本想都不想自己的行为会带来什么麻烦，便从观里逃出来，逃进了书院后山。"

宁缺说道："就算如此，你大可以旁观。"

叶红鱼说道："我信奉昊天，我的生命属于道门，当那场壮阔战争拉开帷幕之后，我如何能够旁观。"

从少女口中不断听到战争战争战争，宁缺实在是有些无法适应，心想难道你竟是个战争狂人？他忍不住微嘲地说道："生命属于道门，那你为什么还从神殿跑了？如果有人要杀你，你应该引颈受戮才是。"

叶红鱼说道："神殿不代表道门，神殿里的人更没有资格代表昊天的意志，至少无法全部代表，而且我离开，总有一天还是会回去的。"

"很实在的话。"宁缺点了点头，看着她的眼睛说道，"可是既然你将来有可能是我大唐最强大的对手，那我为什么现在要把你收留在长安城里？"

叶红鱼说道："我也想到了这一点，所以我决定，如果以后你在战场上成为我的敌人，我饶你一次不杀。"

宁缺摇头说道："听上去似乎有那么点意思，但仔细研究，发现还是相当的不靠谱。战争这种事情不是你想来便能来，我大唐与西陵之间已经和平了无数年，就算将来可能会起争端也不见得要打仗，就算要打仗，我怎么看也不可能在我们活着的几十年里打。所以说来说去，你给我的这些报酬，都是些镜中花水中月。"

叶红鱼微微蹙眉，像看着白痴一样看着他，说道："难道你没有发现最近数十年修行界的变化？"

宁缺完全无视她的目光，很诚实地回答道："我进修行界才两年时间不到，哪里在意过什么变化。"

"如果你看过西陵教典或是一些历史典籍，对修行界的历史有所了解，应该便能知道修行是件非常艰难的事情，过往千年间，能够晋入知命境的大修行者数量极为稀少。"

宁缺说道："现在也不多。"

"但相对当年已经多了很多。"叶红鱼面无表情地说道，"从书院轲先生开始，世间的修行者前仆后继，不断向着知命甚至知命以上攀登。像莲生神座那一代的人物不用提，便说如今，大先生二先生，还有陈皮皮那个家伙，西陵神殿诸多强者，七叶以及我哥哥，佛宗二寺，道门无数观，晋入知命境的人数已经不少。我现在虽说境界受损，但进入知命境也是必然的事情。"

她看着他继续说道："像你这般资质差劲，悟性愚钝的家伙，晋境也是如此之快，想来终有一刻你也能知命。"

"你究竟想说什么？"宁缺不解地问道。

"修行界的整体实力境界在这数十年里一直在不断地提高，虽说最顶端云上还是那些前代强者，但在大地之上，已经涌现出如繁星般的新一代强者。"

叶红鱼说道："世间万事皆有定数，昊天命轮早已安排好了它们的位置。为什么会涌现出这么多的强者？我现在说不出什么道理，我只知道繁星拥挤在一片星空里，必然会冲撞彼此侵袭，如此多的强者出现在人世间，那么总需要战争来抹去其中稍弱的那些。"

听着这番话，宁缺沉默了很长时间，他并没有完全接受叶红鱼看似冷静实则狂热的推论，但内心深处也隐隐觉得，修行界似乎确实要发生一些什么事情。

叶红鱼静静看着他的眼睛，说道："我不关心别人的命运，但昊天既然让我成为繁星里的一颗，那么我就一定要成为当中最明亮的那一颗。"

宁缺抬起头来，看着她很认真地说道："如果将来真有刀兵相见的那一天，那么无论是你胜还是我胜，我们再来看着陨落的满天繁星回忆吧。"

叶红鱼拒绝进入书院的理由在宁缺的心中留下了一道影子，那道影子不是阴影，只是隐隐约约指向着前方某些山峰奇景，并不让他觉得警惕而不安，反而让他像叶红鱼一样，对未知的将来生出了无限渴望。

只不过他必须把那道影子深深藏进心底，因为现在的他，有很多更紧迫的事情需要处理。

今日在书院后山，大师兄最后问了一句关于雁鸣湖畔新宅的事情，宁缺随意应了声，大师兄便没有继续问。

大师兄知道他想做什么，他甚至确定大师兄已经隐约猜到自己买下雁鸣湖畔那片宅院的用意。只不过无论是大师兄、二师兄，还是老师，书院后山的人们对他的行为都保持着沉默。

书院首重唐律，大师兄不会赞成宁缺的做法，比如城门郎黄兴和于水主被刺杀，只不过现在没有证据指向他。

宁缺知道自己做的决定并不符合书院的理念。让夏侯解甲归田，是大师兄代表书院与之达成的协议，割断过往的种种，抹去魔宗西陵的那些旧故事，让世间平稳地向着未来前进，是对大唐帝国最好的选择。

很遗憾的是，那永远无法成为宁缺的选择。

第二天清晨，天刚蒙蒙亮，陈皮皮带着唐小棠再次来到雁鸣湖畔，他看着那两扇破开大洞的院门，有些惘然地挠了挠头，说道："这是怎么了？"

之所以再赴雁鸣湖，是因为经过一天一夜的苦苦思索，他自认已经想清楚了那些事情，可以勇敢而无畏地回答宁缺在莲田舟中提出的问题。他急着要在宁缺身前展露自己忠贞不贰的风采，也没有太过关心院门的破损。

既然院门破了，自然不需要等着主人来开门。陈皮皮伸出肥腿一通乱踹，把本来就很破的门踹得更加破烂，踹出刚刚容人通过的空间，然后小心翼翼牵着唐小棠走了进去。唐小棠心想自己练的是明宗神功，这些木茬子就算把你一身肥肉刺出八千个洞也不能在自己的身上留下一丝痕迹，哪里用得着这般小心。

想是这般想的，但小姑娘却没有什么反对的意思，老老实实任由陈皮皮牵着手向庭院里走去。雨后的空气是那般的清新，两根乌黑亮丽的长辫在清新的风中摇个不停。

走过雨廊，便遇着了桑桑。陈皮皮要与宁缺说的事情不好意思让唐小棠听见，便让桑桑带着唐小棠去湖边捉青蛙。桑桑领着唐小棠向湖堤走去，忽然觉得自己好像忘记了什么事情，下意识回头望去，却只见陈皮皮已经入了正厅。

迈过门槛，陈皮皮看着餐桌旁有个穿着侍女服的少女正在喝稀饭，好奇问道："新请的婢女？"

宁缺抬头愕然地看着他。

陈皮皮不待他回话，毫不客气地坐到桌旁，轻击桌上那只瓷碗，对旁边的布衫少女说道："给爷盛碗粥。"

他看着宁缺说道："我就说嘛，湖边这么大一片宅子，你不请十个八个丫鬟怎么能行？"

那位穿着侍女服的少女，竟是真的起身去替陈皮皮盛粥，宁缺端着粥碗，脸上的神情异常精彩。

"爷，您的粥。"

那少女把粥碗轻轻搁到陈皮皮身前，说话很谦卑，但语气却很冷淡，或者说是冷漠冷酷。

陈皮皮听着声音微微一怔，抬起头来一看，发现一张清丽动人的面容映入眼帘，不由倒吸了一口冷气。

宁缺捧着粥碗，便准备去找个角落躲起来。昊天道门两大天才如果要在自家宅子里大打出手，他如果不想死，那么就不要管这些昂贵的家具会变成什么模样。

"你这丫鬟长得还真漂亮！"

陈皮皮赞叹不已，然后拿起粥碗开始喝粥，口齿不清地说道："花多少钱买的？"

宁缺张着嘴，半晌后声音微涩地说道："我可买不起。"

陈皮皮端详着那丫鬟的美貌，越看越是喜欢，越看越是觉得有些怪异，蹙眉说道："怎么看着有些眼熟？"

叶红鱼看着陈皮皮平静说道："十年前，都是爷你给我盛粥，你怎么就忘了呢？"

噗的一声！

陈皮皮把嘴里的小米粥全部喷了出去！

即便是这样猝不及防的时刻，他依然强行扭转了胖胖的脖颈，确保粥不会喷到叶红鱼的身上。

然后他凄厉地怪叫一声，整个人向着空中飞去，撞到粗重的横梁上，又像个皮球般撞回地面，没有丝毫停顿，挟着呼啸破风之声，冲出了正厅。

25

雁鸣湖畔的宅院虽然没有完全推倒重建，但也翻新了不少地方，正厅花厅和书房便是全部新修的。厅上那根粗重的横梁被粉刷一新，按道理应该不会积太多灰尘，然而此时却纷纷扬扬落下尘雨来，实在令人难以想象陈皮皮先前像受惊的肥兔子般弹向空中时，究竟把横梁撞得有多狠。

宽敞的正厅里已经看不到那个胖乎乎的人影，风却依然缭绕其间。坐在桌畔的宁缺捧着粥碗，感受着身上脸上的湿黏，恨不得把碗扔到地上。

且说陈皮皮横掠疾飞出了正厅后，双袖疾拍，嘴里不停发着怪叫，就像一只向着食物高速冲刺的肥鸟，脚不沾地，带着一路烟尘向着湖堤冲去。如果他这时候能够冷静下来，一定会发现在恐惧的压力之下，自己的修为境界似乎都有所提升，掠出了前所未有的速度。

唐小棠和桑桑正在湖畔摘着柳枝玩，两个姑娘就像真正的小朋友那般，咿咿呀呀唱着小曲，显得幼稚又可爱。

陈皮皮掠到唐小棠身旁，停下脚步，伸手捉住她的手，说道："走！"

唐小棠睁大眼睛看着他问道："去哪儿？"

陈皮皮的回答极为罕见地简洁有力："回书院。"

"为什么？"唐小棠更是觉得不解。

陈皮皮颤声说道："这片宅子里有妖怪。"

但立誓成为世界上最强大女人的唐小棠听陈皮皮说宅子里有妖怪，非但没有害怕，反而眼睛骤然明亮起来。她高兴地说道："有妖怪，那就要打呀，逃什么逃？"

陈皮皮看着唐小棠在湖风里摇晃的辫子苦恼到了极点。他想要逃，却又偏偏要落脚，因为唐小棠都不逃，他哪里有脸逃？

这时候，宁缺和叶红鱼从正厅侧门循着近路，向湖畔走来。

唐小棠看着宁缺身边那个穿着侍女服的漂亮女子，有些困惑，下意识里揉了揉眼睛，确认真是叶红鱼，不由大感惊讶，本来就已经很明亮的眼眸瞬间变得更加明亮，比湖里那轮日头更亮。

她缓缓握紧拳头。

陈皮皮赶紧拦在她身前，说道："冷静，再冷静一些。"

宁缺走到二人身前，看着陈皮皮那卑微的模样越发恼怒，嘲讽地说道："冷静？我觉得场间就师兄你最没资格说这两个字。"

陈皮皮从来都是不愿在宁缺面前吃亏的主儿，更何况现在是在唐小棠面前，他更不肯落了面子。男子的虚荣或自尊成功地稍微减轻了一些恐惧感，他转过身盯着宁缺的眼睛，却也是死也不肯看他身旁的叶红鱼一眼。

"我哪里不冷静了？"

宁缺叹息说道："确实不是不冷静，你是在怕……我就不明白你究竟在怕什么，这里是长安城，又不是西陵。"

陈皮皮有些不自然地调整了一下站姿，死死盯着宁缺，目光依然不肯有丝毫偏移，似乎想以此说服自己他身边的叶红鱼并不存在，只可惜微颤的声音还是暴露了他此时的真实情绪："怕……我怕……什么？谁怕了？"

宁缺指着自己脸上身上的小米粥，大怒说道："你看看这是什么？不怕你会喷饭？你不敢喷她脸上，难道就要喷我脸上？"

唐小棠这才注意到宁缺脸上身上满是微黄色的小米粥，看着有些恶心，然而一想又觉得好生可笑。

桑桑赶紧走上前去，从袖中取出手帕，替宁缺擦脸。宁缺接过手帕，恼火说道："我自己来，你可别沾这家伙的口水。"

桑桑转身看着陈皮皮，没有说什么，只是叹了口气。

陈皮皮看着自己喷到宁缺身上的稀粥，本就已经尴尬窘迫到了极点，这时候看着桑桑叹气，更是恨不得跳进身旁的雁鸣湖里。

叶红鱼看着他说道："你要跳进湖里，湖里的鱼会被你压死很多，而且跳进去再想爬上来便难了，到时候会更丢脸。"

陈皮皮看着她美丽的容颜，欲哭无泪，心想都已经这么多年没见了，她怎么还能知道我心里在想些什么？

唐小棠看着他不解地问道："你不会真想跳湖吧？"

陈皮皮很老实地点了点头。

叶红鱼有些吃惊，说道："你比小时候倒老实了不少。"

陈皮皮羞恼交加，鼓起勇气反驳道："我小时候哪有不老实？"

叶红鱼平静说道："你小时候偷看过我洗澡。"

全场俱静。

湖水亦静。

堤上的柳枝在风中轻轻摇晃。

风不静。

唐小棠抬头看着陈皮皮说道："好看吗？"

陈皮皮老实地点点头，说道："好看。"

唐小棠说道："所以你才会看着她就跑？"

陈皮皮又点点头。

唐小棠想了会儿后说道："那你就上她当了，我和她打过架，知道她可是个女流氓，说不定当年是她故意骗你去看的。"

陈皮皮有些茫然，挠着头似乎觉得自己好像发现了什么真相。

叶红鱼平静说道："陈小胖，你也是这样想的？"

陈皮皮认真地思考了很长时间，很诚实地摇了摇头，说道："虽然我们都很清楚，你当时确实是在想办法赶我走，但偷看你确实是我自己的决定，我当时也没有想别的事情，就是想羞辱一下你。"

然后他赶紧补充了一句："因为你那时候在观里经常羞辱我。"

唐小棠转身向湖堤那头走去。

陈皮皮急了，说道："我那时候还是个小孩子，她也不大啊。"

宁缺咳了两声，看着陈皮皮感慨地说道："原来你们二人间竟有这样一段过往，那我可帮不得你。虽然说师兄你那时候年纪还小，但这等丑陋行径实在是令人难以接受。"

桑桑仰起小脸，看着他摇了摇头，说道："小时候你去偷看那些姐姐洗澡，都让我在女澡堂外给你望风……"

宁缺脸上露出尴尬神情，很自觉地走到了陈皮皮的身畔。

26

唐小棠沿着湖堤向木栈走去。

宁缺被桑桑在揭掉老底之后，虽然自觉地与陈皮皮站成了狼狈的姿态，依然难免恼羞成怒，以担心的理由把她赶去陪唐小棠。湖堤柳荫下只剩下了三个人。

陈皮皮看着逐渐远去的唐小棠，无奈喊道："不至于因为这件事情生气吧？"

唐小棠没有转身，清脆明亮的声音在湖水上回荡："我生气的不是这件事情，是你看着她就要逃跑。我都不怕她，你已经是知命境的家伙，居然还这么怕她，真的很丢脸。"

自幼在与雪原巨狼和热海凶鱼战斗中长大的小姑娘从脚上的鞋到臀后摇荡的黑辫每个细微处都充满了乐观的战斗精神，她很难理解陈皮皮的恐惧从何而来。

陈皮皮低头望向自己露出前襟的脚尖，却只能看见自己圆鼓鼓的肚子，不由一阵神伤，沉默很长时间后低声说道："从小到大，我的境界一直都比她高，但真打起架来，我永远打不过她。"

宁缺同情地看了他一眼，问道："你不知道她在我这儿？"

陈皮皮看了一眼柳荫下的叶红鱼，恼怒地说道："如果知道我怎么会过来。"

宁缺不解地问道："师兄没有告诉你？"

陈皮皮摇了摇头。

宁缺啧啧感慨地说道："真是一群坏人。"

叶红鱼从那棵柳树下走了过来。

陈皮皮转身向那棵柳树走去。

二人擦身而过，叶红鱼唇角微翘，问道："不叙叙旧？"

陈皮皮头也不回，挥手说道："以后再叙，以后再叙。"

宁缺感慨说道："看来他真的是很怕你，连日后再叙这种他最喜欢的无耻的双关调戏话都不敢讲。"

叶红鱼懒得理会这个无耻的家伙。她要说的话与陈皮皮无关，更没有什么江湖小儿女的情趣，目光微寒说道："书院居然会收留魔宗余孽。"

宁缺早就想到修道如痴的她看见唐小棠这个魔宗少女后会有何反应，微笑问道："你有什么意见？"

这句反问显得有些嚣张。宁缺在道痴身前没有任何嚣张的资格，但这半年时间，他知道了小师叔入魔的历史，亲身体会了老师和师兄们对于自己入魔的无视，大概明白了书院的态度，而书院绝对有嚣张的资格。

叶红鱼神情冷漠地说道："既然事涉书院，我有没有意见，根本是无关紧要的事情，但你们想过没有，这件事情要传出去如何？"

宁缺说道："就算传出去又如何？只要书院不承认，谁能有证据？难道西陵神殿还敢派人进书院后山搜人？"

"世间无数虔诚的昊天信徒，并不需要证据，只需要神殿一句话。"叶红鱼说道，"西陵神殿或许不在夫子的眼中，但无数虔诚信徒的议论与愤怒，便是夫子也不好处理，总不能把世人全部都给杀了。"

"如果神殿真的让世人相信书院收留魔宗余孽，那么昨天你对我说的战争便会提前到来，而这肯定不是神殿想看到的。"

宁缺看着她漂亮的眼睛，忽然想明白了一件事情，说道："老师和师兄既然让陈皮皮带着唐小棠过来，便没有想着要瞒你，他们就是要让你知道这件事情，然后想让你当作什么都不知道。"

"知道便是知道，前面加个不字，不代表就真的能当作不知道。"

"既然你忠诚于昊天道门，那么你就应该知道，你现在装作不知道，对昊天道门对书院都是最好的选择。"

叶红鱼低头看着湖堤上的青石缝和缝里那些青色的灰泥，沉默思考了很长时间后说道："你说得有道理。"

然后她抬起头来，静静看着宁缺说道："那她和陈胖子又是怎么回事？"

宁缺看着湖心舟中的那个魔宗小姑娘，看着沿着湖堤追赶呼喊，说着无聊笑话的胖子，心头忽柔，说道："这件事情请你也当不知道吧。"

叶红鱼站在他身旁，看着那幕有趣的画面，眼眸里没有流露出一丝笑意，脸色十分凝重，并且显得越来越冷。

"如果你知道陈胖子的身世，那么你就应该能想到……道门一旦知道这件事情，世间不知道要死多少人。"

此后数日，雁鸣湖畔一片安静，落了两场雨，暑意被腰斩了几分。叶红鱼整日都把自己关在客房里，除了吃饭的时候，基本上看不到人影，也不知道她在间间幽暗的客房里做什么。

她坐在桌畔捧起饭碗时变得越发沉默，宁缺更是注意到她的眉眼变得越来越憔悴，脸色变得越来越苍白，不由暗自警惕。

文渊阁大学士曾静夫妇来做了一次客。参观完湖畔宅院后，学士夫妇二人很是满意宁缺的手笔，发现宅子里连个婢女都没有更是高兴，心想自家女儿极受宠爱，今后的日子应该会很幸福才是。

离开之前，曾静夫人抱着桑桑好一番感伤，把宁缺好生表扬了一番，叮嘱她多回学士府，第二天便送了十几个管事丫鬟过来。

看着院里那些面容普通、神情木讷的婢女，宁缺哪里猜不到学士夫人在想什么，不禁有些好笑，心想如果不是叶红鱼没有出席晚宴，让曾夫人看见如此美丽动人的少女寄居在此，想来便不是如今这情形了。

湖畔的宅院极大，即便多了十几名管事婢女，依然丝毫不嫌拥挤，甚至都感觉不到多了这么些人。桑桑不习惯被人服侍，所以管事婢女大多都在宅院偏僻处活动，花厅书房一带依然清静。

日子缓慢地流淌着，盛夏愈盛，湖风渐燥，蝉鸣愈噪，雁鸣湖畔宅院里依然是三个人吃饭，两个人生活。叶红鱼依然像个幽魂般，终日待在幽静的客房里。

某日宁缺从书院回来，冲了个凉水澡，向正替自己擦拭身子的桑桑问了两句，知道叶红鱼今天竟是连晚饭都没有吃，不由神情渐异。

宁缺一向佩服甚至敬畏这个少女道痴，在他看来，整个世界毁灭的时候大概也只有像自己和道痴这样的人才能活着，而且他不认为自己和道痴之间有任何友情之类的东西，所以丝毫不关心她的死活。

但他不能眼睁睁看着她就这样自闭成一个白痴。

因为那样太可惜了。

蝉鸣阵阵，一声高过一声，雁鸣湖畔的客房邻着栈桥，隐隐可以听到不远处传来的湖水拍岸噬柱的声响。宁缺沿着石径走进幽静的别院，轻轻敲响房门。

房内响起一些声音，似乎是在整理。房门打开，映入他眼帘的是一张依然美丽却格外苍白的脸。满天繁星向院落里洒下银辉，少女显得越发憔悴。

宁缺吃了一惊，问道："你病了？"

"你才病了。"叶红鱼面无表情地看着他，说道，"找我有什么事？我正在忙。"

宁缺没有理她，直接走进房中，四处打量一番，没有发现她在修行什么魔宗秘法比如饕餮大法的痕迹。然后他注意到床铺上依旧平整如新，似乎这些天根本就没有人睡过一般，不由吃了一惊。

"这些天你都没有睡觉？"

"冥想足以补充精力，睡觉多耽搁时间。"

"冥想是冥想，睡觉是睡觉，这个世界上没有比我更明白这件事情的人，你究竟想做什么？你究竟急着做什么？"

叶红鱼声音有些虚弱，说道："我说过，我离开西陵来长安城就是需要一些时间，时间对于现在的我很重要。"

宁缺转身看着她的眼睛，认真说道："虽然我不在乎你的死活，我也知道西陵神殿肯定有些大人物想让你去死，但你毕竟是道痴，如果让你就这么死在我家里，肯定会有大麻烦，我不想惹麻烦。"

27

暑意正盛的夏夜里，星光如雪也不可能平添几分凉意，叶红鱼苍白如雪的脸色和冷淡如冰的声音却让人感觉她整个人仿佛不在湖畔的庭院客居里，而是在大雪纷飞的凛冬中。

"我不会死，所以你不会有麻烦，我只是需要时间修行。"

宁缺心想果然如此，只是不知道她从神殿带走了什么了不起的修行秘诀，轻声说道："一个人单独修是修，双修也是修，如果你遇着什么门槛，不妨与我一道参详参详，说不定对你会有所帮助。"

在荒原天弃山脉里，叶红鱼见过宁缺太多无耻冷血的表现，所以她说道："你是夫子的学生，何必从我这里偷师？"

"我不是想从你这里偷什么，只是互相参详。"宁缺稍一停顿，笑着说道，"好吧，我确实想从你这里学些什么，书院虽说什么都有，但却没有神术方面的典籍。"

"你会神术。"他盯着她的眼睛说道，"在大明湖畔，我见过你的万丈金光。"

叶红鱼说道："神术是昊天道门不传之秘。"

宁缺说道："桑桑是光明神座的继任者，她有资格学神术，只不过光明大神官死得太早，她有很多地方没有学明白。"

叶红鱼微微皱眉。

宁缺说道："你在担心什么？怕教会了徒弟饿死了师父？怕我家桑桑将来成为西陵年轻强者里的第一人？"

叶红鱼说道："激将法？"

宁缺说道："是。"

叶红鱼说道："既然知道是激将法，我为什么会同意？"

宁缺微笑说道："因为你是最强大的道痴，你会担心被桑桑超过吗？"

叶红鱼面无表情地说道："我从来不担心永远不会发生的事情。"

宁缺追问道："那你为什么不同意？"

叶红鱼思忖良久后，问道："你拿什么来换？"

宁缺很认真地回答道："房租。"

叶红鱼静静地看着他，说道："我还是低估了你。"

宁缺问道："无耻程度？"

叶红鱼点了点头。

宁缺转身向客房外走去。

叶红鱼看着他的背影，忽然开口说道："你不能旁听，她不能告诉你。"

宁缺停下脚步，回头看着她认真说道："我以夫子人格发誓。"

没有能够发现叶红鱼的秘密，没有能够从那个秘密里挣些好处，这让宁缺感觉有些遗憾，不过他相信，只要这个道痴继续在长安城里住下去，他总能找到机会。

躺在大床上，他像过去十几个夏天里那般抱着桑桑洁白如莲又冰凉如寒玉的小脚丫，享受着只有他能享受的清凉夏日。

"我也想不明白她为什么会答应，不过这是一个好机会。我所见过的西陵神殿的人里面，就这个女人能让我感到几分佩服，神术修行到什么程度无所谓，你身体里的寒症相信能更快驱除。"

桑桑觉得脚有些痒，蹭了蹭，轻轻嗯了一声。

不论因为什么，反正叶红鱼同意了与桑桑一同修行神术。虽说桑桑在神术方面的天赋与潜质早已得到了光明大神官和天谕大神官两位神座的承认，但她毕竟前十五年的岁月都消磨在做饭洗菜擦桌这些事情上，论起对道门神术的理论认知和道痴相差不可以道里计。

桑桑有些紧张地走进了幽静的别居，然后那个安静了很长时间的屋内光明渐作，庄严气息随风四溢，好在是盛夏白昼，并不是太过显眼。

当天夜里，宁缺和桑桑在床上认真地讨论了很长时间，在确定自己确实没有修行道门神术的天赋之后，他决定还是要尊重一下夫子的人格，从那之后再没有询问桑桑，也没有尝试去偷窥。

当桑桑再次走入别居时，他就站在种着数株梅花的庭院间安静等待。夏时梅花自然不会开，老枝弯曲自有别样美丽，正如他此时的心情，虽然自己没有从这件事情里觅得好处，但桑桑能有好处也一样美好。

又是当天夜里，叶红鱼端着碗白米饭在吃，忽然抬起头来看着宁缺说道："你知不知道你这个小侍女的修行天赋有多高？"

宁缺摇了摇头，又点了点头，说道："我知道很高，但不知道具体多高。"

叶红鱼平静说道："非常高，高到如果我是你，想着自己的侍女修行天赋竟然比自己高这么多，一定会羞愧到去撞柱。"

宁缺开心地笑了起来，说道："我洗澡的时候又没有被人看光光，何必学那些妇人在衙门里玩撞柱的把戏。"

叶红鱼看着他，忽然开口说道："等这件事情结束之后，我一定会杀死你，哪怕引起西陵与唐国之间的战争也在所不惜。"

宁缺倒吸一口凉气，感慨说道："原来我现在已经这么重要了？"

与桑桑共同参详神术并没有给叶红鱼的生活带来更多改变，她还是长时间留在客房内，依然沉默专注甚至有些痴狂地继续着她的修行。她借着天光对着那张在纸间撕下的剑发怔，偶尔走出客房则是在别居庭院里对着天穹喃喃自语，抚着弯曲的老梅若有所思。

她脸色愈发苍白，眼眸愈发明亮，神情愈发憔悴却依然专注坚毅。旁观这些发生的宁缺，终于明白为什么她会有个道痴的称号。

只有修道如痴这四字，才能形容这位少女道士。

很自然的，宁缺想起了书院后山里的人们，想起了人生如题各种痴这句话，想起了自己登旧书楼，进后山，悟符道，甚至更早一些的书道冥想岁月，感慨想着果然都是相同的人，不由心生戚戚。

他忽然向梅树旁的叶红鱼走去。

"虽说修行确实需要痴劲，但一味苦修，终究不是道理。我有过一些经验，放松一些，反而能够看到壶外青天。"

叶红鱼转过身来，看着他平静地说道："你哪里来的骄傲和自信，来判定我这十几年的修道生涯里，还没有逾过你所说的那一关？"

宁缺说道："但你至少现在可以再尝试一下。"

叶红鱼微讽地说道："怎么尝试？带我去道观旧寺拜山？还是像带莫山山一样带着我在长安城里欣赏风光？还是双修？"

宁缺微显窘迫，不是因为双修这个词，而是因为对方提到了书痴，待心情平静后，他看着她认真地说道："我们打一架。"

听着这个提议，叶红鱼眼眸微亮，对于她这个道痴而言，这个提议着实有些符合她的性情，微笑说道："你敢和我打？"

宁缺很诚实地说道："你现在修为境界下降得厉害，而且这些天心神损耗很大，如果要战胜你，现在似乎是好机会。"

叶红鱼沉默片刻后，说道："我所以为的战斗，都以生死为线。"

宁缺说道："彼此彼此。"

叶红鱼说道："你真相信我弱了？"

宁缺静静看着她的眼睛，说道："也许你的洞玄下境只是假象，但一屋不扫何以扫天下？我连你都不敢挑战……"

说到这里，他笑着闭嘴，在心中默默说道，如果连受伤堕境的你都不敢挑战，自己又凭什么去挑战那个强大的敌人？

符纸飞舞在幽静的庭院里，悄无声息附着在上面的浩然气瞬间变成磅礴的天地元气，扰得庭院里一阵狂风大作。

一根青色的衣带在狂风之中灵动游舞，就像是一柄百炼而成的秀剑，又像是一条在透明湖水里自在游动的鱼。

别居粉墙后的柳树一阵摇晃，阴影时聚时散，雁鸣湖上波纹密集而起，像极了陈皮皮迎风而立时的那张脸。

风停。

院中的梅树早已断成数千段碎枝，被那两道强大的气息碾压成一道直线，在庭院间青色的石板上，不偏不倚，不西不东。

宁缺在梅线的这头，叶红鱼在梅线的那头。

28

一道梅线，平分了夏日庭院与秋色。

叶红鱼静静站立，脸色愈发苍白，眼眸里却多了些鲜活的晶莹之意，乌黑的道髻被震散，垂落在肩头。

宁缺抬起手臂，抹掉唇角渗出的鲜血。

两个人没有分出生死，甚至连胜负都没有分出。

宁缺的脸上却满是笑容，即便是唇角被袖角擦长的那道血渍，仿佛都在跟着大笑，因为他很满意这场战斗的结果。他没有用浩然气拟成的昊天神辉，也没有拔刀，只是用符术便让叶红鱼动用了本命道鱼，这点足以令他骄傲。

更关键的是，从在荒原雪崖上看到道痴的那一刻开始，这个昊天道门的修道天才便是他心中最深的阴影、最想追逐的目标。他一直以为自己距离对方还很远，然而今天却能与对方战成平手。

从渭城那个不会修行只会冥想，只会在冥想里做白日梦的少年军卒，到现在能够与传说中的道痴分庭抗礼的书院入世者，宁缺一路走来看似顺风顺水，只有他自己知道这当中蕴藏着多少艰难与汗水血水。

在这一刻，他不用去思考道痴受伤堕境的事实，他觉得自己理所应当觉得骄傲，他这时候只想骄傲。

然而叶红鱼并不想让他骄傲下去，看着地面面无表情地说道："你的进步确实很快，甚至比裁决司情报上进步得更快，也超出了我的想象。不过这没有什么值得骄傲的，因为你连我的全力都无法逼出来。"

宁缺根本没有被她这句话打击到，兴奋地不停挥舞着拳头，全然不管胸腹间的那道血腥微甜意，声音微沙说道："你不适合学陈皮皮，斗嘴有什么意思。"

叶红鱼缓缓抬起头来望向他。

乌黑的秀发从她右肩滑落，很自然地垂成笔直的一束，就像是平滑落下的瀑布，看似柔软，实际上蕴藏着很大的力量。她的神情宁静，双眉平直坚毅，目光凛冽。

宁缺神情骤然一凛，缓缓催动念力，体内那滴晶莹欲滴的浩然气凝露开始旋转起来，向着身体每一处输送着力量。

叶红鱼静静看着他，说道："要不要再接我一剑？"

宁缺深深吸了一口气，说道："请。"

叶红鱼解开青色道袍的领口，露出那片白皙的肌肤。

她从亵衣里取出一张小纸片。

小纸片很小，约两根手指粗细长短，边缘隐隐可见墨线。宁缺看着她指间薄薄的小纸片，仿佛能闻到上面的微暖体息。

"这是……剑？"

叶红鱼平静说道："这是我此生所修最强的一剑。"

宁缺神情渐肃，说道："我想看看。"

叶红鱼两指夹着小纸片，往前一送。

她此时站在梅线那端，与宁缺之间隔着数丈的距离，然而就是这样轻描淡写一伸手，指间的纸片仿佛真的到了宁缺的眼前。

宁缺看懂了叶红鱼往前送纸片的动作是凛冽到极点的拔剑动作。

接着他清晰地看到了纸片边缘的墨线。

然后他看到了一柄锋利到了极点、强大到了极点的剑。

那把剑没有外在真实的形状，只有无穷无尽、仿佛大江大河自天上来的恐怖剑意。

那道剑意骄傲地横亘在庭院里，停留在碎梅之上，安静在叶红鱼的手中，喷薄刺向宁缺的眉眼，以无形之意凝成有形之伤。

宁缺感觉到了极大的危险，体内的浩然气骤然狂暴运转起来，然而那把剑来得太快，那道剑意来得太陡，剑势完全无视时间的区隔瞬间笼罩住他全身，在他做出反应之前直接劈到了他的身上！

那片纸剑剑意凝成的剑势如浊浪滔滔直接拍了过去，其中蕴藏的巨大的力量直接把他劈离地面，像只堕鸟般惨然向后疾掠，最终重重撞到别居院墙上，发出一声闷响！

新刷的墙灰簌簌然落下，露出里面的青砖。

宁缺箕坐在墙下，噗的一声喷出血来，墙灰落得他满头满脸都是，被血水一冲，在衣襟上流出道道沟壑，看上去惨不忍睹。他艰难地抬手抹了抹胸前的血水，看着院子那头叶红鱼细细手指间拈着的那个薄纸片，眼眸里满是惊恐神色："这是……什么剑？"

叶红鱼没有告诉他。

宁缺自然不知道，她指间拈着的那片纸剑，便是世间第一强者剑圣柳白，将自己半生剑道所得尽数凝于粗劣笨拙笔墨间的一道剑意。

举世公认道痴的修道天赋惊艳绝世，但她冥思苦悟了这么多天，依然没能完全悟透这把薄薄的纸剑。不过哪怕只悟透了其中的些许，纤指随意而出，便能让洞玄上境的陈八尺裂眼而盲，又哪里是宁缺能够抵抗的？

叶红鱼走过那道梅屑组成的线条，对着墙角的宁缺微微点头，说道："谢谢。"

说完这句话，她便转身回到了客房。

宁缺扶着墙壁艰难地站了起来，看着紧闭的房门，若有所思。他这时候已经能够确定叶红鱼的秘密便是那把小纸剑，之所以会对自己说声谢谢，大概是先前那刻，她这些天的苦修终于借由今日一战有了些进展。

只是他想不明白，叶红鱼的境界确实已经堕到了洞玄下境，但既然在亵衣里藏着那片不知来历的小纸剑，只怕真实实力已经隐隐能够站到知命境的门槛甚至更远处，既然如此，为什么信奉力量的西陵神殿里还会有人要对付她？她隐瞒了实力？她隐瞒实力并且如此焦虑急切地想要获得更大的力量，究竟是为了什么？神殿里有谁值得她花这般大的心力去对付？

想到某种隐隐的可能性，宁缺早已忘了身上的伤痛，看着紧闭的房门震惊难言，心想道痴果然就是道痴，不止修为境界在自己之上，即便是想做的事情，原来也比自己要做的事情更加生猛。

别居一战后，宁缺和叶红鱼还共同参详或者说战斗了很多次。这两个修行界里最擅长战斗的年轻人，战在庭院里战在莲田里战在柳荫下战在山崖间，越战越觉得是在与世间的另一个自己战斗，战得如醉如痴如狂。

在后面这些场战斗中，叶红鱼再也没有用过那把薄薄的小纸剑，而宁缺却再也没有赢过她一场。好在所谓生死相搏终究只是战斗之前自我施压的借口，不然他即便有九条命也都会死透。

没有纸剑，宁缺居然还是胜不过道痴，而且连输了这么多场。如果换作一般人，大概早已会挫败至麻木然后自暴自弃，但他却丝毫没有这种情绪，异常珍惜与道痴实战的机会，并且从中不断学习。

宁缺很想再看看那把小纸剑，但他现在对叶红鱼的战斗中的道法变化更是敬佩。万法皆通是很强大的事情，更强大的是叶红鱼选择用何种道法应敌时的迅速和决然，似乎每当他起手之前她便已经猜到他会怎样做。

除了元十三箭没有动作，宁缺在这些天的战斗中使尽了手段，甚至有一次把浩然气拟成的昊天神辉都用了，却依然输得一塌糊涂。

此时再回忆去年在大明湖畔叶红鱼用湖水凝成的冰鱼万片化解元十三箭的画面，宁缺确定这与计算无关，而是她的本能反应，不由觉得越发可怕，这种本能反应在战斗中完全可以和相同境界的敌人拉开整整一个层次。

某个清晨，再输一场的宁缺看着柳荫下的叶红鱼，终于再也无法控制心中的困惑，问道："你究竟是怎么做到的？"

在这些天的战斗里，叶红鱼也有很多收获，身体变得健康了不少，对那把纸剑的明悟也再次取得了进展。

而且她再次确认了一个事实，宁缺不是她所遇见过境界最高的对手，却是她所遇见的最难缠的对手。这个男人不像普通的修行者那样，只会用飞剑符纸愚蠢地击来击去，而是会真正的战斗。

因为确认了这个事实，所以她顺便确认在书院二层楼弟子当中宁缺要排进必杀名单的前三名，只在大先生和二先生之后。

但那都是将来的事情，她不介意宁缺现在变得更加强大，因为她有足够的信心，所以她决定教宁缺一些事情。

"你知道什么叫知命吗？"

29

两年前从渭城往长安城的旅途中，吕清臣老人曾经告诉过宁缺什么叫作知命境，后来他进入书院，在某个夜晚离开旧书楼时，也曾经让陈皮皮展现过知命的境界。其时繁星覆野，湿地湖水中鱼儿悬停其间，仿佛琥珀中的静物，又仿佛是透明天空里的风筝，画面神奇异常。

"不再像洞玄境那般只在表面明白天地元气流动的规律，而是从本质上掌握了天地元气的运行规律，能领悟世界的本原，清晰捕捉到昊天与自然万物间的联系，如此才能称为上知天命，真正的得道。"

叶红鱼说道："晋入知命境，便进入大修行者的行列。连天命都能知晓，自然能感知天地元气最细微的变化，那么在战斗当中，无论敌人施展怎样的手段都无法超越他们的经验和感知，这便是知命境真正的可怕之处。"

宁缺看着湖水里的柳枝倒影，思考了很长时间，然后问道："但你现在只是洞玄下境，为什么我还和你战得如此吃力？"

"我曾经越过那道门槛，晋入过知命境。"叶红鱼说道，"曾经见过便无法忘却，所以哪怕我的境界不停跌落，但意识却停留在知命境内，你自然不是我的对手。"

湖堤上的柳枝随风轻摇，垂落的枝叶不时轻点湖面，泛起点点涟漪，如同蜻蜓点水一般，将水面上的倒影点成碎片。

宁缺看着摇晃渐碎的湖光柳影，声音微低问道："如此说来，想要战胜一名知命境的大修行者，首先必须要自己迈过那道门槛？"

"修行五境，壁垒森严。想要越境挑战，如果没有什么特殊情况，基本上是很难发生的事情。但从感知到不惑，不惑到洞玄，如果拥有天时地利人和，再加上一些帮助，偶尔还是会发生挑战成功的战例。"叶红鱼说道，"比如去年在荒原雪崖上，你一箭射了隆庆，又比如我当年未入洞玄时，也曾经胜过天谕院一位洞玄中境的教习。

"但知命境乃是修行道路上的真实巅峰，已脱尘俗，和下面四境间有难以逾越的沟壑。洞玄境中人，想要越境挑战知命境的大修行者，就如同是螳螂伸出前肢想要拦住道上行过的马车，注定要被碾压致死。"

宁缺看着湖面上追逐柳影的那些水爬虫，平静问道："我只想知道有没有成功的案例？只要有一个就好。"

"如果你要把我和陈皮皮之间的战争看成真实的战例，那么我可以告诉你，我随时可以越境战胜他，但你应该清楚，这是特殊的例子。"

"除此之外呢？"

"西陵教典里从来没有洞玄境越境挑战知命境成功的战例。"

宁缺脸上的神情显得有些失落。

叶红鱼看着他的神情，微显犹豫说道："不过在教典记载之外，听神殿里老人们说过，轲先生当年修为未大成之前，曾经半途离开过书院一次。也就是在那次旅途中，还是洞玄境的他曾经战胜过一位知命境的强者。"

听着这段并没有真实佐证的往事，宁缺的眼睛忽然亮了起来。

他很清楚，无论是在修行天赋还是别的任何方面，自己和小师叔之间都有无限的差距，但至少曾经发生过这种事情，那么越境挑战成功的概率再如何小，也不至于像先前所以为的冰冷的零那般令人绝望。

他转身望着柳荫下的少女，问道："武道巅峰强者和魔宗那些高手……应该怎么计算他们的境界？"

"武道巅峰本来就是起始于魔宗的概念。"叶红鱼说道，"这种境界和知命境相差无几，只不过走的是两条截然不同的道路。知命境说的是对天地的领悟与掌握，魔宗强者一味追求极致的力量，在体内另铸一方天地，根本不与身外的自然交流，妄图替代昊天行事，这种修行理念虽说邪恶狂妄到了极点，但必须承认也强大到了极点。"

宁缺看着少女渐现凛然神情的眉眼，忽然问道："道魔不两立，我所见过的昊天道门弟子，无论你还是陈皮皮，当初一朝提起魔宗，便是恨到了极处。如今陈皮皮开始和魔宗的小姑娘谈恋爱，可我还是不能理解，神殿应该很清楚夏侯是魔宗余孽，为什么会允许他活着，而且活得如此风光？"

叶红鱼静静看着他，仿佛明白了他为什么会问这样一个问题，也明白了他语气里毫不掩饰的寒冷和嘲讽情绪。

"西陵神殿代昊天牧守天下，需要力量，尤其是在唐国依然存在的情况下，神殿更加需要力量。而夏侯则是这数十年间，世间最强大的力量之一。"

叶红鱼平静说道："夏侯是一把可以开山斩海的大刀，无论神殿还是唐国都想把这柄刀握在自己的手中，两方争夺数十年，才形成现在这等复杂的局面。尤其是对于神殿而言，夏侯这把刀非常好用，而且是锲在唐国甚至是军方最高层的一把刀，他们哪里舍得放手？"

炽烈的日光洒向长安城，风自湖南岸的雁鸣山间来，带着燥意，即便被湖水轻漾，柳荫降温，也依然让人觉得有些闷热。

湖堤柳岸间一片安静。不知道过了多长时间，宁缺看着叶红鱼正色说道："我现在需要力量。"

叶红鱼沉默。

宁缺看着她的眼睛继续说道："你现在需要时间，实际上也是需要力量。"

叶红鱼说道："我不否认这点。"

宁缺说道："你能不能帮助我？"

叶红鱼看着他，说道："你拿什么来换？这次自然不能是房租。"

宁缺问道："你要什么？"

叶红鱼说道："浩然剑。"

一个是西陵神殿了不起的道痴，一个是长安书院夫子的新学生，无论是立场理念还是过往，都注定了叶红鱼和宁缺不可能成为真正的朋友，哪怕一同修行，互相参详，心里想着的都是一朝为敌又该如何。

在这种情况下，按道理两个人根本不可能去思考会从对方手中获得什么真正的好处，然而当宁缺问时，叶红鱼的回答是如此快速，如此地简洁，仿佛她在心里已经思考了无数个日夜。

很有趣的是，宁缺似乎对此时的场景也做了很长时间的心理准备，当他听到叶红鱼的要求后，没有丝毫意外的神情，问道："你出什么筹码？"

叶红鱼说道："我的筹码你那天已经看到过。"

宁缺皱眉思考了很长时间，说道："那筹码你有完全的自主权？"

叶红鱼说道："既然他给了我，便是我的。"

宁缺看着她说道："很遗憾，我的筹码是书院的，我没有完全的自主权，这件事情我需要回书院去问一下老师的意见。"

叶红鱼说道："请便，我想不用我提醒你这件事情需要保密。"

宁缺点点头，离开雁鸣湖。

书院后山那间草庐四面迎风，好在山中植物茂密，又有云门阵法相掩，元气充沛而不知寒暑，庐内的风并不像雁鸣湖畔的风那般燥热。

夫子坐在蒲团上，左手拿着一卷书，右手执笔正在不停地抄写什么。

宁缺盘膝坐在案畔的蒲团上。

从来到书院后山，走进草庐，被夫子命令在旁等候，他在蒲团上已经枯坐了很长时间，案上那卷史书都已经向前走了两年。中间他曾经尝试着开口说话，然而夫子却根本没有什么反应，依然专注地抄着书卷，仿佛小徒弟的话只是庐外吹进来的风一般。

夫子把左手那卷发黄微旧的书卷很随意地扔到案上，把笔搁到砚上，揉了揉手腕，又伸了一个懒腰。

宁缺用最快的速度站起身来，从水盆中捞起毛巾拧干，递到夫子的手中，然后把案上那杯残茶倒掉，换了一盏热的。

"做事情，不能着急。"夫子扔掉毛巾，端起微烫的茶杯，轻轻吹着面上的细沫，说道，"就像茶一般，太烫了怎么喝得下去？"

宁缺这时候一心想着怎么把叶红鱼那张薄薄纸剑拿到手里，哪里听得进去老师的教诲，有些紧张地搓了搓手，说道："但这盏热茶，再不喝可就要凉了。"

夫子转身看着他，笑着说道："既然如此，你自己去喝那杯茶便是，何必还来问我？整个后山，你向来是最有主意的小家伙。"

这句话里隐着的教诲甚至是警告宁缺想不听也不行，身体骤然微僵，苦着脸说道："弟子没有茶钱，茶钱是书院和老师的，最关键的问题在于，我虽然有主意，但这么大一件事情，真不敢有主意。"

"什么是主意？"夫子说道，"主意就是面对选择时你最终决定的那瞬间的心意。换或是不换，你想怎么选？"

宁缺很老实、又或者说很不老实地反问道："怎么选？"

夫子被这句话噎得险些呛着，恼火训斥道："如此简单的事情，居然还要来烦我！你这个白痴！任何选择当然就是要选对自己有好处的！"

30

山风灌入草庐，拂得纱幔乱晃，雾气从夫子手中握着的茶杯里冒出，然后瞬间消散，想来杯中的热茶也会凉得更快一些。

宁缺不是陈皮皮，脸没有被风吹出皱纹，但被夫子一通恼怒训斥，也不免显得有些愁苦，说道："就是想请您看看，到底是好处多还是坏处多。"

夫子喝了一口茶，把茶杯放下，摇头说道："我年纪这般大了，哪有精神去想这些小事情，你自己觉得划不划算？"

宁缺认真说道："从她提出这个要求后，我便一直在思考这件事情。浩然剑确实是我们书院名头最响亮的剑道本事，但如果没有小师叔的浩然气，其实也算不得什么完全不能外传的功法。"

夫子不置可否，说道："继续。"

宁缺回忆着当初与叶红鱼在庭院别居里碎梅一战的画面，想着她当时指间拈着的那片纸剑，有些犹豫地说道："她拿的那把纸剑，虽然我看不懂，但确实很有意思，我甚至怀疑那很有可能是南晋……"

夫子蹙眉看着他，不悦地说道："简单点。"

宁缺老实说道："我觉得划算。"

夫子很随便地说道："既然如此，还犹豫什么，那就换。"

书院绝学浩然剑便被这样送了出去，夫子的神情是那样地无所谓，感觉就像是送出去了一棵已经蔫黄的大白菜。

宁缺有些无法适应场间的气氛，犹豫片刻后，看着案后的夫子试探着问道："老师，您就没有什么要问我的吗？"

夫子拿着书卷，准备继续先前的事情，随意说道："有什么好问的？"

宁缺带着希冀的神情问道："如果我死了怎么办？"

夫子根本没有抬头，看着手中的书卷，等着新墨的融化，说道："谁都会死，如果你死了，不用你提醒，我自会节哀。"

最美好的希望就此化为泡影，宁缺那颗被尸水浸泡得百毒不侵的强大心脏在听着老师如此不负责任甚至冷淡寡情的话后，终于啪的一声裂成了两瓣，一瓣留给桑桑，一瓣化为幻想中的烈火烧了夫子的胡须。

宁缺先去了二师兄的小院，在瀑布声里提出了自己的要求，然后他去了那片藏着万卷书册的崖洞，最后他穿过云门阵走上旧书楼二层，在书架上抽出与浩然剑相关的几本剑诀功法，走到东窗畔请三师姐做登记。

取书的整个过程都很顺利，顺利得有些诡异。

夫子给了个极不负责的口谕，二师兄、读书人以及三师姐极为不负责任地根本不要任何信物便把他想要的东西给了他，以至于当他捧着那厚厚的好几本书坐上马车时，依然有些没有醒过神来。

他心想按照今天的经历，岂不是自己可以随时随地从书院里偷出那些珍贵的修行书籍？如此说来自己这辈子倒是可以不愁衣食了。

回到雁鸣湖畔的宅院里，宁缺直接去了后院，把怀中厚厚几本书，全部扔到了书桌上，说道："你要的东西。"

叶红鱼从桌上拿起一本书，微微蹙眉。便是她也没有想到书院居然真的如此浑不在意地任由宁缺把这样珍贵的修行书拿了出来，她甚至有些怀疑这些书的真假，然而掀开封页一看，她便知道确实是真的。

宁缺发现她手中拿的那本是浩然剑初探，正是自己当初吐血入旧书楼观书时的那本，不由有些感慨。片刻后，他从这种情绪里摆脱出来，看着神思已然开始沉浸在书中的叶红鱼，提醒道："我的呢？"

叶红鱼取出那张藏在亵衣深处的薄薄纸剑，却没有递过去，而是盯着宁缺的眼睛说道："有一个要求。"

宁缺说道："你说。"

叶红鱼说道："这柄纸剑你只能看一夜。"

宁缺摇头说道："不可能，除非这些修行浩然剑的书你也只看一夜。"

叶红鱼微微一笑，准备说些什么。

宁缺忽然想到，身前的少女道士乃是修行界里的天才，说不定真有像桑桑那般过目不忘的恐怖本领，赶紧伸手阻止她接话，说道："把时间限制得这么死不合适，我同意你多看几夜，那我也多看几夜。"

叶红鱼静静看着他，然后笑了起来，摇头说道："算你反应得快。"

宁缺说道："我不是一个肯吃亏的人。"

叶红鱼说道："三夜。"

宁缺思忖片刻后说道："成交。"

夏夜的庭院，偶尔听蝉声、蛙鸣不断。宁缺借着油灯的光线，静静看着指间那柄纸剑。

桑桑先前陪着他对着这把小纸剑发呆，这时候终是撑不过困意去睡了。宁缺感受着指间传来的纸张触感，下意识里轻轻摩挲了起来。

这片纸剑很薄，纸质普通寻常，只有人的两根手指般大小，纸剑边缘是浓淡粗细不匀的墨线，墨线之外是些毛糙的纸边。

最开始的时候，这应该是画在纸上的一把小剑，然后被人撕开。从纸剑边缘的那些墨线中可以得出一个结论，画剑之人不擅用笔，丹青境界极低，但那个人的修行境界很高，高到那些墨线仿佛是真的剑锋！

微黄的灯光，把他指间这片薄纸照耀得越发暗黄。

宁缺盯着纸剑，神情变得越来越严肃，越来越紧张。

入夜后的湖畔庭院并不像白昼那般闷热，然而他的脸上却有汗水开始渗出，渐成黄豆大小，缓缓自颊畔淌下。汗水越来越多，从他后背股间不断涌出，渐渐打湿身上的薄衫，打湿身下的裤子，浸透布料，然后顺着椅腿向地面流淌。

他此时的身体仿佛就像是一团吸饱了水的棉絮，被纸剑上那道凛冽强大磅礴的无形剑意一逼，开始不停地淘水。之所以如此，是因为他的念力已经冲破纸剑边缘令识海剧痛的锋利无形边界，进入纸剑的内部，从而感受到了那道剑意的真相。

前些日子在别居里的那场战斗中，当叶红鱼自怀中取出这把小纸剑时，他曾经感受到纸上附着的那道如大江大河自天上来的恐怖剑意。

此时的小纸剑在他的指间安静雌伏，所以他可以更细腻更真切地去感悟这道剑意，静思半夜他终于明白，原来这道剑意并不是模拟的大江大河于九霄云上倒悬而下的威势，而是形容的大江大河本身。

这个事实证明了宁缺心中的某个猜想。他觉得指间这片轻飘飘的纸剑，骤然间变得无比沉重。

他感受到滔滔黄浊巨浪不停冲洗着自己的身体，击打着自己的识海，似乎随时可能冲破识海边缘的堤岸，漫延至荒野之间。

剑意中的他如坠大河深处，感觉到无处不在的强大压力，夏夜卧室中的他则像是真正溺水的人，脸色苍白，呼吸急促，身上的汗像瀑布般涌出。

清晨时分，宁缺从冥想状态中苏醒过来。

他所坐的圈椅上全部是水，圈椅下的青砖地面也已经被打湿了一大片。

他手指间拈着的那张纸剑也已经被汗水打湿，变得有些隐隐透明，但纸上画着的那道剑却依然是那般地清晰，似乎那些墨线里拥有某种神奇的力量，可以不被世间的物事影响。

桑桑在旁边满脸担忧地看着他。宁缺看着她艰难地挤出一丝笑容，说道："没事。"

他被自己的声音吓了一大跳，声音竟是那般地沙哑干涩，听上去就像是在沙漠里断水十几天后的感觉。

他马上明白这是缺水太严重的后果，说道："熬一锅稀饭，再把书房里藏着的那根黄精拿过来，我要好生补一补。"

"那根黄精已经熬进粥里了，我见你流了太多汗，所以加了重盐。"

桑桑从旁边的小几上端过一碗一直用井水渥着的杂粥，看着他小心翼翼说道:"还有没有力气,要不要我喂?"

稍微补充了一些精气之后,宁缺走到别院,把纸剑还给了叶红鱼。观剑一夜,他已经确定了很多事情,知道以自己如今的修为境界最多只能领悟到这等程度,就算再多看两夜也没有任何意义。

叶红鱼看着他苍白的脸颊,感慨说道:"清醒地知道自己能力的极限在哪里,并且能够抵抗住这把纸剑的诱惑,不愚蠢地贪痴妄进,我不得不承认宁缺你虽然资质一般,但心性却是世间第一流。"

换作平日被道痴如此赞许,宁缺肯定会流露出得意神情,但他因为今天心中有事和识海里的剑,并没有与她多说,便告辞而去。

他乘着马车离开了雁鸣湖,用最快的速度来到书院,穿过云门阵进入书院后山,来不及与镜湖处的师兄师姐打招呼,一路皱眉愁苦自言自语,神情时而惘然时而坚定,向着山腰间那片崖洞走去。

静湖亭榭里的七师姐放下手中的绣针,看着消失在山林中的宁缺背影,蹙起秀眉,喃喃说道:"小师弟……今天看着有些古怪,好像发痴一般。"

正在溪畔修补水车同时放鱼给木鱼这只大白鹅玩耍的六师兄直起身子,看着那个方向,摇头说道:"小师弟今天怎么像十一师弟般?"

宁缺根本不知道师兄师姐的议论,他就像个痴傻的家伙般,失魂落魄走到了崖洞下方,走到读书人那张桌子旁边。

读书人在读书,根本没有抬头看他一眼。

宁缺站在读书人身旁,不再继续自言自语,而是沉默了很长时间。当那些线条在他识海里渐渐叠合成形后,他的眼睛微亮,直接走到桌后,把读书人从凳子上挤开,取纸提笔蘸墨,开始埋头狂书。

读书人是书院后山最奇异的存在,平时脾气非常好,但如果有人打扰到他读书,他的脾气会变得非常不好。即便是大师兄或二师兄都不敢在他读书入神的时候来打扰,今天却被宁缺如此粗暴地挤开,正捧着一卷农工书看得津津有味的他顿时大怒,卷起袖子便准备打宁缺一顿。

然而当他看到宁缺在纸上写的东西后,已经举到空中的拳头缓缓落了下来，他好奇地站到宁缺身后，看得越来越入神。

没有用多长时间，宁缺便完成了自己要做的事情，把毛笔搁到砚上，举纸到空中对着阳光细细端详，确认自己虽然绝无可能完全模拟出那道磅礴的大河剑意，但这已然是自己能够做的最高水准。

他忽然发现读书人正在身后看着自己手中的纸发呆，赶紧解释道："我知道这剑画得着实有些难看，但可不关我的事。"

"这剑……哪里难看？"

读书人背着手，微佝着身子，看着纸上那柄歪歪扭扭的小剑，赞叹说道："我已经好多年没有看过这么好看的剑了。"

宁缺大感震惊，心想难道这个只知道读书的家伙居然也能看懂这把剑，下意识里问道："先生你以前看过类似的东西？"

读书人没有回头，指着身后的藏书崖洞说道："那里面藏着很多剑诀功法典籍，有些作者很喜欢画插图做注解，所以我看过一些剑。"

宁缺心想原来如此，好奇地问道："您觉得这剑怎么样？"

"如果说是你临摹的这把剑，在崖洞藏书无数把剑中也算不得什么，但你这把剑透着原先那位画剑之人的精神，这便妙了。"读书人说道，"我不懂画，也不懂剑，但能懂这把剑上的精神。

"在我看来，这把剑在书院千年所藏中，可以排进前五。"

草庐之内，山风轻柔惬意，正如夫子此时的心情。

大师兄和二师兄安静坐在案畔，一人磨墨，一人沏茶。

夫子挥了挥手，笑着说道："今日高兴，不修书了。"

二师兄微微张嘴，准备开口迎合几句。

但他终究是世间第一等方正君子，对着无比敬爱的老师，也实在是做不出这种事情，最终还是闭上了嘴，神情严肃地继续磨墨。大师兄看着君陌的神情，忍不住笑着摇了摇头，然后他望向案后的老师，轻声细语问道："老师因何高兴？"

夫子大笑说道："用没有浩然气的浩然剑，换来柳白的大河剑，这件事情怎么看都很划算，我当然很高兴。"

大师兄微笑说道："原来如此。"

夫子捋须说道:"那把剑不只有其形,更有柳白三分神韵。你小师弟乃是世间超一流的大书家,最擅长临摹,又以永字八法自悟了拆字冥记之道,做这种事情,确实是我书院不二之人选。"

夫子和大师兄很开心,但二师兄不高兴。

柳白被公认为世间第一强者,被世人尊称为剑圣,但在他的心中,那位南晋的强人,只不过是他修行战斗生涯里必然会击败的一个敌人,未来脚下的一道石阶。那道纸剑上蕴着的大河剑意,哪里有资格和自己最为崇拜的小师叔留下的浩然剑相提并论,哪怕那是没有浩然气的浩然剑。

二师兄向来是个不屑掩饰自己情绪的直人,心里想着什么,脸上便流露出怎样的情绪。只不过尊师重道的他不可能出言反驳夫子的话,于是他保持着沉默,不停磨着墨,而且动作越来越快。

方砚之中的墨水越积越多,渐要成湖,墨块在其间高速旋转,卷起一道黑色的旋涡,奇妙的是却没有一滴墨汁溅出来。

夫子看着砚中的墨汁,叹息说道:"都说水滴石穿,磨杵成针,但真没听说过磨墨能把石砚磨穿的。"

二师兄忽然醒过神来,赶紧停下手中的动作,向老师诚恳致歉。

夫子看着他说道:"你想说什么便说。"

二师兄微微皱眉说道:"柳白的剑法虽然有些可取之处,但是哪里配和小师叔的浩然剑平起平坐,而且小师弟用的手段也不怎么光明。"

夫子说道:"既然有可取之处,那么便要大方取之。"

二师兄眉头皱得越发深,心想老师这话里怎么透着股不讲理的流氓气息?忽然间他想到自己竟然在心中对老师如此不敬,不由好生后悔。

"书院自然不会差了柳白这道大河剑。"夫子微笑说道,"但你想过没有,柳白死后,如果南晋剑阁断了传承怎么办?他悟出这道大河剑,就此湮灭于世,再也无法重见天日,那将是多么可惜的事情?书院收下这道剑,就如同千年以来收了这么多典籍一样的道理,我们只是替后人保存一些前代的智慧,希望将来某日能够重新发芽。"

听着这番话,联想起后山崖洞里的无数册藏书,二师兄凛然而惊,对自己先前的想法越发痛恨，跪在蒲团上对着老师深深行礼，沉声说道："弟子知错，今后弟子会去世间修行各宗派，把他们的功法尽数请回来。"

夫子和大师兄的表情微变，下意识里想去找茶来喝，心想如果真让君陌如此作为，世间修行界只怕会掀起一场腥风血雨……

夫子看着他沉声训斥道："如果能丢下老脸不要去强抢，当年柳白那小家伙悟出大河剑时我把他抓回书院逼他写出来便是，何至于还要你小师弟费心耗神做这一遭，都不知道你脑子里在想什么。"

大师兄摇了摇头，说道："这种事情当然是要以自愿为前提。"

二师兄被老师训得有些糊涂，说道："但小师弟这种行为近乎于偷盗，和强抢似乎没有太大区别。"

夫子有些尴尬。

大师兄以极为少见的速度斟茶端上，恭敬说道："老师，喝茶。"

此举瞬间冲淡场间尴尬气氛，夫子接过茶美美地饮了一口，看着自己最喜欢的大徒弟，赞赏说道："孺子可教也。"

二师兄在一旁皱眉苦思，自己究竟何处不可教了？

31

在固山郡浔阳湖度暑的大雁们回到了长安城，绕着那座旧旧的佛塔盘旋数日，雁影遮天，又在雁鸣湖与山间留下阵阵鸣叫，然后振翅南飞，向着更温暖的大泽飞去，要等着明年春天它们才会回来。

临四十七巷老笔斋的铺门已经很长时间没有开启，那只野猫趴在墙头晒着渐凉的阳光，冷漠地看着灰尘渐生的天井，心里猜着那个曾经拿干柴砸自己的家伙已经死了多少天，是不是暴尸荒野。

巷口多了一家烧烤摊，吴老板养了一条老狗，每天的清晨和黄昏都会遛狗，以此排遣寂寞和老板娘给予的压力。随着天气渐凉，早晚寒意入侵，遛狗从两次变成了一次，时间也变成了中午。

西城的赌坊依然生意兴隆，齐四爷穿着绸缎长衫，手中转着铁球，像富翁般矜持接受着街坊们的恭维，想着朝二哥究竟什么时候回来。

朱雀街上那家道观表演符术的道人病了，道观却被修葺一新，于是前来虔诚诵经拜天的信徒要比往年多了不少。

随着时间流逝，季节变化，长安城里的唐人们如同过往那样平静而喜乐地生活着，街巷里的爽朗笑声从来没有断绝过。

书院后山的藏品里多了一道来自南晋送上西陵最后辗转来到大唐的纸剑，雁鸣湖畔宅院里的新漆味道渐渐散尽，宅院里的年轻人们在修行的道路上越走越远。桑桑明白了神术怎么用来打架，叶红鱼通过对浩然剑的学习触类旁通，对那把薄薄纸剑的领悟越来越深刻。

有道痴这样的强者在身畔作为目标，心里怀着那样远大甚至是荒唐的野望，宁缺的进步更是惊人，他变得越来越强。

他如今的修为境界早已稳定在洞玄上境，坚定地向着更上方行走着，越来越靠近那道仿佛天人之隔的沟壑，某日在湖烟重柳间竟隐隐看到了那道门槛。然而令他略感惘然的是，那道门槛对于现在的他来说高得有些可怕。

春去，夏归，秋回。

当秋天回到长安城的时候，那位驻守大唐边疆数十年，立下赫赫战功的镇军大将军夏侯，也已经快要回到长安城。

依照唐律，出征在外的将士回长安必须经由东城门而行，于是东城门十余里地外名为功勋驿的驿站，便成为一个很重要的地方。大唐开国千年，不知有多少名将勇士带着荣耀与战绩从此地路过，驿站里的马厩和笔直官道畔的杨树，不知目睹过多少历史画面。

夏侯望着西方那座雄城沉默不语。依照朝廷规矩，他和他的下属要在功勋驿里过夜，明日清晨入城，然后直接进宫面见陛下。

暮色中的长安城显得无比雄伟，黑青色的城墙反射着夕阳的光辉，泛着紫铜色，看上去是那样的坚不可摧，壮丽异常。

身为大唐帝国地位最崇高的四位大将军之一，从军多年的夏侯对于长安城自然有深厚的感情。然而没有多少人知道，虽然他时常回京述职，镇军大将军的将军府便在北城，但他在长安城里居住的时间并不多。

数十年来，他绝大部分时间都统领着麾下数万铁骑，驻守在寒冷的北疆，替帝国开疆辟土，威震燕国和左帐王廷的骑兵。如今他终于离开了寒冷的北疆，数万铁骑全部留在了土阳城的东北边军大营附近，朝廷已经委派舒将军前去接手，跟随他回来的只有数十名亲兵。朝廷明旨允许他带更多的亲兵回长安，但处于归老前夜的他很谨慎，没有做这些可能会引起文臣猜疑的举措。

为了让朝廷放心，夏侯的两个儿子如今还在长安城中，自禁于将军府中，而他的正室夫人和亲眷还有那些忠心耿耿的旧仆，早在数月之前便已经回了老家整治旧田，从老窖里取出腌菜翻晒，准备迎接他的归老。

当然那并不是夏侯真正的老家，他真正的老家在极北寒域，那是荒人最大的一个部落。随着荒人南迁，那个老家他再也回不去了，或许从他当初背叛明宗的那天开始，他便已经回不去了。

"谷溪死了，林零死了，当年跟着自己的很多人都死了……"

随着夕阳降沉，天色变得越来越昏暗，紫铜色的长安城墙渐渐漆上了一层不祥的血红色。夏侯眯眼看着那方，想着这些年逐个以死亡为代价离开自己的亲信，不禁觉得有些感伤。

春天时，黄兴和于水主死亡的消息，从长安城传到军营中，这个消息没有让他感伤，却让他变得有些警惕。

感伤与警惕都不是强者应该有的情绪，夏侯一直在强行压制着这些情绪，于是他开始感觉疲惫，在暮色中咳嗽起来。

大唐军方是一个崇拜强者的地方，如果是普通将领，绝不愿意在下属的面前咳嗽，流露出自己脆弱的一面。但夏侯不在意，因为他知道在下属的眼中，自己是何等的强大，而且他知道自己依然强大。

正如镇国大将军许世，已经咳嗽了十几年，但他依然是大唐军方第一人，无论是威信还是陛下的宠信，永远无人替代。

夏侯连声咳嗽，大概是想着明天进入长安城后，自己便会无甲一身轻，连最后一丝忌惮都没有，所以他咳得很是快意甚至显得有些放肆。

站在驿站门口的亲兵校尉看着眼前将军宽厚如山的身影，听着咳嗽声，脸上流露出担忧的神情。在他眼中将军确实依然强大，但在荒原上他曾经亲眼见过那个魔宗强者和将军之间的数场战斗，所以他很担心。

便在这时，驿站院墙外的地面忽然微微颤抖了一丝，无论是驿站里神情恭谨的小吏，还是夏侯的亲卫，都没有注意到这丝颤抖。

夏侯虽然是武道巅峰强者，世间最强大恐怖的男人之一，但他不是真的天神，所以他的咳嗽不可能让大地都颤抖起来。他静静看着夕阳下的长安城，然后转身走进了驿站。

有人在驿站房间里等他。

那是一个极其高大魁梧的男人，竟比夏侯还要高半个头，神情肃然，身形笔挺，就像是一座难以摧毁的山峰。

这个男人身上穿着件布衣，薄薄的衣料下隐约可以看见盔甲的痕迹，更有肃穆的符纹气息从布衣下渗透出来。

夏侯站在这个如山峰般的男人身前时，明明比对方要矮，但感觉却比对方更魁梧，更强大，所以他不用抬头。

"如果被人看见西陵神殿神卫统领罗克敌，忽然出现在离长安城最近的驿站里，一定会被认为这是对大唐的挑衅。"他冷冷看着这个男人说道，"我知道你是个骄傲的人，但你真以为我大唐天枢处没有高手？我们身后这座长安城里，至少有十个人可以轻而易举地杀死你，你这时候出现在我面前，完全是在找死。"

罗克敌说道："我既然敢来，自然就不怕死。而在我看来，夏侯将军你回长安城更像是在寻死，你还能再活着出来吗？"

夏侯神情不变，淡然说道："在南晋宋越那些小国，你在神殿里的身份可以让你获得无限的尊崇，但这里是长安城外。在我眼中，你只不过是掌教养的一条狗，你有什么资格用这种语气和我说话？"

罗克敌的眼眸深处闪过一丝怒意，却强行压制下来，冷笑说道："我承认自己就是掌教大人养的一条狗，而你就算是昊天养的一头雄狮，如今失了锐气还要回长安城，难道你真想让自己的敌人开心？"

夏侯沉声喝道:"这是本将军与书院之间达成的协议,放眼世间,谁敢从中阻挠?就算是你那个主子也没有这个能力!"

"神殿很乐意看到夏侯将军拥有一个美好的晚年,然而您真的甘心吗?"罗克敌取出一封加着符文火印的书信,递了过去,说道,"这是掌教大人的亲笔信,他邀请将军去西陵……不,是回西陵。"

夏侯接过那封书信,神情依然没有什么变化。

罗克敌说道:"神殿很需要您的力量,而且掌教大人说了,归老并不代表就要永远蜗居在乡间,总有回来的那个时刻。"

夏侯看着他,那两道如铁般坚韧的眉毛微微挑起,说道:"你们能给我什么?"

罗克敌说道:"既然您效忠的是皇后娘娘,那么西陵神殿承诺,日后在大唐皇位的争夺上,神殿会尽一切力量帮助皇后娘娘膝下那位皇子成功。"

以西陵神殿恐怖的实力,提前很长时间抛出这样一个毫无余地的承诺,对于夏侯来说,不得不说是个很有诚意的邀约。

然而出乎罗克敌的意料,面对掌教大人的诚意,夏侯却是根本没有露出想象中的情绪反应,而是直接说道:"不送。"

罗克敌强压怒意,说道:"神殿需要一个回答。"

夏侯说道:"我很感谢,然后会认真考虑,这就是回答。"

看着手中那封西陵掌教的亲笔信,夏侯脸上流露出一丝冷嘲的笑容。他知道这确实是掌教的亲笔信,因为这些年里,他已经接到过七封掌教的亲笔信,对书信封皮上的字迹非常熟悉。

他嘲讽的是西陵神殿的意图——帮助皇后的亲生皇子登上大唐皇位?如果让西陵神殿知道皇后是自己最疼爱的妹妹夏天,知道那个皇子身上流着一半荒人的血液,明宗的气息,神殿里的大人物们还敢这样做吗?

夏侯脸上嘲讽的笑容淡淡转为自嘲,手指微微用力,准备把这封西陵掌教的亲笔信碾成粉末。然而不知道为什么,他犹豫片刻后停止了动作。

替大唐帝国驻守北疆数十年的夏侯大将军没有提任何条件便愿意解甲归田，朝中诸公微觉异样之余，顿时觉得轻松了很多，在请示了陛下旨意后，朝廷给予了大将军极高的礼遇殊荣。

清晨时分，在礼部官员热情的引领下，在羽林军敬爱的目光注视下，夏侯穿上了一身崭新的盔甲，带着数十名亲兵，骑马奔向长安城。

长安城东门前的官道早已洒扫干净，庄严肃穆乐声中，大唐亲王殿下李沛言带着文武百官出城相候，更有无数城中名流翘首以待。

朝廷早已拟好了旨意，就等着夏侯入宫觐见时颁发，此时正安静搁在皇宫里的那道旨意下，有着令人目眩的封赏和爵位。

远远看着黑压压的欢迎人群，夏侯不顾礼部官员的劝说提前翻身下马，拉着马缰向着那方步行而去。

亲王殿下看着这幕画面，微笑着摇了摇头，挥手驱走身边劝谏的太监，同时向着他走了过去。

便在东门外的那道离亭前，二人相遇。

夏侯神情平静地向亲王殿下行礼。

李沛言却有些难以平静，看着他黝黑如铁的脸，感慨说道：“回来就好。”

大唐朝臣并不喜欢以骄纵狂暴闻名的夏侯将军。

因为数十年来，世间一直风传夏侯杀俘，滥杀无辜冒充战功，不知道违反了多少唐律。然而一直没有证据，并且所有人都知道，这位大将军深受皇后娘娘的器重，那么便等于说也极受皇帝陛下的器重。

大概也是这个原因，长安城百姓对夏侯大将军也不像对帝国其余三位大将军那般发自真心的爱戴，虽然夏侯滥杀的并不是唐人，但思维简单直接的长安百姓，总觉得暴戾算不得是真本事。

但夏侯终究替帝国驻守寒苦北疆数十年，他今日解甲归田依然受到了长安城的热烈欢迎，街道两侧拥挤的人群不时发出喝彩声和掌声。

长街畔有间茶楼，茶楼里的掌柜和伙计都跑到街上去欢迎大将军的归来，根本没有人理会生意，好在此时茶楼里本身也没有几名客人。

宁缺和桑桑坐在临窗的桌边。

宁缺听着长街上传来的喝彩声与掌声，看着刚刚骑马经过茶楼的夏侯背影，沉默片刻后说道："和土阳城时相比，他真的老了很多。"

32

宁缺去年在呼兰海畔第一次见到夏侯，其后在土阳城里有了近距离的见面。那时候的夏侯虽然争夺天书明字卷失败，被迫与书院达成协议解甲归田，但神态依然从容自信，甚至有股隐而不发的霸气。

然而今日的夏侯却明显变得苍老了几分。虽然穿着一身崭新的盔甲，虽然他的眉眼依然冷凛而漠然，身躯依然挺拔如山，但宁缺却隐隐能够闻到，从这位大将军的身上传来一道柴房潮湿多年后的霉味。

夏侯在荒原上连续遭受魔宗强者刺杀的消息，虽然被大唐军部严格保密，却依然渐渐流传开来，自然传进了宁缺的耳中。

"魔宗清理叛徒的手段，比想象中还要直接强悍啊。"宁缺看着远处被人海遮住的夏侯背影，心想如果夏侯身上那件盔甲真的被唐手中那把巨刀砍废了，自己那本来极为可怜的成功希望，或许会幸运地多上一分。

夏侯是帝国大将，爵位荣耀，不是御史张贻琦或黄兴这种可以被随意暗杀的人。最关键的问题在于，日渐苍老的夏侯依然是那般强大，宁缺想要暗杀成功，并且不留下任何证据，基本上是不可能的事情。

朝廷和书院默允夏侯平静归老，西陵不知道是什么想法，总之如今的宁缺，看似身后有无数背景靠山，在夏侯身前，这些背景靠山却根本不会出力。那么在这种情况下，他怎样才能杀死夏侯？

就在大唐天启十五年春去夏至秋回的日子里，一个计划在宁缺的心中渐渐成形，只不过每每想起这个计划，连他自己都觉得有些荒唐可笑，因为无论怎么看都没有任何成功的可能。如果让别人知道他计划的真实内容，比如李渔，比如叶红鱼，比如陈皮皮，都会觉得他的脑子肯定出了问题。

整个世界，大概只有二师兄和朝小树这两个家伙会表示赞同。

桑桑撑着下巴，看着茶楼下方的人群，忽然转过头来，看着宁缺，小脸上满是忧虑的神情，说道："为什么这么着急？"

宁缺说道："已经等了十五年，我觉得自己的耐心已经很好。"

桑桑很认真地说道："等他再老些，我们再强些，等他在乡下归老几年再动手，不是更有把握？"

从小到大，宁缺都不愿意桑桑去思考那些过于血腥残酷的事情，但这不代表他没有教过她。事实上无论是在岷山里，还是在渭城外的草原上，他一直不停向小侍女灌输着某个概念——无论敌人是老是弱还是妇孺，只要能够战胜对方，怎样无耻的手段都用得，怎样难过的情绪都要忍得，要忍到最有把握的时候才出手，出手就要让对方死。

宁缺微笑说道："如果再不去杀，夏侯就真的老了。"

桑桑不解问道："那样不好吗？"

宁缺说道："等他更老的时候……杀死他自然更有把握，可我担心，万一他病死怎么办？万一他真的老死怎么办？"

桑桑听不明白，心想如果夏侯就这样老死病死，有什么问题？

她问道："那样不好吗？"

宁缺点头说道："非常不好。"

桑桑眉尖微皱，问道："为什么？"

"因为夏侯不是我的敌人。"宁缺稍一停顿后，继续平静说道，"他是我的仇人。"

便在这时，茶楼的掌柜和伙计们回到了楼中，兴奋地议论着先前在街旁看到的队伍，赞叹着夏侯大将军的威武。

宁缺静静听着茶楼里的议论，摇了摇头。

"敌人可以死于天灾人祸海啸河溃，只要他不再拦在我们的身前，阻挡我们前进的道路，破坏我们的事情，他就算吃饭噎死，上厕所臭死，都无所谓。但仇人不同。

"复仇这种事情，如果时间拖得太久太长，往往会逐渐发酵演化成另外一种味道。比起要让对方死、为当年的故事付出代价，更重要的事情仿佛是要通过杀死对方让自己忘记当年的故事，从此得到真正的解脱。"

他看着桑桑说道："不过无论是让仇人付出代价，还是让自己得到解脱，终究离不开最关键的那个环节，那就是杀死仇人。而且他必须死在复仇者的手中，不能自己死，不能被老天爷害死，不能一觉睡死在床上。"

宁缺想起那年落着雨的长安东城，想着铁匠铺里那个死不瞑目的老铁匠，想着当时被雨水打湿的苍白头发，神情微惘。

"他甚至不能老，不能病，不能憔悴，最好还处于人生的巅峰，只有这样才能给复仇者带来足够的快感，而这，便是复仇的重点。

"夏侯已经老了。"

宁缺很严肃认真地把先前说过的话重复了一遍。

"如果再不杀他，他就真的老了。"

夏侯大将军回到长安城，首先进了皇宫觐见陛下，然后在朝会之上接受了陛下赏赐的爵位，接受了朝臣们的尊敬与致意。

朝会结束之后，他婉拒了几位朝廷大臣的邀约，带着亲兵去往军部交办军务，在朱雀大道旁那片草甸青林掩映的小楼里停留了整整一个下午的时间，据说与大唐军方领袖许世将军进行了很长时间的谈话。

暮色渐褪，夜色笼罩长安，夏侯离开了军部，亲兵们骑马举着火把，护送他来到北城肃穆华贵的亲王府。

夜色中的亲王府灯火通明，一番寻常却透着旧谊的王府家宴之后，大唐亲王殿下李沛言带着他来到了书房中。乌黑色的书案上，搁着几份卷宗，卷宗上的字迹有浓有淡，明显不是一个时间段写就，上面写着一些姓名，姓名旁边用小楷密密写着很详尽的注疏。

张贻琦，陈子贤，颜肃卿，林零，谷溪，黄兴，于水主……

这些名字或贵或贱，或官或民或军，但都有两个相同的特点，首先这些人都曾经是大唐军方的一员，其次这些人都死了。

李沛言看着卷宗上的那些名字，沉默很长时间后淡然说道："这些人都死了，那么说明有些早就该死了的人还活着。"

夏侯看着卷宗上某个名字，面无表情说道："这个人没有参与过。"

"他参与过燕境那件事情。"

李沛言叹息一声，把书案上的这些卷宗推到一旁，看着夏侯忧虑地说道："虽说没有任何证据，但这些名字以及名字背后隐藏着的那些故事，便可以证明我们的担心是对的，当年林光远府里果然有人还活着。"

听着林光远这个名字，夏侯那两道如同细铁丝的眉毛缓缓蹙起。

他当然记得林光远是谁。十几年前，大唐军方有一名以骁勇著称的宣威将军，那位将军的名字叫林光远，当时很多人都认为，林光远是继夏侯之后大唐的又一猛将。

大唐天启元年，夏侯灭了林光远满门。

不是因为他不喜欢有人把自己与这个将军相提并论，他虽然以霸道暴戾著称，但也没有动辄灭人满门的兴趣和爱好。

夏侯微微眯起眼睛，神情有些复杂。

不是因为他心中对那位宣威将军有什么愧疚，他这一辈子杀了太多的人，做过更残忍冷血的事情，将一个将军满门抄斩又能算什么。只不过亲王殿下提起林光远这个名字，让他想起了很多过去的事情。

十几年前，皇后娘娘因病去世，清河郡诸姓蠢蠢欲动，陛下不厌其烦，带着那个叫夏天的妃子南游大泽，兼视灾事。夏侯接陛下密诏，带着数千铁骑，自土阳城暗归长安，替陛下坐镇后方，辅亲王殿下暂视朝事。

他又接到了来自西陵神殿的一封密诏。

面对西陵神殿的密诏，正处于人生巅峰时期的他想要继续享受着世人的尊敬，所以很平静地接受了对方的请求。

长安城里掀起了一场腥风血雨，宣威将军府满门尽诛。

夏侯知道自己这样做会激怒正在巡游大泽的皇帝陛下，不过他相信以自己的功绩，陛下再如何盛怒，也不可能在没有证据的情况下对自己动手，而且他隐隐期盼着陛下一怒之下，便不会册封那个叫夏天的妃子做皇后。

他不愿意自己的亲妹妹成为大唐的皇后，因为他知道这是件很危险的事情。然而他没有想到，陛下依然让自己的妹妹成为皇后娘娘。

和这些故事比较起来，宣威将军府前的石狮究竟染了多少血和尘埃，从来没有让夏侯动容过，更没有资格让他感伤。

亲王府书房内，李沛言看着夏侯苦涩说道："林光远居然还有血脉在世间流传，这件事情本也算不得什么，但如果那个矢志替他复仇的将军公子如今成为夫子的亲传弟子，成了书院二层楼的十三先生，这件事情就麻烦了。"

夏侯沉默片刻说道："殿下的意思是……宁缺是林光远的儿子？"

李沛言叹息说道："我也不想承认这是真的，但除了这个，没有别的解释。"

"当年宣威将军府抄斩一案由我亲自监督，依唐律可以免刑出府之人极少，都是没有契结文书的临时雇佣，不可能有漏网之鱼。"夏侯看着书案上微摇的烛火，面无表情说道，"林光远只有两个儿子，身上的特征都记录在册，我亲自查验过。"

李沛言说道："那么这说明有人动了手脚。"

夏侯神情冷漠地说道："就算宁缺是林光远的儿子，他又能如何？"

33

夏侯的神情很冷漠，像是土阳城外一直到深春都能看到的残雪，双唇薄冷如铁，声音从中挤出来后自然带着股平静而强横的味道。

亲王殿下言明宁缺可能的身世并不能让这位大将军警惕起来，因为在这件事情上他拥有绝对的自信。

大概是被他此时的神态所感染，李沛言的神情也略微放松了些，心想在没有证据的情况下，当年皇兄也没有如何，现在更不会如何。无论是谁，想要替宣威将军叛国一案翻案都是不可能的事情。

至于宁缺会不会像对待卷宗里那些死者一般对付夏侯，更不是书房里这两位大人物会担心的事情，因为他没有那个本事。

如今的宁缺虽然已经是夫子的亲传弟子，是地位特殊的书院十三先生，然而十三先生终究只是十三先生，不是大先生也不是二先生。即便是大先生和二先生，也没有把握能够战胜夏侯大将军，更何况是宁缺。

李沛言平静说道："朝廷和许世老将军都查过宁缺的底细，本王自然也去查了查。细观这些年的过往履历，宁缺此人性格冷厉狠辣，但却聪明知道分寸，极擅长隐忍，在没有把握的情况下从来不会贸然出击。在书院与你达成协议的情况下，实力不够的他绝对会继续隐忍下去。"

他拍了拍夏侯的肩膀，安慰说道："只要书院里真正的世外之人不出手，长安城里谁能对你如何？"

夏侯看着案上的烛火，微微皱眉说道："西陵找过我。"

李沛言神情微凛，看着他的眼睛缓声说道："你必须明白，借着抢夺天书明字卷的事情，朝廷难得觅着个机会让书院同意你安然退去。这种机会稍纵即逝，如果你在此时心生犹疑，殊为不智。"

夏侯沉默了很长时间，声音微沉说道："世人都明白这一点，然而有很多人绝对不甘心就这般看着我离开长安城。"

李沛言想着才收到的那个消息，眉梢忍不住缓缓挑起，叹息一声后说道："你说得对，清河郡也来人了，那些老东西似乎嗅到了什么味道，想要过来搅风搅雨，在这种时候，你我暂且先忍耐几日。"

"包括陛下在内，朝廷里没有人会喜欢那些清河郡的人。"夏侯说道，"如果需要，在临去之前，我可以替朝廷再杀几个人。当然，那是在陛下允许的情况下。"

李沛言想着自己那个与史书上君王截然不同的皇兄，脸上浮现出苦涩的笑容，说道："律法在前，陛下怎么可能轻易开这个口子。"

夏侯说道："那便容那些清河郡的家伙多活数日。不过如果那些家伙还试图想要撩拨皇后娘娘的心情，休怪我顾不得唐律也要下些狠手。"

李沛言说道："那是自然，如果那些家伙还看不清楚风声，还不明白陛下与皇后娘娘之间的感情，便是自寻死路。"

夏侯说道："那我便先告辞了。"

李沛言说道:"两位公子自去年返京之后一直把自己关在将军府中,不与朝臣交往。我知道这必然是你的意思,不过如今你既然回来了,何必还把孩儿们拘得这般难受,你陪我去红袖招看看歌舞,也让他们过来。"

夏侯说道:"明日还有事情要做,做完之后再来与殿下饮酒。"

李沛言神情微异,心想:"你今日已经进了宫,在长安城里还有什么事情要做?那两位夏侯公子自禁将军府的情形,你很明白在陛下旨意下来前应该沉默自守,明天又有什么事情让你不怕犯忌讳?"

夏侯走到书房门口处,停下脚步,说道:"我明日请宁缺饮酒。"

李沛言微惊,看着他说道:"你要做什么?你莫要忘了此子的身份,他固然奈何不得你,可若你对他不利,难道书院还会保持沉默?"

夏侯说道:"杯酒释过往,我敢请他,却想看看,他敢不敢来。"

因为在荒原上争夺天书明字卷一事,夏侯大将军得罪了书院,也让陛下越发愤怒不满。然而此人麾下数万铁骑,替大唐开土辟疆,实力强横又有战功在身,朝廷处置起来极为麻烦。书院大先生亲自到土阳城与夏侯一番面谈后,夏侯大将军以极为强大的心志,毫不恋战,接受了解甲归田的提议。

这是大唐帝国最愿意看到的结局,无论宫中、军方还是朝臣都感到极为满意,所以才会给予夏侯至高的尊荣和待遇。

但世上从来就没有什么人或事能够让所有人都感到满意,昊天光辉之下依然有魔宗存在,书院高山之前依然有人对夫子不如何恭敬。

夏侯自然也做不到这一点。

宁缺不满意这个结局,西陵不满意,被夏侯的铁骑欺凌了数十年、一直默默等着大唐君臣失和、夏侯变成凄惨烹狗的燕国君民也不满意,即便在大唐国内也有些大势力对此感到极为失望。

那个势力便是亲王殿下提到过的清河郡诸姓。

清河郡在大唐东南方,富庶而文化昌盛,自古以来不知培养出了多少大人物,其中尤以崔、陈、宋等七族为首,被称为清河郡七大姓,便是西陵神殿的大神官,也有几位来自这七大门阀之中。

千年之前，大唐以铁骑立国，兵力横扫天下，西陵神殿密诏诸国联兵以抗，却依然无法阻止这个超级强国的诞生和崛起。然而就在这样的情况下，当时还处于唐国东南边境外的清河依然保持着独立自主，直到十余年后大唐迫使荒人离开草原时，才下定决心投降。

立国之初的大唐百废待兴，有诸多被吞并的郡州需要消化，民间需要休养生息，而清河郡诸姓在世间声望太隆。所以那位曾经因为一个小村被屠便倾举国之力追杀千里灭掉草原某部的太祖，罕有地对清河郡采取了怀柔政策，并且将此事立为国策，记载在了遗诏之中。

大唐开国初年，长安城南的书院也刚刚修建完毕，招生数量极少，朝廷选拔官员多是通过科举。和刚刚吃饱饭学会识字的诸多郡州相比，文化昌盛的清河郡自然能够在科举中获得最大的好处。那些年里，清河郡的族人学子通过科举源源不断进入长安，每科取士竟有将近一半来自清河郡。长安城朝堂之上的官员，各部寺院里的要害位置，也尽数被清河郡七大姓所把持。

又因为太祖皇帝遗诏中确定的那道国策，大唐皇室对清河郡礼待有加，时常联姻，甚至曾经出现过连续三代皇后都来自清河郡大姓的情况。

时有贤者曾经忧心忡忡，言道若长此以往，真不知大唐究竟是李姓之大唐，还是清河之大唐，浮云蔽日，足可畏矣。

事实证明，在马背上挥舞着朴刀征服天下的大唐帝国果然不可能因为文治之事便被征服。九百年前的大唐从化四年，当时的皇帝年仅十四岁，在母后与朝臣的压力下沉默了整整四年，也学习了四年。就在距离亲政还有两年时间的时候，在那位来自清河宋姓的太后试图违背先帝遗诏，让国舅兼首辅的宋大学士兼领军权之时，这位少年天子毫不犹豫把那只还很瘦弱的手从袖子里伸了出来。

那只手里握着兵权，兵权便是一把冰冷无情的刀。

其夜有轻骑出皇城，直扑北城宋大学士府，府内血流成河，惨不忍睹，第二日朝会，无数朝官泣血叩阙，纷纷指责天子残暴不仁。少年天子坐在龙椅之中，平静或者说冷漠地听着宫门处传来的消息，然后有些疲惫地挥了挥手——挥手的意思不是表示退让，因为少年天子没有下罪己诏，而是直接动用了廷杖。

当日在皇宫之外，有一百四十八名朝廷官员被杖击而死，鲜血染红了他们的官服，也染红了青色的地面，竟似比宫墙的颜色还要更深几分。

当夜，少年天子在侍卫和羽林军的护卫下，来到了长安城南郊的书院。

不知那个夜晚他与书院里的谁说了些什么话，总之第二天，随着一道旨意，那位太后娘娘便被幽禁进了冷宫，从此再也没有人见过她。在接下来的一段时间里，大唐各郡州出自清河郡的官员或上书请罪效忠，或被暗侍卫捉拿回京下狱，一时间无数人头落地，整个帝国的上空都飘浮着一道低沉的雨云，人心慌乱不堪。

朝堂动荡，政事混乱，自然对大唐国力造成了严重的损害，然而那位少年天子就像李家的历代祖先一般，在这等时刻，展现出不惜与世间同毁灭的强大意志，毫不犹豫地继续清洗任何胆敢反对自己的人。

经此一事，清河郡积攒了数十年的精华被尽数毁灭，七大姓实力严重受损，更关键的是，那些骄傲自信的门阀，终于明白了一个道理。

无论他们的姓氏再如何光彩夺目，家族再如何历史悠久，只要胆敢逾过那条线，在李氏皇族眼中，依然只是屠刀下的小白兔。

34

没有哪个国家能够逃脱历史的规律，战无不胜的大唐帝国也是如此，这个帝国也会随着时间的流逝而渐渐僵化腐朽。但不知道为什么，和清河郡诸公翻烂了的史书上记载的那些曾经辉煌的帝国相比，这个历史规律在唐国的作用明显要弱很多。帝国的僵化腐朽速度非常缓慢，每当眼看着将有大变发生时，似乎冥冥中便有某种力量，把大唐这辆将要倾覆的马车修复，然后强行拖回正确的道路。

随着大唐国力日盛，皇室威严也越发不可轻撼，再经过若有若无的多年打压，清河郡民心早归，最关键的是书院悄然取代了科举的部分作用，清河郡诸姓再不复千年之前的无上荣光，实力权柄较诸当初也弱了不少。

但如今的清河郡诸大姓依然在朝中有不可小觑的力量，在野更是供奉着好多位大学问家。虽说依然距离军权无比遥远，但谁也不知道，在这些千世之家幽静的族祠深处，会不会藏着一位知命境的大修行者。

不过曾经在世间拥有过无限风光，曾经在朝堂之上占有大半座椅，曾经出过好几位西陵神座的清河郡诸姓，哪里会甘心现在的局面？

数百年来，清河郡又出了九位皇后娘娘，这便是他们努力的结果，而在十几年前，他们曾经尝试让清河郡再多一位皇后娘娘。然而清河郡诸公殚精竭虑才营造出那个看似美好的局面，却不知道在他们之前有位叫莲生的大人物，早就已经启动了一个类似的计划。

莲生胜了，那位魔宗圣女，成为当今的皇后。

莲生也败了，因为皇后娘娘陷入情网，早把魔宗的使命抛到了脑后。

清河郡诸公更是败得一塌糊涂，不只希望落空，而且他们非常严重地得罪了皇后娘娘，也等于是得罪了亲王殿下和夏侯大将军。

真正获胜的，只有皇帝陛下一个人。

虽然清河郡诸公输得一塌糊涂，但他们敢于设计此事，也说明了这些家族的雄厚实力与自信。要知道如今在阳关城说一不二的钟家，只不过是清河郡七大姓里最弱的一支而已。

如今的清河郡诸姓不可能得到皇后娘娘的亲善，那么自然毫不犹豫地开始支持那位公主殿下，更准确地说，是支持公主辅佐的皇子李珲圆。

长安南城某清静府邸，后宅书房里坐着位神情淡定的老人，这位老人姓宋，乃是宋氏族中供奉，便是在朝廷里也有官面上的身份。二十年前，这位宋供奉便是天枢处的客卿，只不过他很清楚，这个客卿身份更多的是朝廷对清河郡宋氏的赏赐，所以他从来没有理会过天枢处的事务，甚至没有进过长安城，但今天他终于还是来了。

夏侯大将军即将归老，皇后娘娘的势力看似受到了严重的削弱，但在清河郡诸公的眼中，此举却是成功地将过去数十年间积累的那些矛盾尽数化解，他们并不希望看到夏侯就这样微笑着离开长安城。

"如今看来，还真只能把希望寄托在那位十三先生身上了。"老供奉面无表情说道，"如果这件事情真的会发生，书院必然要与夏侯大将军决裂，到那时，皇后娘娘的儿子还凭什么坐上龙椅？"

站在他面前的御史宋柯不是修道中人，虽然知道朝中有诸多大臣来自书院，却依然无法理解老祖宗的说法，心想书院凭什么能够定夺皇位继承一事？只是老祖宗这么说，他便下意识里说道："我们要不要暗中帮助那位十三先生？"

老供奉看了他一眼，花白的眉毛微微蹙起，教训道："夏侯归老本就是书院的手段，宁缺如果要强行破规矩，书院不会助他，却也不见得会拦他，最大可能便是在旁静观。但那是因为宁缺是夫子的学生，是书院自己人，如果我们插手这件事情，难道你以为书院真不敢对清河郡下手？"

宋御史有些尴尬地笑了笑，心里却在想着："如果族中不敢插手这件事情，那您老人家来长安城岂不是毫无道理？"

老供奉猜到这个远房侄子心中在想什么，但没有做任何解释，缓缓闭上了眼睛。他不需要在此刻扮演高深莫测，实在是因为他此时还在冥思苦想，替那位书院十三先生思考怎样才能战胜夏侯。

如果宁缺想不明白，那么这场战斗便永远无法发生，如果老供奉想不明白，他身后的清河郡诸姓以及公主殿下，便无法从这件事情里谋到好处。

清河郡诸公的困惑，也是此时长安城里很多人的困惑。随着宁缺身世的传言在极有限的范围里传开，皇宫里王公府里的大人物们都在皱眉思考，在没有书院支持的局面下，宁缺究竟会怎样做。

就在这个时候，一个消息从镇军大将军府，传到了皇宫里，也传到了王公大臣们的府邸上，让这些大人物疑惑难安起来。

夏侯大将军今夜在府上宴请书院十三先生宁缺。

雁鸣湖畔的宅院里，叶红鱼看着槐树阴影中的宁缺，看着他脸上的神情，忽然开口问道："我现在才知道，你为什么需要实力。"

宁缺说道："不愧曾经是神殿裁决司的大司座，逃离桃山幽居长安城，居然还能收到这么隐秘的情报。"

叶红鱼说道："杀父之仇固然是非报不可，但现在明显是最不合适的时候。你现在连我都打不过，凭什么去杀夏侯？"

宁缺说道："我什么时候说过我要杀夏侯？"

"感觉。"

叶红鱼平静说道："这片秋湖，湖畔的宅子，桑桑做的饭菜，你的呼吸，还有满园的味道，都告诉我，你在准备杀人。"

宁缺摇了摇头，说道："杀人违反唐律，老师和大师兄不允许我这么干。"

叶红鱼说道："那你为什么还要去赴宴。"

宁缺笑着说道："能白吃凭什么不去？我现在打不过他，也杀不死他，那就只好把将军府里的山珍海味尽数吃光，也算是报仇吧。"

叶红鱼自然不相信他的话，说道："如果你和夏侯之间真有纷争，神殿会从中获益不少，所以我不会阻止你。"

宁缺说道："我让桑桑准备了夜宵，所以我会活着回来。"

35

大将军府没有为今天的晚宴准备什么山珍海味，设于庭院秋树间的长形方桌色泽黑沉，上面摆着些很寻常的菜肴，却自有一股肃然气息。在桌畔服侍的仆役婢女人数也并不多，布菜这种事情，竟是由两位夏侯公子亲自动手，这等阵势，与传闻中夏侯大将军奢阔的排场完全不一样。

此时大概整座长安城都在关注着这场晚宴，然而席间的气氛并不像人们想象的那般剑拔弩张。对坐在长桌两头的夏侯与宁缺只是沉默地吃着饭，偶尔说几句荒原的风光，山门里的遭逢。

简单的晚宴很简单便进行到了尾声，婢女们鱼贯而入，悄无声息地把长桌上的残羹剩菜收走，又端上了两盘青天色的茶壶。

两位夏侯公子替宁缺分了第一道茶，然后很有礼貌地告辞，走出园外，让所有婢女和管事远远离去，自己敛气静声守在园门处。

茶壶与茶杯青天一色，颇有疏旷之感，却又温润毫不夺目。茶是乌枞，也是极温和的茶，便是茶温此时也恰到好处。

宁缺专注地看着茶壶，伸手缓缓抚摩着茶杯，然后他抬起头来，望向长桌那头的夏侯，就像前一刻看茶壶那般专注认真，就如同两年前在书院殿前第一次看到亲王李沛言时，似要把夏侯的脸烙进自己的眼底。

夏侯看着杯中大片乌枞在略嫌沉凝的温井水中时起时伏，知道宁缺正盯着自己看，唇角缓缓释出一道微嘲的笑意，说道："想看清楚自己的仇人究竟长什么模样？在土阳城里你可没有这般放肆。"

宁缺没有否认他的话，但也没有承认，手指轻轻转着天青色的小茶盅，说道："土阳城里我敬的是大师兄，并不是你。"

听到这句话，夏侯缓缓抬起头来。随着他的动作，茶杯里起伏不定的那片乌枞似骤遭重击，老实地沉到了杯底。

宁缺低下头去。

夏侯面无表情地看着他。

庭院间秋风乍起，树梢哗哗作响，无数片浓浅不匀的黄叶被吹落枝头，落在二人身前的长桌和地面上，肃杀之意大作。

如果换成别的人，面对着夏侯大将军强势的威压和秋风黄叶带来的肃杀意，想着二人之间那深刻化不开的冤仇，就算不生畏惧大概也会感到有些紧张。但宁缺没有，他的脸上甚至没有一丝表情。

夏侯看着他的眼睛，毫无任何先兆，忽然问道："你是林光远的儿子？"

宁缺看着杯中色泽渐深的茶水，摇了摇头。

带着肃杀气息的秋风在庭院间持续缭绕着，拂落更多树叶，然后将桌上的黄叶拂到地上，把地上的黄叶拂向四周。

夏侯说道："我这辈子杀过很多人，我不在乎。"

宁缺这时候终于抬起头来，看着他说道："将军威武。"

地面上的黄色落叶被秋风拂向四周，直至来到墙角才停歇，看上去就像是湖水一波一波拍打着堤岸，泛起很多层浪。

夏侯说道："仇恨这种事情，有时候不能解也必须解。"

落叶在庭院墙角越堆越高，最上面的落叶簌簌落下，又被依旧占据着地面的秋风再次拂上去，肃杀的秋风没有给落叶任何逃走的机会。

就如同此时的谈话，夏侯说了三句话，彼此之间看上去没有任何联系，然而却是极为强势地步步紧逼，没有给宁缺任何退避的机会。

宁缺看着在墙角挣扎畏缩的枯黄落叶，说道："请赐教。"

夏侯看着他面无表情地说道："你动不了我。"

宁缺转头望向他说道："但你也不敢动我。"

夏侯说道："正因为如此，所以哪怕是解不开的仇恨也必须解开，或者你再等二十年，等到我真正变得老弱无力的时候。"

"那时候将军肯定快死了，而且还享了二十年清福。"宁缺看着他微笑说道，"当然，我只是就事论事，将军你不要误会什么，实际上我以为将军既然马上便要归老，便不应该说这些不吉利的话。"

听到归老二字，夏侯微微眯眼，黝黑如铁的脸庞上浮现出淡漠的情绪，说道："无论朝廷还是西陵，都以为我能够平安归老，应该觉得很满意才对，其实我并不满意。我麾下数万铁骑足以横扫诸国，我曾替大唐和西陵立下无数功勋，结果就因为当年的那些小事情，朝廷和陛下就一直冷眼看我，若非如此，我又怎会去荒原想抢那卷天书？又怎会有现在的局面？"

宁缺问道："将军是在对我解释？"

夏侯毫不掩饰对他的轻蔑情绪，嘲讽说道："如果不是运气好拜在夫子门下，你有什么资格坐在本大将军的面前？即便如此，你又有什么资格让本大将军对你做解释？我只是要你知道我现在的心情并不好。"

宁缺说道："先前那段话中，将军把当年长安城里的血雨腥风和燕境的屠村惨案说成是小事情，这让我的心情也不是太好。"

谈话至此时，终于有人点明了当年的旧事。

"你的心情，我不用在乎。"夏侯看着他冷漠地说道，"因为先前便说过，你动不了我。而我心情不好，你便必须在乎，因为若你真让我发起飙来，我可以像碾死一只蚂蚁一样碾死你。所以我奉劝你在我离开长安之前的这段日子里，最好让本将军心情好些。"

宁缺摇头说道："我想象不出来你怎么碾死我。"

"比如此时此刻，此方秋园之中。"夏侯面无表情地说道，"书院十三先生妄图行刺帝国大将军，却狼狈失败，被本大将军一掌拍成肉泥。"

宁缺喝了口微涩的茶水，微涩笑道："碾死我……大将军你以及这座将军府，还有被你送回老家的族人亲眷，也会被老师碾死吧。"

在大唐境内，能够真正让夏侯噤若寒蝉，不敢有任何妄动的人，从来都不是皇帝陛下，而只能是书院后山的那位夫子。

夏侯看着他漠然说道："如先前所说，我不敢动你，你动不得我，所以主客之势在我手中。我离开长安前的这段日子里，你如果真想做些什么，做的事情让我无法忍受，那么我会试着动动你。"

宁缺认真问道："这是威胁？"

夏侯说道："我是在教育你。任何背景靠山，都是没有任何意义的事情，在真正的生死面前，只有自己的力量才值得信任。"

宁缺看着他笑了起来，说道："当年我小师叔一剑挑了魔宗，将军发现自己的背景靠山尽数变成泡影，所以才会叛出师门投靠西陵？但我的情况可不同，夫子不是莲生，书院也不是魔宗，将军可以放心。"

宁缺敢如此嘲讽，自然是料定，对方纵使贵为镇军大将军，再如何暴戾嗜杀，依然不敢对出身书院的自己如何。

果然，夏侯静静看着他，就像看着桌上的一片枯黄落叶，脸上的猩红之色渐渐隐去，情绪也渐趋平静，说道："送客。"

宁缺轻轻抖去落在黑色院服上的一片落叶，也不与坐在长桌对面的夏侯行礼告辞，长身而起，就这样离开了这片秋园。

园间秋风渐静，被拂到墙角的那堆黄叶渐渐散开。二位夏侯公子走回园内，看着沉默不语的父亲，欲言又止。

"没有事。"夏侯面无表情说道，"一个当着杀父仇人，连自己身世都不敢承认的人，或许很聪明冷静理智，但这些品质没有任何意义。

"对桌而立，却不敢动手替家族复仇，真是莫大的羞辱。他自己很清楚这一点，所以才会觉得羞辱不堪，才会用言语羞辱我。

"想以此来寻求心理上的安慰？只会动嘴，不会动手，一个缺乏成为强者最根本的勇气的家伙，哪里配做我的敌人。"

夏侯大将军宴请宁缺绝对是这一天长安城里最重要的事情，当宁缺走进将军府后，不知道有多少大人物开始焦虑紧张，将军府外藏着不知道多少眼线，把这场晚宴的情况源源不断传回宫中或是别的地方。

没有人知道将军府晚宴的具体情况，但既然宁缺活着走了出来，那么这场晚宴必然没有发生什么事情，因为那说明夏侯大将军没有出手。至于宁缺杀了夏侯再身无血渍长身而出，在所有人眼里这种可能性都不存在。

御书房里，皇帝陛下若有所思，不远处的一座殿内，皇后娘娘和曾静大学士互视一眼，神情略缓。一直坐镇军部的许世大将军听到情报后，点了点头，那位住在御史府的清河郡老供奉却不免有些遗憾。

万雁塔顶层，大唐国师李青山站在石窗边，看着将军府的方向，欣慰说道："我一直担心宁缺的性情，如今看来跟随夫子学习了这么长时间，果然比当初要识大体得多，也不枉颜瑟师兄将衣钵与阵眼都交给了他。"

黄杨大师看着他微微一笑，没有说什么。

李青山离开塔畔走回桌旁，把那些佛经推到一旁，从怀里掏出几颗黑白棋子，随意扔了上去。

他的伤一直没有好，只是心情愉悦之时，想要做些什么。这次卜算完全随意而行，并不想上窥天机，只想看看能不能幸运地得到什么感应。

一颗洁白的棋子忽然间滴溜溜转了起来，而且越转越快，直到最后转出了桌面，落到了坚硬的地板上。

只听得啪的一声脆响，那粒白棋裂成两半。

裂缝光滑无痕，仿佛是被一把利剑斩开。

李青山怔怔地看着那颗白棋，神情渐趋凝重。黄杨眉头骤蹙，震惊说道："好可怕的一把剑……难道柳白来了长安？"

36

秋风入城楼，长安不知愁。

来自各郡的秋粮陆续运至城中，丰收的好年景，不只让乡间农夫脸上的皱纹舒展开来，也让城中民众脸上多了很多笑容。银杏树叶自枝头落下，铺满长街，不显肃杀只觉清丽。

如其余季节里一般，随着秋粮抵达长安城的，还有很多来自别郡甚至异国的游客，其中便有一名穿着淡白素衫的男子。

男子素衫上有些微尘埃，背上负着把长剑，神情宁静显得温和，只有很少人才能看懂他眉眼最深处隐藏着的骄傲与冷漠。

他行走在行人如织的长安街道上，明明眼前都是攒动的人头，眼里却只有长安城历经千年风霜的古迹城楼，而没有人的存在。

这里是热闹繁华的世间第一雄城长安，这名一身淡白素衫的男子，却像是根本感受不到此间的热闹繁华，更准确地形容，他虽然身体在繁华红尘里，精神却不在这个人世间，只在这座城的味道里。

这些年来，他或在红尘中或在尘世外，那都是身体所在，而那颗心却一直在世外飘零，所以他的眼中没有繁华，甚至没有人。

几个顽童举着涂着冰霜的果串打闹着从那名男子的身前跑过，其中一个哭喊着的小女孩险些把脸上的涕水擦到他的身上。他微微蹙眉看了那个小女孩的背影一眼，缓缓地摇了摇头。

先前这一刻，他看着眼中无人的长街，感受着这座千年之城的历史气息，有所感触，正欲道出一偈，却被这些顽童打扰，顿时便没了兴致。

站在摊前，他看着那名身材矮小的老板极熟练地将各色果子穿成串，然后在糖浆锅里翻滚，忽然间觉得没有什么意思，举步向城北走去。

万雁塔顶。

李青山摸着那粒莫名裂成两半的白色棋子，看着棋子上光滑到了极致的剖面，脸上的神情凝重而复杂，震惊之中隐藏着一些淡淡的惘然和感慨："你居然也来了长安城？看来局面越来越麻烦了。"

黄杨蹙着眉头，看着他问道："真是剑圣柳白？"

李青山摇摇头，轻叹说道："不是柳白，但是一个比柳白更麻烦的人。"

黄杨微惊说道："还有比柳白更令你觉得麻烦的人？"

李青山说道："是的。"

然后他望向黄杨神情凝重地说道："我必须离开去迎迎那位。在接下来的这些天里，如果那人不离开长安，你就必须一直留在宫中。"

黄杨听着这话，沉默不语，准备马上入宫。

世间能够在长安城里对大唐皇帝陛下产生威胁的人，能有几个？

就那么几个。

昊天南门观在北城，距离皇宫非常近。李青山站在道观门口，看着不远处的朱红宫墙与角楼，沉默不语，谁也看不出他此时的心情已经压抑焦虑到了极点。

那名穿着浅白素衫的男子伴着秋风落叶从长街那头缓缓走了过来，衣着寻常，只有简单的道髻表明着他的来历。

李青山看着他，平静行礼道："见过叶苏先生。"

那男子正是昊天道门天下行走，叶苏。

叶苏神情平静，还礼道："见过李真人。"

他对李青山的称呼很有意思，没有称对方为国师，也没有称对方为大神官，而是称对方为真人，这是很有道门意味的一个称呼。

在历史上，昊天道南门观观主经常兼任大唐国师，在西陵神殿里的地位与桃山上的三位大神官相仿，极其尊崇。

叶苏虽然在神殿里无名无号，但作为天下行走，他在昊天道门里的地位极其特殊，有足够的资格与西陵三位大神官平等相处。

李青山当年受封大神官时，曾经去过，也是唯一一次去过知守观。他知道那座朴素甚至有些简陋的道观，才是昊天道门真正的精神之所在，所以面对着身前这位知守观来人，他难免有些警惕。

他身前这名梳着简单道髻的负剑男子不是普通人，而是传说中的叶苏，昊天道门年青一代真正的最强者，实力境界不在神殿三神座之下，更隐约有传闻，说此人的真实境界早已隐隐站到了柳白那条线上。

身为大唐国师，李青山早已坐上了昊天道门在俗世里的巅峰，叶苏的身份与实力并不能让他感到震惊。真正令他感到震惊焦虑的是，传闻中叶苏从来不会踏足红尘，为什么会来到长安城，还现身在世人眼前？

好在此人进入长安城后第一时间来到南门观相见，李青山通过这一点感受到对方想要表达的意愿，心情稍微放松了些。

"听闻唐国对修行者的管理很是严峻，外来修行者入长安城都要去天枢处登记，我不愿意和那些俗人打交道，想麻烦真人帮忙办理一下。"

叶苏平静说道。

听着这句话，李青山微微一怔。

唐律中确实有规定外来修行者进入长安城必须在天枢处进行登记，不然会被大唐朝廷视为敌人。然而再如何严苛的规定，终究也是要看对象是谁，只能限定那些能够被限定的人，又如何能够影响到叶苏这样的人物？

然而叶苏却似乎并不明白这一点，来到长安城后的第一件事情，竟然就是请昊天南门帮忙做登记。这听上去很有趣，却又隐藏着一些别的意思。

李青山明白了他的意思，微笑说道："敢不从命。"

去天枢处办理登记这等小事自然有南门观的道人去处理，李青山请叶苏入观饮茶，想要探听一下对方的来意。

叶苏说道："我只是来长安城游历一番，不想惊动太多人，也不想引起什么误会，接下来的这些天，我会随意逛逛。"

说完这句话，他转身离开南门观，向着朱雀大道走去。

秋日长街上，叶苏的身影越来越淡，似乎快要融进落叶秋意中，李青山看着那处微微皱眉。

那个男子是来自不可知之地。

那个男子是昊天道门的天下行走。

虽然他说他不想惊动太多人，然而这样一个恐怖的人物在长安城里随意闲逛，只怕注定要惊动太多的人。

自今日始，长安城难得安宁。

离开南门观，走上朱雀大道，叶苏随着落叶滚动的方向一路向南行走，不多时便来到了著名的朱雀绘像处。他看着地面上那道生动的朱雀绘像，感受着其间隐藏着的气息，久久沉默不语。即便境界高妙如他，也不禁有些暗自佩服千年之前修筑长安城，并且把这座雄城化作惊神大阵的那位前辈。

然后他继续行走，就如他对李青山说的那样，没有任何目的，完全凭心意而行。循着叫卖声便穿街过巷，看着风筝随意而走，走得有些渴了，便在巷口井畔借一瓢水，脚步一直没有停过。

在很幽静的一片街道里，他看到了一间朴素的道观，道观门口有道士正在对民众宣讲西陵教典，十余名街坊搬着小板凳坐在那里专心听讲，时不时有人举手询问教典里的不解之处。

叶苏站在人群外静静听着那处的教义宣讲，觉得与自己在世间别的地方听到的宣教都不大相同，尤其是那些听讲民众时不时地发问甚至是怀疑，让他觉得非常不适应，甚至有些厌憎和恼怒。

一名中年人注意到他站在身后，看着他有些面生，以为是外郡来的游客，极热情地站起身来，请他坐下听。

叶苏有些不适应长安人仿佛先天拥有的热情，微微一怔后摇头拒绝。他面无表情地看着石阶上那名有些口吃的道士，看着那名道士在民众们并没有恶意的问题前嗫嗫嚅嚅，脸色变得有些难看。

对于叶苏而言，昊天道门便是他的家与国，哪怕南门观独立于西陵神殿之外，在他看来依然是自己的地方。所以他入长安城后会第一时间见李青山，所以在世间游历之时，他经常隐藏身份去各处道观。

在别的国度的道观中，有些道士或者贪婪而愚蠢，但至少道门享有着无上的尊敬和荣光。他从来没有见过有信徒居然敢对宣讲道士提出问题，更想象不出，居然有信徒胆敢怀疑教典里的记载。

既然是昊天信徒，那么对于教典便应该服从，而不应该怀疑。无论怀疑有没有道理，只要开始怀疑，那么便是亵渎。

这是叶苏的看法。

一道声音在他身旁响起。

"你有什么看法？"

说话的人是一名穿着旧袄的书生，那书生眉眼异常干净，腰间系着个水瓢，今天手里没有握着那卷旧书。

叶苏看着这名书生，沉默了很长时间，然后说道："这里是长安城，我的看法没有你的看法重要。"

这名书生自然是书院大师兄。

大师兄微笑说道："如果我记得没错，这应该是你第一次来长安城。既然来了便多待些时日，看得多了说不定你会有些不一样的看法。"

叶苏说道："我也希望如此。"

37

石阶上那名道士终究还是逐渐控制了场间的气氛，没有让那些疑难继续下去。他用力地挥舞着手臂，不停喷吐着唾沫星子，不停地讲诵着教典里的微言大义，脸上的神情时而肃穆时而热情，时而慈悲时而严峻。

听讲的十余名街坊神情专注，身体时而前倾时而后仰，听着某地发现的昊天神迹，忍不住掩嘴惊叹，听着某前贤殉教的事迹，心生同情向往。

没有人注意到大师兄和叶苏的存在，因为这两个人虽然是书院和道门里最了不起的人物，但表面上没有任何特殊。

简单两句对话之后，二人才正式见礼。叶苏单掌立于胸前，另一手握拳抵在掌缘，神情宁静微微低首，说道："见过大先生。"

大师兄敛容静气，认真回礼说道："见过叶先生。"

叶苏说道："我本以为首先出现的应该是二先生。"

大师兄微笑说道："老师担心君陌过来，你们两个人会把长安城打成一片废墟，所以把他禁在了后山。"

听着老师二字，叶苏想到那位在修行世界里令无数人高山仰止的书院院长，沉默片刻后，认真说道："不知可有机会拜见夫子？"

大师兄说道："待我请示老师。"

叶苏说道："麻烦大先生。"

大师兄看着此人的眼睛，忽然问道："来看长安，还是夏侯？"

叶苏说道："夏侯毕竟是神殿长老，而且当年是家师亲自引领至神殿，对道门有功。虽说在荒原上曾经生过一些妄念，但过不抵功，道门希望能看到他有一个好的结局，我想唐国君臣也不愿意出现走狗烹这等画面。"

大师兄神情温和地说道："书院没有功过相抵这种说法，功便是功，过便是过，该承担便必须去承担。不过既然夏侯将军愿意平静归去，我想没有人会阻止他，更何况将军乃是武道巅峰强者，谁能阻止他？"

叶苏说道："夏侯老了，而且在唐的手里受了重伤，我清楚这一点，想来夫子和大先生应该更清楚。如果他还是当年的夏侯，家师又何必传讯让我来长安城里看这一遭？还是说大先生不欢迎？"

大师兄说道："大唐是一个开明的国度，长安城欢迎任何人的到来。"

叶苏余光里看着先前那名让凳给自己的百姓，说道："唐国确实和别的国度有所不同，主要是气氛不同。"

大师兄微笑说道："希望你能在长安城里住得愉快。"

叶苏说道："不怎么愉快。"

如果是一名普通的游客，在长安城里遇着黑心的店老板，或是在万雁塔寺吃了顿极贵的素斋，或许会非常不愉快，但不会对这个世界产生任何影响。叶苏刚刚来到长安城，他的不愉快似乎毫无道理，然而他是昊天道门的天下行走，他的不愉快或许会对这座长安城也带来一些不愉快。

听到他说不愉快，便是大师兄的神情也渐凝重，认真请教道："何处不愉快？"

叶苏望向道观石阶上那名道士，说道："此处不愉快。"

大师兄转身望去，沉默听了一会儿那名道士的宣讲，尤其是听到那些街坊的发问后，大概了解了叶苏的不愉快来自何处。

大师兄说道："信昊天，不代表信昊天道，更不代表就不能对西陵神殿的教典提出自己的疑问。"

叶苏静静看着身前这名书生。

在呼兰海畔，他曾经见过对方，却不像今日这般有机会在长安城街头长时间平静地交谈，所以他看得很仔细认真，想要看懂为什么当初此人能够坐在线的那头，而且他认为自己已经看懂了某些部分。

"那你们这些书院的人呢？"叶苏看着大师兄的眼睛，平静说道，"我能看懂你们，我知道你们连昊天都不信，那么你们是不是觉得连昊天都可以质疑？"

大师兄微微一笑，没有否认，也没有辩解。

叶苏也笑了起来，笑容显得那般淡漠而寒冷，说道："书院里果然生活着一群可怕的无信之人，你们根本就不应该存在。"

大师兄诚恳请教道："为何如此说？"

叶苏看着他的眼睛，声音低沉而寒冷说道："没有信仰就无所敬畏，不懂得敬畏的人自然不在意洪水滔滔。当年轲先生如此，难道书院的下一代还将如此？那会落在谁的身上？你还是二先生，抑或是宁缺那个家伙？"

大师兄看着他平静说道："书院只教我们道理，不教我们信仰。事实上我的师弟和师妹当中有几位也是虔诚的昊天信徒，只不过我们更相信一种说法，能够没有信仰，其实也是一种信仰。"

没有信仰，其实也是一种信仰。

叶苏微微蹙眉，在心中把这句话重复了一遍，若有所思。

大师兄说道："如果将来某一天，你能够同意，或者哪怕仅仅是尊重我们的这种信仰，那么你其实也就拥有了相同的信仰。"

叶苏抬头望天，清秋街畔黄叶树，枝丫切割着头顶的天空，却无法阻止清漫的阳光从天穹之上洒下，然后照耀着所有的一切。

"昊天神辉普照世间，它落在花上，花便绽放，落在树上，树便生芽，落在田间，便有禾穗。花能娱目，树带阴凉，禾穗令人活，然后它们凋零落入尘埃，化为养分滋润大地，大地再生出万事万物。"

叶苏看着树丫间漏下的秋日阳光，眉眼间渐渐散发出淡淡的光泽，平静而坚定地说道："世间的一切源自昊天。

"昊天赐予了人类一切，包括生命。而文明尊严自由都附着在生命之上，所以对昊天的信仰不是信仰，而是这个世界应该运行的方式。"

大师兄学着他的模样抬头向天空望去，目光落在清旷高远的秋日天空上，没有像他一般得出这些感慨，只是觉得今天的阳光有些烈，而且长安城最近的空气不怎么好，不知道是哪家铁炉坊又在违规开工。

叶苏收回望天的目光，注意到身旁书生明显有些走神，不由有些不悦。

大师兄感觉到他的目光，有些尴尬地揉了揉眼睛，然后很认真地说道："书院从不想否认昊天赐予世间一切，但这不代表世间的一切都属于昊天。"

叶苏说道："强词夺理。"

大师兄说道："就如同父母赐予我们肉身与生命，但这并不代表我们的一切都属于父母，因为我们从老师处学得治学之道，从同伴处学得相处之道，从田野里学得自然之道，这些后天的获得便是我们自己的。"

叶苏问道："那夫子呢？"

对书院后山的弟子们而言，夫子便是他们的信仰，叶苏这个问题，看上去极为简单，实际上却是落在了最艰险的位置，很不好答。

大师兄思忖片刻后说道："夫子曾经说过，人类应该尊重他的老师，但更应该尊重道理。如果夫子错了，我们这些做学生的当然应该直言不讳地指出他的错误，这才是真正的弟子之道，也是我所以为的信仰之道。"

叶苏看着他嘲讽问道："敢请教，大先生在夫子座前学习多年，可曾见过夫子犯过错，曾有几次指出过他的错误？"

大师兄不禁语塞，想到这些年里书院后山诸弟子间只有君陌有过几次直言犯师，这半年里小师弟似乎曾经这般勇敢过，唯独自己好像还真没有指出过老师有什么错误。

他并不因此而感到惭愧，因为在他看来，老师确实是一个没有任何缺点的完人，只是他很清楚，叶苏绝对会认为自己这种说法很荒唐。

看着他尴尬的神情，叶苏冷笑两声，说不出的快意，心想即便当年你在线的那头，我在线的这头，但你终究也有不如我的时候。

大师兄忽然想到一件事情，眼睛骤然明亮，击掌高兴说道："四年前老师有次做红烧肉时酱油多放了一勺，我当场便指出来的。"

叶苏怔了怔，寒声质问道："这也能算？"

大师兄认真说道："当然能算。"

叶苏的眉头微微抽动，情绪抵达了爆发的临界点。

自多年前起，他便一直把身畔这位书生视作追赶的目标，认为是很值得敬重的对手，但他没有想到，真正认识对方之后，才发现对方根本没有任何高人风范，和那些屡年不中的穷酸秀才没有任何区别。

大师兄注意到叶苏眼眸里越来越明亮的那道剑意，不由有些无奈，心想自己确实不擅长打架这种事情。

"道理不辩不明。"大师兄说道，"既然你我想法相异，不如听听这些普通民众的看法？"

叶苏看着那些坐在椅上前仰后俯、神态散漫的长安城百姓，蹙眉说道："苍鹰何时需要在意蝼蚁的看法？"

大师兄摇了摇头，说道："事实上，我们飞得并没有那么高。"

叶苏沉思片刻，举步向人群里走去。

大师兄微微一笑，也跟了上去。

38

大师兄和叶苏走到石阶上与那位道人低声说了两句。道人有些惊讶，有些不乐意，尤其是当他道袖里的右手空握成拳，等着半晌也没有发现这两个人递过来银钱时，便更不满意。然而看着叶苏头顶的道髻，道人发现自己不知为何失去了所有阻止的勇气，只好沉默。

那十几位街坊今日来小道观听教典宣讲，正沉浸在那道人讲述的历史故事之中，偶有质疑但还是听得津津有味。此时忽然发现宣讲被打断，不知道从哪里来了两个人站在道人的身前，不由有些吃惊。

叶苏脸上没有任何情绪。对他而言，如果不是要与书院大先生就理念之争做个了结，他根本没有任何兴趣对这些浊世里的凡夫俗子说话。

"接下来，由本人讲解一下道门三要里的精义。"然后他看了大师兄一眼，说道，"欢迎大先生随时提出疑问。"

大师兄平静点头致意。

叶苏开始讲述他所理解的昊天道。

大师兄偶尔发声提出自己的疑义。

一位是昊天道门的天下行走，知守观传人，自幼研读道门教典，其后更游历诸国，堪破生死之关，对道义了解极深，乃是当世最了不起的人物。

一位是书院大先生，夫子首徒，六艺经传通习之，博览群书，自幼跟随夫子周游世间，境界高妙莫测，虽言行皆讷，却是最有智慧之人。

此时在人群之前相互辩难，二人自然不像先前私下谈话那般平静而直接，各自从古时典籍、名家注释中寻佐证、觅战友，言简而意不赅，继而佶屈艰深，每一言出，其间便蕴藏着极深的含义。

无论从任何角度来看，书院大先生与知守观传人叶苏的辩难，毫无疑问是一场注定要载入史册的传奇盛事。

如果此时让修行世界里的人们知晓此事，必然会震惊到无以复加，纷至沓来，为了能够参与这等盛事，能够听到这两位只在云端上的高人发声，哪怕病重将死，也要唤门人用担架抬过来恭敬聆听。

然而这场辩难发生的地点，并不是烂柯寺，也不是西陵神殿或是书院，是长安城里一条偏僻的街巷，是在一间不起眼的小道观前。围拢在道观门前的人们，只是一些最寻常普通的百姓，并不知道站在石阶上的这两个人乃是世外高人，偶尔踏足红尘，身份便贵若帝王。

这些百姓读过书，但没有读过那些深藏在书院和知守观里的典籍，也听不懂这两个人辩难里蕴藏着的深长意味。他们只是些每天做工挣钱，然后想着喝酒聊天玩耍的普通人，在他们看来，先前那位道人讲的故事，都要比这两个莫名其妙来吵架的人说的话有意思得多。

"这两个人在说些什么？"

"谁知道？反正我是听不懂。"

"为什么瘦道人要让他们来讲？"

"谁知道？"

"这两个人讲得一点意思都没有，走吧。"

"瘦道人不是说宣讲完了之后可以拿一坛酒回家？这时候走了，还能不能拿？如果不能拿，我何必在这儿耽搁这么多时间？"

"我实在是听不下去了，这讲的什么玩意儿，再不走我就要睡着了。别和我提那坛酒，我宁肯不喝，也不想继续听。"

"说得也是，那便走吧。"

小道观前这场能够让整个修行界都为之疯狂的辩难根本没有办法吸引普通人的目光，石阶下的人们议论纷纷，恼火到了极点，然后渐渐散去。

石阶上的辩难此时正进入最为紧要的时刻，大师兄和叶苏皱眉苦思，每出一言均极为谨慎，根本没有注意到周遭发生了些什么事情。不知道过了多久，当他们醒过神来时，才发现这间道观前已经变得无比安静，先前那些民众都不知去了何处。秋风拂着落叶，秋叶碾着小巷，只剩下冷清而且尴尬的气氛陪伴着二人。

那名有些瘦的道人看着二人无奈叹息一声，说道："我买了二十几坛酒，才召集了这么些信徒来听宣讲，结果……全部让你们给逼走了。我实在是不明白，你们究竟是来做什么的？来闹场的吗？"

大师兄有些尴尬。

叶苏有些恼怒，沉默很长时间后，说道："如果你是嫌香火钱少了，我留下来，我替你把这些香火钱挣足。"

那道人看着他头顶的道髻，也说不出什么拒绝的话，只是在心里欲哭无泪地想着："难道你准备把自家这间小道观给整垮？"

大师兄看着叶苏苦笑说道："看来所谓理念之争，原来根本没有什么意义，因为总在云端飘着，哪里能够落地？"

"我在长安城里没有居所，便在这道观暂住。"

叶苏看着他的眼睛，很直接地说道："我来长安城，除了看夏侯，还因为那件事情。听家师说，十五年前你一直坐在黑线的那头，既然你也是亲历者，那么在你看来，你那个小师弟究竟是或不是？"

大师兄微微一笑，没有回答这个问题，转身离开小道观。

行出大将军府，宁缺注意到隐藏在街巷里却并不怎么刻意遮掩行踪的那些眼线，知道朝野间有很多大人物都在关切着自己与夏侯之间的这个故事。沉默片刻后，他走下石阶，轻轻拍了拍大黑马的头颅。

这段时间他有很多事情需要做，需要便利的交通工具。师父颜瑟留给他的那辆钢铁马车因为他境界不够而无法做到轻若羽毛，普通的骏马根本拉不动，于是他把大黑马从书院后山里牵了出来。

大黑马明显没有身负重托之后的得意与感动，因为身后的车厢实在是太重了，与此相比较，它宁肯在书院里继续受木鱼的欺负。

通体全黑的马车向雁鸣湖畔驶去，宁缺坐在车厢里，靠着车后壁闭目养神，眉眼间显得有些疲惫。先前在将军府秋园里，与夏侯对桌而坐，坐而论道，道旧年故事与恩怨情仇，虽未挑明，却也让他的心神受了一番磨砺与考验。

车窗外隐隐传来桂花的香味。他心想是何家府中的桂花，居然开到了这个时候。

便在这时，他怀里某个事物忽然温热起来，热度透过黑色的院服散播到车厢里的空气当中，把桂花香味蒸得更浓了几分。

宁缺睁开眼睛，伸手到怀里取出用布紧紧裹住的阵眼杵，感受着掌间传来的清晰的热量，眉头缓缓挑起，神情凝重。

随着入宫学习与静悟，如今的他对长安城这座大阵有了很深的认识，虽然还远远达不到师父颜瑟曾经的境界手段，但心意已经与长安城渐渐有了联系，能够感知到这座雄城想要告诉他的一切。

宁缺感觉到，有一位绝世的强者，已经进入了长安城。

此时，正是叶苏随着诸郡粮队一道进入长安城的那一刻。

宁缺并不知道来到长安城的这位强者是叶苏。他只知道对方很强，强到阵眼杵都开始微微发热，眼中不由生出极浓重的警惕意味，对车前的黑马说道："转道，去书院。"

转道至书院，是因为宁缺很清楚以自己的境界实力根本应付不了那位来到长安城的强者。除此之外，其实他也是以此为借口想要询问师长们一些问题，一些书院一直没有讨论却始终像根木柴般横在他的心里的问题。

进入书院后山，听着瀑布声来到草庐前，宁缺没有看到夫子的身影。很明显，夫子不想回答他的问题，所以不想见他。

然后他离开草庐，绕过瀑布，来到那片绝壁间，顺着绝壁间隐藏着的斜陡石径缓缓上行，回到自己住过三个月的崖洞前。

雨廊上的紫藤花早已凋落，结的紫藤果最终也没有被桑桑炖进肉里，而是变成了地面上蚂蚁们的食物。

站在崖畔，看着身前的云海和云海那头的长安城，宁缺沉默了很长时间，分析着老师避而不见，究竟代表着怎样的态度。

不知道过了多长时间，大师兄走到他的身畔，望向远处的长安城，说道："来的人是叶苏。"

宁缺已经感觉到进入长安城的是位绝世强者，所以听到叶苏的名字并不意外。

大师兄看着他，忽然说道："过去种种，譬如昨日死。"

宁缺知道大师兄这句话是想劝说自己，他本不想说些什么，但看着远处那座笼罩在秋日阳光中的长安城，忽然有了说话的想法。

"但昨日我没死，他们都死了。"

绝壁之间，秋风肃杀，拂得云儿乱动，绝壁间那些银线般的瀑布，因为水量渐少，比春天时变得更细了些。

大师兄看着绝壁间的瀑布，说道："如果一个人被仇恨蒙蔽了双眼，那么他便不能看到更广阔的世界、更美丽的风景。"

宁缺说道："仇恨蒙蔽不了双眼，只能让人双眼通红。对于我来说，仇恨早已成为我的双眼，这些年来，我的眼前根本就没有看到别的任何事物，复仇便是我的世界，就是我最美丽的风景。"

大师兄说道："如此不得自在的人生，真值得去过吗？"

宁缺转头看着他，说道："师兄你错了，人要活得自由，便不应该考虑太多，想做什么便去做，如此才是真自在。"

39

站在崖畔，看着流云，宁缺极少见地说着这些很严肃的话，最开始的时候，想着谈话的对象是大师兄，还有些犹豫，接着便越说越顺。

大师兄摇头说道："可是……世间并没有绝对的大自在。任何事物哪怕是精神都自有其边际，若你的自在妨碍到了别人的自在，甚至让整个世界都不再自在，那么谁都不会让你自在。"

宁缺说道："但应该尽可能拥有更多。"

大师兄不解问道："为什么一定要拥有更多？"

宁缺说道："这些东西和银子没有什么区别，都是好东西。既然是好东西，当然是越多越好，我可不相信什么宁缺毋滥的道理。"

大师兄说道："然而那需要绝对的能力，想要拥有整个世界，便需要有与之相匹配的能力，我这一生未曾见过这样的人。"

宁缺说道："师兄说得是，所以这便是我们为什么要修行，为什么要变强。"

大师兄声音微涩，无奈说道："我说的可不是这个意思。"

宁缺笑着说道："虽不能至，心必须向往之。"

大师兄看着他说道："你想拥有绝对的自在，却没有与之相配的能力，所以你今天才会回到书院，想见老师？"

宁缺看着崖畔的流云，说道："我自己也不知道如果见到老师会问他什么，不过老师既然不想见我，我只好自己去想这些问题。"

大师兄想着先前在长安城小道观前叶苏说的无信者无敬畏，还有当年那道黑线的往事，看着宁缺若有所思的脸颊，忍不住轻轻叹了口气，觉得绝壁间穿行的山风忽然间变得有些寒冷。

"不同人有不同的自在，这些自在一旦互相抵触侵占，便会发生纷争，唐律或是西陵教典，便是解决这些纷争的规则。"

他看着宁缺平静说道："书院信奉唐律第一，便是为了避免世界陷入混乱的局面。谁都不能违反，便是我也不能，并且身为书院弟子，我会主动维护唐律的尊严，这一点我希望你能清楚、明白。"

宁缺并不意外会听到大师兄的警告，点了点头。

大师兄看着他，忽然好奇地问道："那你接下来准备怎么做？"

宁缺沉默了很长时间，然后说道："我也不知道。"

大师兄疑惑地问道："那师弟先前对我说那些……"

宁缺转头看着他说道："师兄，我说那些话并不是想争取你的同意甚至是帮助，我只是想说你的想法是错误的。"

大师兄怔怔看了他很长时间，然后感慨说道："小师弟你可以直言师兄之过错，果然比我要强，比君陌也要强。"

绝壁悬崖上，忽然多出一根细长的阴影。

二师兄不知何时来到了此间，踩着地面上将腐的紫藤果，走到崖畔二人身旁，看着宁缺神情凛然说道："师弟所言甚是，人生最重要的意义不是凯旋，而是战斗，所以当你想战时，便去战吧。"

宁缺看着他忽然笑了起来，说道："二师兄你也错了。"

大师兄和二师兄同时怔住，心想小师弟果然不凡，居然敢同时指出两位师兄的错误，要知道这些年来，书院后山里根本没有人敢这样。

宁缺平静说道："人生最重要的意义不是战斗。"

二师兄蹙眉说道："那是什么？"

宁缺说道："是战斗，然后……胜利。"

站在崖畔，看着绝壁石径里渐远的身影，看着被秋风拂起的黑色院服一角，书院后山最强大的大先生和二先生各自沉默，很长时间都没有说话，似乎还在思考先前宁缺那番话和话里隐藏着的态度。

二师兄感慨说道："所有人都以为小师弟是我书院门中境界最差的人，然而如今看来，他的境界其实比我们都要高。"

夫子从崖洞里走了出来。大师兄和二师兄分立两侧，恭敬行礼。

夫子走到崖畔，看着宁缺走下石径、转入窄峡消失不见，两缕白眉缓缓飘起，微微一笑，似乎对这名最小的弟子很是满意。

大师兄苦恼地问道："老师，仇恨真的无法消除吗？"

夫子说道："爱恨之类浓烈的情绪，是人类与禽兽的区别之所在，是人证明自己所以为人的关键，连这些都能抛离，那和禽兽又有什么分别？世人常言，轻仇之人每多寡恩，便是这个道理。

"痴儿，此情无计可消除，此恨绵绵无绝期，哪里是这般简单便能抹去的？最关键的问题在于，我们为什么要消除？"

夫子的话依然没能让大师兄从这种惘然情绪中摆脱出来。他离开小镇之后便一直在书院后山生活，周游诸国时侍奉在老师身前，偶尔单独行事，也自有任务，细思竟是没有什么真正的红尘阅历。

大师兄叹息道："然而冤冤相报何时了？"

夫子微微蹙眉，不悦道："早就说过，让你不要看佛家那些无能无趣无味无耻的经书，如今看来果真是看糊涂了。"

大师兄苦笑一声，心里却想着那些佛经读着确实有些意思。

夫子说道："君陌，给你师兄解释一下冤冤相报何时了，免得让他又钻进故纸堆里，三四年都爬不出来。"

二师兄沉声应是，望向大师兄正色说道："师兄，若不想冤冤相报何时了，那便应该将仇人尽数杀死，斩草除根。如此一来，世间便只剩下几缕无力复仇的冤魂，仇恨的故事便到此为止。"

这段简单朴素的话没有让大师兄动容，只是让他苦笑连连，心想这等法子怎么听也透着股大反派的味道，哪里应该出自书院？

二师兄不敢妄自揣测师兄此时的心情，转而望向夫子，平静说道："老师，既然小师弟找不到夏侯触犯唐律的证据，那他会怎样做？"

秋风拂着夫子身上的黑色罩衫呼啸作响，他望着远方那座长安城，笑着说道："为师亦是不知，不过宁缺大概会给我们一个惊喜吧。"

没有证据，不代表就不是事实。关于宁缺身世的传闻已经在长安城上层社会里传开，甚至已经传出国境，很多人坚信，他便是当年那名因为叛国罪名而惨死的宣威将军林光远的儿子。

所以很多人都在猜测，当夏侯即将解甲归田的当下，这个隐忍多年终于杀回长安城进行血腥复仇的青年，究竟会怎样做。

清河郡大姓的老供奉来了，藏身御史府里，眯着那双幽深的苍老眼眸，平静而专注地看着长安城里的风向，猜忖着可能发生什么事情。

大唐军方警惕地注视着雁鸣湖畔的动静，许世将军站在小楼之上神情漠然地看着长安城，只要有任何异动，他将直接将宁缺擒获或者击杀，因为他站在唐律之上。

皇宫里的人们也在观察着，猜测着。

就连知守观传人叶苏，都来到了长安城。

这些大人物都拥有世间罕见的智慧与谋略，拥有很可怕的情报来源与下属，然而即便是他们，也完全推算不出来宁缺的下一步动作。

宁缺虽然境界突飞猛进，已然站在了洞玄境的巅峰，但和武道巅峰境界的夏侯大将军相比，依然弱得不值一提，所以他没有能力暗杀对方。

从来没有人能够找到夏侯的罪名以及证据，当那些曾经参与过当年之事的人逐一死在宁缺手中之后，他想要替宣威将军府翻案，想要利用唐律把夏侯拉下马来，更是没有任何希望的事情。

最关键的问题在于，无论皇帝陛下还是书院，都愿意看着夏侯平静归老，就算他们不会阻止宁缺，也绝对不会帮助他。

江湖之险触不到夏侯的衣角，庙堂之算触不动夏侯冷漠的神情，宁缺又没有能力暗杀夏侯，那他能怎么做？

经过无数次推算，把包括书院朝廷以及西陵诸方的反应都计算在内，长安城里的大人物们最终得出了一个令他们感到心安的结果。

宁缺什么都不能做。

至少在这个冬天里。

如今还是肃杀的深秋，寒冬未至。夏侯大将军离朝的日期，便在深冬。

宁缺在雁鸣湖畔沉默练功修行，等待着冬天的到来。某日黄叶纷落如雨，宁缺坐在渐秃的树下，膝上尽是枯叶。叶红鱼放下手中的书卷，看着他说道："就算你把自己已经入魔的事情隐藏到最后，变成压箱底的绝招，最终也只能吓夏侯一跳，并不能杀死他。"

宁缺看着她说道："我不知道你在说些什么鬼话。"

40

他此时的神情很平静，甚至还带着一丝恰到好处的疑惑。然而实际上在听到入魔二字后，他的身体已经僵硬得像块木头，心脏仿佛要停下来。

叶红鱼把桌上那卷书合上，不让秋风来扰书中夹着的那把纸剑，静静看着坐在树下的他，说道："你若去演戏，也能挣钱。"

宁缺觉得她很无聊，挥挥手不准备理她。

叶红鱼拿起书卷，起身走到树前，看着他说道："在湖畔宅院里，你我交手这么多次，难道你以为我分不清楚武道强者凝于体表的天地气息和魔宗余孽们体内真气的区别？以为我真会相信，春天时你在书院崖洞里闭关，真的是在琢磨什么符武双修？还是说你以为我是个白痴？"

道痴自然不是白痴，事情到了现在这一步，再装不懂没有任何意义。

宁缺想着夫子曾经对自己说过，小师叔入魔以后未曾让敌人的兵器沾惹自己衣袂，不由自嘲想道，自己的境界果然还差太多。

他抬起头来，看着叶红鱼说道："就算你猜到了一些什么，你也应该清楚，我什么都不会承认，那么这种言语试探便没有任何意义。"

叶红鱼说道："我只是想不明白，荒原之行后半段，你一直在我视线当中，你究竟什么时候捡到了魔宗的修行功法？"

她居高临下看着他，面无表情继续说道："我想知道的是，你体内的魔宗真气究竟来自何处，莲生大师……还是轲先生？"

宁缺摇头说道："我听不懂你说什么。"

叶红鱼眉尖微蹙，说道："到了此时，何必再装？"

宁缺说道："有些事情，需要装那便一定要装到最后，你现在虽然被逐出西陵神殿，但你自己也说过，要把自己的生命奉献给昊天，那么你凭什么认为我会愚蠢到当着你的面承认什么，然后被你记挂？"

叶红鱼看着他，微微嘲讽说道："你在害怕？"

宁缺说道："西陵神殿对魔宗余孽的态度，尤其是裁决司的恐怖手段，我虽然亲眼见过的不多，但也知道不少。"

叶红鱼微嘲一笑说道："原来你这个书院弟子居然也如此胆怯，在没有证据的情况下，只要夫子不死，谁又能拿你如何？"

"我当然明白，这个世界上永远是力量在说话。小师叔当年行走世间，西陵神殿连个屁都不敢放，便是这个道理。"宁缺说道，"我比小师叔差太多，但只要昊天道门无法压制书院，夫子依然存在于这个世界上，无论你们知道了些什么，也只能装作不知道，就像我这时候一直在做的事情，因为谁都无法承担真相被揭穿的后果。"

然后他微笑继续说道："不过你不要指望世界的现状能够诱惑我承认什么，既然夫子不死，西陵神殿便拿我没办法，我就更没必要惹来一身腥膻。"

叶红鱼说道："但我已经知道了这件事情，将来夫子死后，我会在第一时间里向世人证明你已入魔，然后杀死你。"

"从荒原初识开始，你一直在说要杀我，结果一直没有杀死我，反而你现在需要我的帮助，所以以后不要再说这种话，直接来做便是。"宁缺看着她说道，"另外有一件事情我的看法与你完全不同，我不认为老师会在我先死，所以你永远无法证明。"

听着这番话，叶红鱼若有所思，沉默了很长时间。

宁缺站起身来，掸掉身上的落叶，向别居梅园外走去，走到梅园石门处，忽然停下脚步，说道："你哥来长安城了。"

叶红鱼看着他的背影不可置信地说道："这些年里，他一直不入唐境，怎么会忽然来了长安城？"

"你问我，我问谁去？"宁缺说道。

叶红鱼忽然细眉微挑，看着他隐怒地说道："你为何现在才告诉我？"

宁缺转过身来，看着她说道："我现在是长安城的主人，叶苏先生是客人，你也是客人，我没有必要告诉一名客人这座城来了位新客人……哪怕你们是兄妹关系，告诉你是情分，不告诉你是本分。我这时候之所以愿意告诉你，只是想让你高兴高兴，算是一种贿赂罢了。"

叶红鱼微嘲说道："贿赂我不要把你入魔的事实告诉西陵？"

宁缺正色说道:"何必把人心想得这般丑陋?就算你猜到什么,告诉西陵,没有证据,能奈我何?"

叶红鱼看着他肃然的神情,不由微怔,说道:"那你为何贿赂我?"

宁缺问道:"符师以武道修行者为近侍,即便是在挑战中也不算违规?"

叶红鱼点头说道:"这是修行界的规矩。"

宁缺看着她非常认真地说道:"那么你愿不愿意屈尊做我的近侍,陪我一起去杀夏侯?你知道的,那位大将军真不好……"

没有等他那个杀字出口,叶红鱼翻开书中的书卷,指头触到那把小小的纸剑。

"只是商量一下,这么生气做什么?"宁缺故作镇静说了一句,然后匆匆奔出梅园,如惶惶之犬。

长安城是一座很有气质的雄城,南方的金风细雨到了此间便会清旷,北方的寒风冷雪到了此间则会温柔,在别处低贱自卑的在此间能够自信起来,在别处骄傲自矜的在此间往往会变得恬静平和。

离开桃山的光明大神官在这座城某间铺中做了半年的长工,知守观传人叶苏,则开始在某间小道观里做起了宣教道人。

小道观里没有人知道叶苏的身份,主持道观的瘦道人还在记恨着那天宣教失败的画面,根本不想收留他,只不过叶苏拿出来了西陵神殿核准的道书,瘦道人找不到任何理由拒绝他寄居此地。

寄居道观可以不用出房钱,但叶苏也不想就这么住着。他平静而不容拒绝地包揽了小道观的宣教工作,第二天清晨便出了道观,在周边的街巷店铺里散发传单,召唤街坊们来听自己讲述道门真义。

站在石阶上,叶苏开始了自己的工作,他对西陵教典的讲述非常清晰,也非常无趣,诸如昊天、平等、仁慈、得福之类的词语不时出现。

然而街坊们来得很少,走得很快。

午后的秋日,小道观门前冷清至极,几只麻雀在石阶下踱着步,低着头专注地寻找着食物,想要熬过接下来那个注定熬不过去的寒冬。它们根本没有注意到石阶上站着人,所以也没有表现出来害怕。

叶苏低头看着石阶下那几只麻雀，觉得有些茫然，为什么长安城里的百姓对昊天宣教如此不在意。紧接着他心中又生出很多轻蔑，果然是一个无信者的国度，居然连自己讲的教义都无法理解。

瘦道人端着一碗面条走了出来，看着他脸上的神情，叹息说道："虽然我也听不太明白，但大概能知道你定是在西陵学过的，说不定还去天谕院游学过。不过宣教之事本就不易，你不要有什么愧疚。"

叶苏面无表情说道："对牛不可弹琴，我并不觉得愧疚。"

瘦道人与他渐熟，不再像最开始那般看着此人头顶的道髻便莫名的敬畏，嘲笑地说道："牛不喝水你不能强按，你得想些法子。"

叶苏微微蹙眉，说道："这些人有什么资格让我费神？"

瘦道人正色说道："世间万姓都是昊天的子民，他们都应该领受昊天的温暖。千万年前，我道门先祖在荒野僻乡之中传教，不知经历了多少艰难困苦，难道他们传教之时，也要看对方有没有资格？"

叶苏看着这个其貌不扬的道人，忽然觉得此人的脸上流露出比西陵神官们更坚定的神情，不由微微一怔，沉默很长时间后说道："受教。"

瘦道人笑了笑，说道："想不想学学怎么宣教？"

昊天道门在世间诸国传播，根本不用诸道观花费什么力气，任何子民自生下来那刻开始便是西陵神殿的信徒。叶苏周游诸国，十余年间眼中所见皆是如此，所以这几日他在街坊当中传教遇到极大困难，盛怒之余也不禁有些不解。

他皱眉说道："难道宣教还要讲究什么方法？"

瘦道人说道："按照惯常的方法，我们一般会在宣教之后分发食物或酒水，遇着节日便会组织街坊聚餐，如果经费比较充足，那么去教坊司请两位歌唱家过来唱唱道歌，效果肯定最好。"

听着这话，叶苏勃然大怒，厉声斥道："荒唐至极！宣教何其神圣之事，岂能变成利益交换，如此信教之人，何谈虔诚！"

瘦道人像看白痴一样看着他，说道："昊天赐予人间一切，这便是对我们的恩赏，所以我们才会信奉昊天，这不是天经地义的事情？你这么激动做什么？如果一点好处都没有，谁来信教？"

41

叶苏自幼便在知守观里修道，其后周游诸国，也只见道门备受尊崇，总以为这是自然之事，从来没有想过，信仰居然还可以这样去理解。他本想一掌把这名亵渎教义的道人拍死，然而他忽然想到，瘦道人的这番话虽然难听，但其实细细想去，真挑不出什么错处。

于是他沉默了很长时间。

石阶下那几只麻雀因为场间气氛的压抑沉静反而醒过神来，啾啾尖鸣两声，扑扇着翅膀，连飞带跑躲到了秋树的阴影中。

叶苏从沉默中醒来，看着瘦道人面无表情说道："请继续指教。"

瘦道人看着他笑了笑，说道："其实唐人至少九成都是昊天道门的信徒，只不过和南晋宋国那些地方的信徒不同，他们很没有耐性来参加宣教活动。所以如果要加强他们对昊天的信仰，宣教并不是最好的方法。"

叶苏说道："那应该用什么方法？"

瘦道人说道："道门中人首重德行，所以讲究言行一致，但对于宣教而言，言语却永远及不上行动。身为一观之主，如果你平日里能亲近街坊，遇着街坊有事便主动帮忙，替他们挑水晒粮，通过日常的言行来体现昊天的仁慈与友爱，这才是对唐人最有效的宣教方式。"

叶苏若有所思。

瘦道人用空着的手轻轻拍了拍他的肩膀，说道："除了西陵的神座大人，没有几个人能够目睹昊天的神迹，而我们这些普通的道人便是昊天在人间的代言人。普通人想要感受昊天，便是感受我们。"

叶苏凛然受教，说道："果然有理。"

瘦道人叹息说道："我离开西陵也已经有二十三年，虽然在唐国不及在别国那般风光，但守着这座小道观倒也快活。听说其余诸国道人们横征暴敛，神殿派出的使官更是骄纵豪奢，如此哪里能让世人真心敬畏昊天？只徒剩个畏字罢了，那些道人哪里是昊天的代言人，完全是昊天之耻。"

事涉昊天道门在俗世里的事务，叶苏不想讨论，看着他手中的面碗说道："再不吃面就要凉了。"

瘦道人这才记起来自己手中有碗面，赶紧递到他手中，说道："这是给你吃的，不吃饱哪里有力气宣教。"

叶苏静静地看着手中端着的面碗，忽然说道："我会尝试一下你的方法。"

一滴雨忽然落入碗中的面汤里。叶苏和瘦道人抬头看天，只见雨珠从天而降，一场秋雨毫无预兆地落了下来。

深秋骤雨，出乎所有人的预料，雨势之大，更是罕见。小道观旁有些街坊本想着雨季已过没有整修瓦檐，突然遭到大雨袭击，便开始漏水。

吃完面条后，秋雨渐停，瘦道人带着叶苏和观里两个小道童来到街巷里，开始帮助街坊们排水修檐。

叶苏做过很多事情，比如一剑光寒世间，但他没有修过被秋雨浇坏的屋檐。所以当他顺着楼梯爬到屋顶开始收捡替换黑瓦时，动作显得有些笨拙。

但他毕竟是昊天道门年青一代的第一人，被他漠然无视的亲妹妹叶红鱼在西陵神殿号称一法通万法通的道痴，更何况是他本人。

所以他揭瓦抹浆的动作越来越熟练，速度越来越快，在木梯下方负责配合他的街坊从一个人换成四个人，依然无法跟上他的速度。渐渐，秋雨后的街巷间人们下意识里围拢过来，看着在街畔飞翔的瓦片，看着他像描绘山河大画般抹着灰浆，不时发出一声连一声的惊叹。

听着街巷里不时响起的赞叹声与惊呼，叶苏的脸上没有什么表情，他并不因此事而得意，因为这种事情着实没有什么难度。他只是平静而沉默地揭着瓦，抹着浆，只是随意地做着，就像过往年间做的别的事情一样。

街道上的积水被秋日蒸腾成微闷的水汽笼罩在民宅之间，落了大半叶子的树无聊地在街畔打着瞌睡，人们看着檐上那个来自小道观的俗家道人，津津乐道于眼前这幕画面，于是没有注意到街头的画面。

一个圆滚滚的身影，从雨水化成的水汽里走了出来。

陈皮皮顺着石街踩着雨水走到人群外围。他仰首眯眼，看着檐上那个身影，没有用多长时间便认出对方的脸，本来半眯着的眼睛骤然圆睁，眼圈泛红，泪水唰的一下便流了下来。

他看着屋顶上的叶苏，颤声喊道："师兄！"

叶苏在屋顶上，正在用竹绳扎紧檐柱里有些分开的木棍，听着下方人群外响起的声音，缓缓转过头来。他看着人群外那个胖胖的年轻人，惯常没有任何情绪的脸上浮现出一丝极为真诚的笑容，开心说道："你来了？"

陈皮皮看着屋顶上的叶苏，泪流满面地说道："师兄……你这是怎么了？难道你也被逐出了道门？那个人真的这般狠心？"

叶苏表情微僵，就像变成了屋顶上被阳光晒干的一只壁虎。

陈皮皮犹自伤感，看着他眼泪涟涟。

然后他注意到，叶苏师兄踩在木梯上的左脚似乎根本没有接触到梯面。接着他更注意到，雨后清漫的阳光洒在叶苏身上的淡白素衫上，散发出极淡而洁的光泽，就像玉石发出的荧光。

陈皮皮这才发现，原来师兄的境界比当年在观里时高出不少，更令他感到震惊的是，此时此刻的师兄正处于某种契机当中。

小道观临街有坊有檐，在雨后的阳光中有阴影，二人便站在这片阴影中，叶苏看着陈皮皮圆乎乎的脸庞，在心底发出一声叹息。

陈皮皮看着他身上的淡淡光泽，压制着心头的震惊与惊恐，颤声说道："师兄，你到底吃了什么药，居然有这境遇？通天丸我一直留着的，如果你真要尝试破境，你可一定得先和我说，可不敢瞎吃。"

修行之道越到最后越是艰难，便如同攀登险峰一般，最后几步总是最艰难的距离。叶苏身为知守观传人，早在十余年前已经走到了修行道路的最深处，想要在此基础上再进一步，谈何容易。

所以当陈皮皮看着屋顶上的叶苏脚踩木梯如踩流云，素衫光泽隐现，明显处于某种契机之前时，以为他肯定走上了某种捷径。

叶苏当然没有吃药，即便是知守观最珍贵的那些药丸，他都没有吃过。从开始修道始，他一直坚信修道之人一旦依赖于外力的辅佐，那么终其一生都没有任何机会去抵达真正的彼岸。

直到陈皮皮连续说了两次，他自己才发现了某种异样。

站在小道观前的阴影里，叶苏沉默望着或远或近的民宅与坊市，默默感受着自己的道心，发现自己已经僵化了十余年的境界竟然真的发生了某种颤抖，出现了一道裂缝，不由震撼无语。

长安城果然不是一般的城。

便在这时，籍籍无名的小道观，再次迎来了一位客人。这名客人是位穿着青色道袍的少女。

叶红鱼看着石阶上的兄长，身体难以抑制地轻轻颤抖起来，然后眼圈微红，两行眼泪悄无声息地流过她美丽的容颜。

叶苏看着石阶下的妹妹，眉头微蹙，有些厌憎地说道："哭什么哭？"

叶红鱼明如秋湖的眼眸里溢出的泪水越来越多，她没有伸手去擦，而是看着他倔强不满地说道："他哭你就感动，我哭你就骂我。"

叶苏的眉头蹙得更深了些。

唯一能与昊天神辉相比拟的便是人类的眼光，可以专注于一点，可以普照她想看到的世界。叶红鱼看着兄长，眼光委屈而倔强，就像是烤红薯被同伴抢走，却被哥哥骂没用的小女孩儿，余光却落在陈皮皮的身上，充满了恨意。

陈皮皮的头低得更老实了些。

叶苏冷冷地看着她说道："你是什么身份，居然敢这般无礼地盯着师弟看，如果你再如此，我会把你的眼睛挖出来。"

叶红鱼仿佛没有听到这句话，看着陈皮皮的眼神依然充满了恨意与看死人般的意味。然而她的眼睛并没有被挖出来，因为愧疚到极点的陈皮皮恰到好处地说话，化解了小道观石阶前这片尴尬。

"师兄，我爹怎么样了，还有你为什么来长安？"

叶苏看着陈皮皮微笑说道："我与老师有些时日未见，想来他应该还在南海，至于我为什么来长安，自然有别的原因。"

陈皮皮好奇地问道："师兄，什么原因？"

叶苏说道："我来看夏侯。"

稍一停顿后，他看着陈皮皮平静说道："顺便看一看宁缺。"

他是知守观的传人，昊天道门的天下行走，如今不在世外修行，却涉足红尘，来到长安城，为的便是这样简单的理由。

如果传闻是真实的，如果宁缺真是当年宣威将军林光远的儿子，那么，他便极有可能是光明神座所说的冥王之子。

虽然十几年前昊天道门自行否定了光明神座的看法，让那场腥风血雨悄然而终，没有持续到最后，但叶苏并不相信这种否定。

因为天降异兆那年，他就在黑线的那头。

42

叶苏对陈皮皮说道："我来长安城，算是一场入世修行，平日里还是不要相见为好。不过你若真想来，来便是。"

陈皮皮问道："师兄，你什么时候回观里？"

叶苏微微蹙眉，不是因为这个问题有什么问题，只是这个问题让他想起了昊天道门十几年来最令人头痛的那个问题。他看着陈皮皮，寒声训斥道："那你又什么时候回去？"

陈皮皮羞愧无语，尴尬地低声说道："我得问问老师。"

"那就去问。"叶苏面无表情地看着他说道，"什么时候有答案了，便来告诉我。"

陈皮皮被赶离小道观，叶苏拂袖向观里走去，叶红鱼静静跟在他的身后。虽然才被厉声训斥过一番，但她的脸上依然难以自抑地流露出喜悦和嘲讽的神情，直到走进房间里，她唇角的笑意还未散去。

叶苏走到窗边坐下，回头望向她，微微皱眉，似有些不悦。

叶红鱼敛了笑意，倔强而平静地看着自己的兄长，不肯离去。

出乎她的意料，叶苏没有训斥，反而漠然说道："离开桃山，虽稍失刚韧之气，但也是不错的选择。似裁决神座这等被幽阁脏水浸泡至秽臭的蠢物，一步都不能容他，更不能低头。"

叶红鱼静静说道："明白。"

叶苏看着她眉眼间的恬静气息，沉默很长时间后说道："我希望你将来能比我强，但需要你自己证明。"

叶红鱼抿了抿嘴唇，说道："我会证明给哥哥看。"

叶苏看起来比较满意她的回答，点头说道："皮皮将来要成为道门之主，需要真正有强者之心的人来辅佐，我相信你不会令我失望。"

听着这话，叶红鱼的嘴唇抿得更紧了些，低着头不肯应话。

因为她的沉默，叶苏两道眉毛缓缓挑起，仿佛两柄绝情灭性的道剑，声音渐寒说道："当年你暗中挑弄，逼师弟离观，不要以为我不知道你的用心。"

叶红鱼仰起头，看着他面无表情说道："道门本来就应该是你的。"

叶苏的声音寒冷似冰："你再说一遍？"

"再说一万遍又如何？哥哥你是昊天道门的天下行走，你是必将成圣之人，昊天注定道门必然会传承到你的身上。"叶红鱼倔强地说道，"而且当年我什么都没有说，什么都没有做，我只是告诉他，只要他还留在道门，那么观主就一定会把道门传给他。"

叶苏厉声呵斥道："当时皮皮还是个孩子！你怎么对他说这种话！"

"这是事实，难道是个孩子就不能接受事实？"叶红鱼说道，"我当时也是个孩子，我就知道这个事实，我确实不能接受事实，所以我想改变一些什么。陈皮皮也清楚这是事实，所以他感到愧疚，觉得对不起你，所以他才会永远打不过我，才会在我说出那番话后，便逃离了知守观。"

她的声音很平静，叙述也很清晰，虽然谈到的事情牵涉昊天道门未来最重要的传承之事，却没有流露出任何怯意。

叶苏脸上的神情却变得越发奇怪，不是愤怒，而是平静到了极点，连带着声音也平静到了极点："你有没有想过，他愧疚的原因是什么？"

这声音不是湖水凝成的冰面，而是深井里无人来问的静水。

"师弟愧疚，是因为他善良。他敬我爱我，却发现师父决定把道门传给他，所以他难过，然后才会离开。"叶苏面无表情地看着自己的妹妹说道，"你明知道这样说，他会怎样做，你还这样说，那就是你在利用他的善良和对我的敬爱。"

叶红鱼面无表情说道："那又如何？"

"不如何。"

叶苏缓缓举起右手，染着雨水与泥点的素白布衫，顺着手臂滑下。

他一掌向叶红鱼的头顶拍下。

叶红鱼没有闭眼，倔强地睁着眼睛看着身前的兄长，看着落下的手掌，明亮的眼眸里没有惊恐，只有平静。

叶苏的心微微柔软了一丝，那抹被他强行在心间磨灭的怜意复生了一线，落掌速度渐缓，最终无力地落在了窗前的书桌上。

他发出了一声叹息。叹息声里满是无奈、遗憾和对道门的内疚情绪。

叶苏的手掌落在书桌上，微微颤抖，看似没有任何力量，实际上却蕴藏着这位道门绝世强者的修为与境界。

随着这声怅然的叹息响起，桌面上骤然出现了无数道裂口。然后裂缝向着桌腿蔓延，青石地面上也出现了裂缝，接着是墙角，裂痕攀墙而上，明亮的窗纸上也开始出现裂痕，直到最后裂痕来到了梁柱上。

书桌桌面碎裂成数百块小木块向地面落去，桌腿裂成更细的木条向地面倒去，青石地面裂痕渐深如黑色深渊，墙皮簌簌剥落，窗纸咝咝飘离，梁柱吱呀变形然后从中断开。

桌垮了。

地裂了。

墙倒了。

梁断了。

轰然声中，道观这间偏僻的房屋如同积木般倒塌，溅起满天烟尘，而那些裂痕继续向外蔓延，把道观其余建筑也尽数切割成碎片。

整个小道观的建筑依次倒塌于烟尘之中，好在没有把屋子里的人生生砸死。

雨后的空气本来极为清爽，此时小道观里却是烟尘一片，满地废墟。瘦道人带着两名道童满身灰土极为狼狈地从废墟里爬了起来，用道袖捂着鼻子不停地咳嗽，看上去极为凄惨。

叶苏静静地站在砖石废木间，身周弥漫着烟尘碎砾，但他的眉眼衣裳依然是那般干净，没有沾到任何尘埃。

他愿意时，爬梯揭瓦修檐，可以浑身雨水泥点。

他不愿意时，便是满天泥雨，也休想沾着他的衣袂一角。

"你毕竟是我的亲妹妹，不要逼我杀你。"叶苏看着叶红鱼平静地说道："如果你还坚持以这种倔强的姿态站在我面前，我真不知道下一刻会发生什么。"

叶红鱼擦掉脸上泪水混着灰尘形成的污垢，看着他恨恨地说道："哥，总有一天我会比你强，到那个时候，你就再也没有办法杀死我。我会重新站在你的面前，我还会坚持把应该属于你的东西抢回来。"

说完这句话，她转身离开了小道观。

叶苏看着她的背影消失在观门外，沉默不语。

"这到底是发生什么事情了？"瘦道人痛苦地捶胸顿足，看着身前化为废墟的小道观，想着自己这数十年来的节省与辛苦，想起那些求爷爷告奶奶四处化缘的画面，身体颤抖起来，声音里充满了绝望与悲伤。

叶苏微微蹙眉，回头看着他说道："我出钱，再给你修一个。"

"这是钱的事吗？这是钱的事吗？"瘦道人悲愤交加，紧紧攥着胸口的道袍，避免因为心痛而死去，声音嘶哑吼叫道，"这道观里每块砖头每根木头都是我亲手买回来的，我知道它们原来的位置，可现在呢？现在什么都没有了，我忘了它们应该在哪里，这是钱的事吗？这些都是我的命！那是钱能买回来的吗？"

叶苏看着身前那些被切割成极细碎块的砖头与木块，沉默片刻后说道："你说得对，新买的砖木只能修出新的道观，旧的毁灭了便回不来了。这个世界上从来就没有什么重生，有的只是新生。"

说完这句话，他神情微僵，站在废墟之中，再也没有任何动作。

叶苏不知道为什么这间已经变成废墟的小道观能够让自己生出这样一番感慨，会完全无意识说出这样一番话来。他只知道，自从当年游历诸国堪破生死关后，自己已趋圆融渐而平静如山石的境界继先前那些微颤之后，竟又有了松动的迹象。

瘦道人哪里知道他此时的状态，看着他沉默，以为是不想惹麻烦，不由觉得越发恼怒，擦掉眼泪，便带着道童去废墟希望捡回些有用的东西。

小道观倒塌的动静不小，街坊们很快便拥了过来，看着废墟惨景，低声议论了几句，便回自家宅院拿了工具前来帮忙。

街坊们自家的宅院有很多被暴雨淋坏，但他们想着瘦道人年老体弱，小道童体瘦乏力，哪里还顾得上管自家的事情。先前悲惨不堪的小道观顿时变成了一个热闹的工地，虽说没有办法在这么短的时间内重新修起一座道观，但响亮的号子声，人们的欢笑劳作声，似乎预示着不久的将来，小道观便会恢复如初。

瘦道人抹着老泪，四处行揖道谢，脸上满是真诚的笑意。

时已近暮。叶苏醒了过来，他看着眼前那些普通而平凡的百姓忙碌的身影，看着他们脸上的笑容，想着瘦道人说过的那些话，若有所思。

瘦道人走到他身前，把眼睛一瞪，想要骂他两句，却下意识里有些不敢，又想着道观塌时那句话，不由有些紧张地搓了搓手，问道："你真肯出钱？"

叶苏看着他，认真说道："如果你愿意，我可以为你修一座神殿。"

43

书院后山。

二师兄站在瀑布之前，听着入耳如雷的水声，看着四溅如星的水雾，脸上没有丝毫表情，不知沉默了多久后，说道："听说他楼垮了。"

大师兄站在他身旁，叹息说道："他来长安，便是机缘，这等事情，莫要羡。"

二师兄微微挑眉，说道："师兄，我何须羡他？"

长安城，雁鸣湖畔。

餐桌上搁着一个大土瓮，瓮里是乳白色的羊杂汤，青翠香菜被羊汤的热度一熏，香味顿时在整个屋内弥漫开来。

宁缺拿着筷子用筷尖把碟中的腐乳捣碎，桑桑在旁边剥蒜捣泥，大黑马在园子里隔着门槛看着屋内的动静，眼睛瞪得极大，鼻孔张得极圆，不知道是好奇还是贪着锅里的肉杂。

"听说叶苏寄居的小道观今天下午垮了。"宁缺稍一停顿后，忍不住笑了起来，说道，"听说……二师兄听说这件事情后，在瀑布前面站了半晌，最后把自己的小院砸了。"

桑桑抬起头来困惑地看着他，她去过书院后山那间小院，想着那方清幽的小院居然变成了废墟，不免觉得有些可惜，问道："为什么？"

宁缺摇头说道："像二师兄和叶苏这样境界的家伙，谁知道他们是怎么想的？我经常以为，修行到他们的境界，基本上都会变成疯子。小道观垮了，叶苏似乎明白了一些什么，二师兄砸自己小院，大概也是想悟出些什么？"

桑桑现在虽然已经正式开始修行，但依然完全无法理解那些知命境的大修行者的思维方式，心想少爷说得对，真是一群疯子。

当羊杂汤渐冷，肉食渐尽，碟中料酱渐残之时，叶红鱼终于回到了雁鸣湖畔，桑桑去收拾衣物，屋内便只剩下了宁缺一人。

宁缺看着她走进门来，说道："怎么这么晚才回来？对了，你虽然不交房租，是不是应该多做些家务活儿？"

叶红鱼看着桌上的残羹剩菜，蹙眉说道："你有丫鬟和管事。"

宁缺笑着说道："那哪里有让道痴替自己洗碗端水来得快活？光明神座在我家铺子里做过工，你可以学习一下西陵神殿的光荣传统，将来这事儿要传将出去，必然是我老宁家的一段佳话。"

叶红鱼的眉尖蹙得越发厉害，一言不发坐了下来。

宁缺看着她的神情，猜到她此时心情不佳，却没有任何收敛，继续说道："话说回来，我本以为你哥至少会请你吃顿饭。"

叶红鱼静静地看着他说道："看来你打算在长安城里把自己的小日子过出长久味道来，但你有没有想过，这个世界不可能纵容你就这样过下去。"

宁缺微微一笑，说道："我是唐人，更是书院二层楼弟子，我想象不出来，有谁会愚蠢到来打扰我的小日子。"

"如果你是冥王之子呢？"叶红鱼看着他，明亮如秋湖的眼睛里满是嘲讽和寒冷的神色。

宁缺微微一怔。前些日子那场谈话中，叶红鱼直接揭穿他入魔的事实，然后此时她又如此轻描淡写地提到这样一个可能的事实。

"我真的不知道你在说什么。"他说道。

叶红鱼说道："如果真如传闻那般，你是当年唐国宣威将军之子，那么你便是光明神座当年眼中看到的黑夜的影子。现如今大概已经很少有人还记得当年那件事情，但你以为我怎么可能忘记？"

"你信吗？"宁缺看着她的眼睛，认真问道。

叶红鱼沉思半晌后摇了摇头。

宁缺神情微松，说道："你为什么不信？"

叶红鱼说道："直觉。"

宁缺跷起右手大拇指，诚恳赞美道："直觉最高，来来来，请吃羊杂。我在厨房里还藏着一些，就为了孝敬你。"

叶红鱼没有笑，看着他说道："我不信不代表神殿不相信……我哥他出现在长安城，为的是关注夏侯归老一事，但我相信他其实也是来看你的。"

宁缺摇头说道："我打听到了一些事情，桑桑从卫光明那里也知道了一些当年的秘密。既然当初西陵神殿强行停止了这件事情，并且把卫光明囚禁了十几年，这代表道门也不相信冥王之子的故事。"

"即便神殿不信，也不代表佛宗不信。"叶红鱼说道。

宁缺想起春日清晨在长安街头遇见的那两名苦行僧，那位来自不可知之地悬空寺的道石大师，想起在精神世界千里孤坟前与那尊石佛的对话，尤其是对话里很隐晦的那部分，不由微微蹙眉，沉默不语。

"别说这些无趣的事情，还是先吃羊杂吧。"他看着叶红鱼笑了笑，说道："羊杂必须要趁热吃才香。"

叶红鱼皱眉说道："现在不是冬至，吃什么羊杂汤？"

"谁说羊杂一定要冬至吃？谁说没有枪头就捅不死人？"片刻沉默后，他说道，"而且冬至那天我不见得有时间。"

叶红鱼虽说被迫离开桃山，但身为裁决司的大司座，在长安城里依然有自己的情报来源。所以她听到宁缺的这句话后眉头忍不住再次深深蹙起，眼眸里渐渐被疑惑和惊讶的神色所占据。

冬至那日，便是夏侯的荣归日。

时日渐逝，秋气渐退。

长安城里垮了一座小道观，热心的街坊们帮助观里的人们重修屋宅，然后他们知道小道观里多了位喜欢穿素色布衫的热心人，无论街坊遇着什么事情，都会得到那人的帮助，那人似乎不知道什么叫作麻烦。

书院后山也垮了一间小院，在瀑布声的陪伴下，那个男人头顶古冠坐于潭间静思不知多少日夜，某个胖子跟在六师兄的身后，唉声叹气扛着土石木材之类的物事，要那个男人把小院重新修好。

知守观传人叶苏，在长安城热情而世俗的市井间，平静而沉默地行走在成圣的道路上。书院二先生君陌，在孤单而冷清的瀑布前，接受着湿雾的洗礼，他的脸变得越来越漠然，双眉却越来越直。

自边塞归来的夏侯大将军，不停接受着朝廷的封赏，在各家王公府邸间宴席不断，没有人知道深夜时分他还是习惯坐在自家将军府的后园里，看着落尽黄叶的光秃枝丫，看着落下的雪花沉默。

宁缺在书院后山和雁鸣湖畔独自往返，平静修行，偶与叶红鱼以意相战，更多的时候则是在渐凋的莲田里沉默。

长安城很沉默，所以显得很平静。城里的人们各自沉默，所以各自平静。在绝大多数人看来，这份沉默与平静至少会持续到天启十五年的冬天结束，因为无论怎么看，都没有人能够打破这种平静。

风寒雪骤秋已去，便到了冬至的那日。

这一天，夏侯大将军回宫陛辞，大唐皇帝陛下会再次奖赏他的功勋，并赐以家宴的荣耀，然后满朝文武送他离开长安城。

这一天，小道观终于重修完毕，叶苏认认真真梳好道髻，站在瘦道人的身后，就像是乡村婚事里的俗气知客般对着来参加仪式的街坊们连声道谢，然后把街坊们手里提着的鸡鸭酒水搬到后厨。

这一天，书院后山旧书楼临东窗的矮几畔，三师姐余帘微笑地对唐小棠嘱咐着什么，镜湖畔的打铁房里白雾蒸腾，七师姐在湖心亭间绣花，一如往常般平静。只不过瀑布下的碧潭里再也看不到那根像洗衣棒槌般的高冠影子，大师兄也不在后山，而是去了长安城做客。

大师兄走上石阶，看着叶苏微笑说道："恭喜恭喜。"

叶苏看着身后修葺一新的道观，还有不远处那些被他亲手修好的街坊们的雨檐，露出真诚的笑容，说道："多谢大先生。"

雁鸣湖畔宅院里的人们也已经醒了。宁缺在桑桑的服侍下洗了一个澡，换了一身全新的黑色院服，把头发仔细地绾好，戴上平冠，整个人顿时显得精神了很多。

桑桑也洗了一个澡，然后自己用剪刀把头发剪短，很认真地梳了一个小辫，对着铜镜仔仔细细地搽粉，并且画眉。

"很好看。"宁缺看着镜中那个清清爽爽的小姑娘，笑着说道。

桑桑从凳上站起，转身替他整理院服，摘掉他肩头的线头，说道："今天是咱们的大日子，再怎样认真都应该。"

走出卧室，宁缺打了个响指，把在园角无聊啃了一夜蜡梅的大黑马召了过来，轻轻打了马臀一记，说道："自己回书院去。"

大黑马微仰头颅，感到有些疑惑，不过毕竟不是人，即便有疑惑也没办法说出来，只得遵命跑出宅院，顺着长街向城外而去。

叶红鱼不是大黑马。她站在园门树下看着穿戴一新的主仆二人，忽然伸手指向庭院上方的天空，平静说道："今天会落大雪，你们还要出去？"

暗淡的天空里飘着暗淡的云，云色沉凝如山，似乎随时可能飘下雪来。

宁缺抬头看了眼天，说道："雨能留人，雪不能留人。"

44

叶红鱼说道："雪不能留人，所以你要留人？"

宁缺说道："我不明白你的意思。"

叶红鱼问道："为什么昨天夜里便把家里的管事丫鬟都散了？"

宁缺笑着说道："这不是证明我没有留人？"

叶红鱼说道："你知道我的意思。"

宁缺说道："今天冬至，管事和丫鬟也应该多陪陪家里人。"

叶红鱼说道："那你为什么要我离开？你不要告诉我你还没有放弃刺杀夏侯，你这时候就是要去做这件事情。"

宁缺问道："你会担心我的死活吗？"

叶红鱼摇了摇头。

宁缺笑着说道："虽然听来确实有些令人伤感，不过这才是真实的你。既然你不担心我的死活，何必管我去做什么？"

"夏侯是我道门客卿，我哥来长安城为的就是这件事情，他不会允许你从中破坏，我也不会允许，所以如果你要出手，我会把你留在这里。"叶红鱼看着他平静地说道，右手在青衣道袍袖外，于冬风间便要握住一把虚剑。

宁缺看着她的右手，沉默很长时间后说道："看起来全天下的人，包括我的师门都不同意我去刺杀夏侯。"

他抬起头来，静静地看着叶红鱼的眼睛，说道："你知道我是个怎样的人，我打不过夏侯，便不会想着去杀他。我要你离开，只是想告诉你叶苏的那间小道观今天重新开张，既然是冬至，你应该去那里。"

叶红鱼说道："你还没有说你是不是去刺杀夏侯。"

宁缺说道："我以夫子的人格向你发誓，我从来没有想过刺杀夏侯。"

叶红鱼神情不变，说道："换一个名义。"

宁缺说道："如果我刺杀夏侯，那么我和桑桑永远不能在一起。"

叶红鱼怔了怔，似乎没有想到他居然真的会这样承诺，皱眉问道："那你们二人为何如此重视今日？"

宁缺说道："我们要去红袖招吃羊杂汤。"

叶红鱼沉默，青衣道袍微飘，消失在被大黑马啃得狼藉一片的梅树深处。

大黑马嚼着梅花的碎末，带着香味，离开雁鸣湖向城外跑去。驻守长安城南门的官兵早就得了鱼龙帮的提醒知晓了这匹黑马的来历，哪里会拦它，啧啧称奇看着它消失在城外的寒冬官道上。

没有用多长时间，大黑马便跑回了书院，从侧门踏斜坡钻云雾，出现在后山崖坪的镜湖畔，不停地喘息，低下马首贪婪地饮着水，滋润自己将要燃烧起来的咽喉与马肺。

大黑马不知道宁缺要做什么，也不知道自己为什么会有惴惴不安的情绪，它只是隐约觉得自己应该早些回到书院，这样可以让书院里的人们猜到雁鸣湖畔将要发生什么，它认为自己是报信者。

陈皮皮站在湖畔那头看着对岸的大黑马，圆乎乎的脸颊上浮现出浓重的忧色，唐小棠抬头看他一眼，问道："会发生事情吗？"

"按道理，按照师弟的性格，明知必败，那么便不会做任何决定，所以应该不会发生什么事情。但大黑马为什么会回来？"

陈皮皮微微皱眉，说道："我现在发现，我似乎一直都没有真正了解他的心里在想些什么。我一直以为他是一个冷漠寡情现实的家伙，所以我很难想象，他会做出一些勇敢而虚妄的举动。"

唐小棠说道："宁缺是个很无耻的人，不过我哥让我来书院之前就说过，有的人能够做到极端无耻，其实本身就需要很大的勇气。"

陈皮皮沉默片刻后说道："我要去长安城。"

唐小棠说道："我也随你去。"

陈皮皮摇头说道："三师姐那里不会同意。"

"清晨做早课时，老师便放了我的假。"唐小棠看着陈皮皮认真地说道，"夏侯是我明宗千年以来最大的叛徒，我哥一直想要杀死他，我也一样，只是很可惜我没有这个能力。今天既然小师叔要对他动手，至少我要在旁边看着。"

皇宫里的气氛很平静，礼乐声声，暖香阵阵。宫女和太监们面带微笑行走在殿内，没有人去看那位传说中残忍冷血的夏侯大将军，也没有人注意到皇帝陛下脸上的神情有些异样。

皇帝陛下看着下方的夏侯，淡然说道："既然事情已经解决，便不要再生变故。朕不理会宁缺与当年的宣威将军是何关系，也不想知道最近这几年长安城里那些命案，他毕竟是夫子的学生，你今日离开长安城，与他相见也难。既然相见难，便不要彼此为难。"

夏侯离席跪拜，平静应下。

皇帝陛下负手于身后沉默离开了这座偏殿，提前结束了君王对归乡臣子的赏宴，殿内所有的太监宫女也都随他离开，把这座偏殿，留给了一直沉默不语静侍在旁的皇后娘娘和夏侯大将军。

让皇后娘娘和一位帝国大将军单独相处，从规矩上来说是很不应该的事情，不过这是陛下的旨意，没有任何人敢有异议。

皇后娘娘静静地看着下方的兄长，轻轻叹息一声，说道："不会有事吧？"

夏侯看着她，惯常黝黑冷漠如寒铁的脸上极罕见地露出极温暖宠溺的笑容，说道："都要回老家了，哪里会有事，我现在感觉到前所未有的轻松。倒是妹妹你今后一人在长安城里，万事皆要小心，若有不谐，尽快通知我。"

皇后娘娘微笑说道："看书院那边的动静，应该是太平了。"

"这本来便是大先生与我的约定，想必夫子也是这个态度……至于宁缺，我们都很清楚他是一个怎样的人，自然太平。"

夏侯微微皱眉，强行压制住胸腹间越来越恼人的咳意，他不想在离开长安之后还让妹妹替自己担心。

皇后娘娘沉默地看着他的脸色，温婉的目光似乎能够深入他的身体内，看着他肺部的伤势，幽幽地说道："在荒原上，唐让你受了这么重的伤，想来他也不会太好过，当时你为什么不趁机杀了他？"

夏侯轻轻咳嗽两声，说道："他能伤我，我能伤他，都是理所当然的事情，只不过想要杀死他，需要投入更多条命才行。荒原上的那些铁骑，都是跟随我多年的忠诚下属，何必让他们拿命去换？"

皇后娘娘听着这话，神情变得越发温和，安慰地说道："哥哥你改变了很多。"

"不像以往那般冷酷暴戾好杀？"夏侯自嘲一笑，心想当年自己兄妹离开荒原来到唐国，没有任何背景靠山，陛下还未登基，你还不是皇后，两个外乡人想在这样一个偌大帝国里站稳脚跟，除了让所有敌人感到恐怖害怕，还有什么别的办法？

时值寒冬，碎雪如粉自天穹降落，把皇宫里的朱墙涂上了一层薄薄的粉，偏殿前的广场上雪飞如絮，似不能终结。

夏侯默默看着殿外的寒雪，不禁想起在呼兰海北，抢到宁缺身上那个铁匣子后双手间沾染的那些如雪的骨灰。然后他仿佛在风雪的最深处，听到了一些呜咽的声音，不是北风呼啸，却是寒蝉在鸣。

他知道这是幻听，然而脸色却依然变得有些难看。

数十年前离开天弃山，南至大唐，他豪情纵横，不可一世。然而当他决定背叛明宗，亲手把慕容琳霜烹杀之后，他的豪情和气概早就已经消失无踪，这么多年来，都只是在用暴戾和残酷掩盖。

因为从那一天开始，他便是魔宗的叛徒。从那一天起，他的心底深处一直有两抹极为寒冷的黑云，始终驱之不去。

一道黑云是他的授业恩师，莲生大师。

一道黑云是魔宗现任宗主二十三年蝉。

夏侯很强大，很自信，但他非常清楚，一旦这两道黑云真的飘过来，自己除了死亡没有任何别的出路。当年轲浩然单剑灭魔宗山门，他并没有亲眼看着老师莲生死去，他始终无法相信，像老师这样的人会那样悄然无息地逝去。魔宗现任宗主修行二十三年蝉，隐匿于世间，被称为修行界最神秘的人物，虽说有传闻他早已死去，但夏侯哪里敢相信？

所以这些年来，他一直在恐惧中生存。

在呼兰海北，夏侯夺到了宁缺手中的铁匣，匣子里不是天书明字卷，而是他老师莲生的骨灰。他有些失望，然后伤感，接着便如释重负。大概也正是在那一刻，他真正产生了解甲归田，就此不问世事的念头。

"我不知道宁缺进山门之后有什么奇遇。"夏侯看着殿外飘舞的雪花，神情复杂地说道，"老师的骨灰既然出现在他手中，那么或许他继承了一些什么，而宗主……也不知道他现在究竟藏在哪里，虽说他肯定不敢在长安城里停留，但世间何处他去不得？"

皇后很清楚自己兄长心中最大的恐惧是什么，走到他身旁轻声安慰地说道："但莲生大师终究已经死了，而宗主修行的二十三年蝉，本就是世间第一等变态凶险功法，这些年无论道门还是书院都没能觅到他的踪迹，只怕他早已死了。若他还活着，又怎会这么多年都不来找你的麻烦？"

"希望如此。"夏侯说道，"道门叶苏来了长安城，佛宗之人也将到。如今想来，世间三宗只有魔宗凋敝如斯，不由有些怅然。"

45

宁缺没有骗叶红鱼，他真的带着桑桑去了红袖招，只不过今天他老老实实上了顶楼，坐在简大家的房中，卷起袖子对着那锅羊杂汤发起了攻势。

土钵羊杂，器具配得极佳，再加上十余碟小菜青蔬，热气蒸腾里有绿意，真是极美好的冬至佳节氛围。

宁缺从碗中挑了块羊肚，蘸了蘸蒜蓉，送进嘴里胡乱嚼了，把杯中的九江双蒸烈酿送入唇中，辣得眉头皱得极紧，就像是遇着什么极困难的事。

简大家接过小草递过来的毛巾擦了擦额头上的汗珠，看着他说道："皇后娘娘的话我已经带到了。只要你能安安静静把今天过完，娘娘愿意付出你需要的任何代价，当然她会代表夏侯再次向你表达歉意。"

宁缺指着自己被烈酒辣至皱如川字的眉头，说道："问题是眉眼之间有郁卒纠结不能舒展，怎么想都想不通畅。"

"你那是被酒辣的，不如桑桑能饮，便不要挑烈酒喝。"简大家这句话似乎隐有深意，说完这句话后，她沉默了很长时间，才再次慎重而温和地劝说道："能忍能静，才是大智慧。"

宁缺点了点头，说道："我明白这个道理。"

简大家安慰地笑了起来，然后叹息说道："在你来之前，我真的很担心你会像当年那个家伙一样胡闹。"

按照书院里师兄们的说法，简大家应该要算是小师叔的小姨子，如此说来，这个世界上也只有她敢叫小师叔为那个家伙。

"我可没小师叔那本事。"他笑着说道。

然后笑容渐敛说道："如果我有小师叔那本事，自然无须再忍。既然入世，当然要好好杀将一番，断不能堕了师父的威风，更不能损了小师叔的威名。"

简大家眉头微蹙，说道："入世不是杀人，而是领悟。"

宁缺说道："杀人何尝不是一种领悟？"

说完这句话后，宁缺便醉了。不知道是来自河北郡的双蒸烈酿让他醉，还是说他发现自己无力撕开长安城里那些强者密织的网，所以不得不醉，也许他只是想借醉来隐藏自己的某些心思。

宁缺在微醺醉意里没有做梦，没有看到那远处的黑暗，没有看到那三道极阴极寒的黑色烟尘，也没有看到头顶天穹上的无限光明，他只是把自己的意识沉入识海，一直沉到最深的海底，拾起那些意识碎片默默体会。

在雁鸣湖畔，叶红鱼曾经说过，晋入知命境的大修行者，能够感知天地元气最细微的变化，对手所有的手段，都无法超越他们的经验与感知，这种战斗意识，便是知命境强者真正可怕的地方。

宁缺如今的境界是洞玄上境，想要越境与知命境的大修行者战斗，单是战斗意识的巨大差距，便会让他绝望。

然而他识海深处有很多莲生留下来的意识碎片。

莲生大师留下来的意识碎片，究竟到了怎样的境界？

宁缺不知道，这种事情只能在战斗中才能知道。

醒来之后，宁缺酒意尽退，神清气爽，确认自己的身体和精神都处于这辈子最好的状态中，然后他与桑桑离开了红袖招。

长安城的风雪比晨时更大了些，片片如鹅毛，舞动不安，然后落下，把整座城染得洁白一片。宁缺与桑桑二人撑着那把脏脏的大黑伞，行走在这片素净的冰雪世界里，就像是一点刺眼的墨滴。

城里的平民百姓在过节，伴着醇香的羊杂汤味，檐上积着的厚雪仿佛都变成了新鲜涮熟的羊肉片。王公贵族们也要过节，只是北城那些安静庄严的府邸里，并没有什么热闹的声音传出。

宁缺知道这是为什么，那些府邸里的官员今日都要去皇城外替夏侯送行，甚至可能会把这位大将军送出长安城。

他右手握着大黑伞的伞柄，左手牵着桑桑的手，行走在风雪里，美好的市井气息里，清旷的北城贵气里，沉默不语。

纷飞的大雪笼罩着皇城。

朱红色的宫墙在白雪里格外醒目。

皇城前的气氛与风雪的凄寒意味并不相同，数十辆华贵的马车守候在宫前广场外围，护城河玉栏再往前数百丈便是宫门，那里有很多人。

亲王殿下李沛言来了，军方领袖镇国大将军许世来了，阁中的大学士们来了，尚书大人们来了。除了因病休养的宰相，大唐朝廷和军方所有的大人物都出现在皇城之前，因为他们要替夏侯大将军送行。

看着从皇城门洞里缓缓走出的那个高大的身影，大人物们的脸上流露出很复杂的情绪，有安慰的笑容，有唏嘘，有伤感。

这是天启年间大唐帝国第一位解甲归田的大将军，往上溯百余年，大概也是唯一没有任何理由自解军权的大将军。

夏侯缓步向城门洞外走去，看着那些同朝数十年的大人和同僚，他沉肃的脸颊上的神情也很复杂。

离开皇宫，此去故乡，便不再是大将军，而是归老的农夫，他确实有些不舍，不舍手握杀人刀的权力，不舍军营里的铁骑，不舍夜里挑灯看剑的岁月。

最不舍的是，唐律撼不动他，敌国的军队击不溃他，便是西陵神殿也默默纵容着他，他却要被迫离开这片繁华的舞台。

不过陛下赐宴，满朝文武相送，诸多封赏，大唐开国以来，能够得此殊荣的臣子并不多。更何况一个魔宗叛徒，能够成为道门客卿，成为大唐王将，开疆拓土，杀人无数，却能平安归老得享天年，这是很完美的一生。

夏侯很满意。

在安静的城门洞里向宫外走去，向那些微笑看着自己的大人物走去，随着每一步踏出，他整个人便放松一分。

走出城门洞，军靴踏在积雪之上，发出咯吱一声轻响。夏侯微微蹙眉，没有与亲自相迎的亲王殿下回礼，而是望向皇城南方。

亲王殿下神情微异，转身望去。

宫门处的人们都发现了异样，疑惑转身望向那边。

许世老将军忽然痛苦地咳嗽起来，花白的眉毛在漫天雪花里，就像是两片绵黏而不肯落的雪，有些愤怒，又有些无奈。

漫天风雪中，缓缓行来一把大黑伞。

黑伞下有两个人。

那把黑伞很大，伞面很厚，风雪再大也无法侵袭而入，鹅毛大雪落在油腻的黑伞面上，并没有粘住，而是似乎有些畏惧，滑向两边。

看着那把在雪中缓缓而至的大黑伞，夏侯不知为何感到彻底的放松，直到此刻他才领悟到，原来其实自己一直在等此人的到来。

46

风雪中，大黑伞缓缓来到宫门前，在大唐文武百官身前停下，然后收拢，露出伞下宁缺和桑桑的身形。皇城之前一片死寂，只能听到寒风卷着雪片的呜咽声，雪片落在护城河冰面上的簌簌声，还有人们自己的呼吸声。

这些大人物看着宁缺，不约而同皱起了眉头，似乎非常不解在夏侯大将军离京这日，书院十三先生想来做些什么。一片沉默中，众人神情警惕，隐约不安地看着宁缺，人群中的文渊阁大学士曾静看着宁缺身旁的桑桑，更是面露担忧的神情。

亲王李沛言向前缓缓走出一步，看着宁缺隐怒地说道："你想做什么？"

许世将军面无表情地看着宁缺说道："如果你想当着满朝文武的面刺杀我大唐王将，我会非常佩服你的勇气以及愚蠢。"

大雪持续向皇城飘落。

宁缺拂掉肩头上几片厚雪，说道："我就算有这种勇气也不会愚蠢到这种程度，只不过既然我来了，那么总要做些事情。"

许世淡淡地嘲讽说道:"唐律在前,你又能做些什么?"

皇城门洞前的这番变化惊动了羽林军和大内侍卫,先前送夏侯出宫的太监首领更是早已经用最快的速度向宫内跑去,想要把这里的消息告知皇帝陛下。朝廷很多属员从广场周围走了过来,撑开伞,替大人们遮挡风雪,朱墙之前顿时开了很多不同颜色的花。

宁缺的大黑伞已经收了,被桑桑拿在手中,主仆二人就这样平静地站在风雪中,看着面前那些越来越多的伞。

伞的阴影把大人们的脸颊笼罩进去,便再也看不到他们脸上的情绪,也无法看到他们眼眸里的所思。

宁缺看着许世平静地说道:"唐律为先,这是书院的铁律。我身为书院弟子、夫子学生,当然会遵守,所以日前军方调查我是不是那些凶案的嫌犯,在我看来实在是荒唐到了极点的事情。"

许世微微皱眉,说道:"朝廷这么多位老大人站在风雪之中与你对话,难道就是要听你替自己洗清冤屈?"

宁缺没有再理会这位大唐军方的领袖,转身望向夏侯,说道:"很多人都在猜我会怎样做,相信你也一直在猜,事实上从决定要杀死你的那天开始,我自己都在猜我会怎样做。"

确实如此,皇城前这些大唐帝国最重要的大人物,都一直在猜测宁缺会怎样做,哪怕此时看着他出现,也不知道他准备怎么做。

寒风寒雪朱墙渐冷,宁缺看着夏侯认真地说道:"直到秋天的时候,我才终于明白自己应该怎样做。

"我要挑战你。"

他的声音在呼啸呜咽的风雪声中并不如何清晰,然而这句话的内容,却穿透了风雪,清清楚楚传进了所有人的耳中。

声音渐渐消失在朱色宫墙上,一张薄薄的纸从宁缺的袖子里飘了出来,无视自天而降的大雪,缓慢而平直地飘向夏侯的身前。皇城前的风再骤,雪再大,似乎对这张薄纸都造不成任何影响。

夏侯沉默地看着不远处的宁缺,看着那张仿佛被无数根线牵着,缓慢地飘过来的白纸,被伞面阴影笼罩的面容上,没有任何情绪。

他抬起右手,抓住那张飘至身前的薄纸。

那是一封挑战文书。

朝廷里的人们当然清楚宁缺是夫子的亲传弟子，还从颜瑟大师处学了一身符道本领，修道不足两年时间，便已经是洞玄境的强者。

洞玄上境，在世间凡人看来已经近乎神仙一流人物，然而数十年前，大将军夏侯便已经是武道巅峰强者，是世间最强大的男人之一。宁缺凭什么，有什么资格挑战夏侯？

这就像是一朵花要去挑战一片树林，一只螳螂要挑战一辆马车，一颗鸡蛋要去挑战一座石山，一个乞丐要去挑战伟大的陛下。

许世将军在心中默然想道，宁缺大概真的是被逼疯了，如果不是疯了，怎么会做出如此疯狂的事情？

亲王殿下李沛言脸上的表情有些僵硬，转瞬间却变得重新温和起来，他觉得自己大概猜到了宁缺的想法。

——杀父之仇不共戴天，又不可能违背书院意志和唐律，那么便来挑战夏侯一场，即便输了也算是有所交代。

皇城前的人们，在震惊之后，纷纷得出这两个方向的想法。宁缺如果没有疯，那么他挑战夏侯将军，便只是寻求精神安慰。

看着沐浴在风雪中的宁缺，看着他平静的神情，大人物们不觉得他真的疯了，那么心想接下来应该不会发生太血腥的事情。宁缺不可能战胜夏侯将军，夏侯将军就算在这场决斗中获胜，想着书院和夫子，也不可能真的把这位十三先生杀死。

是的，事情就应该是这样的。

然而接下来发生的画面，直接摧毁了他们所有的想象和期盼。

宁缺从桑桑手中接过一把小刀，用刀锋刺破自己的左手掌心，然后开始移动。刀锋在掌面上移动的速度很缓慢，锋利的刀口缓慢割出一道长长的口子，鲜血开始渗出，翻出的略白肉皮瞬间被染红。

皇城前响起一片惊呼，以及倒吸冷气的声音。人们看着刀锋在他掌心缓慢割行，仿佛觉得锋利的刀尖正在割自己的身体，异常痛楚。

宁缺没有受到这些惊呼的影响，脸上的神情很平静，非常专注，似乎不是在割自己的手掌，而是要在掌心刻出一朵花。

"宁缺！你疯啦！"文渊阁大学士曾静再也无法保持沉默，满脸焦虑地走出人群，看着桑桑厉声呵斥道："你还不赶紧阻止他！"

桑桑低下头，看着踩在雪中的靴子。

亲王殿下的脸色骤然间变得异常苍白，许世将军飘舞的雪眉骤然间降落，仿佛难承重荷，皇城前所有人都异常震惊。

只有夏侯依然面无表情，沉默不语。他平静而专注地看着宁缺割开自己的手掌，阴影中那两道铁眉缓缓挑了起来。

唐人尚武，性情简单而直接，一言不合便往往挥拳相向，决斗便成为长安城里最常见的风景。两年前春天的那个夜晚，宁缺和桑桑从渭城回到长安，当夜便在街头看见了一场决斗。

当时他对身旁的小侍女解释过，长安城决斗的规矩是割袖代表挑战，而那被称为活局，只要分出胜负便好。可如果挑战者在自己的左手掌里割一切，便代表这场决斗是一场死局。

此时在皇城风雪中，宁缺缓慢地割开自己的左手掌心，便代表着他今天向夏侯发出的挑战，并不是先前人们所以为的精神安慰为主，而是一场必分生死的死局。

在场的文武官员们，虽然地位尊崇，不可能遭遇挑战，但毕竟都在长安城里生活，哪里会不知道这个极出名的规矩，所以他们震惊，甚至脸色苍白。

今天的这场挑战，在他们看来，夏侯大将军必然会获胜。然而如果真是一场死局，宁缺如果死了，以他夫子亲传弟子的身份，依然会对大唐朝堂带来极恐怖的冲击。

李沛言脸色苍白地盯着宁缺，说道："你打算用自己的性命来换取院长的愤怒？这样值得吗？而且院长是何等的人物，岂能被你所用？"

刀锋已经划破了掌心，宁缺停止了动作，抬起头来，脸上的神情依然是那般平静，似乎掌心处的痛苦对他没有任何影响。他看着这位亲王殿下，说道："此事与殿下何干？莫非你怕我下一个挑战你？"

许世看着他面无表情说道："生死局决斗需要官府批准，我可以告诉你，整个大唐朝廷，没有任何人敢批准这场决斗。"

"当初道石僧人来挑战我时，是军部批准的，柳亦青挑战我时，也是军部批准的，我今日挑战夏侯将军，难道军部不批准？"宁缺看着他认真问道，"我大唐军方还要脸吗？"

许世眉头微蹙，不再说话。

宁缺看着皇城前的所有人，说道："你们都说唐律第一，那好，我便依着唐律的规矩挑战，我想知道谁还能阻止我？"

然后他望向夏侯，说道："除非你不接受。"

夏侯缓缓摩挲着指间那张薄薄的挑战书，脸上的神情有些怪异，看着他说道："你的选择，确实出乎我的意料。"

宁缺说道："我向来不走寻常路。"

夏侯轻弹手中的薄纸，说道："先前见这张纸缓行于风雪之中，便知道你念力敏锐度很高。很可惜的是你的雪山气海诸窍不通，对天地元气的操控糟糕到了极点，甚至比你现在理应拥有的洞玄境更糟糕。这样一个糟糕的你，居然妄想越境挑战本将军，我只能说你走上了一条死路。"

宁缺看着他说道："我没有任何别的道路可以走，所以只好走这条路，至于是不是死路，总要走到尽头才知道。"

夏侯说道："对你来说，正面挑战我，是最坏的选择。"

宁缺说道："既然是唯一的选择，那么就是最好的选择。"

47

夏侯笑了笑，缓步走出下属撑着的伞，走到风雪之中，脸上的笑意骤敛，冷漠地看着他说道："这是书院的选择？"

宁缺也笑了笑，说道："你不用害怕，这是我自己的选择，和书院无关。"

夏侯漠然说道："你想死，那么你就会死。"

宁缺说道："我不想死，我只想你死。"

夏侯看着他，沉默了很长时间后说道："你是个疯子。"

宁缺回答道："十五年前，我逃离长安城，用去死的决心与毅力才艰难地活了下来，就是为了发一场疯，难道不值得？"

夏侯沉默片刻，说道："那确实值得。"

所有人都认为宁缺越境挑战夏侯大将军是在找死，没有人想看到宁缺去死，因为他是夫子的弟子，只不过他们现在无法阻止这场决斗的发生，只能期望夏侯不接受宁缺的邀请。身为武道巅峰强者，拒绝一位洞玄境的挑战，确实是很羞辱的事情，所以亲王盯着夏侯的眼神里隐隐带上了恳求的意味。

夏侯仿佛根本感觉不到亲王的目光，微微眯眼，看着宁缺说道："既然你想死在我手里……"

便在这时，宫门处响起忙乱密集的脚步声，几名品秩极高的大太监拼命地向门外跑来，身上的官服凌乱，模样看着狼狈不堪，在寒冷的风雪天里，竟是热得满头大汗，想来竟是从深宫里一路狂奔而出。

跑在太监群最前方的林公公远远听着夏侯的声音，脸上流露出惊恐的神情，像被掐住咽喉的大鹅般尖声凄惶喊道："陛下有旨，所有人不得擅动！"

宫门外的大人物们听到了这声喊，脸上的神情骤然松弛，心想这个世界上大概只有陛下，才能阻止这场挑战。

夏侯却像是根本没有听到身后宫门里响起的尖锐嗓音，也没有听到陛下有旨意，神情漠然继续说道："……那我便成全你。"

说完这句话，他自身后亲兵手中接过一把刀，哧的一声，把自己的左手掌割开一大道血口，和宁缺先前缓慢割掌相比，这个动作显得格外简洁有力。

夏侯脸上没有任何表情，缓缓握紧左手成拳，浓稠的鲜血从虎口处溢出落下。

林公公这辈子都没有跑得这么快，这么辛苦。当他气喘吁吁跑到宫门外，看着夏侯淌血的手掌时，脸色顿时变得极为苍白，双腿一软便坐到了雪中。

亲王李沛言的脸色苍白得就像是雪。

许世的银眉平静低伏像湖畔柳上的雪，他看着夏侯面无表情说道：

"撤销。"

夏侯摇了摇头，漠然说道："他可以撤销，但我不能，因为我有我的骄傲。"

听着这句话，宁缺开始鼓掌。

他的左手掌还在流血。随着鼓掌的动作，血水被拍散，向着四周溅射，落在他黑色的院服上，落在满地的白雪上，画面看着极为血腥。

掌声也很血腥，血水啪啪，给人一种将凝未凝的感觉。

宁缺说道："我没有失望。你果然还是那个嚣张暴戾的将军，果然还是骄傲到愚蠢，我希望你继续这样骄傲下去。"

夏侯没有理会他的嘲讽，面无表情说道："何时？"

那张薄薄的挑战文书上，日期栏是空白的。

宁缺说道："只要在你离开长安城前就行。"

夏侯说道："我今日便要离开。"

宁缺说道："那就今日。"

夏侯说道："很好，杀死你之后再启程，应该不会耽搁太长时间。"

宁缺说道："也许你不会再启程。"

夏侯依然没有什么表情，漠然说道："时间我定，地点你定。"

"地点我已经准备了很长时间。"宁缺说道，"我在雁鸣湖畔买了很多宅子，在那里战斗，不需要担心会伤及无辜。另外就是我在那里做了一些准备，毕竟我是符师，略通阵法，境界我不如你，便想在这方面占些便宜。"

二人对话的时候，场间没有任何人插话，震惊而无奈地听着，直到听到宁缺选择的战斗地点，脸上的神情才有了变化。

宁缺看着夏侯说道："介意？"

夏侯说道："既然骄傲，哪怕愚蠢，终究还是要骄傲下去。"

宁缺摇头说道："骄傲使人死亡。"

夏侯说道："苍鹰面对蝼蚁如果还不骄傲，会受天谴。"

"够了！你们两个疯子！"亲王李沛言脸色苍白，眼瞳幽火极盛，看着夏侯厉声斥道，"你有没有想过，如果你杀了此人，怎么向夫子交代？朝廷怎么向夫子交代？

"本王用这顶王冠，换一个时辰时间。"

说完这句话，他毅然决然摘下头顶的王冠，放在宁缺和夏侯之间的雪地上，回头看着诸文武大臣寒声说道："还愣着做什么？赶紧做事去！"

朝廷大员们都清醒过来，在下属们的搀扶下以最快的速度散开，去寻找阻止这场决斗的方法。曾静大学士想要走到宁缺身前劝说几句，但看着他不停淌血的手掌，终究只是叹了口气，退到了后方。

许世眼帘微垂，似看着夏侯和宁缺，又似看着满天的风雪，淡然说道："十几年的事情，何须在意多等一个时辰？"

说完这句话，他转身离开了宫门，不知要去哪里。

风雪宫门前，朝廷大员们逐一散去，只剩下曾静大学士等几位旁观。

一片寂寥中，夏侯忽然说道："旗来。"

远处玉桥那头是大将军荣归的仪仗，数百人早已等待了很长时间。听着这两个字，一名亲兵疾奔而去，从仪仗中取来一面大旗，然后肃然立于夏侯大将军身后。寒风夹雪呼啸，顿时把那面大旗吹拂开来。

那是大唐王将之旗，旗色血红一片，仿佛是被数万敌人鲜血染成，呼啸飘舞于风雪之中，宫门之前顿时肃杀无比。

宁缺看着夏侯身后那面血旗，看着他被旗色映得血红一片的脸，说道："以旗助势，看来你真的怕了。"

夏侯漠然地看着血，眼中根本无他。

宁缺笑着说道："伞来。"

砰的一声，桑桑再次撑开大黑伞，遮住头顶飘舞直下的大雪。

风雪之中，一面血旗，一柄黑伞，遥遥相对。

书院十三先生宁缺向夏侯大将军发出生死挑战，这个消息在最短的时间内，传到了长安城的每座府邸。

没有人认为宁缺能够获胜，所以没有人愿意眼睁睁看着夏侯将军杀死他，因为没有人知道夫子会因为宁缺之死表现出来何种态度。

夫子很多年都没有说过话了，甚至已经被世间很多庶民所遗忘，但对于朝廷里的大人物们来说，这绝对不代表夫子的声音不再拥有力量，而是因为他说的每一句话，对于大唐帝国来说，都是云层之上的惊雷。

这是一场公平的挑战，并且是由宁缺发起，也许就算宁缺死了，夫子依然会谨守唐律，沉默不语，但没有人敢冒这种风险，哪怕是很小的风险。如果宁缺死后夫子动怒，只怕整座长安城都会被毁掉。

国师李青山出现在云门大阵前时心中便一直想着这些事情，所以当他听到书院大先生的回复时，半晌没有醒过神来。

"这是小师弟自己的私事，书院依照院规，不会阻止他。"

李青山皱眉说道："可是宁缺这是自寻死亡。"

大师兄温和说道："既然是自寻，那么谁能阻止呢？"

李青山难以压制心头的震惊，说道："如果十三先生真的死在夏侯将军手中，书院……会怎样做？"

大师兄微笑说道："我们会想念他。"

长安城内，有羽林军。这支负责守护皇城的强大军队，拥有世人难以想象的力量，拥有天枢处和南门观的修行强者，最关键的是，拥有强大的意志和决心。依据唐律，如今的羽林军只听从两个人的命令，大唐皇帝陛下，以及许世将军。

顶着寒冷的风雪，羽林军开始结队，然后准备出营，然而却不得不在营外的玉桥前停了下来，因为桥上有一个人。

那个人戴着一顶高冠，身着袍服，盘膝坐在桥面的积雪中，微低着头。

许世看着桥上那人，再也无法压制住心头的怒意，喝声如春雷在桥头绽开，震得飞雪乍乱："君陌，拦道者死！"

桥上那人，自然便是书院二师兄君陌。

"拦道者死？唐律未曾有此议，古礼未曾闻此事。"

二师兄抬起头来，看着桥下那位大唐军方领袖，平静说道："既然如此，若要我死，你须先死。"

48

除了轲浩然和宁缺这两代入世之人，书院后山向来不入世，雪桥那头的羽林军将士并不知道盘膝坐在雪中的高冠男子是谁。听着此人居然敢对许世将军如此不敬，如此嚣张，羽林军顿时愤怒到了极点，须发倒竖，直似要刺破身上的盔甲，拔刀提枪便欲冲上雪桥，将那厮当场斩杀。

许世面无表情地举起右臂，身后的骚动与杀意顿时平息。他看着盘膝坐在雪中的那人，神情渐凛，说道："书院莫非真要出尔反尔？"

二师兄看着桥下的他，说道："书院不反对夏侯归老，也不反对小师弟挑战他，因为没有办法去反对。"

许世蹙眉道："你知道我是去反对这件事。"

二师兄说道："我反对你的反对。"

许世看着雪桥上这个人，沉默了很长时间后，声音微哑问道："这是院长的意思？"

二师兄说道："不，这是我自己的意思。"

许世微微眯眼，说道："所以你拦在雪桥之上。"

二师兄盘膝坐在雪中，身姿挺拔，衣袍在风中无一丝颤抖，若雪峰中的崖松，似极了当年书院那个了不起的人物。他看着雪桥下方的许世以及羽林军的铁骑，面无表情说道："我尊敬小师弟，所以我不会插手，但我要他得到公平。"

皇宫御书房内不停响起愤怒的骂声，激烈的争论声，白痴与各式各样的污言秽语，就像漫天飘舞的雪花般向着四处播散。

国师李青山离开书院，以最快的速度进了长安城，来到那家刚刚修葺一新的小道观。因为雪势太大，街坊们的庆祝活动已经草草结束，叶苏听到皇城处的事情后笑了笑，便消失在风雪中。

皇城外的街巷里驶来了很多辆马车，收到消息的各方势力都派出人马来打探消息，包括各国使节以及西陵神殿在世间的代表。

护城河远处的雪亭里，一身青色道袍的叶红鱼看着宫门方向，看着那面在风雪中呼啸飘舞的血旗和那把刺眼的大黑伞，沉默不语。

陈皮皮带着唐小棠自雪街那头走来，因为唐小棠的身份，他没有让她跟着自己走到皇宫之前，转身敲开了南街巷一家紧闭的店门。

他在那家店里借了把椅子，然后挪动着圆滚滚的身体，从雪街挪到了皇城下，看着宁缺说道："准备打架之前，要节约体力。"

宁缺说道："谢谢师兄。"

早有亲兵替夏侯端来桌椅，甚至还有一盏热茶，在血旗之前，风雪之中，他捧着茶碗，随意饮着，神情自然平静。看到陈皮皮，夏侯微微蹙眉，却也没有多加理会。

宁缺在椅子上坐下，桑桑在椅后撑着大黑伞，陈皮皮想要替他包扎还在流血的左手掌，却被他摇头拒绝。

宫门前，血旗黑伞在风雪中，将军饮热茶，宁缺养神，这幅画面很诡异，甚至有些荒唐，却又很可怕。

皇城前的街巷里隐藏着很多辆马车，还有很多人没有到现场，在各自的府邸里情思各异地等待着最终的结果。

"二先生出现在雪桥之上，便等于表示了书院的态度，书院同意宁缺挑战夏侯，那么大唐军方也无法阻止这件事情。"来自清河郡的三供奉把目光从公主府露台前方飘落的雪花里收回，看着那两名身份尊贵的皇家姐弟，微笑说道："恭喜殿下。"

李渔的神情很平静，眼眸深处却隐藏着忧虑的神情。

夏侯是皇后娘娘最强大的助力，他解甲归田对她和李珲圆来说，已是极好的事情，宁缺挑战夏侯则是更好的事情。无论谁胜谁负，即便书院会对此事保持沉默，也会对皇后一方生出憎恶的情绪。

然而她无法开心，因为她和世间所有人一样，都认为宁缺不可能是夏侯的对手，换句话说，今天宁缺一定会死。

她望向一直沉默坐在另一方的何明池，微微蹙眉问道："国师去了小道观，叶苏先生有什么说法？"

何明池摇了摇头，说道："即便是西陵神殿，想要在长安城里阻止这件事情也不可能做到，因为书院已经点头。"

三供奉淡淡说道："殿下如果还是不放心，老夫或许可以有些手段，让西陵神殿和书院因为这件事情再生嫌隙。"

听着这句话，李渔面色渐寒，微微眯眼警告道："不要尝试用任何手段去挑弄书院的怒火，无论是你还是我都承受不起。"

三供奉平日里在清河郡备受尊敬，有若老祖，面对着大唐公主殿下可以自居下位，然而听着这番话，心中依然生出些恚意。

"殿下说得是，那我去看看。"他面无表情说道。轻拂衣袖，走出露台，迎着风雪离开公主府，向雁鸣湖畔走去。

雪一直在下，而且越下越大，纷纷扬扬洒向长安城。

雪再如何轻，终究也会落在地面上，或者被扫进水沟，或者积至来年，春暖花开时被太阳融化成水，混着灰尘枯叶，流逝无踪。

这便是天地间的至理。

就如同该做的事情总是要做的，该来的人总是要来的，很多人伴着漫天的风雪来到了长安城，其中便包括一位僧人。那名僧人戴着一顶破旧的笠帽，身上穿着一件破烂的木棉袈裟，露在笠帽阴影外的面容寻常无奇，却天然带着一股坚毅的味道。

僧人经由西城门入城，站在风雪长街上，似乎不知道该怎么走，转身来到一家热粥铺前，摘下笠帽，开始问路。

摘下笠帽，满头青黑锋利的新生发茬儿，就如同僧人的神情一般肯定坚毅，然而当他问路时，脸上的笑容却是那般慈悲温和。

用问路这个词并不准确，这名僧人始终紧紧闭着嘴，偶尔咧嘴笑时，能看到他的舌头只剩下半截，原来是个不能言的哑巴。

对于坐在风雪中的宁缺和夏侯来说，这一个时辰很长，因为风雪再如何寒冷，他们的身体早就已经热了起来。

对于皇宫里的皇帝陛下和雪桥那头的许世来说，这一个时辰很短，因为书院的态度让他们无奈，他们来不及做更多的事情。

就在这一个时辰快要结束的时候，朝廷终于找到了方法。宫门骤然大开，大唐国师李青山和文渊阁大学士曾静在数十名太监的护送下，脚步匆忙来到了场间，开始宣读陛下的旨意。

亲王殿下李沛言，沉默走在人群最后方。

文渊阁大学士曾静在大唐内阁中排名最末，但他是桑桑的亲生父亲，身份特殊。国师李青山乃是修行之人，向来不理会朝事，但他与宁缺有旧，从颜瑟大师那边算起，宁缺要称他一声师叔。

陛下让他们二人来宣读旨意，自然是要走以情动人的路数。

果不其然，宁缺看着这二位，不得不站起行礼。

曾静大学士咳了两声，伸手把落在圣旨上的那抹雪花抹掉，说道："陛下有旨。"

皇城前的所有人都敛气静思。

曾静看了亲王李沛言一眼，轻声一叹，然后声音微涩说道："大唐毅亲王李沛言，因天启元年旧事，自请除王爵。"

满场俱静，皇城前的人们，难以压制心头的震惊，望向亲王殿下。

李沛言那顶尊贵的王冠现在还在宁缺和夏侯之间的雪地上，已经渐要被积雪掩埋。他的头发现在有些乱，看上去有些狼狈，但脸上的神情却异常漠然。

曾静没有理会众人的反应，双手握着圣旨，声音微颤继续念道："前宣威将军林光远谋逆叛国一案，因证据不足，现予撤销……"

圣旨上那些名字，经由大学士微颤的声音，被一个一个接着报出，回荡在风雪中，撞击在朱墙上。

"宣威将军林光远……

"林光远夫人……

"偏将沙刚……

"校尉程心正……

"文书林海……

"属官胡华……"

听着那一个个早已消失在历史里的名字，听着那一道道官复原职、加以追思追封的旨意，皇城之前死寂一片。

陛下的旨意里，没有提到重审当年旧案，然而堂堂亲王自请除王爵，涉案的所有将士都被平反，这……和翻案有什么区别？

人们终于明白了宫里的意思。

陛下曾经想过替宣威将军叛国案翻案，只不过因为朝中局势和西陵神殿的关系，尤其是没有证据的关系，没有做成这件事情。今日书院默许宁缺挑战夏侯，给朝廷设下了一道难题，然而在没有证据的情况下，陛下依然不能翻案，于是他选择用这样的方式。

不是翻案，亦是翻案。

至少，这可以给当年冤死的人，以及今天的宁缺一个交代。

宣旨开始时，夏侯从椅中站起，陛下的旨意里没有牵涉他，他的眉头却渐渐蹙了起来，然后缓缓重新坐下。

那些名字还在风雪中飘着。

夏侯知道那些名字，见过那些名字所代表的人。

十几年前，他曾经亲眼看着那些人死在自己的面前，见过那些堆成小山的头颅，有闭上眼睛的，有睁着眼睛的，眼睛里有绝望的，眼睛里有愤怒的。

那些名字隔了十几年再一次响起，在皇城之前，进入他的耳朵，他越来越沉默，脸色越来越铁青，握着座椅扶手的手越来越用力。

他不觉得愧疚，更没有自责，也并不黯然。

他只是愤怒。

但所有人的目光都望着宁缺，他们清楚陛下这道旨意的对象是谁。

想要阻止这场生死决斗，只能寄希望于宁缺撤销挑战的邀请。陛下替林光远翻案，厚赐重赏，恩荫三代，为的就是这一点。

皇城前的人们看着黑伞下的宁缺，心想应该就这样结束了。

从听到林光远三字开始，宁缺便低下了头，专注地看着脚下的厚雪，侧着脸，专注地听着旨意上那一个又一个的名字。

他听过那些名字，所以他今天听得很认真，但脸上的神情却很复杂，有些欣慰，有些失落，有些自嘲。

圣旨上的名字终于念完了。

曾静大学士和国师李青山走到他身前，把圣旨郑重递了过去。

宁缺接过圣旨，沉默不语。

李青山神情凝重，说道："陛下说，只要你承认前面那些命案，他会特赦你，因为毕竟情有可原。如果你觉得亲王殿下除爵还不能补偿，陛下和皇后娘娘会代表夏侯将军向你致歉，做出补偿。"

国师说话的声音很轻，被风雪掩盖，除了他自己和宁缺之外，没有任何人能够听到，但人们能猜到他和宁缺在说什么。

然而就在所有人都以为事情到此为止，心情渐渐放松的时候，宁缺做出了一个令人意想不到的决定。

宁缺把圣旨搁到身后的椅子上，看着李青山和曾静，以及皇城前的人们笑了起来，然后举起手掌。

他开始鼓掌。

开始的时候，他的动作很轻柔，然后越来越用力，劲道大得仿佛是在用力拍打着一面墙，掌心的伤口再次迸裂，四处溅血。

啪啪！

啪啪啪！

啪啪啪啪！

掌声越来越响亮，血水从他的手掌间不停溅开，然后淌落，滴到他的身上，淌至他的腿上，最后落在雪地里。看着这幕画面，皇城前的人们再次感觉到一股冷漠而恐怖的意味，他们的身体再次随着风雪而渐渐寒冷起来。

"陛下很仁厚，唐律确实有些作用。能够听到圣旨上的那些名字再次在长安城里响起，这是很好的事情，我很安慰。"

宁缺感慨说道："可惜终究还是有些名字被遗忘，我很遗憾。"

曾静紧张地问道："还遗漏了谁？我马上入宫去请示陛下。"

宁缺微笑说道："还漏了将军府里很多名字，比如马夫，比如厨娘，比如园丁，比如丫鬟，还有……我的父母。"

曾静不解地说道："最先追封的便是将军以及将军夫人……"

宁缺低头看着脚下的雪以及雪上的血点，沉默了很长时间后，说道："将军和将军夫人并不是我的父母。"

此言一出，风雪骤散。

49

从很久以前，军方便开始调查宁缺和那几桩离奇命案之间的关联，虽然没有找到任何证据，但是他的身世传言早已在长安城里流传开来。

所有人都相信宁缺便是宣威将军林光远的儿子。当年灭门惨案的遗孤在世间蛰伏多年，终于进入书院一朝得势，便要展开血腥的复仇。皇帝陛下和夏侯，以至书院后山很多师兄师姐都相信这个传言。

所以此时，当皇城前的人们听到宁缺轻声说出这句话后，不由被震撼得难以言语，完全无法相信，心想你若不是林光远的遗孤，那你为什么要做这些事情？

夏侯看着黑伞下的宁缺，眉头微蹙，不知道在想些什么。

宁缺低头看着雪上那些如梅花般的血点，仿佛看到了十五年前柴房里地面上的那些血点，脸上露出莫名的笑容。

风雪骤散骤拢，渐骤渐急。

宁缺抬起头来，看着众人问了三个问题。

"为什么你们都以为我是将军的儿子？

"我为什么一定要是将军的儿子？

"为什么你们都希望我是将军的儿子？"

众人还处于极度的震惊之中，根本无法回答他的问题。

宁缺自嘲一笑，说道："很遗憾，我真的不是。

"我的父亲不是宣威将军，不是校尉，不是属官，甚至也不是文员。他只是将军府的门房，而且是二门的门房，便是连门包都拿不到多少。

"我的母亲自然不是将军夫人，她只是一个出身低贱的婢女，虽然她喂过少爷奶，可以出入后宅，但她依然只是一个婢女。

"陛下替将军翻案，我很欣慰。这是真实的感受，因为将军和将军夫人都是好人，他们死得很冤枉，只是我很遗憾于……没有听到我父母的名字。"

他看着皇城前的众人说道："这是很自然的事情，我的父母本来就是些不起眼的人，他们的名字也很不起眼。

"我父亲是个孤儿，得将军赐姓为林，他叫林涛。

"我母亲甚至没有名字，她是被人从河北郡卖到长安城的，从小到死都被人叫李三娘，因为她隐约记得自己在家里排行第三。"

血水顺着宁缺的手掌继续向雪地上淌落，他脸上的神情很平静，叙说得也很平静，不是冷漠，是真正的平静。

然而这种毫不激动的平静，却让看到宁缺面容的所有人，都感到了一股寒意从脚底生起，然后僵冻了全身。

这种平静很可怕。

桑桑没有害怕，只是感受着他此时的感受，悲伤着他此时的悲伤，寒冷着他此时身心的寒冷，下意识里伸手握住他的手，想要给他一些温暖。

"我知道，书上都是这样写的。"宁缺平静说着，"被夺走皇位的王子远走他乡，然后回国复仇。被奸臣陷害的大臣家逃出了一位少爷，多年之后他考中状元，得到陛下恩宠，然后重新翻案。"

他望向人们，认真问道："可为什么每个复仇故事的主角都必须是王子？难道门房和婢女生的儿子就没资格复仇？"

面对这个平静却掷地有声的问题，皇城前的人们只能沉默，曾静想要说些什么，却张不开嘴，李青山轻轻叹息了一声。

"书上都是这样写的，人们都是这样想的，我知道这不能怪任何人，任何自怨自艾的情绪都很白痴，但我依然很厌憎这种想法。

"就像十几年前那样。"

宁缺看着夏侯说道："那一天，我带着少爷去街上玩，就像我经常做的那样，因为他把我当成很好的朋友……说得有些多了，反正就是管家想要替将军留血脉，顺带着也把我带进了街对面的通议大夫府。"

听到这句话，曾静大学士的神情微僵，想起当日还是小妾的夫人诞下一女，街对面血流成河的情形。

宁缺继续说道："你带着兵马杀进将军府时，我正和少爷还有管家躲在通议大夫府的柴房里。"

夏侯面色沉郁地说道："我的下属最终还是追到了柴房，并且看到了两具死尸。我当时确认林光远的公子已经死去，所以我一直很疑惑于你的身份，现在不再疑惑，我开始好奇你当时是怎么做的。"

宁缺看着周遭的风雪，似乎在回忆什么，微笑说道："昊天之下本来就没有什么新鲜事，还不就是那些老套的故事。

"将军的儿子要活着，门房的儿子就必须死去。都是四岁多的小男孩儿，砍得血肉模糊，换了衣服，谁能看出谁是谁？

"管家以为不需要警惕一个四岁的小男孩，所以他当时怔怔地看着我，眼睛里流露出抱歉、同情、悲伤的情绪，在那一刻我就知道他要做些什么。"

他摊开双手，微笑说道："书上不都是这样写的吗？"

然后他脸上的笑容渐渐敛去，看着夏侯，看着曾静，看着李青山，看着他所能看到的所有人，面无表情问道："但凭什么？

"凭什么书上怎样写，我就要怎样做？

"凭什么将军的儿子要活着，门房的儿子就要去死？

"凭什么我要去死？"

风雪落宫门，众人俱沉默。

没有人能够回答这个问题，于是一片安静，只有宁缺的声音还在大雪里飘着，并且飘得越来越高，越来越冷。

"我只是一个门房的儿子。

"但我要活着。

"我要活下去。"

宁缺的声音平静而坚定，述说着自己当年的想法，就如同在讲述太阳必将每天升起，流水必往下流这些万世不变的真理。

他继续说道："所以在管家试图骗我脱下衣服，自己去拿那把柴刀的时候，我抢先把柴刀拿到了手里，然后捅进了他的肚子。

"捅了不止一刀。"

宁缺回忆着当年的事情，皱眉说道："好像是五刀。

"因为力气不够大，捅得不够深，一时捅不死他，所以要多捅几刀。只是不知道为什么，管家没有叫，他只是惊恐地看着我，这些年我一直在想，他是被吓到说不出话，还是不想出声惊动了柴房外的人。"

他沉默片刻后继续说道："少爷……也就是将军的公子，并不知道当时发生了什么，只是看着一向最疼爱他的管家躺在血泊里，他像发疯了似的向我冲了过来，想要打我，想要咬我。"

他摇头说道："我当时也很慌乱，拿着柴刀乱舞，不知怎么便划破了他的脖子，然后他捂着脖子向后倒退，便倒在了柴堆上。

"少爷脖子里的血从他的指缝里喷出来，我想替他捂住，却怎么捂都捂不住。直到最后，他流的血在我的手指里凝成了浆子。"

宁缺抬起头来，看着雪中的众人，沉默了很长时间，摇了摇头，说道："不是误杀。

"也许我当时就是想杀了他。"

他看着夏侯微笑说道："因为只有他死了，像你和亲王殿下这样的人，才不会再理会我这个门房的儿子。"

世界笼罩在风雪中，笼罩在死一般的沉寂中。雪花飘至宁缺的脸上，触着那抹微笑，似被冻得更加寒冷。

那是一抹看似温和，实际上寒冷到了极点的笑容。

人们看着宁缺脸上的笑容，震撼得难以言语，感到前所未有的寒冷。

他们仿佛看到了十几年前，通议大夫府柴房里的画面。一个四岁的小男孩，双手握着生锈的柴刀，站在那两具尸首前，小脸上满是绝望和恐惧，身体不停颤抖，随时可能瘫倒在地。

但小男孩始终没有倒下。

现在，当年的小男孩正站在风雪中，站在巍峨的皇宫前，站在人们面前，讲述着那个久远的故事。

书上的故事往往都是那样写的。

他讲的这个故事，不在书上。

50

书院后山的绝壁间，夫子穿着一身黑色罩衣，坐在崖畔，看着远处的长安城。那处正在落着大雪，远远望去，就像是昊天在向人间施舍盐花。

"十五年前，我就坐在这里，看着通议大夫府的柴房。"夫子说道，"我看着你小师弟脸色苍白握着柴刀，走出柴房，我看着他抓着绳子躲进井里，我看着他翻出院墙，走进人群，我看着他离开长安城……仿佛看到了很久以前你小师叔的模样。"

大师兄站在一旁，问道："小师弟他和小师叔到底哪里相像？"

夫子摇头说道："我也说不清楚，大概是对自由的强烈渴求？"

"我能明白老师为何如此说小师叔。"大师兄不解问道，"但小师弟当年遭逢的惨事，和自由二字又有什么关系？"

夫子说道："所谓自由，便是选择的权利。选择去生，选择去死，或者选择不选择。当年你小师弟选择拿起那把柴刀，杀死管家和自己最好的玩伴，在那一刻，他便向自由的彼岸迈出了第一步。"

大师兄诚实地说道："老师，我无法理解。"

夫子说道："你是世间最清澈见底的小溪，这些年一直在山野间自由地流淌，或许曾经遇过险滩礁石，却未曾遇见过真正的河道岔口，没有遇到过你小师弟当年所面临的选择。

"你小师弟当年做出的这个选择，没有人有资格判断其对错，但他能够做出这个选择，就已经是异于常人。就如同你小师叔当年一样，无论面临怎样的境遇，他们都只会做自己想做的事。"

大师兄说道："所以老师才会收小师弟入门？"

夫子感慨说道："春天的时候，在松鹤楼见你小师弟，在草庐里与他说话，我发现他与你小师叔并不一样，当时还觉遗憾。

"然而世事便是如此，哪里能够找到完全相同的两片树叶？"

夫子看着远处的雪云和笼罩在风雪中的长安城，欣慰说道："不过今日你小师弟的选择依然给了我惊喜。我未曾想到他会有如此的勇气去正面挑战夏侯，我很喜欢这种选择里透出来的笨拙意味。"

他转身望向自己的大弟子，微笑说道："在书院众弟子中你最笨拙，所以我最喜欢你，但在某些方面，你真的要向君陌和你小师弟学习。"

大师兄凛然受教，只是看着远处的风雪，他难以抑制心头的担忧，犹豫片刻后说道："如果小师弟真的败给夏侯，我该如何做？"

这句话里的如果以及真的两个词很有深意，这说明在书院大师兄看来，宁缺与夏侯并不是没有一战之力。

"我不信天，也不信命，我只相信自己。"

夫子看了一眼寒冬里灰暗的天空，说道："每个人也都只能相信自己。这是你小师弟自己的选择，是他对天道命运的嘲弄和轻蔑，那么除了一个公平的环境，他什么都不需要。"

皇城前的死寂维持了很长一段时间，越发暴烈的风雪席卷着血旗，吹得大黑伞微微摇晃，拂得众人面容仿佛被冻僵一般。

大唐国师李青山看着宁缺，眼神很是复杂，说道："便是如此？"

宁缺沉默不语。

李青山轻声一叹，无奈摇了摇头，说道："陛下有言，如果你坚持这场决斗要进行下去，那么你必须先把东西交出来。"

他向宁缺伸出了手，说道："你知道陛下说的是什么。"

宁缺眉梢微挑，问道："为什么？"

李青山说道："你这是私仇？"

宁缺说道："是。"

李青山说道："既是私仇，又怎能动用国器？"

然后他认真说道："如果这场战斗结束，你真的侥幸活了下来，那么我会把东西交还给你。"

宁缺看着脚下厚厚的积雪，沉默片刻后，从怀中取出一个被布紧紧裹住的物事，却没有递到李青山的手中。

李青山微微蹙眉说道："莫非你连我都信不过？"

"我向来除了自己，谁都不相信，抱歉。"宁缺说道，然后把布裹着的那个物事，递到了身后陈皮皮的手中。

李青山微涩一笑，不再理会场间的事情，向皇宫里走去。

宫门前的人们不知道宁缺从怀里拿出来的是什么东西，不禁有些好奇。夏侯清晰地感受到了那个物事隐隐传来的气息波动，铁眉缓缓蹙起，看着宁缺说道："原来阵眼杵真的在你手中，难怪你有如此大的气魄来挑战我。"

宁缺说道："先前便说过，我还有很多强大的手段。"

夏侯缓缓抚摩着座椅扶手，似乎没有发现那里是一片虚无，说道："现在阵眼杵被夺，你还坚持要杀我？"

宁缺说道："你杀过很多人，我也杀过很多人，像我们这样的人应该很清楚，杀人的方法有很多种。"

夏侯神情漠然说道："明知道肯定会死，也坚持杀我，是为了复仇？四岁小男孩的记忆能这般长远？能记得你父母的容颜？我根本不相信，我以为你只不过一直无法摆脱当年的心理阴影罢了。"

听着这番话，宁缺说道："我必须承认手上染着少爷的血很不舒服，怎么洗都觉得洗不干净，手指缝里始终黏糊糊的。也许确实是有心理阴影吧，我第一次杀人用的是柴刀，后来便一直习惯用刀。"

他看着夏侯说道："不过那又如何呢？你说这番话有什么意义？"

夏侯铁眉微挑，脸上流露出嘲讽轻蔑的神情，说道："至少可以证明你的复仇并不像你想象的那般伟大与正义。"

"伟大与正义？"

宁缺摇了摇头，说道："逃离长安城后，这些年我想象过无数次，将来有一天我在山中遇着奇人，继承了一身绝世本领，直闯军营要去杀你之前要说些什么。我会质问你为何如此冷酷好杀，我会说今天杀死你，是要替将军府里的冤魂、燕境村庄里的焦尸，所有无辜死去的人向你讨个公道，那个名单很长，最后还加上了我一个很好的朋友。"

说到此时，他看着夏侯微嘲说道："这些都是一些很正义凛然的话，很掷地有声的话语，但是……和我有什么关系？"

风寒雪冷袭体，宁缺以拳堵唇咳了两声，然后把一口浓痰吐到雪地里，脓黄色的痰在洁净的白雪里很是刺眼。

"我杀的人不比你少，我也做过很多旁人无法想象的恶事，我的双手从来不是干净的，我哪里是什么正义的使者。"

他看着夏侯说道："你杀再多的无辜者都与我没关系，只要与我无关，我甚至可以在旁边替你鼓掌叫好。但既然你杀了我全家，我自然就要杀你，这是天经地义的事情，不需要别的任何理由。"

夏侯沉默了很长时间，忽然说道："有点意思。"

然后他从椅中站起身来。

便如一座坚不可摧的山峰，突兀出现在漫天风雪中。

"来杀死我。"他最后说道，"或者被我杀死，结束你这痛苦的一生。"

暮时的长安城如坠永夜，厚实的雪云遮住了最后的余晖和满天的星光，雁鸣湖畔漆黑一片，只有远处那些火把照亮了自天而降的雪花，把那些繁密呼啸的雪照耀成了人间的星光。

夏侯面无表情看着身前紧闭的院门，伸手向后从亲兵手中接过那面军旗，走到院门之前，右手握着军旗向下一顿。

他的动作很随意，院门前的地面是坚硬的石地，旗杆落下时，石地面却片片碎裂，溅起无数石砾，杆尾深插入泥。夏侯缓缓松开手掌，旗杆仿佛生在地面一般坚定，血红色的军旗在漫天的雪片里猎猎作响，卷噬所有的夜色。

这面血红色的王将旗，陪伴了夏侯很多年。

无论是与燕国军队交战，还是与左帐王廷的骑兵厮杀，这面将旗始终飘扬在大唐帝国东北边军的队伍里。数十年来，这面血旗从来没有倒下过。

就如同血旗下那个强大的男人。

雁鸣湖外围的亲兵们，那些警惕的大臣，维持秩序的长安府衙役们，看着夜色中那面血旗，都生出一股强烈的感觉。

今夜，这面血色的将旗依然不会倒下。

夏侯走上了石阶。

然后他推开了院门。

于是他走进了夜色之中。

宁缺并不在雁鸣湖畔的宅院里，他和桑桑这时候正站在湖南岸的雁鸣山上，俯瞰着遥远的对岸。桑桑撑着大黑伞，遮着愈来愈暴烈的大雪。

在世人眼中，宁缺一身修为境界最强大的便是符与箭二字，要与夏侯这样一位武道巅峰强者对战，理所当然要拉开战斗距离。

夏侯虽然不知道这时候宁缺身在何处，但想来也能猜到这一点，只不过骄傲自信如他，根本不在意这一点。

只是今夜风疾雪骤，夜幕遮星，凛冬中的雁鸣湖仿佛被冻凝的墨砚，即便是宁缺感观再敏锐，也无法看清对岸的画面。

如果看都无法看到，那么元十三箭又怎么能射得中敌人？

51

"这场夜雪似乎对我不公平，实际对夏侯才是真的不公平。"宁缺看着湖对岸和湖上的风雪摇了摇头，继续说道，"阵眼杵被陛下取走，自然不会令我高兴，不过这也很公平。我的修为境界远远不如夏侯，似乎不公平，但实际上我准备了整整十五年，而他却并不知道世界上有我这样一个人一直在默默地注视着他，所以这处的不公平也算是扯平。

"只要这场战斗局限在我与他之间，那么我便承认这是公平的。"

桑桑紧握着大黑伞的伞柄，缩着身子，这样才能保证大黑伞不会被暴烈强劲的风雪所刮走，低声说道："少爷你在担心有人会插手？"

"夏侯毕竟在帝国王将之外还有道门客卿的身份，我总觉得有些人会来打扰这场战斗，先前握着阵眼杵的时候，我也确实感到了一些什么。"宁缺想着书院里的同门，说道，"但我并不担心，因为这里是长安城而不是别的地方，只要书院还在城南，那么谁都没有资格插手。"

或许有些势力想要插手到这场战斗当中，但更多的人只是在沉默等待着雁鸣湖畔战斗的开始，比如离开小道观的叶苏。

观看一场战斗，最好的地方当然是高处。他这时候便在长安城的城墙之上，身上的素白衣衫在夜雪里不停飘舞。

很多人以为西陵神殿不想看到这场夏侯与宁缺之间的战斗，事实上神殿的使臣确实已经向皇宫里提出了异议，但代表昊天道门来到长安城的他，可以不用理会神殿的态度。他虽然也想看到夏侯平安归老，却并不介意这场战斗的发生。

因为叶苏无论怎样推演，都想象不出宁缺可能获胜。

夏侯能够获胜，这样很好。

夏侯杀死宁缺，得罪书院，这样更好。

因为这样，他便再也没有可能留在唐国平静归老，也不可能再在墙头摇摆，只有誓死效忠道门这一条道路。

"道门的想法虽好，但首先要确定夏侯能够获得胜利。"

一道声音在城墙上响起，此人说话的节奏很缓慢，在满天风雪中却依然是那样地清晰，似乎能够让人们的心境安宁起来。

大师兄走到叶苏身旁，向着城墙下方远处漆黑一片的雁鸣湖方向看去。

叶苏说道："晨时才相见，你又来了？"

大师兄说道："是啊，来看看。"

叶苏问道："来看什么？"

大师兄望向叶苏微笑说道："你如今剑意澄静，除柳白先生再无第三人，长安城内没有你的对手，所以我要来看你。"

看你，其实便是看着你。

叶苏看着夜雪在城墙之前狂舞而落，面无表情说道："长安城内无人是我对手，但奈何城外有间书院。"

今夜风雪如怒，却有很多人安坐雪中。

清河郡三供奉，坐在雁鸣湖东岸的冬林里。夜雪自天而降，他面色漠然，似不觉周遭寒冷。

从清河郡大姓和公主殿下的利益考虑，他不能允许任何人打扰到这场战斗，然而先前他心有所感，所以他来到了林中默然等待。

夜雪中缓缓行来一名僧人。

林中漆黑一片，但偏生僧人身上的木棉袈裟和头顶的笠帽却是那样清楚可见，自然透着股光明正大的意味。

三供奉看着风雪中行来的僧人，花眉微微蹙起。数年前，他便已经是知命境的大修行者，然而此时却发现，自己竟是看不出这僧人的深浅，不由生出极大警惕与战意。

强者相峙，争的是片刻辰光，不需要任何言语试探，也不需要问来历山门，三供奉伸手到背后，握住剑柄抽出。剑身与鞘口摩擦，发出极细微的声音，就如同雪花落在厚厚的积雪之上，然而剑身只抽出一半时，便被迫停止。

三供奉的眉梢渐要飞起，握着剑柄的手微微颤抖，体内的修为尽数喷出。然而他身后的鞘中剑非但没有继续向外抽出，反而缓缓收回鞘内。剑与鞘摩擦的声音静如落雪，却令他心悸难安。

那名戴着笠帽的僧人在风雪中缓缓行来，距离他只有数丈远。三供奉的身体无比僵硬，握着剑柄的手颤抖得仿佛承雪的枯枝，看着那名僧人，往常骄傲的眼瞳里只剩下了惊恐。

那僧人没有任何动作，雪林里没有任何天地气息的变化，他只是缓缓走来，便让一位知命境的大修行者剑不能出！

三供奉震惊无比，他想象不出世间有哪个修行者能够拥有这样的手段，转瞬间便猜到了这名僧人的来历，眼瞳剧缩。

悬空寺来人？

三供奉看着越来越近的那名僧人，看着他温和而坚毅的眉眼，僵硬的身体因为惊恐而微微颤抖起来。他闷哼一声，脸色骤然变得潮红一片，枯瘦的五指骤张，循着雪林里飘浮的天地气息痕迹，想要脱离对方的控制。

僧人抬起右手掌立于身前，食指微屈，结了一个不知所意的手印。

冬林里的风雪骤然加疾，万片雪似乎霎时间落到了清河郡三供奉的身上。

那些雪片感知着僧人手印里的无上佛威，向着三供奉衣衫里沉降，变成了无数道无形的雪绳，缚住此人。

僧人看了他一眼，目光里满是慈悲与怜悯，然后便重新抬步，踩着厚厚的积雪，走过他的身旁，向冬林外的湖畔走去。

三供奉落寞地盘膝坐在雪中，根本动弹不得丝毫，先前潮红一片的脸颊早已变得无比苍白，眼眸里写满了羞恼与惊惧。

他是清河郡备受尊崇的老祖，修行入知命境后更是骄傲自信到了极点，即便是对书院这等传说中的不可知之地，也没有太多敬意。在这个风雪夜里，他终于遇到了一位来自不可知之地的僧人，他才明白，传说便是传说，在对方面前，哪怕是知命境的大修行者也没有丝毫骄傲的本钱。

三供奉想到先前在公主府里，自己还曾大言不惭，要在书院和昊天道门之间弄些纷争是非。此时被那僧人一个手印便束死在寒雪地里，他不由感到了无穷无尽的羞愧，恨不得就此死去。

高高的城墙上，叶苏挥手驱散身前五丈范围内的雪片，看着雁鸣湖畔那片漆黑的林子，神情冷漠地说道："那个清河郡的蠢物，愚痴到了极点，小小蜈虫竟然也妄想涉身洪流，真是令人厌憎。"

大师兄笑了笑，没有说什么。

叶苏说道："我本想杀了那蠢物，但既然哑巴出手，便罢了。"

大师兄摇头说道："我岂能看着你违背唐律。"

听着唐律二字，叶苏微嘲一笑。

大师兄看着雁鸣湖畔，想着正在穿过冬林向湖岸走去的那位僧人，说道："小师弟与夏侯将军这一战，在世间很多人眼中大概都是一场盛事，所以你们才会来长安城，而我只是希望小师弟不要出事。"

叶苏说道："你知道我来长安城不是因为这场战斗，而是因为宁缺这个人，那哑巴自然也是为宁缺来的。"

大师兄很清楚叶苏想点明的是什么，但他保持着沉默，没有接话。

叶苏望着雁鸣湖，忽然感慨道："十五年前，出现在黑线周边的那些人……除了唐以外，我们大家都到了。"

大师兄说道："其实唐也来了。夏侯将军身上的伤都是他留下的，所以说他的人虽然没有来，但他的拳头来了。"

叶苏说道："有道理。但即便夏侯身上残留着唐的无数个拳头，在我看来，这场越境之战，宁缺依然没有任何机会获胜。"

"我知道你想说什么，在担心什么。我尊重小师弟，所以我不会出手。"大师兄感慨笑道,"当然我更清楚,如果小师弟他知道书院的想法,一定会哭着喊着求我不要尊重他。"

叶苏说道:"二先生在雪桥上拦着许世,这是何意?"

大师兄说道:"公平之意。"

叶苏说道:"夏侯实力远在宁缺之上,难道书院认为这也是公平?"

大师兄说道:"老师曾经教过我们,公平是心意,与实力无关,只要双方都愿意这样去做,并且接受规则,那么便是公平。"

想着这段夫子的话,叶苏沉默了很长时间。然后他看着雁鸣湖畔的夜林,微微蹙眉说道:"那哑巴如果要开口说话,这个世界上,没有几个人能拦得住。"

叶苏转身望向他,问道:"君陌在拦许世,你在看我,那谁能拦他?我不会拦他,而且在他开口那瞬间,便是我也拦不住他,难道需要惊动夫子?"

大师兄望着凛冬寒夜里的那片湖,蹙眉不语。

雪在飘舞,僧人在林间行走,向着雁鸣湖的方向行走。

十五年前在那道黑线前,他微微一笑,嚼烂了自己的舌头,吞入腹中,便再也没有开口说话,修闭口禅至今。

今夜他再次踏足红尘,谁也不知道他会不会开口说话,他究竟会说些什么,人们只知道闭言十五年,一朝启唇,佛音必然清亮如雷。

即便是强大的知守观传人叶苏,都不想面对他开口说的第一句话。

谁来与僧人对话?

真的需要夫子下山?

就在这个时候,一片极薄的雪从夜林上空飘落下来。

那雪极薄,薄至透亮,仿佛是一片蝉翼。

52

夜林里风骤雪密,然而那片看似轻飘飘的薄雪却没有被呼啸的夜风吹走，也没有混入密雪里消失无踪，而是孤独冷傲地自天而降，无视周遭的恶风与同伴，缓缓地飘落下来，落在了三供奉的肩上。

清河郡三供奉被那僧人手印所缚，盘膝坐在雪中，根本动不得分毫，眼睁睁看着那片薄雪落在自己肩上，不禁有些困惑。

当薄雪飘落下来时，僧人停了向湖畔走去的脚步，草鞋深深地陷在厚雪中，然后他转身，望着那片薄雪，沉默不语。

林子里忽然响起一阵窸窸窣窣的声音，这声音如尖锐冰片在摩擦，伴着风雪，自然显出凄切的感觉，听上去宛如蝉鸣。

蝉是属于夏天的生物，遇着秋风便沉默。

在语境中，寒蝉便是沉默。

然而今夜风寒雪骤，这片林子里却仿佛出现了无数只蝉！

那些蝉藏在树枝后，躲在翘起的树皮里，悬挂在蛛网间，坐在冰雪中，看着从天而降的风雪和风雪中那名僧人，放肆地鸣叫。

蝉声阵阵。满林寒蝉。

林中寒蝉鸣叫的声音越来越密集，越来越凄厉，树丫上积着的厚雪被震得簌簌落下，然而湖畔雪林上空却似乎又有两面大而透明的无形蝉翼遮蔽了整个天空，让此间的蝉声没有一丝溢出林外。

凄厉的蝉声比冰雪更加寒冷，比夜风更加难以捉摸，在四处鸣响，在四处归寂，又在四处复苏，最终落在那个僧人的耳中。

林中的蝉声仿佛在冷漠地说：“回头是岸。”

僧人听着愈来愈凄切的蝉鸣，脸上的神情越来越凝重。

他叫七念。他来自不可知之地悬空寺，是强大无比的佛宗天下行走。

因为寺中经卷上的记载，他从遥远的地方来到长安城，要看看那名传说中的冥王之子，他甚至已经做好准备，哪怕面对书院，也要将那人杀死。

自修闭口禅以来，他禅心越发坚定，意志越发坚毅，便是长安城里无数强者，城南那座书院大山，都不能让他心神稍移。按道理来说，没有任何声音能够阻止他的脚步。但这些蝉声不同。

因为他清楚，这些蝉声代表着一个人。

那是世间最神秘的一个人，甚至可以说是世间最可怕的一个人。

莫说是他，即便是悬空寺讲经首座在此，听着这些声声凄切的蝉鸣，也必须以最慎重的态度对待。

七念的神情凝重，甚至还带着晚辈应该有的恭谨，但他的眼神依然坚毅，缓缓伸手指向身后的雁鸣湖。

他用这个动作告诉蝉声后面的那个人，他的彼岸在那边。

清河郡三供奉此时身体被佛宗手印幻化的雪绳所缚，根本动不得丝毫，但他能看，能听，听着林子里凄切的寒蝉声，看着肩头那片薄如蝉翼的雪，脸色变得越来越苍白，神情越来越惊恐。

他是位知命境的大修行者，在清河郡藏书楼里知晓了很多修行世界的秘密，他虽然不能确定，但已隐约猜到林中那人的身份。能在如此风雪夜里引发一场蝉鸣，能够让悬空寺大德神情如此凝重，自然只能是世间最神秘的魔宗宗主，二十三年蝉！

当年魔宗山门覆灭后，这个曾经在世间掀起一场场腥风血雨的势力已然凋敝，但没有谁敢无视当代魔宗的宗主。很多年过去了，没有任何人见过这位魔宗宗主，甚至没有人听说过此人的消息，于是这位宗主变成了修行界里最神秘的传说。

有传闻说这位魔宗宗主修炼二十三年蝉走火入魔，早已化为一堆白骨，但也有人说这一代的魔宗宗主正隐匿在世间某处冷漠地注视着世间的风风雨雨，随时可能出现，再次呼风唤雨。

但不管怎样想，修行界里没有人会遗忘此人，哪怕坚信他已死去的人们，其实夜深梦回时也会惊惧不安，总觉得将来某日，这位魔宗宗主，会在所有人都想象不到的时刻，重新出现在世人面前。

确实是一个所有人都想象不到的时刻。

至少是清河郡三供奉无法想象的时刻。

就在书院宁缺与夏侯大将军决战之前，道佛两宗天下行走皆至，风云际会于长安城之时，二十三年蝉竟然重现人间！

三供奉惊恐无比，然而紧接着，他想到魔宗宗主现在与悬空寺大德对峙，自己说不定能够觅得一线生机，眼珠下意识转动了一下。

他眼珠微转，眼睛的余光看到了自己肩头那片薄若蝉翼的雪，然后他想起自己忘记了传说中的一些事情。

传说中，这位魔宗宗主杀人不多，但那是因为他不屑于杀普通人，他认为只有知命境的大修行者才有资格被自己杀。

传说中，这位魔宗宗主之所以是世间最神秘的人物，是因为他会杀死所有听过蝉鸣的人。

三供奉是知命境，而且今夜他听到了蝉鸣。

三供奉想明白了这件事情，然后便死了。

那片薄如蝉翼的雪，振翅而起，轻轻揳进他苍老的脖颈。鲜血自他的颈间喷溅而出，向着风雪里狂洒，发出哟哟的声音。

亦如蝉鸣。

蝉鸣乃是蝉腹鼓膜振动之声，刹那能振万次，是以清亮处能裂帛，凄婉处能催泪，萧瑟处能黯神。

血水喷溅发出声音，是血液与伤口的摩擦振动，与蝉鸣的原理很相似，所以声音也很相似，可以同样凄楚。

哑巴僧人转身望向盘膝坐毙深雪中的清河郡三供奉，微微蹙眉，知晓这是林中那人对自己的警告。

他是佛门弟子，能杀人却不愿杀人，所以先前只是以佛宗手印缚住那位供奉，然而没有想到，却成了那个魔宗强者的帮凶。

僧人知道那位二十三年蝉为何会重现人间，为何会用蝉声阻止自己走向雁鸣湖。因为夏侯是魔宗的叛徒，是二十三年蝉必然要杀的人。

如果这位魔宗宗主真的死了，那么自然没有什么，但他既然还活着，那么他一定要杀死夏侯，或者看着夏侯去死。因为书院和大唐朝廷，这位魔宗宗主大概隐忍了很多年，今日既然书院决意对夏侯动手，那么他怎能允许别人插手？

二十三年蝉或许会畏惧夫子，但他绝对不会畏惧悬空寺或者是知守观。

哑巴僧人能明白蝉声的意图，但不代表他能接受。佛宗向来被昊天道门称作外道，但毕竟是正道一属，虽然明知林中那个魔宗强者深不可测，意志坚毅如他，但怎会就此却步？

他是悬空寺传人七念。

他开始愤怒，是为嗔。

僧人依然紧紧抿着嘴，目光坚毅，双手在木棉袈裟前幻化不定，须臾之间，便结成一道意味凛冽的手印。佛宗大手印里最为光明，威力最大的不动明王印。

旧袈裟前那两只看似寻常的手指，翘指如兰，相搭似离，磅礴的气息顺着手印所向，向着雪林四周散去。无声无息间，林间积雪骤散上天，顿时把空中的风雪都震得一滞。

夜林里仿佛无所不在的蝉鸣，也随之一滞。

然而随后，蝉声再次响起，而且这一次越发明亮暴躁，仿佛是一个人在放肆地大声嘲笑。

林中风雪更疾，坠落得更疾，刚自地面震起的积雪瞬间重新铺满地面，空中飘舞的雪片哧哧作响射向七念的身体。

七念神情不变，草鞋轻踩雪面，右小腿弹起，击打在自己的左腿膝弯处，就势坐到雪地上，坐了个半朵雪莲盘。

漫天激射的雪片，就像是无数只蝉，鸣啸着击打在七念的身体上。七念身体表面仿佛有一层无形的屏障，那些雪片在距离他身体还有半寸距离时便再也无法前行，然而那些雪片也没有落下，而是像棉絮般粘在他的身体表面。

不过刹那，他的袈裟上便积满了雪，只剩下头脸还有身前结着不动明王印的双手还在外面，看上去就像是一个雪人。

七念望向夜林深处，看着睫毛上渐生的寒霜，脸颊上的肌肉微微抽动，似乎在犹豫要不要开口说些什么。

他苦修了十五年闭口禅，今夜终于要开口了？

就在这时，夜林深处忽然响起一道声音。那声音是那般的恬静，与林间暴躁的蝉鸣形成了鲜明的对比，然而如此恬静的声音，说出来的话却是如此的冷酷。

"你若开口说话，我便在世间造十万哑巴。"

听得此言，僧人大怒，圆睁双目望向夜林深处，灼烧得眼睫上的冰霜蒸腾为水汽，身上的积雪化作温水淌下。

他知道，即便今夜自己破戒开口也不见得能战胜那人，但那人却一定能在世间掀起一场腥风血雨。若面对的是书院大先生或二先生，甚至是夫子，僧人都可以不加理会，因为他知道书院行事，必不会如此无耻。

但那人是二十三年蝉。

那人什么都做得出来。

所以他怒，却依然开不了口。

夜林深处那人在说了这句话之后再也没有开口说话，但七念知道，他还在这里，因为蝉鸣还在继续。

僧人无法说话，自然也无法叹息，只能在心中轻轻叹息一声，然后散了不动明王印，双掌合十守心，然后缓缓闭上眼睛。

雪片继续如落蝉一般飞下，覆在僧人的身上，遮住了僧人的五官，把这位悬空寺的传人变成了夜林里的一座雪人。

落了整整一天一夜的雪，在此时忽然渐渐小了。

林中的蝉鸣声也渐渐弱了，却显得愈发凄切。

寒蝉凄切。

对冬湖晚，骤雪初歇。

53

雁鸣湖畔，无论南岸的山峰还是东岸的雪林都一片安静，没有任何声音传出，更没有人听到蝉鸣。

城墙上，大师兄与叶苏的目光穿过无数重雪，落在那片林中，神情微异，似乎同时感觉到那里正在发生什么。

只是他们现在没有多余的精神去关注那片雪林里发生的故事，因为他们看到血旗飘扬在雁鸣湖宅院前，夏侯推门而入。

院门有些新，似乎是前不久重新修过。夏侯推开院门，进入漆黑的院落，耳畔忽然响起一声蝉鸣，身体不由微僵。

白天在皇宫里，他也隐约听到一声蝉鸣从殿前飘舞的雪花里传来，他确定那是幻听，但此时这声蝉鸣虽然依旧虚妄，但似乎真实了几分。

夏侯脸上冷漠的神情没有丝毫撼动，铁眉微挑，反而显得越发暴戾，脚步稳定地踩过门槛，踏过雨廊来到正厅之前。

雪先前有过短暂的停止，紧接着便越发暴烈地飞舞。厚云遮住了满天的繁星，风雪黯淡了长安城里的灯火，雁鸣湖畔一片漆黑，伸手不见五指，但夏侯把一切都看得清清楚楚。

石阶下种着几株寒梅，不知为何梅枝散乱，积雪下能够看到新鲜的断茬口，似乎被什么好风雅的畜生啃食过。

屋内有一盆绿株，纵是在寒冷的冬天那植物依然蓬勃地生长着，枝叶肥嫩，青翠欲滴，衬得盆中的黄土越发无趣。

屋顶那根粗直的黑漆大梁微微变形，应该曾经遭受过某种撞击，出现了两道极细小的裂缝，想来不影响安全，但看着总令人有些心悸。

造型别致的陈物架侧方，搁着一盏油灯，那油灯以青瓷为肚，灯绳洁白，没有点燃的时候，也是件极美的工艺品。

雁鸣湖畔这片宅院，让宁缺花了无数两白银，让齐四爷耗了无数心神，又得皇后娘娘和李渔的大手笔添置，自是非凡，与清河郡那些名园比较起来，只怕也不稍逊，便是不起眼的事物也都值得品玩一番。

夏侯是武将，从来不会伤春悲秋，自然也没有这方面的兴致，然而大战当前，他看着梅丛黑梁盆景油灯的目光却是那般专注。

其实他并没有看梅丛、黑梁、盆景、油灯。他正在看梅枝积雪里露出的黄纸，黑梁裂缝里夹着的黄纸，盆景绿植里的黄纸，油灯青瓷灯壶压着的黄纸。

这世间有一种纸常为微黄色，符纸。

雁鸣湖畔的宅院里，到处都是符纸。

这是一座符纸的宅院。

"叶红鱼之所以能够越境战胜陈皮皮，是因为她了解他，知道他的恐惧，我也很了解夏侯。从叛出魔宗的那一天开始，夏侯便一直在恐惧，或许是恐惧那位神秘的魔宗宗主，或许是恐惧西陵神殿揭穿他的身份。因为恐惧，所以他空虚，他开始杀人如麻，开始暴戾冷酷，开始骄傲嚣张。"

宁缺从桑桑手中接过大黑伞，望着对岸被夜雪笼罩的庭院。

"只有这样，他才能摆脱自己的心理阴影。在宫门前他说得对，我也有心理阴影，所以我明白他的骄傲是他无法摆脱的致命弱点，因为骄傲，他现在踏入了我所选择的战场，这便是他犯下的第一个错。

"怎样利用他犯下的错？我不清楚，我只知道必须毫不犹豫地，把这两年千辛万苦写出来的三百多道符，全部砸出去。"

写符并不是表面上看上去那般潇洒随意的动作，除了宁缺自己，没有多少人知道三百多道符意味着多少个不眠不休的夜晚，多少次念力枯竭后的极度虚弱，多少次识海震荡后的痛苦不堪。

桑桑知道，因为那些与油灯相伴的夜晚，她一直守候在宁缺的身旁，看着他汗如黄豆，脸色苍白，却依然笔耕不辍。

夜雪中崖畔，桑桑仰起小脸望向宁缺，看着他的脸色如过去那些夜晚里一般苍白，很是担心，却微笑说道："是啊，少爷一定会胜的。"

宁缺闭上眼睛，握着伞柄，眉梢有些颤抖，右手有些颤抖，脸色苍白，识海里的念力顺着黑伞散向满是雪花的空中。

念力是正道修行者的根基，修行者却只能利用念力去操控天地元气，然后施展出各种手段，即便念师能够直接以念力攻击敌人，也被局限在很短的距离之内，那是因为念力拥有一种无法更改的特性。

这种特性便是，念力一旦离开修行者的识海，便会随着距离而以数量级的倍数急剧涣散，归寂于天地自然之中。

宁缺此时站在雁鸣湖南岸的山崖之上，距离对岸的庭院有数里之遥，他要触发庭院里隐藏着的三百多道符，便需要把自己的念力送到彼岸。然而他的念力如何能够渡过这片夜雪中的冬湖？

就在这个时候，奇妙的事情发生了。

他的念力经过大黑伞伞柄和伞面之后发生了明显的变化，不是说念力的浓度增加了多少，而是向雪空里涣散的速度变慢了很多。

因为气海雪山窍塞径曲，雪湖四周的天地气息依然没有太多能够听懂他念力唱出的这首曲子，但至少他的声音可以传得更远一些。

宁缺的念力悄无声息穿越风雪，落到了遥远对岸的庭院里。

青瓷灯壶压着的那张黄纸，咻的一声微响化为虚无。

淡淡的燥意无由而至，从来没有点燃过的、洁白如玉的灯绳骤然一紧，清油骤释，燃起一道极微弱的火苗。油灯昏暗，略微照亮了屋厅内外。

随着青瓷油灯诡异地无火而燃，屋子里紧接着出现了无数变化。油灯所在的陈物架整个燃烧起来，而后便是陈列架所在的空间燃烧起来，化为一团炽烈的火球，罩向夏侯如山般的身躯。

火势缥缈而恐怖，火球所过之处，任何事物都被化为虚无。唯有那盆青植不一样，那些微微耷拉着的、青翠欲滴的肥嫩青叶，被屋内的火舌一燎，便如肥肉般融化，化作淡绿色的油脂，滴入花盆。

那片夹在青叶中的黄色符纸消失不见了。

青叶化作的油脂落入土中，花盆顿时崩裂，里面的黄土炸将开来，弥漫在屋内空间里。那些似微粒般的黄土尘埃不知何故竟是无比地沉重，每一颗土砾都像是石头，射向夏侯的身躯。

紧接着，那根乌黑的横梁上的黄纸也凭空消失。只听得咔嚓一声巨响，沉重的横梁毫无征兆从中断裂，砸向夏侯的头顶。

夏侯眯起了眼睛，如铁铸成的双眉没有蹙起，反射着火光，似在燃烧。

他出拳。

那只恐怖的拳头，霸道至极地把身前所有空气都挤了出去。

熊熊燃烧的符火，骤然熄灭，惨淡至极。

他闭眼。

任由那些如石头般袭来的黄土砾击打在自己的身上。

噼噼啪啪一阵密集的响声!

无数细小却威力巨大的土砾,重重地砸到他的身上,就如同无数颗冰雹自天而降,击打在皇宫的屋檐上。

他身上那件外袍瞬间千疮百孔,他的脸上却没有任何表情。

他低头。

断成两截的乌黑横梁重重地砸到他的背上,然后断成更多截。

沉重的横梁,可以砸死十几个人,却不能让他的身体微微颤抖一下。

面对着宁缺的三道符,夏侯只出了一拳。

这就是武道巅峰,尤其他本来就是位魔宗强者,那么只要闭上眼睛,便可以无视任何知命境以下层级的攻击。

疾射如石砾的黄土没有在他脸上留下任何痕迹,断成无数截的横梁无力地在他脚下滚动呻吟,他没有受到任何伤害。

只有一根睫毛,飘离眼帘。

以夏侯的修为境界,完全可以不用直面宁缺的三道符。他本可以避,可以用更最简单的方法挥手破之,之所以没有这样做,是因为他一直在注意身后石阶下的那丛残梅。

宁缺认为自己很了解他,他也认为自己很了解宁缺。他知道宁缺是一个怎样冷酷阴险的角色,他相信宁缺绝对不会浪费三道宝贵的符纸就为了试探自己的深浅,必有后招。

那丛残梅里也有一张黄色符纸。夏侯认为那便是宁缺的杀招,所以他把注意力都放在那处。

果不其然,下一刻,残梅里的黄色符纸化作一道青烟,残存不多的梅花狂颤离枝,如蝴蝶般向夏侯的脑后飞舞。夏侯没有回头,随意一指点向身后,当他的指尖触及梅瓣时,铁眉忽然蹙起。

那瓣梅化作了一滴水。那丛残梅里的符纸,竟是如此浅陋的一张水符。

夏侯蹙眉,是因为他发现自己的判断出了错误,但他并不在意,神情漠然地向上望去。那处乌梁已断，屋顶破开一个大洞，人在屋檐下，举首可望星空。

今夜风雪交加，无星可看，只能看到无数片雪花，随着夜风从那个洞口里灌了进来，还有一片正在逐渐消散为寒意的符。

那些从洞口飘落的雪花轻轻飘舞间，似乎变大了无数倍。一道极寒冷的符意，骤然间笼罩整座建筑，甚至连建筑内的空气都冻凝住了。

夏侯抬头看着落雪，双眉顿时蒙上一层厚厚的冰霜。

54

这是一道很强大的符，瞬息之间，便让屋内的温度急剧下降。

夏侯的双眉染霜，外衣里面的盔甲表面也开始结冰，对一位武道巅峰强者来说，这道寒符虽然强大，却依然难以造成直接的伤害。他微微皱眉，眉上的冰霜顿时破碎，然后他向前踏了一步，盔甲上的薄冰也随之破裂，啪啪落在地上。

不过至少，夏侯在这一瞬间，需要以念力凝天地元气于体表，而无法再像先前那般，只凭强悍的身躯和拳头，便能随意相抗。

但就在下一刻，无数道黄色的符纸从宅院里那些不起眼的角落里激射而出。密集的黄色符纸纷纷扬扬不停飘舞，密集有如从屋顶洞口落下的雪花一般，围绕着夏侯的身体飞舞着，旋转着。随着不知来自何处的念力波动来临，像雪花般狂肆飞舞的黄色符纸被一一触发，化为虚妄或是道道青烟，符意喷薄而出。然后最先被触发的符意带动着尚未触发的符纸飞舞更速，湖畔宅院里的黄纸哗哗喷起，如同一道瀑布狂喷，耀亮夜空。

这个画面很美丽，也很震撼，符纸是如此的珍贵，历史上的修行战斗中，谁曾见过如此多数量的符纸同时出现？

紧接着更多的符纸被激发，无数道符意纠结在一起，将周遭的天地元气撕扯得有如碎絮，变成无数湍流。再微弱的符意，混在那些切割空间的湍流里，都仿佛具有了某种特殊的威力。

夏侯站在这片符意的海洋风暴中间，站在天地元气湍流的旋涡里，脸上的情绪很复杂，有些伤感，又有些愤怒。因为他清楚地记得，这是他最忠诚的下属军师谷溪的施符秘法，他没有料到宁缺在今夜战斗里，居然用的是这种手段。

寒冷的雪风，狂暴的夜风，灼热的火焰，令人窒息的湿意，各种截然不同的符意，被一只无形的手捏合在了一处，没有任何道理，却是那般地可怕。夏侯神情漠然地握拳，身上那件已经残破的外衣哗哗作响而显露出里面崭新的盔甲，紧接着他以雄浑至极的念力于天地元气的湍流中抽出他所需要的，凝于自己的体表，形成一道无形却坚固至极的无形盔甲。

无形的天地元气盔甲，加上有形的金属盔甲，把他的人与周遭的天地严密地隔绝开来，与符意的风暴海洋及元气湍流隔绝开来。

夏侯抬步，在漫天飞舞的黄色符纸间行走，狂暴的符意不停击打着他的身躯，发出噗噗的闷响或尖锐的切割声。在符意的侵袭下，他身上的盔甲时而凝上一层寒冷的厚冰，时而红亮刺目如同被烧了七日七夜。为了抵抗这片符意的海洋，他的念力在缓慢而不可逆地消耗，但脸上的神情却依然没有丝毫变化，脚步依然那般稳定。

夏侯很清楚宁缺是颜瑟大师的传人，被世人视作未来的神符师，所以他很确定今夜一战必将面临些什么。只不过宁缺准备的符纸数量远远超过了他事先计算，更令他想不到的是，宁缺竟然会在开战之初便把所有的符道手段都施展了出来。要知道符师施符需要念力触动，念力能够传播的距离有先天限制，此时湖畔宅院里尽是符纸飘舞，那么只能说明宁缺此时正在宅院里。

既然宁缺便在湖畔，那么他便不急于脱离这片符意的风暴海洋，任由符意的风暴不停消耗自己的念力，也要找到宁缺，然后一举击杀。

他继续向前行走，未见有任何动作，身前一堵灰墙轰然倒塌。他看着夜色深沉处，看着宅院南向那些隐隐可见的湖柳处，微嘲说道："不是神符，又如何伤得了我？你既然急于去死，那便去死。"

雁鸣湖是不规则的，湖西岸相对较窄，也较遥远，那处湖水清浅，有人修了一道木桥行于湖面，可赏湖中水草。时值寒冬，木桥上尽是积雪，桥下湖水已经凝为坚实的厚冰，再也看不到那些如绿丝般的水草，只有几丛黄白的芦苇随风招摇。

如此严寒的天气，朝廷又封锁了雁鸣湖一带，自然没有什么游客，但有数人分立木桥两头，神情各异地望着湖西方向。

青色道袍有些宽松，在风雪间呼呼作响，叶红鱼看着远处流光溢彩的湖畔宅院，感受着那处的符意风暴，眼眸里露出一丝异色。她曾经在那片宅院里生活了很长时间，然而直至此时，才知道宁缺在宅院里做了什么手脚，藏了多少道恐怖的符纸。

道痴是极端自信之人，但她此时也不得不承认，如果宁缺用这片符意的风暴海洋来对付自己，她必然会狼狈到极点。

木桥那头，陈皮皮一手撑着油纸伞，一手握着唐小棠的小手，看着远处西面不时闪耀的光线，看着狂舞不停如瀑布的无数黄纸，震撼说道："都知道小师弟吝啬，哪里能想到他今夜居然弄出如此奢阔的手笔。"

唐小棠的手有些凉，既担心朋友桑桑现在的情况，又震撼于湖畔那些符纸所带来的冲击力，喃喃说道："原来符是这般可怕的事物。"

雁鸣湖南岸山崖畔，宁缺睁开眼睛，看着远处对岸宅院处的银火符纸风暴，听着隐隐传来的墙倾瓦飞的声音。

"我请七师姐设计阵法，加上大黑伞，就是要让夏侯做出错误的判断，让他以为我就在宅院里。夏侯实际上很谨慎，多虑多疑，在此基础之上则是畸形的自信，他既然判断我在那边，便一定会坚信我在那边。"

他微讽说道："说不定他这时候还在对我嘲讽地喊话，让我出来战个痛快。"

桑桑看着湖对岸蹙眉说道："但他的实力太强大，符海似乎对付不了他。"

"我从来不指望这片符纸风暴能够直接击败夏侯，毕竟我不是神符师。我撒在花盆里的那些符纸，或许只能在他的盔甲上像飞蛾扑火般变成无用的青烟，但可能有符会切断他的一根眼睫毛。一根眼睫毛掉落，算不得什么，甚至他自己可能都注意不到，但积少成多，便能致命。就如同走路一样，只要一步步走下去，那么总有一天你会走到你想去的地方。

"夏侯就算是一座坚不可摧的山峰，我的手段是只不起眼的勺子。但如果让我不停敲下去，天长地久敲下去，这座山峰依然会让我拍松，拍得表面松动，岩石化粉簌簌落下，最终山倒地摇。"

说完这句话后，宁缺把手里的大黑伞递给桑桑。

桑桑接过大黑伞，看着他说道："是的，少爷，你肯定会赢的。"

隔着一片湖，同时触发数百道符纸，宁缺的念力急剧消耗，脸色有些苍白，但他的眼光却依然平静，看着湖对岸缓缓抬起右臂。

他的手指不停颤抖，似乎指间用无形的线悬着一座沉重的山峰。

他缓缓移动右臂，在身前的风雪中，画了两横两竖四根线，无形而凝重的线条，指向雁鸣湖对岸的宅院。

宅院里，满天狂舞的黄纸尽皆化为虚无，耀眼的光线渐渐敛没，狂暴而恐怖的符意依然在不停地撕扯天地元气，平静而蕴藏着凶险。

与长安城别处相对稀疏的雪夜里隐隐出现了四道线，那些线条没有颜色，按道理应该透明无形，却偏生能够被人看见。之所以能够看到那四道线，是因为夜空里飘舞的雪花骤然四处逃散，有些没能逃离的雪花悄无声息化作虚空。

夜空里的四道线，便是无雪的痕迹。

四道线两横两竖，合在一起，便是一个井字。

夜空里的狂暴符意，尽数凝在了这个井字里。

井，横竖皆二，喻切割。

井字符是颜瑟大师生前最恐怖、境界最深妙的符意。他在无名山顶与光明大神官同归于尽之前所施出的井字符更是连空间都能切开，能够把光明大神官以天启之境所获的昊天神辉切断在空间里！

宁缺继承了颜瑟大师的所有衣钵，对井字符的研习自然也是最为刻苦用心。

虽说他境界不足，但他写出的井字符已然足够强大，更是他如今所能施出的威力最大的符。不知从何时起，他竟然能够以不定式施这道符，这种手段已然与荒原上的书痴莫山山水平接近，这道井字符便是他的半道神符！

井字从夜空降落，把湖畔整座庭院都覆在内，仿佛里面藏着无数个更细微的井字，没有任何事物能够逃离。

梅花被切碎，并被切断，墙被割开，井字落下，一切事物都被切开。

平直凌厉到了极点的井字符，落在了夏侯的身上。

他身体表面那层天地元气凝成的盔甲上出现了四道极为清晰的痕迹，微微下陷，里面那件崭新的盔甲，更是出现了四道锈迹。

夏侯黝黑如铁的脸庞骤然变白，然后急速变红，紧接着雪白，再紧接着潮红，快速地变幻着，念力疾出！

凝于体表的天地元气层一番震荡不安下陷弹回，终于是撑住了井字符的切割，却已然变得薄了很多，如同一张薄纸。紧接着，咔的一声轻响从他身上响起，盔甲依着四道锈迹的线条，碎成了无数金属片，像破铜烂铁般落在脚下！

夏侯望向雁鸣湖对岸，看着那处漆黑的夜色。

直到此时他才明白，原来自己一直在井里。

而宁缺一直在井外。

55

符意起于湖畔时，叶苏站在城头风雪中，说道："颜瑟师叔果然识人，谁能想到宁缺入符道不过这些时日，便有了这等手段。"

在他看来，宁缺写的符并不如何强大，甚至其中有些符明显是初入门的手段，在一般人看来徒然引人发笑。然而在不到两年时间内宁缺便写出这么多道符，实在是令他感到震惊。

最令叶苏感到震惊的，却是宁缺施符的手段——湖畔的符海风暴看似混乱，实际上隐隐里却自有章法，每道符意之间配合堪称完美，若非如此，也不可能造成这般声势，形成这等效果。

大师兄微笑解释道："小师弟是大书法家，毕生所学最擅长处便在笔墨功夫上，对于如何拆字解字写字，造诣精深。"

叶苏微微皱眉说道："我依然无法理解，他怎么能写出这么多道符来。"

符师最讲究天赋，无论是他这个知守观传人还是剑圣柳白这一生都难以亲近符道，但这不代表他对符道没有任何了解。任何符师都只能使用自己写的符，即便像颜瑟大师这等境界的神符师，可以留下数道神符给弟子使用，但数量也绝对不会太多。

写符需要消耗符师大量的念力与心血，更需要大量材料。宁缺悟符不过两年时间，凭什么能写出这么多道符？

"书院别的什么没有，就是修行方面的材料存了不少，若有缺漏，朝廷也会帮着来准备。至于写符所需的念力……"大师兄笑了笑，说道，"叶苏先生大概有所不知，小师弟念力的雄浑程度，在我书院后山之中，也能排进前列。"

书院后山里诸弟子在世间声名不显，然而叶苏很清楚那些人必然各有奇才，此时听说宁缺的念力雄浑程度竟然能在书院后山排进前列，不由微微一怔，有些吃惊。

便在这时，井字符出现在湖畔宅院的上空。叶苏感受着那处传来的平直凛冽符意，眉梢缓缓挑起，沉默地朝着雁鸣湖方向看了很久，然后眉梢渐展，说道："半道神符终究不是神符。"

大师兄看着夜色中的那片湖，略带遗憾地说道："小师弟虽说进步极大，但毕竟入符道时日尚短，未能成为神符师。"

叶苏摇头说道："神符师又如何？除非到了颜瑟师叔的层次，单靠轻飘飘的符纸便想击败夏侯这等人物，只能是痴心妄想。"

"我从来都没有想过靠符道便能杀死夏侯，师父当年全盛期大概有这等本事，我可没有，我自然有我的想法。"

宁缺看着再次被夜色吞噬的对岸，说道："都说不能越境挑战，满天下包括书院的师兄们都没有人相信我能战胜夏侯，但我坚持来做，是因为他们都算错了一件事情，我没有想过战胜夏侯，我只是要杀死夏侯。

"战斗只是瞬间，杀死一个人却可以是一个很漫长的过程，里面可以有很多场战斗。前面无数场战斗我可能都无法战胜他，但我能让他流血，那么哪怕到最后我依然无法战胜他，但他的血却可能流光。

"血流光了，自然便死了。

"今夜我和夏侯拼的不是实力，不是念力也不是境界，而是看谁更快流光身上的血。他是魔宗强者，防御太过可怕，就像只乌龟，我要做的事情，便是不停替这只乌龟放血，然后确保不被他一口咬死。"

宁缺郑重说道："感谢唐，把夏侯身上最外面的那层龟壳已经敲碎，那么接下来我要做的事情就相对简单些。"

桑桑看着他说道："我们会成功。"

宁缺今天话很多，解释了很多。如果他身旁不是桑桑，而是别的听众，比如叶红鱼，肯定早已厌烦到了极点，恨不得一脚把他踹进崖下的冰湖里。

桑桑最开始有些诧异，然后明白了原因。

面对夏侯，宁缺没有丝毫的信心。

哪怕他的神情是那样的平静，语气是那样地平和，似乎信心满满，一切尽在掌握之中，哪怕他准备了整整十五年，他依然没有信心。

桑桑很担心，很忧虑宁缺现在的精神状态，所以她一直在用比宁缺更肯定的语气，说："我们肯定、一定能胜。"

在整个世界都不相信宁缺的时候，甚至在宁缺自己都快要失去信心的时候，那么只剩下她一个人，能够给他最后的信心。

因为这不仅仅是宁缺的战斗，而是他们两个人的战斗。

桑桑把大黑伞搁在了瘦弱的肩头，伸出右手紧紧攥着宁缺的衣裳，攥得很用力，带着薄茧的指头仿佛要陷进他的身体。然后她缓缓闭上眼睛，睫毛不眨。

夏侯走出湖畔的庭院，来到了湖堤上，身前便是数重柳。

狂暴的符纸海洋对他强大的身躯进行了数千数万次的侵袭，虽然没有能够在他身上留下什么伤，却割散了他的发髻。

黑中夹着数茎银的头发披散在他魁梧的身体后方，让他看上去就像是一尊佛经画卷上的魔神，然而破烂的衣衫，被腰带系着残留在腰间的残破盔甲上，让这尊魔神看上去是那般地狼狈。

夏侯面无表情伸手把腰间的盔甲碎片撕掉，像扔垃圾一般扔到柳树下，然后看着雁鸣湖四周的夜色，咳嗽了起来。

夏侯意外于湖畔庭院里有这么多符，便是风雪都有些禁不住；意外于宁缺在符道上的本事，竟比传闻中要强大很多；最令他感到意外的是，宁缺竟然能隔着这么远的距离施符。

意外使人警惕，他知道自己犯了错，但既然知道了错在何处，便可以纠正，所以他并不在意，依旧沉默地看着冬湖的四周。

雁鸣湖畔尽是白雪莽莽，只是夜太黑，没有星光也没有灯火，于是本应清亮一片的天地，竟是那般的黯淡，雪似也变成了黑的。夜色笼罩近处的寒柳与远处的芦苇，无论是冰实了的湖水还是湖周的山丘，都是漆黑一片，即便感知再如何敏锐，肉眼也看不到任何画面。

夏侯不知道宁缺这时候在哪里，只知道他肯定在雁鸣湖岸边，却不知道是西岸的木桥，东岸的雪林还是南岸的山崖。

但他确定只要宁缺再动，便会死。

宁缺站在山崖上，手里握着一把铁弓。他举起铁弓，缓缓拉动弓弦。弓弦微震嗡鸣，瞬间被风雪掩盖。

黝黑的铁弓上有些积雪，显得愈发寒冷。弦上那根刻着繁复符线的铁箭，瞄向雁鸣湖北岸的夜色。夜云遮星，四野漆黑一片。

不见繁星，不见人影。

夏侯看不见他，宁缺自然也看不见夏侯。既然如此，他手中的元十三箭准备射向哪里？

就在这个时候，大黑伞下的桑桑，紧闭着眼睛，把细细的眉尖蹙成了一朵小黑花，说了两组数字。

"六三三三。"

"二一七七二。"

两年多前，春天的岷山深处，北山道口一箭南来。其时林中烈火燃烧，当那第三名刺客砍向宁缺时，桑桑躲在大黑伞下，紧闭着眼睛，用尽全身力气喊出了两个字。

两年多后，寒冬的冰湖崖畔，北岸柳下强敌默峙。此时崖上雪花飘舞，桑桑再次喊出了两组数字。

这些数字是只有宁缺和桑桑才懂的坐标系，在过去的十五年里，陪伴着他们在岷山里狩猎，在生死前搏命，已是本能，不会出错。

和两年前几乎同样的画面，同样的场景，只不过今夜桑桑喊出的数字要复杂很多，数字的复杂程度往往代表着精确程度。寒冷黝黑的箭镞缓慢移动，在夜雪里寻找着目标。

然后停止。

他松开了紧绷的弓弦。

铁箭离弦而去，消失在弓前的湍流空洞中，消失在风雪之中。

夏侯坚信，只要宁缺再出手，便必死。

宁缺出手便是最强大的元十三箭。

黝黑的铁箭前一刻消失在山崖前，下一刻便突然出现在夏侯的身前。箭上的符线微微明亮，上面残着的雪片，都没有被风吹走。

在这一刻，元十三箭似乎突破了距离和时间的束缚，甚至不再被周遭的天地环境所影响。寒冷的箭镞，刺破了夏侯贴身的衣衫。

他体表的天地元气层骤然下陷。

夏侯有所感，伸手在空中一握。

他只来得及握住箭的中段。

世上能够握住宁缺的元十三箭的人，大概也只有那么几个。

铁箭在铁掌中发出刺耳的摩擦声，火星四溅，照亮湖畔寒柳。

56

铁箭在夏侯手中，向着他的胸膛继续前行，便要刺进他的身体。夏侯的眼睛骤然明亮，宛若星辰。

只听得一声轰鸣，铁箭与他手掌摩擦所带起的火花瞬间敛灭，湖堤之上狂风大作，寒柳尽碎，混入雪中一道狂舞。伴着恐怖的冲击力，夏侯的身体向后倒掠而去。

他的双足像铁柱一般踩在堤岸里，竟是硬生生犁出了两道极深的沟壑，如果不是雁鸣湖水已然结冰，湖水便会随之倒灌而入。铁箭的箭镞刺破了他体表的天地元气层，刺破了衣衫，刺破了肌肤，留下一道并不深的伤口，一滴鲜血缓缓渗出。夏侯抬起头来，望向雁鸣湖南岸，黝黑如铁的脸庞泛过一丝苍白，然后他开始咳嗽，有血水从唇角溢出。

雪夜冰湖上方有一条空虚通道，里面没有雪，直至此时雪才重新落入，然后被箭意的余韵绞成碎絮。

这便是箭道。

箭道的另一头在雁鸣湖南岸的山崖上，夏侯终于确定了宁缺的方位。

他面无表情看着那边，一道强悍的气息释出体内，雪与尘狂舞而起，在摇晃不安的寒柳间形成一个圆。紧接着，他双脚所站立的地面骤然下陷，形成一个丈许的完美圆形，借着恐怖的反震力，他的身体消失在湖堤上，只剩下余风缭绕。

夏侯离开了湖堤，向着湖的南岸开始奔跑，他的脚重重地踩在湖面上。

雁鸣湖冰冻得极为结实，即便承载着他的身体和高速所带来的冲击力依然没有破碎，只是每当他脚步踏下时，会出现几道不起眼的裂缝。坚硬的湖冰下方是水，感受到冰面上如山般的重量，开始震荡不安，发出沉闷而诡异的响声。就如同鼓槌重重地敲打着战鼓，发出咚咚的沉闷响声。

这片冬湖便是他的战鼓。

他击打战鼓的频率并不高，但每一记落下却是那般地有力。夏侯奔跑的节奏并不快，但每一步都仿佛跨过一道山河。

不过刹那间，他的身影已经出现在冰封的雁鸣湖面上。如果有人能够无视黑夜的遮蔽，或许能够看到雪湖上那道残影。

一位武道巅峰强者拥有绝对的力量，当他把力量转化为速度的时候，很难用语言或者对比来形容那种可怕的程度。雪湖上的夜风肯定没有这种速度快，落雪更没有这种速度快，即便宁缺射出的符箭速度更快，却没有办法射中如此快的目标。

在战场上，这是很简单的道理。夏侯和宁缺都曾身经百战，他们很清楚这个道理。

自从知道宁缺对自己的敌意之后，夏侯一直在警惕等待传说中的元十三箭，他思考了很长时间，最终得出了一个结论：只要自己奔跑起来，那么元十三箭便对自己没有任何威胁。

坚硬的军靴踩裂湖冰来到雪湖上，那处有枯荷被冻凝在水中，早已死亡，积着雪，看上去是那般地凄惨。

就在夏侯踩倒一株枯荷的时候，旁边几株枯荷颤抖了一下，仿佛重新获得了某种生机，然后便是轰的一声巨响。

冬湖冰面迸裂，枯荷尽伏，火光大作，气浪狂卷。夏侯如山般的身体，竟被震得高高飞起。

火光气浪之中是无数道凄厉的尖啸，哧哧作响。那些没有被爆炸气浪震伏的枯荷如同被锋利的刀芒切过，纷纷断裂，变成了无数道极碎的屑片。

夏侯重重落到雪湖之上，溅起一蓬雪花。

他的双膝微弯，军靴已破，但身体竟是强悍地保持着平衡，没有摔倒。但随着他一道落地的，还有无数片极锋利坚硬的铁片。那些高速溅射的铁片，哧溜尖啸着，斩碎枯荷，然后像雨般落在冰面上。

锋利的铁片附着在他的身上。他身体表面的天地元气在最危险的刹那挡住了绝大部分爆炸的威力和锋利铁片的切割，但依然有十几片锋铁揳进了他的身体。

夏侯坚硬的肌肤上出现了很多道伤口，鲜血开始流淌。

便在这时，第二支铁箭到了。

夏侯看着冬湖上飘着的雪畏怯地躲避，真气灌入右臂，面无表情一挥。这看似简单的一挥，却是令雪湖上夜风大作，冰砾狂滚。

嚓的一声锐响，他的右臂上出现了一道清晰的血口。铁箭受震，擦着他的身体没入雪湖。轰的一声，极坚硬的湖冰上，出现了一道黑幽幽的洞口。

夏侯霍然抬头，目若幽芒盯着南岸的方向，然后再次开始奔跑。

他确认自己还是低估了宁缺的手段，但他已经不能再退，必须要拉近与宁缺之间的距离。所以无论这片凛冬之湖里藏着多少手段，凋敝的雪中莲田里隐藏着多少先前那种爆炸，他都必须要冲过去。

他继续向莲田里奔跑。

于是第二场爆炸再次发生。

元十三箭可以无视距离，却不能无视目标的移动速度。宁缺也懂这个道理，更何况夏侯一身魔宗功法强悍至极，身体的强度完全不是隆庆皇子可以相提并论，所以他从来没有指望单靠元十三箭便射死夏侯。

好在雁鸣湖里有一片莲田。

暮春之时，宁缺把雁鸣湖畔所有宅院都买了下来，把雁鸣湖变成了自家后园的湖，他在湖里种了很多荷花。

盛夏之时，他与桑桑泛舟湖上，穿行于密植的莲田之间，赏湖赏风赏星辰，摘莲花剥莲子，然后在莲田里扔了很多小铁壶。

凛冬之时，雁鸣湖冰封，冰面厚实，莲田早凋，荷若鬼面，那些沉在莲田深处淤泥里的小铁壶，却开始苏醒过来。

随着小铁壶的苏醒，一场又一场的爆炸，接连在雪湖之上响起。炽烈的火焰与恐怖的气浪震得湖面上的积雪纷纷扬扬而起，无数片极锋利坚硬的小铁片，呼啸着在风雪中穿行。

湖面坚硬的冰层上，出现了很多黑洞。呼啸的风雪与铁片间，夏侯已然鲜血淋漓。

更可怕的是，每当他的身法因为爆炸而稍有停滞之时，南岸山崖上撑着大黑伞的桑桑便会报出他的方位，然后宁缺射箭。

下一刻，恐怖而寒冷的铁箭便会来到夏侯的身前。

小铁壶是花，宁缺和桑桑在这片凛冬之湖里种了多少莲，扔了多少壶，今夜湖面上便会开多少朵花。

铁箭是刺，宁缺箭匣里有十三支元十三箭，那么他便一定会趁着雪湖火花朵朵盛开的时节，尽数射将出去。

57

夜雪下的冬湖本来应该是安静漆黑一片，然而今夜湖面之上却是狂风大作，不时响起恐怖的爆炸声和火光。被冰封的莲田里绽开朵朵铁莲花，湖面厚厚的积雪被无形的力量抛起，厚实的冰层塌陷炸裂，仿佛墨汁般的冰冷湖水不停拍打着黑色的洞口，惊起雪般的浪花，然后消散于真正的雪中。

凋敝的残荷丛中，夏侯再次被气浪震飞。伴着尖啸的铁片穿梭声，他如山般的身躯破风而上，似要被抛到夜云之上。

雁鸣湖南岸山崖上，桑桑一手紧紧握着大黑伞，一手用力攥着宁缺的衣裳，低着头闭着眼，根本没有去看山崖前湖上的混乱画面，却似乎能够清晰地捕捉到每样事物的位置，低声再次报出两个数字。

听着那两个数字，宁缺毫不犹豫弯弓搭箭，朝着斜上方的遥遥夜云便射了过去。那处一片漆黑，他根本看不清楚那里有什么，但他知道夏侯便在那里。

天空里落着暴雪，漆黑一片，看不到箭道，只能听到元十三箭的尖锐箭啸之声，而当人们听到箭啸的时候，已经是下一刻的事情。

雁鸣湖上空的夜云骤然一阵波动，天地气息乍乱，仿佛黑云里炸开一道响雷，黯淡的云丝哧哧四处逃离。

夜云骤破，鲜血一溅。

夏侯从高空坠下，这一次再也无法保持身体平衡，重重地砸到了冰面上，砸得冰面上出现了好几道深刻的裂痕。一支寒冷黝黑的铁箭，深深地穿过他的左臂。

因为愤怒和疼痛，夏侯的眼瞳仿佛要燃烧起来，如同一只受伤的兽王。他一把握住铁箭尾，生生把箭矢从上臂里拔出，继续向着南岸奔去。

他只来得及往前踏出三步，莲田底、淤泥处再次发生一场威力巨大的爆炸。他脚底的冰层骤然开裂，险些把他的身体吞噬进黑暗寒冷的湖水中，随之而来的便是气浪火苗和那些阴险可怕到了极点的锋利铁片。

当湖水里的波动透过冰层传到军靴脚部时，夏侯以一位武道巅峰强者的能力做出了最及时的反应。他军靴重重一踏，脱离冰封的湖面，来到空中，然后闪电般举起双拳封于身前。

夏侯在闷哼声中惨然倒飞数十丈，直至退出莲田之外。他的手臂无法遮住的身体上出现了数十片小铁片，鲜血从伤口里渗出，看上去就像荒原秋天的赤草。

连续硬抗莲田里的爆炸，尤其是连续硬接了数道宁缺的元十三箭，夏侯即便是武道巅峰强者，精神和气血也损耗得极为严重。凝于体表的天地元气已经溃散四离，再也无法保护他的身躯。在魔宗真气作用下坚若金石的肌肤上面也出现了无数道伤口，虽然没有致命的伤势，但鲜血淋漓的模样，看上去极为狼狈。

就在这时，又一支元十三箭穿透燃烧的枯莲与风雪，悄无声息地来到了夏侯的身前，竟是没有给他任何的喘息机会。

夏侯双掌合十，强行于面前夹住那支恐怖的铁箭，身体在冰面上再退十丈。身下冰雪四溅，他的脸色苍白，唇角淌出的血越来越多。

宁缺站在雁鸣湖南岸的山崖下，沉默地注视着崖下湖面上的一切动静。当夏侯再次被炸得倒掠而退时，他借着这场爆炸响起的刹那光芒抢先确定了位置，在刚刚听到桑桑报出的位置后，手指轻抚弓弦。

箭术才是梳碧湖砍柴人最强大的手段，只不过以往普通的弓箭对武道修行者没有太大意义，而一旦世间出现了元十三箭这种武器，那么从某种意义上来说，宁缺便成为所有修行者的噩梦。

面对这种强大的箭术，更关键的是他的身旁还有桑桑，夏侯再如何强大，也无法避开那些悄无声息却威力强大的铁箭。

他只能硬抗，只能苦撑，只能不断地流血，就看宁缺的十三支铁箭射完时，他的血会不会流光，他能不能冲到宁缺的身前。

元十三箭速度太过惊人，远胜声音传播的速度，所以只有当它射中目标之后，箭啸的声音才会向着斜向两方传播。雁鸣湖西岸的木桥畔，芦苇骤然摇晃，叶红鱼身上的青色道袍阵阵飘起，然后她才听到了那声箭啸。

"元十三箭？"

叶红鱼神情微凛。

她在荒原雪崖上以及大明湖畔见识过元十三箭，她知道这集中了书院二层楼智慧的符箭拥有怎样的威力。然而今夜风雪大乱，芦苇乱摇，箭啸余韵里，她的青衣道袍呼呼作响。她才发现，不过一年时间，宁缺的元十三箭变得更加恐怖。

紧接着，雁鸣湖莲田里的爆炸声传到了雪桥上。她蹙眉说道："这又是什么？"

一声又一声的爆炸，一闪又一闪的火光，凄厉的铁片旋转尖啸，夜雪里恐怖的箭意，让她的脸色变得越发苍白。

她看着东方的湖面，忽然说了一句很令人费解的话："我死了。"

陈皮皮和唐小棠一直站在木桥那头。他们关注着湖面上的战斗，担心着宁缺和桑桑，沉默无语。叶红鱼不知道爆炸是什么，陈皮皮却是见过小铁壶试验的人，但他没有解释。

就在叶红鱼说出那三个字的时候，他看着远方的箭啸与雷鸣般的火光，神情复杂地说道："我也死了。"

风雪城墙上。

叶苏说道："我从来没有想过一个洞玄境的修行者能够闹出这么大的动静，看来我还是低估了宁缺。只是那些莲田里的爆炸是怎么回事？"

大师兄没有说话。

作为书院大师兄，他自然知道那些爆炸是怎么回事，但如陈皮皮一样，他也不会把小师弟压箱底的本事告诉别人。

叶苏望着雁鸣湖方向，沉默了很长时间，缓缓摇头说道："宁缺的手段如果用来对付别的修行者，真是必杀之利器。但想用符与箭还有这些奇怪的爆炸便杀死夏侯，依然还是不够。"

雁鸣湖上的雪渐歇，皇宫里的风雪还在继续。夜雪下的大殿灯火通明，鸦雀无声，自然更没有什么寒蝉鸣叫。

谁都知道长安城里正在发生什么事情，所以大殿内外所有人的神情都有些异样。侍卫手握寒冷的刀柄，警惕地驻守在殿外，太监宫女们低着头缓步行走，确保脚掌落地时不会发出任何声音。

大唐皇帝今夜没有穿常服，而是穿着明黄色的龙袍斜靠在软榻之上，手里握着卷书在看，却不知道他能不能看进去。

皇后娘娘坐在榻旁的椅中，往日里温婉华贵的面容今日却是没有一丝表情，隐隐可以在她的眼眸深处看到担忧和恼怒。

大唐国师李青山和御弟黄杨大师在御榻前平静相对而坐，今日长安城里强者云集，所以这两位朝廷最强大最可信任的高人，必然要在宫中。

皇帝陛下缓缓放下手中的书卷，望向殿外夜色里飘落的雪花，望向南方雁鸣湖的方向，清眉微皱。虽然夏侯是皇后不为人知的兄长，但从感情倾向上来说，陛下更希望宁缺能够获胜，因为陛下一直以夫子学生自居，那么在他看来，宁缺便是自己的小师弟。

"好磅礴的气息。"李青山感受着雁鸣湖那边传来的天地元气波动，说道，"宁缺的符箭果然可怕。"

皇后娘娘忽然抬起头来，看着皇帝陛下颤声说道："集书院后山的智慧，集大唐之力才打造出来这么一把符箭，难道这算公平？"

皇帝陛下沉默不语，他不想让自己的妻子更加难过。

一直沉默不语的黄杨大师忽然开口平静说道："算公平，只不过宁缺准备的时间更长一些，他准备了十五年。"

说完这句话，他和李青山离开座位，向殿外夜雪里走去，把这座安静而充满了复杂气氛的宫殿，留给陛下和皇后。

大殿侧后方有一方亭榭，亭间悬着一口古钟，亭檐上积着厚厚的雪，古钟上积着浅浅的雪。李青山和黄杨走入亭榭，站在古钟之旁。

李青山看着南方，深深皱眉说道："还是不够。"

黄杨僧人说道："没想到你也希望宁缺获胜。"

李青山说道："人的感情倾向是不受控制的，虽说夏侯是我道门长老，但宁缺却是师兄唯一的传人。"

然后他淡淡伤感地说道："他准备了十五年时间，结果却还是不行。"

黄杨僧人伸出手掌轻轻擦去古钟上的积雪，说道："宁缺入符道时，曾来万雁塔问道于我，我也希望他能获胜。但心有所念，事并不能如愿，如果谁准备的时间长谁就能胜，那修行还有什么意义？"

暴雪骤歇，爆炸产生的气浪渐渐平伏，夜风也变得温柔了很多。深夜的雁鸣湖一片安静，湖上夜云渐分露出一道缝隙，几颗星星从那道缝隙中探头出来，好奇地望向地面，想看看先前究竟发生了什么事情。

绝大部分的夜穹还被厚厚的黑云所掩盖，那几颗星星一现即隐，却洒下了些光线，略可视物。只见雪湖冰面上一片狼藉，凋莲早已碎成粉絮，莲田里出现了数十个幽幽的黑洞，看着令人不寒而栗。

一个魁梧的男子单膝跪在冰面上，跪在那些黑洞前方。他身上的衣衫破烂不堪，不知锲着几十还是几百块铁片，鲜血不停地从他身上淌下，最终流到湖面的积雪上，染得他膝盖周遭的雪地殷红一片。

夜雪冬湖上的殷红，其实更像是黑色。魁梧男子所跪之地，距离雁鸣湖南岸只有百余丈远。

宁缺站在湖畔的山崖上，盯着湖面。为了战斗和射箭，他身上黑色的院服袖管和裤管被桑桑用布绳系紧，此时他的身体尤其是右臂在剧烈颤抖，于是黑色的院服在湖风中呼呼作响。

使用元十三箭需要消耗大量的体力和念力，当初宁缺只能射数箭，如今修行浩然气有成，但把箭匣里的十三支铁箭全部射完对他依然是极大的负担。再加上湖畔宅院里的数百张符、湖底淤泥里的小铁壶，他动用了自己全部的手段，此时他识海里的念力已经近乎枯竭。

他的眼睛异常明亮，脸色异常苍白憔悴，他的右臂无力到了极点，他的右肩仿佛被撕裂开一般疼痛，他虚弱得随时可能倒下。

但他没有倒下。

他等着湖面上的夏侯先倒下。

夏侯单膝跪倒在雪湖上。他最终没能挡住宁缺最后那支元十三箭，寒冷黝黑的铁箭直接从他的小腿骨里穿了过去。如果被这支铁箭射中的是普通修行者，腿肯定断了。

夏侯不是普通修行者，他的腿没有断，那支铁箭甚至没能穿过他的腿，不过这样反而给他带来更重的伤与更大的痛苦。

夏侯伸出右手握住小腿上的铁箭，想要把这支箭拔出来。然而他的手颤抖得有些厉害，竟是没能成功。

他面无表情加上一只左手。两只铁手猛地用力，坚硬的铁箭竟被他从中折断！

这个动作必然会带来极大的痛苦。夏侯铁眉猛挑，如涂着胭脂的血唇张开，迸出一声极凄厉的啸声。

凄厉而可怕的啸声回荡在安静的雪湖之上，震得冰雪乱飞，甚至就连岸畔的寒柳都飞舞了起来。

夏侯膝头渐直，站了起来。

此时他浑身鲜血，看上去狼狈凄惨不堪，然而一朝站立在雪湖之上，却是霸气十足，如一座坚不可摧的山，更像雁鸣湖北岸院门外的那面血旗。

那面血旗在寒风中呼啸而舞，却似乎永远不会倒下。

夏侯望向南崖那方山崖。他苍白的面容上没有丝毫表情，他颤抖的声音里明显有着痛苦，但他说的话，依然透着股不可一世的强悍意味。

"宁缺，仅此而已吗？"

58

"这就是你所有的手段？

"你以为这样就能杀死我？

"我最强大的手段都还没有拿出来，你不要说你不行了。"

凄厉的啸声在雪湖上回荡，夏侯在夜色中向着雁鸣湖南岸行走。因为腿部的伤势，他行走的速度很缓慢，说话的声音有些颤抖，但他的脚步依然是那样地稳定，他的气度依然是那般地强大不可一世。

站在崖畔的宁缺看着夜湖冰面上缓慢行来的夏侯，脸上没有任何表情，心情却是有些异样，感受到了风雪所带来的寒冷。

箭匣里的元十三箭已经射光，两年辛苦积攒下来的数百张符纸在湖北岸的宅院里化为黄色的瀑布和流光溢彩的风暴，冬湖底淤泥里的小铁壶尽数引爆。他最强大的手段看似已经完全使出，然而却依然没能杀死夏侯，甚至无法阻止此人缓缓向南岸走来的脚步。

这就是武道巅峰强者的实力？

城墙上飘落的雪花要变得稀疏了很多。

大师兄看着雁鸣湖的方向，干净的眉眼间隐藏不住忧虑的神情，身上那件旧棉袄微微颤抖，似乎在犹豫要不要飘起。

叶苏神情微凛，他没有想到这场凛冬之湖上的战斗竟然会呈现出这样的局势，从开始到现在，夏侯居然会全面受制，而且会受这么重的伤。

"我不得不承认宁缺给了我很多意外，夫子的关门弟子果然不是普通人物，不过很可惜的是，今夜他终究会死去。"他看着大师兄说道，"除非你出手。"

大师兄听懂了这句话的意思。

今夜世间强者云集长安城，书院只有他和君陌出面，为的便是给宁缺营造一个公平的环境。君陌负责看住大唐军方，而他则负责看住这位昊天道门的绝世天才，相对应的，他和君陌也被对方所看住。

如果他出手，那么叶苏必然会出手。

不知道想起了什么，大师兄脸上的神情渐渐温和平静下来。

"老师时常让我向小师弟学习，我一直在思考应该学习一些什么，如今想来，便是学习他遇着困难时的态度。"

他看着雁鸣湖方向，说道："小师弟最值得敬佩的地方就是他自己，他就是他自己的天空，没有任何极限，当世间所有人都认为他不行的时候，他往往还能向前再走一步，在石阶上再登一步。他进书院时如此，登旧书楼时如此，登山道入二层楼时如此，那么今夜又怎会有意外？"

羽林军军营外点燃了很多火把，把周遭照得极为明亮，营外的那道雪桥看上去就像是一条玉带，而雪桥上那个戴着高冠的男子，则像是玉带上的仙人。

随着风雪的飘逝，时间在不断地流逝。从白日到此时的深夜，不知道过去了多久，雪桥的对峙一直在继续。

书院二师兄君陌，一直坐在雪桥上。镇国大将军许世和强大的羽林军，一直停留在雪桥下方。

许世将军倚着雪桥下方的栏杆，看着盘膝坐在桥上雪中的二师兄，痛苦地咳了两声，说道："宁缺对夏侯的挑战，在我看来，便是对我大唐军方尊严的挑衅，所以我想要阻止这场战斗的发生。"

二师兄缓缓抬头，望向这位大唐军方的领袖，覆在发上眉上的薄雪簌簌落下，说道："战斗既然开始，言语便无必要。"

"是的，已无必要。"许世雪眉渐飘，看着他怒意难抑地说道，"所以你一定要宁缺去死？"

二师兄说道："战斗既然开始，自然便有生死。尔等身为大唐军人，难道还不明白这个简单的道理？"

稍一停顿后，他神情冷漠地说道："再说那夏侯又不是什么了不起的人物，谁敢说我家小师弟一定便会输？"

在书院二先生的眼里，大唐王将夏侯或许确实不算什么太过恐怖的对手，但如今与夏侯对战的是宁缺。

许世如此想着，然后神情漠然说道："世间没有奇迹。"

二师兄看着他，认真说道："书院就是创造奇迹的地方。"

"如果准备了十五年，还不能杀死此人，那么剩下的便只能凭天命，然而老师说过，这个世界上从来就没有什么天命。"

宁缺站在山崖上如此想着。他抬头看了一眼天空，低头看着雪湖上走来的那人，眉头缓缓挑起，问道："我们真的……能成功吗？"

箭匣空后，桑桑便睁开了眼睛，她撑着大黑伞，看着宁缺的眼睛，非常用力地点了点头，说道："因为我们必须成功。"

宁缺笑了起来，心想确实如此，不论世间有没有天命，无论自己能不能成功，自己必须成功。那么除了成功，便不应该去想别的任何事情。

他看着雪湖上那个霸道十足的身影，说道："你只剩下一双无力的拳头，半副残躯，我还有一把新鲜的刀，我凭什么砍不死你？"

雪湖上，夏侯的身躯微微一滞。便在这一刹那的凝滞时光里，宁缺伸出右手，在寒冷的风中握住了刀柄，手指感觉到熟悉的哈绒草的触觉，骤然一紧。

喤唧一声，他从鞘中抽出了朴刀。

从很多年前开始，为了针对夏侯麾下的三人刺客小组，宁缺便习惯于带三把刀，后来他不再需要针对那些刺客，只需要针对夏侯本人，于是他请书院六师兄把这三把刀合成了如今的一把刀。

这把刀很细长，却极为沉重，线条流畅却谈不上美丽，刀锋并不雪亮，一味朴实，是一把地地道道用来杀人的刀。

宁缺单手握刀，顺着崖壁冲了下去。崖壁很陡峭，他的速度越来越快，快要变成一道黑色的影子。

黑色的影子后方那道残影，便是刀的影子。

宁缺一直坚持没有在这把刀上刻符线，而是让它保持着原初的模样，光滑简单到了极点，大概是因为，他想施展出最简单的刀法。

因为他坚信，最简单的便是最强大的。

便如他此时冲下崖壁，向着雪湖上那个强大男人砍过去的这一刀。明明他距离夏侯还有百余丈远，但他的刀势已经提前出现。

便是直冲，然后横掠，接着斜举，最后下斩。

如果夏侯真的接了这一刀，那么他相信便是自己的机会来了。

夏侯没有选择硬接宁缺这蓄势已久的一刀，他也没有像往常那般强悍地以铁拳反击，更没有像在军营里对付燕国刺客那般一声如雷般的暴喝，便将两名洞玄境的强者震成了白痴。

　　因为他在唐的手里受过伤，他的盔甲被魔宗的血刀斩破，他的身体里现在还隐藏着唐的很多道拳意。他并不处于自己的巅峰状态，而且先前，他在宁缺的符纸风暴以及箭与花的攻势中，也受了不轻的伤。

　　夏侯也没有选择暂避刀锋，身为武道巅峰强者，最擅长的便是近战，又哪里会畏惧这道简单强大的刀势？

　　先前他说自己还有最强大的手段没有动用，此时他终于动了。

　　他站在雪湖上，闭上眼睛，还在淌血的双手伸向寒冷的夜风里。识海中的念力经由气海雪山喷薄而出，顿时融入雁鸣湖四周的天地元气里，摘得丝丝缕缕糅合成绳，瞬息间远渡数里，落在北岸某处。

　　雁鸣湖北岸庭院门外，立着一面血色的军旗。

　　那是夏侯的王将之旗。

　　在夜风里缓缓飘舞的军旗仿佛听到了军令，骤然紧绷起来，在院门前狂舞不安，似一头想要挣脱铁链去阵前厮杀的怪兽！

　　夏侯入院之前把军旗深深地插进石地面里，旗杆旁被震出了数道石缝，此时军旗舞动不安，旗杆不停颤抖摇晃，地面上那些石缝骤然变深变宽，向着四周蔓延开来，看上去就像是一道蛛网。咔咔碎响声里，旗杆下的石地面迸裂，石砾四处溅飞，血色的军旗从地面挣扎而出，呼啸而起，向着雁鸣湖方向飞去。

　　庭院前一阵飓风，被风势撕扯成碎片的血旗片片落下，雁鸣湖上方低沉的夜云里响起一阵恐怖的嗡鸣，隐隐可见一道黑影。

　　仿佛有圣人在云中御剑而行。

　　宁缺根本不知道自家庭院前发生了一幕诡异的画面，更不知道那面血色的军旗已然碎裂，只剩下旗杆在云中轰鸣而至。他此时正在崖壁上冲刺，眼中只有百丈之外夏侯的身影，然而就在此时，他的心头忽然生出一丝警兆，识海深处一道碎片骤然明亮起来。

　　电光石火间，他右脚重重踩向崖壁上突起的一道岩石，借力强行在空中扭转身体，面朝着夜云的方向，体内浩然气灌入双臂，把沉重而坚固的朴刀在身前舞成了一片密不透风的刀花。刀花所掠之处，崖石乱飞！

湖上夜云骤然大乱，一道棍状的黑影破云而出，须臾间落至崖畔，极为霸道蛮不讲理地狠狠戳进他身前的刀花里。

轰的一声巨响，宁缺感觉到一股无可抵御的巨大力量，顺着朴刀传到自己的身上。他的身体还在空中，陡遭重击，顿时重重一挫，然后加速坠下，狠狠地撞进崖下的雪湖里，激起冲天高的雪浪。

宁缺从积雪里站了起来，抹掉唇边的鲜血，看着夏侯此时手中握着的那根黝黑的棍状物，心头生出极强烈的警惕。

夏侯看着他，眼睛渐渐眯了起来，似乎发现了一些很古怪的事情。

宁缺问道："这是什么东西？"

夏侯说道："枪。"

血色的军旗只剩下了旗杆。

旗杆便是枪。

59

铁枪是血旗的旗杆，所以特别长，落在冰面上，比夏侯魁梧的身体还要高出一大截。枪身色泽黝黑，光泽暗淡，笔直得没有任何弯曲，表面上没有任何雕饰，光滑无比，与棍唯一的区别便在于一头锋利无比、泛着雪亮的光芒。

虽说在最关键的时刻宁缺提前做出了反应保住了自己的性命，但他的双臂还是被震得剧痛无比，似乎骨头都要断了，胸腹间更是难受到了极点，似乎有血水正在那处慢慢汇集。

旗破杆飞，一根铁枪自数里外而来，破云而出，便能把他砸得狼狈不堪，险些骨断命丧，实在是难以想象这根枪里究竟蕴藏着多大的威力。

宁缺这才知道，原来夏侯最强大的手段并不是他体内霸道的魔宗真气，而是这把随时可以破云而出的铁枪。

没有人知道夏侯擅长使枪，他也没有听说过。这把黑色的铁枪竟是被夏侯当作飞剑在使，一名出身魔宗的武道巅峰强者，怎么可能拥有如此精妙雄厚的道门手段？

铁枪立于雪湖，毫不掩饰地散发着强大的味道，堂堂正正地向对手和湖周的自然宣告着自己的存在和杀戮之意。

宁缺抬起右臂，抹掉唇角淌出的血水，问道："这把枪叫什么名字？"

"明枪。"夏侯说道，"你有暗箭，我有明枪。"

宁缺咳了一口血，喘息着说道："枪好，名字也好。"

夏侯看着他右手握着的那把细长朴刀，微微眯眼说道："你也有把好刀。"

那确实是一把好刀，不然根本无法抵挡住那根杀破夜云、从天而降的铁枪，会在刹那间碎成无数碎片。

夏侯面无表情说道："但世间除了柳白的剑，谁有资格对上我的枪？"

自从叛出魔宗效忠道门后，为了应对极有可能还活着的老师莲生，尤其是为了应对不可能就此悄无声息死去的二十三年蝉，夏侯一直在默默做着准备，他的准备便是此时手中的这柄铁枪。

这道枪是他自己亲手打铸而成，这道枪的枪意则是承自知守观观主。在这些年的修行当中，夏侯硬生生逆功法而行，强行修行道门功法，居然成功地把铁枪修成了自己的本命物！

从那一天开始，这道铁枪终于有了崭新的枪意。夏侯以为那是光明，或者说他希望以后会是一片光明，所以他把这道铁枪命名为：明枪。

明枪在手，夏侯敢于直视明宗在黑夜里的窥视，更何况是宁缺手中这把平凡的刀？

当那面血旗破碎、旗杆化为铁枪飞入夜云之中时，城墙之上的大师兄便察觉到了。他下意识里向前走了一步，双手扶着城墙头，浑然不觉墙头积雪的寒冷，面带忧色地望向雁鸣湖的方向。

能够让书院大师兄如此凝重担忧，可以想象夏侯这一枪的威势，给今夜观战的人们心理会带来多大的冲击。

大师兄喃喃说道："想不到夏侯将军到最后竟然还藏着这样的手段。"

"这道枪的速度、力量、气势，堪称完美。"叶苏说道，"记得老师说过，他领着夏侯入道门之时，曾经试图让他脱离魔宗功法，转修道法……没有想到，夏侯居然真的改修道法，而且还能把这道枪修到如此境界，实在是令人匪夷所思。"

大师兄微微动容说道："原来是观主所授，难怪如此霸道。"

"不是霸道，是光明正大。"叶苏说道，"如果夏侯能够把明枪修炼至绝对光明，巅峰期的他大概能与柳白一较高下。"

大师兄摇头说道："不谈夏侯将军的伤势，只说这道明枪如今的境界，与柳白先生的剑意还有一段距离。"

叶苏说道："距离是与柳白的距离，却不是宁缺能够应对的。"

大师兄沉默不语。

为了接下那记霸道至极的明枪，宁缺受了极恐怖的冲击，内腑伤势渐显，他需要时间恢复，所以他愿意多说几句话。

夏侯虽然也已经伤重，但相比较而言他更应该选择展开雷霆攻势，抢在自己血流干之前把宁缺砸成肉泥，但他给了宁缺说几句话的时间。

因为他此时的心里有些疑惑，于是警惕。

为了今夜雪湖上的战斗，宁缺准备了十五年，夏侯具体准备的时间不长，但在血腥的战场上有数十年的经验。他是大唐帝国的四大王将之一，世人往往被他暴戾冷血的一面所吸引，忘记了他在军事上的才华。事实上他在战场上的指挥才能并不弱于自己的强大实力，更可怕的是，他很擅长把兵法运用在修行者的战斗中。

从踏入雁鸣湖畔宅院前插旗入地开始，夏侯一直在按兵法行事。他把自己的身体当作了中军帐，不停地示敌以弱，甚至不惜耗损大量的兵力，一直硬抗着宁缺最强大的手段。直到最后他把敌人拖到疲惫不堪，看清楚了敌人的所有手段，才动用自己的最强手段，意图一击而毙敌。

为了最后一击而付出如此大的代价，消耗了如此多的精神，流了如此多的血，那么最后一击必然如雷霆大动，不能给敌人任何机会。

宅院前的那面血旗便等若是他在战场周遭埋伏的数千重甲玄骑，为的便是最后敌人久攻不下之时，陡然出击，如风卷落叶般确定胜势。

大唐精锐的重甲玄骑是军营里最强大最恐怖的铁流，铁骑蓄势良久而出，必然横扫四野，无可抗敌。那面血旗里的铁枪是夏侯最强大最恐怖的手段，直到最后才把它放出，自然是胜负手。

然而铁枪出夜云雷霆一击，宁缺却没有死。虽然说他现在不停咳着血，明显受了很重的伤，但他没有死的事实，依然让夏侯感到极为强烈的疑惑。

片刻后，他想明白了一半的答案，于是他看着宁缺的眼睛变得愈发明亮，愈发寒冷，就如同身前雪湖上散落的那些寒冰。

想明白一半就够了，至少他认为已经足够解决自己心头的疑惑和警惕。他挥动右臂，手臂残存着的如丝缕般的衣物瞬间粉化，伤口淌出的血水像箭一般洒向黑夜，手掌里握着的铁枪破空而去，瞬间消失无踪。

夏侯的第二道枪，不是指向山崖下的宁缺，而是直刺山崖上方的桑桑。

他有足够多的情报来源，知道山崖上肯定是宁缺的小侍女，知道小侍女与宁缺的情分非同一般，更知道那个小侍女是卫光明的传人。

桑桑的身份来历，一直令夏侯感到有些诡异和警惕，于是他决定先把她杀死。夏侯就是要清楚地告诉宁缺，他要杀死桑桑，他要宁缺回身去救，然后去死。

桑桑是宁缺的命，如果有人敢用桑桑来威胁他，他一定会不惜一切代价抢先把对方杀死，就如同在荒原上把隆庆射穿那般。而且对于一般人来说，珍逾生命、看上去如此瘦弱的小姑娘被死亡所威胁，都会第一时间回身去救，把自己的生命置之度外。

但宁缺并没有这样做。当感知到那道磅礴霸道的铁枪直刺崖上时，他没有回头，而是紧握着刀柄，右脚重踏冰面，身体在雪湖之上瞬间直掠十余丈，手腕一翻，举起锋利的朴刀，向着夏侯冲了过去。

他的速度非常惊人，雪湖上的寒风吹拂着身上的黑色院服，衣袂呼呼作响，仿佛将要散开的夜穹。

夏侯眉头微挑，有些不解，伸出铁一般的右手在夜风中虚虚一握。

铁枪破空而至，瞬息之间便来到了雁鸣湖南岸的山崖之上，朝着桑桑刺了过去。因为与空气摩擦得太过剧烈，黝黑的枪身泛着明亮的光泽，与桑桑瘦弱矮小的身躯相比，显得格外粗长恐怖。

枪风裹着崖间的残雪扑面而至，吹得她脸颊生痛，剪短后的微黄发丝像陡溪中的水草般呼呼向后倒去。她知道宁缺不会回头来救自己，因为宁缺来不及救自己，因为宁缺相信她能救自己，因为此时此刻她必须自己救自己。

桑桑虽然是光明神座的传人，跟随老人学习过神术，这些日子与道痴叶红鱼相互印证，但她从来没有参与过修行者的战斗。

不知道应该如何战斗，便不知道应该如何能够救自己。她依靠着本能，像多年前在岷山里那些生死关头时，像受伤的小兽般蹲了下来，紧紧地抱着伞柄，拼命地缩着身子，让大黑伞把自己身体的每一处都遮住。

山崖上响起一道极怪异的声音，就如同鼓槌重重地落在一张破鼓上，又像是夏侯先前迈越河山的脚步，一脚踏破了冰面，落进了水里。

铁枪狠狠地扎进大黑伞，锋利的枪尖刺破了经年的油垢与黑泥。二者接触的地方急剧下陷，黑布哧啦作响，似乎变成了一个恐怖的黑洞，然而在黑洞的最下方，枪尖始终……没能穿过伞面！

大黑伞的伞柄抵着崖石，扑哧一声如刀切豆腐便刺了进去。石砾乱飞，闭着眼睛瑟瑟躲在伞下的桑桑身体重重一震，脸色骤然变得极为苍白，哇的一声，鲜血从唇里喷出，染红了今晨换的新衣裳。

60

叛出魔宗的夏侯本命物便是那柄恐怖的明枪，他可以清楚地感知到铁枪之前的所有细节，所以他知道桑桑没有死。

以极大毅力隐忍谋求必杀的第一枪，没有能够杀死宁缺。暗合兵法正奇之道，绝不应该失手的第二枪，也没能杀死崖上的小侍女。连续两次不可思议的失手，让夏侯的情绪变得有些异样。

宁缺此时已经横掠数十丈，来到了雪湖之上。

夏侯微微蹙眉，在寒风中虚握着的右掌猛地一紧，崖上那柄铁枪猛地向后一缩，仿佛被大黑伞弹回到了空中。黝黑的铁枪刺破湖上飘着的残雪，刺破最细微的寒风，带着尖锐的鸣啸声，闪电般直刺宁缺的后背。

尖锐的鸣啸是破风声，是锋利枪尖前的湍流声。声音越尖细说明速度越快，单听声音，便知道这柄铁枪纵使速度不及元十三箭，但也极为恐怖。

但就在铁枪距离他的后背还有三丈的时候，在尖啸声还没有传进他耳朵的时候，他再一次提前做了反应，浩然气灌注全身，于夜空里强行拧身，把全部的精神与力量凝于刀身，向着身后狠狠斩落！

一声极其明亮的脆响，伴着强劲的气流喷溅，从刀锋与枪尖之间向四周波散而去，震得冬湖上的积雪不停颤抖。

宁缺手腕一阵剧痛，险些握不住手中的朴刀，但他以极其坚毅的心神稳定住自己的身形，借着刀锋传回的反震之力，在夜风里转着圈呼啸着再次向夏侯扑去，速度竟是比先前更快了几分。

那柄铁枪在夜空里划了一道弧线，比宁缺更早来到了夏侯的身前，回到了他虚握在寒风中的右手掌里。

寒风骤疾，宁缺破风而至，双手紧握朴刀，当头砍了下去！

夏侯已然浑身浴血，脸色苍白，然而神情依旧岿然不动，看着如鬼魅般扑向自己的身影，简单至极地一枪递了过去。

铁枪锋尖处光芒大作。

一声清脆巨响之后，宁缺如受伤的大鸟般惨然向后倒掠而去，再次重重地摔倒在雪湖之上。黝黑的铁枪在夏侯的手中以极高的频率颤抖着，很长时间都无法平静下来，发出令人心寒绝望的低沉嗡鸣声。

宁缺站起身来，觉得自己的手腕似乎已经断了，脸色苍白如雪。虽然夏侯在他的符箭之下受了极重的伤，但在力量以及真气雄浑程度上，他依然远远不如对方，这种差距是没有办法弥补或者是拉近的。

夏侯简单一枪，便破了宁缺筹谋已久舍生忘死的一刀，应该没有什么道理不满意，然而他的眉头却深深地蹙了起来。

因为这一枪还是没能刺中宁缺的身体。

就在先前那刻，明枪如炽烈的阳光将要撕开宁缺身上的黑夜颜色时，宁缺手中的朴刀不知道从何处诡异地翻了出来，不差毫厘地砍中了枪尖。然后他的身体借势倒掠，却并不是被枪尖挑了出去。

夏侯眯起眼睛，看着宁缺说道："春天你在书院后山崖洞里闭关，果然不是符武双修，而是你……已经入魔。"

宁缺向身前的雪地里吐了一口带血的唾沫，没有接话。

先前夏侯便想明白了一半的答案，那个答案便是宁缺已然入魔，不然如果是普通的修行者，根本无法承受铁枪所携带的巨大力量。

但那只是一半的答案。

夏侯今夜对宁缺出了三枪，每一道枪都是精神饱满之作，他相信就算是当年魔宗的那些高手，也不可能接下来。

宁缺应该已经死了，但他还活着。

每每在最关键的那个时间点，在枪尖的死亡阴影要覆盖他身躯的时候，他总能提前做出反应，并且是最正确的反应。

夏侯警兆骤生，就算宁缺入魔也解释不了他怎么能做到这一点，因为这代表他对周遭的天地元气波动有最深刻的认知。

换句话来说，今夜的宁缺似乎拥有知命境的战斗意识。

城墙上的雪渐渐歇了，却显得比先前更加寒冷，大师兄和叶苏望着雁鸣湖的方向，二人呼出的气息如雾一般弥漫在四周。

叶苏没有想到宁缺居然接住了夏侯的明枪，虽然狼狈到了极点，但终究是没有死。这一点令他疑惑不解，甚至有些震惊。

"夏侯的明枪自然刺不中大先生你。"叶苏看了大师兄一眼，继续说道，"如果是柳白，必然是倒提剑柄，以滔滔黄浪拍面击之，抢而杀之，如果面对铁枪的是我，大概会以剑意横凝如铁索，尝试缚住这把枪，然而我想不明白，宁缺怎么能躲开他的枪。"

大师兄思考半晌后摇了摇头，说道："我也不知道小师弟是怎样做到的。"

叶苏闭上眼睛，专注地听着远处雪湖上隐隐传来的枪刀撞击之声，某人如鬼魅般踏雪而掠之声，忽然想到一种可能。

片刻后，他睁开双眼，蹙眉说道："即便如此，也无法解释。"

大师兄问道："如此？"

叶苏面无表情说道："你知道我指的是什么。"

大师兄说道："书院不会承认。"

叶苏寒声说道："不承认不代表不存在。"

大师兄缓声说道："没有证据，那么只会徒惹烦恼。"

叶苏深深地吸了口气，忽然说了句无头无尾的话："夫子总有一天是会离开的。"

大师兄不假思索，说出了一句话。这句话和当初宁缺回答叶红鱼的那句话几乎一模一样。

"我不认为老师会在我们之前离开。"

自从在魔宗山门里继承了小师叔的衣钵，浩然气一直在不停地改变着宁缺的身体，他现在的身体变得越来越强，他的力量变得越来越大，相对应的，他的身法与速度也变得越来越快。

但夏侯是魔宗前代强者，身体被真气养炼多年，无论力量还是速度都远在宁缺之上，所以他能够挡住夏侯的明枪，并不是因为这些。

宁缺并不知道夏侯最后的手段居然是道门的功法，更没有想到夏侯会有自己的本命物，但他的识海深处有莲生大师度过来的无数意识碎片。

夏侯一身魔宗功夫尽数传承自莲生，莲生比谁都了解自己的这名弟子。虽然他不可能知道夏侯修行明枪时的情况，但他知道夏侯的性情喜好习惯甚至是双脚站立的方位，他知道夏侯的所有事情。

如果说莲生大师是一张如海洋般宽广的巨网，那么夏侯便是行走在这张巨网上的石像巨人，看似强大不可摧毁，实际上他跨出的每一步都还在那张网里，每一道震动，都会让那张网知道他的意图。

去年寒冬在呼兰海畔，远不如此时强大的宁缺，面对着夏侯比今夜威势更盛的那个拳头，还能保持冷静，便是因为那些意识碎片在起作用。今夜，这些意识碎片依然在起作用。

有寒风自湖东岸的冬林里袭来，卷起湖面上的积雪，纷纷扬扬地洒着。夏侯看着这些雪，忽然想到呼兰海畔自己手中那些如雪的灰。那一匣子老师的骨灰。他的身体忽然变得寒冷起来。

"老师……他教过你什么？"夏侯看着宁缺问道，双眼里燃烧着幽冷的火焰。

宁缺的眼睛也很明亮，指着自己的头说道："莲生大师没有教过我什么，但确实给我留下了一些东西。他留下的意识告诉我，他也很想杀死你这个孽徒，替明宗清理门户，所以这里面全部是你老师对你的杀机。"

夏侯沉默了很长时间，忽然神情漠然说道："书院自称正道，你是书院弟子却师从莲生魔头，用的是魔宗功法，真是大逆不道。"

宁缺说道："你是魔宗弟子，师从莲生，却叛出魔宗投靠道门，甚至改修道门功法，舍弃自身的天地修行本命物，你比我更大逆不道。"

夏侯忽然冷笑起来，说道："想不到今夜竟然是两个叛徒之间的战斗。"

宁缺摇头说道："魔宗视你为仇，书院可没有不承认我的身份。"

夏侯说道："不管老师教了你什么，但你今夜终究还是会死。"

宁缺说道："我本以为世上只有我动口强过于动手。"

夏侯眯着眼睛说道："那便动手，请再接我一枪。"

寒冷的声音渐行渐远，夏侯魁梧的身躯仿佛变成了一座真正的山，脚下坚实的湖冰骤然间出现一道极深的裂痕，隐隐可以看见湖水。

雪湖终于开始荡漾起来，湖面上两个人的距离急剧缩小，夏侯手握铁枪，端直一刺，宁缺手腕一抖，一刀斩落。

铁枪与朴刀再次相逢。

感受着刀柄上传来的沛然莫御的恐怖力量，宁缺紧蹙着眉头，没有任何犹豫，念力疾出，身体里那滴晶莹的液体高速旋转起来，在书院后山崖洞将养蓄力数月而成的浩然气，以一种近乎放肆的姿态喷将出去！

他手中的朴刀骤然大放光明，无数的金色光线从暗沉的刀身上喷溅而出，如暮色中长安城墙反耀的金光，又像是一轮突兀出现的太阳，瞬间把漆黑一片的雁鸣湖照耀得有如白昼！

金色而圣洁的光辉，离开朴刀后，穿越寒冷的空气，化为一蓬金砂般的物事，狠狠地击打到夏侯的脸上！

千年以来，道魔向来不两立。西陵神殿的神术毫无疑问便是魔宗功法的克星之一，是以叶红鱼悟神术之后，便被视为司责追杀魔宗余孽的裁决司理所当然的继承人，书院小师叔囚禁莲生大师这等人物，也是用神辉拟出樊笼阵法。

神术是昊天赐予道门的礼物，便是对魔宗的责罚。那些金色的光线无视魔宗修行者强悍的身躯和雄浑的真气，直接隔空影响他们体内真气的流转，甚至能够直接融化他们体内经脉的晶壁！

今夜凛冬之湖一战，夏侯把他最强大的手段留到了最后，一柄铁枪横扫四方，而宁缺也把自己的道门神术留到了此时！

炽烈的昊天神辉里，夏侯的脸颊仿佛苍白得快要变得透明。他的眼瞳似乎真的要燃烧起来，眼睫毛在神辉里根根脱落，然后化为焦炭，又成灰烬，最后变为虚无，眼瞳里闪过一抹惊恐，紧接着却是戏谑的笑意。

看着神辉外的宁缺，夏侯放肆大笑，近乎咆哮般吼道："你以为我不知道你会神术！但你的神术是假的！你这还是浩然气！烛光怎么能变成阳光！假的就是假的，永远成不了真的！你不是轲浩然，能奈我何！"

雄浑至极的真气从他魁梧如山的身躯上狂喷而出，伴着哧哧的响声，周遭的积雪被震离湖面，竟是浮到了夜空之中！

夏侯站在飘浮的雪中，单手执枪下压，如天神于云外倾身相看，无可阻挡。

宁缺膝盖微弯，脸色苍白，脚下的冰面发出咯咯的声音，似要破裂。

夏侯右掌一翻，似一座小山般拍向宁缺的头顶，神情漠然说道："死吧！"

　　今夜的夏侯身受重伤，实力不及巅峰时十之二三，但毕竟是武道巅峰强者，只有这些残存实力的他，仍然强大无比。

　　以宁缺如今的实力，能够硬抗夏侯的明枪已然是极其令人震惊的画面。他的全副心神与所有的浩然气都灌注在朴刀之上，根本没有余力来应对如小山般拍向自己头顶的那一掌，即便有此时也来不及了。

　　然而就在这时，夏侯发出一声极其凄厉的叫啸，收掌疾退。

　　他的小腹喷出一道血花！

　　他一路裂冰荡雪，须臾间连退两百丈，喷出的血在雪湖上拖出一道长长的血线。

　　就在先前那一刻，宁缺极其不讲道理地收了刀。当时夏侯的手掌距离他的头顶只有半尺，当时夏侯手中的铁枪不再有朴刀的隔挡，正欲向下。

　　他一刀深深地捅进了夏侯的小腹，当他抽出刀时，夏侯的手掌距离他的头顶还有半尺。

　　夏侯手中的铁枪根本没有丝毫移动，仿佛悬停在了空中。宁缺收刀，重新隔挡在铁枪之前，夏侯才反应了过来。于是他收掌，他疾退，一退便是半片雪湖。

　　用闪电都无法形容宁缺这一刀的迅疾，那是一种超越速度感的气势。就如同滔滔浊浪自天而降，速度其实并不见得快，但那股气势，却让所有看到的人，都感觉无法阻止这一切的发生。

　　远处雪湖上，夏侯捂着汩汩流血的腹部，惊怒交加，问道："这是什么刀！"

　　宁缺看着他，说道："你知道我会神术，那你知不知道我会剑？"

　　他先前那刀用的不是刀法，而是剑意。

　　世间第一强者剑圣柳白的剑意。

寒冷的城墙上，叶苏望着雁鸣湖的方向，感受着那道并不熟悉、但他绝对不会认错的凌厉剑意，下意识里把身前墙头上的积雪拍散，不可思议地说道："自天而降一道浊河！怎么会是柳白的剑意！"

他霍然转身，看着大师兄震惊说道："宁缺会的东西已经够多了，他居然还学会了柳白的剑！谁教他的？难道是书院？"

大师兄诚实回答道："小师弟虽然学过浩然剑，但大河剑却不是书院教的。"

叶苏皱着眉头，问道："那是谁教的？"

大师兄犹豫片刻后说道："……你妹。"

61

夏侯捂着腹部，鲜血从指间汩汩流出，他感受着腹部的痛楚和那道依然在不停侵伐的恐怖剑意，脸色极为难看。

既然不是刀是剑，那么他很容易猜到，这道如大河自天上垂下、于不可能间重伤自己的剑意，自然来自剑圣柳白。

看着远处雪湖上的宁缺，夏侯的神情很怪异——宁缺的境界确实不高，但他拥有轲浩然一脉的浩然气，学会了颜瑟的符，手握书院的箭，继承了莲生的意识，甚至现在还拥有了柳白的剑意！一个修行者，居然能够身兼如此多手段，而且这些手段无论正邪，都处于世间巅峰的那个层次，实在是世所罕见的现象。

"书院……老师……轲浩然……颜瑟……现在又多了一个柳白，你究竟身上还藏着多少秘密，还藏着多少人的杀意？"夏侯疯癫一般厉声狂笑起来，"难道所有的人都想我死？"

宁缺看着远处的他说道："所有人都想你死，那就说明你该死。"

"白痴才会这样认为！"夏侯笑声骤敛，脸上毫无情绪波动，漠然说道，"没有任何人有资格判断我该不该死，你不能，那些家伙也不能。哪怕所有人都说我该死，只要昊天还肯让我活着，那么我便将永远不死。"

宁缺皱眉。他并不知道两年前的春天，朝小树在春风亭血战前曾经在红袖招里对某人说过类似的话，他只知道此时的夏侯变得有些不一样。

夏侯深深吸了一口气。

一道极为寒冷的气息释离他的身体，然后迅速重新敛入肌肤之下。湖上的积雪仿佛感应到了这股气息的恐怖，畏怯地向四周散开。数道雪线层层叠叠出现在湖面上，就如同是冻凝的浪花。

黑色的长发离开淌血的肩头在夜风中飘拂，夹在其间的数茎白发随风一摇，顿时把周边的黑发尽数染上霜色。紧接着，夏侯的脸颊微微下陷，急速瘦了下去，而他身上流露出来的气息却没有丝毫减弱，反而显得越发强大。

咝咝声音里，他身上残破的衣衫震成碎片，如雪花般喷向四周，露出他强悍的赤裸身躯，站在雪湖上便像是一个铁人。

赤裸的古铜色的身躯上本有超过数百处的伤口，此时这些伤口以肉眼可见的速度快速合拢，仿佛有股无形的力量强行镇压住所有的伤。一道极为鲜活的生命气息瞬间填满夏侯渐涸的真气池塘，将已然千疮百孔的经脉晶壁修复得完好如初，经脉甚至比先前还要更粗，随着他的呼吸轻轻扩张收缩，仿佛拥有了自己的生命。

自古名将如美人，不许人间见白头。今夜夏侯在一呼一吸之间白头，那些雪还有湖水上的冰块，都开始恐惧不安起来。

黑色的头发代表着健康与生命力，瞬间变白，原先附着其间的生命力不知去了何处；夏侯的脸颊陡然瘦削，那些血肉又去了何处？

宁缺警惕地看着远处，因为夜色太黑，他只能隐约看见夏侯白头，却看不到更多的细节，也不知道夏侯的身上发生了些什么。

识海深处的几块意识碎片微微发亮，他便知道了这是一种魔宗的燃烧生命的战法。夏侯瞬间失去的那些血肉与健康，都被此人用那种战法转换成了鲜活的生命力和新生磅礴的真气。

这种燃烧生命的战法必然对修行者自身会造成极为恐怖的损害，夏侯今夜白头而战，那么即便他能够获胜，只怕也活不了数年时间。

宁缺很清楚这一点，更清楚魔宗强者的搏命一击将会多么恐怖，但他不准备退让。因为他要夏侯今夜死，便不想让他再看到雁鸣湖的晨光。

雪湖上骤然响起嘣的一声暴鸣。

空气轰然散开，那数道雪线被气浪吹得碎如粉末，原本站在此地的夏侯瞬间穿越湖上那些粉末般的雪掠到了宁缺前方的夜空里，一声暴喝如雷，双手握枪如同握着一根铁棍，蛮不讲理地向着地面砸了过去！

寒风呼啸，湖面上的雪簌簌滚动，破开的洞里的湖水惊骇翻滚。宁缺重重地一踏颤抖的冰面，身体骤然一震，双手执刀跃至头顶的夜色里，向着那个天神般的男人砍了过去！

夏侯面无表情，脚踩雪花，铁枪一横便砸了下来。

这道铁枪上蕴藏着他以燃烧生命为代价换来的无穷力量，宁缺哪里能够抵抗。只听得轰的一声巨响，跃至夜色里的他瞬间以更快的速度向雪湖上跌落！

铁枪不再在夜云和山崖间飞舞，而是紧紧握在铁手中。在或许是人生最后一场战斗里，夏侯这位背叛魔宗数十年的强者最终还是回到了最初的世界，力量源源不绝，展现出了正宗魔宗强者的风范。

此时的夏侯，就如同一座从天而降的山峰，而宁缺就像山峰下一颗石砾，只能被碾压成粉末。

夏侯暴喝一声，脚踢夜云，举枪再打！

宁缺艰难举刀再挡。

气浪四处溅射。宁缺下坠的速度变得更快，如果就这样落在冰面上，就算他能躲开夏侯接下来的铁枪，只怕也会被活活震死！

然而不知道是幸运还是他跃至空中之前便提前做好了计算，他坠地之处恰好在莲田里，莲田里有数十个先前被小铁壶炸开的洞口。幽黑的洞里，湖水在悸动不安地摇晃，上面漂着薄薄的新凝的冰膜。

扑通一声，宁缺被砸进了寒冷的湖水之中，溅起一蓬浪花。

一道暴风袭过，夏侯毫不犹豫，手握铁枪落进了湖水里。

四处乱飞的雪缓缓落下，夜色下的雁鸣湖恢复了安静。再也没有雷鸣般的刀枪撞击声，湖面上也看不到那两个舍生忘死搏命的身影，莲田里那些洞中传来湖水轻荡的声音，仿佛变得比先前还要寒冷。

湖南岸山崖上的桑桑艰难地从大黑伞下爬了出来，看着幽寂可怕的冬湖，苍白的小脸上染着血，还有最深的恐惧与担忧。

木桥畔，陈皮皮、唐小棠和叶红鱼看着幽静的湖面，没有一个人说话，呼吸就如桥畔的冬日芦苇般，偶有摇动，长久沉默。

皇宫中，皇帝陛下面无表情搂着自己的妻子，李青山和黄杨站在亭中，黄杨右手轻轻离开古钟，钟在雪中沉默。

雪桥前，许世银白的眉毛在夜风里飘拂得越发狂乱，盘膝坐在桥上雪间的二师兄却依旧低着头，看不见他脸上的表情。

冬林里，浑身覆着雪的哑巴僧人自然沉默，然而林间一直幽幽响着的蝉声，仿佛也变得比先前要更小了些。

城墙上，大师兄和叶苏看着雁鸣湖的方向沉默不语，二人身前墙头上的积雪不知何时已经散落至城墙下的民宅里。

整座长安城都沉默了。

这座城里的人们，知道夏侯和宁缺这时候在雪湖冰面之下、在寒冷的水中进行着追逐或者是厮杀，然而没有一个人知道那里正在发生什么。

不知道过了多长时间，雪湖上响起一道声音。这道声音像是一扇陈旧的木门被缓缓打开，又像是沉重的石桌被人在地面上拖动。很轻柔的一声吱呀，却打破了整座长安城的沉默。

雪湖上出现了一道隆起。

紧接着吱呀之声变成咔嚓的巨响。

雁鸣湖的冰面不时拱起，然后落下，似乎有只无形的巨手在不停地从下方的湖水里拼命地敲击，想要把冰面砸穿。极厚的冰层像伤口般被巨大的力量震至翘起，碾压到旁边的冰面上，湖水不停地翻滚，发出海啸般的声音。

先前幽静的雪湖，骤然间变得极其恐怖，排山倒海，风暴不止！

一道黑影从冰面的裂口里疾掠而出，然后重重地摔到雪间。

那是宁缺。他身上黑色的院服早已湿透，被撕扯得快要不能蔽体，裸露的身体上满是斑驳的无法被湖水冲掉的血色。他没有片刻停顿，向着山崖的方向疾掠而去。

不过片刻，黑色院服的表面便开始结冰，然而与先前湖底黑暗而寒冷的世界相比，雪湖之上仿佛便是昊天的花园。

逃命般的奔跑中，宁缺想起那位提前回到昊天怀抱的朋友，心想小黑子你的情报果然不能全部相信，夏侯根本不怕水。说来也对，即便他不会游泳，但一位武道巅峰强者，又怎么可能被水淹死？

便在此时，他身后响起一道巨响，湖面厚实的冰层被直接掀起，寒冷的湖水漫上湖面，巨浪如雪似要淹没整个世界。恐怖的雪浪里，出现了夏侯如海中妖兽的强大身影。他虚踩着寒冷的湖水，一掠便是十余丈，一枪砸向宁缺的后背！

62

宁缺在疾掠中骤然转身，右手紧握着刀柄，左手握着刀背另一头，以浩然剑势横向立于身前，想要挡住夏侯的这一枪。

咔的一声脆响！宁缺左手腕骨断裂，刀背重重地落到肩上。

他以肩再扛，夏侯铁枪之势再前。

又是咔的一声脆响！

宁缺左肩剧痛，再也无法抵抗刀上传来的巨力，单膝下跪，膝头把坚硬的冰层砸出了数道裂口，脸色骤然苍白。

他很痛，非常痛，所以他的脸很白，非常白。但不知道为什么，他的眼睛里看不到任何死亡的阴影，反而很亮，非常亮。

一声如同野兽搏命般的痛呼，宁缺把痛楚化作了难以想象的瞬间力量，右手腕强行一翻，已然受伤的左手紧握成拳，重重地击打在刀背之上！

就是这样简单的两个动作，让他手中沉重的朴刀仿佛瞬间获得了某种生命力，像条灵动的蛇一般顺着夏侯的铁枪翻滚而上绽出一连串的刀花，反而把夏侯的铁枪压到了下方！

他腹部那滴由浩然气压缩而成的晶莹液体骤然炸开，那滴液体瞬间蒸发，化为虚无！

那些丝丝缕缕的蒸汽，顺着经脉灌向身体的每一处，他身体里所有的浩然气在刹那间尽数爆发了出去！

炽烈的昊天神辉再次从刀锋上喷薄而出，竟让他此时的身影显得比刀前的夏侯更加魁梧，更加不可一世！

神辉照耀着夏侯瘦削而诡异的脸颊，照亮了他的眼眸，甚至把他眼瞳里那丝冷漠的嘲弄之色都照得清清楚楚。

夏侯知道这便是宁缺的搏命一击，但他并不畏惧。正如他先前说的那样，宁缺不是轲浩然，他的浩然气再如何模拟昊天神辉，也不可能是真的昊天神辉。

他盯着宁缺苍白的脸颊，寒声喝道："柳白的剑意终究不是柳白的剑！你会的东西再多但那终究都是别人的东西！"

喝声回荡在寒冷的雪湖上，震得宁缺刀上的神辉如风中的火把摇晃不安，铁枪骤然上挑数寸，朴刀后退数寸。

"你不可能再刺我一剑，你也不可能再伤到我！"夏侯盯着宁缺的眼睛，冷漠不屑地说道，"身为书院弟子，居然入魔不肯修本命物！你连本心所指是什么都不知道，不死又有何益？"

此言一出，刀上的神辉摇晃得愈发剧烈，就如风中之烛似乎随时可能熄灭。宁缺脸色苍白，一口鲜血喷到了神辉里，在哧哧声中化作了微带焦味的蒸汽，然而他的眼眸却依然是那般的平静。

然后他说了两个谁都想不到的字。

"谢谢。"

面临机会，他一直不能确定自己应该如何选择，直到他听到夏侯冷厉而居高临下的呵斥，他终于坚定了信心。

动用魔宗秘法后的夏侯消瘦到了极点，眼窝深陷，脸颊上仿佛只蒙着一层薄薄的皮肤，下面的骨骼清晰可见，竟有了些他老师莲生在魔宗山门里的模样，在炽烈的光线照耀下，更是如神如魔。

不惜燃烧生命与血肉，严重损耗自己的寿元，夏侯彻底地改变雪湖之战的局面，在强大的他面前，宁缺根本没有丝毫还手之力——浩然气拟出的昊天神辉，对他能够造成一定伤害，却无法改变整个战局。

夏侯不知道宁缺是不是濒死之前真的疯了，无法理解宁缺为什么要感谢自己，但总觉得这声谢里透着股诡异的味道，有些隐隐不安。

宁缺看着炽烈光线那边夏侯如神魔般狰狞恐怖的瘦削脸颊，情绪复杂地说道："我也有本命物，你要不要看看是什么？"

随着这句话，一道极凝练的念力从宁缺的身体里释出，念力脱离身上斑驳的血色，向着雪湖上空缥缥缈缈而去。

白日风雪宫门前，夏侯曾经评价过宁缺的念力，说他的念力雄浑精纯，对天地元气的操控却是极为糟糕，此时的情况正是如此。

然而夏侯的眼神却是骤然寒冷起来，因为他清晰地感觉到，宁缺释出的这道念力在雪湖上捕捉到了极细的一缕天地元气。那缕天地元气瞬间直抵湖南岸的山崖上，甫落崖畔，那道极细的天地元气瞬息便稳定下来，而且开始以极其恐怖的速度扩张，似乎山崖那处有某种事物在源源不断地灌注到这缕天地元气之中。

双手紧握着刀柄，宁缺的脸色苍白，眼睛明亮。

他冒着毁功的危险，念头一动便散了自己腹内的那滴晶莹的液体，把所有的浩然气同时输送出去，确保压制夏侯铁枪一段时间。

这段时间他必须珍惜。

他的念力释离识海，穿过凝滞不堪只通十窍的雪山气海，在那些艰难难行的无形气窍里穿行，最终汇成了一首声音很微弱，音律很拙劣的小曲。

他希望这首小曲能够被听到，能够被听懂。

因为他在用这首曲子呼唤自己的本命物。

按照陈皮皮的说法，他认为修行者要找到与自己气息完全吻合的本命物非常困难。那夜在旧书楼里，他对宁缺侃侃而谈，以音律举例，所谓本命物，便是能够听懂并且非常爱听自己曲子的对象。

也就是所谓知音。

剑师的本命物是本命剑，比如柳白的大河剑，当然作为世间第一强者的剑圣，他如今已经能够把自己的本命剑画在纸上。

符师的本命物是本命符，比如宁缺师父颜瑟大师的井字符，这道符与他最为亲密，并且直到逝去前的那一刻，还在并肩战斗。

宁缺是罕见的兼修者，他的本命物不是刀，不是剑，也不是本命符，更不是什么笔墨纸砚、山川溪木，甚至不是最挚爱的银子。

他的本命物，是个小侍女。

是那个头发微黄、面容微黑寻常的小侍女。

雪湖上，宁缺的念力操控着那缕天地元气，来到了雁鸣山上，那首小曲便在崖畔无声而起。

陈皮皮曾经说过，他的曲子很难听，很难懂，而且今夜距离相对较远，所以曲声异常黯淡缥缈，简直不成曲调。

但桑桑感受到了那道念力。她听到了那首曲子，也听懂了那首曲子。

虽然雁鸣山上并没有奏起真实的音律，但她清楚地听到了一首山歌，那是很多年前，宁缺背着她在岷山深处攀爬时，经常喜欢哼的一首曲子。

宁缺诸窍不通，五音亦不全，他之所以不怕丢脸，还经常哼这首曲子给桑桑听，是因为桑桑睡不着的时候，喜欢听他唱这首歌。

这首歌，便是桑桑的摇篮曲。

桑桑拿着大黑伞，神情微惘站在崖畔。她看着崖下雪湖里的那片光明，不是很明白发生了什么，但她听懂了宁缺在那道念力里发出的召唤，或者说邀请。

宁缺在邀请她建立一种最紧密的联系，那是绝对地服从，便是死亡的阴影和冥王的恐吓都无法撕裂开的联系。

任何有自主意识的生命，面对这样绝对单方面的联系，都会本能地抵触，就算最终接受，也需要很长时间去挣扎。但桑桑没有任何犹豫，更没有挣扎，便同意了这个邀请。

因为她本来就是他的小侍女。

63

桑桑的右手在寒冷的夜风中。

她食指指腹上生起一道光线，光线骤趋圆融，变成一团微弱的火焰，火焰的颜色异常洁白，没有一丝杂质，透着股圣洁的味道。

紧接着，她的拇指、中指、无名指、小拇指的指腹里也同时生出这种圣洁的光焰，把她微黑的小手照耀得异常白皙。

这些圣洁的光焰便是昊天神辉。

她手指间的昊天神辉，被夜风一吹便招摇而起。更多圣洁的神辉光焰从她身上崭新的衣服布料空隙里，从她微黑的小脸上，从她微黄的发丝末端渗了出来，罩住她瘦弱的身躯。被她握在左手间的大黑伞仿佛感应到了什么，无风而缓缓合拢，沉默依在她的腿畔。

雁鸣湖畔山崖上大放光明。

桑桑大放光明。

仿佛无穷无尽的昊天神辉从她瘦弱的身体里喷薄而出，瞬息之间照亮了她身前覆着雪的山崖、崖下狼藉一片的雪湖、湖对岸的断井颓垣，照亮了西岸的雪桥芦苇、东岸的冬林雪僧，照亮了整座长安城。

圣洁而炽烈的光芒从雁鸣湖畔射向天穹，传向长安城里的每一个角落，深沉的夜里仿佛迎来了一场庄严的日出，亮若白昼。

雁鸣湖畔山崖上，桑桑身体外的昊天神辉仿佛没有任何温度，因为她的发丝未卷，衣物未焦，但那些已成熊熊燃烧之势的光焰又似乎真的在燃烧。

她衣服上染着的血水被灼化得毫无踪影，鞋上沾着的泥土脏雪也尽数化作了青烟飘散，一应污浊都被净化一空，变成干净无比的透明。

就如同她的人那般透明。

所以她的身体里所散发出来的昊天神辉没有任何损耗没有任何折射，就如最初本原的神辉那般圣洁而纯净。

西陵神殿有苦心向道之辈也掌握了昊天神术，比如道痴叶红鱼便精于此道，然而道门中没有任何人能够施发出比桑桑更纯净的昊天神辉。

因为她本就是光明的传人。

她就是光明的女儿。

西岸桥畔的芦苇在洁白的光线照耀下，仿佛变成白玉石雕成的美物。叶红鱼紧紧握着栏杆，看着远处湖上那片夺目的光明，震惊得无法言语。她知道桑桑会神术，还曾与那个小侍女彼此参详过，但她从来不知道桑桑真实的神术能力竟然强到了这种境界。

此时是深夜，本来应该无法借取昊天的光辉，她完全无法理解桑桑怎么能够放出如此多的光明。虽然知道她是光明神座在世间唯一的传人，西陵神殿一心一意想要请回桃山的人，她依然无法理解。

没有人理解此时雁鸣湖畔的光明，包括站在城墙之上的叶苏，不过他此时并没有像自己的妹妹那样试图去理解眼前看到的这幕画面。看着照亮夜空的神辉，感知着那处的气息，这位知守观传人的脸上写满了虔诚向往又震惊茫然的神情，喃喃说道："好纯净的光明。"

站在叶苏身畔的大师兄也望着雁鸣湖的方向。他没有动容，也没有笑，反而神情格外凝重，不知道在担忧什么。

军营外那道雪桥下，羽林军将士以及天枢处的修行者们茫然震惊地看着雁鸣湖的方向，光线把他们脸上的情绪照耀得清清楚楚。

许世抬头望向夜空里那些黑云反射的美丽光线，动作显得格外沉重，满是皱纹的苍老脸颊上写满了疑问。

盘膝坐在雪桥上的二师兄从白昼到黑夜绝大部分时间都低着头，这时候他终于抬起头来，望着雁鸣湖处的光明，极罕见地露出真挚的微笑。

然后他望向许世，说道："这就是奇迹。"

虽然这不是书院创造的奇迹，但奇迹就是奇迹。当初颜瑟大师与光明大神官同归于尽后，二师兄登上无名山，看着小侍女手捧骨灰入瓮，心生怜惜之余，不知为何总觉得将来小侍女的身上一定会发生奇迹。

为此，他不惜与最尊重的大师兄辩论争执。

今夜他终于看到桑桑身上发生的奇迹，于是他开始微笑。

雁鸣湖东岸的冬林里，七念身上覆着如蝉翼般的万片雪，看上去就像一座冰雪雕成的佛像。先前无论雪湖上的战斗如何激烈，这位佛宗行走始终保持着沉默，合十守心，对抗着蝉声后的那人，平静等待着结果。

但昊天神辉在山崖上出现后，他忽然睁开了双眼。薄雪从他的眼帘上簌簌落下，他温和却坚毅的眼眸里，出现了很多复杂的情绪。

那些情绪是慈悲，是平和，是挣扎，最终化为赞叹。

冬林里一直幽幽若有若无响着的蝉鸣在此时也有了变化，蝉声的节奏奇异地显现出冷漠厌憎的情绪，但声调却显得有些满意。

皇宫雪殿外的亭榭里，大唐国师李青山看着南方骤然照亮夜空的光明，正在抒须的右手猛然一颤，揪下了数茎长须，脸上流露出不可思议的神情。

站在雪钟旁的黄杨大师看着雁鸣湖方向，微微张唇，一声唏嘘化为一声慈悲的佛号，手掌似乎无意识里拍打钟面。

古钟上的薄雪寸寸破裂，顺着钟面滑落到地面上。悠扬而庄严的钟声，在如白昼般的黑夜里传向远方。

此时桑桑眼中的世界是白色的。

纯净无瑕的白。

那是光明的颜色。

她的目光并没有停留在那些纯净的神辉世界里，而是沉默看着雪湖上的那个背影，感受着那道念力所传递的讯息。那道念力在拼命地召唤，显得那般地贪婪，那样地饥渴，甚至带着几分恐慌的意味，就如同一个想要吞噬掉她血肉的魔鬼。

桑桑清晰地感受到这种意味，但她并不恐慌。在熊熊燃烧的昊天神辉之中，她平静地敞开自己的精神世界，开放给念力那头的宁缺。

某些意识早已成为桑桑的本能。她的精神，她的血肉，她的神辉，她的生命，她的一切的一切，都是她的，也是宁缺的，她可以毫不犹豫地与他分享，或者奉献给他。既然如此，何须恐？哪里会慌？

她是宁缺的本命物，宁缺也是她的本命物，那么你要多少，我便给你多少，哪怕是所有。你要什么，我便给你什么，哪怕是生命。

如果修行者与本命物的关系是知音，宁缺和桑桑便是世间的第一等知音，不是高山流水，而是锅碗瓢灶。他们的喜怒哀乐相通，他们心意相通，他们生死相通，他们不需要尝试理解彼此，他们天生理解彼此。

如果修行者与本命物的关系是亲密，宁缺和桑桑本是世间最亲密的两人。他们自幼同食同宿，酷暑时抵足而眠，寒冬时共裘取暖，一挑眉便知道你拿树枝写字写得得意，一憨笑便知道你洗碗时手被豁沿割了道口子。

如果真的有天道命运，那么十五年前，昊天让他们在千里饿殍的河北郡相遇，然后开始同生共死，并将一直同生共死下去，这就是命运。

冥冥之中仿佛早已注定了这一切。

冥冥之中仿佛有相通之道。

此时桑桑以生命燃烧的昊天神辉，便要依循着冥冥中的那条通道传给那个人。

天地间的气息骤然澄静。光明里，桑桑脸色雪白，眉头紧蹙，似乎非常痛苦，但脸上却带着笑意。

她身上熊熊燃烧的昊天神辉骤然间凝成一束向着山崖下射去，搭成了一座光桥，把雁鸣山与雁鸣湖连起来。无穷无尽的昊天神辉通过这道光桥穿过雪湖上的寒风，源源不断输进宁缺的身体里，令他握着的那把朴刀大放光明！

扑面而至的昊天神辉令夏侯的眼瞳骤然紧缩，而后瞬间被灼烧至渐趋黄枯，流露出震惊与恐惧的神情。

他感觉到这不是浩然气拟的昊天神辉，而是真实的昊天神辉，是他最恐惧的那种力量。虽然他早已背叛魔宗，投靠道门，但他依然恐惧。

无数的昊天神辉从刀身吐出，把夏侯的身体笼罩进去。这些本应庄严慈悲的光焰在此时却显得如此冷酷，无情烧灼着他的肉体与精神。这些神辉光焰在此时此刻等若是宁缺自己的神辉，所以他没有受到任何影响。他刀锋骤厉，挟着夺目的炽烈光焰，向前砍了下去！

这一刀是他最熟悉的刀法，也是最简单的刀法，没有任何花哨招式，只是从上劈到下，却也是他最强大的一刀。在梳碧湖畔，他就这样砍掉了无数马贼的头颅，在书院侧门，他一刀便把柳亦青砍成了废物。

夏侯手中那把铁枪再也无法承受刀身上的浩然气力量以及昊天神辉的烧灼净化，嘣的一声脆响，从中断成两截！

刀锋一往无前继续向下。

夏侯一声暴喝，如雷霆炸响在雪湖之上。只见他那双铁手以铁桥拦江之势横击向前，硬生生把宁缺的刀夹在了拳里！

夏侯双拳巨大的冲击力顺着刀身传向刀柄再传至宁缺的身上，但他仿若毫无察觉，低着头抿着唇，一声不发继续向下压！

喷吐着昊天神辉的刀锋烧灼着夏侯的拳头，缓慢而不可阻挡地向下移动，距离他瘦削苍白的脸越来越近。面临着即将到来的死亡，夏侯发出一声疯狂般的号叫，做出了最后的努力，抬起受伤严重的那只脚，猛地向宁缺的腰腹间踹了过去！

就算夏侯这一脚踹中宁缺，他也再无法挡住宁缺的刀锋和刀锋上的那些昊天神辉。但他还是这样做了，因为他要宁缺跟着自己一起死。

然而就在他脚尖踢中宁缺腰部的那瞬间，一道气息顺着腿传到了夏侯的身体里，进入他的识海，最后在他的口鼻里，变成了极端浓稠的血腥味。

夏侯很熟悉那道气息，因为他曾经感受到过。

他对那道气息又很陌生，因为他已经很多年没有感受到过。

那道幻化成浓稠血腥味的气息是如此的冷漠，又是如此地高远辽阔，仿佛站在极遥远的天空上居高临下望着他。

然后夏侯听到了一声蝉鸣。

白天在皇宫里听到的蝉鸣，他以为是幻听。

暮时踏入雁鸣湖时听到的蝉鸣，他觉得似真似幻。

此时在临死之前他再一次听到蝉鸣，这一次他确认是真的。

宁缺被直接踹飞，重重摔落在雪地里。他艰难地撑起身体，想要爬起来给夏侯再补一刀，但怎样挣扎终究也是徒劳，只好喘息着坐在了雪中。

夏侯的身上出现了一道刀口。这道刀口很直，起始处在额头，然后向下延伸，切开他的鼻与唇、胸膛与腹部。鲜血顺着刀口处绽开的肉向外渗出，今夜的战斗太过惨烈，他流的血已经太多，此时体内残余的血，只能渗淌，看着越发凄惨。

夏侯没有倒下，他低头看着自己胸膛上的深刻血口。这道刀伤对于巅峰时期的他来说或许并不能致命，却不是此时的他能够承受的。

四周的昊天神辉没有敛灭，而是在继续燃烧。寒冷的湖水仿佛变成了灯油，雪块似乎变成了煤炭，整片雁鸣湖似乎都在燃烧，散发着耀眼的光线，把湖上的一切照耀得清清楚楚。

在神辉照耀下，夏侯看着胸膛上的刀口，知道死亡马上就要来了。他缓缓松开手，任由两截断枪落下，砸得雪花一溅。

远处皇宫里响起的钟声，终于来到了雁鸣湖上。

夏侯抬头望着钟声起处，不知道是不是在想自己的妹妹。

钟声再起。他魁梧如山的身躯内响起一声嗡鸣，无数的细砾从身上喷溅而出，向四周散去，仿佛是他藏了数十年的尘埃。

悠扬的钟声不断响起，回荡在安静的长安城中。

噗噗噗噗噗！

夏侯的身体发出一连串闷响，表面陡然下陷，有的地方则是高高隆起，骨折肉破，看痕迹就像是被人用拳头砸出来的。

这些都是唐的拳头。

在荒原上的连番刺杀里，唐冒着死亡的危险，拼着重伤，用血刀破了夏侯的盔甲，在他的身上留下了十几道拳意。过去这些日子里，夏侯用自己雄浑的真气和恐怖的境界，强行把这些拳意之伤压制了下去。此时昊天神辉烧熔了他体内的经脉晶壁，于是他无法压制这些拳意，便在此时瞬间爆发了出来。

先前他用魔宗秘法压制住的那些伤势也再次爆发了出来，无数道伤口重新出现在他的皮肤上，画面看上去极其诡异。

在死亡之前，要重新经历一遍曾经受过的那些伤，重新承受一遍那些痛苦，不得不说，这是一件非常残酷的事情。

夏侯的腑脏全部碎了，甚至可以说是变成了烂絮一般的物事。肌肉里的血不多，内脏里还有很多血，所以夏侯开始咳血。带着黑色的浓稠鲜血顺着他的食管气管涌到嘴里，然后溢出嘴唇。

夏侯站在雪地里，一边咳血，一边大笑。

宁缺坐在雪地里，沉默了很长时间，然后也笑了起来。

两个人的笑容，有着截然不同的意思。

雁鸣山崖畔，桑桑坐在雪里，显得极为虚弱，她看着远方湖上的画面，知道宁缺这时候根本不想笑，他肯定想哭。想到这一点，她心头一酸，便开始流泪。

凉凉的泪水在她微黑的小脸上不停流淌，却洗不去渐渐显现的笑容。

这真是一件值得高兴的事情，于是她轻轻哼唱起来。

"我们来自山川呀，要取你的命。

"我们来自河畔呀，要取你的命。

"我们来自草原呀，要取你的命。

"我们来自燕境无人的小村庄呀，要取你的命。

"我们来自长安城无人居住的将军府呀，要取你的命。"

这首歌的词是她帮宁缺写的那首笨拙的复仇小诗。

调子是宁缺小时候经常唱给她听的摇篮曲。

桑桑的声音很轻，还带着一点点稚气，说不上好听。

但此时山崖上传来的歌声却是这般动人，在凛冬之湖上悠扬不去。

64

人将死，晨未至，夜还寒。

雪湖却是无比明亮，昊天神辉在冰面残雪与湖水里持续燃烧，释出团团水汽，隐隐能够听到渐沸的声音，如雾中的清晨温泉。

夏侯浑身是血，披散的白发被血水黏成枯柳般的形状，他看着宁缺，黯淡如萤的眼瞳满是深深的不解，嘶哑低声道："你那时候只有四岁……仇恨这种……东西对四岁的人来说不容易记住，你真的这么恨我？"

寒风拂面，宁缺脸上的笑意渐渐消失，说了几段话。

"小时候在长安城的四年，是我上辈子和这辈子最快乐的时光。那时候的我什么都不用想，什么都不用学，我只需要享受父母的宠爱，和玩伴打闹，偷偷看将军的书籍，可惜的是那些时光被你毁了。

"我这些年在别人眼中活得还算不错，但只有我自己知道，要天天努力活下去的日子是多么痛苦，是多么不快乐，所以我当然很恨你。

"不管我这些年再怎么做，当年柴房里被我杀死的管家和少爷不可能再复活，将军府里死的人不可能再复活，我的父母不可能再复活，我最美好的那段时光，也不可能再回来……那么便没有任何人或事能够阻止我来杀你。我要让他们知道我挥出那一刀是划算的，我还想要你们知道，我是在为我的父母复仇，我的父亲叫林涛，我的母亲叫李三娘。"

夏侯低着头看着自己胸腹间的刀口，忽然问道："大仇得报的感觉如何？"

宁缺说道："感觉不错。"

夏侯抬起头来，微感惘然说道："那是什么样的感觉？"

"我也说不好这是一种什么感觉，反正就是很放松，总觉得你死之后，这个世界变得不一样了，我也不再是过去十五年里的我。"宁缺想了想，说道，"我明白为什么自己会感到放松了。因为你死以后，我可以有更多的时间写书帖挣银子，而不用每天夜里都要写很多枯燥乏味的符；你死以后，我可以经常去红袖招听小曲，而不用在书院后山听师兄奏曲。

"你死以后，我还是会修行，但不再是像过去这些年一样只是为了让自己更强大，而只是单纯的兴趣和爱好或者说满足自己的求道之心；你死以后，我可以不用再像过去那样总是盯着你的背影，在渭城或是长安等着与你的战斗。我可以去南晋大河，去神殿东海，去看看这个世界和生活在这个世界的人们。"

他看着夏侯很认真地说道："你死以后，我就可以不用再想着要杀死你，这样我才能得到真正的自由，去做我想做的事情。"

夏侯笑了起来，笑声很凄楚，神情很怪异。

"自由啊……"夏侯看着宁缺的目光里充满着怜悯与嘲弄，说道，"你身为正道弟子，却入魔已深，便等若我当年背叛魔宗……你已经踏上了我的老路，便注定只能在光明与黑暗的夹缝里痛苦挣扎求存，你哪里可能获得真正的自由，自然更没有什么快乐。"

宁缺把朴刀当作拐杖，扶着虚弱的身躯，艰难地站起，看着夏侯说道："书院不是明宗，我也不是你。"

"书院确实不是明宗，以夫子的胸襟，哪里会在意自己的弟子修行什么。不过你也确实不是我，你根本……就不是人。"夏侯眼瞳里的光芒本来已经黯淡得像随时会被寒风冷死的萤火虫，这时候却变得明亮起来，厉声说道，"你是冥王的儿子！"

十五年前，光明神座认为冥王之子降生在宣威将军府，西陵神殿指使夏侯进行清洗，于是才有后来这么多故事以及今夜这场血战。夏侯在临死之际，回思着今夜这场战斗里的那些疑惑，那些没到场却通过宁缺到了现场的死去的前人，越来越坚信这个判断。

他看着宁缺诡异地笑了起来，怨毒诅咒地说道："昊天在上，你这个冥王的儿子总有一天会像我一样被昊天神辉烧成灰烬。"

"我是冥王之子，大概让你更能接受死在我手中这个事实……不过很遗憾的是，我和冥王没有任何关系。"宁缺说道，"而且我们每个人最终都会死去，都会被昊天神辉烧成灰烬，所以你的诅咒对我没有任何意义。"

"你真不是冥王之子？"夏侯喃喃说道，"你不是冥王之子，怎么可能那么小便逃出长安城？如果你不是冥王之子，怎么可能越境击败我，我今天怎么会死？"

他的脸颊就像株被雷电劈开的枯柳树，皱到了极点，满是不解不甘的情绪。如果宁缺不是冥王之子，怎么可能拥有这等大气运，这样不可思议的机缘，能够越境挑战杀死强大的自己？

然后他抬起头来，看着宁缺，痛苦地说道："我不想死。"

宁缺说道："我想让你死。"

没有人想死。

大多数人类非正常死亡，都是因为世间有别的人非常想让他去死。

夏侯不想死，他想活着，继续拥有荣光与力量。

宁缺非常想让他去死，想得掏心挖肺，殚精竭虑，肝肠寸断，度日如年十五年。

所以夏侯死了。

夏侯依旧魁梧如山的身躯直挺挺向后倒去，把周遭那些如雾般的热气排开，轰的一声落入湖中，溅起无数水花。

寒冷湖水的最上层已经被昊天神辉烧至沸腾，不停咕咕翻滚着，看上去像是燕境山谷里的温泉，又像是一大锅清汤。夏侯的身体漂在沸腾的湖水中，双目圆睁，满是血污的脸上还能看到一丝疑惑以及淡淡不甘，瘦削的脸颊皮肤渐趋诡异的猩红。

很多年前在岷山脚下的军营里，魔宗前代圣女慕容琳霜跳了一曲天魔舞，天下震惊，西陵神殿强者云集，山川里剑光纵横。夏侯没有任何犹豫，亲手烹杀了她，毅然叛出魔宗投身昊天道门。

那是夏侯生命最重要的一个转折点，只是大概他自己怎么想也想不到，当他死后也会被沸腾的水烹煮，就如同当年那个女人。

如果真有天道，那么这便是所谓循环吧。

看着夏侯的尸体在翻腾不安的湖水里起伏，宁缺忽然说道："谁说羊杂一定要冬至吃？谁说没有枪头就捅不死人？"

今天是冬至，正是吃羊杂汤的时间。雪湖之上此时尽是温热潮湿的水汽，站在湖面上便仿佛站在羊杂锅旁，又像是红袖招院子里的蒸汽搓澡房。宁缺复仇杀死的第一个人：御史张贻琦便是死在那处。

宁缺这时候感觉很温暖，很平静，很放松，就像是在澡房里蒸得毛孔全部舒张，然后拌着香菜腐乳酱吃了一大锅羊杂。

"谁说门房的儿子就不能报仇？谁说洞玄就不能越境杀了知命？"

他转身向着雁鸣湖南岸走去，偶尔抬起手臂擦一擦脸，不知道是要擦掉脸上的灰尘还是泪水，脸尤其是眼角变得很红。

桑桑已经下了山崖，来到了雪湖上。瘦弱的身躯此时本来就极虚弱，还要拿着大黑伞，拖着沉重的箭匣，显得越发吃力。

看着前方疏雪里的人影，两个人同时加快了脚步，待相遇时，看着彼此那张熟悉的脸，心情复杂得不知该说些什么。

于是什么都没有说，宁缺把桑桑搂进怀里。他搂得很用力，两个人的脸挤得有些变形，带着泪痕，看上去有些滑稽。

宁缺的脸有些发红，有些发烫，桑桑的脸很苍白，很冰凉，两个人的脸贴在一起，彼此都很舒服，然后平静。

湖西岸的桥畔，陈皮皮松开一直紧握的手，轻轻拍了一下栏杆。栏杆上出现一道血印，先前观战时太替宁缺担心，他竟紧张得把手掐破了。

唐小棠看了一眼桥那头飘飘的青色衣袂，牵起陈皮皮的手，走出栈桥，向着雪湖上拥抱在一起的二人走去。

叶红鱼站在木桥上看着雪湖的方向，脸上没有任何情绪。然后她闭上眼睛，漂亮的细眉微微蹙起，似乎在思考什么。

皇宫雪殿里，皇后娘娘面无表情站在门槛处。她温婉的脸上早已布满了泪水，皇帝从身后轻轻揽住她，想要给她一些安慰，她眼中的泪水淌出来的越来越多，想要挣开他的怀抱。

皇帝陛下抱得很紧，很用力，皇后娘娘愤怒地挣扎着，终究是未能挣开。她回身投进丈夫温暖的怀抱，无声地纵情哭泣，不一时龙袍前襟尽湿。

殿外雪亭下，国师李青山神情复杂地望着南方的雁鸣湖方向，黄杨大师收回落在古钟上的手掌，钟声渐渐停歇。

整座长安城安静了。

整个世界都安静了。

雁鸣湖东岸的冬林里，蝉鸣骤然间再次响起，声声凄厉，却透着无比地愉悦欢喜。

65

雪湖上火光渐熄，寒意渐起。

唐小棠走到宁缺身后，放开陈皮皮的手，忽然啪的一声跪了下来，膝头溅起两蓬小雪，然后重重叩了一个首。

陈皮皮微惊。

唐小棠声音微颤说道："感谢小师叔替明宗清理门户。"

宁缺没有侧身避让，平静地接受了这个大礼。他很清楚如今世间已然凋敝的魔宗对小师叔敬且畏之，但真正恨之入骨的却是夏侯这个叛徒，如果不让唐小棠跪，她根本无法释放此时心中的复杂情绪。

更何况莲生的意识碎片在他识海里，他这算是代莲生受后辈一拜。只是他看着雪湖安静的夜色，说道："湖旁有很多人，你这一跪，只怕有些麻烦。"

唐小棠站起身来，陈皮皮把她额头上的冰雪擦掉，看着上面的红肿，不由有些心疼，听着宁缺的话，应道："在长安城里怕什么麻烦。"

今日与夏侯一战从始至终都没有受到任何猜想中的干扰，宁缺当然很清楚这必然是书院在其中起了作用，听着陈皮皮这话，不由笑了起来，心中陡然生出一片豪情：这里是长安，我们是书院弟子，那便没有麻烦。

只是接下来该做些什么呢？

累积了十五年的仇恨与杀意，随着夏侯的尸体坠入湖中便尽数释放了出去，就如同那些沸腾湖水喷吐的水雾那般。一般的人在极大愉悦与兴奋感伤之后，大概都会感觉有些空虚和惘然，甚至会不知所措。

如果宁缺还是渭城的那个宁缺，想必他也会陷入这种精神状态——杀死夏侯之后，似乎便把这辈子想做的事情做完了，再也没有什么事情做，甚至不知道该去哪里——但现在不一样。他在长安城里有家，临四十七巷的老笔斋不方便回，雁鸣湖畔还有一大片宅子，虽说已然断井颓垣，还是能住人的。再说长安城南有书院，总可以在后山里寻到一间属于自己和桑桑的草屋。

　　"先回家吧。"

　　宁缺和桑桑互相搀着，向湖北岸那片火光早熄的宅院走去。然而主仆二人今日虽然没有受重伤，损耗却是极为严重，早已到了油尽灯枯的时刻，此时心神一松，双腿便如灌铅一般，刚一迈步便险些跌倒。

　　陈皮皮反应极快，一把抓住宁缺的胳膊，有些恼火地教训说道："桑桑今夜如此辛苦，你还指望她能扶得动你？求我一声会死？"

　　宁缺说道："你不要表现得太紧张我，夏侯怎么说都是道门客卿，这要传回西陵或是知守观，将来对你总是不好。"

　　"我又没有想过要做一个胖道士。"陈皮皮极不耐烦地说道，然后抓着他的胳膊用力一提，把他背到了自己的身上，向湖岸方向走去，唐小棠扶着桑桑跟在后面。

　　安静的雪湖上，不时响起咯吱咯吱的压雪之声。

　　晨光渐至。今夜不知有多少人围湖而观，人们看着雪湖上的那两道脚印，看着脚印前方的人，看着被陈皮皮背着的宁缺和被扶着的不起眼的小侍女，心情异常复杂，总觉得自己看到的并非真实。

　　洞玄上境的宁缺在小侍女的帮助下杀死了武道巅峰强者、霸道不可一世的夏侯大将军，在很多人看来这是不可能发生的事情，哪怕宁缺是夫子的弟子，这种事情依然不可能发生，因为……这是一场公正的正面战斗。

　　知天命乃是修行的一道大门槛，越过这道门槛，便离红尘骤远。在修行界的记载里，除了强大的军队可以用无尽铁骑配合地势及精妙的战术，可以堆死知命境的大强者，从来没有出现过越境挑战知命强者成功的事情，传闻中轲浩然曾经做到过，但是那场战斗没有任何观众，人们只知道那名知命境的强者死了，还是洞玄境的轲先生骑着小黑驴悠悠地继续前行。

这也就意味着，宁缺和夏侯的凛冬之湖一战，是无数年来第一次有观众、能够被证明的知命层级越境杀，这必将被记载入西陵教典。

在这场战斗里，宁缺做了很多准备甚至可以说是陷阱，但他本来便是符师，所以没有任何人对他的战斗方式有疑问。观战的人们只是震撼于，这名书院最小的弟子在战斗中所施展出来的那些手段。

今夜长安城里很多观战者要比宁缺强大，但他们依然受到了极强烈地震撼，尤其是站在西岸木桥上的叶红鱼，她所受到的震撼最大。

当今世间，道佛魔三宗以及书院里，她向来是年青一代里的最强者，无论是隆庆皇子或是观海僧人，哪怕是唐小棠，都不可能掠去她一丝风采。然而今夜看到宁缺和桑桑的表现，她忽然有了一些别的想法，于是她闭着眼睛沉默思考，睫毛在夜风里微颤，似乎通过这场战斗悟明了一些道理。

积雪的城墙上，叶苏看着远处雁鸣湖的方向，沉默了很长时间后说道："书院果然很强，这个家伙也很强。"

观战一夜，看着湖上雷霆大动，风雪飘舞，铁箭铁莲铁枪铁刀伴着气息撞击不断，叶苏对宁缺的看法在不停地做着调整改变。

最开始时，宁缺在他眼中就是个普通人，后来变成不错，最后变成非常不错。然而当宁缺最终真的成功杀死夏侯后，他才发现原来自己的看法依然不够准确，他甚至不想再隐瞒自己对那个家伙的佩服和欣赏。

如今的宁缺当然不可能是他这个知守观传人的对手，只不过如此年轻便在这等不可能的情况下强杀夏侯，如果再在书院学习数年，再受夫子几番教诲，谁能断定宁缺将来究竟会攀到怎样的一个高度？

难道世间真的会再出现一位轲先生？

夏侯的死对叶苏的心情没有造成任何影响，就算书院再出一位轲浩然，对他而言也只是多了位值得敬佩的对手，反而会让他感到欣慰，最重要的是，他不认为宁缺会变成第二个轲先生。

他转身看着大师兄，说道："到现在，你还不能确定？"

大师兄问道："西陵神殿当年便说过那是妄断，你为何坚持这等说法。"

"我说过，我相信光明神座可能是错断，但绝对不会妄断。当年老师或许是判断出林光远之子不可能是冥王之子，才会认为光明神座犯了大错，神殿才会向唐国认错。可如果光明的推论是对的，冥王之子觉醒时确实是在将军府里，那么不是林光远之子，会是谁？"

叶苏看着他面无表情说道："你很清楚会是谁。"

大师兄说道："没有证据，便没有道理。"

叶苏说道："所有的人都死了，宁缺还活着，这便是证据。"

大师兄没有说话。叶苏的这句话很简单，似乎没有道理，但却无法反驳。

在任何情况下都能活下来，在看着必然要死的情况下都能活下来，如果不是有昊天庇佑的神子，那么便只能是故事的男主角。

那道黑线降临人间十五年，这个故事已经开始了十五年，在任何人都不知道的情况下演变，这个故事里的男主角便是冥王之子。

叶苏认为，宁缺便是冥王之子。

东方远处隐隐有晨光出现，城墙上一片安静。不知道过了多久，大师兄说道："老师曾经说过，对于天穹之上的存在，如果我们无法确信其是否存在，那么我们应该保持精神上的敬畏或警惕，但在现世的生活里却不做任何理会，这才是相处之道。"

然后他看着叶苏说道："我不能确定宁缺是不是冥王之子，我相信他不是，但我很确定他是我书院的小师弟。"

叶苏静静思忖着夫子的那段话，片刻后他望着雁鸣湖畔的冬林，淡然说道："没有证据，没有天谕，即便道门有所疑虑，也不会对宁缺做什么。这番话，我想那个哑巴更需要听到，不过我很怀疑，已经不能说话的他，能不能听到这些。"

哑巴不是真的哑巴，自然不会真的是个聋子。所谓能不能听到，说的便是想不想听到，愿不愿意相信书院的话。

大师兄看着那片冬林，想着那位以坚毅著称的佛宗行走，眉宇间现出淡淡的忧色。那位佛宗行走明显也是因为冥王之子的传言来到长安，既然敢露了行踪，自然不惮于承受书院的压力也要对宁缺不利。

对那名哑巴僧人，他确实没有什么太好的办法，因为正如他经常重复却没有人相信的那样——大师兄真的不擅长打架。

叶苏看着那片幽静的夜林，总觉得哪里有些不对。在先前的战斗中，那个哑巴僧人始终没有出手，他总觉得那片林子里还有人。

然而这个世界上，有谁能够避开他和书院大先生的目光？

便在这时，湖畔那片冬林骤然起了一阵狂风，随风而起的是一大片令人闻之欲哭的凄切蝉声，然而那些蝉声却又显得那般愉悦。

听着蝉声，叶苏脸色骤然间变得极为苍白。不是恐惧，而是凝重，是遇着此生最强大敌人的动容。

只听得一声极清亮的啸声，他身后背着的那把木剑也随之尖啸，倏然出鞘！

剑若一道光线，飞离城墙，刺破黎明前的最后那抹夜色，向着那片冬林刺去。紧接着，叶苏从城墙上跳下，晨风中素衫衣袂微震，随剑而去，身法神妙难以形容，宛若风中一片薄雪，竟似比飞剑的速度也不稍慢。

66

晨光熹微，冬林乍乱，一道飞剑自城墙疾飞而至，在残雪凋树间高速飞舞，伴着哧哧的啸鸣，寻找着蝉鸣发声之所在。

片刻后，叶苏掠进林中，素衫轻震，右手轻招，飞剑从远处鸣啸而回，落入手中，然后插入背后的剑鞘里。

蝉鸣已经停歇，那个人也不知去了何处，寒冷的冬林里，只剩下被雪覆着的哑巴僧人以及地上清河郡供奉的尸首。叶苏望向东方朝阳起处，只见林中晨雾弥漫着光线，仿佛薄至透明的蝉翼，眉头缓缓挑起，面上现出前所未有的沉重。

踏雪声起，大师兄从林外缓缓走来，站在他身旁，顺着他的目光向那处望去，脸上没有什么表情。

落雪声起，哑巴僧人身上如盔甲般的积雪迸裂而落，露出身上那件朴素的木棉袈裟，然后他缓缓站起，向大师兄与叶苏合十见礼。

大师兄看着僧人眉宇间的残雪，想着这位佛宗行走的来意，眉头不由微微一蹙，说道："欢迎七念大师来长安宣佛。"

七念神情宁静，眉宇间的残雪仿佛那里的坚毅情思一般，听着大师兄隐有所指的言语，没有做任何反应。

"昨夜冬湖一战，你始终在冬林里沉默，没有出手，我一直有些奇怪，还以为是书院来了哪位先生，却没有想到是那人来了……你修行闭口禅已有十五年，难道居然还不能把那个人暂留数步？"

叶苏看着七念问道，脸上的神情极为沉重，透着几分冷峻。

书院小师叔天诛之后，道门在世间最大的敌人便是那位二十三年蝉，偏生那位魔宗宗主神秘到了极点，以西陵神殿在世间如此大的威势和影响，居然数十年来没有探听到此人任何行踪。谁也没有想到，当世间风云汇聚长安城之时，雁鸣湖畔却是响起了蝉鸣，这个世间最神秘的人，再一次降临在人世间。

西陵神殿知道这个消息后必然会大为震惊，动用所有的力量去搜寻那片蝉声的去向，叶苏身为知守观传人，更是警惕到了极点。

七念修行闭口禅十五年，功力深厚至极，一朝开口必然佛音响彻人间。然而昨夜面对二十三年蝉凄切的寒蝉鸣响，面对那人无声无息却寒冷彻骨的压制，他始终没有开口，因为他不能确信自己开口便能胜过那人。

所以他此时也没有回答叶苏的问题。

叶苏知道哑巴僧人的性情，见他不开口说话，便知道从他那里得不到任何有关二十三年蝉的消息。他转身看着大师兄，说道："这里是长安。"

言语很简单，意思也很清楚：这里不是西陵，也不是悬空寺，而是大唐的长安城，是你们书院的地盘。魔宗宗主随意到来然后离开，这是对书院的挑衅，那么这时候至少书院应该给个说法才是。

大师兄说道："这些年来，那人一直没有对夏侯大将军动手，已经足够尊重书院，至于这次，我也没有想到他会出山。"

叶苏看着倒毙在雪地里的清河郡供奉，忽然抬手指向他颈间那片薄如蝉翼的片雪，说道："他在长安城里杀了人，大先生难道不要代书院执行唐律？"

大师兄叹了口气，说道："书院确实讲究唐律第一，但律法一事终究是要看执行者的能力范畴。唐律只能约束那些我们唐人有能力约束的人，无论朝廷还是书院对此人都无办法，这件事情总不能请老师出山。"

叶苏很是不解，按照他的想法，即便夫子不问世事多年，但二十三年蝉重现人间这是何等的大事，难道这样还不够资格惊动夫子？

没有人再说话，或者说不知道该说些什么，那位神秘出现又消失的二十三年蝉，让书院道门佛宗最了不起的三个人下意识里沉默起来。

晨光渐盛，冬林里的雪雾微粒缓慢飞舞在光线里，依旧像一双面积极大的蝉翼，只不过比先前看时要淡了很多。叶苏看着晨光中的雪雾，看着这双蝉翼，忽然神情微变。

昨夜他与大师兄一直在城墙上注视着雁鸣湖，却始终没有发现冬林里的动静，要知道二十三年蝉在冬林里面对的并不是一般人，而是七念这个佛法无边的强者，那人究竟是怎么做到的？

魔宗被修行正道所不容，是因为魔道修行妄图代替昊天的规则，吸纳吞噬自然里的天地元气，在体内开筑一个新的世界。那位魔宗宗主难道已经超越了这个层次，轻挥薄若透明的蝉翼，便能覆盖住昊天的光辉，在自然里拥有一方属于自己的世界？

如此方能说明为何湖畔冬林里的动静能够瞒过他和书院大先生的双眼，能够让周遭湖崖里的人们完全没有任何察觉。

二十三年蝉，竟然强大若斯！

想到此点，叶苏脸色微显苍白，紧接着他又觉得好生疑惑，总觉得这件事情有哪里不对，默默感知着雪林里残留的那些气息，陷入了沉默。

就在叶苏沉默的时候，大师兄与七念进行了一番谈话。七念是个哑巴，那么谈话自然便是单方面的，更像是某种温和平静却不容置疑的宣告。这番谈话的具体内容无人知晓，但想来总与宁缺有各种各样的关系。

雪桥下方，羽林军将士们已经疲惫到了极点。一夜未眠未休并不会让他们太难过，然而被一个人堵了整整一夜，听着远处湖面上传来的声音却无法参与战斗，这一点让他们感到羞辱，于是容易疲惫。

许世走上雪桥，在二师兄身前转身，扶着积雪的栏杆，望着桥下冰实的河水，说道："难道我真的老了？"

二师兄缓缓站起身来，轻柔而极细致地掸掉身上每一片残雪，保证自己的院服之上没有任何皱纹，然后说道："你本来就老了。"

许世没有动怒，淡然道："书院果然是一个能够创造奇迹的地方，宁缺做到了所有人都想不到的事情，但你以为这真是公平的？"

二师兄走到他身旁，望向桥下。

一夜骤风吹拂，冰面上的积雪被堆至两岸，冰面隐约可以照出人影以及别的。他对着冰面上的影子调整头顶高冠的位置，确认没有一丝一毫的偏斜后，满意地点了点头，不容置疑说道："我做事最为公平。"

许世脸上的皱纹极深，被晨风吹着老态毕现，声音微哑说道："君陌行事有古君子之风，整个世间没有任何人敢怀疑你。然则昨夜冬湖一战，宁缺靠他那位小侍女对夏侯完成了致命一击，以二击一，何谓公平？"

二师兄说道："我小师弟是符师，在修行界的规矩里，挑战决斗之时当然可以拥有近侍，这件事情没有任何问题。"

许世想着昨夜雁鸣湖山崖间的大光明，想着湖上雷鸣般的刀器相交之声，蹙眉说道："宁缺哪里又是单纯的符师，桑桑姑娘乃是光明大神官唯一的传人，又哪里是什么近侍？"

二师兄说道："符师便是符师。小师弟哪怕符武双修还兼通神术道法，他如果说自己是符师，那便是符师。至于桑桑，就算她将来成了西陵的光明大神官，她想做小师弟的近侍，便可以是近侍。"

许世脸色微沉说道："原来君陌也会强词夺理。"

"我在世间最看重的便是道理礼数，既然如此，自然要善于用各种手段让道理站在我这一边，莫说强词便是强打也成。"二师兄漠然说道，"当初月轮国的道石僧人便有近侍武僧，是你们军部核发的挑战文书，是你们军部提供的地址消息。那时候你们没说不公平，便永远不要说，不然书院不介意向军方请教一下到底什么才是公平。"

说完这句话，他转身向雪桥那头走去，头顶高高的冠帽被晨光映出极长的影子，仿佛要深深刻进桥面的深雪里。

许世看着他渐渐消失的背影，沉默不语。

那个盘膝坐在雪桥上的人走了，于是雪桥便通了。一日一夜间，他没有在雪桥上看风景，只是把自己变成一幅风景画，无人敢在上面落笔。

一名军官走到许世身后，低声说了几句什么。许世声音微哑说道："夏侯将军于国有功，自然要好好收殓。至于后事，自然有宫里安排，军部做好准备便是。"

此时的皇宫里气氛异常压抑紧张，雪殿四周没有任何太监宫女，所以只有极少数人能够听到皇后娘娘的哭泣声，这极少数人也是除了书院之外，知道皇后与夏侯之间兄妹关系的人。

距离皇宫不远的公主府内则是完全不同的另一种情形。在那位腋下夹着黄油纸伞的道人报信离开后，一种难以用语言形容的欢庆气氛夹杂着些许震惊惘然的情思，开始在雨廊露台间弥漫开来。李渔抚着微微起伏的胸口，看着身前那盏清茶，用了极大的意志才让自己冷静下来。

宁缺居然真的战胜了夏侯！这件事情所带来的极大好处，便是冷静如她也感觉到有些眩晕，而宁缺还活着也让她骤然放松下来。

李珲圆坐在她的身旁，神情有些惘然。他当然知道夏侯被杀死对自己是件好事，但却无法理解姐姐和谋士们为何会如此狂喜。皇后在军方少了支援，难道就能确定一切？整整一夜未睡的他，这时候只想去睡觉。

李渔挥手让谋士们退下，却没有让他离开。

房间里一片安静。

她看着自己最疼爱的弟弟，清亮的眼眸渐显湿润，声音微颤说道："今天之后，将来我大唐的皇位……便是弟弟你的了。"

67

听着李渔的这句话，李珲圆大感震惊。身为皇子，又不是不学无术之人，他自然清楚夏侯的死会给自己带来多大的好处。但他仍然无法理解，为什么姐姐此时会如此笃定皇位便是自己的。

李渔看着满脸惘然的弟弟，想着自从母后去世后姐弟二人相依为命，想着这些年自己为了弟弟的皇位所做的努力与牺牲，不由百感交集，说道："宁缺是书院二层楼的学生，夏侯死在他的手中，那个女人难道还能和书院亲近？即便她再如何虚伪能忍，书院也不可能再倾向她，这条无形的沟壑出现在书院和她之间，那么她的儿子还怎么能当皇帝？"

李珲圆终于醒过神来，是啊，如果没有书院的支持，父皇就算再宠爱那个小兔崽子，只怕也不敢轻易把帝国交给皇后一方。

一念及此，年轻皇子的呼吸都粗重了几分，紧紧握着拳头，眼眸里满是兴奋的神情，甚至还带上了些狰狞的神采。

李珲圆又想起先前何明池通知的另一桩消息，略显苦恼地说道："清河郡三供奉死在长安，不知道那边的人会有什么反应。"

李渔眉头微蹙，也觉得这件事情有些麻烦。这些年来，清河郡大姓给予了她大量的金钱支持，她在朝堂上能够相对轻松收拢那些朝臣，幕后也有清河郡的帮助。如今对方的老祖宗却暴死在长安城，不知会不会造成什么影响。

雁鸣湖畔的宅院在昨夜的大战中遭受了极严重的破坏，梁断墙摧，满地狼藉，到处破乱不堪，只有偏僻的别院保存得相对完好。

宁缺和桑桑回到了别院里，在陈皮皮和唐小棠的照顾下沐浴敷药，随意吃了些食物便开始休息，然后沉沉睡去。

湖畔坊巷里的警戒已经解除，除了长安府的衙役在宅院外维持秩序，禁止市民前来看热闹之外，没有什么更多的管制。鱼龙帮众在齐四爷的命令下以最快的速度赶到了雁鸣湖畔，开始清理整修宅院。只是宅院破坏得太严重，明显不是两三天便能做完的事情。

战前被宁缺遣散的丫鬟管事们也陆续回到了宅院。看着满地狼藉，众人不免有些担惊受怕，甚至有人想要离开。只不过他们十年身契都在学士府里，当曾静大学士夫妇去看女儿之后，众人便老实了下来。

既然有了下人照顾，陈皮皮便和唐小棠回了书院。如今长安城并不太平，尤其是道佛两宗的天下行走都在，需要更谨慎一些。

傍晚时分，别院幽静，院外隐隐传来清理瓦砾和废墟的声音，叶红鱼也回到了湖畔的宅院。她站在门槛外，看着床上正在酣睡的主仆二人，看了很长时间，然后回到了自己的卧室，就如以前数月一般。

冬湖一战，宁缺和桑桑损耗严重，一躺便是三天三夜。宁缺精神渐好，从床上爬起，借着晨光入园，找到朴刀便开始挥舞劈砍，只闻刀声呼啸，只见寒芒欺雪。

忽然间，他不知道想到什么停了下来，站在冬园中央，身体显得有些僵硬，看着手中的朴刀沉默了很长时间。

过去的这些年里，只要没有什么突发事件，他每天清晨起床在桑桑的服侍下洗漱进食后，便会开始练功。无论刀法箭术还是冥想，从来没有半点懈怠，因为他始终面临着死亡的威胁，更有复仇的压力。

今天清晨，似乎和过去那些寻常无奇的清晨一样，但事实上这个清晨与过往有很大的不同——他现在是书院二层楼的学生，世界上没有几个人能够威胁到他的生命，而且……夏侯已经死了。

夏侯都已经死了，那还练刀做什么？

宁缺握着沉重的朴刀，沉默站立了很长时间，然后他继续开始挥动刀锋。每一刀都是那样的简洁凌厉，每个动作都是那般地一丝不苟。

接下来的这些冬日里，雁鸣湖畔的宅院被鱼龙帮征募的工匠渐渐修复，自然花了一大笔银钱。为了把这笔账目填平，宁缺不得不提前动用了朝小树在西城赌坊留给自己的分红，并且预支到了后年。

宁缺和桑桑哪里都没有去，一直停留在宅院里。也许是对如今恬静且无目标的生活有些不适应，也许是冬湖一战留下的伤势并没有真正痊愈，总之两个人的精神都不是很好，显得有些恹恹的。当然宁缺依然保持了极高的警惕，虽说冬湖之战是场公平的决斗，但夏侯毕竟是帝国大将军，在军队里在朝堂上有无数同僚友朋，如今死在他的手中，谁知道长安城里会不会有什么暗浪正在翻涌。

他在宫门前承认自己不是宣威将军林光远的儿子，陛下的特赦旨意自然也不算数，朝廷还会继续调查那些谋杀案吗？近十位大唐官员或大将惨死在他手中，奉行唐律第一的帝国会一直保持着沉默？

接下来事态的发展，完全出乎宁缺的意料。

夏侯的葬礼隆重却又沉默地举行完毕，镇军大将军封府，将军府里的所有人，包括两位夏侯公子踏上了归乡的旅程。

没有任何人提起那些命案，包括过往最强硬的军方如今也变得异常平静，除了曾静大学士夫妇来过两次，朝廷竟是没有任何人踏入雁鸣湖畔的宅院。就仿佛前些天皇宫前没有那场对峙，冬湖上没有那场惨烈的战斗，仿佛长安城里什么事情都没有发生过。

在一个飘着微雪的清晨，叶红鱼也离开了雁鸣湖。宁缺和桑桑撑着大黑伞送她来到院门处，他看着修葺一新的院门，回想起那个雨天里的画面，感慨说道："真没有想到，居然会和你一起同居半年时间。"

叶红鱼说道："这等浅陋的双关无聊话，以后少说为妙。"

"我以后争取能说出些高雅的无聊话。"宁缺说道，"你得罪了裁决大神官才被迫逃离神殿，离开长安城之后，世间又哪里能够觅到一块净土？按照你当日的说法，叶苏根本不会理会神殿的事务，也不会理会你的生死，你难道不担心会被神殿杀死？"

叶红鱼说道："生死是最私人的事情，也是人自身完全无法掌控的事情，不能寄希望于他人，哪怕是兄长。但我想自我掌控一下。"

"你是道门中人，我不与你做这种玄妙之辩。"宁缺笑着回答道，然后伸手掸掉落在肩头上的一片薄雪，随着这个动作，他脸上那处极浅的小酒窝顿时清晰起来。

叶红鱼看着他脸上的浅窝，看着他的笑容，默然想着，怎样的人生才会让一个无耻冷血的家伙拥有如此美好的笑容？

"有件事情我一直想不明白。"她忽然说道。

宁缺微微一怔，问道："什么事？"

叶红鱼说道："在修道天赋上，我明明远胜于你，然而对那道纸剑的领悟却远不如你。我从西陵看到长安城，耗损了极大心神，才终于悟出十之八九，然而你当时只看了一夜，便能把剑意剑势拟得像模像样。"

宁缺想了想后说道："我也不是很明白，你想出什么答案没有？"

叶红鱼说道："那天在雪湖之上，你把大河剑意凝在刀上刺进夏侯的身体，我当时看着那个画面，看着那道滔滔浊浪般的剑势，联系着你悲惨的一生，隐约间想到了一种可能。"

宁缺说道："什么可能？"

叶红鱼说道："纸剑的真义，不在于薄至无间而无隙不入无人不杀，也不在于汪洋之水天下来的磅礴气势，而在于最简单的水流的道理……世间所有的水，都必然下流无法自溯，这便是决然无回，也就是说自己觉得怎么做是正确的，便会怎么去做，在这方面，毫无疑问你是个强者。"

宁缺笑着说道："原来是这种道理，我本来还以为你要说我这个人比较下流，所以能够悟通这种讲究下流的剑法。"

68

宁缺看着叶红鱼，说道："你明白了这个道理，所以要离开长安。"

叶红鱼说道："是的。"

宁缺说道："那你还没有谢我。"

叶红鱼说道："这是我的剑，应该你谢我。"

宁缺说道："互不相谢。"

叶红鱼说道："互不相欠。"

说完这句话，她转身离开，薄雪渐飞，青衣渐飘。

看着渐渐消失在风雪里的道门少女背影，宁缺沉默不语。

他与道痴在荒原上是生死相见的敌人，在魔宗山门里是并肩作战的战友，如今又在雁鸣湖畔宅院里相处半年，谈不上有多少情谊，但却习惯了彼此的存在。想着此一去她若能活下来，再相见时大概便会拔剑相见，自己或者她将要死去，一念及此不免有些唏嘘感慨。

他最后对桑桑说道："我很佩服这个女人。"

夏侯将军府上的人们离开了长安城，叶红鱼离开了长安城，又过了数日，便是叶苏也准备离开，于是书院大师兄前来相送。

叶苏看着修葺一新的小道观，想着那些黑瓦粗梁上可能落着自己的汗水，觉得有些愉悦，片刻后笑容渐敛，说道："我还是不明白。"

大师兄知道他不解何事，微笑说道："唐的拳头，柳白的剑，颜瑟的符纸，后山的刀箭，再加上桑桑这个光明神座的继承者，夏侯焉有不败之理……而且，他毕竟是我书院中人，岂能不胜？"

叶苏沉默了很长时间，忽然大声笑了起来，说道："书院中人，岂能不胜……好没道理的说法，好不讲理的气魄。"

笑声回荡在飘雪的街道上。这位骄傲的知守观传人在长安城内入世修行，在街坊破檐木梯与小道观废墟之前遇机缘，本已极为高妙的境界再获提升，最后听着这句关于书院的话却开始明白一切缘自何处，自飘然而去。

确认长安城真的恢复平静，再没有人尝试对书院进行试探，宁缺自然不会继续停留在湖畔的宅院里，他带着桑桑去了红袖招。

简大家叹息说道："你越来越像他了。"

宁缺摇头说道："我和小师叔没有相似的地方。"

简大家说道："你没有见过你小师叔。"

"但我知道不像，因为小师叔是潇洒之人，而我永远无法潇洒地活着。"宁缺笑了起来，说道，"当然，以后我可以学习一下。"

然后二人离开红袖招，坐着黑色的马车出了朱雀门，沿着覆着残雪的笔直官道，来到城南那座大山前，直接驶入书院。

宁缺并不知道自己与夏侯决战之时长安城里发生的那些事情的真相与细节，看似书院的师兄师姐们没有出手相助，但他非常清楚，在那等艰险困难的局面下，师兄师姐们肯定默默做了很多事情。

草庐里，他带着桑桑向大师兄和二师兄深深鞠躬致谢，然后再谢四师兄六师兄以及七师姐，谢的是符箭铁刀与湖畔的阵。

师兄师姐们平静而矜持又或者得意地受了宁缺的大礼，平日里最冷漠的二师兄此时的神情竟是无比温和，想来宁缺这个小师弟能够战胜杀死夏侯，让他这个做师兄的也是深感与有荣焉。

三师姐余帘不在后山，如往常一样在旧书楼东窗畔写着簪花小楷，神情宁静而专注。忽然间她抬起头来，看了一眼窗外飘拂的雪花，微微一笑，抬手至唇边轻轻呵了口热气，觉得暖和了很多。

唐小棠是她的徒儿，今日没有什么功课，便在旧书楼上磨墨。此时小姑娘的手早就已经磨酸，但小脸上却依然满是甜美的笑容。

三师姐有些不解，问道："什么事情如此开心？"

"哥哥一直想要杀死夏侯这个叛徒，听说在荒原上为了杀他还受了重伤，知道这个消息，他肯定很高兴。"唐小棠抬起手臂，擦掉幸福的泪水，看着老师用力点了点头，微笑说道，"如果宗主还活着，他也一定很开心。"

某天长安城的雪骤然变大，纷纷扬扬洒向城郭，暴烈得一塌糊涂，宁缺恰好定着那天去扫墓，只好顶着风雪出了城。

他和桑桑先去书院近处那片深草里的坟墓前，和师父颜瑟说了些很没趣味的话，在坟前倒了一瓮新酒。

做完这些事情后，他和桑桑坐着马车来到另一处墓地，循着侍卫处帮着查的地址，在如林般的墓碑里拐了很多弯，终于找到了小黑子的墓地。

宁缺轻轻拂去墓碑上的积雪，看着那个名字，带着愧疚之意说道："当年小时候我们说好了，如果有人先死，谁杀死夏侯后就要把他的脑袋提到先死那人墓前祭拜，很抱歉我没有做到。"

"夏侯的尸体被军方的人从湖里捞起来后就封进了棺材里，我也不好意思破棺砍头，不过听说他样子很惨，看着就像锅里炖烂了的肉。"

说完这句有些恶心的话，宁缺愉快地笑了起来，然后从桑桑手中接过两截黝黑沉重的断枪，深深拍进冻土中，就如同是两炷长香。

69

这几年里为了不引人注意，宁缺始终没有来祭过小黑子，如今大仇得报，朝廷就算知道他与小黑子的关系，也不用再担心。

血海深仇得报，应该先祭父母才是，然而当年血案之后，宁缺亲生父母林涛和李三娘的遗体经过道门简略祭奉之后便烧成骨灰撒进了渭水，哪有墓地。

那么小黑子的墓地，便算作当年那些人的墓地吧。

风雪越来越大，桑桑撑开大黑伞，吃力地用两只手紧紧握着，遮在他的身后。宁缺蹲下，从怀中取出一张油纸烧掉。油纸上写着很多个名字，那些名字后面的人都已经死了，就如同这张油纸一般，化为青烟，瞬间被风雪吹散。

桑桑低声说道："亲王殿下那里怎么办？"

宁缺看着雪地上滚动的焦黑纸灰，说道："当年他只是动嘴，现在当不成亲王也算是付出了些代价，再看他两年吧。"

桑桑说道："少爷你不是经常说要诛首恶？"

宁缺说道："首恶是你老师，可他已经死了。先前在师父墓旁看着他的墓地，我也曾想过要不要挖开来，不过还是算了吧。"

长安城笼罩在风雪中时，西陵神国的深山里依旧温暖如春，这与东面宋国堤外的海上暖流有一定关系，更因为这里本来就是昊天眷顾之地。

深山里那间简朴的道观外站着一名年轻男子，那男子容颜俊美无比，虽然颊间有几处醒目的伤痕，反而更添几分魅力。

石阶上的中年道人看着年轻男子说道："隆庆皇子，你真坚持要进观苦修？你可知道这意味着什么？"

原来那名年轻男子便是隆庆皇子，只见他手掌间隐有茧痕及水锈之色，大概过往这些日子，都是在海上度过的。他恭谨地说道："既然是老师的吩咐，做弟子的不敢有任何违逆，只要能够看到天书，受再多的苦与折磨都无所谓。"

中年道士说道："既然是观主的意思，自然没有谁会阻拦你。只是我必须提醒，以你如今的境界，想要看天书，随时可能死去。"

隆庆平静说道："师叔，我现在本来就是个死人。"

中年道士看着隆庆胸口间那朵黑色的桃花，想起雪崖宁缺一箭穿透此人胸膛的传言，明白了他这句话里所谓死人的意思，轻叹一声不再多言。

走上石阶，便进入了道门的不可知之地知守观，隆庆虽然已经拜知守观观主为师，此时的心情却依然有些紧张。

道观深处湖畔，错落有致出现了七间金碧辉煌的草房，草房铺的是草，廉价寒酸，本不应该有任何庄严华贵之气，但此间草房上铺着的茅草却是色如金玉，无视经年尘埃风雨，显得华美至极。

这种茅草天然具有极浓郁的天地元气，可御风雨阴寒气息，可以助人清心静意，在自然界里早已灭绝，可以说极为珍贵。世间只有两处地方奢侈到用这种茅草盖屋，一处是湖畔负责存放七卷天书的草房，另一处则是书院后山夫子居住的那间四面透风的茅舍。

隆庆走进了第一间草房，看着沉香木案上封破如黑血的那本典籍，再也无法保持冷静，露在袖外的双手微微颤抖起来。

这本典籍便是天书第一卷：日字卷。

这也是以他目前的境界，唯一能够掀开的一卷天书。

隆庆缓缓掀开黑色的封皮，映入眼帘的第一页是雪白的一张纸，然后他翻开第二页，这张纸上写着柳白、君陌、唐……这些世间修行至强者的姓名，因为他心中早有预料，所以并不吃惊，只是默默想着，如果将来自己要攀登上修行道的最高峰，那么这些闪亮的名字都必须成为自己脚下的垫石。

隆庆继续翻看日字卷。

在这张纸的上方，他看到了书痴莫山山的名字，然后他在这张纸的最上端，看到了宁缺和叶红鱼的名字。这两个名字几乎完全平行，各有笔画破纸而出，似乎要刺进前面那页中。

看着这三个名字，隆庆的眼神变得极为怨毒，便是呼吸也变得粗重了很多。然而片刻之后，所有的情绪莫名消失，他的眼眸归于极端的平静，变得越来越明亮，就如同漆上了金泽的夜明珠，无比光明。

冬去春来，时日渐逝。世间没有任何人知道他们都以为已经死了的隆庆皇子如今正在不可知之地知守观里潜心修行学习。他每日清晨醒来便开始打扫前观，然后烹煮食物，预备生活用具送入后观，待忙碌完毕之后，才能去那七间草屋阅读天书。

第一天看过日字卷后，隆庆便再也没有翻开这卷天书，而是将自己的精神与意志，尽数投放在阅读第二卷天书上。

某日春意大盛，知守观内外野桃盛开。脸色苍白的隆庆从第二间草屋里出来，手里紧紧握着染着血的毛巾，正准备去湖畔冥想休养片刻，忽然间心有所感，停下了脚步。他走进第一间草屋，神情凝重地翻开了日字卷。

那页纸上，宁缺二字的墨色越来越浓，越来越稠，仿佛血一般将要渗进纸里。莫山山的名字则离开了原来的位置，来到了纸张的最上方，两个山字的中间一竖有若棱角鲜明的石柱，似乎随时会把这张纸给撑破。

隆庆脸色愈发苍白，眼瞳骤缩如同幽幽的黑洞，令他感到无比震惊和愤怒的并不是眼前看到的画面，而是没有看到的画面。

他没有看到叶红鱼的名字。

叶红鱼的名字，已经去了别处。

虽然新植的桃花远不如传闻中那般艳夺天色，但深春里的桃山树木繁茂，上方的神殿笼罩在森森绿意之中，显得无比肃穆。

青树相夹的石制神道上，一位少女缓缓走来。她梳着简单的道髻，穿着件青色道衣，那抹青色并不如何夺目，然而当道衣随着山风缓缓飘动时，神道旁的千年石树上的幽绿便尽皆失去了颜色。

梳着道髻的少女沿着漫长的神道平静地向上行走，不多时便来到了广阔平坦的崖坪之上。她看着远处黑色的裁决神殿，微笑了起来。

神殿前方崖坪上，响起无数的惊呼。

"叶红鱼回来了！"

"这个女人怎么还敢回来！"

"道痴！快去通知神座！"

"司座大人，好久不见！"

缓步走来的道门少女容颜美丽至极，气息朴素简单至极，而在众人的眼中，这却是他们所见过最可怕的画面。

神殿周围的神官和执事们惊呼着四处散去，纷纷走避。那些无法及时退开的人惊恐万分地躬身让道，颤声问安不止。

去年春天，道痴叶红鱼离开了西陵神殿，在长安城里住了一段时间，接着又消失无踪。然后在这个春天，她回来了。

前神殿骑兵统领陈八尺被一道纸剑割瞎了双眼，然后被天谕大神官枯指轻敲便碎了口舌，变成了一个地道的废人。但他毕竟是罗克敌统领的亲信，所以在极为现实的裁决司里依然能够活得很幸福。

如果说在石阶上天天晒太阳，也算是一种幸福的话。

叶红鱼走到裁决神殿石阶之下，看着衣着华贵，却像乞丐般躺在阳光里的陈八尺，平静说道："你想过我还能回来吗？"

远处有很多神官执事都在朝着这边看，却没有任何人胆敢对叶红鱼动手。不是因为道痴余威犹存，而是因为去年天谕大神官回到桃山后，因为道痴离山一事大动雷霆，甚至还与裁决大神官有过一番无人知晓的较量。

陈八尺先前便听到了人们的惊呼，这时候听到叶红鱼的声音，终于确认自己最害怕的事情发生了，脸上满是恐惧。他想要求饶，又想要警告叶红鱼这里是神殿之前，想用裁决神座以及罗克敌大统领的威名保住自己的性命，然而他现在说不出话来。

就算他能说话，叶红鱼也不准备听。她只是要进入裁决神殿，必然需要登上石阶，而这个人则刚好在石阶上晒太阳，所以她顺口说了一句。说完这句话后，她从陈八尺身旁走过。

有春风徐来，拂乱神殿四周的古树林梢，吹皱了叶红鱼的道袖，青袖上出现一道极细微的皱褶，其形如剑。

无形道剑出。

陈八尺咽喉尽断，当场死亡。

叶红鱼没有回头，继续拾级而上。

逾百名神官及执事走到神殿石阶之下抬起头向上望去，看着那抹青衫在石阶上缓缓而上，脸上的神情异常震惊。

黑色肃杀的裁决神殿极为高大庄严，与之相比，站在殿前的叶红鱼显得那般渺小。然而她没有任何停顿，就这样平静自然地走了进去，如同回家一般。

当她走进裁决神殿后，她不再渺小。

大河国都城某处宅院里，响起婴儿啼哭的声音。

院内丫鬟仆妇们来回忙碌着，脸上满是喜色。宅院的主人是位唐人，对于大河国人来说本就是好事，而且这位主人性情温厚，与夫人感情深厚，待下人宽厚，那便是最好的主人了。今日主人有喜，她们也高兴。

躺在床上的妇人脸色微白，额头上尽是汗珠，显得疲惫至极，然而看着丈夫怀抱里的婴儿依然难掩激动，喃喃说道："可惜是个女儿，下回我给老爷生个儿子。"

坐在床旁的中年男子抱着婴儿，看着妻子安慰道："女儿最好不过，将来让她进墨池苑学书法清心雅性。若生个调皮捣蛋的小子，那可不好安排，指不定什么时候就学会翻墙逾院，跟着那些江湖人混去。"

妇人嗔道："哪有这样说话的道理？"

中年男子看着怀中的女婴，有些紧张地说道："怎么这么小一点？"

"刚生下来的孩子能有多大……"妇人忽然变得有些紧张，声音微颤说道："老爷，秋天的时候我们真要回长安？"

中年男子微笑说道："父亲年迈，如今我们有了子息，总要带回去让他老人家高兴高兴。你不用担心那些有的没的，一切有我。"

妇人一向以为自己的男人是世上最能让人放心的人，听着这话便真的放下心来，开始思考别的事情，问道："给孩子取个什么名？"

"回长安城后等父亲赐名吧。"中年男人想着回了长安，皇帝陛下知道自己生了女儿，想来一定会抢着赐名，不由苦笑说道，"我们先取个小名便罢。"

"叫什么？"

"我们相识的村子里盛产南瓜，便叫小南瓜好不好？"

"……老爷说了算。"

大河国都西方的莫干山里有一方静湖，这方静湖便是大河国最著名的墨池。莫山山坐在墨池畔，手里拿着一块石头，似乎准备扔进湖水里，又似乎准备放到身边，却始终犹豫未决。

在她身旁的地面上，已经零乱摆放着七八块石头。那些石头有圆有方，形状各异，摆放似乎毫无规律可言，然而却给人一种空虚到了极点的感觉。这种空虚就像是饿了五日之后的胃，又像是空空的酒囊。

夜风轻拂，莫山山细眉紧蹙，细而疏的睫毛轻轻眨动，原本微显圆润的双颊已然清减，更添几分美丽。但她此时苍白的脸颊上，没有任何自怜自艾的情思，只是无比专注，甚至因为思考而显得格外痛苦。

不知道过了多长时间，她终于把手中那块石头放了下去。

那块石头似乎随意地搁在地面上那七八块石头中间，然而就在这一刻，便发生了很奇妙的事情。如同饿了数日的人忽然吃了一大桶硬米饭，又像是酒囊里被人扔进了一把小刀，强烈的棱角之意骤然笼罩墨池。

平静的湖面毫无来由出现了很多浪花，仿佛连湖水都感应到了那道横亘于天地间、堵塞在人心里的嶙峋意味。

莫山山看着身旁散乱的石头，知道自己终于成功地摆出了块垒阵的一部分，如湖般的眼眸愈发明亮，因为喜悦红唇紧抿如线。

就在此时，她想起自己在那封信里写的那段话。

"经历诸多事，我眼中河山已有新意，重逢那日，所书所写定然较今日更加壮阔，望你也多加努力，莫要令我失望。"

少女站起身来，望向遥远的北方，想着那个可恶的家伙，甜蜜却又骄傲微嘲说道："我已知命，你可让我失望？"

站在书院后山绝壁间，看着远方的长安城，宁缺回忆起这两年来的遭逢，登旧书楼，登二层楼，悟符道，入荒原，继承浩然气，还有他以前根本无法想象的修行战斗，都是那般地令人感慨。

然后他想起夏侯死之前说的那番话，微微皱眉，觉得清湛春光笼罩着的长安城上空飘浮着看不见的黑云。

他认为自己不可能是冥王之子。虽然死过一次的他从某种意义上来说见过冥王，但那个冥王和这个世界传说的冥王明显不是一回事。可如果自己不是冥王之子，光明大神官当年为什么要掀起这场腥风血雨？为什么佛宗也要派人来看自己甚至杀自己？

前路无法看清，不知道佛宗会不会就此平静，宁缺微微握拳，做了一个决定，秋天时的盂兰节会，他不会去参加。

便在这时，热闹的乐声和吵闹声，硬生生把他从唏嘘感慨以及警惕凝重之类高级情绪里拉了出来，把他拉回了春游的现场。

书院后山今日春游。

在夫子的组织下，没有哪个弟子胆敢不来。反正崖洞的禁制已经被解除，于是爱下棋的师兄便在洞里下棋，爱弹琴吹箫唱曲的师兄便在洞里高歌疾弹，爱绣花的继续绣花，爱看书的继续看书，爱写小楷的继续写小楷，爱聊天的继续聊天，爱扮孤独的继续扮孤独。

都是些很高雅的爱好，然而当这些爱好同时出现在崖洞里时，便顿时变得低俗起来，因为太过嘈杂，太像长安城里街头卖艺的场景。

今天真正辛苦的是桑桑，因为她要负责准备饮食，而且在陈皮皮的强烈要求下，熬了三大瓮鸡汤。

"少爷，赶紧喝了，这瓮最鲜。"桑桑端着碗鸡汤，悄悄走到崖畔，递到他的手里。

宁缺看着她微乱的头发，脸上沾着的草灰，不由有些心疼，恼怒说道："陈皮皮尽瞎整，你居然也真听他的，鸡汤帖和鸡汤是一回事吗？鸡汤帖是卖了很多两银子，难道这鸡汤也就会变得珍贵很多？"

桑桑笑了笑，没有说什么，实际上书院里的人们爱喝她炖的鸡汤，让她很开心。

她叮嘱道："这鸡很好，很能出油，汤上浮着厚厚的一层，所以看着没热气，实际上极烫，一时半会儿凉不了，少爷你吹凉了再喝。"

桑桑自去草屋里准备凉拌菜，以及大蒸锅馒头。大师兄从崖洞里走了出来，站到宁缺身旁，望向长安城的方向。

宁缺把碗递了过去，说道："师兄，这是最鲜的一碗。"

大师兄笑着摇了摇头，犹豫片刻后说道："师弟，其实我心里一直有个问题，我知道这个问题不对，但它总在那里让我的心有些发慌。"

宁缺说道："师兄请讲。"

大师兄看着远处的长安城，微微皱眉问道："十五年前，你在那间柴房里拿起刀时，有没有想过，将军的儿子其实也是无辜的。"

宁缺微微一怔，想了会儿后说道："当时场面很混乱，我真不知道当时自己是怎么想的，不过事后自然会明白这个道理。"

然后他诚恳请教道："师兄，如果当时是你处于这种情况，你会怎么选择？"

大师兄说道："没有亲身经历，再如何动人的选择也许只是虚假的煽情……不过如果是现在的我，我大概会选择什么都不做。"

宁缺知道大师兄说的是真心话，牺牲无辜者来换取自己的生存，大概真不是大师兄能够做出来的选择。

他说道："师兄，你是仁人。"

他接着说道："二师兄是志士。但我真的很难做一个仁人志士，我只是一个自私的人，只想着自己能够活下来。"

大师兄轻轻拍了拍他的肩头，说道："老师曾经说过，自私是推动人类前进的最大动力，虽然我不是很理解这个说法，但想来一定有其道理。师弟你的选择不能说是错的，至少我没有资格说你是错的。"

"不是一定有其道理，而是很有道理。"夫子走到崖畔，说道，"人生没有目的，只有过程，又哪里有什么是非？"

大师兄说道："是非便是人之善念。"

夫子指着上方的湛蓝青天和几抹白云，说道："你若飞得越高，在地上的人眼中的形象便越渺小，直至变为非人。你连人都不是了，哪里又有什么人之善念，若不需要有善念，哪里还有是非？"

大师兄摇头说道："老师您错了。在游历途中您时常对我说，离开人世每多寒，所以要停留在世间，那么便是要为人。既然为人，便是世间众生中一员，岂能没有是非善恶之观？"

宁缺大感吃惊。

夫子从来没有想到过最老实的大徒弟居然敢当面说自己错了，而且还搬出自己的言语来打自己的脸，气得胡须乱飘，怒瞪双目厉声斥道："李慢慢！你好大的胆子！"

大师兄神情紧张地说道："老师时常提醒我要多向君陌和小师弟学习，于是我才会有先前那番言语，老师若是不喜，我收回便是。"

宁缺在旁边听着，忍笑忍至腹痛，到此时真的再也无法忍住，噗的一声笑了出来，连连摆手说道："你们先聊着，我去看看馒头好了没。"

夫子瞪了他一眼，说道："都是你惹出来的事情，还想逃？"

说完这句话，他看见宁缺手里端着的那碗鸡汤，轻噫一声，赞叹说道："油色晶莹，隐见汤色清而有蕴，真是一碗好汤。"

宁缺神情微僵。

夫子轻拂衣袖，便把这碗鸡汤从宁缺手里抢了过来，一口饮尽，面不改色。

宁缺震惊无语，心想老师果然好深厚的功力。

紧接着，夫子脸色骤变，噗的一声把嘴里的鸡汤全部喷了出去，衣襟上、胡须上尽是油水淋漓，看着好不狼狈。

"烫！"夫子大怒痛呼，音调都有些变了。

桑桑正在雨廊下摘紫藤果，不解问道："鸡汤要放糖吗？"

崖畔一阵笑声。

70

对国家而言，纪年就像是每个人的名字，不见得响亮，但一定要有，世间所有国度都有自己的纪年，而真正能够被民众记住，并且在日常生活中能够有效使用的纪年，千年以来仅有两种。时光流逝，大唐天启十六年，也就是西陵大治三千四百四十七年，在这一年的春天里，发生了很多故事。

道痴叶红鱼，在离开西陵神殿整一年后，终于回来了，她在无数惊恐目光的注视下，杀死了陈八尺，然后走进了黑色的裁决神殿。在她踏进神殿的那一刻，一道威严至极的声音，从大殿深处响起，巨大的声浪撞击着黑色巨石砌成的墙壁，粉碎成无数细碎而刺耳、有如锋利钢针般的存在，瞬间来到她的身前，笼罩住了她的身体。

"你是第一个叛离神殿，还敢回来的人，是来领受责罚的吗？"

神殿深处有一道绚丽至极的珠帘，珠帘之后，隐约可以看到那座巨大的血色墨玉神座，和神座上那个威严如海的身影。叶红鱼的信仰极为虔诚，真正的虔诚，所以她根本不认为自己离开西陵神殿代表着背叛，她此时并不想对帘后的那道声音做任何辩解，她只是想走到那道珠帘之前，把自己准备做的事情做完。

她向裁决神殿里走去，青色的道衣在黑色光滑的地面上缓缓飘动，就如同行走在沉沉黑夜里的一片绿叶，毫不起眼却又非常夺目。一名裁决司神官站在石柱旁，看着她厉声喝道："放肆！"

更多的神官拥了出来，红色的教袍在广阔的黑色地面上，像血一般翻涌，然后汇聚成一片血湖，暴怒而寒冷的呵斥声不停响起："放肆！"如雷般的呵斥声，没有让叶红鱼的神情有丝毫变化，她依然是那般平静，那般冷漠，每一步的距离都完全相同。

叶红鱼对昊天的信仰无可挑剔，但她不是那些看见神殿便泪流满面的愚痴教徒，除了昊天能让她心生敬意，别的任何人都不行。所以当初面对着掌教和裁决神座的压力，她没有选择屈服，而是毅然离开西陵神殿，不惜背负道门叛徒的罪名。所以她今天会回到西陵神殿，并且向那道珠帘走去。她本来就是个极放肆的人，她做的都是极放肆的事，那么黑色神殿里的这些红衣神官呵斥她放肆，又岂能让她有丝毫动容？

那些穿着如血神袍的裁决司神官愤怒到了极点，气得浑身颤抖，满脸通红，然而很奇怪的是，没有任何人敢拦在她的身前，敢对她出手。叶红鱼走进神官人群中，神官们面露惊恐之色退避，让开一条通道。终于，她从神殿外走到了珠帘前。

她停下脚步，平静望去，只见帘后的裁决大神官坐在墨玉神座上，以手撑颔，似乎正在思考什么复杂的问题。叶红鱼低头行礼，神态平静从容，就如同去荒原之前，她每次来到神殿，与帘后的裁决神座相见时的画面。行礼代表尊重，低头代表服从。

裁决大神官微微抬头，冷酷而强大的目光透过珠帘，落在她的身上，平淡而不容置疑说道："跪下。"

这声音并不如何响亮，却让那些陷入惘然情绪中的红袍神官清醒过来，想明白了很多事情，尊严被轻视、被挑衅而生的愤怒不满，顿时压倒了道痴这个名字留给他们的积威。他们抬起手臂，指向珠帘前低着头的叶红鱼，齐声喝斥道："跪下！"

这些声音或者愤怒或者兴奋或者冷酷或者残忍，渐渐交汇在一起，变得极为整齐，就像雷霆般回荡在幽静的黑色神殿里。当年叶红鱼还是道痴时，从来没有在珠帘前跪过，哪怕帘后是裁决神座。后来她不是道痴时，曾经在珠帘前下跪过一次，那次下跪是裁决神殿刻意施与她的压力和无限羞辱。

既然今天她走进了裁决神殿，那么当然不会再下跪。

"我只跪值得我跪的人。"叶红鱼说道。帘后，裁决大神官缓缓坐正，漠然说道："比如？"叶红鱼说道："比如昊天，比如观主，比如掌教，比如天谕神座，比如莲生神座，但这些比如里，并没有神座你的名字。"

裁决大神官忽然笑了起来，笑声里满是暴戾与冷酷的意味："不要以为天谕护着你，不要以为你有一个兄长，本座便真的不敢杀你！你不要忘了这里是裁决神殿，我们拥有昊天赐予的特殊规则！"

叶红鱼抬起头来，神情冷漠地说道："裁决的愤怒应化作昊天的神火，神座的愤怒如今却只能化作笑声，实在可笑。"帘后响起一声轻噫，因为随着叶红鱼的抬头，裁决大神官发现了一件很意外又很有趣的事情，所以他决定让她活下来。"想不到你不只恢复了境界，甚至还破境成功，确实出乎我的意料。裁决神殿的规则你很清楚，那便回来重新做司座吧。"

裁决神殿代昊天行罚世间，奉行异常现实而冷酷的规则：强大代表着一切，弱者理应被欺凌，无论权势还是品秩，都只与实力的强大与否有关。如果你不再强大，那么你便不再有资格拥有权势地位，甚至不应该再活着；如果你重新变得强大，那么你便可以重新拥有权势地位。

叶红鱼在荒原上强行堕境脱困，实力严重受损，不再有恢复的希望。于是她看到了冷酷，经受了很多羞辱，如今她恢复，甚至拥有了更加强大的实力，她便拥有了不再被羞辱的资格。然而曾经的那些事情，难道就这样被裁决大神官一句话抹掉，就如同从来没有发生过？

对于裁决神殿之外的人们来说，这是难以想象的事情，但对裁决神殿的人来说，这是很理所当然的事情。那些穿着红袍的神官，听着裁决神座的谕令，迅速停止了对叶红鱼的呵斥，平静地退到了一旁。

在这些裁决神殿的神官看来，叶红鱼所要求的，不过便是神座的这句话罢了。西陵神殿大神官号称昊天之下，神座之上，地位极为尊崇，即便是掌教大人也不能随意责问，怎么可能对凡人道歉？裁决大神官同意叶红鱼回到神殿，让她继续担任裁决司大司座，已经足够宽容。

裁决神殿向来不是一个宽容的地方，叶红鱼也不是一个宽容的人。听到裁决大神官这句话后，她微微一笑。就在美丽面容展露笑颜的这一瞬间，叶红鱼的眼前出现了很多画面。

风雪中的雁鸣湖上，宁缺在那柄强大的铁枪下，不可思议地抽出朴刀，然后以刀为剑，理所当然不可阻挡地刺进了夏侯的腹部。西陵神殿的石屋里，昏黄的灯光照耀下，她撕开信封取出信纸，纸上那道拙劣的剑，变成一道浊浪滔滔的大河。尸骨山里，枯瘦如鬼的莲生神座，紧紧抓着自己的双肩，平静而慈悲地低下头来，从自己的肩上撕扯掉一块血肉。大明湖底，无数棱角分明的石块拦住了去路，她低身擦掉一块石头上的青痕，看到了书院轲先生留下的两道剑痕。无数画面在叶红鱼的眼前快速闪过。那两道剑痕，最终汇为一道，落在黄纸上，落在雪湖上，落在她的眼里，落在她的心里，进入她腰畔的剑鞘里。

叶红鱼抽剑出鞘，一剑刺向裁决大神官。

黑色的裁决神殿，笼罩在深春的清丽光线里，格外庄严肃穆，而就在此时，无数灰尘从殿内狂卷而出，顺着石阶向崖坪奔去。最高处的白色神殿里，响起一道雷霆，仿佛是天神也感到了震惊和疑惑。另一座神殿里，天谕大神官轻轻叹息了一声。

裁决神殿里，红袍神官们纷纷倒地不起，那道珠帘已然尽碎。叶红鱼站在珠帘之后，神座之前。她握着剑的右手微微颤抖，苍白的面容显得极为漠然。她把剑从裁决大神官的胸口里拔了出来，无数的血水，从裁决大神官胸间的恐怖创口里喷溅而出，瞬间湿透血色的神袍，染红了叶红鱼身上青色的道衣。

裁决大神官紧紧蹙着眉头，看着自己胸口的剑创，说道："没道理。"叶红鱼看着他说道："你说过，这是昊天赐予我们的规则，那么只要我有能力杀你，我便敢杀你。"裁决大神官痛苦而暴怒地抬起手来，然后死去。叶红鱼把他拉下神座，然后自己坐了上去。

从现在开始，她便是裁决大神官。

知守观在星光下显得越发静寂，仿佛无数年来都没有人探访过，金丝般的茅草在檐畔垂落，仿佛星光变成了实质。隆庆皇子坐在窗畔书桌前，阅读着身前的书卷，对道观四周非人间般的缥缈美景完全无视，眼眸里只有对知识的渴望，显得那般平静专注，便如窗前那方静湖。

此时隆庆正在看的这卷天书，是七卷天书之三：沙字卷。之所以这卷天书叫沙字卷，是因为书中记载着无数修行法门，有精妙难言的，有山野宗派入门之法，有昊天道门的神道妙意，有佛宗的华严诸法，甚至还有魔宗最神秘的邪恶功法，繁若河沙，根本无法细数。

这卷天书里记载着世间几乎所有的修行法门，无论是从浩瀚的收藏数量还是从修行功法的质量上来说，都只有书院后山可以与之抗衡。

星光落在书页上，把那些用浓墨绘成的人形照耀得清清楚楚，有无数道线条，在人形之间来回淌动，而在书面下方，则是密密麻麻记录着功法的修行要旨以及注意事项，这门诡异的修行法门名为灰眼。

灰眼不是道门功法，也不是魔宗功法，而是很多年前，知守观某位大能在杀死魔宗某位修行饕餮大法的长老后，思及战斗里的危险，沉思三夜之后，以如海般的学识智慧，以无上道法对饕餮大法进行改造后的产物。这门功法的根基是饕餮大法，本质上还是夺取别的修行者念力意识而强大自身，只不过经过道法改造后，不再需要吞食血肉，而是直接进行意识夺取，看上去似乎不像以前那般血腥，显得中正平和很多，实际上邪恶残忍如旧。

如果他还是以前那个骄傲而有洁癖的隆庆皇子，那么他必然不会修行这等邪恶的功法，哪怕会受到强大力量的诱惑，然而如今的他经历了那么多事情，已经做过很多丑陋邪恶的事情，所以他没有任何犹豫就开始修行。星辉如水，照得庭院清凉一片，草屋内相对幽暗，隆庆看着天书沙字卷，意识随着这门功法缓缓移动，脸色变得越来越苍白。

多日前的南海上，一艘小舟在浪间时起时伏，海面上的太阳异常炽烈，鱼早已潜进了深海，海鸥自然也消失无踪。隆庆跪在青衣道人身后，承受着烈日的曝晒，脸色却没有变得黝黑，而是苍白无比。

这是南海的深处，距离陆地不知多少万里，早已看不到海岸线，青衣道人站在舟头，看着浪花翻卷，却仿佛在看着海岸边的潮起潮落。

"执着便是障碍，哪怕是对光与暗的执着。"

滚烫的木板，让隆庆觉得自己的膝盖仿佛快要被烧焦，但他不敢有任何动作，声音微颤地说道："弟子曾经尝试过不再执着，在荒原上向着北面的黑夜进发，然而即便是那样，依然没有看到黑夜里的光明。"青衣道人负手于后，站在舟头看着大海说道："你想要寻找到什么，于是你做出了选择，而做选择本身便是一种执着。"隆庆问道："那如何才能不执着？"

青衣道人说道："佛宗讲究禅念静心，追求的是枯寂，不执着便是不动念，你若动念，一念便是光明，一念便是黑暗，你又该如何选？所以你不需要选择，只需要听从昊天的选择。"隆庆说道："可……弟子不是天谕神座，感知不到昊天的谕旨，怎么知道什么才是昊天的选择，怎么知道自己没有判断错误？"

青衣道人说道："你想到什么，便是什么。"隆庆好生困惑，说道："那岂不是从心所欲？"青衣道人忽然笑了起来，淡然说道："世间一切都是昊天注定，所有事物的运行都在昊天的掌握之中，包括人心，既然如此，哪里有真正的从心所欲而无矩？你跟从自己的心行走，其实便是在跟随昊天行走。"

听到这段话，隆庆觉得仿佛荒原上的风雪从头上撒了下来，顿时洗去烈日的酷烈之意，变得清爽无比，瞬间想明白了很多事情。他向前拜倒，用额头紧贴着滚烫的甲板，微微颤抖的声音里充满了渴望和勇气，大声说道："弟子想要变得强大起来。"

青衣道人说道："前日我把你抛进火泉之中，以昊天赐予的无尽温暖慈悲，在你体内重筑雪山气海，你如今已经可以修行。如果你要尽快变得强大起来，那么稍后你登岸之后，便去西陵进那座破观吧。"隆庆如今已经知道青衣道人无比尊贵的身份，自然能够想到，他口中所说的破观，便是传说中的知守观，不由狂喜难抑，连连叩首。

青衣道人说道："观中现在还有六卷天书，什么时候你把这六卷天书看懂了，那么你或许可以算得上强大，不过看书终究是一件很痛苦的事情……当年叶苏需自刺一剑，才能把自己的目光从书页上移开，以你的心志断然无法抵抗住天书的诱惑，到时道心破而复生，痛楚难以言喻。"隆庆神情坚毅地说道："弟子不怕痛，也不怕苦。"

青衣道人又说道："道门弟子万千，能有机缘入知守观之人寥寥无几，你不是神殿的大神官，又不是为道门做出极大贡献的前代弟子，那么你在观中只能做得一个杂役，这等身份你可会嫌弃？"如果让世间修行者知道有机会进入知守观阅读七卷天书，莫说做杂役，便是天天去淘粪也会心甘情愿，甚至连粪池都会觉得是香的。

隆庆自然也是这等想法，毫不犹豫地说道："弟子愿为道门做任何事情。"青衣道人说道："我能感受到你此时的心意，但观里住着一些脾气很暴躁的老人，便是我也不想理他们，你到时莫要恐惧。"

隆庆吃惊无言，心想知守观观主乃是何等人物，难道世间除了书院那位夫子，还有别的能令他感到麻烦的人？

夜色中的知守观，偶尔会响起几声虫鸣。隆庆的脸色越来越苍白，黄豆大小的汗珠从额头上不断滚落，眼神变得越来越涣散，显得异常虚弱，可以想象他现在正承受着怎样的痛苦。

每次翻开沙字卷，他都会承受无穷无尽的痛楚，而今夜当他开始修行灰眼后，那份痛楚更是变得越发可怕，看似寻常的书页上，仿佛生出了无数道无形的剑，不停地戳刺着他的道心，想要把他的道心刺成蜂窝。当他把灰眼功法里最后一个字看完时，他的道心也碎成了无数片，恐惧和千刀万剐般的痛苦，直接让他昏厥了过去。

不知道过了多长时间，隆庆醒了过来，窗外已然晨光初现，他惊恐地查看自己，发现自己的身上没有任何伤口，道心依然稳定如昨，似乎昨夜天书上出现的那千万记无形剑意都是假的一般。他有些浑浑噩噩地走出草屋，在湖畔掬了捧水洗了洗脸，稍微变得清醒了些，便去自己的房屋简单洗漱，开始打水烧火做饭，待服侍完侍奉天书的三位师叔用完早饭，他挑着两担清水和几箱物事向观后走去。

这个春天，隆庆在知守观里日复一日洒扫庭院，煮食做工，擦桌磨墨，做的尽是杂务，只到夜深时，才有机会看书修行，日子过得很辛苦，但他的心境很平和，只是沉默地做着，然后争取一切时间能够看书。说来有趣，他在世间最大的敌人宁缺，在过往十几年里，尤其是在进入书院之后，基本上过的也是如此艰苦而充实的日子，不知道这是不是应了书院小师叔的那段话，如果命运要选择谁，那么便会有很多事情需要他去做。

隆庆挑着扁担，背着箱包，走出道观，来到一片山崖前。在知守观的这些日子，他没有任何怨言，哪怕是难以承受的痛苦，他也甘之如饴，然而看着这片山崖，他的眼睛里却满是恐惧和想要逃避的神情。这片山崖的崖壁上爬满了约手指粗细的青藤，在青藤的缝隙里，隐隐可以看到崖壁本体是灰黄色的，还能看到崖壁上有很多洞口，山洞幽深，透着股神秘的味道。这座满是石窟的山崖很高，给人的感觉很雄伟，隆庆站在山脚下，就像是一只渺小的蚂蚁，而如果有人从极高远的天空俯瞰大地，大概会觉得这座山崖只不过是不起眼的土丘，是堆覆着青苔的蚁穴。

山崖下的森林枝叶茂盛，遮住了阳光，显得格外幽静甚至有些恐怖，好在没有用多长时间，隆庆便走出了树林。他把肩上的扁担挪了挪，避免压住前些日子留下的伤口。看着面前的青色山崖，看着覆盖着整片岩壁的青藤，他深深吸了口气，驱散心头的恐惧，然后低头沿着狭窄而陡峭的山道向上走去。

崖壁很陡，挑着这么重的东西攀行非常困难，隆庆走到一处山洞前时，已经觉得自己的腰酸得快要断掉。好在洞口有片三四步方圆的小石坪可以落脚，他有些笨拙地把水桶放下，记得这个洞里有活泉，便没有取水，从箱包里取出一个匣子，用手拉开那些繁密的青藤，走进了洞中。山洞非常低矮，普通人在洞里行走根本无法站直身体，隆庆佝偻着身子沉默前行，看着就像一个真的仆役。

这个山洞虽然低矮，洞口又有青藤遮掩，但却一点都不幽深昏暗，反而明亮有若白昼。因为山洞的墙壁上每隔数步距离，便镶着一颗湛湛泛光的夜明珠，这些夜明珠浑圆无瑕，晶莹夺目，大若鸡卵，若放在世间必是最珍稀最贵重的宝物，然而知守观后这座青山里有无数山洞，这些山洞里便有无数这种珍贵的夜明珠，而且建造者竟是把这等宝物当作灯烛来使用。

隆庆以前来过此洞，所以还能保持平静，虽然他第一次进入这条山洞里，便被眼前的画面震撼得完全说不出话来。要知道，即便他自幼生活的燕国成京皇宫，似这等质量的夜明珠，最多也只能找出数颗而已。

青山崖壁间看似简陋甚至凄惨的山洞，里面则是别有洞天，石壁间雕花嵌玉，粉彩花鸟，金砖铺道，银带束墙，待走到最深处的洞厅内，更是无数珍品异花，旧时书画，富贵到了极点，繁复到了极点，甚至早已超越了人世间帝王们的享受和人类想象的极限，似俗却无人敢评价其为俗。因为除了统治整个世界、拥有无穷无尽财富和资源的昊天道门，再也没有什么势力，能够在无人知晓的深山老林里，做出这么俗的事情。

洞厅有一张非常大的软榻，榻上铺着数十张雪原巨狼的毛皮，宛若一片真正的雪原，银白色的毛皮海洋中间，坐着一个容颜枯槁的老人，脸上的皱纹极深，身上的道衣极旧，似乎很多年都没有换过。雪原巨狼非常强大，要猎杀一头都极为困难，这里竟有这么多的雪狼毛皮，真不知道这位老道当年是何等的强者。

隆庆走到榻前跪下，双手呈上匣子，根本不敢抬头看那老道一眼，神态显得异常恭敬谦卑，沉默等待着对方的吩咐。醉卧雪狼皮，醒赏世间至贵之物器，想来是世间无数人梦寐以求的享受，然而那位老道枯瘦的脸上，没有丝毫表情，显得死气沉沉，甚至可以说看上去就像是一具干尸，唯一能够证明他还活着的，便是他偶尔微动的眼眸，那双眼眸里充满了残忍的意味，还有无尽的血色与癫狂。

与世隔绝枯坐数十年，即便是真正的宫殿，也会变成最阴森的囚房，更何况是山洞，老道眼中的恐怖情绪，大概便来源于此。这位老道之所以会在山洞里枯坐数十年，自然不是被人囚禁，这个世界上能够囚禁他的人并不多，道门更不会这样对待一位前代大人物，除了某些很隐晦的原因，最重要的原因便是他残疾无法行走，又或者说他哪怕残疾可以行走，却不愿意以残疾的模样出现在人世间。

老道的残疾很重，他没有脚，也没有腿，甚至没有屁股，仿佛曾经有一把最锋利的剑，把他从腰间斩断，于是他现在整个人只剩下了半截，“坐”在银白如雪的雪狼毛皮上，仿佛陷在了里面。腰斩是世间最残酷的死刑之一，既然被称作死刑，那么自然是因为受腰斩会失去很多重要脏器，会流光身体里的血液，然后惨号而死。

这位被腰斩的老道却活了下来，而且活了很多年。当然他活得很痛苦，只是苟活着。

隆庆第一次进入这个山洞，看见这名只剩下半截的老道时，震惊到了极点，怎样想也想不明白此人究竟是怎么活下来的。后来他知道，这位老道数十年来只饮洞中的泉水，不吃任何食物，用这种方法把失去的下半身全然抛却，当然人类的身体依然会产生某些废弃物，他暗想这位老道定然是以极恐怖的修为，强行把这些废弃物随着体液自皮肤表面蒸发而去。这个猜测却让他更加震惊——人类需要食五谷而生存，这是昊天给世间定下的规则，根本无法违背，即便是知命境的大修行者能够辟谷，也无法维持数十年的时间。据西陵教典记载，只有传说中逾过五境的圣人，受天启而净化污垢肉身为神体，如此方能撷天地元气而活、饮露而生！

如此说来，这个被腰斩的枯槁老道，竟在数十年前便已经迈过了修行五境那道高若天的门槛！所以他走入山洞后便跪倒在软榻之前，显得无比谦卑，无法掩饰心中对老道的敬畏甚至是没有原因的恐惧，然后这些情绪又尽数化作了某种渴望，对修行道路尽头未知的近神之境的渴望，对强大的渴望。他以为自己终于明白了观主让自己来知守观做杂役的原因，做杂役才能来青山洞窟，才能遇见像老道这样站在修行界最高处的人物。然而事情的发展，并不完全符合隆庆的美好想象。像具干尸般的老道，面无表情看着跪在榻前的他，嘴唇缓缓翕动，干哑的声音仿佛像沙漠正午阳光晒至滚烫的两块石头在摩擦，难听到了极点。

"你太弱了。"

隆庆有些没有听清楚这句话，下意识里抬起头来，却迎上了榻上那位老道充满了癫狂暴戾情绪的眼眸，触着老道的目光，他只觉自己的意识顿时被拉进了一片恐怖的血海，痛苦地呻吟出来。

"你太弱了！你就是个废物！"

老道摊开颤抖的双手，紧紧地扼着隆庆枯瘦的咽喉，仿佛要把他活生生掐死，声音从他的喉咙里逼将出来，充满了失望甚至是绝望的意味："你这个废物！你有什么资格进知守观！有什么资格来陪我说话！你就是个废物！我也是个废物！这座山里藏着的全他妈的是一群废物！"

老道愤怒地在雪白的毛皮间挪动，只剩下半截身体的他动起来显得特别滑稽，又特别悲惨，就像是只虫子在蠕动。他凄厉的喊叫声回荡在山洞里，一道难以形容的恐怖气息，瞬间弥漫在所有空间里，压迫着能够接触到的所有事物。青藤骡乱，隆庆喷着血从山洞里飞了出来，重重地摔落在石坪边缘，险些掉了下去，他看着幽暗的洞口，想着先前感受到的那股恐怖气息，眼眸里满是震惊和恐惧的神情。

他知道那位老道并不是想杀自己，只不过是气息随着愤怒而自然外泄些许，然而便是如此，却已经拥有如此强大的威力，如果那老道真的全力施展自己的修为，只怕人世间真的没有谁能够抵挡。隆庆喘息了片刻，渐渐恢复了平静，他擦掉唇边的鲜血，把扁担压到肩上，背起箱包，继续向山崖上方走去。

这座青山里有很多洞窟，洞窟里住着很多道门的前辈，那些道门前辈境界不一，但都是极强大的人物，却都像先前那位老道一样受过极惨重的伤，身有残疾，所以他们的脾气都不好。当年究竟是谁，能够把如此多道门前辈重伤成这样？要知道这些道门前辈数十年前有些已经逾过了五境，那岂不是说，重伤他们的那人的修行境界还要更高，而且高得不止一层楼两层楼？这个问题的答案，在隆庆的心中隐约可见，但他不想继续思考下去，因为观里的天书和观后这座青山，是他如今所有的希望。他沉默行走在青山绝壁之间，在那些神秘的洞窟里进出来回，就如同一只忙碌行走在蚁穴里的工蚁。

长安城。

宁缺和桑桑的晚饭是在学士府吃的，饭后曾静夫人和桑桑自去说话，曾静大学士则是在书房里和宁缺说了很长时间，于是出府的时候便已经有些晚了。看着街上行人寥寥，宁缺决定和桑桑回老笔斋过一夜。老笔斋一如从前，后院的卧房里用具齐备，桑桑烧了热水，二人洗漱完毕之后，便上床准备睡觉。时值春意浓时，夜风不凉甚至已经有了些隐隐的燥意，一只野猫趴在院墙上，看着夜穹里的星星，发着凄厉如婴啼的叫春声。那声音着实有些难听，宁缺根本无法入睡，睁着眼睛看着头顶的房梁，忽然开口说道："你知道吗？叶红鱼杀了裁决大神官。"桑桑在那头轻声说道："不知道。"宁缺发现她根本不像自己听到消息时那样震惊，不由自嘲一笑，心想桑桑果然不是自己这种凡人，说道："听说杀死裁决之后，她紧接着重伤了罗克敌，如果不是掌教发话，她也会把那人给杀了。"桑桑轻轻嗯了一声。

宁缺说道："我本以为自己已经追上了她，哪能想到她一下又把我甩得如此遥远……她如今是西陵大神官，以后要动起手来，我打不过她，又没有办法用你光明大神官的身份压她，可怎么办？"桑桑说道："那就不打。"宁缺沉默片刻后忽然说道："你爸说如果让你跟着我去烂柯寺，路途遥远，再用侍女身份不对，要我们先定亲，你说怎么办？"桑桑低声问道："……你说怎么办？"宁缺说道："那就定吧。"

桑桑的声音从薄被下响起，有些嗡嗡的，像是感冒了："好。"宁缺说道："睡过来，我有些热。"桑桑从床那头挪了过来，钻进他的怀里。每年暮春将热时，宁缺总喜欢抱着她睡觉，因为她天生体寒，抱着她便像是抱着寒玉，软的寒玉。

今夜也是如此，桑桑的身子还是那般清凉。但她自己觉得很热。

宁缺也觉得有些热，听着墙头野猫在凄厉地声声叫春，越发觉得恼火，低声骂道："春天都要过了，还叫什么叫！"

71

不久之前，在学士府书房里，宁缺和曾静大学士的对话是这样展开的。当时曾静喝了半盏茶，又沉默了半盏茶的时间，忽然开口说道："听桑桑说，再过些天你们就准备出门了。"宁缺点点头，说道："盂兰节在秋天，烂柯寺有些远，如果要去，最近这段时间便要动身，不然会误了时间。"

去年春天的时候，烂柯寺便把盂兰节的请柬送到了长安城，观海僧人亲手递到了宁缺的手里，不过事后因为某些方面的考虑，宁缺并不打算去，然而他的想法，没有得到书院的同意。

曾静大学士说道："路途遥远，一道去也应当。不过桑桑毕竟是我曾某人的亲生女儿，又是西陵光明大神官的传人，总不能还像过往那些年里一样，以侍女的身份跟着你……你有没有考虑过这个问题？"宁缺还真没有考虑过这个问题，说道："那您的意思是？"

曾静看着他的眼睛，问道："桑桑今年多大了？"宁缺算了算日子，说道："十六。"曾静不容拒绝说道："既然已经十六，那还等什么？赶紧把婚事办了，旅途上以夫妻之道相处方便些，学士府也不至于被人笑话。"宁缺无奈说道："是不是急了些？没几天日子筹办。"

曾静看着他的眼睛说道："你们二人相处也有十六年，哪里算得上急？不过婚姻大事确实不可怠慢，这样，你们先定亲也好。"便是这样简单的几句对话，在一个心疼女儿的父亲面前，宁缺完全没有任何招架之力，糊里糊涂便答应了下来。

借着窗外星光，看着怀里的桑桑，看着她渐渐舒展开来的眉眼，看着微黑的小脸上带着的笑意，宁缺也忍不住微笑了起来，定亲便定亲吧，总是有成亲的那一天，难道还会害怕定亲？只不过十六年前在尸堆里挖出那个快死的小婴儿时，哪里会想到有一天她会变成大姑娘，还会变成自己的妻子？想着这些有的没的事情，宁缺渐渐进入了梦乡。

对于一般人来说，进入梦乡便是入睡的同义词，但这并不适用于宁缺，因为自幼生活在生死边缘，精力和时间都很宝贵，所以他向来入睡极快，睡眠非常深沉香甜，只需要不长时间，便可以精神焕发。这种情况一直持续到他开始修行。那年他带着桑桑去赶集，买到了一本《太上感应篇》，回到渭城小院后，他便开始按照书上写的法子修行，尝试冥想，也就是在那天夜里，他做了一个很温暖的梦，梦见了一片海洋。其后他陆陆续续开始做梦，往往是在冥想之后做温暖的梦，不过那些梦并没有什么具体的内容，也没有栩栩如生的画面。直到三年前的那个春天，他随公主李渔的车队离开渭城前往长安，在旅途中和吕清臣老人进行了一番对话，半夜搂着桑桑做了一个奇怪的梦。在那个梦里，他站在寒冷黑暗的荒原之上，他看到了大唐帝国的骑兵、月轮国的武士、南晋的弩兵、草原上的蛮子，看到把荒原染红的无数具尸体，看到了荒原前方有三道黑色的烟尘，看到黑夜逐渐占据天空，人们恐惧地看着黑夜来临的方向，一个高大男子在他身旁说天要黑了……

杀死茶师颜肃卿后，宁缺在朱雀大道上逃亡，身上的血液和大黑伞，惊动了那道神符。在那个清晨，他诸窍不通的雪山重筑，终于正式地踏上了修行路，也就是在那次，他又做了一个梦。在那个梦里，他回到寒冷黑暗的荒原之上，黑夜还在侵噬天空，所以他抬头望向天空，而身旁有无数人没有看天，只是冷漠警惕悲伤地看着他，而就在这个时候，天上忽然响起一道雷鸣，有道光门缓缓开启，光明重新降临世间，一条巨大的黄金龙漠然探出龙首，俯视着地面上的人群。

　　在进入书院二层楼的考试中，在峰顶攀登那块岩石的过程里，宁缺再次进入到那个真实与虚幻无法分清的梦境之中。黑夜依然在向荒原这边侵袭，光明隐藏在云层之后，却已经变得越来越亮，原野上的人们依然看着他，包括很多年前被他杀死的管家和少爷，那个高大男子问他要如何选择，他说自己不想选择，高大男子说如果必须选择呢？在那个梦的最后，宁缺再次杀死了管家和少爷，然后背着刀向夜色走去。

　　宁缺看着那三道黑色的烟尘，感受着其间传来的冷漠味道，身体变得十分僵硬，他知道自己是在做梦，却不知道怎样从梦中醒来。黑夜越发寒冷，光明越发炽烈，把整个天空分成了两半，那颗巨大的龙首无情无识地俯瞰着大地上的苍生，缓缓张开嘴。荒原上的士兵们还在互相战斗，却看不出来究竟是谁在和谁战斗，无数的鲜血浸泡着无数的尸体。他望向身旁那名高大的男子，看着此人肩头披散的白发，宁缺的心脏跳得越来越快，仿佛是荒原上那些已经被敲破了的战鼓，随时可能爆开，因为他这次终于确认，梦中荒原上的这名高大男子……便是夫子。

　　夫子没有转身，静静地看着天空，看着那处光明与黑暗的战争，然而宁缺很清楚，夫子是在等自己做出选择，他不想做出选择，更准确地来说，上次能够做出选择是因为无知所以无畏，如今他隐约明白了一些事情，所以他不再那般无畏，最令他惘然的是，夫子为什么要让自己做选择？宁缺想要逃离这个梦境，这片染血的荒原，于是他转身向着荒原外围跑去，他跑得越来越快，心脏跳得越来越快，气息越来越急促，脸色越来越苍白，于是他便跑进了一片苍白的海，那片海面上全是白莲花的海。海水不再温暖，非常寒冷，洁白的莲花瓣被冻成冰雕，然后散成碎玉，沉入海水中，他的身体也随之沉到海底，进入那层像血一般浓稠的海水里，那些血水令他艰于呼吸，不，是不能呼吸，他开始拼命地挣扎，想要游离，却发现自己的手和脚都已经无法动弹，挣扎只能让自己陷得更深。

宁缺睁开眼睛，醒了过来，急促地喘息着，身上全是冷汗，眼眸里全是惊恐的神情，如同一个死人。他看着屋顶糊着的那些字纸，过了很长时间，才终于确认自己已经离开梦境，回到了老笔斋。这些梦境是他最大的秘密，他没有对陈皮皮说过，也没有对夫子和别的师兄师姐们提过，虽然这些梦境里充满了他想要探知的真相，但他不敢对任何人说，因为他总觉得这些梦隐藏着一些很可怕的东西。十六年前的西陵神殿和现在的佛宗，都在猜测他是不是冥王之子。宁缺以往觉得这些完全是无稽之谈，然而每每想起从荒原回长安时，听到桑桑转述卫光明的那段话，想起这些梦，他又觉得异常恐惧——如果传说中的冥王之子，指的是来自别的世界的穿越者，那么岂不就是自己？黑夜来临，冥界入侵，虽然只是传说，却是令世间修行者警惕不安千万年的传说，他不知道具体的细节，却明白这定然是涉及世界毁灭的大事件，如果自己真是冥王之子，那么自己会面临什么？

夫子再如何海纳百川，连小师叔和他入魔之事也毫不在意，但绝对不会不在意这件事情，不然为何他的梦境里会有那个高大的身影？书院后山再如何恬静温暖，在这等大是大非问题面前也不会心慈手软。如果他是冥王之子，大师兄不知会如何做，但二师兄肯定会直接摘下古冠一棒槌砸死他，然后跳崖自尽，以全同门情分。如果他落在西陵神殿手里，肯定会被绑上火刑台，被烧成焦炭。若落在佛宗手里，难道那些僧人会剃光了自己的头，让自己在悬空寺念经一辈子？

如此说来，最美好的结局便是出家？宁缺靠在床头想着这些事情，被冷汗打湿的衣裳干了又湿，脸色变得越来越苍白，根本无法想象，如果自己真是冥王之子，会在世间面临怎样的事情，到那时想必整个世界都会抛弃他，只剩下他一人在世间流浪，重新过着颠沛流离的日子，像老鼠般躲避着昊天的神辉。便在这时，桑桑在他的怀里动了动，眉头微蹙，似乎梦到了什么不好的事情，又或者是感受到了宁缺此时的情绪。

宁缺看着她微黑的小脸，心情渐渐平静下来，因为他无论变成卖国贼还真的是冥王之子，总有一个小侍女会不离不弃跟着自己，即便再次流浪，也不会是一个人在世间流浪，是两个人的流浪，这样便好。他低头轻吻她的眉心，想把那里的蹙起吻散。然而桑桑似乎觉得并不舒服，眉头蹙得越来越紧。

宁缺忽然觉得情况有些不对劲。桑桑的脸色变得越来越苍白，从黑里透了出来，如雪一般令人心悸，蹙紧的眉头显得特别痛苦，身体变得越来越凉。

宁缺震惊，急忙把她摇醒。桑桑艰难地睁开眼睛，显得格外虚弱，一股刺骨的寒意从衣衫里透了出来，竟是让宁缺忍不住打了一个寒噤。桑桑痛苦地颤抖着，紧紧地攥着宁缺的衣服，想要说些什么，却说不出话。宁缺哪里还敢耽搁，爬起身来，吹了一声极响亮的口哨，扯过一床厚被褥裹住她的身子，横抱在双臂间，就这样冲了出去。他一脚踹开老笔斋的木门，跑到临四十七巷上。

其时未至黎明，最是黑暗。宁缺望着巷口暴怒喝道："你猪啊！动作这么慢！"睡梦中的大黑马被那声口哨骤然惊醒，正想要表达不满，但看着宁缺铁青的脸色，顿时知道确实是出了大事，赶紧蹬动四蹄，拖着沉重的马车来到老笔斋前。宁缺跳上了马车，喘息着说道："去书院。"

72

黑色的马车飞一般地行驶，穿过东城，凭着两块腰牌强行打开朱雀城门，顺着笔直的官道，向南方的书院奔去。车厢内，宁缺紧紧抱着桑桑，右手在车厢壁里摸索，不停地喘息着。他的身体极好，修行浩然气后更是气息悠长，喘息自然不是因为疲惫或辛苦，而是恐惧——因为隔着厚厚的被褥，他也能感到桑桑的身体变得越来越冷。

终于找到以前备好的小酒壶，他没有任何犹豫，用颤抖的手指拧开壶盖，递到桑桑的唇边，一股浓烈的酒香弥漫在车厢里。桑桑紧闭着眼睛，疏疏的睫毛微微颤动，脸色苍白，略带灰色的嘴唇也紧紧抿着，牙关紧咬，宁缺从酒壶里倒出的烈酒，根本没有办法进入她的嘴，顺着她的唇角淌了下来，打湿了被褥。

宁缺看着淌下的酒水，看着她虚弱的脸色，身心都被恐惧所占据，竟是吓得有些发软，痛苦地低下头去，把她抱得更紧一些。桑桑已经很久没有犯病了，更准确来说，从离开渭城来到长安之后，她便再也没有犯过病，而今天她却病得如此厉害，竟是比宁缺记忆里的每次病都要来得可怕，所以他很恐惧，第一时间做出决定，没有抱着她去医馆，而是抱着她登上马车，向着城南的书院奔去。书院没有医生，但书院有老师，有师兄们，宁缺相信，只要到书院的时候，桑桑还有呼吸，那么她便不会有事。

事实证明宁缺的判断是正确的。

他抱着桑桑跑进云雾，来到书院后山崖坪上，对着湖那面发出一声大喊，尚在睡梦中的师兄师姐们骤然惊醒，纷纷出院迎了过来。走在最前面的是七师姐，七师姐临睡前正在绣一幅扑蝶猫，到夜深时才和衣胡乱入睡，此时发髻上还插着根绣花针，脸上还带着倦意与被人吵醒的恼怒。当她看到宁缺惶恐的神情和他怀里的桑桑后，顿时明白发生了什么事情，面上的倦意与恼怒顿时化作了凝重。她没有向宁缺问话，只是看了看桑桑的苍白脸色，便从髻间抽出那根绣花针，闪电般在她颈间刺了四记。针落入风，桑桑轻嗯一声，依旧紧蹙着眉头没有醒来，但脸上的苍白颜色却淡了几分，重新现出了原本的淡淡黑色。

"师姐……怎么样？"宁缺看着七师姐颤声问道，他以前根本不知道师姐除了针法绣花，居然还会用针医人，不过看着桑桑的变化，顿时多了很多企盼。"寒意攻心，有些危险，我只能拿针先镇压住。"七师姐说道。

宁缺的到来惊醒了书院后山湖畔所有人，大师兄也出现在远处，只是他的动作还是那般缓慢，似乎什么事情都不能让他觉得焦虑和着急。七师姐看着大师兄，不知想到什么，神情变得放松不少，喊道："师兄，把老十一从山上揪过来，不过可得快些。"大师兄怔了怔，转身走回身后的山林。

七师姐看着宁缺焦急的神情，安慰说道："问题不大，你先抱着桑桑去草庐，老师在那里便断然不会出事，等老十一过来便妥了。"

宁缺不明白师姐这句话的意思，如果老师肯出手，桑桑自然不会出事，只是为什么要等十一师兄？

晨光渐至，笼罩书院后山，落在草庐檐上那些如金似玉的草丝上，然后反射到更远处的山林，花树包围的草甸上一片光明。宁缺和陈皮皮等人站在草庐外，等待着里面的消息。从去年春天开始，桑桑便经常进出书院后山，凭着自己做的一手好饭菜和安静性情得到所有人的喜爱与怜惜，此时知道她病得极重，书院弟子们不禁都非常担心，唐小棠甚至已经急得红了眼眶，反而宁缺比先前要平静了很多。因为老师已经醒了，这时候正在草庐里，他相信哪怕桑桑已经有一只脚踏进了冥界，老师也有能力把她拉回来。就在这个时候，王持从草庐里走了出来，宁缺赶紧上前，王持看着他说道："她先天体虚不足，阴寒入腑多年，这等旧疾每发作一次便严重过一次，隐藏蛰伏的时间越长，病发便会越严重……我先前诊她脉象，确认前段时间她受过一次大寒，最近又心神思虑过盛，才到了如今这地步。"宁缺问道："不会有事吧？"王持说道："七师姐金针压脉很及时，我给她煎了服药，应该能稍退寒意，没有什么大干系，只是以后要注意保暖，可不敢受什么风寒。"

宁缺听着这话，顿时放松下来，忽然觉得自己的腿有些软。王持忽然想到一件事情，看着他疑惑问道："小师弟，桑桑这病乃自娘胎里带来，过去这些年想来也病发过很多次，渭城没有什么好医生，长安城里更都是一群庸医，你靠什么法子竟让她活到了现在？"

桑桑幼时，宁缺经常带她去看病，辛辛苦苦攒的那些银两，基本上都花在了药铺里，然而却没有什么用处，后来偶尔他发现了一个法子，才让桑桑熬到了今天，此时听着师兄的问话，他不敢有任何隐瞒，老老实实回答道："后来每次桑桑病发时，我总让她喝一大囊烈酒。"

二师兄一直沉默站在草庐外，脸上没有任何表情，此时听着宁缺这些年竟是拿烈酒在替桑桑治病，顿时蹙起眉头，显得极为不悦。王持沉吟片刻后点头说道："这倒确实是个对症的法子，虽说烈酒暖脉只能暂时治标，但总比那些烂药干净得多。"幸亏有这样一番评价，不然二师兄绝对不会饶了宁缺。

看着王持的身影消失在花树之中，宁缺今天才知道这位爱对花痴言的十一师兄，竟然是位医道圣手，想着当年初入后山时见着的那个满头花瓣的痴人，不禁觉得有些担心，说道："十一师兄……靠谱吗？"七师姐说道："老十一这辈子的精神都在花草之上，哪里是花痴陆晨迦那等只爱其形、不知其魄的蠢物所能比拟，他能识世间一切花草，能辨世间一切花草之用，精通一切草药之术，要他看病那是最靠谱不过。"

听着这话，宁缺总算是放心下来，但却没有完全放心，因为在他看来，这个世界上最靠谱的当然就是老师，总得听听老师怎么说。草庐四面透风，唯有数道屏风，横七竖八地搁在台上，里面有一方大榻，那便是夫子的居所，此时桑桑便躺在那处。桑桑先前醒过来了一会儿，这时候在药力作用下又昏睡了过去。唐小棠把药碗搁到旁边，用滚烫的水把毛巾浸湿，拧至半湿，然后小心翼翼地搭到她依旧冰凉的额头上，然后牵着她的小手轻声说着些什么。

隔着屏风看着这幕画面，宁缺觉得好生感激，然后他回头望向夫子，担心问道："老师，您看……到底有没有事？"夫子今天起床比平时要早很多，所以心情有些糟糕，只是想着宁缺这时候心情肯定更糟糕，所以才忍着没有训斥他。他端着碗莲子粥吹着气，说道："能有什么事？平日里多晒晒太阳便好。"

看似很不负责任的言语，却让宁缺真的放心下来，因为夫子既然说没事，那么桑桑便肯定没有事，只是……晒太阳有用吗？他走到夫子身旁，接过那碗莲子粥，用调羹小心翼翼地搅着，用前所未有的尊敬态度问道："老师，桑桑这身体……您上次不是说没事了吗？"

夫子说道："她先天虚寒，这些年又没有正经治过，内脏骨髓里不知蕴积了多少阴寒之息，幸亏遇着机缘拜了卫光明为师，能撷昊天神辉，自然便能镇压那些阴寒之息，只要时日长些，她体内的神辉便能把那些阴寒气息丝丝化为虚无。我当日对你说没事，那便就是没事，你是在质疑我？"宁缺确认莲子粥凉了，恭恭敬敬递了过去，谦卑说道："老师这话便是在打我脸，弟子只是不明白这究竟是怎么回事。"夫子看着他嘲讽说道："怎么回事得问你自己，本来就是个病恹恹的小姑娘，结果还被你这个无情无义的主子带着去和夏侯打架……夏侯就这么好杀？为了帮你，她那夜在山崖上大放光明，瞬息之间便耗尽所有神辉，她体内的阴寒之息被镇压了多日，忽然重获自由，自然要觅着时机造反，也不知最近你又怎么欺负她，让这小姑娘罕见的心神失守，才有了如今的危险。"宁缺沉默无言，心想果然全部都是自己的错，只是桑桑性情恬静甚至有些木讷，能让她心神失守的事情……难道是定亲？

"老师，既然是先天虚寒，那怎么去病根？"

夫子喝了一口莲子粥，满意地点点头，说道："先前便说过，治病很简单，多晒晒太阳，勤修神术，待神术大成之时，小姑娘的病自然痊愈。"宁缺想着马上要远行，试探着问道："此去烂柯寺路途遥远，她如今身体虚弱，弟子……能不能不去？"夫子大怒，斥道："你是哪家的公子哥？离了小侍女的服侍就不会走路了？即便她要养病，你自己去也行，再说佛宗也有自己的一套本事，烂柯寺那小和尚的医术便是为师也佩服，你自己看去不去。"

宁缺无奈地说道："去便是了，老师你何必发这么大脾气？"夫子和宁缺的对话，早已让草庐里的弟子们想要发笑，待听着宁缺最后这句话，人们终究是没有忍住笑出声来。

大师兄没有笑，他看着榻上的桑桑，脸上写满了担忧与怜惜。

73

书院后山里有宁缺的宿舍，桑桑病重，他自然便留了下来。没有过多长时间，桑桑便醒了，虽然还是有些虚弱，但至少不像夜里那般吓人，渐趋稳定。宁缺像小时候那样说着笑话，哼着小曲，哄着她休息。唐小棠见他着实有些辛苦，接手开始照顾，让他去外面休息片刻。其时已经近暮，夕阳红暖一片笼罩着后山，宁缺走出小院，看到陈皮皮双手扶腰站在湖畔模仿着孤独，不由一怔，问道："怎么了？"

陈皮皮看着镜湖里的水草和水面上无数万枚金币，圆乎乎显得非常可爱的脸上满是落寞，说道："看着你和桑桑感情这么好，我有些感触。"宁缺心头微动，暗想莫非他和唐小棠小两口又在闹什么矛盾，拍了拍他的肩膀安慰说道："师兄，这种事情你不用和我比。"

陈皮皮正色解释说道："我和棠棠并不是你想的那样。"宁缺心想棠棠这么肉麻的称谓都说出口，还有什么好解释的，不由嘲弄地说道："你不觉得男人不认账是世间最恶心的事情？"陈皮皮转头望向他诚恳说道："我们就是牵牵手。"宁缺嘲讽说道："她只不过是个小姑娘，难道你就想对她做啥？"陈皮皮微恼说道："她和桑桑差不多大！"

宁缺有些尴尬，沉默不语。陈皮皮抬起头来，看着他认真说道："桑桑今天病重，你很害怕吧？"宁缺想了想，说道："是的，我无法想象没有她的日子。"陈皮皮说道："我也一样，我也无法想象以后的日子没有棠棠在身旁，所以我决定回知守观一趟。"

宁缺不知道该说些什么，两年前陈皮皮否认自己是西陵掌教私生子后，他便隐约猜到了这个家伙的身世，只不过今天才得到确认，依前面的语境来看，他要回知守观，想必便是要就唐小棠一事摊牌。陈皮皮说道："民间有句俗话，丑媳妇总要见公婆……我母亲早就死了，父亲还活着。棠棠自然不丑，但在我父亲眼中，出身魔宗的人们肯定长得不怎么好看，这个问题要解决，我终究需要回去一趟。"

宁缺微微蹙眉，说道："你有没有想过，你回知守观，便有可能再也回不来？那到时唐小棠怎么办？"陈皮皮看着他情真意切说道："师弟，你是我在长安城最好的朋友，如果我真的回不来了，麻烦你帮我照顾小棠。"

宁缺毫不犹豫地拒绝，说道："师兄，别想着用这种话便能把我套死，你的小媳妇儿终究是要你自己照顾，可别指望我。"听得此言，陈皮皮大怒，呵斥道："哪有你这样做师弟的？再说只要老师说句话，难道我会真的一辈子回不来？"宁缺想了想，说道："不管怎么说，你也得等我从烂柯寺回来，到时候我们再商量，其实依我看来，让老师替你们主婚便结了，还回什么知守观。"

夫子这个人看着非常不靠谱，说的话依然还是那么靠谱，实际上还是十一师兄的汤药果然极好，到了夜里桑桑的体温便恢复了正常，精神也好了很多，倚在床头和唐小棠说着小姑娘之间的悄悄话。宁缺坐在书桌旁，借着油灯的光线重看《浩然气初探》，总觉得有些心浮气躁，忍不住用余光瞥向床畔，看着唐小棠清丽中尤带稚气的脸蛋儿，想着陈皮皮先前说的那番话，不由觉得有些不忍。春夜煦风轻拂，油灯微微摇晃，把他的脸照得有些阴晴不定，想着昨天夜里做的那个奇怪的梦，想着桑桑的病，想着老师白天在草庐里说的那些话，他忽然心头微动，交代唐小棠照看桑桑，便走出了小院。

离开镜湖，穿过山林，绕过瀑布，走出窄峡，便来到了书院后山的后山，那片云海前的绝壁之间，此时已然夜深，周遭一片静寂，只有绝壁间的瀑布破石而出的轰鸣声不停回荡。伴着瀑布的声音，他走上陡峭的石径，用了不短的时间，才走到曾经囚禁自己整整一个春天的崖洞之前。师兄们搭建的雨廊承受了一年的风雨，不再像当初那般新，廊间结着的紫藤果在夜风里飘拂，如同铃铛，宁缺走了过去，看见了夫子。夫子坐在绝壁崖畔，左手是精致的食盒，食盒里摆着几两牛肉，右手边搁着一个黄泥酒壶，里面是清冽的老酒，他看着远处夜色下的长安城，看着那处的万家灯火，不知道在想什么。

宁缺走到夫子身后，躬身行礼，想起去年深春那个夜晚，也是在绝壁崖畔，自己曾经和老师有过一番很长的谈话。夫子知道身后是他，似乎也知道他在想什么，抬起手来挥了挥，示意他坐到身旁，然后说道："想说的时候再说。"

宁缺想向夫子请教很多问题，然而看着崖畔这个高大的背影，他很自然地联想起梦里的那个背影，于是他犹豫了很久，还是没有开口。生活在大唐是件很幸福的事情，生活在大唐都城长安是最幸福的事，在书院里的日子更有他这辈子从来没有体会过的幸福，所以他不知道应该怎么说，担心一旦自己说破那些事情，便会失去这些幸福。

夫子夹起一块带着明亮筋丝的牛肉，送入唇中缓缓咀嚼了半晌，面露陶醉神情，待把肉香尽数抿化，赞美说道："有酒有肉，一生无忧。"说完这句话，他端起小酒壶美滋滋地嘬了一口。

宁缺坐在夫子身旁，用手拈起片牛肉扔进嘴里，蹙起了眉头，因为他觉得这牛肉太淡。然而紧接着他便知道自己错了，这片看似淡而无味的牛肉，在口中竟是越嚼越香，筋肉被牙齿切断后，释放出无比美妙的弹与茸的混合触感，而牛肉本身特有的滋味，也随之渐润口舌。"好！"他无比震撼地说道，"老师这是好酒好肉。"

夫子从食盒侧拿出一个铁制的小圆酒壶扔给他，笑着说道："别换着方式来讨酒喝，这酒寻常，牛肉却是极难吃着。崖楼里有锅有灶，刚好可以卤锅白水牛肉，最妙的是，老黄可没办法爬到这里来顶我。"

宁缺知道老师口中的老黄便是那头老黄牛，想着当着黄牛的面吃它的同类，着实是有些尴尬，忽然间他发现手中的小圆酒壶有些眼熟，仔细望去，只见酒壶表面刻着平直的线条，不正是自己用来炸夏侯的小铁壶？"不要这么看着我，我就是觉得这小铁壶用来装酒比较合适，当然，为了防止铁污酒味，我在壶壁上涂了些东西。"

夫子把黄泥小酒壶送至唇边饮了口，说道："刀能用来杀人，也能用来切菜，就看你怎么选择，人的嘴可以用来吃肉喝酒，也可以用来说话问道，终究还是看你怎么选择，不过这倒没有什么对错可言。"宁缺哪里有听不懂这番话的道理，沉默片刻后说道："老师，这几年里我一直在做一个梦，梦里的故事似乎在一步步地发展。"夫子问道："为什么要来问我呢？"宁缺说道："因为梦里面有老师的身影。"夫子笑着说道："我又不是桑桑那丫头，你何必梦我？"宁缺恼道："老师，我是很认真地在说这些事情，你能不能不要开玩笑。"夫子微笑看着他说道："那你继续说梦。"

看着夫子那双仿佛能够洞悉世间一切事的眼睛，宁缺有些紧张，声音微哑说道："其实那些梦，老师您应该知道。去年今夜在这崖畔，我们谈到冥界入侵时，您曾经问过我，在我梦里冥界在哪个方向。"夫子静静看着自己最小的学生，说道："这个问题现在依然有效。"宁缺说道："我看到的黑夜……是从北面过来的。"夫子微笑说道："如此说来，与我这些年游历查看所得倒算相合。"

宁缺问道："冥界入侵黑夜降临究竟是怎么回事？老师去年只是讲传说里有这些故事，却没有说到那些细节。"

"细节？当整个世界都被黑夜笼罩的时候，谁都无法看到细节，当整个文明都断了传承之后，就算有细节也无法流传下来。"夫子看着绝壁上空的黑夜，看着那些繁星，说道，"相传黑夜与白昼在这个世界间轮转交替，有时数万年光明，有时数万年黑暗，光明与黑暗的战争贯穿整个历史。昊天获胜时，便是如今的光明世界；冥王获胜时，便是冥界到来。冥界入侵，白天没有烈日，夜晚没有繁星，世界变得无比寒冷，大地上的生灵只能靠地热取暖。到那时，火山与温泉还有南海里的热流，将会变成最宝贵的资源，无数的战争将会在那里发生。战争持续不了太长时间，绝大部分人都会死去，因为饥饿因为寒冷因为绝望的厮杀，要知道那必然是难以想象的冷酷而现实的世界。而数十年之后，整个大地都会变得异常静寂，仿佛进入了永远不会醒来的沉睡，无论人类还是禽兽，只有最强壮最坚毅的那些能够熬过来。这些寒冷而黑暗的年代，佛宗称为末法时代，道门称为冥王降世。"

夫子说道："而我习惯称之为……永夜。"

宁缺看着脚下的万丈绝壁，看着星光下分外美丽的山瀑，想象着如果没有星光的夜晚，而且是无数个夜晚，不由觉得有些寒冷。他望向夫子，说道："如果冥界入侵，永夜与白昼的交替在历史上发生了很多次，人类却没有灭绝，这说明就像老师您先前说的那样，有些最强壮最坚毅的人熬过了漫长的黑夜。我只是有些想不明白，能够熬过那等长夜的人，等若经历了一次天择，剩下的必然都是最强大的修行者才是，可为什么无论西陵教典还是佛宗故事里都没有这些人的存在？"

夫子说道："你应该看过万雁塔寺的那些石尊者像。佛宗尊者，等同于道门教典里记载的圣人，在传说中，这些人类拥有近乎无限的寿元、无比坚毅的意志，所以他们都曾经成功地熬过永夜，等到了昊天重新胜利的那天。"宁缺今夜才知道这些早已经被现世遗忘的强大存在，感到极为震撼，说道："这些修行者想必便是最强大的人类，只是为什么没有活下来？"

夫子说道："近乎无限终究不是无限，他们能战胜黑夜，也不可能战胜永恒的时间，另外在我看来，这些修行者远远谈不上最强大。"宁缺觉得老师的说法有些问题，在那样残酷而现实的永夜之中，物竞天择，能够生存下来的当然就应该是最强大的。

就在这时，夫子看着他忽然问道："你觉得修行是昊天赐予人类的礼物吗？"这个问题很突然，与师徒二人的谈话看似没有任何关系，所以宁缺一时间有些没有反应过来，待想明白问题之后，顿时联想到自己在魔宗山门继承小师叔衣钵入魔之事，摇头说道："至少不是所有的修行者。"夫子看着宁缺的眼睛，缓声说道："真正的修行者，修的是自己的心，最终会修向绝对的自我，那便是绝对的骄傲，他们可以像佛宗的尊者、道门的圣人那般隐藏在火山周围，依靠着极少量的苔藓，甚至只需要清水便能活下来，然而骄傲的他们如何能够接受自己变成在夜幕下瑟瑟发抖的老鼠？越强大的修行者越不会甘心，所以当永夜来临的时候，他们没有选择藏匿，而是选择了抵抗，他们抽出自己的剑刺向冥王，然后……死去。"

宁缺知道老师说的话才是对的，像小师叔那等人，怎么可能跪倒在冥王座前或是藏进老鼠洞中。如果日后黑夜真的来临，二师兄肯定会第一个跳出来找冥王大战一场，然后，如夫子所说，死去。想着那个画面，想着自己梦里的黑夜，想着自己可能便是冥王之子，他觉得绝壁间的夜风变得越来越寒冷，忽然生出跳下去的冲动。只是身旁还有夫子，还有一壶老酒、几两牛肉，生活依然那般光明美好，桑桑还在病榻之上，如何舍得？

他看着绝壁间流淌的夜云，有些惘然地问道："热海渐冻，极北地寒夜渐长，这都预示着冥界将要入侵……老师，那我们应该怎么做？"

夫子端着黄泥小酒壶，喟叹一声，说道："我在世间寻找了数十年，结果还是没能找到冥界在哪里，又如何知道该怎么做？修行者终究比拼的是时间，遗憾在于余生也晚，竟是没能看到上一次永夜时的画面。"说完这句话，他饮了一口酒，白眉微微飘起，平时随意散淡的神情中，极为少见地出现了几丝忧虑。

"西陵神殿是昊天信徒，对于这场光明与黑暗的战争，他们应该了解得最多，难道他们没有做什么准备？"宁缺问道。

"谁都能看到路尽头的那抹夜色，更何况是昊天的信徒。"夫子说道，"我虽不知上次冥界入侵时发生过什么，但想来道门信徒为了昊天的光辉，必要与冥王拼命一战，若拼命也战不过，那便藏起来保着小命，等着昊天战胜冥王时再来过。"

宁缺忽然想起在魔宗山门的白骨堆间，莲生三十二点评西陵神殿和知守观时，曾经说出的一段话："神殿就是知守观养的一群狗，那座破观又如何？终究还不是昊天养的狗！哈哈……都是狗！"

夫子说道："魔宗出现在千年之前，创派的那位光明大神官未曾经历过永夜，所以魔宗教义里面也没有提到什么应对之法。"

宁缺说道："听说魔宗也祭冥王？"夫子说道："那不是信仰，而是恐惧，魔宗中人需要一个偶像，来抵抗昊天的威严，只不过是心理安慰罢了。"

宁缺又想起莲生死前说过的另一段话，稍一犹豫后，他把这段话复述给夫子听：

"有人说魔宗是藏在黑夜里躲避昊天神辉的长青苔的石头，号称不敬昊天，实际上格外畏惧昊天的存在，所以昊天可以允许魔宗的存在。"其实这段话还有一部分，只不过被他掐了。当时莲生说宁缺如果拿起小师叔留下的剑，便会因此而失去所有的敬畏，甚至对昊天的恐惧，那才是真正的魔道，而昊天绝对不会允许这样的人存在。

夫子白眉微飘，问道："这话是谁说的？"宁缺答道："莲生三十二。"

夫子说道："莲生此人虽说性情乖戾，脑子有些问题，不过还算有几分见识，你当初遇着此人虽说危险，但也算是机缘。"脑子有些问题，还算有几分见识——宁缺不知该如何言语，心想似莲生这等惊才绝艳的人物，也只有老师或小师叔才有资格点评得如此随意。

夫子问道："莲生对佛宗又有何点评？"宁缺说道："他说佛宗只会故弄玄虚，和算命先生没有什么区别，而且他很讨厌佛宗讲究苦修己身，面对命轮转移只会卑微等待，根本无法抵达真正的彼岸……这里说的命轮转移难道就是指的冥界入侵？""应该便是，如此听来，莲生这厮不止还算，确实有几分见识，不过一门一派一宗一道，理念分歧自有渊源，倒不好这般霸道评价。"

夫子说道："据佛经记载，在很久很久以前，月轮国还不叫月轮国的时候，最早之佛初识生死之事，悲伤困惑难言，不知如何解脱，又预知无数年后冥界入侵，黑夜来临之事，痛苦难言，不知如何解脱，他周游四方，恪行苦修，于某棵桂树下静坐百日，沉默思考解脱之法，试图令众生了生脱死，忘却昼夜之变，最终那佛悟了个法子。"宁缺好奇问道："什么法子？"夫子看着他微笑说道："那个法子就是闭嘴。"

宁缺以为自己听错了，下意识里重复问道："闭嘴？"夫子说道："不错，佛的方法便是教众生沉默忍耐，视周遭一切皆为虚妄，富贵痛苦亲情别离都是假的，如此能够不以生为乐，自然不觉死为苦，不以光明为乐，自然不觉黑暗为苦，所以我把这法子叫作闭嘴。"宁缺想起死在自己刀下的观海僧，又想起那个雪夜来到长安城的佛宗行走七念，皱眉说道："如果佛宗真的讲究忍耐不动，为什么月轮国白塔寺的那些和尚那般可恶，悬空寺也有人踏足尘世？""这就是佛法逆向造成的结果了，当年那佛悟了这样一门闭嘴的法子，便把这法子传了下去，佛宗弟子还就真信了，如此一来，佛心越是禅定之辈，意志越是坚定，冥界入侵又如何？漫漫长夜又如何？他们连死都不怕，还怕什么黑？反过来想，他们连黑都不怕，还怕什么死？"夫子微笑说道，"佛宗讲究避世，但这不代表他们就不能入世，而他们一旦入世，甚至要比西陵神殿的那些狂信徒还要麻烦。"

宁缺想着先前夫子话中提到的一段，好奇问道："那佛既然能够预知无数年后冥界入侵，那么他没有预言到结局？"

夫子缓缓抚须说道："那佛游历四方的时候，曾经去过知守观，受当任观主之邀看过七卷天书，感受到了昊天的谕示，便把自己预知到的事情，写在了明字卷上。后来那位光明大神官带着明字卷去荒原上创立魔宗，便与那些预言有极大关系。而月轮国之所以叫月轮国，也是来自明字卷的那个预言。"

宁缺吃惊说道："明字卷上面居然有佛的预言？"夫子说道："七卷天书中，最重要的便是天字卷，真正有些意思的，却是明字卷，至于其余几卷不看也罢。"

宁缺忽然想到某种可能，问道："老师您看过……七卷……天书？"夫子的回答理所当然："当然。"

74

宁缺问话的重点不是天书——明字卷一直便在书院，夫子要看随时能看——而在于七卷，要知道当年莲生受邀入知守观，也不过看了两卷天书。他真的很难想象，如今世上有人曾经看过七卷天书。所以当听到夫子的回答之后，他很是震惊无语，心想即便老师你是世上最了不起的人，但道门和书院的关系如此糟糕，知守观里的道士们怎么可能把七卷天书借给你看？

夫子知道他在想些什么，说道："我喜欢看书，当年特别想看天书上的内容，总不能说那些道士不给看，便不看了。"宁缺听懂了老师这句话里隐藏着的意思，倒吸一口凉气，说道："难道您闯进知守观强行看了那七卷天书？这和强盗有什么分别？"

夫子有些尴尬，说道："书籍乃是知识之传承，本就不应该藏诸深山不予人看，读书的事情，哪有什么强盗不强盗的？"

在世人眼中至高无比的七卷天书，在书院，尤其是在自己老师看来，和普通的书籍似乎也没有太大差别，既然极想看，那便一定要看到——想着这个事实，宁缺震惊之余，也不免很是骄傲得意。身为唐人是值得骄傲的事情，身为书院弟子更是如此。小师叔在世间留下的威名，师兄们偶现红尘便掀起的风雨，尤其是夫子身上那些不为世人所知的逸事，形成了一种很特殊的氛围，无论你再如何腼腆矜持，在书院这种氛围里处的时间长了，最终都会不知不觉骄傲起来。

更何况，宁缺从来就不是一个腼腆矜持的人，他啧啧称奇，然后才想起自己先前想问的那个问题："佛在明字卷上的留言到底是什么？"

夫子说道："我说过，你什么时候能把那本书看懂，自然便明白了。"

宁缺这才记起自己看过那卷明字卷，想着那卷天书上含混不清、近乎呓语、什么日月轮转之类的文字，隐约猜到便是佛的预言，越发好奇那个预言到底是什么，只是以他如今境界，哪里看得懂？书院无论后山还是前院，学习气氛向来自由随意，正所谓不耻下问，宁缺自然更不耻上问，直接说道："老师，我真看不懂。"

夫子叹气说道："其实，我也看不懂。"宁缺看着老师微微飘拂的白眉，很是无措，心想这个世界上怎么可能有您看不懂的文字，您可不是普通人啊。

"法入末时，夜临，月现。"

夫子看着绝壁上空的满天繁星，说道："前一句自然指的便是佛宗所言末法时代，夜临便是冥界入侵，然而月是何物？月轮国以此得名，月必然是轮转之物，去年今夜你曾经说过几句，然而谁曾见过？"他转头看着宁缺说道，"之所以不懂，因为那本来就是预言。先前我说过，如果预言有用的话，我们还活着做什么？既然我们会按照自己的心意活下去，那么预言便有可能不会变成现实。既然有可能不会变成现实，便可能永远不会在我们这个世界上出现。既然永远不会出现，如何能懂？"

这段话稍微有些拗口，宁缺却听得很清楚，大概明白了老师对明字卷的态度，思忖片刻后问道："既然佛宗的预言并不紧要，弟子为什么要去烂柯寺？"

夫子反问道："烂柯寺最出名的是什么？""想来应该是和尚？"宁缺在心里这般想着，却知道如果说出这个答案，必然会被老师当头一顿痛骂，忽然间忆起隆庆皇子入长安前的那些传闻，想着莲生大师人生里的那几个重要节点，有些不敢确信地问道："是……辩难？"他已经回答得足够认真且谨慎，却没料到这个答案依然让夫子极为不满。

夫子恼火说道："你说我来我说你，那是谈情说爱的小儿女，一群修行者正事不做就在那里清谈误世，用来糊弄那些好玄虚之论的书生道士而已，都怪当年莲生和烂柯寺的小和尚引发了这种烂风气。"宁缺请教道："那烂柯寺最出名的是什么？"夫子说道："请柬上是怎么写的？烂柯寺最出名的当然就是盂兰节。"宁缺有些不忿说道："就算盂兰节出名，和我有什么关系？"

夫子说道："盂兰节便是鬼节，起始于无数年前，源头便是冥界入侵的传说，祭鬼便是最重要的内容。最开始时，是人间乞求冥界来得晚些的仪式，换句话说，就是给冥界那边传话，说你们就在那边好好过吧，别想着人间这边了。"宁缺这才知道原来盂兰节竟与冥界的传说有关，不由吃了一惊。

夫子继续说道："盂兰本是道门之节，后来不知因何……大概是昊天信徒们觉得自己出面做这种事情有些丢脸，后来便渐渐衍化成了香火佛音的道场，只不过随着年岁渐久，绝大部分人都忘了这节日的本源。"宁缺说道："冥界如果真要入侵，哪里是说几句好话便能打发的？再说了，我想如果真有冥界，那里的人们也不会爱吃香烛元宝。"

夫子重重一拍大腿，说道："对啊！说好话有用还用修行干吗？所以我一直在想，道佛两宗弄这盂兰节，只怕是想用佛光镇住冥界。"但凡说得兴起，人们才会拍大腿，夫子此时的心情也比较激动，只是他想着拍大腿的动作看上去有些不雅，与自己高山仰止的形象不合，所以他没有拍自己的大腿，而是重重地拍到了宁缺的大腿上。

感受着腿上传来的剧痛，宁缺脸色骤变，张开了嘴，还没有来得及呼痛，便听着老师后半段话，顿时忘了疼痛。

"镇压……冥界……难道冥界的入口就在烂柯寺？"夫子完全没有注意他的神情，说道，"世间无数佛寺都有盂兰盛放，并不限于烂柯寺……而且多年前我曾去看过，没有找到什么冥界入口，你这次去不妨再找找，说不定能够解答你心中某些疑惑。"

夫子说得淡然随意，宁缺却是听得惊心动魄，想着镇压冥界四字，他便浑身上下不舒服，皮肤痒得厉害，似乎有些黑色的烟气，要从毛孔里渗出来。要知道佛宗的人现在正在怀疑他是冥王之子，去烂柯寺参加盂兰节，岂不是等着被万丈佛光镇压，难道要被压在山下五百年？

宁缺思考了很长时间，鼓起勇气问道："老师，冥王之子是什么？"

夫子看着师徒二人身前的夜云，说道："根据悬空寺光明经和明字卷上的记载，冥王有七万个子女，每次昼夜交替、冥界入侵之前，便会有位冥王之子降临人间，作为黑夜到来的预示和指引。"

"指引？"宁缺吃惊重复道。

夫子说道："黑夜到来当然也需要指引，就如同光明需要指引一样，当然这些年来我一直在思考，究竟是指引还是投影。"

宁缺再次低头沉默了很长时间，直到深夜愈深，星光愈淡，绝壁间的夜云变得像墨汁一般漆黑，才说道："老师，如果我真是冥王之子，你会杀死我吗？"

夫子看着他笑了起来，再次理所当然地说道："当然。"宁缺抬起头来望向他，眼睛里全是无辜和乞怜的神情，就如同刚睁开眼睛的小猫咪，因为饥饿和对陌生世界的恐惧而楚楚可怜。

"每个人的生命都是独一无二的，就算世间无数生命加起来，也不过和我的生命一样独一无二，老师你可不能想不开啊。"

夫子看着他严肃说道："以一己之性命，换世间亿民之安全，这乃英雄圣人之所为，若真有那日，为师希望你能自我了断。"

宁缺自然不同意，愤愤不平地说道："我说过大师兄是仁人，二师兄是志士，我只不过是个自私的小人，连仁人志士都不想做，哪里想做什么圣人？老师你用这种话来激我，实在是有些过分。"

夫子忽然哈哈大笑起来。听着笑声，宁缺有些无措。

夫子看着他赞赏说道："不错不错，既然是人，做人便好，为何一定要做什么圣人？你这家伙想得倒是透彻，在为师看来，你既然能想得正确，将来想必你也不会做什么乱七八糟的错事。我很欣慰啊，哈哈。"

夜色中，过于爽朗甚至显得有些嚣张的笑声，在绝壁间不停回荡，然后渐渐消失，宁缺依然无措至极，不知该说些什么。

夫子看着他微笑说道："冥王之子需要定义，却不能由人类来定义，只能由你自己定义。正如人之所以为人，是因为我们相信我们是人，只有我们才能给出人的定义，而不能由昊天或别的存在来定义。"

宁缺苦笑着说道："老师这话很有道理……学生不是在拍马屁，是真心觉得有道理，不过也只有您才有资格说这种话。"夫子说道："这话不是我说的，是你小师叔当年说的。"

75

原来是小师叔说的话。宁缺看着远处长安城里最后最微弱的那点灯火，沉默了很长时间，问道："老师，真的一定要去烂柯寺？"

夫子说道："由你自己决定。只是如果不去这一遭，你心头那个疑惑谁也解答不了，为师也无法解答，而且我总觉得烂柯寺此行是你的机缘。"

宁缺问道："是什么样的机缘呢？"

"我本是不信机缘之人。"夫子说道，"然而这些年看了很多事情，渐渐觉得自己的看法是不是太顽固了些，有了些新的认识。机缘并不是天道注定必然会发生的事情，而是生活在这个世界上的某些人，因为各自心中的理念，哪怕是偶一动念，便开始影响周遭的环境和人群，最终影响到极远处的对方。

"直至相遇，心里的那些念头便会转换为实际的故事，然后你再往事件最开始时倒溯，往往会发现，你最终得到的正是你想的，这大概便是机缘。"

夫子继续说道："桑桑那丫头的病，或者能够自愈，但能在烂柯寺小和尚处看看更好。你继承了你小师叔的衣钵，终究也还是需要学一些佛法来冲淡戾气。你要弄明白自己是不是冥王之子，更应该去看看盂兰节是怎么回事。你需要做这些，那便是机缘。"

今夜吹着风，山崖间好温柔，宁缺的心情却不轻松，神情黯然地问道："老师您是有大能耐的人，真看不到日后的画面吗？"

夫子说道："修行修的最终是时间，我虽然活得比普通人要长久一些，但很遗憾没有老到经历过上次冥界入侵，没有看到上次永夜到来之前发生过些什么，大概正是因为这个缘故，我没能完全看懂明字卷，我不知道这个故事会怎样发展下去。而你现在已经是这个故事里的一个人物，所以我也不知道将来你的身上会出现怎样的变化，不过我希望那会是好的。"

宁缺问道："世间还有经历过上次冥界入侵的人吗？"以往他并不

相信修行者能够活上数千数万年，然而随着进入书院后山，见识增广，他开始思考世间是否真的有永生这种事情。

夫子说道："我知道有两个人曾经经历过上次的永夜。"宁缺没有想到居然真有，吃惊地问道："是什么样的人？"

夫子不知想起了些什么，脸上的神情变得有些复杂，淡然说道："一个酒徒，一个屠夫……不过他们不理世事，只怕也算不得人了。"

宁缺再次想起自己做过的那些诡异的梦。在某个梦中曾经出现过一个酒鬼一个屠夫，那两个人站在他的身旁盯着他，而在另一个梦中，夫子从酒鬼手中抢过酒囊喝了口，又从屠夫背上抢了根猪后腿啃了口，难道夫子说的便是那两个人？

宁缺震惊无语，说道："老师，你真不想听听我的梦？"夫子看着他微笑说道："还没明白吗？那终究是你自己的梦。"

交谈至此，宁缺终于明白了老师的意思。任何故事都需要推进，才能知道后续的发展，任何画面都需要亲眼去看，才能知道是什么色彩。自己究竟是不是冥王之子，以后会发生些什么，都需要自己在故事里行走，然后选择，换句话来说自己才是作者。

夫子飘然而去。

西陵，春意葱葱的桃山上。黑色的裁决神殿散发着肃杀冷酷的味道，大殿内空间极为宽阔。数百名身着红袍的神官和穿着黑衣的执事跪在光滑平整的地面上，看上去就像是一朵黑夜里的红花被印在地上。

神官和执事们已经跪了很长时间，膝头早已痛苦不堪，却没有一个人敢起身，甚至没有人敢抬头。他们低头望着神殿光滑地板上自己的倒影，看到了自己脸上的谦卑神情，连他们自己都无法理解为何会如此谦卑，一股来自最深处的恐惧令他们身体僵硬，于是地面上的这朵黑夜红花变得有些瑟瑟，感觉不到任何美丽，只有让人觉得幽冷和血腥的气息扑面而来。

无数年来，西陵神殿裁决司就是如此，里面的人们终日与恐怖的刑罚打交道，信奉强者恒强的道理，所以没有人对这种气氛感到陌生。

裁决神殿也没有什么变化，还是那般空旷阴冷，凝血般的墨玉神座还在那里，只是神座前那面珠帘在前些日子的那场战斗中，破碎成了满地珠粉，再也无法修复，最终被杂役扫进了垃圾堆，早已不知去了何处。

那面珠帘在裁决神殿里存了很多年，替神座上那个强大的男人增添了很多神秘而恐怖的气息，人们已经习惯了那道珠帘的存在，如今他们不得不习惯没有那道珠帘，因为神座上那个强大的男人已经死去。如今坐在墨玉神座上的，是位年轻而美丽的少女，当然在裁决司所有下属眼中，少女的身体如今已经拥有了某种神性，因为无法直视，便不存在世俗里的美丽概念，她代表的便是强大以及恐怖。

过了很长时间，叶红鱼撑颌坐在墨玉神座上，始终沉默不语，脸上没有任何表情，平静到了极点，于是便冷酷到了极点。她不说话，整座裁决神殿里便不敢有任何声音，所有神官执事跪在地面，不敢抬头去看，甚至不敢猜测什么，有些胆小的人恐惧得牙关微响，却发现这声音是如此的清晰，竟是吓得险些昏了过去。叶红鱼看着恭谨地跪在座前的人们，听着人们紧张恐惧的呼吸声，回忆着这些年来自己曾经看到的、经历过的事情，美丽如画的眉眼间浮现出一抹极淡的嘲弄厌憎情绪，甚至还能看到一些疲惫的感觉。

一名神官从神殿侧方走了进来，跪到墨玉神座前恭敬行礼。叶红鱼有些厌烦地挥了挥手。那名神官翻开厚厚的卷宗，看着恐惧地跪在神座前的人们，面无表情地诵道："仁慈而威严的昊天已指引着人们走出黑暗的荒原，手握利剑的使徒踏碎古河道里的残冰，站在篝火之前向子民们宣告……"如同俗世里的改朝换代一样，裁决神座的传承，每每也将掀起一场血雨腥风，随着那名神官淡漠无情的声音响起，有十四名红袍神官和黑衣执事被拖出裁决神殿，殿外不时响起斧斫之声或哭喊之声。

这十四名神官和执事作为前任裁决神座的坚定支持者，有的必须死去，有的必须活着替西陵神殿继续奉献，死去的人反而值得庆幸，因为活着的人将用自己的余生后悔当初为什么在道痴失势时自己会如此愚蠢。那名神官的声音回荡在空旷的裁决神殿里，随着名字被一一点出，跪在地上的裁决司下属们变得越来越恐惧，谁也不知道会不会点到自己的名字，只有跪在最中间的数名身着黑金盔甲的神殿骑兵统领显得比较平静。神殿骑兵统领直属裁决司管辖，但从前年隆庆皇子身死之后，神殿骑兵的人事及处罚权被掌教大人转到了神卫统领大人罗克敌的手中。而且这些统领自认在这场裁决神殿的战争中，虽说对现在的神座大人不够恭敬，但他们可不是那些只知道诵读教典、手无缚鸡之力的神官，而是拥有洞玄境界的强者。裁决司很现实，只要拥有足够的实力，便可以赎去相应的罪过，能够有资格继续生存下去，毕竟西陵神殿统治世界，靠的就是像他们这样的执行者。

然而令神殿里所有人都意想不到的是，那名神官的目光最终落到了这些骑兵统领华丽的黑金盔甲上，并且缓缓念出了他们的姓名。

"紫墨。"

"袁俊。"

"刘潇。"

听着自己的名字，神殿骑兵统领们压制不住心头的恐惧和茫然，纷纷抬起头来，望向那方墨玉神座，然而他们发现，坐在神座上的那名少女撑着下颌，闭着双眼，仿佛已经睡着了。

那名叫紫墨的骑兵统领在场间资格最深，实力最强。他看着面露惊恐之色却不知该如何是好的同僚们，摇了摇头，缓缓站起身来，轻掸膝头，看着神座上的少女缓声问道："为什么？"

76

除了那日破碎的珠帘，裁决神殿已经有很多年没有任何灰尘，当然不包括那些夹在石缝深处，只能被墨玉神座上的恐怖气息逼将出来的细沙，但至少在地面上跪半晌，绝对不会沾惹到什么污物。所以紫墨统领站起身来，轻掸膝头这个动作，并不能真的掸落什么灰，只是借这个动作表示自己对神座上少女的轻蔑，或者是想用这个动作来重拾信心，好让自己不被墨玉神座的威严重新压垮。

西陵神殿骑兵一共十队，每队都有一位统领，紫墨修为境界早入洞玄上境，与陈八尺齐名，他当然知道自己绝对不可能是叶红鱼的对手，然而他此时必须站出来，因为他不想死。叶红鱼眼睫微眨，缓缓睁开眼睛，看着神座前方的这人，脸上没有任何表情，未及说话，秀眉微蹙，痛苦地咳嗽起来。

一名侍女紧张地走到神座前，递上洁白如雪的丝巾。叶红鱼接过丝巾，轻轻擦拭唇角，雪白丝巾上顿时多出两朵红梅。西陵神殿所有人都知道叶红鱼受了重伤，包括这些实力强大的统领大人在内，然而虽然裁决司一向奉行的便是弱肉强食的冷酷法则，却没有一个人敢趁着她受伤的时候发难，因为没有人有信心。

当日叶红鱼一剑碎了珠帘，杀死前任裁决大神官，坐在墨玉神座后，神殿所有人都以为她会就此接任裁决大神官一职。然而谁都没有想到，她在闭目休息片刻后，竟是走下墨玉神座，向着桃山最高处的那座白色神殿走去，在无数人震骇莫名的眼光注视下，一招重伤神卫统领罗克敌，如果不是掌教大人发话，只怕她会直接杀了那人。

先杀裁决大神官，再杀神卫统领，世上没有几个人能够做到，即便能够做到的人，大概也不敢这样做，按道理来说，叶红鱼就算破境入了知命也做不到，但她敢做，而且居然真的做到了。当日那道青衫飘行在桃山上的画面，必将永远地停留在神殿所有人的记忆里，而这一役也完全奠定了少女在神殿里的地位，从那一天开始，裁决神殿将不会有任何人胆敢挑战她的威严。

紫墨也不敢挑战，就算看着她咳血，知道她这时候重伤未愈——连续击败恐怖的裁决大神官和强大的罗克敌统领，神座上的少女居然没有死，只是受了些伤，那么这绝对不能说明她很虚弱，只能说明她强大得难以形容。

叶红鱼撑着下颌，静静看着他，轻声说道："跪下。"

此时依旧跪在神殿地面上的神官和执事们，听着这两个字，不由面面相觑，很自然地想起那日神座大人走入神殿时的画面，想起当时自己曾经无比狂热地呼喊着跪下跪下，脸色顿时变得极为怪异。

神官和执事们读懂了彼此眼中的恐惧和想法，纷纷抬起头来，伸手指向唯一站着的紫墨统领，愤怒地大声呵斥道："跪下！"

"跪下！"

"跪下！"

数百人的声音无比整齐，如雷声一般轰隆响起，回荡在空旷的裁决神殿里，人们的神情是那般的愤怒，唾沫乱飞，声音喊得有些嘶哑，五官扭曲变形，看上去就像一群癫狂的疯子。

叶红鱼平静地看着，有些满意又有些厌倦。听着身旁传来的如雷呵斥声，看着身旁同僚们脸上往日里的温和甚至是谄媚神情变得如此冷酷而愤怒，紫墨脸色变得越来越苍白，身体变得越来越僵硬，甚至有些无法保持平衡，像虚弱的病人般摇晃起来。

"为什么？"

他再次问出这个问题，只不过不再像先前那般平静甚至刻意带着一丝不恭，眼神里充满了乞怜的神色。那名神官阖上厚厚的卷宗，看着紫墨和那几名跪在地上不停叩首求情的骑兵统领，寒声训斥道："放肆！尔等身为神殿将领，却堕落如斯！神座大人念在你们为裁决司立下了些微功，特发慈恩，不夺躯壳，只剥夺尔等职司、修为，贬为庶民，尔等不感神恩，居然还敢在此啰唆！"

不夺躯壳便是不杀头，然而紫墨等人身为西陵神殿骑兵统领，这些年替裁决司在世间追杀魔宗余孽，搜捕异端，不知做过多少灭门毁户的事情，有无数人都恨不得他们去死，如果真的被强行废掉一身修为境界逐出桃山，失去了西陵神殿的庇护，那将面临怎样凄惨不堪的结局？

听着这话，紫墨身体摇晃得更加厉害，险些跌倒在地，看着远处神座上的少女惊恐喊道："只有罗大统领才有权限处罚我们……神座大人，你越权处置，难道不担心掌教大人会动怒？"

叶红鱼缓缓坐直身体，看着他，面无表情地说道："罗克敌统领如今卧病在床，所以掌教大人把你们的管辖权重新交回到本座手中。"西陵神殿神卫统领罗克敌，是晋入知命境多年的大修行者，这种人怎么可能生病？所有人都知道，罗大统领卧病在床的真实原因根本不是病，而是被叶红鱼重伤将死，想到这点，裁决司众人更是心生寒意。

裁决神殿里整齐如雷的呵斥声渐渐消失，紫墨的脸色却越发苍白，他失魂落魄地站着，嘶声说道："神座大人，请明示我们这些人的身上到底有什么罪孽？"那名神官面色一凛，正准备再训斥几句，就在这时，叶红鱼举起手来，这名神官马上闭嘴，谦卑地退到了墨玉神座的侧方。

叶红鱼静静地看着紫墨和那些骑兵统领，看了很长时间。裁决神殿里鸦雀无声，死寂一片。

叶红鱼忽然微微一笑，平静却不容置疑说道："你们很清楚，什么罪孽都是假的。本座之所以要把你们逐出神殿，原因很简单，因为当初你们曾经那样看过本座，那么本座便再也不想看见你们。"

紫墨明白了。去年春天，叶红鱼堕境虚弱，整座神殿都在传闻，罗克敌统领已经获得了掌教大人的认可，准备向她提亲，在这种情况下，以陈八尺为首的神殿骑兵统领们看她的眼光渐渐变得不同，有的人像陈八尺一样流露出贪婪，有的人像欣赏孱弱美女般带着怜惜，有的人像看着嫂子般目光有趣。

这些目光里没有什么敌意，更不是全部都带着恶意，然而当那些目光是落在裁决大神官的身上，那么便都很该死。紫墨绝望了，低头看着神殿光滑的地面，似笑非笑地说道："我们替神殿立下如此多的功勋，就因为多看了两眼便要死吗？"

"多看一眼，便很该死了。"叶红鱼微笑说道，"如果不是想着你们曾经替裁决司立下些功劳，你们以为本座还会让你们活着离开桃山？"

紫墨看着墨玉神座上的她，带着最后一线希望颤声说道："神座大人，我们这些人还有些用处，一身修为还能替神殿……不，替大人您办些事，就这般废了着实有些可惜，请您给我们一个戴罪立功的机会。"

叶红鱼有些疲惫，重新撑颌半倚，说道："我说过你们本就无罪，那么何来戴罪立功的说法？我只是不想看见你们。"

那名神官再次走上前来，看着这些骑兵统领，平静地说道："稍后自去接受惩罚，神座大人悯尔等不易，特赐老马一匹犁田，银百两安家。"

裁决神殿内，数百人跪拜于地，五体战栗，莫敢不从。紫墨垂在身畔的双拳缓缓握紧，身旁的那些统领也忍不住抬起头来。

叶红鱼根本没有看他们，那名神官看着他们，却像是根本没有看到他们此时情绪上的变化，继续面无表情地说道："日后若尔等再踏入西陵神国一步，死。若胆敢在世间提及自己曾效命于神殿，死。若怀恨在心，口出妄言，死。"

紫墨看了看四周，一片静寂，那些统领在听到这番冷酷至极的判决后，也不敢再与他对视。良久后，他脸上的挣扎神情尽数化为浓郁的自嘲，黯然叹息一声，双膝缓缓跪倒在地，痛苦无言地接受了这个冷酷的惩罚。

裁决神殿侧方亮起圣洁而冷漠的光辉，响起紫墨痛苦愤怒如野兽般的号叫，骑兵统领们凄厉的痛呼声，此起彼伏。他们勤奋苦修半生，终于晋入洞玄境，成为真正的强者，然而在今天，他们修为被废，成了比普通人更不如的普通人。

渐渐地，黑色的裁决神殿恢复了平静，甚至变得更加冰冷恐怖。空旷的神殿内幽寂有如非人间。

叶红鱼坐在血色的墨玉神座里，面容平静。墨玉神座很大，坐着似乎应该不舒服，但她坐着很舒服。

那名亲信神官跪在神座前，低声劝谏道："神座大人，紫墨等人确实很有实力，而且看他们先前表现，对您的忠诚可以期待，就此把他们打成废人逐出神殿，着实有些可惜，而且罗大统领那处……"

叶红鱼在神座上微低着头，以手撑颌，似乎睡着了一般。

"罗克敌这个手下败将何足道哉，将来某日，我总是要杀他，既然如此，我何必还要考虑他的感受。

"而且所有人都没有看到，这个世界正在变化，将要变化成很多人都陌生的模样。在那个世界里，即便是知命境的大修行者也随时可能被人杀死，任何倚重洞玄境修行者的想法都是那般的可笑。"

大唐天启十六年，西陵大治三千四百四十七年，深春。七名神殿骑兵统领被新任裁决大神官叶红鱼废去一身修为，逐出神殿，严禁再踏入西陵神国一步，这些曾经风光无限的统领大人，牵着一匹老瘦的耕马，怀揣着一百两银子，带着他们的扈从，像丧家之犬般走下了桃山。

在西陵神殿教典的记载里，这七名骑兵统领的罪名很含混，只有一个词：堕落。于是他们拥有了一个耻辱的代称：堕落骑士。

而西陵神殿里的人们都很清楚，这些骑兵统领之所以会受到如此严酷的惩罚，只是因为在前一年的春天，他们在人群里多看了那名少女一眼。

77

"废物！渣子！"

"滚！"

西陵深处，被青藤覆盖的绝壁山崖里，响起充满怨毒和暴烈气息的沙哑骂声，骂声尖细难闻，如同可以刺穿无数层盔甲的利剑，又不知因何缘故，被严密地封锁在山崖四周，没有向外界泄漏一丝。青藤骚乱，一道身影从幽深的山洞中倒掠而出，重重摔倒在石坪上。那是一个穿着旧道袍的年轻人，不知道过了多长时间，他终于苏醒过来，艰难地爬起身，扶着身旁崖壁上的青藤佝身痛苦咳嗽，血花从唇中喷溅而出，不一会儿便把道袍前襟染红，显得异常悲惨可怜。

道人自然便是隆庆。他抓着青藤休息了片刻，确认伤势没有大碍，走到崖畔，挑起水桶背起匣包，继续向山崖上方那些洞窟行去，平静的眼神里看不到任何恐惧或者是怨毒，甚至根本没有回头看那个幽深的山洞一眼。

这些天每日里爬这座青藤覆体的山崖，与洞窟里那些身受重伤的老道打交道，他深切地感受到这些畸形之人的暴躁恐怖的脾气。被羞辱的次数多了，自然麻木，受伤的次数多了，越发清楚与老道士之间的实力差别有若天与地，哪里有什么怨恨报复之心。

洞窟里的残疾老道士们，虽然对隆庆没有任何好脸色，可以说是呼来喝去，打骂随心，但他们清楚自己如果想要及时知道人间的消息，保持与外界的联系，便不能把隆庆直接打死，所以他们下手还是有些分寸，既让隆庆痛苦不堪，却又不会影响到他的行动。只是山崖里有很多洞窟，有很多残疾的老道人，每个人都以为自己有分寸，合在一处分寸便不知去了哪里，隆庆在每个洞窟里受的伤都不重，但这么多天这么多洞窟加起来，伤势依然是一天变得比一天重。

因为有伤，隆庆的动作要慢了很多，结束一天的工作回到道观里时，天色已近暮时。温暖而火红的夕阳，从西陵群山的那头照耀着简朴的道观，他站在湖畔草屋前，看着美丽的景致，脸上没有任何表情。中年道人缓步到他身旁，望向暮色中的湖面，没有向他解释那些洞窟里的老道人的身份，而是淡然地说道："风景越美丽的地方，人便越少。"

隆庆对中年道人施礼，请教道："师叔，观里一直都这么少人吗？"

从南海来到知守观，除了三位师叔，隆庆便没有见到任何别的人，简朴而美丽的道观，始终被安静笼罩着。

"十来年前，皮皮和那个小姑娘都还在的时候，观里要热闹很多，不过后来大家都走了，叶苏也只是偶尔才回来一趟，观里难免变得寂寞了些。"中年道人说道，"不过听说那小姑娘已经继承了裁决神座之位，光明与天谕神座大概也要换人，那么再过些时间，观里会热闹那么几天。"

西陵神殿掌教及三位大神官，还有大唐国师以及像颜瑟大师这等人物，都需要在知守观里接受昊天洗礼，然后才能被授予大神官一职。隆庆知道这个典故，只是想着叶红鱼已经走到了这一步，神情不免有些惘然。

"道门弟子心中的圣地，修行界传说中的不可知之地，结果却是这样一座简陋甚至安静到无聊的道观，是不是和你的想象有些不一样？"

隆庆摇头说道："既然不可知，便不能想象，只能亲眼来看，才能知道……不，就算在此间生活，也不见得能知道。"

中年道人微笑地看着他说道："能想明白这点，算是不错。我知守观乃是世外之地，所以可以简陋，可以安静，甚至可以寂寞，若真以为眼中所见的知守观便是知守观，那便是愚痴。

"那座山里生活着的道人们，是知守观。西陵神殿是知守观。观主是知守观，你我是知守观，整个道门都是知守观，只要被昊天光辉照耀的地方，便都是知守观，你来知守观之前，便已经在知守观里。"

中年道人这段话显得有些深奥，但隆庆至少理解了第一句话。

要知道在洞窟中生活的那些残疾老道士在世间寂寂无名，但修为境界异常恐怖，其中有人更是明显已经逾过五境，成为教典传说中的圣人——这样的知守观，果然是难以想象其伟大的地方。

"我很清楚，洞里住着的那些老家伙性情有多么糟糕，既然受了伤也不需要强行忍着。虽然这对你的心性磨砺确实有好处，但道身有损，对日后修行终究会形成障碍，稍后你自行去药房配些药。"中年道人看着他说道。

隆庆似乎无意间想起一件事情，问道："师叔，前些日子整理药库时，看见有药鼎，不知我可不可以用？"

中年道人眼睛里流露出欣赏的神情，说道："看来你修行沙字卷有所得，心神并未因那些繁若河沙的功法所惑，居然还能注意到角落里记载着炼药之法，大概这便是你的福缘。想用药鼎便用，事后洗干净便是。"

知守观的药库不在湖畔，而是在偏西的山崖上，是座二层道殿建筑，梁柱间雕刻着繁复的符文，漆着华丽的花纹，透着一股清贵的味道，和湖畔供奉七卷天书的那些草屋比较起来，更像是道观的正殿。

药殿前方是大片草甸缓坡，缓坡之下是道绝壁，那片悬崖绝壁深不知多少丈，便是猿猴都无法攀爬，普通人类更无法来到此间，即便世间那些实力惊人的大修行者能够爬上这道绝壁，但也会瞬间被草甸间隐藏的阵法诛杀。

隆庆看着笼罩在暮色中仿佛在燃烧的草甸，感受着那些若隐若现的恐怖的阵力，沉默片刻后转身向药殿走去。他手里提着一个古旧的大铁环，铁环上套着很多把看似普通的钥匙，但如果没有这些钥匙，他根本不可能走进药殿。药殿的大门缓缓开启，露出与殿宇外貌完全不相符的阔大空间，数排阵列架一直伸到殿堂深处，竟似乎有数里之遥，根本看不到尽头。阵列架上摆放着无数珍稀的药物和制药的原材料，而且各种药物材料都有相应阵法为其提供合适的通风条件和温湿环境。这些药物与材料在世间很难见到，甚至有很多种在西陵教典上已经标注为空缺，如果流入世间，只怕会引来无数修行者抢夺，然而在这里，这些珍稀的药物材料因为数量种类太多，却显得如此普通，被人随意地摆在阵列架上，而且似乎已经摆了很多年都没有人来理会。

这很难以想象，却又很好明白，无论是南晋的皇帝还是宋国的国君，在西陵神殿面前都要卑躬屈膝，无论是贫贱还是富有，都必须把自己的财富献给西陵神殿，这便等若这个世界的财富与资源都由西陵神殿所拥有。

而用莲生大师的话来说，西陵神殿是知守观养的一群狗。西陵神殿搜刮世间一切财富资源，除了维持道门对世界的统治之外，其中最珍贵的，当然要送到知守观。从这个意义上来说，先前中年道人说得没有错，被昊天光辉笼罩的世界都是知守观，除了那个叫唐的国度。

隆庆这些天负责清扫整理整座知守观，而且每天都要来药殿挑选洞窟里那些恐怖老道士需要的药物，对这里已经非常熟悉，所以并不像第一次进来时那般震惊，他提着钥匙，往殿堂深处走去，对两旁的那些药物根本没有看上一眼。整日里在金山玉海里生活，任谁也能养成此等心境，不过当隆庆走到药殿最深处，走到那扇镂空的檀木门前，他的神情还是变得凝重起来。镂空的檀木门后方，是药殿最重要的地方，里面珍藏着一些最宝贵的材料和药品，以前他没有这扇门的钥匙，从来没有进去过。隆庆需要的药鼎便在门外，他前些日子隔着木门看到过一次，今天试探着问了一句，没有想到却得到了师叔的允许。他在大铁环上找到那把式样最简单的钥匙，插入锁中，只听得轻微的一声咔响，檀木门缓缓开启。

隆庆走了进去，开始认真寻找自己需要的药物材料。他准备炼的那种药，大部分材料都在正殿里，只是其中有两味最重要的材料，应该被珍藏在此间，所以他的神情很慎重，甚至有些紧张。他准备炼的药，在天书沙字卷上被称为坐地丹，除了能够治好这些天那些老道士在他身上留下的伤势，更重要的是能够让他被观主强行修复的雪山气海重新稳定，换句话说这种药丸能够让他修行得更加顺利。能够有如此功效的药丸，当然极为宝贵，在西陵教典的记载中，甚至已经快要被形容成医白骨的无上灵丹，隆庆从来没有想象过，自己有天居然有机会亲手炼出这种丹药，所以他此时的紧张可以理解。忽然间，隆庆脸上的紧张被震惊所代替。

他没有找到炼制坐地丹所需要的那些药材，只是在那些瓶瓶罐罐间，看到了一个晶莹剔透、不知道用什么材料烧成的小瓷瓶。

有极淡的药香从那个小瓷瓶里透了出来。

78

隆庆走上前去。因为紧张，他的动作有些笨拙，尤其是双手颤抖得有些厉害，很不容易才拿起那个小瓷瓶。距离稍近了些，小瓷瓶渗出的极淡药香，传进他的鼻端，令他难以自主地缓缓闭上眼睛，脸上露出陶醉的神情。闻着药香，隆庆觉得自己身体里的污秽与浊息瞬间被全部净化，身体变得轻了很多，双脚渐渐离开地面，似乎变成了一根轻若无质的洁白羽毛，只要徐徐清风轻拂，便要乘风而去，融入高远的苍穹。

不知道过了多长时间，他睁开了眼睛，怔怔看着自己手中握着的小瓷瓶，双手再次颤抖起来——只是闻了闻药香，便已经生出羽化的精神幻象，如果自己把小瓷瓶里的药丸吃进腹中，又会产生怎样的效果？他猜到小瓷瓶里的药丸是什么，兴奋到了极点，却又恐惧到了极点，贪婪狂喜和挣扎犹豫的情绪在他的眼眸里不停转换。

多年前，他自天谕院毕业，入裁决司为二司座。大概因为无论是他还是叶红鱼都还青涩，根本无法威胁到墨玉神座上的裁决大神官，所以那时裁决神殿里的气氛并不像这些年般肃杀阴森，偶尔神座还会和他们说说闲话。在某次神座和叶红鱼的谈话里，静侍在旁的隆庆，曾经听到过一种灵药的名字，那种灵药叫通天丸。

通天丸是昊天道门最宝贵的灵药，即便是西陵神殿都没有——这种灵药虽然不能真的帮助世人打通天人之隔，羽化成仙，但如果普通人服用可以增十年寿元，而最关键的是通天丸可以帮助修行者破境！修行者如果服用通天丸，从不惑境到洞玄境，可以说药到境破，即便是从洞玄境到知命境，成功率也可能在五成以上！

有此恐怖功效，可以想象通天丸对修行者的无上诱惑力，只不过如今世间的修行者，根本没有几个人知道有通天丸的存在。隆庆知道通天丸，而且他确认小瓷瓶里就是通天丸。他曾经是境界精深的西陵神子，却在即将逾过知命境的那一瞬间，被宁缺一箭射破胸腔，毁了雪山气海，变成了不能修行的废物。他曾经自暴自弃，在成京城里做乞丐，在破庙里抢血馒头，直到在南海畔遇到那名青衣道人，才终于重新踏上了修行路。可惜雪山气海虽然修复，当年的修为却是尽数消失，他不得不从头开始修行，而且比当年更加艰难。

曾经拥有过，然后失去，这种痛苦远胜于从出生时便一贫如洗，没有谁比现在的隆庆更想要重新拥有当年的境界。所以小瓷瓶对他的诱惑远胜过世间别的任何事物。

隆庆握着小瓷瓶，闻着那淡淡的药香，手颤抖得越来越厉害，甚至于整个身体都颤抖起来，脸上的神情变幻莫测，痛苦地挣扎着犹豫着，汗水像石磨缝隙里的米浆般汩汩而出，瞬间打湿他身上的道袍。忽然，他用力咬破自己的嘴唇，呻吟着吮吸微腥微甜的血水，让自己获得片刻的清醒，发出一声野兽濒死前般的号叫！

随着这声痛苦的号叫，他眼眸里的贪婪渴望兴奋恐惧，渐渐化为平静甚至是淡漠，身体也不再颤抖。他最后看了一眼手中晶莹剔透的小瓷瓶，深深吸了口气，然后面无表情地把它放回了原处。

不是小瓷瓶里的通天丸对他的诱惑不够。如果可以，他会毫不犹豫打开小瓷瓶，看都不看，便把瓶中的丹药吞进腹中，他也不是书院大师兄那等温良君子，面临修复自己修为境界的天赐良机，却因为所谓道德的约束便平静放弃。隆庆之所以能够忍住诱惑，把小瓷瓶放了回去，只是因为一个很简单的道理——这并不是天赐的良机，因为昊天没有说要把通天丸赐给自己。

虽然在南海上观主曾经说过自己的心意便是昊天的意志，然而这个世界不是只有他一个人，那么昊天的意志便有很多种。师叔让他来取药鼎，说这是他的福缘，那么他的福缘便在此，并不是通天丸，至少现在还不是，因为师叔此时肯定会在某处静静地看着他。

隆庆找到药鼎，又找到炼制坐地丹的那两味药材，锁门离开，去往药殿后方的炼丹室，沐浴更衣，开始按照天书上记载的法门炼丹。火渐起，鼎渐热，药材渐融，奇异而复杂的药香，伴随着鼎旁的缝隙溢出，弥漫在炼丹房里，又向殿外远方飘去。

隆庆盘膝坐在鼎旁丈外，目不转睛地看着，控制着温度和投入药材的时间顺序，脸上没有任何表情，显得异常平静。仿佛先前根本没有看到那个小瓷瓶，仿佛他唇角上那个深深的血印并不存在。这种极端的平静，让他整个人散发出一种暗沉的气息，就如同失魂落魄一般。只有他自己知道，失魂落魄其实也只是假象，他此时的心境是真的异常平静，甚至可以说是寒冷如雪。

他坐在药鼎旁静静地等待，不知道是在等待鼎中丹药的成功，还是在等待那颗通天丸变成自己福缘的那一天。知守观渐被夜色笼罩，星辰现形。

中年道人站在湖畔看着水面上繁星的倒影，想着隆庆先前的表现，感慨地说道："师兄眼光果然不错，此子必将不凡。"

79

烂柯寺远在东南，路途遥远，而且没有人愿意把时间弄得太紧张，所以虽然说盂兰节会的时间在秋天，但唐国准备参与盛会的游客和使团，大部分都提前了一定时间，选在初夏前后出发。书院是最先收到烂柯寺请柬的地方，派出宁缺做代表，已经康复的桑桑当然也跟在他的身旁，他们出发的时间正在今日。

除了大师兄要随夫子游历，书院后山的弟子们都很少会出现在人世间，这些痴人固守在自己的世界里才会觉得幸福，而且对他们来说，后山已经足够大，根本不需要去红尘里沾惹什么是非。

正是基于这种理念，他们对需要入世修行的小师弟非但没有什么羡慕，反而非常同情，所以当宁缺启程之时，就像两年前他去荒原时那样，所有师兄师姐都来为他送行，并且送上聊表安慰的小礼物。

四师兄和六师兄经常替宁缺设计制造好东西，所以这一次也没有送什么特殊的东西，只是一个不起眼的匣子。九师兄北宫和十师兄西门依然最不讲究，站在湖畔奏了一首离别曲便当了礼物。听着悲凉的箫声琴声，宁缺从大黑马嘴里硬生生抢回半根黄精，看着正自眉飞色舞的二位师兄，恼火地说道："这是送行还是送葬？能不能不要这么不靠谱？"

一曲萧瑟曲罢，北宫未央走上前来，从怀中取出一沓薄薄的纸，依依不舍地递了过去，说道："小师弟，这是世间以为已经佚失的《灞陵散曲》琴谱，极为珍贵，你可不能再说师兄不靠谱了。"宁缺心想这琴谱如果真的珍贵，那应该能卖不少银子，便毫不犹豫地接了过来。

"琴谱算什么谱？靠谱靠谱，你知道靠字何解？靠便是棋之术语，所以靠谱一词说的便是棋谱。"五师兄傲然走到众人中间，带来了无尽的酸臭味，也不知道已经有多少天没有洗澡，七师姐忍不住蹙着眉头唠叨了两句，他却毫不在意。

"烂柯寺又不是什么龙潭虎穴，哪里值得吹这般悲凉的曲子，便是悲壮也是可笑，不过那座破寺以棋界典故而名，寺中僧人在棋枰之上的本事着实不差。"向来不理世事的五师兄，以前所未有的坚毅肯定的神情看着宁缺说道，"我与老八在书院里潜心苦修，竟让那些僧人侥幸邀得大名，小师弟你此行烂柯，断不能在棋道上弱了书院威名，丢了师兄的老脸。"

话音方落，八师兄抱着厚厚的一堆棋谱走了过来，看着宁缺，殷切地嘱托道："小师弟你看我们下棋也看了几十盘，即便再愚钝，想来境界也要比那些僧人高上不少，只是你平日里太懒，所以基本功不行，这是二位师兄精心编制的棋谱，在路上不妨多多打谱修行……"宁缺早就已经傻了，心想这哪里跟哪里？

便在这时，五师兄把八师兄怀中的棋谱夺了过去，厉声斥责道："愚蠢！这些棋谱给小师弟有什么用？"宁缺大喜，连连点头说道："是啊是啊。"然而他没有想到，五师兄转身便把那厚厚一堆棋谱塞给了桑桑。"桑桑在棋道上的悟性，远胜小师弟。"五师兄看着桑桑和颜悦色地说道，"桑桑，维护书院棋道天下第一这个重任……就交给你了。"

为了避暑，直到太阳西斜，夜色将临的时候，宁缺和桑桑才动身。看着那辆黑色的马车渐渐隐入山腰云雾之中，二师兄的眉头微微蹙起，总觉得今日的气氛有些怪异，隐藏着某些自己无法看清楚的事情。

大师兄看着黑色马车离开，沉默片刻后转身离开，暮色照在他旧棉袄上，隐隐可以看到一些微尘，似乎棉袖在微微地颤抖。二师兄回头望着山道上大师兄的背影，心头微有所动，追了上去。大师兄走得很慢，但不知为何，却很难被他追到。

大师兄走到草庐时，夕阳将将熄灭。夜色笼罩山谷，繁星一颗接一颗地出现在黑色天幕之上。

夫子站在草庐外，半佝着身子，眯着一只眼睛，正对着一个筒状的铁制物事在看，不知道铁筒里究竟有什么。大师兄走到夫子身后，问道："老师，您在看什么？"

"我在看星星……嗯，应该说观星，这样比较雅。"夫子示意他过来看看，说道，"这是老六和十三做出来孝敬我的，他们给取了个名字叫观星镜，但我先前试了试，星星还是那个星星，不过却能把远处的风景放大，拉到近处，我看倒不如叫望远镜为好。"

大师兄把眼睛凑到铁筒前看了看，发现确实如老师所说，铁筒视野里的星星没有变大，但如果看远处星光下的山峦，则会显得清楚放大很多。

"真是有趣的物事，小师弟懂的事情真多。"他微笑说道，只是笑容显得有些忧虑。

夫子望向头顶夜穹里的繁星说道："世间或许有生而知之的人，但没有无所不知的人。你小师弟懂的事情再多，总有很多事情是不懂的，我也一样。相传那七卷天书是昊天意志化形而成，当年我还如你一般是个青衫书生时便能看懂其余六卷，如今已然垂垂老矣，却依然还是看不懂和尚在明字卷上留的那些话。"

大师兄诚恳说道："弟子也看不明白。"

"废话，为师看不明白的，你又如何看得明白。"夫子看着他微笑说道，"不过既然看不明白，那便不要日夜烦恼。"

大师兄说道："如此事由，不得不忧。"

夫子看着他，严厉地说道："如果这是一个故事，谁也不知道该怎样发展，你不知我不知世人也不知，那你凭什么认为故事的结局就一定是那样？"

书院后山所有人都知道，无论陈皮皮再如何扮可爱，宁缺再如何插科打诨，老师最疼爱的徒弟始终还是大师兄，老师很少会批评大师兄，像此时这般严厉的训斥，更是几乎从来没有出现过。

大师兄沉默很长时间后说道："若无明日忧，便有今日愁。"

夫子说道："人当为今日愁，不必为明日忧。"

大师兄说道："老师若不是忧虑人世前景，为何要让小师弟去烂柯寺？"

夫子看着笼罩在银辉里的山林，听着远处隐隐传来的瀑布声，说道："你小师弟杀夏侯那夜，我才发现桑桑那丫头身体里的毛病，竟比想象的还要严重，若真用西陵神术治，只怕最后会治出问题。我让他带着她去烂柯寺，便是想看看佛宗有没有什么法子能把她的病治好。"

大师兄黯然说道："如果那病治不好怎么办？"

夫子转身看着他说道："如果那病治不好，你小师弟会很伤心，所以哪怕只有一线希望，便要用百倍努力去做，而且，她本就不应该得病。"

"道门那边呢？"大师兄说道，"桑桑是西陵神殿的光明神座继任者，如果道门知道她患了重病，肯定也会担心，他们应该有自己的方法治病救人。"

夫子看着自己最疼爱的弟子，忽然微嘲地一笑，说道："治病救人……若道门会治病救人，我现在还何必如此苦恼？有时候我在想，当我们去治病救人的时候，也许治的只是自己的病，救的是自己。"

大师兄若有所思。

夫子神情严肃地说道:"你爱世上所有人,所以无法只爱一人。而你小师弟不同,他不爱世上任何人,只爱一人,所以在杀死夏侯之后,他这一生都必将心意舒畅,谁也不知将来能走到哪一步。而你却不得不承受挣扎抉择的痛苦,如果你不能看破这份痛苦,那么所得必有所限。"

场间一片安静,很久之后,干净而温和的笑容再次出现在大师兄脸上,他说道:"老师,我愿意一直这样焦虑下去,因为不焦虑的我就不是我了。"

夫子看着他,赞叹道:"我错了,你对世间的仁爱不涉任何教化陈规,纯然发乎本心,如此又怎能限制你的将来?"

"倒是为师,始终还是那根在墙头摇摆不定的野草,总想随着风动,如今却不知风从何处起。我不知你小师弟会遇见什么,但我相信如果不行走,那么便什么都不会遇到,只要行走那么总会遇见未来,等到他遇到也就是我们遇到真实未来的那一天,我们再来想如何做便是。"夫子感慨道,"可惜那个为了一碗红烧肉,便要和我对骂三天三夜的家伙……早就已经死了,不然我很想问问他会如何做。"

不知何时,二师兄来到草庐,一直静静地站在旁边,听着老师和师兄的对话,始终没有开口,直到此时终于忍不住说道:"老师,虽然我听不懂你和大师兄在说些什么,但我想我能猜到小师叔会怎么做。"

夫子神情微异,抚须问道:"你小师叔如何做?"

二师兄理所当然地说道:"打呀。"

夫子发现这些弟子越来越像自己,什么事情都说得那般理所当然,只是理在何处?他惘然问道:"打谁?"

二师兄也很惘然,半晌后严肃地说道:"不管是谁。"

80

夫子闻言大怒,斥道:"我怎么就教出你这么个蛮不讲理的家伙?"

二师兄一怔,心想自己拜在老师门下以来,一直谨守礼数规矩,世人皆知是最讲道理的人，怎么老师却说自己蛮不讲理？

闻过虽不喜，却先自省，他长揖及地，问道："老师，上次在崖洞前议复仇二字，您曾让我转告大师兄，行事须斩钉截铁，难道弟子悟错了意思？"

夫子怒道："你大师兄性情温和，仁念太过，所以需要以你为镜，学习如何直接一些，而你这家伙性情太过直接，所以我一向教育你需要谨慎一些，结果现在呢？你都不明白是什么事情，便要喊打喊杀，徒有小师叔之勇，却无小师叔之……好吧，他也确实没有别的什么值得称道的地方，然则你和你小师叔，除了比我勇敢，还能有什么？"

二师兄最讲究孝悌之道，面对老师严厉的训斥，按道理他不应该做任何辩白，就算要尊重道理，也要待老师气消之后再作计较，只是此时听老师提到自己最尊敬的小师叔，不知为何辩白的话脱口便出。

"老师，记得小时候小师叔曾经对我和师兄说过一句话，如果我们只剩下勇气，那么勇气便是我们所拥有的全部。"

夫子闻言一怔，忽然大笑起来，挥袖说道："有理有理，其实这意思我对你小师弟也说过，若黑夜真的来了，反抗便是，哪里用思考太多？"

大师兄想起童年时小师叔骑着黑驴离开后山时留下的这句话，没有像老师和师弟那般展颜而笑，而是越发忧虑，说道："既然终究是要反抗，为何不在黑夜到来之前便做些准备？"

夫子敛了笑容，说道："因为我们不知道风从何处起，黑夜从何处来，那么我们提前做的一切，都有可能是错的，当然，我希望我们所有的猜测都是错的，黑夜最好能够不来。"

大师兄抬头望天，叹息着说道："黑夜若要到来，光明应该最为着急，为何昊天却始终没有什么反应？真不明白这天，究竟在想些什么。"

夫子抬头看着漆黑的天穹，说道："看，又是我曾经说过的话，世间没有无所不知的人。我不知道这天在想些什么，无数年来，它一直在不断证明这一点，那么我们至少知道它是不可知的。"

世间亿万民众早已忘记了盂兰节的起源和由来，冥界依然存在于他们的传说，童年时的故事里，早已变成了真正的传说或故事，没有人相信冥界真的存在，更没有人相信什么冥界入侵的胡话。

在人们眼中，盂兰节是个祭祖饲鬼的重要节日，而那些沿街摆放的兰花盆，穿着古服的少女，各种诱人的吃食，游灯的习惯，更是让这个节日没有沾染半点阴森的鬼气，充满了美好和迷人的意象。

烂柯寺的盂兰节会自然是修行界的盛事，盂兰节本身也是世间的一次盛事，除了修行者，还有无数游客香客和各国的官方使团，依循着距离的远近，从不同城市依次出发，向着烂柯寺而去。

唐国依照旧例也派出了使团，使团的级别很高，出乎所有人意料的是，代表陛下巡游世间的使臣，竟是镇西大将军冼植朗。镇西大将军乃是帝国四王将之一，在夏侯死后，地位越发显得重要。冼植朗大将军本人也是一位传奇人物，武道修行境界极为普通，却凭着精妙的战场指挥而屡立战功，不断提升直至今日。在崇尚武力的大唐军方，四位大将军当中有三位是武道巅峰强者，冼植朗个人武力如此孱弱，却能与另外三人并肩，仅凭这一点，便能想象此人在智谋或别的方面拥有非常惊人的能力。

如此人物，自然绝对有资格代表大唐天子巡视天下。只是使臣一般都是由文官担任，即便皇帝陛下想对佛宗表达足够的尊重，那么派个有爵位的清贵文臣也足矣，何至于让一位大将军出面？所以这个任命依然引起了长安城极大争议，也引发了南晋诸国的极大疑虑，谁知道这位大将军沿途会看风景还是看城防，谁知道好战的大唐是不是又想掀起新的战争？

直到最后，人们才从某些小道消息里确认，皇帝陛下之所以让冼植朗出使，主要是基于以下原因：夏侯死后，东北边军元帅一职始终空悬无人，而大唐西面的月轮国早已不构成任何威胁，所以冼植朗想要调往土阳城。世人皆知，公主府里那位殿下近些年来一直在试图拉拢这位镇西大将军，所以这个消息直接导致了皇后娘娘的盛怒，为了平抚妻子的怒意，皇帝陛下不得不临时搁置调令，又为了安抚女儿和国之重将，便干脆让冼大将军去烂柯寺游览散心。

皇帝陛下此举，简直近乎于胡闹，完全是在把国家大事当家务事处理，令人哭笑不得，不过却又让世间很多被家务事搞得焦头烂额的男人们生出同情之心，又让那些向往爱情的少女们更添仰慕。

随同使团一同前往烂柯寺的，还有红袖招的舞团。三十年前，唐国先帝强行把红袖招从南晋召至长安城后，红袖招里的女儿们只是在后一年去过一次烂柯寺参加盂兰节祭，此后便再也没有出过长安城，时隔二十余年，红袖招再次出行，也吸引了很多目光。所有的目光都在大唐官方使团的车队上，没有人注意到，在使团后方十几里地外，有辆黑色的马车正在官道上孤单地行驶。那辆黑色马车的车厢壁上刻着繁复难明、有若重锦的线条，看森寒的反光竟似铁铸一般，应该沉重到了极点，然而奇怪的是，拉车的那头黑色骏马意态闲适，马车行走在官道上幽寂无声，似乎轻若羽毛。

“镇国镇军镇东……怎么咱大唐的王将都是在镇，也不知道什么时候能出一个镇关西，想起来了，你不知道镇关西是谁。”

车厢里，宁缺靠在软榻上，带着满足的神情说道。这辆黑色马车是师父颜瑟留给他的华丽遗产，外表看着普通冰冷甚至有些生硬，车厢却很宽敞，用具更是豪奢舒适到了极点。

车厢用精钢打铸而成，分量极为沉重，当初他还没有能力激发车厢板上刻着的那些符线时，大黑马拉得痛苦不堪，车轮碾过，大地迸裂，同样是钢铁打造的车轮起不到任何减震作用，颠得他无比难受，所以他很少坐这辆马车。

如今随着修行，浩然气越发深厚，境界逐渐提高，尤其是经过七师姐的指点，他终于明白车壁上那些纹线并不是纯粹的符，而是一种复合型符阵，掌握了车壁上的符阵，淡渺的天地气息盈荡在黑色马车周围，产生了某种浮力。

沉重的黑色马车变成了浮在水里的一根羽毛，车轮再如何硬，坐在车中的人也不会感觉到颠簸，痛苦的旅途顿时变成了享受。只不过车壁上的符阵虽然是永久性的，能够召唤自然里的天地气息，但要维持符阵运转，本身也需要天地气息来驱动，宁缺如果不想自己的念力枯竭而死，便需要每隔一段时间，在车厢里的阵眼枢里放置一颗宝石。

这种蕴藏着相对浓度较高天地元气的宝石极为珍贵，即便在长安城的珠宝行里也很难找到，如今黑色马车能够在漫漫旅途上如此轻松，全靠他在离开之前去天枢处和南门观坑蒙拐骗偷抢弄了一箱子宝石。

黑色马车很奢华，消耗宝石之多更显奢华，如果他不是书院的十三先生，没有整个大唐帝国替他提供资源，根本不可能做到。宁缺明白这个道理，当初代表书院入世时，师兄也曾经给他讲过，所以他虽然不想关心朝廷里的这些事情，却不得不关心。

"冼植朗是个很有趣的人。"他说道。

桑桑闭着眼睛，轻轻嗯了声。她的身体已经基本康复，这时候之所以闭着眼睛，嗯得如此轻柔，是因为她舒服得不想睁眼，更不想说话。马车的厢顶，被宁缺和六师兄开出了一道天窗，夏日炽烈的阳光，从那道天窗里透进来，洒落在她的身上，一路温暖。

黑色马车由精钢打铸而成，无论颜色还是材质，都最能吸附热量，然而不知道是不是因为桑桑身体里的阴寒气息的缘故，马车被烈日曝晒了很长时间，却依然显得那般清凉，没有丝毫闷热的感觉。

窗外官道两侧农田青青喜人，有农夫正在粉刷自己的家园，有杨柳在风中轻摇，有孩童光着身子在水田里嬉闹。

这些画面总是那么容易让人觉得愉悦幸福，宁缺看着那些光溜溜、皮肤黝黑的顽童，总觉得自己曾经在哪里见过一般，然后他想明白，只要行走在大唐境内，便很容易看到类似的画面，因为幸福总是相似的。

他望向桑桑微黑的小脸，笑着想道这次的漫长旅途就算没有终点，其实也挺好。此时，大黑马仿佛感受到了他的心意，欢快地轻嘶起来。

81

黑色马车一路尾随着前方的使团车队，快要靠近一座县城时，官道两侧多了些建筑，宁缺却还是喜欢乡间风光，便让大黑马下了官道，驶上略窄却依然平整的县道，反正他有信心自己不会跟丢前面的使团。

县道两旁的田园风光更是美丽，还留着些原始淳朴的味道，又不知行驶了多久，看着前方的村庄，黑色马车停在了村外一株大树下。那棵大树不知是什么树，树冠面积极大，青叶繁茂，就如同一柄大伞，遮住了炽烈的阳光，落下阴凉阵阵。

宁缺解开大黑马，让它自去玩耍散心。他走到大青树下，摸着那些粗实的树皮，脸上露出开心的笑容。书院的同门们不喜欢出山，因为他们更在乎各自的精神领域，单纯精神上的快乐便已经足以让他们感到充实，但他不一样。

他自幼生活在岷山里，山林对他来说就像家一样熟悉亲近，而且他自幼流浪成了习惯，所以很不喜欢长时间在一个地方待着。

他曾经无数次站在山林里眺望远处冒着炊烟的村庄，又无数次因为恐惧而背着桑桑默默离开，大概正是因为这一点，所以他对这些乡村风景极为着迷。那年回到长安城之前，他选择牵着桑桑的手穿过田野乡村，便是基于这种心理。此时他选择偏僻的郡道，停在村庄外，也是因为这个原因。

桑桑走下马车，看着他有些羞涩地说道："先前睡着了。"宁缺说道："这么舒服，我也想好好睡一觉。"

桑桑明显还没有适应自己的角色转换，习惯性认为自己还是小侍女，想着自己就那般自顾自睡去，着实有些不像话，为了弥补这种过失，她努力记起睡着前听到的最后那句话，问道："怎么有趣？"

宁缺愣了愣，才明白她回答的是一个时辰之前自己的问题，不由想笑，看着她脸上的认真神情，又不想打击她的积极性，回答道："离开长安城之前，陈七专门来找我说过话，他说这位冼大将军早年间也在鱼龙帮里混过一段时间，而且与朝小树的关系不错，这里说的早年，甚至还要早在齐四他们之前，只是后来不知道为什么冼大将军成了大将军，朝小树却一直还住在春风亭。"

"你是说这个人有问题？"桑桑问道。

只有宁缺才能听懂桑桑的话，她说一个人有问题，不是说这个人需要被怀疑什么，有什么值得警惕的地方，而是说这个人不好。

宁缺摇头说道："就算有问题，也是皇帝陛下当年的安排。就算他真如长安城里的流言所说，对东北边军志在必得，也只能说明他有一个军人应有的骄傲自信以及野心。皇帝不急太监不能急，我们更不用急。"

桑桑说道："听说皇后娘娘很不高兴。"

宁缺说道："不要忘记，陛下也要算是老师的学生，等于说是我的师兄，那是个真正有智慧的人，这样的人怎么可能真把国家大事当家务事办，只不过借着皇后的怒意顺势警告某些人一番。"

桑桑好奇地问道："哪些人？"因为事实上她并不好奇这些事情，所以她此时睁大眼睛，做出好奇的模样显得很刻意，很幼稚，于是很可爱。

看着小姑娘明亮的眼睛，宁缺反而有些心慌意乱，咳了两声后继续说道："自然是打压洗大将军……不，更准确地说，陛下是在警告自己的女儿，不要把手往军队里伸得太深。"

"为什么？难道陛下准备传位给皇后的儿子？"桑桑好奇地问道。这一次她是真的好奇，因为李渔是她在长安城里不多的朋友之一，更因为她清楚这件事情和宁缺有关系。

宁缺说道："我不知道，反正这事和我们也没关系。"说没关系，终究还是有关系，不然他怎么可能去思考这些问题，正如十几里外使团里那些红袖招的姑娘，也是需要他考虑的问题。

简大家并没有拜托他沿途照顾那些姑娘，但以他和红袖招之间的关系，如果真的发生什么事情，他也没办法不管，除了彼此之间的交往，更重要的是，书院天然具有照顾红袖招的责任——三十年前那个叫笑笑的女子，是小师叔的未婚妻，差一点便成了他们的小师姊，是简大家的亲姐姐。

二十余年前，红袖招最后一次出国演出，便是受邀参加烂柯寺的盂兰节会，也正是在那次盂兰节会上，他们的小师姊香消玉殒，如今时隔二十余年，红袖招将会再次出现在烂柯寺，宁缺如何能不警惕？

便在这时，宁缺忽然感觉到有人正在靠近，不由眉头微挑，向着大树那方望去，只见一道黑影闪电般向这边掠来。以他的眼力当然能看清楚那道黑影便是大黑马，令他感到警惕的是，究竟发生了什么事情，竟让大黑马显得如此慌张。

要知道除了十几年前那场天灾之外，大唐民间的治安向来良好，宁缺并不担心自己的安全，而且就算真出现了罕见的贼匪，他并不介意顺手除了暴安个良，替书院扬扬名，哪怕出现的是修行者也无所谓。

先胜观海再杀观海，砍瞎柳亦青，直至不可思议地战胜了夏侯某人的实力得到了无数次印证。虽然王景略不可能服气，但如今的修行界已经有了一个共识，书院十三先生宁缺，才是真正的知命以下第一人。更何况有桑桑这位光明大神官继任者在旁，宁缺本命物在手，甚至敢与知命境的大修行者正面一战。当然，那些晋入知命境的大修行者，肯定很清楚他和桑桑的身份背景，谁会闲得没事同时招惹书院和西陵神殿。

大黑马跑回宁缺二人身旁，留下一路烟尘，不停地喘息，显得极为恐慌。宁缺神情凝重，看着烟尘处。

烟尘渐散，只见一个赤膊汉子举着草叉，哎呀呀叫着冲了过来。

"贼马休跑！看俺打不死你！"

事情很快得到了说明，原来大黑马四处遛弯散心，闻着前方村落里的香气，控制不住心神，循着味儿跑到人家窗外，把头探进窗内，偷吃了农家的饭菜，然后被农户主人发现，便惹来了这一场追杀。

宁缺狠狠地瞪了大黑马一眼，心想你丫真是没出息的憨货，少爷我天天黄精灵果给你补着，居然还要去偷别人家的饭菜！而且居然被一农夫拿着草叉就追得如此惊恐万分？

宁缺望向那农夫，苦笑着拱手道歉。

那农夫撑着草叉，扶着腰，真的累到气喘吁吁，说道："这家伙跑得真他妈的快，果然好马！难怪我熬一盆大糙子粥，竟被一口吞了！"

宁缺听说大黑马偷吃的竟是一盆大糙子粥，更是觉得丢脸丢到了老家，苦笑说道："能吃惯偷懒，真好不到哪里去。"

农夫听着这话却是极不赞同地摇了摇头，说道："当年我在骑兵营里，可没见过比它更好的，就算是将军的坐骑都没它好。"

大唐实行的是三年募兵制，为开辟疆土的需要，军队规模不小，加上民风尚武，所以很多男人都有从军的经历。听着这话，知道这农夫原来也是从行伍里退下来的，宁缺也不觉得惊奇，从怀中掏出银钱递了过去，说道："这便当是那锅粥的粥钱，锅想必也脏了，也算在里面。"

那农夫浑不为意地摆摆手，说道："隔窗看着这马神骏，我猜着应该有主，所以追过来看看，何至于差这点粥钱。"

宁缺笑着说道："如果不差这点粥钱，为何要追过来看？"

农夫理所当然地说道："那是因为你这后生态度好，若你态度稍有怠慢不妥，那我差的便不止粥钱，还差熬粥的工钱了。"

这种理所当然，书院里面常见，唐人里面也常见，宁缺非常喜欢这种理所当然，笑着说道："既然如此，我便不与你虚套。"

农夫看着那辆黑色马车，还有穿着侍女服的桑桑，猜到他们是在这里暂时休息，邀请道："这里说话不方便，去我家说。"

宁缺擅长与人打交道，也喜欢这农夫性情，但他骨子里依然还是当年那个冷漠的少年，听着这话便想婉拒。

未曾料到，那农夫竟是再三坚持，说道："既然是跑长途，总得常备清水，你若在意，走时给我银钱都行。"

宁缺还想拒绝。

农夫看着他皱眉说道："我看你模样，便知道你也是在军营里待过的人，怎么做起事来如此婆婆妈妈？"

宁缺看着农夫眉眼间的坚毅，忽然想起了久别的渭城，想起了渭城里那些军汉，还有自己临别前给马将军留下的那三句话。

"那便去。"他笑着说道，"不过我还要喝酒。"

农夫大笑说道："自家酿的苞谷酒，不管好，但管够。"

82

农夫的家在村口，屋顶搭着浅灰色的草，不知道是不是因为搭得厚密，竟然看着有些厚重的感觉，房墙色是极淡的土灰，门上却涂着红浆果汁混树汁的漆，再加上屋前绿幽幽的草，蓝色的院栅，整体显得格外鲜艳。

屋内的陈设倒是寻常，宁缺那双被田园风光喂饱的眼睛终于可以暂时休息。农夫热情地招呼他们坐下，解释说自己的老婆孩子去山后的林子里去摘什么野果，然后端出了妻子给他预备好的、谈不上丰盛的菜肴，又在井旁去洗了盆瓜果和一把时鲜野蔬，把酱碗和酒壶往桌上一搁。

宁缺也不客气，就着蘸酱菜和一碗猪蹄，便喝起酒来。他本就是个好酒之人，酒量却很糟糕，想着稍后还要赶路，喝了两碗，便把酒碗递给了桑桑。

桑桑越喝眼睛越亮。农家自酿的苞谷酒不可能比九江双蒸更烈更美，但只要是酒，便能令她欢喜。农夫看着这个身穿侍女服的小姑娘居然如此擅饮，顿时梦回吹角连营当年，兴奋地与她拼起酒来。

便在这时，小院外传来脚步声，然后是急促的叩门声和催促声。宁缺早就听着动静，想着从来只有话本小说里的钦差大臣，才会随便吃顿饭，便遇着不长眼的歹人，难道如今的自己也有了这等待遇？

他并不知道朝小树在大河国乡下便遇着过闯门，也没有想明白天枢处客卿加暗侍卫荣誉总管再加夫子亲传弟子的身份其实远远要高于所谓钦差，只是总觉得这事情来得有些太没道理，便没有动。

也轮不着他动，农夫听着院外传来的声音，打着酒嗝站起身来，示意宁缺坐着，自己推门而出便开始与那些叩门的人吵架。

"出工我什么没出？去年冬天修水库，谁不知道我杨二喜出力最多？乡里修公学我也乐意，问题是这漆钱没道理让我垫着啊！"

"杨二喜，谁让你垫了？谁让你垫了！你只不过是找借口，就是想多挣几两银子，我告诉你，这可是县衙定的价钱！"

"我呸！咱乡的公学比别的乡大一倍，那得多多少漆钱？县衙定的价钱不对，难道也要让我赔着本做？"

"真是放肆到了极点！不要仗着你是退伍的老兵，我就不敢收拾你！仔细我告到县衙去，让县老爷来整治你！"

"我去公学解律先生那里问过，唐律里面便没有这条！我是退伍老兵，本来就可以减半工，你们钱给得不够，就别想我动手！"

一番争吵终究还是无聊地结束，院栅外那名愤怒到了极点的里正，不知骂了杨二喜多少辈祖宗，却始终没有闯门进来。

杨二喜骂骂咧咧回了屋，对着宁缺和桑桑挥手说道："莫要理这些腌臜事，咱们仨继续喝，错了，我和这丫头继续喝。"

听着这番争吵，宁缺大概猜到冲突的缘由为何，又随意多问了两句。杨二喜解释道："既然是募役，银钱至少得给够，不然我才懒得去，我自家的猪圈还没刷完……你也不用替我担心，公学里的解律老师把那条唐律给我找了出来，我占着理，别说里正，就是县太爷来，也没办法说我什么。"

宁缺说道："你就不怕里正来阴的？如果真得罪了县衙，官府随便找条罪名，就可能把你整治得不善。"

杨二喜酒饮得有些高了，听着这话大笑起来，转身在箱柜里掏出一把保养极好的黄杨木弓，拍打着厚实的胸膛，骄傲地说道："有啥好怕的？谁没有当过几年兵？真把我逼急了，难道我不会动手？"

宁缺笑着摇了摇头。

没有遇着什么真的不平，自然也没有惩治黑心官员，继而牵连他身后背景靠山，最终在京城里掀起一场狂风暴雨，演变成一场政治斗争的可能。

喝酒用饭至半饱后，宁缺便向杨二喜告辞，杨二喜是个直爽人，酒满意足不再刻意留客，帮他把水囊灌满，又给了两个香瓜，便相互道别。

黑色马车继续南下，伴着越来越斜的日头，行走在安静的道路上，行走在如画的田园村镇间，一路可见野花，多见青色的稻田。

宁缺坐在窗畔，看着大唐南方肥沃的原野，想着先前在农夫家里听到见到的画面，又想着此生大概没有机会再与那名农夫相见，不由生出一些感慨，然后明白了为什么书院和大师兄会对唐律如此重视。

"都说西陵是天赐之国，其实我大唐才真是天赐之国，南方田野肥沃，风调雨顺，少有灾害，再往南去又有群山为先天的战略屏障……

当然这些都不重要，重要的是这里有书院，有唐律，还有真把唐律当回事情的陛下和官员们，而且那名农夫甚至那个里正都能生活得如此认真。"

他说道："大唐肯定有贪官污吏，有像我一样道德败坏的家伙，但只要绝大多数人都在这样认真地生活，那么这片肥沃的原野，便等于一直在被不间断地浇灌心血，必将一直肥沃下去，这是很了不起的事。"

桑桑问道："你想说些什么呢？"宁缺想了想后说道："我想说的是……我忽然产生了一种替这个国家去抛头颅洒热血的冲动，你知道的，我向来很恐惧这种莫名其妙的热血感，因为这种热血感很容易让人死得太快，所以，我很佩服当年建国时的那些前贤。"

西陵深山，知守观侧，也有一大片平缓的草甸，只不过这里的草甸和唐国南方的那些草甸不同，上面没有葡萄架，也没有粉刷成各种鲜艳颜色的民宅，只有连高低都完全一致的青草以及那座威严的道殿。

道殿后方的炼药房里，这些天一直挥散着淡淡的药香，那个古朴的药鼎始终搁在炉火上，隆庆每天依旧要去洞窟里服侍那些奇怪的老道士，却把剩余的时间全部投放在炼药这件事情上。

隆庆的炼药之法来自天书沙字卷，自然不会有任何问题，然而炼了数日，鼎里泄出来的药香越来越浓，却依然没有成功。

沙字卷上记载的修行功法和炼药之法，包罗万象，无所不有，并不局限于道门——坐地丹也不是道门的圣药，而是佛宗的心血药。隆庆清楚坐地丹珍稀罕见的原因是什么。不是因为佛宗的大师们真的心若止水，对修行没有任何企图心，而是因为这味坐地丹所需的原材料已近枯竭，而且这味所谓的心血药居然真的需要心血。

他炼的这炉坐地丹，一直未能出鼎，等待的也正是那味心血。佛宗圣药需要的心血，自然不可能是猪心狗心也更不可能是狼心，而是心境真正平静，气息真正精纯，甘愿殉道的苦行僧的心头之血。

如此心血自然世间难寻，尤其对于讲究慈悲戒杀的佛宗而言，哪里肯用门下弟子的生命来炼药，而苦行僧修行到甘愿殉道的境界，却又必然心若止水，怎么可能为了丹药这种身外法门行此血腥手段？

他伸手摘下胸前那朵黑色的桃花，然后缓缓脱下身上的旧道袍，平静而一丝不苟地折好放在蒲团旁的地面上。赤裸身躯的肌肤异常苍白，就如同风化前那一刻的玉石，胸口处有道约拳头大小的洞，那个洞贯穿了身体，隐约可以看见被挤压石化的内脏创壁，斑驳污糟色彩恶心，看上去恐怖到了极点。这是在荒原雪崖上，他被宁缺用元十三箭射出来的洞。谁也不知道受了这么重的伤，隆庆究竟是怎么活下来的。

隆庆走到药鼎前，用极强的意志力让自己的手不再颤抖，然后他握着一柄小刀，探进胸口那个箭洞里，用刀锋轻轻划破心脏的表面。

一滴鲜血自那处缓缓渗出，一股难以承受的极致痛楚让隆庆的脸色骤然间变得苍白无比，仿佛流光了所有的血。

片刻后，那滴鲜血离开刀锋，坠入蒸腾着白雾的药鼎里。顿时，药鼎里沸腾如海，翻滚如怒，药香骤敛，只剩下浓浓的血腥味。

83

"抓住他们！不要让他们跑了！"

"别让他们进山！这群贼人都是他妈的老鼠！"

"把他们全部杀死！不留俘虏！"

南晋边境的山区，发生了一场激烈的战斗，昏暗的暮色中，不时能够听到箭啸的声音、刀剑相交的声音，以及临死前绝望的号叫。参加战斗的双方人数加起来都没有超过五百，然而在太平已久的大陆南方，能够扔下数十具尸体的战斗，当然可以算得上激烈。

参战一方是南晋的正规骑兵，训练有素，战斗力占优，而且人数要比对方多太多，所以迅速获得了胜利，开始了追击。

被追击的数十人仓皇无比地钻进深山，不时有人后背中箭，惨号着倒在灌木丛里，幸亏天色已晚，山道艰险，终于还是让他们逃脱了大部分。

夜色深沉，笼罩着落霞山，密林深处偶尔会响起乌鸦的怪叫声。

这座山属于西陵神国那些莽莽群山的一部分，但已经深在南晋境内。

篝火堆旁，倒卧着十几名伤员，有的人中了箭，有的人被战斧砍断了胳膊，伤员们不时发出痛苦的低号。数名身着黑金盔甲的男子，坐在距离火堆最近最暖的地方，明显在队伍里的地位高于其余的那些人，他们的盔甲上文着繁密的金色花纹，看上去便知道昂贵无比，根本不像是一群山贼能够拥有的东西。

听着同伴的痛号和林中的乌鸦声，他们的脸色变得越来越惨淡，忍不住望向一直沉默不语的首领，似乎想要从他那里得到一些安慰。

首领名叫紫墨，曾经是西陵神殿裁决司的骑兵统领。篝火堆旁的那些男人如他一样，都曾经是神殿的骑兵统领。当叶红鱼杀死前任裁决大神官，坐上墨玉神座后，这些曾经替西陵神殿立下不少功勋的强者，因为莫须有的理由，被残忍地废掉了一身修为，逐出桃山。

过往这些年，他们所统领的护教骑兵，是神殿裁决司明面上最强大的武装力量，至少在追杀魔宗余孽和异端的战斗中，裁决司在世间掀起的血雨腥风、留给世人的阴森印象，大部分都被记在他们的账上。换句话来说，这些前统领大人的双手沾染了太多鲜血，根本没有家国可归，也没有谁敢冒着触怒当今裁决神座的危险收留他们。

叶红鱼对他们的处罚很彻底，剥夺了他们的权力与修为，甚至连他们这些年搜刮的财富都没有放过，最终只给他们留下了一匹老马，百两银钱，本来就属于他们所有的扈从，还有这身黑金盔甲。

不敢回西陵神国，又没有地方去，那么便只好在西陵外围的国家里流浪，银两很快便花光了，这些统领大人愕然发现，自己竟然像那些卑贱的蚁民一样，必须要开始思考下顿饭，以及在何处遮身的问题。在西陵神殿的岁月，养就了他们颐指气使的习惯，造就了他们高高在上，视凡人如狗的心态，以往这些习惯和心态可以被称作威严，如今离开西陵变成了普通人，这些便成为生活的障碍。

某日，前统领们的队伍与宋国某豪强发生了争道事件，一位统领再也无法压制住心头的怒火，命令扈从砍了那名豪强的脑袋。然后众人一不做二不休闯进那名豪强庄园里，把里面的所有金银都抢夺一空。

住进州城奢华的客栈，享受着金银带来的美酒与女人，忽然间，这些失魂落魄数日的前统领们发现了一个不用卑躬屈膝也能活下来的办法，这个办法简单而直接，而且来钱的速度非常快。

他们的修为虽然被废，甚至不如普通的壮汉，但毕竟曾经是西陵神殿的骑兵统领，拥有极高的谋略和指挥能力，跟随他们的扈从战斗力也很强大，至少不是世俗社会里那些护卫所能比拟。于是很自然地，众人做起了打家劫舍的营生，在很短的时间内，连续抄剿了数个乡间大族。

在这个过程里，包括紫墨在内的所有人都保持着沉默，没有说什么话，但他们很清楚，曾经发誓守护光明与正义的自己，正在向没有底的黑色深渊里堕落，内心依然感受到了极强烈的羞辱和痛苦。

幸运的是他们现在有很多金银，所以可以买很多烈酒和女人，以此来麻醉自己，过得一日算一日。不幸的是，这种麻醉越发加快了他们堕落的速度，抢劫时他们变得越来越暴戾。

紫墨清醒地认识到这样持续下去肯定会发生问题，极力约束，然而开始堕落的神殿统领们，就像是放出笼的猛虎，从光辉的桃山跌落污糟的尘埃，更是刺激得他们狂性大发，根本约束不住。

盛夏某日，在一次例行的黑夜抢劫过程中，不知道是哪位统领或是扈从发了疯，竟把已经投降的一名贵族砍了头，疯狂的气氛顿时蔓延开来，屠杀在庄园中惨烈地发生，伴着绝望的哭号，那个贵族竟是被灭了满门。

抢劫里自然伴随着死亡，甚至强奸也不稀奇，然而让一位南晋贵族灭门，尤其是那个庄园距离南晋都城不远，他们便惹上了大麻烦。

这场灭门惨案没有惊动剑阁里的强者，但已经足以惊动南晋朝廷。在查案的过程中，南晋朝廷查到凶徒穿的是神殿骑兵统领的盔甲后，还是相当谨慎，发函至西陵神殿，确认这些人是被逐出桃山的罪人，已经没有资格享有神殿的庇护，于是南晋朝廷开始时的谨慎尽数变成了怒火。

南晋开始广布海捕文书，向通风报信者颁发极高额的悬赏，在这些海捕文书上，这些凶徒有了一个新名字：堕落骑士。

南晋国力强盛，在世间仅次于大唐帝国，如今这般严肃地对待，这些堕落骑士拥有再如何敏锐的眼光、再如何优秀的指挥，都没有任何意义，他们顿时陷入了凄风苦雨之中，惨不堪言地四处逃遁。

在逃亡的过程中，不断有扈从死去或者逃散，即便是这些统领也死了一个，数人重伤，离开西陵时逾百人的队伍，现在只剩下了几十个人，今日更是险些在山林外的围剿里全军覆灭。

篝火旁，痛苦的低号不停回荡，人们的神情是那样的绝望黯淡。

"我们在这里等死吗？"

一名魁梧有力的扈从站起身来，走到火堆前，看着那些没有盔甲所以大部分都受了箭伤的同伴们，大声说道："我们为什么不离开？"

扈从等同于骑士的奴仆，最讲究忠诚，一旦叛主根本没有人会收留，此人却说要离开，证明现在的局势确实已经到了最危急的时刻。

一名骑兵统领看着这名扈从，脸色阴沉无比，大怒着咆哮道："郭怒，我待你不薄，若不是我，你怎么可能有今天？你不要忘记，你们这些扈从也上了海捕文书，你们能走到哪里去？"

那名叫郭怒的扈从看着自己的主人冷笑道："替你做牛做马这么多年，结果现在却落入这种境地，你还好意思说对我不薄，至于海捕文书……除了你们几位大人有画像之外，我们这种不起眼的人物有谁认识？这些天也抢了很多银子，大家分了各自走路，随便一藏谁能找到我们？"

那名统领大怒道："不要忘记银子在我这里。"

郭怒看着他，不屑地说道："我知道你不会把银子给我，像你们这种骑士老爷，就算死也不会让我们好过，不过你不要忘记，你们的修为已经被裁决神座废了，你们现在就是一群废人，难道还以为是从前？"

他望向坐在火堆外围的那些扈从高声厉喝道："你们还在犹豫什么？这些天能抢到这么多银子都是我们出的力，这些家伙早就已经废了，他们连刀都拿不起来，哪里还是我们的对手？"

篝火并不旺，离远些的林子里幽暗一片，看不清楚那些扈从脸上的表情，但隐隐可以看到他们都抬起了头来。

统领们曾经高高在上，对自己的扈从可以施恩泽，也可以像对待牲畜般随意处置，今夜居然被自己的扈从造反，真是难以承受的羞辱。然而他们不得不承认，现在的局面异常危险，如果处理稍有不慎，自己真有可能曝尸荒林。

就在这时，郭怒的声音戛然而止。

一根非常细的金属丝，不知何时出现在他的脖子上，然后猛然收紧！

84

嗤嗤！

鲜血从郭怒的颈部不停喷溅而出，落在篝火堆里，发出一阵极淡的焦味，他瘫倒在地上，拼命地蹬腿，靴子踢起一蓬又一蓬的泥土，却依然无法阻止死亡的到来，无法阻止裤裆被尿打湿。外围有扈从震惊地站起，但在多年的积威之下，无人敢动。

紫墨的脸从黑夜里显现出来，他用自己不再强大却依然稳定的手，收回郭怒颈间的金属丝，擦掉上面残留的血水和肉末。

他望向篝火外围那些神情复杂的扈从，面无表情说道："就算是废人，也不是你们能够不敬的对象，永远不要低估我们这些人在裁决司里学到的手段，所以如果你们不想死，最好再平静一些。"

扈从们缓缓坐回原地，低着头不知道在想些什么，不知道是不是真的平静。

暂时解决了当前的危机，篝火堆前的统领们的脸色依然极为苍白，非常难看，就如他们此时的心情。

"大人，我们……该怎么办？"

一名统领声音微颤，带着绝望的情绪问道。

紫墨是这些堕落的神殿骑兵统领中资历最深、实力最强的人，被众人推举为首领，此时众人自然只能祈盼他能想出办法。

紫墨也不知道该怎么办，接下来自己这些残兵败卒能往哪里去。如果不是裁决神殿的处罚，凭他们的谋略智慧手段，还有在战场上的指挥能力，依然可以成为诸国的座上宾，然而裁决神殿已经提前掐断了这种可能性——每每想到这点，他对那个少女神座的恨意和恐惧便会越发浓烈。

现在唯一能够依靠的只剩下自己，只有让自己恢复实力，重新变得强大起来，才能在这个世界里生存下去。然而修为被废，如何重新强大起来？传说中的灵丹妙药终究只是传说。

紫墨自嘲地想着，然后低声说道："洗洗睡吧。"

荒山野林里，哪里有热水，逃亡途中，也顾不得享受，只有直接睡。有人用土熄灭了篝火，山林顿时变得漆黑一片，夜空上厚厚的云，遮住了所有的繁星，预示着明天可能会有一场暴雨。

有人承受不住逃亡带来的疲惫，沉沉睡去。有人想象着绝望的未来，无法入睡。

紫墨看着头顶深沉的夜色，想着明日的暴雨，心情越发沉重，缓缓握紧一直在悄悄颤抖的双手，痛苦万分。他绝望而不甘地想着，如果能够让他重新获得力量，变得像从前那么强大，那么自己就算把生命和一切都献给冥王也心甘情愿。

寂静的夜林里，绝望祈祷的人，还有很多。

天色阴沉，却未落雨，更没有暴雨，不过有云遮日，盛夏的旅途变得凉快了很多。既然没有太阳，桑桑便不需要透过马车天窗晒太阳，宁缺更理所当然地占据了那个位置。他踩着软榻，把上半身探出天窗，迎着官道上吹来的风，看着四周的景致，很没出息地生出大富豪般的愉悦感。

和熟悉的岷山相比较，大唐南方的这片群山并不如何高崛，但因为岩质特殊易溶于水的缘故，长年累月有垮塌滑坡发生，让这些山峰变得奇形怪状，险陡万分，极难攀爬，幸亏山中有一条青植密被的峡谷，谷底便是一条天然的通道，不然若要南北相通，只怕要绕出千余里地去。

数百年前，大唐动用了大量人力物力，把这条峡谷再行拓宽，并且用符师和阵师，把峡谷两侧松动危险的崖壁进行加固，又在上面种上无数根系发达能够固岩的树木，最终把峡谷里的天然道路变成了极平整的官道。

黑色马车行走在平整的官道里，行走在幽静的峡谷中。宁缺探身出天窗，眯着眼睛欣赏着官道两侧的风景，看着那些幽绿平静的山崖，想象着数百年前唐人对大自然的伟大改造，想起那些因为念力枯竭而生出白发的符师阵师，那些坠落山崖的士兵和工匠，不由自主地生出几分豪迈——这份豪迈，与黑色马车的天窗无关，与大富豪无关，要显得有出息得多。大唐如此艰难才打通这片山脉，让中部和南方的疆域从此连为一体，自然可以想象，这道青翠美丽的峡谷在战略上具有何等重要的意义。

宁缺隐隐能够看到，峡谷山坳远处有极险陡的山道，而在那些山道旁边，隔着数里地，便会出现极简陋的卫所，看卫所的建筑规模，驻守在那里的唐军大概不会超过十人，想着那些唐军长年累月驻守着枯燥的卫所，便是冷漠如他也不禁生出些许佩服的感觉。

再青翠的峡谷看多了也会有些腻，再豪迈的情感激荡久了也会平静，再沧桑的历史体味多了也会淡然，宁缺坐回马车里，端起矮几上的凉茶一口饮尽，待心神平静下来后，便提起笔来开始写字。

此去烂柯寺为的是治病救人，同时问道于佛，应该没有什么危险，不过宁缺依然保持着少年时的习惯，时刻准备着要面对生死立见的战斗，所以他此时写的当然不是什么书帖，而是符——过去两年里他写的符，在凛冬之湖一战里尽数用在了夏侯的身上，他现在必须多准备一些。

不知道过了多长时间，宁缺抬起头来，搁笔暂歇，他揉了揉眼睛，往车窗外望去，发现还是在峡谷之中，不由有些惊讶这道峡谷的漫长。

他写符的时候，桑桑在旁整理行李，摸到了一个东西，打量了半天才猜到是什么，皱眉问道："怎么变成现在这个样子了？"

她手里举着一个小铁壶，看壶外面的深刻线条，与曾经在雪湖莲田里爆炸的小铁壶应该是同一类东西，只是体积要小很多，而且形状也有极大的差异，最明显的差别便是这个小铁壶底部多了一个卡口。

"这是四师兄异想天开的想法，谁能想到六师兄真做了出来，离开书院之前，我们曾经试过一次，那天你跟小棠去后山摘紫藤果煮肉去了，所以没看到。"

宁缺接过那个显得有几分秀气的小铁壶——现在应该称它为小铁筒似乎更准确——从铁匣里取出一支符箭，插进小铁筒底部的卡口里。只听得咔嗒一声，箭镞与小铁筒的卡口锁紧，竟是严密到看不到一丝缝隙，显得异常稳固。

桑桑伸手试了试，说道："不会掉。"

自稍微长大一些之后，宁缺的随身武器都是由她亲手处理，无论是磨刀还是修弦，非常有经验，她说不会掉那便是不会掉。

宁缺取出铁弓组装完毕，把插着小铁筒的符箭搁到弦上，平静瞄向窗外不停向后移动的青峡崖树，呼吸渐趋平缓。元十三箭本来就是极恐怖的武器，如今被书院后山的人们再次强行加上这么一个玩意，可以想象一旦射出，肯定会造成极大的动静。此地不是书院后山，宁缺不可能真的射出去，不然万一把前代符师阵师苦苦编制加固的山崖射塌，别说皇帝陛下，就是夫子都断然不会饶他。

片刻后，他放下手中的铁弓，说了几句话，桑桑摇了摇头，接过他手中的铁箭，说道："虽然没有什么大问题，但箭尾得调了……原来的符箭可以无视风阻，甚至可以把风当成助力，但现在符箭加重，最麻烦的是箭镞迎风面积太大，如果你还要保证准确度，射距肯定会大幅度缩短。"

宁缺把弓箭塞到她怀里，取过一根水萝卜咔嘣嚼了起来，舒服地半躺着，极不负责任地说道："你看着办。"

黑色马车终于驶出了青翠的峡谷，来到了大唐最南方的平原上，官道两侧的风景骤然开阔，风却变得温柔了几分，因为多了水。

宁缺的注意力依然在身后的莽莽群山里。在出峡的那一刻，他忽然想到峡谷里有无数前贤设下的阵法刻符，若将来有强敌自南方入侵，那么只需要像师父颜瑟这样的大神符师出手把这些阵法刻符消解，便可以让峡谷堵塞，即便逾万铁骑来犯，想要高速袭入大唐腹心，也无法做到。

很快他便否决了自己的想法。

峡谷里那么多阵法刻符，不可能被一个人毁掉，哪怕是师父重生也不行，除非当年帝国开拓这道峡谷时，便已经在这些阵法里做过手脚。而且就算崖塌路封，群山挡住敌人的同时也挡住了大唐对南方的援兵，而战争中只需要简易的道路，有胆量实力攻入大唐的强敌，肯定拥有足够多的阵师符师，完全可以强行开出一条供骑兵驱驰的道路，那么到时候战场的主动权说不定反而会落在了这些敌人的手里。

所以他的战争推演，还需要一位绝世强者守在青峡出口处。那位强者必须足够强，强到佛来杀佛，魔来杀魔，道士来一个杀一个，来一双杀一双，而且他还不能休息，更不能睡觉，没时间吃饭喝水，甚至说不定要连续和敌方的强者连续打上个三天三夜。

想到此节，宁缺不由大笑，心想世间哪有这样的牛×人物，就算有，这样牛×的人物又怎么可能傻×到让自己陷进必死的局面？

85

出了青峡，便来到大唐帝国真正的南方。原野上阡陌纵横，花树渐繁，溪河平流，安静向南而去，直至最终汇入著名的大泽。

因为有北面群山和青峡的存在，所以哪怕南晋军力强大，水师更是天下闻名，大唐却没有在南方平原上布置重兵。于是这片同样富庶的原野，比北方少了些壮阔，多了些明秀雅致的气息，道路两旁的民宅也是如此，大多是白墙黑檐，高低有致，若隐若现在青树水车之间，并不显得单调，反而别样静美。

黑色马车继续向南，沿途风景越来越安静，溪河越来越多，清池石桥常见，农田相对变得少了些，幽静的庄园却多了不少。原来已经到了清河郡。

清河郡有座大城，号称大唐南原第一城，名为阳关，这座城池地势虽不险要，却在极关键的交通要道中，故而朝廷虽未在此驻有重兵，阳关城的一应城防却是由镇国大将军许世某部直接管辖。如今的阳关城守姓钟，城中第一大姓也是钟，基本上把持了这座城池的各行各业，而钟姓只不过是清河郡诸大姓里最不起眼的一个门阀。

大唐南方的这些高姓大阀，拥有良田万顷，财富无数，而真正能够令得这些门阀绵延长久的却是对教育的重视。这些门阀最为注重教化传承，逾千年的底蕴风华，不知出了多少名士。大唐朝廷官员不说，多年前的历任皇后不说，甚至还曾经出过数任西陵大神官，如今还有不少清河子弟在西陵神殿担任神官，或是被天谕院礼聘为教习。

清河郡的各级官员基本上都是由门阀子弟担任，只是严明唐律在上，皇室暗中打压数百年，如今的清河郡诸大姓相对比较低调，而且在本乡本土任职，总想要与长安城争些颜面，所以整个清河郡可以说是政治清明，治理有方，很是繁华热闹，加上特有的文人气息，以及浅淡适意的、能够被唐人所接受的宗教气息，所以在唐人心中向来是排名前三的游览去处。

阳关城里商铺众多，游人如织，有大小湖泊共一百三十二个，故又称百湖之城，其中最著名的便是城南的瘦湖，湖虽不大，却地近府衙，更关键的是湖畔有南方最好的青楼与客栈，湖上有最华丽的花舫。

前往烂柯寺的使团，在阳关城休整暂歇数日，便是住在瘦湖东面相对清静的一座大宅里，那座大宅属于清河郡七大姓里的宋家，月前听闻使团要来，宋家竟是毫不犹豫地让了出去，可谓给足了使团面子。

距离瘦湖约四个街区，有一个大唐邮所，邮所外停着辆黑色马车。宁缺隔着车窗，看着城景，看着街上那些相对行揖的书生，不由笑了笑，想起了书院里那个曾经的同窗：阳关钟大俊。

那个阳关钟姓大力培养的钟大俊，那个曾经无比敌视他的钟大俊，那个被他打了无数次脸的钟大俊，那个曾经被他冒名顶替过的钟大俊，那个曾经被他关押了好长时间的钟大俊，那个好长时间都没有想起的钟大俊。

"俱往矣。"

宁缺回想着当年在书院里的日子，不由生出恍若隔世之感，如今他与钟大俊早已是两个世界的人，自然有资格这般感慨。因为厌憎钟大俊的缘故，他对把持阳关的钟族自然也没有什么好感，顺带着对这座阳关城也没有什么好感，虽然坐着马车一路看来，竟是挑不出这座城丝毫毛病，但他有些执拗地认为，此间与长安城比较起来，总差了些东西，至于究竟差些什么，他才懒得去琢磨。

便在这时，桑桑走进了马车。宁缺问道："银子寄了？"桑桑点了点头。宁缺说道："确认用的是朝廷文书联寄？"桑桑说道："能省五两银子，当然不会忘。"宁缺满意地说道："那便好。"

自从离开渭城之后，更准确地说，从老笔斋开张，然后开始挣到很多银子后，他二人每月都会按时给渭城寄些银两。数目虽然不多，但总是个意思，而且按照宁缺的话来说，那个破地方要银子也没什么用处，寄再多最终还是会落进赌坊和酒铺这两个地方，何必便宜那两个家伙。

雁鸣湖畔宅院购置装修再修，基本上花光了宁缺所有的钱，甚至包括明年的赌坊分红也都花了出去，不过这次去烂柯寺应该要算是公差，所以他毫不客气地假传夫子的话，在前院黄鹤教授那里连蒙带骗取了三千两白银，又从徐崇山那里威逼利诱弄了一千两，囊中饱满如昨。他与桑桑依然习惯性地节约，不过既然是有钱人，自然开始在乎享受，颜瑟大师留下的马车虽好，但在阳关城里住马车不免有些惊世骇俗，所以他挑了瘦湖旁一家看上去最高级的客栈，然后要了最好的房间。

把大黑马交给客栈伙计，他嘱咐那伙计千万不要喂这憨货豆包之类的干粮，那伙计震惊无语，心想果然是豪客，养的马居然娇贵得连豆包都不能吃。

宁缺倒不是怕大黑马吃坏肚子，而是怕它嫌伙食不好发脾气。要知道这憨货如今吃习惯了新鲜瓜果外加黄精山参之类大补的东西，哪里瞧得上什么豆包，至于草料更是看都不会看一眼。

本来这憨货骨子里就是一吃货，这一年又被那头老黄牛给带进了沟里，开始像夫子一样讲究饮食，奉行以食为天的法则，如果真让它因为伙食问题发疯，便是他都不一定能镇压得住。在房间里简单洗漱一番，宁缺带着桑桑去了客栈前庭，在二楼要了个雅间，凭栏看着瘦湖，毫不意外地叫了最贵的席面。南方的饮食果然别有风味，熏鸭酱肉这些油腻物也能做出清淡的感觉，碟旁搁朵青芽便有了雅意，而豆腐青菜之类的清淡物，却是以浓酱晕染，再配上几壶果酒，着实很是赏目悦口。

宁缺和桑桑吃得正开心，忽听着楼下湖畔隐隐传来一些嘈杂的声音，有人在议论今日发生的某桩事情，语气颇为恼怒不满。宁缺静静听了会儿，让小厮喊来掌柜，极奢阔地扔了一锭银子过去，便打听清楚了自己想要打听的事情。

"崔老太公他老人家过百岁大寿，是何等的大事，便是皇帝陛下也亲手写了贺词，让礼部侍郎大人带来贺寿，西陵神殿也派了人，便是镇西大将军冼植朗，那可是我大唐王将……这等人物，入阳关后也未作歇息，便赶到富春江澄园拜望老太公，你说红袖招算得什么，居然敢如此无礼。"

掌柜说道，明显可以看出他是真的很不高兴。宁缺这才知道，原来后日便是清河郡崔阀老太爷的百岁寿辰，大概是崔姓想着红袖招难得出趟长安城，便邀其于寿宴上以歌舞助兴，却似乎中间出现了一些问题。

清河郡诸大姓，绵延数千年，甚至长于大唐国祚，向来极受世人尊敬，除了钟姓，其余诸姓并不居住在阳关城内，而是居住在富春江畔的庄园里，富春江两岸名园处处，默然证明着这些门阀的底蕴与势力。举世公认，清河郡诸姓以汝阳崔氏为首。

崔氏起于汝阳州。千年之前，大唐立国之初，便是崔氏不顾别的门阀反对，坚决倒向长安城，同意清河郡并入唐境——虽说更多是迫于大唐太祖皇帝的恐怖压力，但崔氏的坚持在事后被证明极为英明——清河郡诸姓不仅生存了下来，并且获得了太祖皇帝的好感，争取到了很多便利，而其余敢于无视太祖皇帝的那些所谓千世之家，最终都落了个家破人亡传承断续的悲惨下场。

在随后的历史当中，崔氏一共为大唐贡献了五位皇后，换句话说，如今长安城皇宫里的皇帝陛下，身上肯定也有崔姓的血脉，除此之外，更令人感到敬畏的是，崔氏还为西陵神殿贡献了两位大神官。

如今的崔氏门阀依然强大而高不可攀，即将度过自己第一百个年头的崔老太公，曾经做过一任宰相。在皇室和文武朝臣们的刻意压制下，清河郡诸姓出身的官员，居然能够做到文臣第一人，这可是近三百年来的头一遭，仅凭这一点，便可以想象这位崔老太公是何等样的人物。

很多年前，崔老太公便在宰相位置上归老，其后他的二儿子做过一任吏部侍郎，如今已辞官，在富春江的庄园终日优游，还留在长安城朝廷里做官的已经是崔氏的第三代长孙，也已经做到大理寺少卿的位置。

如此人物的百岁大寿自然担得起陛下亲笔道贺，担得起礼部侍郎亲自前来，甚至朝堂上很多官员都在猜测，如果不是为了执行既定的国策，或许陛下的恩赏应该还要更重一些才对。

如今红袖招可能触怒的，便是这样的一个超级门阀。

86

传说中的清河郡诸大姓，富贵滔天，权势熏人，在历史的长河里屹立不倒千年，却又是诗书传家，全无那等暴发户的嘴脸和铜臭味，着实令人尊敬。若是数年前能够听到这些高门大阀的事情，宁缺会对清河郡诸姓的富贵和权势生出无限向往或羡慕，兴奋得厉害，然而现在听着这些，他却是连眉毛都懒得挑一下，因为他确实无法激动起来。

虽说还没有晋入视富贵如浮云的境界，但富贵这种词，对现在的他来说，真的和后山绝壁间浮游的那些流云没有任何区别。书院后山是世外的不可知之地，虽然号称两世相通，他要代表书院入世，但事实上他离俗世已经越来越远，再如何了不起的世家，终究是在红尘浊世里了不起，哪有让世外之人俯首相看的道理？

只是不知道他这个世外之人什么时候能够变成世外高人。

只是可以不用在乎清河郡诸姓,但事涉红袖招,便不得不关心一二,他看着栏外金光粼粼的瘦湖,陷入思索之中。红袖招背景深厚,简大家更是与皇后娘娘交好,但毕竟只是一个歌舞行,还兼做着青楼生意,虽说大唐风气开放,不会觉得卑贱,但也不会觉得多么光彩,那么那些姑娘凭什么敢和清河郡诸姓斗?

更关键的是,红袖招完全没有道理得罪南方这些实力强大的门阀,按照行程看,就算在崔老太公寿宴上歌舞一场,时间上也没问题。

“这没道理。”宁缺说道,“红袖招就是一歌舞行,哪里来的胆子?”

“客官说的是。”

掌柜感慨地说道:“虽说阳关不及长安,清河郡只是大唐一属,但我们这里也不是普通乡野,崔老太公的百岁寿宴更不是谁想去便能去的,让她们跳一曲霓裳,她们竟敢托辞不应,这些女子的无知不敬真是令人难以忍受。”

宁缺笑了笑,挥手示意掌柜离开。片刻后,他脸上的笑意渐渐敛没,看着栏外瘦湖,面无表情地说道:“原来是故意刁难。”

《霓裳曲》,便是三十多年前,红袖招在南晋新君继位大典上一舞惊天下时所跳的舞,传说中霓裳舞动时,没有任何观众舍得眨眼睛,没有任何乐师敢看场间的舞者,而当这舞至最妙境时,甚至能够看到天花乱坠的画面。无论传说中把这曲舞吹得如何天花乱坠,宁缺反正是不信的,他看过红袖招很多舞,偏生就没有看过霓裳,倒不是红袖招的姑娘们对他藏私,而是这舞需要三十六位舞娘同时舞动,楼里根本没有这么大的地方。

这些年里除了在长安城里跳过几次《霓裳曲》,红袖招便再也没有在别的地方表演过,更是没有人知道,红袖招如今已经无法再演出《霓裳曲》!不能跳《霓裳曲》的红袖招,依然还是红袖招,她们此次受邀前往烂柯寺,表演的便是一曲名为《天女散花》的舞,据说同样美妙,只是自家最著名的舞曲有可能就此失传,依然是很可怕的事情,所以这便成了一个秘密。

还是那句话，红袖招与书院的关系亲近，对他而言，红袖招根本不可能有任何秘密，他知道现在的红袖招没有办法跳霓裳，所以确认清河郡的门阀坚持要求红袖招跳霓裳，肯定是知晓此事后故意刁难。只是清河郡诸姓这等高门大阀，为何会如此刁难红袖招？

宁缺怎样想也想不明白，匆匆结束了用餐，带着桑桑离开客栈，又回到了邮所前，看着邮所黑色的招牌，找到自己需要的那个印记，便在阳关街头循着那些印记，来到了一间很不起眼的杂货铺前。

杂货铺里，掌柜身子微躬，客气地说道："客人您要些什么？"

宁缺直接说道："你这儿是暗侍卫设的点吧？"

听着这话，掌柜面色骤变，下意识里便想从腰里摸出刀把面前这个年轻人捅死，但他总觉得这件事情有些不对，试探着说道："疾风。"

"暴雨？我不记得了，谁耐烦记你们那么多的暗号？"

宁缺说道，从腰带里取出一块腰牌扔了过去。

在与夏侯决战之前，他把暗侍卫和天枢处客卿的腰牌送还给了宫中的陛下，所思所想自然单纯，只是不想陛下左右为难，然而令他没有想到的是，他杀死夏侯数日后，陛下竟是把两块腰牌又还了回来。而且那块暗侍卫的腰牌，直接变成了暗侍卫总管。当然，这是荣誉称号。

掌柜接过腰牌，确认是自己人，不由好生恼怒，心想这是哪个同僚训练出来的新手，怎么跟一白痴似的，闯进铺子开口就问是不是暗侍卫设的点，如果都这么干，暗侍卫还暗个屁啊，得亏是自己心思缜……慢着，这腰牌有些古怪。

掌柜看着腰牌上明显有些不同的花纹，急忙翻看后面的字，脸色顿时变得古怪起来，连忙把宁缺迎进了后宅。

入得后宅，他连忙跪到宁缺身前，双手高举腰牌，颤声说道："卑职拜见总管大人，先前卑职在心中多有暗诽，还望大人恕罪。"

大唐官场向来没有跪拜的规矩，除非是极正式的仪式，大臣入宫见着皇帝陛下，也不过是胡乱拱拱手便算是见礼，只不过暗侍卫毕竟有所不同，而且最关键的是这名暗侍卫被腰牌所代表的身份吓得太严重。

如今的侍卫总管是徐崇山，地地道道的天子近臣，掌柜虽然很肯定宁缺不是徐崇山，但却知道腰牌做不得假，那便是自己上司的上司的上司……

"起来吧。"

宁缺看着那掌柜神情微异，心想既然是腹诽，何必还要说出来，难道陛下的这些暗侍卫个个都是不欺暗室的君子，这还怎么暗……他摇了摇头，不再去想这些闲事，说道："我来问崔阀与红袖招之间的事情。"掌柜神态恭谨地站了起来，没有回答，却是照足规矩问道："请教大人名讳。"

"宁缺。"

听着这名字，掌柜顿时有再跪下去的冲动。他用了很大的气力才站直身体，颤声说道："崔家四管事晨时拜访红袖招，郁怒而去。"

很简约的回答，没有任何自己的猜测，却说明了不少问题，宁缺赞赏地点点头，接着说道："我不明白崔氏为什么要为难红袖招，这不符合清河郡诸姓营造出来的形象，也不符合他们的行事风格。"

"如果红袖招只是一个毫无背景的歌舞行，这等欺凌没有意义，只会让他们名声有损，如果他们知道红袖招的背景，凭什么还敢如此做？别说什么前任宰相、百岁老太公，在陛下眼前，那都是个屁。"

掌柜说道："崔家肯定知道红袖招的背景是皇后娘娘……但清河郡这些年一直在为殿下解忧，依卑职看来，此举是不是想打压娘娘一方的势力？"

宁缺微微一怔，说道："果然不是普通门阀，居然敢在这种事情里面伸手，甚至敢提前选择立场。"

然后他望向掌柜笑着说道："敢直言宫中之事，你这胆子倒也不小。"

掌柜看懂了宁缺眼里的赞赏神情，提了半天的心终于放了下来，恭维地说道："十三先生问话，卑职自然不敢有任何隐瞒。"

宁缺微讶问道："你认得我？"

掌柜正色说道："如今谁还没听过您的大名？"

"不用试着讨好我，我这个总管是荣誉的，平时也不管事。"宁缺说道，"我只是还不明白，崔氏哪里来的胆子，难道不知道红袖招与我的关系？"掌柜说道："您先前问清河郡这些门阀为什么敢用刁难红袖招一事来挑衅皇后娘娘，只怕有很大一部分原因正是猜到您在城里。"

宁缺不解地问道："怎么又和我扯上关系了？"掌柜的神情像看见神仙一样："大人……夏侯将军可是死在您手中的。"宁缺说道："那又如何？"

掌柜无奈地重复说道："因为……皇后娘娘最大的助力，夏侯将军是您杀的，您代表着书院，支持公主殿下，清河郡自然想顺势表明自己的立场。"

听着这话，宁缺思考了很长时间，然后摇了摇头，说道："老师说过，我是在写自己的故事，我很不喜欢这种无聊的情节，所以要尽快解决，最关键的问题是，清河郡诸姓，什么时候开始做这么无聊的事情了？"

他让掌柜拿来笔墨纸砚，草草写了一封简信。

"把这封信送到崔老太爷的手里，我很想知道，这些门阀究竟是想借书院的势帮助李渔，还是想借李渔的势来做些别的事情。

"如果他们真有别的想法，我很难保证自己会对他们生出什么想法。"

87

一封简单的书信只是试探，还隐藏着宁缺一些不怎么纯良的想法。他想看看，清河郡的这些千世之家为难红袖招，究竟是单纯地想讨好李渔和书院，通过对皇后娘娘的不敬来交投名状，还是存着别的什么想法……

正如他对那位掌柜所说，如果是前者便罢了，如果清河郡诸姓真有过于复杂的想法，那么当宁缺想不明白这些想法的时候，他也难免会生出什么不好的想法，他代表书院入世，他的想法对于如今的大唐来说，很重要。

瘦湖畔宋氏的宅院里，秋意渐起，绿意犹存，正是清美时节，然而院里的气氛却显得有些压抑，红袖招的姑娘们或倚于栏畔，或静坐于桌后，美丽的容颜上带着不安与忧虑的神情，根本没有心情赏景。

她们现在都清楚问题何在，却是找不到解决问题的方法，虽说红袖招此行是奉朝廷旨意去烂柯寺，但毕竟不是官方使团，根本不可能指望这些大门阀有任何忌惮，至于镇西大将军冼植朗，现在便在崔氏园中，难道还能指望他？

想着晨时那位崔家管事离开时寒若冰霜的脸色，姑娘们越发惊恐，有两三人看着坐在上首位的那个小姑娘，忍不住流露出怨恚神情。

小姑娘是简大家的贴身侍女小草，此次红袖招前往烂柯寺，便是由她做领班，很明显简大家也开始培养接班人了。

和三年前相比，小草年岁稍长，却依然清稚，然而就在这片愁云惨雾里，小姑娘清楚的眉眼里却没有任何不安神情，反而显得格外冷漠，看着那些姑娘微微蹙眉说道："什么事情都还没有发生，你们这是在做什么？"

在世间青楼行里，简大家的地位等若皇帝，小草是她指定的接班人，这些姑娘虽然忍不住腹诽或是做些脸色，但却没有人敢当面直指其非，一位性情温和的姑娘看了看同伴们的脸色，勉强一笑，走上前去低声温言劝说道："即便是崔氏故意刁难，但姑娘晨间态度也太强硬了些。"

小草冷笑说道："我红袖招只给陛下和娘娘表演，崔家老太爷再如何论难道能论过这二位去？看在尊老敬贤的分上，去崔园应个景倒也无妨，结果居然敢故意刁难，那管事甚至敢语带威胁，真当我红袖招是个普通的青楼了？"

听着这话，姑娘们面面相觑，心想小草如今倒真有几分简大家的气势，只是面对着清河郡诸姓，红袖招和普通青楼又有什么区别，你如今摆出这份气势，到时候被别人欺上门来，岂不是更显屈辱？小草知道她们在想什么，却也懒得解释，从袖子里取出一袋木香熏瓜子，自顾自嗑了起来。

风自瘦湖来，缓缓吹拂着庭院，一片安静，只能听到嗑瓜子的声音，忽然有下人来报，崔阀再次派人前来。听着这个消息，先前还勉强能够安坐的姑娘们吃惊站起，心想怎么来得这般快，看来真是引动了崔阀的怒火，这可如何是好？

小草微微一怔，缓缓把手指拈着的瓜子放回袋中。

崔家的四管事再次来到瘦湖，算起来，这应该是他一天一夜里第三次来到这里。阳关城里能够让崔家四管事连续三次出面的事情很少，能够享受这种待遇的人们若不是来头大到极点，那么接下来便会有很麻烦的事情发生。

不过今天红袖招注定不会遇到任何麻烦。因为崔家四管事是躺在担架上，被人抬进了宋园。

红袖招的姑娘们看着担架上那个奄奄一息的中年男人，看着男人衣衫遮掩不住的斑斑血痕，忍不住震惊地掩住了嘴，她们怎样也无法把此人与昨夜及晨间那个平静温和却透着不容置疑的强势的崔家管事联系起来。

小草也有些吃惊，站起身来，望向担架旁那个头发花白的老人。

那老人向小草行礼，说道："小人是崔府大管事，听闻家中下人对姑娘们不敬，特此捆了他来向您请罪，这下人用手指过姑娘您，家主便断了他五根手指，然后落了十二杖，不知姑娘是否满意？"

在得到红袖招没有什么不满意的答案之后，崔府大管事再次恭谨道歉，然后干净利落地带着人离开了宋园。除了青石坪上还残留着几滴血水之外，仿佛什么都没有发生过，仿佛昨夜清晨那个门阀投下的恐怖阴影都是幻觉。

姑娘们过了很长时间才从震惊愕然的情绪中醒过来，她们再次望向小草时的眼神明显变得不一样，小草清稚眉眼里的平静和冷漠，在她们眼中带上了几抹深不可测的味道，并且有了真正的气势。小草忽然笑了笑，然后继续低头嗑瓜子。

姑娘们挥手赶走婢女，亲自端茶，笑眯眯地站到一旁伺候着。

崔府四管事被杖至半死，被抬出宋园，然后被人抬在担架上顺着阳关城遛了一圈，不知惹来多少震惊的议论和猜测，阳关城里的百姓自然看得出来，这是崔府刻意为之，不由震惊无语，心想那宋园里住的红袖招究竟有什么背景，竟能让崔家做到这种程度，要知道那可不是普通的权贵之家，而是有底气连皇后娘娘亲族都不放在眼里的清河郡崔家！

　　紧接着，又有更加令人震惊的事情在阳关城里发生。一辆原木色的马车从城外驶来，车轮上还带着富春江畔特有的微红河泥，这辆马车看似寒酸孤伶，然而所过之处，热闹的阳关城顿时变得安静无比，不知多少衙役和管事站在街口维持秩序，沿街很多掌柜更是直接对着那辆马车跪了下去。阳关城里的人们都知道，在清河郡有资格坐进这辆马车的人只有两个，一位是崔氏的族长，一位便是崔氏的老太爷。

　　瘦湖最好的客栈前面那条街已经提前被封，街上一个行人都没有，清静无比。马车缓缓驶至客栈前，客栈掌柜早已等候在街畔，跪到车旁恭恭敬敬叩了几个响头，然后小心翼翼扶着车厢里走下来的那位寻常富家翁走了下来。掌柜是客栈的掌柜，但他今天没有资格走进自己的客栈。跟着崔氏族长走进客栈的，只有一个模样寻常、佝偻着身子的老管事。

　　清河郡诸姓以崔姓为首，崔氏族长那便是清河郡第一人，在很多大唐百姓的心中，清河郡第一人，便是事实上的大唐第二人，除了居住在长安城里的皇帝陛下，再没有任何男人的身份地位能够超过他。

　　如此身份的大人物亲自到访，便是谁似乎都应该出房相迎，然而宁缺没有这样做，甚至就连脸上也没有露出什么笑容。因为他确认，能够成为清河郡第一人的对方，至少在智商上不会比自己低，那么既然都是聪明人，何必弄那么多虚伪而无意义的事情？

　　崔氏族长的模样很普通，甚至比跟在他身后的那位老管事更普通，穿着一身说不上俗但绝对也谈不上雅的绸衫，看上去就是一个寻常的富家翁。但他说话很不普通。

　　“我错了。”崔氏族长感叹道，“当年在朝中，我便是想让陛下高兴，结果反而让陛下不高兴，所以被赶回了清河。如今知道你路过阳关，我大概想证明自己除了治学治州治国之外也能治逢迎一道，于是想尝试着让你高兴，为自己挽回一些在此道上的声誉，却没料到还是如此失败。看来我真的错了，我就没有这方面的天分。”

88

崔湜，曾任中书舍人，于宫中行走，又于礼部及吏部任侍郎，新帝登基后数年，因某事宜被弹劾，便回富春江做了一钓叟。

单从这些简单的介绍上看，这位看着像寻常富家翁的男人，不过是位朝廷退休的高级官员，不值得如何被重视，但宁缺很清楚，崔湜此人在宫中行走时，恰是李渔识字之时，换句话说，这个人便是公主殿下的启蒙老师，当然，更重要的是在于此人是崔氏的族长，那么便是必须被重视的大人物。

宁缺很重视崔湜，虽然没有起身相迎，只是故意作态。所以他没有听懂崔湜说的这段话，他想不明白，像这样一个大人物，为什么要逢迎自己，要尝试让自己高兴，一旦出现问题甚至还登门来访。

崔湜没有解决他的疑惑，在接下来的谈话中，他很平静自然地转了话题，完美地展现了千世门阀的气度和风姿，没有谈及任何与红袖招相关的事宜，只是回忆着长安旧事，偶尔会问及公主殿下李渔和小皇子的近况。

交浅言自不能深，崔湜没有做任何试探，请宁缺代向夫子请安之后，他从袖中取出一封薄薄的信，搁在桌上，又温和地望了桑桑一眼，便告辞而去，带着那个佝偻着身子的老管事离开了客栈。

看着窗外清静无声的街道，宁缺说道："他不需要拍我马屁，结果他偏来拍了，却又拍得如此轻描淡写、漫不经心，毫不掩饰自己的骄傲。"桑桑不解，心想这样的大人物屈尊亲自前来拜访，已经表现得足够谦卑，哪里能看出什么骄傲？

"在世人眼中，清河郡第一人，确实没有必要来逢迎我这个书院弟子，但他是聪明人，很清楚书院对大唐意味着什么，只是既然他清楚这一点，再加上你这个准西陵大神官的身份，不来便罢，要来怎会如此简单？"

宁缺收回目光，看着手中那杯根本没有喝一口的茶，说道："这事情透着些古怪，我总觉得崔浸只是专程过来看看我们两个人，问题在于，他要看我们什么，而且我总觉得他的平静里透着股很强大的底气。"

桑桑说道："便是在渭城时，也听说过清河郡诸姓的名声，像这样的大人物，自然说话做事都有底气。"

宁缺摇头说道："世上哪有什么真正的诗书传家，能够传承逾千年，靠的终究还是力量，清河郡的门阀比谁都清楚这个道理。"

"这些门阀以前出过西陵大神官，但这几十年来没有，我还知道清河郡里供奉着三个知命境的大修行者，但在长安城里莫名其妙就死了一个，那么这些门阀便应该清楚，清河郡再如何强大，甚至可以和大河、月轮、宋魏这些国家相提并论，但在朝廷和书院面前没有任何底气。"

桑桑忽然说道："那个……老管事有问题。"她这次说的有问题，不代表那个老管事是坏人，而是真的问题。宁缺很清楚地掌握到她的心意，不由微微一怔，旋即眉梢缓缓挑起。

先前那个佝偻着身子的老管事，实在是太普通，普通到他根本没有注意到那人长什么模样，然而桑桑却说那人有问题。如今宁缺的境界早已到了洞玄巅峰，清清楚楚地看到了知命境的门槛，而一个他根本看不出任何问题的老管事……只能说明是知命境的大修行者！

"原来要看我的另有其人。"

宁缺震惊地说道。如今清河郡只剩下两位知命境的大修行者，居然其中一人便亲自前来查看自己，清河郡为什么会如此警惕自己这个书院传人？

如果不是桑桑拥有世人难以想象的直觉和敏感，那么他或许直到很久以后，也不会知道自己已经被一位大修行者仔细观察过！如果先前那位老管事忽然出手，宁缺相信自己现在已经是个死人，虽然他清楚这不可能发生，但依然生出了极强烈的警惕。

他先前便想不明白清河郡的底气，此时更想不明白清河郡的用意，然而警惕的情绪却是越来越深，甚至渐要变成瘦湖畔的弱柳，缚住他的身躯，让他呼吸都变得沉重艰难起来。于是他写了两封信，一封寄给书院，一封寄给了国师李青山，讲述了沿途见闻，青峡妖媚，还有自己在清河郡里遇见的故事。

孤伶寒酸的马车，在阳关城百姓恭敬甚至狂热的目光注视下，向阳关城外驶去，那位老管事即便坐在车辕上，依然佝偻着身体，耷拉着眼皮，仿佛根本感受不到街道两旁投来的目光，仿佛已经睡着。不知道过了多长时间，马车驶进富春江一处清幽的庄园，直接驶到庄园最深处，园中有幢小楼，乱石堆砌而成的园墙并不如何高险，却绝对没有人敢在这里窥视，而且这里也没有任何管事和仆役。

崔湜以极快的速度跳下马车，走到车辕前，恭恭敬敬把那位老管事从车辕上扶了下来，说道："辛苦父亲了。"

原来这个此时依旧佝偻着身子的老管事，才是崔氏门阀真正的主事人，将要满百岁的崔老太爷，是整个清河郡的祖宗！

崔老太爷挥挥手，说道："只是去看个人，有什么好辛苦的。"

崔湜扶着老太爷走进小楼。楼内有一间装设极简单的书房，四面的窗户都用极厚的布幔遮住，外界的秋光江色都无法渗进来，显得格外幽暗，隐约可以看到沿墙有六个座位，坐着六位皓首老人。

看见崔老太爷进来，六位皓首老人缓缓起身行礼，他们动作迟缓，并不是想以此表示久等的不满，而是因为他们确实已经太过苍老。

崔老太爷坐到正上方那个圈椅里，接过崔湜亲手烫好的毛巾覆在脸上，然后一言不发，待着毛巾里滚烫的热气渗进自己疲惫的毛孔。

那六位老人缓缓坐下，沉默等待着，没有一丝不满的情绪。

崔老太爷烫完脸后开始洗脸，他很仔细、很用力地搓洗着自己苍老的脸，依旧温热的毛巾擦过，他脸上的皱纹便变得更加深刻。

然后他向后靠到椅背上，苍老的脸完全隐藏在了黑暗里。

一位老人说道："您亲自去，真是给足了书院面子。"

崔老太爷说道："皇后娘娘我们得罪得起，难道还能得罪得起书院？而且夫子的亲传弟子极少踏足红尘，难得出现了一个入世的，当然要好生看看，我们不便去长安，他既然来了清河，哪有不亲眼去看看的道理？"

有位老人疑惑地问道："为何不递拜帖而直接去看？"

"递拜帖不见得能看得到人，就算看得到人，也看不到态度。"

"什么态度？"

"书院的态度。"

"书院的态度以往不偏不倚，但宁缺既然杀了夏侯，他们的态度自然要偏向李渔殿下，总不可能还去支持皇后娘娘。"

崔老太爷摇头说道："态度有很多种，龙椅的归属只是其中一件。"

一位老人疑虑地问道："现在的问题在于，宁缺的态度究竟能不能代表书院的态度。"

崔老太爷很自然地拱手向北方的天空行了一礼，说道："夫子他老人家既然让他的小弟子入世，那么便表示了认可。"

"您所看到的宁缺的态度是怎样的？"

"那是一个很骄傲很冷漠的年轻人。"

崔老太爷不知道想到了些什么事情，在说完这句话后，陷入了长时间的沉默，当他苍老的声音再次在幽暗的书房里响起时，给人的感觉比先前变得越发疲惫，而且透着股令人心悸的寒意。

"所谓看他的态度，不如说是想看看他这个人。最近这些年，发生了很多奇怪的变化。昊天在上，我根本不相信冥界入侵这种事情，但我坚信现世一定会发生很大的问题，对于清河郡，对于我们这些门阀来说，或许这些奇怪的变化预示着，千年以来最大的机会将要出现。"

一千年前，清河郡并入大唐帝国。一千年后，清河郡会迎来怎样的机会？

书房里一片死寂，无论是那六位皓首老人还是静静侍立在椅旁的崔浞，都被崔老太爷话语里隐藏着的意思惊住了。

崔老太爷继续说道："我们忠诚于朝廷，但必须要思考如果天下大乱，能够做些什么。很遗憾的是，近百年来，长安城的皇宫里不再有我们清河郡的皇后，西陵神殿里，不再有我们清河郡的大神官，所以我们能做的事情很少。我们只能做好准备，沉默地等待。所以我们要看看西陵神殿对我们的态度，我要亲眼看看宁缺，看看书院对我们的态度。"

"书院对我们是什么态度？"

"先前我就说过，宁缺是一个很骄傲很冷漠……不，很冷血的人。冷血或许只是他的性情，但骄傲却是贯穿书院千年历史的无聊脾气，到了今时今日依然没有丝毫变化。书院有整个大唐供奉，便不需要在乎我们这些家族门阀，那么我们便没有任何筹码，更没有骄傲的资格，更没有与书院讨价还价的余地。"崔老太爷淡然说道，"三供奉入长安，莫名死去，书院根本不在乎，朝廷也没有说法，就因为我们清河不值得被他们尊重。"

"该做的准备当然还是要做。"崔老太爷看着阴影中一位老人说道，"西陵的回信到了吗？"

那位老人说道："清晨到了，道痴……裁决神座在信中表示了感谢。"

崔老太爷点头说道："能帮助叶红鱼坐稳裁决神座的位置，也算是结个善缘。"

那位老人忽然说道："或许可以打压一下这位十三先生，显示我们的实力，才能得到西陵神殿更多的尊重。"

"没有意义的事情，做再多也没有意义，我不管你家里那几个在西陵神殿的后代私下拜托过你什么，我只想提醒你，宁缺的小侍女将会成为西陵神殿的光明大神官，而他和裁决神座的关系，比我们想象的更复杂。"

崔老太爷身体微微前倾，露出那张满是皱纹的脸，看着那位老人，以不容置疑的态度说道："最关键的是，书院没有变化，这个世界上便没有任何势力有资格变化，所有的人都只能等待。"

楼内所有人都明白这句话里的书院指的不是书院，而是书院里的那位夫子，于是他们沉默再沉默，然后终于有人在沉默里惘然提出问题。

"在很小的时候，就知道书院里有座大山，如今我也是八十几岁的人了，那座大山却依然矗立在长安城南，我们究竟要等多久？"

崔老太爷再次拱手向北行礼，说道："夫子没有离开这个世界，那么我们就只有一直等下去，我们等不到，我们的儿子，我们的孙子总能等到那一天，再伟大的人终究抵抗不过时间的法则，总有回归昊天神辉的那一天。"

书房里一片安静，忽然有人颤声问道："如果……夫子永远不死怎么办？"

崔老太爷的身体微微一僵。

幽暗的阴影里，隐约可以看到他苍老的脸上露出一丝自嘲的笑容，然后他轻声叹息道："如果是这样，那么我们便只能永远等着，无比恭敬温顺地等着，哪怕是做狗，也要做出被养熟了的模样。"

话题到了此处，便到了尽头。在这个世界上，无数场谈话，无数场阴谋，无数条道路，到最后都会被迫戛然而止，因为在尽头有座大山，那座大山的名字叫夫子。

六位皓首老人离开了小楼，回到他们各自的庄园里，继续做他们的门阀之主，或者是怀揣千年被压抑之梦的老狗。

崔老太爷和崔湜二人没有离开。

"如果真有那么一天，我的名字大概会被刻上历史的耻辱柱。"

崔老太爷说道。

"但您的名字，也有可能被记载在史书的最开端处。"

崔湜说道。

89

在这场谈话的最后，崔湜终究还是没有忍住，向父亲提出了自己从先前一直盘桓在心头的那个疑问。

"您先前说宁缺是个骄傲冷血之人，我有不同看法。这几年长安城包括公主府里传来的消息，都说此人看似清朗实则无耻至极，极擅逢迎之道，所以无论夫子还是陛下都极喜爱他，这样一个人如何称得上骄傲？"

崔老太爷笑了笑，没有说话。

崔湜苦笑一声，继续说道："好吧，即便此人在书院二层楼里学会了骄傲，冷血何来？我总以为军部的那些履历资料作不得数，他连与叶红鱼的关系都能保持得不错，在我看来，宁缺实在是长袖善舞，极通实务世事。"

崔老太爷说道："看履历、听故事自然无法看清楚一个人，所以我才会坚持亲眼去看一看他，虽然只是简单看了两眼，便也已足够。"

崔湜微微一怔。

"所有人都知道宁缺要去烂柯寺，但他却没有跟着使团走，他虽然住进了阳关城里最好的客栈，却没有什么仆役跟在身边。我只看到他和他那个著名的小侍女，我看到他端着茶，却没有喝，我看到他看似潇洒实则警惕地和你说着话，但我没有看出他爱清静，善养气。"崔老太爷说道，"这是他刻在骨子里的生活习惯，那么只能说明他是一个谨慎到了极点的年轻人，同时也是一个不知道信任二字如何写的人，我甚至以为，除了那个小侍女之外，或者他连夫子都不肯完全相信。"

崔湜沉默不语。

崔老太爷看着窗上黑色的厚幔，想着先前客栈里那个年轻人，叹息着说道："连夫子这样的老师都不肯信任，这样的人哪里仅仅是冷酷便能形容，若将来真有大变化，你一定要记住，事前便要让西陵方面承诺，必须首先把这个年轻人抹掉，不然我们或许会付出难以想象的代价。"

两封来自清河郡的密信，来到了长安城。

一封信通过大唐暗侍卫的系统，送进了皇城外的南门观，因为这封信的收信人是大唐国师李青山。

片刻后，何明池从南门观里走了出来，他看了一眼清旷高远的天，想着稍后可能会落雨，把腋下的黄油纸伞夹紧，登上了马车。

在管事恭敬的带领下，何明池走进公主府深处，来到那个在长安城社交圈里非常著名的露台上，对着榻上的李渔平静致意。

李渔细眉微蹙，挥手示意嬷嬷把正在写书法的小蛮带走，然后伸手请何明池坐下，问道："似乎有些问题？"

何明池没有坐下，这个似乎不起眼的动作，代表着李渔的感知没有出错，确实有些问题，而且这个问题不小。

他从袖中取出那封信递了过去。李渔接过信，撕开封皮，看着信纸上那些熟悉的字迹，神情微微一怔，待看清楚信上写的那些内容后，眉头不由蹙得更紧。

信是宁缺写给国师李青山的，在信中他提到自己在清河郡的见闻，尤其是提到了崔阀通过红袖招做出来的试探，以及去客栈看自己的那位老管事。

清河郡诸门阀，如今是李渔姐弟在朝野间最大的助力，如果她想辅佐自己的弟弟登上龙椅，最需要书院的认可，却也无法离开清河郡的帮助。

李渔不知道宁缺写这封信的用心，却隐约明白国师把这封信转给自己看的意思，她微微蹙眉，说道："那些老人的行事，我有时候也不是很明白，我只能说这些事情和我没有关系。"

何明池点头说道："我会把殿下的话带回南门观。"

李渔抬起头来，静静地看着他，说道："国师本不需要把这封信给我看，可以直接带进宫中，无论给父皇还是给皇后娘娘都行。"

何明池微微一笑，说道："师父的意思，我这个做徒儿的也不是很清楚，不过既然清河郡的事情和殿下无关，我想师父也会很高兴。"

这句话的意思很隐晦，甚至可以说没有任何意思，但李渔身为局中之人，却隐约捕捉到了其中的某种倾向，眼眸明亮起来。

"本宫感谢国师的信任。"

来自清河郡的第二封书信，送到了书院。

黄鹤教授看着信封上的字，笑了笑，没有拆封，便让人拿进了后山。

看信的人是二师兄。他看信的时候，就在夫子身旁。

二师兄对着老师恭谨一礼，说道："小师弟看出了一些问题。"

夫子此时的心神尽数在铁板上煎的那条小黄花鱼上，随意问道："严重吗？"

二师兄想了想，说道："清河郡只有两个知命境，不严重。"

夫子说道："既然如此，你还来烦我做甚？没见我在忙？"

二师兄微微一怔，说道："如何处理？"

夫子说道："你小师弟在大明湖畔烹鱼悟道，却依然还没有悟透世间的真理，鱼无论是煎还是烹，最终都是用来吃的。"

二师兄受教，说道："那便等着他们跳梁。"

夫子忽然想到了一些什么，神情微凝，手里拿着的竹铲忘了从锅里拿出，边缘渐渐焦煳，小黄花鱼也开始泛出煳味。

不知道过了多长时间，他哂然笑道："死了厨子，不见得便煎不出鱼，栋梁也不能永远撑着破房，断了栋梁，有人才好跳梁，虽然此跳梁不是彼跳梁，但小丑却永远还是那些小丑。"

宁缺并不知道清河郡的老祖宗，对自己的评价如此深刻而慎重，在桑桑确认那位老管事有问题之后，他在第一时间写了两封信发回长安，便没有再思考这件事情。

他在书院后山排名最末，上面还有夫子以及诸位极大能的师兄师姐，清河郡的问题有他们处理，哪里还需要他操心，当天便带着桑桑，坐着那辆黑色的马车离开了阳关城，两日后在一个渡口前停了下来。

大唐帝国南方原野前的湖泊，名字听上去很普通，叫作大泽，只有真正到过大泽的人，才能感受到这个简单名字里所蕴藏着的气魄——这湖实在是太大，除了大字，世间根本想不出任何词语够资格来形容它。

便如更南方的那条黄色大河一般。大泽浩浩荡荡，横无际涯，方圆不知多少里地，便是飞鸟也难一气横渡，如果没有渡船，再厉害的修行者也无法过去。

这片世间最大的湖泊，等若是昊天在大唐和南晋之间做了一个缓冲地，为世间的人们带来了和平，却也带来了很多不便，南北货物人员要流通，自然少不得各式各样的渡船，当水汽消散之后，便能看到漫天秋苇后的无数船帆，景致壮阔美丽至极。但黑色马车还是只能停在大泽旁等待。因为通往南晋的路口已经戒严，大唐水师数艘战船，正在等待着使团的到来。

宁缺有很多方法可以无视戒严，轻身离开，但不管是为了清静，还是如崔老太爷评价的那般冷漠谨慎，等着使团同行，都是比他拿出腰牌亮明身份，让大唐水师替自己开道护航要更加合适。

好在大泽的风景足够怡人，而且使团也没有让他等太长时间，就在他险些要把初秋的芦苇看厌、把生切湖鱼吃腻的时候，使团到了。

在大唐水师的战船上，宁缺第一次看到了使团的正使——那位以武力孱弱、智谋惊人闻名的镇西大将军冼植朗。

这位镇西大将军不简单。这是冼植朗给宁缺的第一印象。

"我是公主殿下的人，更准确地说，如果陛下离开的话，我会效忠于李珲圆皇子，你不用这么看着我，这件事情终究不可能成为永远的秘密。"冼植朗看着他微笑着说道，"当公主殿下试图让我取代夏侯的位置时，这个秘密就已经不再是秘密，而且我相信，如今宫中的皇后娘娘使尽手段让陛下把我赶进这个使团后，也应该已经调查清楚我和前面那位皇后娘娘的关系。"

很开诚布公的交谈，却让宁缺想起了阳关城里，崔阀那位家主的开场白，所以他笑了笑，同样很直接地说道："我不知道。"

冼植朗说道："仁孝皇后没有嫁入宫中时，我是替她牵马的小厮。"

宁缺说道："这个关系很深远。"

冼植朗看着他的眼睛说道："而且我和朝小树的关系不错。"

宁缺说道："你想说些什么？"冼植朗说道："我想得到你的好感。"

宁缺说道："书院严禁干涉朝政，更何况你已经是军方屈指可数的大人物，我不认为获得我的好感，对你有任何意义。"

冼植朗笑了笑，说道："书院严禁干涉朝政，但从来不包括入世之人，如果什么都不能做，院长让你入世做什么？而且……"

他忽然向前倾了倾身体，压低声音，神秘兮兮地说道："……许世老了。"

宁缺看着他摇头说道："看来我还是低估了你的野心，而你却又高估了我，不要忘记我现在是大唐军方最不欢迎的人。"

冼植朗微笑说道："我很欢迎你。"

90

宁缺没有接这句话，因为他不知道该如何接，不过冼植朗提到朝小树和李渔，让他提出下面这个问题时，少了很多心理障碍。

"陛下不可能不知道你曾经替仁孝皇后牵过马，我也不相信朝堂上的那些流言，所以我想知道，陛下要你去烂柯寺究竟所为何事。"

冼植朗神情微凝，看着他说道："各国齐聚烂柯，当然不是只为了盂兰节……还是要商议明年与荒人的战争。"

宁缺微微蹙眉，想着这两年来在荒原上的连绵战事，不解地说道："左帐王廷被荒人犁了一遍，又被神殿联军和夏侯借机削弱了一番，如今根本没有力量从荒人手中抢回那些草场……我想不出来，大唐和南晋这些国家还有什么理由要替左帐王廷出手，就让荒人在荒原上平静生活岂不是很好？"

如果不牵涉西陵神殿与魔宗之间的那些久远故事，他的这段话其实没有任何问题，正所谓死道友不死贫道，左帐王廷的日子过得再如何凄惨，只要荒人不继续南下，影响中原诸国，谁会愿意面对那个强大的敌人？

"对于西陵神殿来说，他们不愿意看着荒人部落拥有丰美的草场，就此繁衍生息，因为那极有可能意味着魔宗的复生，而对于中原诸国来说，我们畏惧的也是荒人的繁衍，没有极北寒域的天时控制，荒人会大量地生孩子，他们的孩子还会生孩子，于是他们将需要越来越多的草场，他们会把左帐王廷的牧民们赶到南方，接着甚至可能与金帐王廷发生战争，那么最终呢？就像千年之前那般，重新强大起来的荒人，还是要与我大唐帝国一战。"冼植朗看着他，微笑着说道，"既然迟早都会有一场战争，为什么不趁着他们还弱小的时候，尽可能地把他们变得更加弱小一些？"

从情感来说，宁缺没有任何道理敌视荒人，因为他唯一的师侄女便是荒人，已经入魔的他更不可能像道门那样警惕魔宗。

他说道："这可能是数十年甚至数百年之后的事情。"

冼植朗说道："哪怕是数千年的时光，也是从现在这一刻开始的。"

船室内一片安静，只隐隐能够听到湖水拍打船舷的声音。

宁缺忽然问道："你相信冥界入侵吗？"

冼植朗神情微凛，旋即自嘲一笑，说道："自然是不信的。"

宁缺看着他的眼睛说道："最近两年长安城变得比以前更冷。"

冼植朗说道："小时候我喂马的那些冬天更冷。"

宁缺说道："你知道我不是这个意思。"

冼植朗沉默不语，很长时间后忽然笑了起来，说道："传说或许永远只是传说，即便变成真实，也应该是你们书院二层楼这些传说中的地方需要苦恼的事情。我们身为帝国军人，相对不需要思考太多。如果真有冥界入侵的那一天，只要陛下一声令下，大唐的铁骑自然会做出应有的反应。"

这是大唐军人的标准答案，宁缺毫不意外，但他是世上寥寥可数的几人，听夫子亲口说过黑夜自北方来，所以想得必然要多一些。尤其是联想到此次烂柯寺大会涉及对荒人的用兵，那么今后数年北方的荒原必然血流成河，越来越像他曾经做过的那个梦，那股缭绕着他的身体，始终无法驱散无法消解的寒意便越来越烈。

冼植朗明显想与他进行一番长谈，但宁缺现在的心情有些问题，而且因为莫名的警惕，很直接地表示了拒绝，向船舱外走去。

湖涛之声渐骤，舱内油灯微暗复明，桌上砚中墨汁轻摇，战船离了码头，缓缓向茫茫一片的大泽里驶去。

宁缺看着桌上那封薄薄的书信，不知道在想些什么。

桑桑看着他手中的信，认真说道："这是我们的。"

那封信是前些天在阳关城客栈里，崔浸离开之前留下的。

信很薄，里面只有两张纸。

一张纸上写着简单的几句话，另一张则是张五十万两的银票。

91

初次相见，便送上五十万两白银，崔家真是好大的手笔，甚至大得有些难以想象，如此大数目的银两，足以在世间做出太多事情。桑桑不知道崔家为什么送来这么多银子，但清楚宁缺如果收了这些银子，可能会惹来很大的麻烦，然而她想都没想，便认为这笔银子应该收。

——这可是五十万两白银，她这一辈子都没见过这么多钱。

宁缺看过那张信纸，知道崔家的用意，解释说道："你父亲原配就是崔浞的堂妹，如今她便在清河郡。当年正是这个妇人把刚出生的你送出了曾府意图杀死，崔家送这笔银子，便是想让你原谅那个妇人，至少不因此而迁怒到崔家的身上，所以这笔银子不是我们的，而是你的。"

桑桑微微一怔，说道："这样便值五十万两白银？"宁缺说道："如果你只是曾静大学士寻回的女儿，五十万两白银自然是有些贵，但你如今可是光明神座的继任者，将来某日你若想起这些旧事，即便是清河郡的这些门阀，也不想硬抗西陵大神官的怒火。"

明白了这张薄薄银票的由来，桑桑反而变得有些犹豫，看着宁缺认真地问道："那你说我应该不应该收？"

宁缺说道："就看你想不想原谅他们。"桑桑说道："原谅自然是不会原谅的，不过也没有想去找那个妇人报仇。"

宁缺微感讶异，问道："为什么？"桑桑说道："因为没有那个女人，我也不可能被你捡到啊。"

宁缺笑了起来，说道："既然如此，那就把银票收起来，也让崔家的人安安心。"

桑桑担心地说道："会不会惹来什么麻烦？"

宁缺说道："能有什么麻烦？"桑桑说道："不是说收人银子会手短？"

宁缺抬起右手，说道："我手可不会变短……这银子只是买你止怒，如果清河郡这些门阀真想用这收买我做什么事，难道我就要乖乖去做？"

桑桑忧虑地说道："收银子不做事不大好吧？"宁缺看着她问道："银子重要还是信誉重要？"桑桑想了想后说道："得看是多少银子。"宁缺轻轻挥动手中那张薄薄的银票。

桑桑看着他指间的银票，毫不犹豫地说道："这个更重要。"然后她醒过神来，有些尴尬，说道："这么爱钱，是不是一种病？"宁缺说道："爱钱不是病，因为没钱要人命。"

其实根本不需要任何理由，无论是他还是桑桑，都不可能把到手的五十万两银票再送回去，哪怕牵涉到比清河郡更麻烦的事情，哪怕需要付出信誉名誉荣誉清誉之类的代价，因为从小到大，他们实在是吃够了没钱的苦，对银钱的爱好或者说贪婪早已成为不可违逆的本能。

如果这是一种病，那么他们肯定不愿意去治。

时已入秋，本应清而略燥的秋风，被大泽漫无边际的水域蒸熏，便多了很多润泽的味道，入窗扑面令人顿感清新。

宁缺看着符纸上那根似草字类的线条缓缓凝形，用敏锐的目力确认符墨里掺的乌金粉在这些线条里分布得足够均匀，把手中的笔搁到砚台上，转身向窗外的湖面上望去，沉默着不知在想些什么。

对未知的事情思考得越多，他便越发警惕，总觉得冥冥中有些事情正在发生，而且那些事情似乎与自己和书院有关。因为冥冥中三字太过销魂，他再次想到冥界入侵的传说。

夫子都没有在烂柯寺里找到佛光镇压冥界的通道，他认为自己更不可能找到，但如果自己真是冥王之子怎么办？关于宁缺身世的流言，已经在世间传播开来，他不知道那些曾经想杀死自己的佛宗大德会怎么做，也不知道烂柯寺里有什么在等着自己，随着湖水轻荡，离烂柯寺越来越近，他越来越沉默。

如果按照本能行事，因为心中渐深的这抹警惕或者说异兆，宁缺或许会毫不犹豫地带着桑桑中断旅程，以最快的速度回长安。但他没有这样做，相反，他让船队加快了速度。

因为桑桑的病情忽然反复。

离开长安城的时候，桑桑身上的寒症似已痊愈，一路南行晒太阳，更好像连病根都去了，然后上船之后，宁缺却吃惊地感觉到，每天夜里抱在怀里的那双小脚变得越来越冷。

更令他感到不安的是，无论晒太阳还是修行神术，似乎对桑桑体内的阴寒之气都已经无法做到有效的压制。桑桑自己没有感觉到身体的变化，或者感觉到了，但怕宁缺担心，所以她没有说，依旧每天如常。

宁缺怕她担心，所以也没有对她说，他开始注意随身的酒囊是不是满的，然后开始不停思索临行前夫子说的那些话。他现在才明白，为什么夫子要自己带着桑桑一起去烂柯寺，看来真的只有佛宗隐居的那些长老，才能治好桑桑。

因为明白，所以不明白……他怎样都想不明白，为什么连西陵神殿，甚至是书院都无法治好桑桑的病。夫子都治不好的病，那还是病吗？

想不明白，宁缺便不再去想，反正无论这件事情的过程是什么，最终的结果已经注定——他必须把桑桑的病治好，那么他便必须去烂柯寺面对佛宗的慈悲或者是雷霆，甚至可能要面对自己冥王之子身份被证实的那一刻。

在对未知的警惕以及对桑桑身体的担忧双重压力下，宁缺默默修行着，他每日不停写符，不停冥想，不停炼养浩然气。

湖光水色间，本来隐隐约约的那道门槛，仿佛变得更近了些，更清晰了些。人在世间，不得不做的事情，往往意味着某种突破的契机。

对于宁缺来说，这个世界上只有很少事情不得不做，比如桑桑的安危。

当初在荒原大明湖畔，因为隆庆用桑桑来威胁他，他破境入了洞玄，然后一箭把将入知命的隆庆射成了废人。如今在秋日大泽上，他再一次遇到了破境入知命的契机，只不过这一次，他自己都没有察觉。

正所谓国乱出忠臣，悲愤出诗人。

桑桑，能让宁缺出离境界。

西陵群山深处，隆庆皇子也在等待着属于自己的契机。他不知道那个契机会不会出现，什么时候出现，但他相信观主在南海畔把自己从活死人的状态中拯救出来，又把自己送到世间所有修行者都视若圣地的知守观修行，这本身便是自己的一次大契机。来到知守观，让他看到重新成为强者的可能，让他隐约寻找到成功的机会，让他燃起熊熊如火的欲望，他认为这就是契机，因为这些便是他心中所想，而他心中的所有思想，都是昊天的意志。

隆庆擦去嘴角的血水，知道自己的肋骨又被打断了一根，看着身前雪狼皮榻上那个只剩下半截身体、正在凄厉吼叫不停、似乎随时可能把自己打死的恐怖老道，眼中不由流露出痛苦和惘然的情绪。

自己的杂役生涯究竟还要持续多长时间？那个契机究竟在哪里？

92

隆庆在知守观里做杂役已经很长一段时间，每天他都要爬上这座被青藤覆盖的后山，给洞窟里那些奇形怪状的老道士送东西，每天都极疲惫，还要承受极大的精神压力，尤其是这个被腰斩的老道士，更是把他当成猪狗一般，不停羞辱他并且折磨他，直到让他受伤吐血才满意。

虽然备受凌辱折磨，但没有威胁到生命，用了这么些天，隆庆猜到这些洞窟里的道士虽然有些畸形变态，但清楚他的来历，不敢真把他弄死，所以他继续忍耐，甚至有时还会主动和这些老道士说几句话。

在那些书中故事所赋予他的经验中，这些像鬼一般被幽禁在洞窟里的老道士，必然极为孤单寂寞，那么只要多说说话，自己说不定真的可以与这些老道士之间培养出某种情感，一旦如此，自然能有极大好处。

这种期望看上去似乎显得有些幼稚可爱，到目前为止，道人们除了询问他最近数十年修行界的那些事情之外，更多的依然是不停嘲弄他低劣的修为境界、愤怒地咆哮着他这么弱小凭什么能够进观。

但他至少通过这些交谈掌握了一些信息，比如先前双眼一瞪，便让自己吐血倒飞，摔断一根肋骨的残疾老道姓何。何姓老道自称半截道人，很明显是当年被腰斩之后的沉痛自嘲，并不是真名，按照辈分排，应该是如今西陵神殿掌教的师叔，难怪拥有如此深不可测的境界……

半截道人双手深陷在雪原巨狼毛皮里，身上那件陈旧的道衣无风而飘，脸上的表情如石块般冷漠，而眼眸里却流露出无穷的暴烈痛苦绝望的神情，看着擦着血艰难站起的隆庆，幽幽说道："你来的第一天，我就说过，你就是个废物，你有什么资格陪我说话？滚吧。"

隆庆没有像以前那样沉默地离开洞窟，因为他从这位道门前辈的话语里，听出了一些与以前不同的地方，对方明显已经绝望，而他知道对方的绝望是什么，所以他走到铺满狼皮的榻前，双膝跪下，说道："如果我是废物，观主不会让我来这里，更不会让我有机会与前辈见面。"

听着观主的名字，半截道人渐渐平静下来，看着跪在身前的隆庆，有些神经质般笑了笑，说道："可你就是一个废物。"

"现在是废物，不代表会永远都是废物。"

隆庆平静回答道，微微低头，眼眸里泛过一抹淡灰的光泽。

"说你是废物，确实不公平。"半截道人面无表情地看着他，说道，"被我这般打骂羞辱，你依然坚持每天进洞，说明你意志够坚定，看你的伤势复原速度，说明你这身体的底子不错，你一直在暗中修行灰眼，就想找个机会吸走我的功力，不管是想用骗的，还是想走感情路子，终究证明你这个人够狠。"

听着这番话，隆庆身体一震，他完全没有想到身前这个看似疯疯癫癫的残疾老道，居然从一开始就把自己的想法看得清清楚楚，陡然间生出无穷恐惧，想要转身逃出这个富丽堂皇却阴森至极的洞窟。然而不知道什么原因，也许是僵硬得无法动作，也许是知道自己逃得再快，也无法快过老道的目光，也许只是想赌一把，他没有动。

他依然跪在老道的身前，只是把头压得更低了些。

"灰眼确实是门了不起的功法，经过道门前辈改造以后，和原初的饕餮魔功比较起来，可以不用吞食修行者的血肉，而直接吸取对方的念力，用来偷袭暗算，确实是最好的选择之一。"半截道人抬头望向洞窟上方，仿佛望向了那片天空，想起了很多往事，缓声说道，"但事实上，经过这等改造，看起来不是那般血腥，自然会有所损耗，与饕餮相比，用灰眼强压的念力乃至精神，很难与你原本的世界相融，将来会造成很多问题，哪里有真正的饕餮强大，只可惜魔宗里的饕餮大法早已失传，如今魔宗凋敝如斯，想必再也没有人会了。"

　　这位强大的老道士，并不知道当年莲生大师早已在暗中把饕餮大法重新修炼成功。

　　隆庆神情微凛，在天书沙字卷上，他已经看到了相关的记载，只是没有太过注意，此时听半截道人的说法，才知道那是很麻烦的问题，不过现在最令他感到困惑的是，为什么半截道人在看穿自己意图后，没有杀死自己，也没有赶走自己，反而开始像一位老师般教导自己。

　　半截道人收回望向洞窟上方的目光，低头看着隆庆，淡然说道："你意志够坚定，肉身不错，有野心，有想法，能忍耐，手段也够毒辣，似乎已经具备了成为枭雄的所有条件，那你知不知道我为什么依然说你是废物？"

　　"弟子不知。"

　　"前些天我听过你的遭遇，知道你以往也曾经风光过，最终毁在书院弟子的手中，那我来问你，你最不如那位书院弟子的地方是什么？"

　　听着这个问题，隆庆沉默了很长时间，事实上这个问题，他已经问过自己很多次，他怎样都想不明白，宁缺究竟有哪里比自己更加优秀——他曾是那般接近完美的西陵神子，而宁缺不过是一个渭城的边卒，结果他却连续败在对方手中，而且越败越惨，这个问题的答案究竟是什么？

　　"你脸皮不够厚。"半截道人看着他，幽幽地说道，"或者换句话说，你依然试图保有你最后的骄傲，而你根本不明白，要成为最强大的修行者，那么便必须懂得，在什么时候舍弃自己的骄傲，把自己沉进污烂的泥沼。"

隆庆抬起头来，蹙眉不解地问道："我不认为自己现在还有骄傲的地方。"

半截道人抬起手来，指着他的膝头，说道："你虽然双膝跪在我的身前，但在你的心里，你却还是站着的。"

隆庆说道："难道宁缺就没有他的骄傲？"

半截道人说道："我没有见过那个叫宁缺的人，不知道他做过什么事情，但我相信，如果他一定要做到某种事情，他绝对会把自己心里藏着的所有骄傲全部放弃，假如现在在知守观中的是他，那么他绝对不会像你这样，每天沉默登山，试图用感情攻势或者阴险的手段来夺取我的功力。"

隆庆有些惘然，问道："那他会怎样做？"

半截道人嘶声笑了起来，枯槁的容颜上的皱纹，就像是要被拉断的生面条般不停颤抖，说道："进入洞窟的第一天，他就会跪在我的身前，恳求我把这身功力分给他一半。"

"可是……据我所知，书院里的人都很骄傲。"

"那种骄傲都是表象，都是对天对地对人的骄傲，但他们绝对不会对自己骄傲，而且只是一些廉价的强大之后的骄傲，那群无信的贱人，只要能够让自己强大起来，他们可以背叛昊天，可以投身魔宗，哪里有骄傲可言！"

半截道人愤怒地咆哮着，脸色涨得通红，颤抖的右手在空中乱舞，似乎要抓住某个抓不住的敌人，把他撕成无数碎片。

洞窟里所有事物，仿佛都感受到了这股愤怒，雪白的狼毛瑟瑟不安地变得越发顺滑，洞壁上的夜明珠悄悄敛了光芒。

隆庆跪在道人身前，更是被这股强大的精神力量撕扯得仿佛要燃烧起来，他用尽了全身的力气，才让颤抖的身躯没有瘫倒在地。

风骤停，洞窟里恢复死寂一片。

半截道人看着隆庆，缓声问道："你知道我是被谁腰斩的吗？"

他的声音很平静，看似毫无情绪，却隐隐透着无尽的痛楚。

隆庆扶在地面上的双手依然在微微颤抖，指尖微屈，快要抓出痕迹，他冒着老道震怒的风险，颤声说道："不是夫子，就是轲浩然。"

半截道人微微一怔，问道："你怎么知道的？"

隆庆说道："前辈当年的修为应该已逾五境，已然超凡入圣，世间能够击败您，并且把您伤得如此之重……只有那二人。"

听着他的回答，半截道人无尽怨毒地大笑起来，说道："你说得不错，当年我便是被轲浩然一剑斩去了半截身体，而这座山峰洞窟里藏着的老家伙们，不是被轲浩然所伤，便是被夫子所伤。

"当年我与轲浩然一战，身受重伤，若不是有秘法保命，当场便会承受无尽痛苦而死，不过虽然现在我活了下来，可当年的那些痛苦却无法忘记，我无法忘记亲眼看着自己的肠子流出去的感觉，无法忘记亲眼看着自己的下半身离开的感觉，我无法忘记那些痛！

"轲浩然虽然已经死了，但这些痛苦我还是忘不了，我不甘心，我想让轲浩然死了也痛苦，所以我时时刻刻都想毁了书院。

"然而我的后半生，只能依靠畸形的上半身在这个洞里像虫子般爬来爬去，我只是一个没有屁股的废人，我怎么能毁了书院？"

半截道人看着跪在身前的隆庆，像个疯子般咻咻地笑着，绝望说道："观主把你送到我的身前，我本以为你有机会，结果没有想到，你居然还是个废物，你虽然有屁股，但还不如我这个没屁股的！"

隆庆霍然抬头，问道："怎样才能不成为废物？"老道笑声骤敛，盯着他的眼睛，幽幽说道："所谓强者，便是那些能够不惜一切代价追求强大的人。"

隆庆跪在地面上，带着惘然的情绪，声音微颤说道："我选择修行灰眼，便是想暗算您，或者是这座山峰洞窟里的任意一位道门前辈，我以为这样已经算是不惜一切代价，我不知道怎样才能更进一步。"

老道怪笑着说道："既然是要不惜一切代价，那么除了强大之外，你不应该有任何别的情绪或者是立场，骄傲也罢，信仰也罢，都要抛去，如果说屁股决定一个人的立场，那么你要像我现在这样，根本没有屁股。"

隆庆低声问道："那昊天呢？"老道厉声说道："书院里那群贱人之所以如此强大，便是因为他们没有信仰，没有任何规则，在他们看来昊天不是屁股，就是一个屁！所以你要战胜书院，就要比他们更加没有信仰，没有任何规则！就要学会也把昊天当成一个屁！放了！"

93

作为一名坚定的昊天信徒，要从内心深处抹去对昊天的敬畏和信仰，可以说是世界上最困难的事情，就如同要把光明从天空驱散一般。

隆庆跪在半截道人身前，说道："昊天的意志太过强大，早已超过了我的意志，我根本不知道怎样才能抹除掉。"

半截道人问道："什么是昊天的意志？"

隆庆想着观主在南海舟上与自己的对话，说道："昊天无所不在，无所不知，世间万物运行都在昊天的掌控之中，所以我们的心意便是昊天的意志。"

半截道人没有想到他对昊天意志居然有如此深刻的认识，略带赞赏点了点头，说道："心意乃是昊天意志在主观上的呈现，然而事物必有两面，昊天意志也有它客观存在的一面，你可曾感知过？"

隆庆微感惘然，心想客观范畴里的昊天意志，那岂不是昊天的神律本体？身为世间凡人怎么可能感知得到？

半截道人仿佛知道隆庆此时心里在想些什么，缓缓睁开眼睛说道："昊天无论以何种形状出现在世界里，都必然是宏大的、庄严的、肃穆的、不言自明的伟大，而我们无法伟大，便只能强大。

"书院里那些强大而卑贱的无信者，之所以能够完全抹除昊天的意志，是因为他们从一开始的时候，就未曾真实地信仰过昊天，而道门弟子很难做到这一点，所以我此时要告诉你昊天的真实形容。"

隆庆声音微颤问道："为什么要告诉我这些？"半截道人看着他说道："只有先知道，然后才能忘记。"

隆庆若有所思，低头陷入长时间的沉默。

不知道过了多长时间，洞窟石壁上的那些夜明珠光明复盛，软榻上洁白的狼毛随风轻摇，他终于抬起了头，神情平静。

半截道人略带一丝焦虑问道："你可曾忘记？"隆庆问道："忘记

什么？"

"哈哈哈哈！"半截道人大笑起来，兴奋地伸手想要拍打自己的大腿，以宣泄这么多年的痛楚、绝望与等待的煎熬。

一掌重重拍进狼毛里，老道才想起这个已经很多年都没有忘记的事实。他早就已经没有腿了，而且他也没有屁股了。他现在只是一个只剩下半截身体的可怜的畸形的老道士，于是他痛苦地大声哭泣起来。

隆庆神情平静地看着老道像疯子般捶胸扼腕，甚至偶尔会扼自己喉咙把自己扼到满脸通红，直到哭笑相杂的难听声音渐渐停息，才说道："我的本命物是桃花。"

他身前道袍胸襟有一朵桃花，黑色的桃花。老道微微眯眼，看着他哑声问道："为什么是桃花？"隆庆平静说道："当年弟子入不惑后，始终没有定下本命物，后来在天谕院学习之时，听闻了当年夫子上西陵斩桃花的故事，从那时开始，我发誓要让桃花开遍昊天普照的人世间，于是桃花便成了我的本命物。"

听着这番话，老道看着他的眼神越发诡异，隆庆的神情却是越发平静，微笑说道："修道之初，我的理想便是带领昊天道门彻底战胜书院，这些年随着这么多事情的发生，尤其是因为宁缺的出现，我的想法变得更加直接而坚定，我的生命将全部奉献给毁灭书院和唐国的伟大事业中。"

老道看着他的眼睛，看出了很多事情，说道："很好。"

话音甫落，老道一掌重重击打在隆庆的左胸上，一股强大的力量从掌心喷涌而出，瞬间穿透肌肉与肋骨，直刺他的心脏！

半截道人枯瘦的手掌，仿佛是一面竖起来、然而被缩小了很多倍的碧湖，掌面上凝聚着一股极为清幽的气息，就似湖水一般黏稠，却又给人一种清旷之意，令人撕扯不开，也不想撕扯开来。

"你的眼睛太过黑白分明。"半截道人盯着隆庆的眼睛说道，枯槁面容上的神情看不出是哭还是笑。隆庆身躯微颤，从老道的话中确认了自己没有赌错，自己的期盼真的马上就要变成现实，他看着老道的双眼，被感激震惊的情绪所占据。

瞬息间，他那双黑白分明的眸子，渐渐发生了极为诡异的变化，黑瞳白仁之间的界线渐趋模糊，黑色的瞳子越来越淡，白色的眼仁颜色则是越来越深，越来越向彼此靠近，直至要变成完全均匀的灰色。随着隆庆的眼眸变成灰色，一股强大的吸引力，从他气海里穿透而出，把半截道人枯瘦的手掌紧紧吸在了他的左胸上。

半截道人早有预料，脸上神情没有丝毫变化，片刻之间，枯瘦手掌里蕴藏着的那片湖泊，便变成了一片汪洋大海，凶猛地灌进隆庆的身体。一位逾五境的天启强者，即便身受重伤，哪怕只是一半的念力，依然不是现在的隆庆能够轻松接受的馈赠。

此时此刻，隆庆觉得自己的身体就像是灌了酒的皮囊，下一刻便要爆开，他觉得自己的胸腔已经像山峰一般隆起，下一刻便要崩裂，他觉得自己体内的内脏早已经被强大的气息摧毁成了肉糜。

好在他强行保持住了道心的一丝清明，在幻灭来临前的刹那醒悟过来，忆起此时所承受的这些感知、意识、经验、知识、念力，都是无形无质的存在，所有的这一切都是幻觉，自己的身体没有发生任何变化。他知道自己必须忍过这段痛苦，才能获得新生。更强大的新生。

老道脸上的皱纹似乎变得深了些，又似乎变得浅了些，只剩下半截的身体，在榻边微微前倾，脸和隆庆的脸贴得极紧，看着隆庆闭着眼睛、苦苦支撑的模样，带着笑容颤声说道："多吸点，再多吸点。"

便在此时，有数十道极为强大的气息，穿透了坚硬的石壁，悄无声息来到这个洞窟，每一道强大的气息，便代表着这座山峰一处洞窟里的道门强者，这些道门强者，没有干扰这场诡异的传功，而是默默地关注，可以察觉到这些气息很平静，却又隐藏着极为复杂的情绪。

隆庆对此一无所觉。

他苍白的脸上涌现出极怪异的兴奋的猩红，不停起伏的喉咙里传来嘀嗒的声音，就像刚刚出生的幼兽，闭着眼睛，蹙着眉头，拼命地吮吸着自己能够吮吸到的一切奶水，满足到了极点也迷醉到了极点。

老道看着隆庆，脸上也流露出满足迷醉的笑容，或许是太过兴奋或是别的什么原因，当年被剑斩开的腰腔，开始向外渗出血水，打湿了雪白的毛褥。

"再多吸点。"

"不要着急。"

忽然，老道脸上的笑容瞬间消失无踪，他盯着隆庆，声若钢铁般冷漠，说道："我给你的，你才能要，我不给你，你就不能抢。"

隆庆依旧闭着眼睛，像是听不到他的话。真的很像饿坏了的幼兽。

94

没有得到反应，半截道人的眼眸里涌现出无穷震惊和不可思议的情绪，厉声呵斥道："你好大的胆子！"

隆庆仍然没有什么反应。

刚刚出生的幼兽，个人实力自然极为弱小，然而对乳汁的渴望以及由此而蓬勃释放出的生命浓度却正好处于最强烈磅礴的时刻。

隆庆此时就是幼兽，他闭着眼睛，陶醉地、平静地、贪婪地、饥渴地、天真地不停吮吸着自己能够吮吸到的一切。

老道的面容骤然变得更加枯槁，身体越发瘦小，甚至已经隐隐有了佝偻的模样，他虽然把自己毕生的愿望，都寄托在跪在自己面前的隆庆身上，甚至愿意把自己的半数修为都灌注到对方体内，然而此时他发现情况变得有些不对劲，甚至隐隐感觉到了极大的恐惧。

他是半截道人，哪怕损失半数修为，也依然能够活下去，然而以隆庆此时贪婪恐怖的模样，哪里肯罢手？如果任由这种局面持续下去，哪怕他是曾经逾过五境的天启境强者，也支撑不了太久便会死去。

"你太贪了！"

半截道人感受着念力如海潮般涌出自己的身体，眼眸里充满了难以遏制的暴怒情绪，一道强大的气息释出体外，本来如碧湖汪洋般落在隆庆左胸上的枯瘦手掌，骤然间变成了一座大山，猛然前压！

只听得咔嚓数声脆响，隆庆左胸的肋骨连断五根，一口鲜血从他口中喷出，打湿了胸前那朵黑色的桃花，然后他醒了过来。

隆庆缓缓抬头，看着近在咫尺的老道，淡然说道："既然已经开始，何必就此结束，既然已经吸了这么多，为什么不再多吸一点？"

半截道人知道他此时已经从那种近乎本能的癫狂状态中醒来，没有料到他居然敢如此说话，不由越发愤怒。然而他的愤怒来不及转为暴烈的火焰，便已经被惊惧和惘然所取代。

先前他手掌化作山峰落下，击断了隆庆数根肋骨，却没能离开对方的胸膛，而是沾着血水，深深地陷进了隆庆的胸口里。

隆庆的胸口有一个洞，半截道人的手掌隔着道袍，伸进了这个洞里，陷至小臂一半的位置。上方有一朵染着血的黑色桃花。

半截道人想把手拔出来，但他无法做到。他清晰地感觉到手掌和半截小臂，所接触到的那些滑湿黏软的内脏，那些隐隐蠕动的血肉仿佛要活过来，令人感觉十分恶心又十分寒冷。

隆庆身体上的这个洞，就像是一个泥潭，泥潭里面有无数丈深的淤泥，那些淤泥无比黏稠，泥潭最下方则是幽暗的无尽深渊。

半截道人觉得自己此时正在这片泥潭里挣扎，无数有毒的瘴气不断渗进毛孔，冰冷秽臭的黑泥渐要掩埋他的五官。片刻后，他的身体便要被这片黑色的泥潭所吞噬，而轻若无质的灵魂，虽然能够穿过这些淤泥，却最终会进入无尽深渊，承受亿万年的孤独。

那便是死亡。

半截道人越发佝偻，甚至明显得肉眼都能看出缩小了一圈的身体，难以控制地剧烈颤抖起来，他看着隆庆，眼睛里满是惊恐愤怒和惘然，他不知道发生了什么事情，为什么自己无法阻止身前这个废物攫取自己的一切。

然后他看到了隆庆的眼睛。那是非常平静的一对眼眸，没有任何贪婪饥渴，甚至没有任何情绪，就像树梢在风中轻摇，湖水在风中轻荡，因为理所当然，所以平静，而正是这种平静，却让人轻易地感觉到恐惧的意味。

半截道人在此刻，忽然想到先前，自己对隆庆描述自己天启时曾经看到过的昊天真容，隐隐明白了一些什么，顿时生出无限恐怖。

被隆庆用灰眼功法吸取太多气息，老道的身体缩小了一圈，面部同样如此，双眼间的距离却开了很多，看上去就像是在树下发呆的智障儿。

他看着隆庆那双无情无识、平静而恐怖的眼睛，颤着声音喃喃说道："为什么会这样？昊天怎么会允许你超界限？"

隆庆看着他平静说道："你说要抹除昊天的意志，便需要没有信仰，没有规则，那么又怎么会有界限？但事实上你依然是错的，这个世界上没有谁能够真正地无视规则，因为规则属于昊天的神域范畴，所以当年轲浩然才会被天诛而死，所以要真正地无视规则，不应该是抹除昊天的意志，而是以自己的心意体悟昊天的意志，甚至完全转化成昊天的意志。"

半截道人的身体不停颤抖着，血水从腰腔处不停涌出，声音凄厉而惶恐地咆哮道："即便如此，昊天又怎么会选择你这个废物！"

"昊天的意志岂是我们这些凡人能够猜忖的？"隆庆看着他毫无情绪地说道，"我们只需要接受，并且赞美，就在先前那一瞬间，我想要更多的你，甚至全部的你，而昊天感受到了我的愿望，所以，你就必然要把全部的自己奉献给我。"

半截道人凄厉地说道："我不愿意。"

隆庆说道："数十年来，你生不如死，今日你死在我手中，可得解脱，临死之前将自己奉献给我，亦算死得其所。"

半截道人的身体此时已经缩小了很多，看上去就像是个几岁的孩子，但这并不是返老还童，脸上的皱纹比先前还要深。他知道自己马上便要死了，他知道自己无法逃离这片泥沼，他甚至隐隐猜到，这真的是昊天的谕示，但他依然不甘心。

"这真的是昊天的谕示。"隆庆看着他安慰道，"不然你明明知道我是个狠毒冷酷的人，明明知道我就是想暗算你，夺取你的一身功力，你为什么还会如此愚蠢，居然真的愿意传一半功力给我？所以你且安心地去死吧。"

半截道人在空中挥舞的手臂变得僵硬起来，片刻后他疲惫地收回手，痛苦地低着头沉重地喘息着，说道："是啊……我明明知道……你是个坏透了的家伙……我为什么还要给你暗算的机会……大概……我真的早就不想活了……我只是想找一个继承人，帮助我完成我的心愿。"

他抬起头来，头颅缩小了很多，两只眼睛相对显得大了很多，而且快要移到两侧的脸颊上，看上去显得格外诡异恐怖。但此时，他眼睛里的神情却不再怨毒愤怒恐惧，只剩下一片明亮，那是明悟之后的解脱。

他看着隆庆，兴奋地喘息着说道："替我杀死书院所有的人，然后让世间亿万昊天信徒都记住我的名字，我姓何，叫……"

"书院里所有人我都会杀，唐国我也一定会灭掉。"没有等他说完，隆庆平静说道，"但你是谁和我并没有太多关系，这些天你给过我太多羞辱和痛苦，那么这便是对你的惩罚吧。"

半截道人微微一怔，旋即哈哈大笑起来，只是他此时的一身修为已经快要尽数离散，笑声显得格外沙哑无力："果然是个狠而无情的家伙，罢罢罢，无论将来你能走到哪一步，让你重获新生的还是我何某人的修为，无论名字是否留下，当你纵横世间之时，那都是在传播我的光彩。"隆庆微笑说道："正是如此。"

半截道人不再说话，平静地等待死亡，然而下一刻，他忽然眯起那双已经变形的恐怖的眼睛，看着隆庆说道："死亡马上就要来了，我不知道会堕入冥界，还是会回到昊天的神辉之中，但我最后想告诉你，我此时依然在恐惧死亡，因为终结是每个生命无法抑制的悲伤。"

隆庆静静地听着，知道老道临终前的话必然大有深意。

"我会恐惧死亡，他们和我一样。"半截道人说道。

隆庆知道他指的是山峰洞窟里的别的老道士们。

半截道人艰难地抬起头来，看着幽深洞窟里的一切，看着那数十道强大的气息，微讽说道："他们正看着你把我吸空，他们正感受着我对死亡的恐惧，所以他们绝对不会像我一样，把一身修为全部传给你，然而就像我无法抵抗你对我的诱惑一样，他们也无法抵抗你对他们的诱惑力，所以如果他们要活下来，便不能允许你再活下去。"

隆庆沉默片刻后说道："虽然有些遗憾，但我明白。"

半截道人静静地看着他，慈爱地说道："那便逃吧。"

说完这句话，他闭上了眼睛，倒在了雪白的榻上，就此死去。

洞窟里那数十道强大的气息，骤然间翻涌起来，显得极为恐怖，瞬息之间，碾碎了石壁上的所有夜明珠，袭向隆庆的身体。隆庆厉啸一声，脸色变得雪白无比，双膝在地面一弹，身体像片叶子般，妙到毫巅，穿掠过那数十道气息里唯一的通道，飘出了洞窟。

　　逃离洞窟，他想都未想，便直接跳下崖壁，向远处的知守观狂奔。那数十道强大的气息，带着对未知的恐惧，带着狂暴的气息，带着愤怒的火焰，带着难以想象的强大境界，从山崖间的无数洞口里喷涌而出。

　　山峰表面覆着的青藤骤然碎裂，如利箭般向天空和大地疾射。大地颤抖不安，整个世界似乎都要毁灭了。

95

　　崖壁上的那些青藤很结实，在那数十道恐怖气息的撕扯下，却显得那般脆弱，裂成无数段，向着密林山道喷射而去。伴着轰隆巨响，青藤段落在地上，砸出无数坑洞，飞入林中，砸断无数树木，溅起无数的碎屑，碎屑呼啸作响，有的深深揳进坚实的树干，有的在坚硬的石头表面割出深深的白印，显得格外恐怖。

　　一段看上去很细很软的青藤，从山崖间落下，击中了隆庆的后背。他感觉自己的后背被一块巨石击中，脸色骤然苍白，吐了一大口血，眼瞳里流露出极为恐惧的神情，强行忍着伤势，继续向山下狂奔。

　　洞窟里的老道士们，对隆庆的感觉很复杂，因为他代表着重临人世间的希望，却又代表着死亡的阴影，二者混合在一起，便成为了最黑暗又最香甜的诱惑。他们先前沉默旁观了半截道人的传功，隐隐明悟了一些什么，明白即便隆庆不再那般狠毒，在动用灰眼功法的过程中，也无法控制那份难以抑制的野心和贪婪，而那份绝对冷酷的野心和贪婪，最终代表的便是他们的死亡。

　　在这座山峰里苟延残喘了数十年，依然没有死去，便代表他们不想死。他们如果不想死，便要能够抵抗住隆庆带给他们的这份黑暗又香甜的诱惑，最简单的方法就是杀死他。

隆庆并不是一开始就明白这个道理，但先前半截道人临死前，曾经警告过他，所以他在第一时间内反应了过来，试图逃离。然而即便他清楚洞窟里的这些老道士拥有多么恐怖的实力境界，却依然没有想到，只是简单的数十道气息，便引发了如此震天动地的威势。

　　山道上乱石纷飞，轰隆不断，密林里更是树倒枝摧，生出无数烟尘，看上去就像是昊天动怒，降下陨石雨来惩罚不敬的罪人。

　　不时有碎屑割破他的肌肤与血肉，他身上的伤越来越多，流的血也越来越多，黑色的道袍颜色没有变化，衣襟边缘却已经湿透，开始滴落。

　　渐渐地，密林里的爆炸越来越疏，落下的青藤碎段越来越少，离开那座山峰渐渐远了，他没有放缓奔跑的速度，脸上的神情却越来越平静，越来越从容，在平静神情的最深处，或许有余悸与狂喜，只是谁都无法看到，哪怕是他自己。

　　隆庆终于成功地远离了那片山崖，跑进了知守观。

　　来到湖畔，看着那七间草屋檐上搭着的如金似玉般的草，他眼睛微微眯起，忽然发出一声似受伤野兽般的低吼。他冲进了第三间草屋，伸手握住天书沙字卷。

　　天书沙字卷记载着无数秘学，浩若沧海，极厚，然而不知为何，当他染着血的右手，落在沙字卷上时，这卷天书似乎变得薄了很多。

　　隆庆把沙字卷塞进自己怀里，走出草屋，又望向其余几间草屋，然而就在他准备继续做些什么的时候，忽然感觉到一股极淡渺的气息，正以极快的速度向着湖畔而来，他神情骤凛，不敢拖延时间，向着远处那座道殿奔去。

　　那座道殿是知守观的药殿。这些天隆庆一直在药殿里炼药静修，对这里非常熟悉，直接跑到药殿最后方的炼丹房，从鼎中取出一直在冷煨的那炉坐地丹。

　　虽然他强行吸取了半截道人一身的修为，一位逾五境的天启境强者的经验意识和念力，可以想象是多么磅礴，以他此时的境界，根本没有办法在短时间内吸收，甚至还必须以极强大的意志压制这些修为在体内蠢蠢欲动的趋势。

而逃离洞窟时，他更是受了极重的伤。按道理来说，他这时候应该毫不犹豫，把自己耗尽心血炼制的这炉坐地丹吞服下去，然后坐地运化药力，才能保证自己活下来，可奇怪的是，他竟是看都没有看这些丹药一眼，而是直接跑到了前殿。

他推开那扇檀香木门，走到简单的陈列架前。

陈列架上，有一个晶莹剔透、不知是用什么材料做成的小药瓶。为了抵抗住诱惑，这些天他没有开过檀香木门，甚至没有往门后看一眼，但在心里，他不知道幻想过多少次握住这个小药瓶的感觉，不知想象过多少次自己把这个小药瓶揣进怀里的感觉。

所以他把小药瓶的位置记得非常清楚。他伸手时没有任何犹豫，动作非常准确。近乎无情无识、心境黑暗恐怖到连洞窟里老道士们都感到隐隐害怕的他，手指触到小药瓶的那瞬间，依然忍不住颤抖起来。

当隆庆走出药殿，准备用最快的速度找到离开知守观道路时，有些意外却又并不意外地在那片草甸前，看到了那名中年道人的身影。

初秋的草甸，很奇异地没有变黄，也没有什么霜白之色，依然幽绿一片，中年道人穿着浅青色的道袍，站在草甸前，仿佛要融将进去，看着极不起眼。

这个画面，对隆庆来说意味着别的一些信息。他一直不知道这位师叔的修为境界到了哪一步，此时看着对方若有若无地与草甸融为一体，终于确认，这位师叔早就已经晋入知命境界，甚至有可能已经到了知命巅峰。

隆庆的脸上泛起一丝苦涩的笑容，心想果然如此，知守观再如何孤独寂寥，依然是道门圣地，依然是世间修行者敬若神国的不可知之地，有资格独自打理这座道观的道人，又怎么可能是普通的人物？

中年道人静静地看着他，说道："为什么这样做？"隆庆知道他问的是什么，回答道："因为我想这样做。"

在南海舟中，那位青衣道人与隆庆有过一番很重要的谈话，隆庆也就是从那一刻开始，明白了自己的心意便是昊天的意志。

中年道人常年在知守观里静修悟道，与南海舟上的青衣道人乃是师兄弟，自然明白隆庆这句回答的意思。

他看着隆庆说道："师兄的看法，我这个做师弟的不见得赞同，但也找不到反对他的理由，不过就算我们的心意都是昊天的意志，但我还是不明白，你为什么要这样做。能够在知守观里修行，能够看天书，能够和那些道门前辈朝夕相处，就算你什么都不做，就这样平静地修行下去，总有一天都能恢复当初的实力，甚至会获得更高的境界，你为何要如此行险？"

"因为世上不是只有我一个人在修行。"

隆庆回答道。他这句话没有说完整，他很清楚自己在知守观里静修的时候，那些人也没有停止前进的脚步，道痴已经成为裁决大神官，书痴已经晋入了知命境，最关键的是那个叫宁缺的人不会等自己。

他需要时间。他不可能在这座道观里平静修行数十年。因为他虽然神情平静，心情似乎也平静，但还无法获得真正的平静。在战胜道痴、杀死宁缺之前。

中年道人忽然闻到了一抹极淡的药香，神情渐肃，说道："谋害道门前辈已然是极大的罪孽，你居然还想窃取道门至宝？"

隆庆知道师叔已经发现自己偷了小药瓶，正准备说些什么的时候，中年道人忽然在他身上感应到了天书的气息，不由勃然变色，厉声训斥道："你居然敢偷取天书！难道你不怕被打入冥界！"

"我一直在思考，在我已然真正绝望，不再自暴自弃，不再于光明黑暗间摇摆，开始做一个普通商人，试图庸俗地、像个凡人一样度过这乏味的一生时，观主为什么要来拯救自己。"

"直到我来到知守观，开始修行灰眼，看到通天丸，渐渐无法压制洞窟里那些道门前辈身上气息对我的诱惑，尤其是先前半截道人死前对我说起强大与骄傲的关系时……我才逐渐明白，如果说观主在我身上还能找到某些与众不同的地方，那便是我对这个世界已无眷恋，所以我可以对世间一切骄傲，又可以没有任何骄傲，我可以抛弃一切，所以我最有机会成为最强大的那个人。"

隆庆看着中年道人静静说道，苍白的脸上带着很诡异、却又格外坚毅的笑容："只要能够重新强大起来，便是要在冥界永世沉沦又如何？如果我愿意付出在冥界永世沉沦的代价，我凭什么不能重新强大起来？"

96

"如果这是师兄给你画的一条道路，那么你现在已经走过了这条道路的尽头，来到了悬崖之前；如果这是师兄给你安排的人生，那么你现在已经偏离了他的安排，超出了所有人能够忍受的底限。"中年道人缓声说道。

青幽的草甸在他的身后反射着天光，草甸后方是一片陡峭的绝壁，谁也不知道那片绝壁有多深，云雾之下的深渊究竟有多深。

"在洞窟里，在吸取半截道人意识的过程里，我很陶醉，陶醉里又夹杂着恐惧，因为正如我那时说的，不再有规则或底限能够束缚我。观主安排的，不见得是正确的，因为只要有安排，那便有确定的规则。"

隆庆看着中年道人身上浅青色的道袍，想起南海舟上观主身上的那件青色道袍，脸上不由露出一丝惧色，然而片刻后，惧色变成解脱后的轻松。

"观主大概也想象不到我身上究竟会发生什么事情，因为除了我们自己，甚至包括我们自己都不知道自己的心意，那又怎么可能了解昊天的意志是什么？"

中年道人叹息一声，说道："即便是师兄和天谕大神官，也不敢妄自揣忖昊天的意志，这世间又有谁能够真正了解苍穹在想些什么，你又有什么资格说自己承载着昊天的谕示，把自己的罪孽归于昊天？"

隆庆说道："凡人眼中的罪孽，或许并不存在于昊天的意念中。"

"也许你说的是对的。"中年道人看着他，说道，"然而现在我站在你的身前，我很想知道，是什么样的信念支撑着你没有因为恐惧而下跪求饶，却与我侃侃而谈，难道你真以为这样的说辞便能让我放任你带着天书和圣药离开？"

隆庆平静地说道："如果我的心意真是昊天的意志，那么昊天的谕示必将由我实现，昊天怎么会让我死；如果我今天死在师叔手中，便证明我的心意并不是昊天的意志，既然如此，我便失去最后的希望，还继续苟活着也没有任何意义。所以师叔，我真的不害怕死亡，至少暂时不会恐惧面对死亡。"

中年道人说道："依然说得有理，但言语于我，就如苟活于你一般，没有任何意义，交出天书和圣药，至少我现在不会杀死你。"

"您自然不会杀我，因为观主至少曾经在我身上寄予过某种希望。"隆庆看了一眼自己的道袍，感受着怀里的天书和那个小药瓶，说道，"没有规则，没有底限，那便没有交易，我曾经失去过很多，所以我现在就像孩子一样贪婪，我拿到手的糖果，怎么舍得交出去？"

然后他抬起头来，看着中年道人说道："师叔，您看过那些穷人家的孩子抢糖吃的画面吗？那要比乞丐抢剩饭更加热闹，也更加令人心酸，哪怕那些孩子已经吃撑了，哪怕那些糖果如此廉价，哪怕那些糖果可能对他们没有任何用处，但他们依然要拼命地吃，因为他们不吃，便可能被别的孩子吃掉。"

中年道人闻言一惊，急道："不可！"话音一落，他一拂道袖，一道极宏大精纯的气息，骤然间卷动无数天地元气，化作无形的绳索，便要缚住隆庆的身躯。

然而隆庆心中早有谋划，便在说话的时候，早已悄无声息把怀中的小药瓶捏碎，抢在中年道人气息来袭之前，连药带着掌心里的药瓶碎片，全部塞进了嘴里，带着诡异的笑容，不停用力咀嚼。小药瓶的碎片很锋利，划破了隆庆的口腔，一些鲜血顺着唇角淌下，更多的鲜血则是混着通天丸和碎片进入他的腹中。

中年道人身形若风柳轻扬，瞬息间来到隆庆身前。然而此时隆庆已经服完了药，就算把他腹部剖开，通天丸也不可能复生。中年道人的神情异常冷峻，眼眸里的怒火仿佛要喷将出来，把隆庆烧成灰烬。

通天丸可以说是世间最珍贵的圣药，即便是知守观也只有寥寥数粒，而随着陈皮皮离开知守观，更是只剩下了最后一粒。

隆庆抬起苍白的脸，看着中年道人微笑说道："师叔，唯一一颗通天丸被我吃了，如果就这样杀了我，至少这粒通天丸便等于掉进粪坑里的糖果，再也没有了，而您若让我活着，至少可以期望一下这粒通天丸会给我带来怎样的变化，我想对于道门来说，这才是正确的选择。"

中年道人微微眯眼，看不出心中在想些什么。偷取道门圣药，当然是不可饶恕的死罪，但换一个角度去想，药物一旦被人服下，那么它的珍贵性便转移到了服药人的身上，因为无论如何愤怒，药已经不复存在，现在只剩下了那个服下圣药的人，这就比如怀璧者有罪，可若那块玉璧与人合二为一，人便是璧，非但无罪，反而珍贵。

隆庆成功了，他看着若有所思的中年道人，微微笑了起来，并不如何得意，只是很满意自己对道门利益和人心的算计。

通天丸在腹内渐化，化作春溪般的清新药力，在他的身躯里缓慢流淌，修复着受损严重的腑脏，甚至开始依层滋润在南海重筑后一直有些干枯的雪山气海。

隆庆清晰地感觉到了这一切，甚至隐隐猜到，当通天丸药力尽数化入身躯后，自己的雪山气海完全能够修复如初，到那时，再加上他此时身躯里吞噬的半截道人的毕生修为，他的境界能够重新回到曾经的巅峰状态，甚至有可能直接迈过那道门槛，进入知命境的领域！

曾经失去过所有，才能知道重新得到是多么难得的事情，曾经辉煌，才知道重新攀上巅峰是多么艰难的事情。隆庆的眼睛微微湿润，然后觉得自己的身体仿佛轻了几分，似要飘将起来。

紧接着，他发现这并不是幻觉，亦不是错觉，而是体内流转的药力，正在不停地洗涤着所有的浊垢与污秽，把那些原本属于世间的尘埃和凡俗尽数洗离骨骼，他的人变得轻了，轻得真的要飘起来，飘向远方。

那是一种似幻如真的感受，那是通天丸的绝世药力，渐要转换成修行者气息的附带效应，药物所释放出来的味道，仿佛变成了某种真实的气体，从他的毛孔里缓渗而出，慢慢地包融了他整个身体。

飘飘然的陶醉中，隆庆还是没有忘记那些遗憾，虽然以看似简单，实则不可破的推断，解除了丧命的危险，然而他清楚，接下来自己大概会被幽禁在知守观里，等着观主归来再作论断，而怀中的这卷天书自然无法保住。

然而接下来事态的发展，并不如他的意料。中年道人看着他淡然说道："我很欣赏你的反应速度和对策，但你似乎忘记了，疯魔如你可以视规则如无物，但道门和我们这座道观，依然有自己的规则。"

隆庆眉头微皱，想要再说些什么。然而中年道人再无话讲，轻描淡写地一掌向他的头顶拍去，这一掌看着是那般的简单，全无武道巅峰强者所具有的威势与力量，然而却蕴藏着某种玄之又玄的气息，仿佛暗合了天地之间的某种至理，根本无法可避！

隆庆避不开这一掌。

无论他拥有如何神奇的遭逢，依然避不开知命境巅峰强者的一掌，这种实力境界之间的巨大差距，就像是昊天的意志一般，不可阻挡。

看着愈来愈近的手掌，隆庆的脸上流露出绝望和不甘心的神情。

中年道人的手掌，重重地落在隆庆的额头上。然而出乎意料的是，隆庆的头颅没有像熟透的果子一般坠落，也没有像熟透的西瓜一般迸裂，还是好端端的。

中年道人眉尖骤挑，似乎察觉到非常不可思议的事情。

那股蕴藏着天地至理的掌力，在触到隆庆头顶之前，恰好先行遇到了他体内通天丸初始迸发的那股气息！草甸前迸发出一声极沉闷的响声。

97

在隆庆想来，他的决断，他的应对，没有任何问题，完全掌握了人性的……不能说是弱点，应该说是特质，然而他忘记了很重要的一点，人性共通的特质，那么必然在历史上出现过很多次，换句话说，他的决断以及应对，看似智慧，实际上不过是拾前人牙慧，依然走的是老套的路数。直到如今，隆庆依然不知道中年道人的名与姓，但在青衣道人被夫子一根木棒逐至南海后暂管知守观的他，自然拥有足够多的智慧与见识，隆庆的应对在他看来充满了陈腐的令人厌憎的气息，越发令他不能接受。

不能接受，那便是强硬而极端的镇压，他毫不犹豫一掌拍向隆庆的头顶，根本不理会那颗被吞噬掉的珍贵的通天丸，也不理会隆庆这个人对道门来说究竟意味着什么，他只是要维护道门的规则与底线。

然而令人遗憾，令世间遗憾，将来也会令宁缺感到无比遗憾的是，中年道人的这一掌并没有把隆庆一掌拍死，反而极为诡异地被隆庆周身笼罩的那层淡而极韧的气息反震了回来。

近乎癫狂的隆庆，心中再无任何道德规则的束缚，所以能够做出如此多大逆不道的事情，然而昊天的世界毕竟是有规则的，而他此时能够活下来，在很大程度上都要感谢这些规则：比如作用力与反作用力。

中年道人轻描淡写却无可抵御的一掌，落在隆庆的头顶，震得他牙关骤松，五官出血，却没有击破那层薄薄的气息，巨大至恐怖的力量，被那层气息薄膜反震而回，让他的手掌高高弹起。

轰的一声，隆庆的双脚在坚硬的草甸地面上踏出一个深坑，腿上的裤子尽数碎成蝴蝶飞去，腿骨一阵剧痛，似乎断了。烟尘弥漫间，被一掌击中的隆庆，就像是被一掌狠狠拍向地面的皮球，骤然一滞，然后以极为恐怖的速度向着天空弹去！

呼啸破风声起，隆庆弹向空中，极高极远，他极惘然，不知所措，感受着扑面而来的秋风，看着越来越近的云层，想着先前服下通天丸之后轻飘飘的感觉，不由心想，难道自己真的就此羽化成仙，将要离开这个糟糕的人间？

一颗通天丸，不可能真的让凡人成仙。只要没有变成神仙，飞得再高，也总有落下的那一刻。隆庆被震离地面，飘飘然飞起，不知飞了数十丈还是数百丈，就在他觉得自己似乎伸手便可以触摸到碧空流云的时刻，他开始下坠。

除了那些能够回到昊天神国的圣贤，绝大多数世人最后的归宿都是大地，大地对人类的吸引力是那般的强，强到带有很多力量。那些力量让隆庆下坠，并且坠得越来越快。

他离了云端，破了秋风，看着中年道人，越过草甸，掉落草甸后方的绝壁之中，扰乱那经年不散的云雾，直入幽深不见底的渊壑。从如此高的地方落下来，哪怕是知命境的强者，也会被大地震成一摊肉泥，更何况谁也不知道深渊之下有怎样的凶险。隆庆就这样带着天书，坠入深渊之中。

中年道人走到崖畔，看着崖间的云雾像被石头扰动的湖水般不停流淌，沉默不语，不知道心里在想些什么。没有人知道隆庆究竟是生是死。他或许能活，但应该已死。然而谁知道呢？

中年道人看着渐渐被流云吞噬的那个人形空洞，默然想着，如果这样你都没有死，那么你或许真的便是传说中的天谕之人。

知守观后的那座青山里，不时响起或沉闷或凄厉的声音，那些散落在山道和密林里的青藤，随着这些声音不停地颤抖，仿佛感到格外恐惧。

这些声音来自洞窟里避世数十年的恐怖道士们，这些道士并没有刻意地展现自己的威能，只是心有所感有所系，随意谈吐，便让青山青藤与红土尽皆战栗不安，数十个洞窟震动欲塌。

"为什么？"

"为什么让我看到希望，却又是如此冷酷的一个希望。"

"我要杀了那个晚辈。"

"那个废物好大的胆子！居然敢对我们这些人动恶念！"

"何道人为什么临死前什么都没有做？"

"他看到了什么？"

"昊天的意志还是冥王的阴影？"

"难道这才是真正的天谕？"

被残乱青藤依然紧紧包裹的山崖，忽然变得安静起来，很长时间都没有人说话，洞窟里的那些老道士，想起先前看到的那幕画面，想着隐隐明悟到的某些真相，片刻间竟同时沉默不语。

很长时间之后，有道极为浑厚的声音在山崖间响了起来，那些正试图在山脚密林碎屑里寻找筑巢材料的鸟儿，听着这道声音，顿时惊恐地四处飞散。"不管是昊天的意志还是冥王的阴影，也不理会是上天的谕示还是人类的原罪，这个年轻的道门弟子出现在我们身前，已经说明了很多问题，何师兄被那个年轻人夺走一身修为，在临死前却没有杀死对方，表明他不想抵抗这种诱惑。"

一处洞窟里传来一道极沧桑老迈而怨毒的声音：

"如果换作是我，只要隆庆能够继承我一身功业，然后毁灭书院，灭掉唐国，或者我也愿意。这数十年来的幽居生涯，我实在已经熬够了。当年若不是被轲浩然这个疯子砍了一剑，我现在应该坐在墨玉神座之上，哪里会被莲生抢了位置，又哪里会余生不见青天与子民？"

又有一处洞窟里传来一道冷漠至极的声音：

"如果你真甘心把功业传给那个年轻人，那你先前为何要杀死他？说来说去，你终究是舍不得脱困的机会，你也莫要说什么当年，然后再来论舍不得，我们这些被困洞窟的老家伙，谁没有一把血泪？当年夫子上桃山斩桃花，我若不是拦在最前面，被一眼看成重伤，卫光明哪里敢因为那些莫须有的罪名便把我逐出桃山？"

先前那道沧桑老迈的声音嘲讽道："你身为西陵长老，天谕神座的亲师兄，居然与宋国普通信徒的老婆日夜寻欢，若不是念在你在夫子手中落了重伤，你以为卫光明只是把你逐出桃山便罢了？"

"你想说什么？"

"我想说你完全可以把修为传给那个叫隆庆的废物。"

"你为什么不传？"

"因为我总有出去的那一天。"

"山崩海枯，你也不可能出去。"

"都不要吵了。"

那道极为浑厚、充满了无穷威势的声音，在山崖间炸开，震得青藤碎段簌簌作响，那些正欲飞离的鸟儿哀鸣坠地。很明显，洞窟里的那些老道士都很畏惧这道声音。

"何师兄当年被轲浩然腰斩，数十年来生不如死，不像我们还可能有重见天日的那天，能够有这样一个狠毒的传人，并不见得是坏事。

"但我们不同，我们身上的旧伤虽重，却没有到无法压制境界的那种程度，只要有机会，我们便可以离开这些洞窟，离开知守观。那个狠毒得连我都感到心悸的年轻人无论是死是活，总之是远离了我们。我们现在需要做的事情，便是静心潜修，沉默等待。任何对当年荣光的回忆，都是心头的毒药，就算没有那个年轻弟子，你们也会走火入魔。"

山崖间一片死寂，没有任何人敢表示反对，因为那些洞窟里的老道士很清楚，要论起忆当年，没有任何人比那个人更有资格追忆当年，当年若不是惨败在轲浩然的剑下，这位浑厚声音的主人，如今必然会端坐在西陵神殿的最上方，以掌教的身份统领着整个昊天道门。

不知道过了多长时间。山崖间再次响起声音，青藤不动，那些如染了血般的红土，却因为这声音里的绝望和怨毒，而开始簌簌滚动起来。

"我们真有活着离开这些洞窟的一天吗？"

"我们真的能够重见天日吗？"

"我们已经等了几十年，有的人已经等到老死，难道还要继续等下去？"

这些带着怨毒绝望不甘情绪问出来的问题，就像是深秋里寒冷的雨水，不停地冲洗着洞窟外的山崖，给洞窟里的人带来无尽的痛苦。

很久之后，那道浑厚的声音再次响了起来，带着怅然，带着坚毅，带着对未来的期望和对某人的怨恨，沉声说道："等待着，永远等待着，准备着，时刻准备着，等待着，准备着那个老不死的死去，这是我们唯一能做的事情。"

数十年前，魔宗势盛，相对应地，昊天道门强者辈出，西陵神殿如果尽出战力，看似可以横扫世间。然后，书院出了一位小师叔。那位小师叔姓轲名浩然，骑着一头小黑驴，腰间佩着一把不起眼的剑，先灭魔宗，然后因为这样或那样的原因，又或者不需要任何原因，只是理念不同，开始与道门的强者们对战厮杀。腥风血雨间，不知多少道门惊才绝艳的修道天才，或被轲浩然斩于剑下，或被他重伤成疾，或被他逼得破境而遭天谴，就此遁世不敢出。

一日，昊天道门强者云集，陷轲浩然于重围。轲浩然战而胜之，然后，遭天诛而死。其后，夫子入西陵，登桃山，斩尽桃花，杀参与此役之人，重伤其余之人。知守观观主、青衣道人迎之。夫子手持一棒击之。青衣道人惨败而遁，远避南海，自此一生不踏陆地。数十年后，知守观后有青山，山崖里洞窟如蚁穴。其间住着无数境界恐怖却身受重伤的大强者，半数为轲浩然所斩，半数为夫子所斩。

这些道门的强者如果重现世间，不知会掀起多么可怕的风雨，然而他们却无法出来，这个世界甚至早已经遗忘了他们的存在。

因为夫子不允许。

98

隆庆醒了过来，迎接他的是如重纱般的瘴气厚雾，满地厚厚的腐败树叶，以及身上传来的无尽痛楚。从那般高的山崖摔落，居然还活了下来，他自己都寻找不到什么合理的答案，或许是瘴雾上方那些若隐若现的古树减轻了下坠之势，或者是身下这些厚若软榻的腐叶淤泥起了作用。

隆庆更觉得，自己能够活下来是昊天的意志，就如在知守观里与师叔对话里提到的那般，如果自己真是传说中的天谕之人，承载着昊天最隐晦的意志，那么昊天便不会让自己随随便便死去。

淤泥腐叶虽软，隆庆身上依然有很多骨头折断，但真正的痛苦并不是肉身上的伤害，而是体内那两道正在不停冲突的强大气息。来自半截道人的天启境气息，在他昏迷时，不再有意志束缚，咆哮着从识海、从他身体各处喷涌而出，变成了无数把锋利的钢刀，不停地刮着他的骨头，切削着他的肌肉，更试图把他的雪山气海轰成废墟。

而通天丸里蕴藏着的灵药气息，则是不停地修复着他骨头上的裂口、肌肉上的断络，滋润着他的生机，不停地从那些废墟中，依着最后残存的影子，一次又一次地修复着雪山气海。这是不断破坏毁灭又不断修复重生的过程，极为痛苦。

昏迷时倒无所谓，此时醒来之后，这些痛苦便成了最真切的存在，隆庆的脸瞬间变得雪白一片，一声极为凄惨的嘶吼，从渗着血的牙齿里迸将出来，在幽静的谷底林间传得极远。因为痛楚太过剧烈，隆庆险些刚醒过来，便再次昏迷过去，但他清楚此时的清醒对自己有多么重要：如果昏迷在充满毒素和未知危险的谷底密林里，自己根本撑不了太长时间，到那时昊天再如何仁慈也只能抛下自己。

又是一声惨号，隆庆向着身旁不远处的一块石头上重重撞去，硬生生撞断自己的一根肋骨，用新鲜的疼痛压制住其余的痛苦，在昏迷前的一刹那，争取到片刻时间，敛神归意，盘了个散近无形的莲花坐，开始冥想疗伤。

时间缓慢地流逝。

隆庆脸色苍白，道袍上的血水早已凝固，他坐在腐叶烂泥上，始终保持着那个姿势，胸膛毫无起伏，仿佛已经没有了呼吸，看上去就像是一具死了很长时间的尸体，然而在他的体内，那两道气息依然在不停冲突厮杀。

通天丸的药力和半截道人的天启境气息，把他的身躯和原本的气息尽数清除干净，变成一个仿佛是空着的桶，身周那些极毒的雾瘴，不停地向着他的身体里涌入，以最小的尺度不停改造着他的身体。

又不知过了多长时间，谷底的密林里始终天光晦暗，不知是晨还是暮，隆庆的身体微微颤抖，哇地喷出一口血来。匪夷所思的是，这口血竟是黑色的！不知道是不是这些带毒雾瘴的原因，还是因为别的什么，隆庆身体里的血变成了黑色，看上去像是墨汁，又像是泥沼里的腐水！

多日前，在南海舟上舷畔，生出了一朵黑色的桃花，隆庆摘下那朵黑色桃花，佩在自己胸前，此后便再也没有取下来过。坐在腐叶的隆庆，整个人也仿佛变成了一朵黑色的桃花，身体渐趋寒凉，渐渐融入周遭的环境之中，仿佛变成了雾瘴里的一部分。

有枯叶飘落，有风起，枯叶再次飞起。隆庆依旧坐着，无知无觉，与周遭融为一体。此时，即便是修行者仔细感知，也无法将他分离出来。而这，正是晋入知命境最明显的象征。

又不知过了多长时间，隆庆睁开眼睛，醒了过来。

他的眼眸里不再有劫后余生的庆幸，也没有对未知前途的惘然，更没有什么痛楚，有的只是平静和冷漠，对世界和自己的平静，便是绝对的冷漠。

他站起身来，胸前那朵黑色的桃花越发幽黑，欲滴。便在这时，一朵纯粹由气息凝成的桃花，在隆庆的身后绽放，那是他的本命桃花，同样也变成了黑色。就在这朵黑色本命桃花绽放的一瞬，密林雾瘴里，被一道寂灭的气息所笼罩。

正在腐叶底歇息的那条色彩斑斓的毒蛇，身躯一僵，然后死去，而远处林中的鬼面猴，惊恐怪叫着，向着更远的地方开始逃亡。

在南晋军队的追剿下，尤其是随着神殿裁决司的加入，逃亡的人，现在只剩下了十几人，骑兵统领们也只有五人还苟活着。这些曾经在西陵神殿拥有无上荣光的人，如今成为罪人，像狗一样在西陵神国国境四周的山林里逃亡。

他们现在是西陵神殿的罪人，在昊天的世界中，没有任何国度敢收留他们，唯一有实力收留他们的唐国，绝对更愿意砍掉他们的脑袋。

紫墨的容颜消瘦，神情疲惫，眼神里充满了麻木。他看着暮色中山下的原野，看着那片属于宋国的疆土，知道那里的道观们都已经拿到了自己这些人的画像，就算想要潜入民间，也已经无法做到。

想着逃亡之初，对着漆黑夜色默默许下的愿望，紫墨脸上流露出极痛苦的神情，喃喃说道："只要能够活下来，我愿意把自己的生命与灵魂都奉献给冥王，不惧万世沉沦，然而……这是何等的妄自尊大啊，冥王又如何会在意你我这些蝼蚁，你即便想奉献，又哪里能够接近这样伟大的存在？"

"凡俗想要接近伟大，往往需要一个过程，需要一个引路人。"崖畔响起一道冷漠的声音。

紫墨神情骤变，身后的十余名逃亡者，更是以最快的速度，拿起了手中的武器，警惕地望向崖畔，随时准备攻击。一名年轻男子站在崖畔，看着落日的方向。他穿着一身黑色的道袍，正好挡在落日之前，所以身影显得极为幽暗，微寒的秋风从原野间来，顺崖壁而上，卷动黑色道袍的袂角，不时漏过几缕暮光。

连日逃亡，他们的神经已经绷紧到快要断裂，选择的宿营地极为偏僻隐秘，然而他们没有想到，居然这样还被人发现，被人悄无声息地靠近。在他们看来，能够悄无声息出现在崖畔的人，定然拥有极强的实力，如果不是宋国道门的高手，那么只可能是西陵神殿的强者。

修为被废的逃亡者们，根本不奢望能够战胜道门的强者，在听到那个声音的一瞬间，绝望的情绪，便占据了他们的身心。绝望之余，他们逼将出极为强烈的战斗意志，反正都是要死，而且今天可能是最后一战，那么死也要死得壮烈一些。

然而没有人动手。因为崖畔穿着黑色道袍的年轻男子，给人一种无法挑战的感觉。更因为紫墨忽然跪到了那名年轻男子身后，痛哭不已。

紧接着，有更多的人认出了那名年轻男子，尤其是那四名曾经的神殿骑兵统领，颤抖着奔到崖畔，在紫墨身后双膝跪地，对着那名年轻男子的背影放声痛哭，就像是离散在荒原上的牧羊看到了自己的主人。

紫墨统领看着那个背影，泪流满面，颤声说道："司座大人……所有人都说您已经死了，您还活着……这真好。"

一名断臂统领号啕大哭道："大人……大人……我就知道大人您不会就这么抛弃我们，您终于回来了！"

隆庆转身，望向自己这些曾经的下属，说道："愿意重新追随我吗？"

崖畔哭声渐止，所有人连连叩首。紫墨抬头，看着隆庆脸上的那道伤痕，看着他胸前的那朵黑色桃花，想着那些传闻，震惊地发现，司座大人非但没有死，而且修为境界更是远胜当初！

然而紧接着，一股极寒冷的气息渗进了紫墨和所有人的心底深处。这股寒冷气息来自隆庆的身上，也来自他说的这句话。

"我确实曾经死过，只是不知道在死之后见到的是昊天还是冥王。在死去的那段时光里，我想了很多事情，然而直到先前听到紫墨你的那句话，我才忽然想明白，或许我根本不是什么天谕之人。"隆庆望向天边的夜色，若有所思地说道，"也许……我是冥王的儿子？"

听着隆庆的话，紫墨和人们感到浑身寒冷，然而这些寒冷并没有持续太长时间，因为在逃亡的路上，他们见过太多死亡，承受过太多羞辱，知道与世间的冷眼和秋风比较起来，真正的黑夜反而更加安全，甚至温暖。人们再次对着隆庆重重叩首，表示自己的忠诚。

紫墨跪在隆庆身前，语气萧索地说道："司座大人，属下不敢欺瞒……我们下桃山时，被废了一身修为，现如今只不过比世间普通人多了些见识和经验，属下不知道大人此番重新现世的目标是什么，但我想大人必然是要做大事的，我担心非但不能帮助大人，反而会拖累大人。"

隆庆看着他平静地说道："我需要的，只是你们绝对的忠诚，至于修为被废，并不是什么了不起的事情，我听说你们现在被称作堕落骑士，那么请你们强大起来，然后随我一道堕落，直至深渊的底部。"说完这句话，他从怀中取出一个药匣。

紫墨感应到药匣里物事透出来的精纯药力，脸上流露出不可置信的神情，颤声说道："大人，这是……"

他们这些堕落的骑士，被西陵神殿裁决司废掉修为，但雪山气海未毁，只是被道门秘法锁死了雪山诸窍，如果想要重新恢复修为，至少需要三位大神官层级的强者强行打通，或者像宁缺当年那样连逢奇遇。一路逃亡，堕落骑士们从来没有奢望过能够恢复修为，因为他们知道世界上没有太多的奇遇。

直到他们在崖畔遇到了曾经的直属上司：隆庆皇子，隆庆皇子手中的药匣里装着坐地丹。坐地丹不是道门圣药，而是出自佛宗，这种丹药虽不似通天丸一般能够医白骨，治死人，延长寿命，但在清窍洗心方面，却拥有难以想象的功效，重新疏通那些被锁死的窍关，并不是难以想象的事情。

堕落骑士们颤着手从紫墨手里接过丹药服下，然后闭目盘膝坐下。丹药名为坐地，取的是坐地成佛的意思，他们不能成佛，但能成魔。山崖越来越暗，渐趋漆黑。穿着黑色道袍的隆庆，仿佛与黑夜融为一体。

作为昊天道门的重要组成部分，龙虎山天师道一直是西陵神殿最坚定的追随者，当代张天师在齐国更是如同国师一般的崇高存在，龙虎山上的道殿修得金碧辉煌，石坪四周广植青树，入秋亦不变色，山风徐来之时，树梢轻摇，有若仙境。

然而今天的龙虎山不再有丝毫仙境的影子，仿佛变成了传说中的冥界，石坪上倒卧着无数具道人的尸体，青树梢头挂着残缺的断肢，血腥味弥漫在空气中，道殿紧闭着正门，门缝里向外流出的鲜血，将凝未凝，如果浆一般。道殿里，穿着黄色道袍的张天师，面色苍白地看着眼前这群黑衣人，颤抖的手指间拈着最后一张符纸。此时，天师道所有的弟子都已经战死，只剩下他还活着，问题在于，他不知道自己为什么还活着。

　　张天师修符，已至洞玄巅峰境界，距离踏入知命境的门槛只差一步，西陵神殿掌教大人认为他能够在第三十年破境成功，成为珍贵的神符师，所以哪怕每次去西陵神殿，他都会受到极大的尊重。但此时他在这些黑衣道人的眼中，看不到丝毫尊重，哪怕是对敌人的尊重都没有，这些黑衣道人眼神平静而冷淡，看着他就仿佛看一个死人。

　　"你们这些罪人……不是被神座废了修为……怎么会这样？"

　　张天师脸色苍白，声音嘶哑恐惧地说道。他认得这些黑衣道人里面数人的面容，知道对方便是被逐下西陵神殿的那些堕落骑士，然而前些天还听说，这些堕落骑士被南晋的军队和道门追杀得像狗一样，为什么这些堕落骑士会忽然来到龙虎山，而且恢复了所有的实力，甚至拥有了更强的实力！

　　这十六名黑衣道人尽数晋入洞玄境，五名曾经的神殿骑兵统领，流露出的强大气息证明他们已经站在洞玄巅峰的境界上，尤其是当中那位紫墨统领，甚至隐隐然已经触到了那张纸，随时有可能破境入知命！

　　除了唐国和南晋这样的强国，世间还有哪个国度能够集合这么多强者？这些黑衣道人拥有这样的实力，哪里是龙虎山的弟子们所能抗衡，尤其是这些黑衣道人在先前的战斗中，展现出来了令人心寒的冷酷甚至是嗜血。

　　张天师恐惧而迷惘，他不知道究竟发生了什么事情，这些亵渎昊天的罪人，非但没有死去，反而强大到了这种程度。没有一名黑衣道人回答他的问题，他们只是沉默地站在道殿中间，像看死人一样看着他，似乎在等待着谁的到来。

隆庆不知何时出现在道殿中，他身上也穿着一件黑色的道袍，道袍的边缘绣着一根金色的带子，就如同太阳在乌云畔涂出的画面。

张天师看着隆庆，不可置信地说道："你……隆庆皇子……你居然没有死！"隆庆平静地说道："如果你经历了我过去两年的人生，大概就会知道，想死也是一件很困难的事情。"张天师忽然明白了，看了一眼那些黑衣道人，嘶着声音咆哮着："这都是你做出来的！你这个疯子！你难道不怕被昊天抛弃？"

隆庆说道："也许昊天抛弃的是天师你。"张天师绝望说道："如果真是那样，那你便动手吧。"隆庆没有说什么，只是静静地看着他。

张天师忽然发现，隆庆的眼眸发生了某种变化，黑瞳与眼白的界线骤然模糊，一抹极淡的灰色，正在浮现。他不知道接下来要发生什么。

但他猜到了接下来要发生的事情，一定很可怕。他厉啸一声，捏碎了最后一张符。一道火墙无由而生，以他的身体为圆心迅速收拢，眼看着便要把他烧成灰烬。张天师隔着火墙，盯着隆庆愤怒地咆哮道："你这个魔鬼！休想得逞！"

隆庆神情不变，下一刻，他的身影便出现在火墙之中。一朵黑色的桃花，在他的身后绽开。一道寒冷的气息，在道殿里生成，火墙骤然熄灭。

隆庆的眼眸尽数变成灰色，幽暗至极。张天师感觉到身体里的念力被高速抽吸而出，眼中流露出极端的恐惧，看着隆庆那张依旧美丽的面容，怨毒而绝望地诅咒道："你会死得比我更惨。"

啪的一声，张天师枯萎的身体摔落在地面上。隆庆闭目片刻，再睁开眼时，一切已经恢复了正常。

他抬步向道殿外走去。十六名黑衣道人以紫墨为首，沉默地跟在他的身后，无论是步伐还是气息，都暗自追随着隆庆的节奏与韵味，渐渐要化作一个整体，然后化在黑夜里。

沉重的道殿大门缓缓开启，秋日山风渐起，拂动隆庆的衣袂。他感觉到自己又强大了一分，这种感觉很好。

图书在版编目（CIP）数据

将夜 5：精修典藏版／猫腻著．-- 北京：作家出版社
2022.2（2022.7 重印）

（网络文学名作典藏丛书）

ISBN 978 – 7 – 5212 – 1777 – 3

Ⅰ．①将… Ⅱ．①猫… Ⅲ．①长篇小说 – 中国 – 当代
Ⅳ．①I247.5

中国版本图书馆 CIP 数据核字（2021）第 275420 号

将夜 5：精修典藏版

总 策 划：何 弘 张亚丽
主　　 编：肖惊鸿
作　　 者：猫 腻
责任编辑：王 烨 袁艺方
装帧设计：天行云翼·宋晓亮
出版发行：作家出版社有限公司
社　　 址：北京农展馆南里 10 号　　邮　　编：100125
电话传真：86 – 10 – 65067186（发行中心及邮购部）
　　　　　 86 – 10 – 65004079（总编室）
E – mail: zuojia@zuojia.net.cn
http: // www.zuojiachubanshe.com
印　　 刷：唐山嘉德印刷有限公司
成品尺寸：152×230
字　　 数：380 千
印　　 张：28
版　　 次：2022 年 2 月第 1 版
印　　 次：2022 年 7 月第 2 次印刷
ISBN 978 – 7 – 5212 – 1777 – 3
定　　 价：45.00 元